I0597198

THE COLLECTED WORKS OF DULU WANG

王度廬選集

Crouching Tiger, Hidden Dragon Pentalogy (Book One)

武俠小說　鶴—鐵五部之一

Adapted for Crouching Tiger, Hidden Dragon film
and won four Oscar Academy Awards

# Dancing Crane, Singing Phoenix

# 鶴驚昆侖

DULU WANG

王度廬

Edited and Modified by Hong Wang

校訂者：王宏

JIANGHU PUBLISHING　江湖出版社

*In Memory of My Father*
*Dulu Wang (1909–1977)*
*who wrote the original books*


Dancing Crane, Singing Phoenix

Crouching Tiger, Hidden Dragon Pentalogy Book One
THE COLLECTED WORKS OF DULU WANG
王度廬選集，鶴 - 鐵五部 第一部，鶴驚昆侖

ISBN: 978-1-7772527-6-2 (Paperback)
ISBN: 978-1-7772674-5-2 (eBook-Kindle)
ISBN: 978-1-7772527-7-9 (eBook-epub)
Library of Congress Control Number: 2020914521

江 湖 出 版 社
JIANGHU PUBLISHING

Jianghu Publishing
PO Box 35075 Fleetwood Postal Outlet
Surrey, BC Canada V4N 9E9
www.jianghubooks.com

# 出版說明 (PREFACE)

Dulu Wang (1909 –1977) was a famous Chinese Chivalry (Martial Art) novelist in the nineteen thirties and forties who wrote many novels including Crouching Tiger, Hidden Dragon Pentalogy (Dancing Crane, Singing Phoenix 舞鹤鸣鸾记 aka 鶴驚崑崙, 1940; Precious Sword, Golden Hairpin 寶劍金釵, 1938; Sword Spirit, Pearl Light 劍氣珠光, 1939; Crouching Tiger, Hidden Dragon 臥虎藏龍, 1941; and Iron Knight, Silver Vase 鐵騎銀瓶, 1942) which was adapted into a film under the title Crouching Tiger, Hidden Dragon by Ang Lee and his colleagues in 2000. Its spectacular action, rhapsodic landscapes and tragic romance have touched audiences in Asia, North America and around the world and won over 40 awards and was nominated for 10 Academy Awards, including Best Picture, and won Best Foreign Language Film, Best Art Direction, Best Original Score and Best Cinematography. In 2019, the film was ranked the 51st in 100 best films of the 21st century list by Guardian.

Dulu Wang is considered one of the five greatest wuxia (which literally means "martial hero") fiction writers of the Northern School in the Republican. He was less interested in writing about ruthless killings; instead he focused on his characters' development, their emotions, friendship, and passions. Wang had great sympathy for women who suffered cruel oppression by the society and its feudal system, and his novels featured many strong female characters, warriors, and heroines. Most of his stories featured tragic endings. His perfect combination of chivalry, romance and tragedy in his novels have thrilled many critics and readers and this style have influenced many authors.

During 1925 –1949 Wang published more 90 novels and thousands of articles and poems.

This book, Dancing Crane, Singing Phoenix, is Volume 1 of Wang's Crouching Tiger, Hidden Dragon Pentalogy and was published in 1940 and edited and modified by Hong Wang in 2020.

More Wang's books will be in the Collected Works of Dulu Wang series.

Jianghu Publishing 江湖出版社
www.jianghubooks.com

# 出版說明（PREFACE)

王度廬是中國著名的武俠言情小說作家，在上個世紀三四十年代曾發表过大量小說、雜文、詩詞等作品。《鶴驚昆侖》、《寶劍金釵》、《劍氣珠光》、《臥虎藏龍》、《鐵騎銀瓶》是王度廬創作的五部內容相互關聯，又各自獨立的武俠悲情小說，通常被合稱為“鶴–鐵五部”。2000 年李安導演根據該系列改編的電影《臥虎藏龍》，曾獲得 40 多個國際電影大獎，並榮獲了第 73 屆奧斯卡最佳外語片等四項大獎。

《鶴驚昆侖》是“鶴 - 鐵五部”的第一部，原名《舞鶴鳴鸞記》，初載於 1940 年的《青島新民報》，後由上海勵力出版社印行，改題《鶴驚昆侖》。本部的英文書名（Dancing Crane, Singing Phoenix）係根據原名《舞鶴鳴鸞記》而譯，使之與其他四部書名對仗。

本社出版的《王度廬選集》，收入了王度廬先生的包括“鶴–鐵五部”在內的不同時期不同類型的部分作品，王宏並對其做了一些必要整理和訂正，該選集中的各部小說將在近期陸續出版。

Jianghu Publishing 江湖出版社
www.jianghubooks.com

# 序 (Foreword)

## 徐斯年

王度廬是位曾被遺忘的作家。許多人重新想起他或剛知道他的名字，都可歸因於影片《臥虎藏龍》榮獲奥斯卡獎。但是，觀賞影片替代不了閱讀原著，不讀小說《臥虎藏龍》（而且必須先看《寶劍金釵》），你就不會知道王度廬與李安的差別。而你若想了解王度廬的“全人”，那又必須盡可能多地閱讀他的其他著作。這部選集收錄了他的一些代表作，這篇序文裏還會提及他的另一些作品，都有助於讀者認知全人。

王度廬，原名葆祥，字霄羽，1909 年生於北京一個下層旗人家庭。幼年喪父，舊制高小畢業即步入社會，一邊謀生、一邊自學。十六歲開始，先後在《平報》和《小小日報》發表雜文和連載小說 (包括武俠、偵探、社會言情等類別)，並曾在《小小日報》開闢個人雜文專欄“談天”，就任該報編輯。1933 年往西安，與李丹荃結婚，曾任陝西省教育廳編審室辦事員和西安《民意報》編輯。1936 年返回北平，繼續賣稿為生。次年赴青島，淪陷後始用筆名“度廬”，在《青島新民報》及南京《京報》發表武俠言情小說，同時發表的社會小說則署名“霄羽”。1949 年赴大連，任大連師範專科學校教員。1953 年調瀋陽，任東北實驗學校（即遼寧省實驗中學）語文教員。文革後期以退休人員身份隨夫人下放昌圖縣農村。1977 年卒於鐵嶺。

早在青年時代，王度廬就接受並闡釋過“平民文學”的主張。他的文學思想雖與周作人不盡相同，但在“為人生”這一要點上，他們的觀念是基本一致的。

從撰寫《紅綾枕》（1926 年）開始，王度廬的社會小說就把筆力集中於揭示社會的不公，人生的慘淡，以及受侮辱、受損害者命運的悲苦。

戀愛和婚姻是五四新文學的一大主題。那時新小說裏追求婚戀自由的男女主人公，面對的阻力主要來自封建家庭和封建禮教，作品多反映“父與子”的衝突——包括對男權的反抗，所以，易卜生筆下的娜拉尤被覺醒的女青年們視為楷模。到了王度廬的筆下，上述衝突轉化成了“金錢與愛情”的矛盾。

正如魯迅所說：娜拉衝出家庭之後，倘若不能自立，擺在面前的出路只有兩條——或者墮落，或者“回家”。王度廬則在《虞美人》中寫道：“人生”、“青春”和“金錢”，“三者之間是相互聯係着的”，而在當時的中國社會裏，金錢又對一切起着主導性的作用。他所撰寫的社會言情小說，深刻淋漓地描繪了“金錢”如何成為社會流行的最高價值觀念和唯一價值標準，如何與傳統的父權、男權結合而使它們更加無恥，如何導致社會的險惡和人性的異化。

王度廬特別關注女性的命運。他筆下的女主人公多曾追求自立，但是這條道路充滿兇險。范菊英（《落絮飄香》）和田二玉（《晚香玉》）付出了生命的代價；

虞婉蘭（《虞美人》）終於發瘋，生不如死。惟有白月梅（《古城新月》）初步實現了自立，但她的前途仍難預料；至於最具“娜拉性格”，而且也更加具備自立條件的祁麗雪，最終選擇的出路卻是“回家”。

這些故事，可用王度廬自己的兩句話加以概括：“財色相欺，優柔自誤”（《〈寶劍金釵〉序》）。金錢腐蝕、摧毀愛情，也使人性發生扭曲。人是“社會關係的總和”，他的社會小說正是通過寫人，而使社會的弊端暴露無遺。

在社會小說裏，王度廬經常寫及具有俠義精神的人物，他們扶弱抗強，甚至不惜捨生以取義。這些人物有的寫得很好，如《風塵四傑》裏的天橋四傑和《粉墨嬋娟》裏的方夢漁；有些粗豪角色則寫得並不成功，流於概念化，如《紅綾枕》裏的熊屠戶和《虞美人》裏的禿頭小三。

上述俠義角色與愛情故事裏的男女主人公一樣，也是現代社會中的弱者。作者不止一次地提示讀者：這些俠義人物“應該”生活於古代。這種提示背後隱含着一個問題：現代愛情悲劇裏的那些曠男怨女，如果變成身負絕頂武功的俠士和俠女，生活在快意恩仇的古代江湖，他們的故事和命運將會怎樣？這個問題化為創作動機，便催生出了王度廬的俠情小說，這裏也昭示着它們與作者所撰社會小說的內在聯係。

《寶劍金釵》標誌着王度廬開始自覺地把撰寫社會言情小說的經驗融入俠情小說的寫作之中，也標誌着他自覺創造“現代武俠悲情小說”這一全新樣式的開端。此書屬於厚積薄發的精品，所以一鳴驚人，奠定了作者成為中國現代武俠悲情小說開山宗師的地位。繼而推出的《劍氣珠光》《鶴驚昆侖》《臥虎藏龍》《鐵騎銀瓶》[1]（與《寶劍金釵》合稱“鶴一鐵五部”）以及《風雨雙龍劍》《彩鳳銀蛇傳》《洛陽豪客》《燕市俠伶》等，都可視為王氏現代武俠悲情小說的代表作或佳作。

作為這些愛情故事主人公的俠士、俠女，他們雖然武藝超群，卻都是“人”而不是“超人”。作者沒有賦予他們保國救民那樣的大任，只讓他們為捍衛“愛的權利”而戰；但是，“愛的責任”又令他們惶恐、糾結。他們馳騁江湖，所向無敵，必要時也敢以武犯禁，但是面對“廟堂”法制，他們又不得不有所顧忌；他們最終發現，最難戰勝的“敵人”竟是“自己”。如果說王度廬的社會小說屬於弱者的社會悲劇，那麼他的武俠悲情小說則是強者的心靈悲劇。

王度廬是位悲劇意識極為強烈的作家。他說：“美與缺陷原是一個東西。”“向來‘大團圓’的玩藝兒總沒有‘缺陷美’令人留戀，而且人生本來是一杯苦酒，哪裏來的那麼些‘完美’的事情？”（《關於魯海娥之死》）《鶴驚昆侖》和《彩鳳銀蛇傳》裏的“缺陷”是女主人公的死亡和男主人公的悲涼；《寶劍金釵》《臥虎藏龍》《鐵騎銀瓶》裏的“缺陷”都不是男女主角的死亡，而是他們內心深處永難平復的創傷；《風雨雙龍劍》和《洛陽豪客》則用一抹喜劇性的亮色，來反襯這種悲愴。

王度廬把俠情小說提升到心理悲劇的境界，為中國武俠小說史作出了一大貢獻。正如佛洛伊德所說：“這裏，造成痛苦的鬥爭是在主角的心靈中進行着，這是一個不同

---

1 這裏敘述的是發表次序。按故事時序，則《鶴驚昆侖》為第一部，以下依次為《寶劍金釵》《劍氣珠光》《臥虎藏龍》《鐵騎銀瓶》。

衝動之間的鬥爭，這個鬥爭的結束決不是主角的消逝，而是他的一個衝動的消逝”[2]。這個“衝動”雖因主角的“自我克制”而“消逝”了，但他（她）內心深處的波濤卻在繼續湧動，以至遺恨終身。

李慕白，是王度廬寫得最為成功的一個男人。

有人說，李慕白是位集儒、釋、道三家人格於一身的大俠；這是該評論者觀賞電影《臥虎藏龍》的個人感受。至於小說《寶劍金釵》裏的李慕白，他的頭上決無如此“高大上”的絢麗光環。古龍說得好：王度廬筆下的李慕白，無非是個“失意的男人”。

在《寶劍金釵》裏，李慕白始終糾結於“情”和“義”的矛盾衝突，他最終選擇了捨情取義，但所選的“義”中卻又滲透着難以言說的“情”。手刃巨奸如囊中取物，李慕白做得非常輕易；但是他又投案伏法，付出的代價極其沉重。他做這些都是自願的，又都是並不自願的。出發除奸之前，作者讓他在安定門城牆下的草地上作了一番內心自剖，這段自剖深刻地展示着他的“失意”，這種心態可以概括為三個字——“不甘心”。

早期王度廬曾以“柳今”為筆名發表雜文《憔悴》，其中寫及自己當時的心態，與上述李慕白的自剖如出一轍。而在《紅綾枕》中，男主角戚雪橋為愛人營墓、祭掃時的一段內心獨白，其心態又與柳今極其相似。於是，我們看到了王度廬、柳今、戚雪橋（還有一些其他作品裏的男性角色）與李慕白之間的聯係——李慕白的故事，是戚雪橋們的白日夢；戚雪橋、李慕白們的故事，則是柳今、王度廬的白日夢。

不把李慕白這個大俠寫成一位“高大上”的“完人”，而把他寫成一個“失意的男人”，這是王度廬顛覆傳統“俠義敘事”，在中國武俠小說史上作出的一大貢獻。

玉嬌龍，是王度廬寫得最為成功的一個女人。

玉嬌龍的性格與《古城新月》裏的祁麗雪有相似之處，但是她的叛逆精神更加決絕、更加徹底。為了自由的愛情，她捨棄了骨肉的親情；同時，她也捨棄了貴胄生活，選擇了荊棘江湖，捨棄了“城市文明”，選擇了草莽蠻荒。

對玉嬌龍來說，最難割捨的是親情；最難獲得的，是理想的婚姻。她發現自己選擇羅小虎未免有點莽撞，所以又離開了他。她獲得了自由的愛情，卻在事實上拒絕了自由的婚姻。這與其說反映着“禮教觀念殘餘”、“貴族階級局限”，不如說是對文化差異的正視。儘管如此，這位“古代娜拉”並未“回家”，而是毅然決然地踏上一條不歸路。這條路是悲涼的，同時又是壯美的。

---

2 佛洛伊德:《戲劇中的精神變態人物》(張喚民譯)，《二十世紀西方美學名著選》（上），第 410 頁，復旦大學出版社，1987，上海。

玉嬌龍和李慕白都是“跨卷人物”。《劍氣珠光》裏的李慕白寫得不好，因為背離了《寶劍金釵》中業已形成的性格邏輯。《鐵騎銀瓶》裏的玉嬌龍則寫得很好，她青年時代的浪漫愛情，此時已經昇華為偉大的、無私的母愛。她青年時代的夢想，終於在愛子和養女的身上得以成真，但是他們攜手歸隱時的心態，也與母親一樣充滿遺憾。

王度廬的上述成就，都是對於傳統武俠敘事的揚棄，這使他的武俠悲情小說擁有了現代精神。

王度廬又是一位京旗作家。

清朝定都北京之後，即將內城所居漢人一律遷出，由八旗分駐內城八區。王度廬家住地安門內的“後門裏”，其父是內務府上駟院的一個小職員。王氏一族當屬擁有滿洲旗份的“漢姓人”，雖無滿族血統，卻浸潤着滿族文化。

滿人崛起於白山黑水之間，民族性格剛毅尚武，自立自強，粗獷豪放。入關定鼎之後，宴安日久，八旗制度的內在弊端開始呈現，“八旗生計”問題日益突出，以至最終導致嚴重的存亡危機。王度廬出生時，恰逢取消“鐵杆莊稼”（即旗人原本享受的“俸祿”），父親又早逝，全家陷於接近赤貧的境地。他的早期雜文經常寫到“經濟的壓迫”，“身世的飄泊，學業的荒蕪”，疾病的“纏身”，始終無法擺脫“整天奔窩頭”的境況。他的許多社會小說及其主人公的經歷、心境，也都寄託着同樣的身世之感和頹喪情緒。這種刻骨銘心的痛楚，蘊含着當時旗人不可避免的噩運，漢族讀者是難以體會這種特殊苦痛的。

同時，王度廬又十分景仰滿族優秀的民族精神。他的作品，明確書寫旗人生活的有十多部；他所塑造的許多旗籍人物身上，都寄託着對民族精神的追憶和期許。

從這個角度考察玉嬌龍，首先令人想到滿族的“尊女”傳統。這一傳統的形成至少出於四點原因：一、對母係氏族社會的清晰記憶；二、以採集、漁獵為主的傳統經濟，決定了男女社會分工趨於平等；三、入關之前未經歷很多封建過程；四、旗族少女在理論上都有“選秀入宮”機會，所以家族內部皆以“小姑為大”。[3]
玉嬌龍那昂揚的生命力，正是滿族少女普遍性格的文學昇華。《寶刀飛》可能是第一部把入宮前的慈禧，作為一位純真、浪漫而又不無“野心”的旗族姑娘加以描繪的小說。作者以“正筆”書寫入宮前的她，用“側筆”續寫成為“西宮娘娘”之後的她，沉重的歷史感裏蘊涵幾分惋惜，情感上極具“旗族特色”。

在《寶劍金釵》和《臥虎藏龍》裏，德嘯峰雖非主人公，卻可視為旗籍“貴胄之俠”的典型。他沉穩、老練，善於謀劃，善於掌控全域，比李慕白更加“拿得起、放得下”。他的身上比較完整地體現着金啟孮所說京城旗人遊俠的三個特徵：一、淩強而不欺下，一般人對他們沒有什麼惡感。二、多在八旗人居住的內城活動，沒什麼民族矛盾的辮子可抓。三、偶或觸犯權勢，但不具備“大逆不道”的證據，故多默默無聞。[4]鐵貝勒、邱廣超和《彩鳳銀蛇傳》裏的謝慰臣都屬此類人物。

— — — — — — — — — —

3　參閱關紀新《多元背景下的一種閱讀——滿族文學與文化論稿》，第 219 頁，遼寧民族出版社，2013，瀋陽。

4　參閱關紀新《老舍與滿族文化》第 80 頁所引，遼寧民族出版社，2008，瀋陽。

進入民國之後，由於政治、經濟原因，京中旗人的精神狀態呈現更趨萎靡甚至墮落之勢（《晚香玉》裏的田迂子即為典型），但是王度廬從閭巷之中找到了民族精神的正面傳承。《風塵四傑》實際寫了五個“閭巷之俠”——那位“有學有品而窮光蛋”[5]的“我”，也算一個“不武之俠”。作者清楚地認識到：雖然如今早非“俠的時代”，但是天橋“四傑”[6]身上那種捍衛正義，向善疾惡，剛健、豁達、堅韌、仗義、樂觀的民族精神，卻是值得弘揚光大的。這已不僅僅是對旗族的期許，更是對重振中華民族傳統美德的期許。

凡是旗人，都無法回避對於清王朝的評價。王度廬在雜文裏認為，“大清國歇業，溥掌櫃回老家”[7]乃是歷史的必然，人民期盼的是真正實現“五族共和”。他更在兩部算不上傑作的小說中，以傳奇筆法描繪了兩位清朝“盛世聖君”的形象。《雍正與年羹堯》裏的胤禎既胸懷雄才大略，又善施陰謀詭計。他利用“江南八俠”的“復明”活動實現自己奪嫡、登基的計劃，又在目的達到之後斷然剪除“八俠”勢力。但是，他對漢族的“復明”意志及其能量，卻日夜心懷惕懼，以至“留下密旨，勸他的兒子登基以後，要相機行事，而使全國恢復漢家的衣冠”。書中還有一位不起眼的小角色——跟着胤禎闖蕩江湖的“小常隨”，他與八俠相交甚密，又很忠於胤禎。“兩邊都要報恩”的尖銳矛盾，導致他最終撞牆而殉。作者展示的絕不限於“義氣”，這裏更加突出表現的是對漢族的負疚感和對民族殺伐史的深沉痛楚。王度廬對歷史的反思已經出離於本民族的“興亡得失”，上升為一種“超民族”的普世人文關懷。《金

剛玉寶劍》中的乾隆，則被寫成一個孤獨落寞的衰朽老人，這一形象同樣透露着作者的上述歷史觀。

滿族入關後吸收漢族文化，“尚武”精神轉向“重文”。有清一代，湧現出了納蘭性德、曹雪芹、文康等傑出滿族作家，其中對王度廬影響最大的是納蘭性德。“搖落後，清吹那堪聽。淅瀝暗飄金井葉，乍聞風定又鐘聲。”[8]納蘭詞的淒美色調，融入北京城的撲面柳絮和戈壁灘的漫天風沙，形成了王度廬小說特有的悲愴風格。

旗人的生活文化是“雅”“俗”相融的，王度廬繼承着旗族的兩大愛好：鼓詞（又稱“子弟書”、“落子”）和京劇。他十七歲時寫的小說《紅綾枕》，敘述的就是鼓姬命運，其中還插有自創的幾首淒美鼓詞。至於京劇，據不完全統計，僅在《落絮飄香》《古城新月》《晚香玉》《虞美人》《粉墨嬋娟》《風塵四傑》《寒梅曲》

---

5　見王度廬早期雜文《中等人》，原載於北平《小小日報》1930年4月5日“談天”欄，署名“柳今”

6　民國初年，“天壇附近的天橋大多數的女藝人、說書人、算命打卦者都是滿人。”轉引自關紀新《老舍與滿族文化》第122頁。

7見王度廬早期雜文《小算盤》，原載於《小小日報》1930年5月20日“談天”欄，署名“柳今”

8　納蘭性德詞：《憶江南》——當年王度廬與李丹荃相愛，曾贈以《納蘭詞》一冊，李丹荃女士七十餘歲時猶能背誦這首詞。

七部小說中，寫及的劇目已達 96 折[9]之多！作為小說敘事的有機內涵，王度廬寫及昆曲、秦腔、梆子與京劇的關係，“京朝派”（即京派）與“外江派”（即海派）的異同，“京、海之爭”和“京、海互補”，票社活動及其排場，非科班出身的伶人、票友如何學戲，戲班師傅和劇評家如何為新演員策劃“打炮戲”，各色人等觀劇時的移情心理和審美思維……。他筆下的伶人、票友對京劇的熱愛是超功利的，而她（他）們的社會角色和物質生活則是極功利的——唯美的精神追求與慘淡的現實生活構成鮮明反差，映射着人性的本真、複雜和異化。他又善於利用劇情渲染故事情節和人物情感，例如《粉墨嬋娟》中，憑藉《薛禮歎月》和《太真外傳》兩段唱詞，抒發女主人公不同情境下的不同心緒，展示着戲如人生、人生如戲的微妙契合，極大地增強了小說的詩意。

入關以後，旗人皆認“京師”為故鄉，京旗文學自以“京味兒”為特色。王度廬的小說描繪北京地理風貌極其準確，所述地名——包括城門、街衢、胡同、集市、苑囿、交通路線等等，幾乎均可在相應時期的地圖上得到應證。《寶劍金釵》《臥虎藏龍》主人公的活動空間廣闊，書中展示清代中期北京的地理風貌相當宏觀，又非常精細。玉嬌龍之父為九門提督，府邸位置有據可查，作者由此設計出鐵貝勒、德嘯峰、邱廣超府第位置，決定了以內城正黃旗、鑲黃旗（兼及正紅旗、正白旗）駐區為“貴胄之俠”的主要活動區域。李慕白等為江湖人，則決定了以“外城”即南城為其主要活動區域。兩類俠者的行動則把上述區域連接起來，並且擴及全城和郊縣。《落絮飄香》《古城新月》《晚香玉》《虞美人》等社會小說中，主人公的活動空間相對狹小，所以每部作品側重展示的是民國時期北平城的某一局部區域：或以海淀——東單——宣內為主，或以西城豐盛地區——東單王府井地區為主，等等。拼合起來，也是一幅接近完整的“北平地圖”。上述小說之間所寫地域又常出現重合，而以鼓樓大街、地安門一帶的重合率為最高。作者故居所在地“後門裏”恰在這一區域，在不同的作品裏，它被分別設置為丐頭、暗娼等的住地。這反映着作者內心深處存在一個“後門裏情結”，他把此地寫成天子腳下、富貴鄉邊的一個小小“貧困點”，既體現着平民主義的觀念，又是一種帶有幽默意味的自嘲。

王度廬小說裏的“北京文化地圖”，是“地景”與“時景”的融合，所以是立體的、動態的。這裏的“時景”，指一定地域中人們的生活形態，包括節俗、風習。無論是妙峰山的香市、白雲觀的廟會、旗族的婚禮儀仗、富貴人家的大出喪、“殘燈末廟”時的祭祖和年夜飯、北海中元節的“燒法船”，以至京旗人家的衣食住行，王度廬都描寫得有聲有色，細緻生動。這些“時景”與故事情節融為一體，成為展示人物性格、心理的重要手段；它們同時也頗具獨立的民俗學價值。王度廬在小說裏常將富貴繁華區的燈紅酒綠與平民集市裏的雜亂喧鬧加以對比，他對後者的描繪和評論尤具特色。例如，《風塵四傑》裏是這樣介紹天橋的：“天橋，的確景物很多，讓你百看不厭。人亂而事雜，技藝叢集，藏龍臥虎，新舊並列。是時代

---

9　由於現存《虞美人》和《寒梅曲》文本均不完整，所以這一數字是不完整的。而未列入統計的《寶劍金釵》《燕市俠伶》等作品中，也常含有京劇演出、觀賞等情節，涉及劇目亦復不少。

的渣滓與生計的艱辛交織成了這個地方，在無情的大風裏，穢土的彌漫中，令你啼笑皆非。”他筆下的天橋圖景，噴發着故都世俗社會沸沸揚揚的活力和生機，嘈雜喧囂而又暗藏同一的內在律動；它與內城裏的“皇氣”、“官氣”保持着疏離，卻又沾染着前者的幾分閒散和慵懶。這又是一種十分濃厚，相當典型的“京味兒”！

“京味兒”當然離不開“京腔”。王度廬的語言大致是由兩部分組成的：敘事以及文化程度較高角色的口語，用的是“標準變體”，即經過“標準化處理”的北京話，近似如今的“普通話”；底層人物的語言，則多用地道的北京土語，詞彙、語法都有濃厚的地域特色，比一般的“京片兒”還要“土”。故在“拙”“樸”方面，他比另一些京派作家顯得更加突出。

筆者認為，1949 年前促使王度廬奮力寫作的動力當有三種：一曰“舒憤懣”；二曰“為人生”；三曰“奔窩頭”。三者結合得好，或前二者起主要作用時，寫出來的作品品質都高或較高；而當“第三動力”起主要作用時，寫出來的作品往往難免粗糙、隨意。當然，寫熟悉的題材時，品質一般也高或較高，否則，雖欲“舒憤懣”、“為人生”，也難以得到理想的效果。是否如此，還請讀者評判、指正。

徐斯年於姑蘇香濱水岸，2020 年 6 月[10]。

10　本文原係作者為北嶽文藝出版社《王度廬作品大係》所撰總序，移入本選集時作了一些刪改。

# 目录

## 第一回　獵豔偷香門徒觸大戒　懺殺悔過老俠動慈心

陝南鎮巴縣，原是在萬山擁抱之中的一座小城，景物風土與川北相差不多，但民風卻更兇悍，頗帶些野人的氣質。清代中葉，大亂方息，流賊多竄於草莽之中，時時打劫客商，所以行旅至為艱難。出外之人如本身不會武藝，必須要請保鏢的人護衛，否則寸步也難行走。因之那時鏢店的生意大盛，而學習武藝之人也日見增多。

鎮巴城外有一位老拳師鮑振飛，人稱“鮑崑崙”，因為他慣使一口崑崙刀。那口刀形式與普通的刀無異，只是分量特別沉重，而他的刀法也與眾不同。他少年時曾入過行伍，立過軍功，中年時就以保鏢為業，曾在陝南、川北各處開過十幾處鏢店。鏢行之中有名的鏢頭，多半是他的晚生下輩。後來到了六十歲時，掙的家資也夠了，他便將鏢店交給了他的兒子和徒弟們經營，自己回到家中來享福。

這時鮑振飛已六十四歲，鬍子已然蒼白了，身體也放了膘，一天比一第一天發胖。他恐怕胖得太厲害，要得中風之疾，便不敢放棄下功夫。每天早晨回他都要舞幾趟刀，打幾套拳，傍晚時必要騎着馬在村子前後繞幾個圈子。

他住的這村莊叫作鮑家村，前面是一片蒼翠的山嶺，東邊是一條小溪，西邊是山野，北邊就是鎮巴縣城。這裏風景秀麗，有如江南，卻又蘊含着一種剛健之氣。

鮑振飛雖是這村裏最有名的人，但住的宅子並不大，家中也沒有用着僕人和長工，給他做事的全都是些徒弟。鮑振飛的徒弟前後共有三十多人，多半分散在各處居住，現在隨從他的只有六個人。這六個人，連他的次子，給他經營着家中的一切事務，如耕種、收割、牧豬、喂馬等事，他都不必另外去雇人。從他學藝的人也不必送什麼贄禮，天天來練，五年之後，准保能學成通身武藝。

可是鮑振飛對徒弟所立的戒條是十分的嚴厲。戒條共六項：第一不准殺傷無辜；第二不准好色姦淫；第三不准偷財盜物；第四不准欺淩孤寡；第五不准藐視師尊；第六不准違背道義。其中最要緊的就是姦淫一項，因為鮑老拳師最相信“萬惡淫為首”這一句話。

他走江湖四十餘年，手下殺死過二三十條人命，都是一些姦夫淫婦，並無無辜之人。他的大弟子常志高，因為戀着一個江湖賣藝的婦人，他知道了，立刻就逼着常志高自己斬斷了一隻胳臂。他的四弟子蔣志耀，因為在看社戲的時候調戲了一個婦人，叫他看見了，立刻就將其左眼剜下。他的第二十三弟子胡志凱，因為與盟嫂有私，被他知道後，就叫人給送去了一封信，信上一個字也沒有，只有老拳師親筆畫的一個押。那胡志凱便明白師父是要制裁他，便自縊身亡了。因為老拳師對待門徒是這樣的嚴酷，所以門徒們莫不恭恭謹謹，低頭出低頭入，路上遇見婦女，連看也不敢看，真如同理學家的入門弟子一般。

這天正是陽春二月天氣，村舍附近的柳色都青了。草也萌出了嫩苗，麥子都已長了半尺多高，鳥聲叫得特別嘹亮。馬卻像瘋了似的，日夜在嘶叫，彷彿要尋找牠的伴侶。

早晨鮑老拳師起來時，東方已泛出了紫色，但是他那二兒子鮑志霖的住房，屋門還沒有開。鮑老拳師就非常不高興，因為二兒子新娶了媳婦，鮑老拳師就憤憤地想：二兒媳過門還不到兩個月，就把個雄壯的男人給毀了。天到這般時候他還不起來，難道他把三四年的功夫就全都扔下了嗎？鮑老拳師就使着力氣咳嗽了一聲，為的是使房中的二兒子聽見。

他走到門前那塊平場上，就見六個徒弟都在打拳踢腿，掄刀舞棍。老拳師倒背着手兒走了過去，先到了第二十七門徒陳志俊的面前。陳志俊正打着“通臂拳”，打到了最末的招數，名叫“兩翅搖”，鮑老拳師就擺手說：“不對！”遂自己做出架勢。他兩手搖擺，兩足搓揉，做個坐馬步，兩拳平陰着胸，先將右手掠開，平直如翅，然後收至胸部，再掠左手。連練了兩次，老拳師就有些氣喘了，遂站在一旁，叫陳志俊再練。

陳志俊按照他師父所做出的姿勢，又練了四五次，鮑老拳師方才點了點頭，又轉過身去看第十四門徒魯志中和第二十五門徒秦志保對刀。魯志中是鮑老拳師的得意門徒，他的刀法絲毫不錯，可是秦志保的刀法就不行了。鮑拳師在旁看了不到五分鐘，秦志保竟露出了六七個破綻，並且越是師父看着他，他越覺得手忙腳亂。鮑老拳師一生氣，過去就是一腳，噹啷一聲將秦志保手中的鋼刀踢落在地。秦志保滿面通紅，右手疼得不能再拿東西，他便伸着左手，由地下揀起鋼刀來，遞給了老拳師。

鮑老拳師連看也不看，就與魯志中對起刀來。老拳師雖然身體不大靈健，但是刀法毫無破綻。刀光飛舞，往來二十餘合，魯志中怕師父的氣力接不上，便收住刀勢跳到一旁。鮑老拳師把刀向秦志保一扔，說：“你剛才那刀法，走在江湖上若遇到孫癩子那樣的人，你也一定吃虧！”秦志保低着頭，慚愧得一句話也不敢說。

鮑老拳師走開，又要去看第二十一門徒馬志賢使的雙鈎。這時他的二兒子，自命為“小昆侖”的鮑志霖，從門裏走出來了。鮑老拳師一看見二兒子那張黃瘦的臉，沒精打采的樣子，他就更是生氣，便連看也不看，就走過去教馬志賢使用雙鈎。

鮑志霖敷衍了事地在場子上打了一套拳，然後就站在一旁歇着去了。鮑老拳師亦不理他，又轉身去看江志升使的寶劍。江志升是老拳師的第三十門徒，學藝雖不足三年，但他的武技已超過了所有的師兄。他舞了一趟劍，又從兵器架上拿過刀來，走了兩趟刀。就見他身輕刀快，不但招數一點兒不差，而且姿勢亦非常之好看。鮑老拳師看了，不禁暗暗點頭，同時心中又有點兒嫉妒，暗想：我若有這樣一個兒子，豈不給我爭光？我的昆侖刀十四手秘訣，亦不至於沒處傳授了。

江志升穿的是一身青洋縐褲褂，袖子上還鑲着白緞子邊兒。一條烏黑的辮子在頭上盤着三匝，襯上他那張白淨的長臉，細眉朗目，簡直像一個美貌的少婦。鮑老拳師一看他這模樣，心裏卻又不大喜歡了。

他倒背手兒轉身走去，走到了二兒子的面前。那鮑志霖又故意握起拳掄了兩下，然後將身一跳，跳起一尺來高，仿佛要練習躥房越脊似的。氣得鮑老拳師真想由江志升的手中接過刀來，砍他兒子幾刀。可是忽然一件三十年前的舊事湧上心頭，他忍不住歎了口氣，便趕緊轉身，又去看了看第二十弟子劉志遠使的槍法，然後他便回到門裏去了。

老拳師一進到門裏，外面的徒弟們也就都鬆懈了。劉志遠扔下槍，由槐樹上解下一匹馬來，向南馳去遊玩。江志升把刀送回到兵器架上，跟才打完拳的陳志俊談着閒話。鮑志霖卻拉住耍鈎的馬志賢，笑着問說：“喂！我瞧瞧你這條腰帶，是你媳婦給繡的不是？”

馬志賢笑着說：“我媳婦哪有這麼好的活計？這是我媳婦的表姐給繡的。”

鮑志霖就誇讚着說：“嘿！真不錯，好巧的手兒！”

馬志賢向江志升那邊一努嘴兒，悄聲告訴鮑志霖，說：“我家裏她的表姐，就是江志升的媳婦兒。”

鮑志霖說：“呵！原來你們是連襟呀！”

身邊站着的秦志保，這時還紅着臉，他忽然說：“師父又出來了。”他這話一說出來，眾人立刻全都止住了談笑，有的就坐在地下歇息，有的又掄刀打拳。

鮑志霖就見他父親一隻手拿着長杆煙袋，一隻手拉着他那年方十歲的小孫女，又由門裏走了出來。老拳師優遊自在地在門前徘徊，那小姑娘一邊哼着山歌，一邊歡喜地又蹦又跳，並不時將明亮的小眼睛翻起來看她的老祖父。

忽然老拳師止住步，叫道：“志中！”魯志中趕緊放下刀走了過去，在老拳師的面前一站，恭恭敬敬地問道：“師父，你老人家有什麼吩咐？”

鮑老拳師說：“我想叫你明天到漢中走一趟，看看你大哥去。因為上次你六師哥來，說是他的腿傷又犯了，不知現在好了沒有？”

魯志中點頭答應，說："我明天就去吧！我想我大哥的腿傷也不至於有多麼要緊。"

鮑老拳師點了點頭，說："好，回頭我給你盤纏，你明天就動身吧！"說完了，又在場子上來回散步。他手裏拉着的小孫女，還扭着頭衝着江志升笑，因為江志升平日最愛逗着她玩。

待了一會兒，老拳師又拉着孫女回到門裏去了。這裏眾門徒就全都收起了兵器，將兵器架也都抬進了門裏。陳志俊跟馬志賢打掃場地，劉志遠去喂馬，江志升也找了一兩件輕便的活兒幹完了，他就回家去了。鮑志霖在地上蹲了一會兒，就亦進門回到他的屋裏。魯志中卻向他師父要盤纏去了。

鮑老拳師住的北房，是三間很敞亮的屋子。這時老拳師正跟小孫女同桌吃早飯，由大媳婦伺候着。老拳師的長子名叫鮑志雲，現已四十多歲了。娶妻方氏，如今亦年過四旬，只生了一個女兒，乳名叫阿鸞，就是老拳師最喜愛的這個小孫女。

鮑志雲現在漢中開設昆侖鏢店，買賣很發達。只是在三年之前，鮑志雲保鏢走在秦嶺路上，遇見了山賊銀鏢胡立，要打劫他的鏢車。那時鮑志雲手下還帶着兩個鏢頭，三個人與胡立一人爭鬥，但結果全都被胡立的銀鏢射傷，鏢車亦被賊人打劫了，鮑志雲賠了一千多兩銀子。他的腿肚子上的鏢傷現在雖然痊癒，可是每遇着陰雨的天氣便要作痛。前幾天有人由漢中來到這裏給老拳師送信，說是他的鏢傷又發，已然不能下床了，所以如今鮑老鏢頭才想派魯志中去看一看。

當下鮑老鏢頭給了魯志中幾兩銀子，作為路費，方氏並找出一包專治刀傷的雲南白藥，托魯志中給她丈夫帶去。小姑娘阿鸞拉着魯志中的手，說："魯叔父，你把這小人兒帶去，給我爸爸玩！"

魯志中接過來一看，原來是這姑娘自己做的一個小布人兒，還用墨畫着鼻孔眼睛，魯志中就笑了笑。

旁邊鮑老拳師就對孫女說："你爸爸現在創傷發了，一定疼得什麼全都不顧，哪能還看你這小玩意兒呢！"

阿鸞卻非得叫魯志中給她帶去不可。

鮑老拳師把面色一沉，顯露出來一種殺氣，囑咐魯志中說："你叫他們去打聽打聽，銀鏢胡立現在什麼地方？將來我要找他們報仇！還有上回我聽人說，袁志義的行為頗為不正，你告訴他小心一些，不定幾時我就到漢中去！"

魯志中連聲答應着，把那個小布人兒和銀兩全都帶在身邊，他就走了。魯志中住家在城裏，家中只有一妻二女，很是貧寒。憑他的武藝亦頗可以在鏢行做點兒事，可是鮑老拳師覺得他辦事可靠，就把他留在家裏，因此反倒耽誤了他的前途。但他時時想在鏢行謀個事做，並覺得依靠師兄弟們也是不行的，須得另外向外去發展。當下他心中盤算着，就走進了縣城，找了一家車店，定好了一輛明天往漢中去的車。然後他就回到家裏，把明天要往漢中去望看大師兄的事，向他老婆講了，並向老婆要過來當票准備去贖當。

才一出屋門，忽見外面進來一人，原來是師弟江志升，他便說："師弟，你是來給我送行嗎？我明天才能走呢！"江志升白淨的面上帶着笑容，說："我知道師哥明天才走，我是來托師哥給帶點兒東西。"

魯志中遂把江志升讓到屋中，江志升便向師嫂深深地行禮。魯志中說："師弟你坐下，你要叫我給你帶什麼東西？"

江志升笑了笑，說："亦沒有什麼要緊的東西。"遂從身邊掏出幾兩銀子並一張字帖，那帖子上寫的卻是：

**托買紅緞十尺，宮粉四匣，胭脂二十方，各色絨綢若干。**

他將銀、帖一併交給了魯志中，說："師哥，你斟酌着辦。錢若有富餘就多買，錢要不夠就少買。不過胭脂粉別少買了，因為本地的東西不好，漢中玉香齋的最出名。"

魯志中接過帖子看了看，就皺着眉說："師弟，你應當學着老成一點兒，你不知道嘛，師父他老人家最恨這些事！"

江志升趕緊擺手說："師哥你可別多疑，我在外頭一點兒荒唐事亦沒有。這全是你弟妹她要買的。"

魯志中冷笑說："弟妹那個人我亦知道，已有兩個孩子啦，難道用胭脂粉還要這麼講究嗎？"江志升正色說："師哥你要不相信，可以到我那裏問問她去！"

魯志中收起銀兩和帖子，擺手說："算了，我給你帶來就是了！不過我勸你千萬要老成一點兒，因為像你這樣漂亮的年輕人，很容易拈花惹草。咱們那些師兄弟又個個都是壞包，有點兒什麼事他們都去告訴師父。師父那個人，只要聽說他的徒弟有了荒唐事，那立刻就算成了他的仇人，他是一點兒也不容情！"

江志升連連點頭，道："我知道，師哥你放心。我跟師父住在一個村子裏，難道我還不知道他老人家那古怪脾氣嗎？何況我有妻有子，今年我也快三十歲了，怎麼還能在外頭弄瞎事？"說着他笑了笑，便告辭出去。

出得門來，江志升心裏卻異常不舒服，心想：明明是妻子要買的脂粉，魯志中卻疑惑我在外邊姘了女人；即使我真姘了女人，誰又能管我？師父？他就是我爸爸也不能夠管我！我是跟他學武藝，又不是跟着他學當和尚、當太監！

他氣憤憤地走着，就來到了十字街頭，忽聽有人高聲叫道："江大爺！江大爺！"江志升一看，原來是趕驢的褚三。褚三亦是他們村子裏的人，家裏養着一頭粉嘴粉眼白肚囊的小驢，他就指着這頭驢吃飯，所以人都叫他"褚驢子"。當下他牽着驢，問道："江大爺，你今天怎麼這樣閑在，到城裏玩來了？沒上鮑老頭子家裏學把式去嗎？"

江志升道："去了，不去還行？誰叫我認了這麼一個遭瘟的師父呢！"

褚驢子咧嘴笑了笑，說："你大爺是自找苦受，認了那麼一個師父，還不如找個財主家裏當長工去呢！你大爺是唸書的人，跟他們哪能弄得到一塊兒？”

江志升聽了，心裏更煩，就問道：“你幹嗎去？是在這兒等主顧嗎？”

褚三笑着說：“不是，我是到東邊接人去。東邊盧二寡婦家，去年給兒子娶的媳婦，娶的是鞏家莊鞏瘸子的閨女。嘿，這閨女今年才十八歲，人物兒漂亮極了。可是過門不到十天，漢子就上興安府學生意去了，拋下了年輕輕的小媳婦在家裏守寡，婆媳又不和。盧二寡婦有多麼厲害呀！小媳婦亦不是個好惹的，因為這就常常回娘家。十七那天我給接來的，今天還不到二十，又得我送回去。回到娘家至少她得住半個月。”

江志升笑了笑，說：“叫你這樣常接常送，將來非得把人家的媳婦拐跑了不可。”

褚三咧着嘴說：“憑我這腦袋，想拐人家，人家亦不能跟着我走呀！要換你大爺這麼一張臉子，倒許行啦！”

江志升又笑了笑，就說：“你快接人去吧！別叫那小媳婦等急了。”說畢轉身就走。

褚三卻又牽着驢追過來，叫道：“江大爺！”江志升止住步，回頭問道：“什麼事兒？”

褚三央求說：“過兩天，大爺你還得借給我幾個錢花！”

江志升瞪着眼說：“你的生意這樣好，怎麼又要跟我借？”

褚三賠着笑說：“唉！我家裏的事，大爺你還不知道嗎？我那八十多歲的爹爹、七十多歲的老娘都是仗着我這頭驢養活的。一天掙幾十文，將就夠吃飯。現在天暖了，我身上的這件破棉襖還脫不下來。江大爺，過兩天你借給我幾串錢，叫我買一身單衣裳吧！”

江志升就說：“過兩天再講吧！”說畢，調頭走去。

江志升又走過了幾條小巷，到了一個舊日的同窗家中。這同窗的朋友名叫范殿卿，早先與江志升寒窗共讀，江志升連個秀才都沒中上，而人家去年秋季卻中了舉人。江志升來此本是要拜見范太夫人，不想只見了老僕，據說他家少爺已分發河南，做了知州，把老太太接去享福了。

江志升心中更是惆悵，暗想：自己是走錯了路；這兩年多，要不跟鮑老頭子學武，現在亦許中了舉人，做了知州。現在是完了，至多只能找個鏢店的事兒混，在江湖上落拓一世。因此就又想：如果與鮑振飛脫離師徒的關係，自己扔了刀劍，再下功夫寒窗苦讀，三五年後，博個功名，那豈不榮耀？離了范家的大門，他一面想一面走，不知不覺地就出了城門。

他順着道路往南去，打算回家。才走了不到半里地，忽聽身後又是那褚三的聲音，叫道：“江大爺！”

江志升趕緊回頭去看，就見褚三趕着驢，驢上馱着那盧家的小媳婦走來了。盧家的媳婦真是很漂亮，穿着紅緞襖兒、綠緞褲子、紮花的紅緞鞋，頭上蒙着一塊青紗手帕。雖然看不見髮髻，但可知頭髮絕不壞。渾圓挺胖的面兒，擦着很鮮豔的脂粉，尤其是嘴唇，塗得真似初熟的櫻桃一般，江志升立刻就銷魂了。平日有時他在路旁遇着婦女，總是故意把眼睛去看別處，而今天卻不然，他的頭轉了過去，就仿佛再也轉不回來了，把兩隻眼睛直直地看着這個小媳婦。小媳婦亦一點兒不靦腆，把兩隻攝魂的眼睛向江志升的身上繞了幾繞。

這時，褚三也就搖着鞭子把驢趕過來了，他笑着說："江大爺，你還沒吃過早飯吧？"

江志升說："我吃了飯才進城來的。"

褚三說："江大嫂子的手兒真快，一個人看兩個孩子，還把男人弄得這麼齊齊整整，菜飯也是到手就得。"江志升笑了笑，沒說什麼，又瞧了道上的小媳婦一眼。

褚三又說："可是，好婆娘亦得配上好男人。江大爺，像你這樣文武雙全、模樣俊、性情好、家當又過得去的人，在男人群裏真是百裏挑一，不怪江大嫂子整天那麼高高興興的。"

江志升聽了心裏非常得意，眼睛衝着盧家的媳婦，嘴裏說："她高興，我可不大高興呀！"說完了話，就轉過身去，和褚三並行着，談着閒話。

走了不幾步，驢上的小媳婦就回過頭來，向江志升媚笑着，說："這位就是東村的江大爺嗎？"

江志升一怔，還沒答話，褚三在後面就替着回答，說："這不是東村的江大爺，這是鮑家村的江大爺。"

小媳婦又笑了笑，點點頭。

江志升趕緊靠近說："盧嫂子，你婆家我不認得，你娘家我可認得。那位腿有點兒毛病的……"

小媳婦不等他說完，就嫣然笑着說："那是我的老爹。"

江志升說："早先他老人家在城裏開煙舖的時候，我常到他櫃上去坐。"

小媳婦拿了塊紅絹子捂着嘴，說："那又錯了！那是我們村子裏的李瘸子。我爹不像他瘸得那麼厲害！"說着話，她斜低着頭，不住地笑，並時時偷眼來看江志升。

江志升見自己猜錯了，不由有些臉紅。

褚三卻說："反正咱們鎮巴周圍三十里，提起來都是非親即故。"

盧家的小媳婦也笑着說："可不是！我回娘家一提說江大爺，管保我老爹知道。江大爺，有工夫你到我們家裏去坐坐。我們家就在南山根下，我們家裏有桃樹，桃花開時一片紅。"

江志升連忙笑着說："好，好，這一兩天我一定看望你那老爹去。"一面說一面走，眼看來到鮑家村，江志升止住腳步，小媳婦又向他媚笑了一下，就騎着驢往岔路上走去了。褚三還在驢後回頭向江志升做了個鬼臉兒。

江志升在這裏呆呆地站着，眼看着那頭小驢馱着身穿紅襖的小媳婦越走越遠，走入那無邊的芳草地中。他忽然想起一句詩來，可以形容這眼前的情景，就是"萬綠叢中一點紅"。他發了半天怔，才慢慢地走進村內。

這次進城他像丟失了什麼東西似的，精神恍恍惚惚，仿佛連自己的家門都不認得了。後來也不知道怎麼着，他就進了家門了。才邁腿走了兩步，忽見眼前白光一晃，定睛去看，原來是他的兒子江小鶴。今年他才十二歲，可手裏正掄着他爸爸的那口鋼刀，在院子裏飛舞。

江志升趕緊把他攔住，說：“喂喂，不行！不行！這是開了口的刀，小心傷着了你！你要是愛耍刀，明天我給你拿竹子削一把。”

小鶴兩隻小手握着刀把，還在胡掄，並說：“我不要竹刀，我要使真刀！我要有大本事！我要把你師父都打了，誰也打不過我！”

江志升笑了一笑。這時他的妻子黃氏，抱着才彌月的孩子小鷺，由屋裏跑出來，着急地說：“你也不管他！他趁着我給小鷺餵奶的時候，又蹬着凳兒把你的刀摘下來了。這要是摔一個跟頭，還不把命要了！”

江志升趕緊過去跟他兒子搶刀。他連哄帶嚇，費了半天的事，結果還是由屋裏又拿出一杆梢子棍來，才由小鶴的手裏把那口鋼刀換了過來。小鶴就又掄着梢子棍在院中亂跑亂嚷。

江志升隨着他妻子進到屋裏，黃氏問說：“你到城裏找魯師哥去，見着他了嗎？東西托他帶了嗎？”江志升只點了點頭，仿佛沒有精神跟妻子說話。平日妻子在他眼中也是個美人兒，今天卻不行了，另有一個美人兒占據了他的心，他覺得靈魂兒都像是跟着那個穿紅襖的美人兒去遠了。

如此迷惘了一天，到晚間褚三又來找他。他借給褚三一兩銀子，還跟褚三秘密地玩笑着說了半天話，褚三才走。江志升又時時翻着眼在馳思。黃氏因為不斷地忙着做飯、奶孩子、縫衣裳，也沒察覺出她丈夫的神情可疑。

到了第二天，江志升起床很晚。他沒精打采地到了鮑老拳師的家裏，這時陳志俊、馬志賢、秦志保、劉志遠，以及鮑志霖，全都在那裏掄刀舞劍了。鮑老拳師倒背着手兒來回巡視，一見江志升來到，就嚴肅地問說：“你今天怎麼來晚了？”

江志升說：“我病啦！頭疼腿軟。”

鮑老拳師就說：“那你今天就不要練了，把那三匹馬喂了，你就回去吧！”

江志升答應了一聲，懶懶地走過去喂馬，他雖然不敢違抗師父的吩咐，但是心裏卻十分不耐煩。同時又見師兄弟們都時時在偷看他，劉志遠還向他笑，江志升的心裏就有點兒害怕，暗想：昨天的事兒也許叫他們看見了，他們不定得怎樣地胡猜亂想。這若叫師父知道了可真不是玩的！這樣一想，心上就有點兒發冷。他一面攪着畚籮裏的草料喂馬，一面又想着：昨天那穿紅襖的小媳婦，是那麼風流、溫和，真叫自己難舍。

喂完了馬，他在旁又看眾師兄們練武。這些人都比他學習的日子多，可是在他眼裏看來，簡直一個一個都是飯桶。連老拳師都算上！雖然他的武藝是很高超，但是人老了，力氣也不行了，而且身體又是那麼胖腫。當時江志升便輕視了一切，暗想：誰管得着我？我師父也管不着我！我愛怎麼做就怎麼做，至多鮑老頭子不認我為徒弟，那正好！我再讀書再進場，將來中了舉人做了官，盧家媳婦也許真正是我的夫人了！

此時那老拳師已回到門裏，江志升抖了抖衣裳就往外走。劉志遠跟鮑志霖便追上他來，問說：“喂！你怎麼才來就走呀？你准知道師父叫你幹的事完了沒有？”

劉志遠並說：“昨兒跟你在一塊走着說笑的那個小媳婦，是誰呀？”

江志升說：“她是我的妹妹，昨天她回娘家來了，你要是胡說可不行。我現在病了，剛才我已跟師父請了假。馬我也喂上了，我要回家歇着去了。”說畢，他轉身又走。

鮑志霖又趕過去，一把將他抓住，怒喝道：“小子！你可留神腦袋！我爹最恨奸盜邪淫，你這小子若是調戲婦女，被我爹知道了，他可立刻就能要你的命！”

江志升聽了十分生氣，憤憤地說：“胡說！你說我調戲婦女，你有什麼憑據？”說時，吧的一甩手，把那鮑志霖幾乎給摔倒了。鮑志霖身不由己地向後退了三步，氣得他捋着袖子，又要過來抓江志升。馬志賢扔下雙鈎從那邊跑了過來，把鮑志霖拉開，又勸解了半天。鮑志霖還跺着腳，說了許多橫話，才算放江志升走開。

江志升的心中非常憤怒，就決定要與鮑老拳師斷絕師生關係。從明天起，自己就不再來這裏學武，以後無論自己做出什麼事，他們也管不着。他一面走一面想着。

走到家門前，忽見門前的樹上繫着一頭小驢。褚三在牆角向着太陽蹲着，一見江志升回來了，就站起身來，迎頭笑着說：“江大爺你回來啦？我在這兒等了你半天啦！”

江志升趨近悄聲問說：“怎麼樣了？”褚三揚着臉兒向江志升咧嘴一笑，就去解下驢，說：“江大爺，你千萬早去，別叫人家等急了！”

江志升笑着點了點頭。進到門裏，他就催着妻子快做飯。他開箱取出一身簇新的衣服，並向他妻子黃氏說：“吃完了飯我還要走。新從西安府來了一個師兄，我們大家湊錢請他到城裏吃酒席。”

黃氏說：“你既是跟着師兄們進城去吃酒席，可幹什麼又催我做飯呢？”

江志升不由得臉一紅，連忙改口說：“吃的是晚飯，可是現在就得進城。城裏新來了個戲班子，聽說很好，我們還要聽戲去呢。”

黃氏聽丈夫這樣一說，也就不再細問了，遂趕忙做飯。

江志升更換了衣服。他換的是一身青綢夾褲褂，外罩紫色綢袷袍，袷袍的上面又套了一個青緞坎肩，並換了一雙青緞薄底快靴。換好了衣服，他就趕快吃飯。

江小鶴在旁看着他爸爸的這身衣服，覺得有點兒特別，就問說：“爹爹，你要幹什麼去？你是要給人家接親去嗎？”江志升擺手說：“你就不要管了！”他很快地把飯吃完，就帶上一頂青緞瓜皮小帽，遂向妻子說：“我也許不到晚上就回來。”當下他高高興興地走了。

黃氏在家裏仍然照常操作，對她丈夫這次換了衣服出門，並沒有多疑。小鶴就拿着那杆梢子棍在院中玩耍。約莫下午兩三點鐘，忽聽外面打門，小鶴就掄着梢子棍向門外橫橫地問道：“是找誰的？”

外面說："你開門吧！我找你爹爹。"小鶴把門開了，一看原來是他的姨丈馬志賢，他就說："我爹走了，穿着新衣裳給人家迎親去了。

馬志賢聽了一怔，趕緊叫了聲志升，就往屋中走。馬志賢的妻子就是黃氏的表妹，他本人和江志升又是師兄弟，所以兩家親戚走得很近。當下馬志賢走到屋內，就問黃氏說："志升出去了？他上哪兒去啦？"

黃氏說："表妹夫你不知道嗎？他說從西安府來了一個師兄，你們幾個人湊錢請他，先到城裏去聽戲，晚上再吃酒席。"

馬志賢詫異着說"這是哪來的事兒？"一說出這句話來,他又自覺後悔，就想：自己與志升是親戚，倘若把他的事情捅破了，使他們夫妻失和，倒也不甚好。於是他就把話吞下了一半，改口說："我不知道有什麼人從西安府來，也許他們沒邀上我。志升他是什麼時候走的？他說什麼時候才回來？"

黃氏說："他由師父那兒回來，就催我給他做飯，換了衣裳吃完飯就走了。本說是吃完晚飯才能回來，可是他臨走的時候，又說是也許待一會兒就回來！"

馬志賢站着發了半天怔，就說："待一會兒我再來吧，因為我有幾句要緊的話要跟他談談。"說畢，他就走了。馬志賢住在城內，以開設鐵舖為生，所以他又趕緊回城去打鐵，走後三四個鐘頭，並沒有再來。

到了晚間，天都快黑了，江志升方才回來。他滿面喜色地進到屋裏，見着他的妻子，眼珠兒就亂轉。黃氏問他吃過飯了沒有，他卻搖頭說："沒吃！"說着話，他便坐在凳子上，不住地翻着眼睛想事，連青緞瓜皮帽兒都沒有摘。

黃氏就說："你倒是把衣裳換下來呀？弄髒了，將來還穿什麼？"

江志升笑了笑，說："衣服算什麼，穿壞了再做新的。"黃氏見丈夫的神情突然改變，雖然不明是什麼緣故，但心中也很不高興。她送過來菜飯，見丈夫一邊吃着，一邊停箸想事，便打算着等丈夫吃完了飯，詳細向他問一問，到底他為什麼這樣神不守舍。

這時外面又有人打門，黃氏就說："一定是志賢來了。今天你走後他就來了一趟，說是有要緊的話要跟你說，我還忘了告訴你！"說着，黃氏走出屋去。

這時在院子裏玩梢子棍的小鶴，早開門叫馬志賢進來了。

馬志賢一進屋瞧見志升，就說："你回來了？"

志升連說請坐，又叫他妻子把燈點上。他這時才把頭上的青緞瓜皮帽摘下來，按照親戚的稱呼問說："妹夫，你找我有什麼事兒？"

馬志賢因為有黃氏在旁，許多話他都不好意思說出來，只笑了笑說："也沒有別的事兒，只是今天……唉！反正你也是個明白人。師父那個人的脾氣不好，招惱了他，他毫不容情。我們既是親戚，又是師兄弟，我才來告訴你。真的，你是不知道，我為你這件事兒，整整着急了一天！"

江志升手裏拿着碗飯，故意裝成沒事人的樣子，冷笑着說："這可真是奇怪！又有什麼事把師父得罪啦？"

馬志賢趕緊擺手，說："真假我可不知道，不過，今天一早，劉志遠他們都說昨天你……”

江志升恐怕馬志賢把那事說出來，要惹得妻子鬧氣，遂就跟緊把筷子一摔，氣憤憤地說：“他們胡說謅我什麼？我明天去問問他們！”

馬志賢擺手說：“你也不必問他們，不過你行為上檢點一點兒也就得了。師父他年老了，脾氣越來越古怪，再加上大兒子受了鏢傷，至今未愈，二兒子又那麼沒出息，所以他很容易動急氣。事情若吹到他的耳朵裏，可真不是玩的！”

旁邊的黃氏趕緊插言問道：“到底是什麼事兒？馬妹夫你跟我說！”

馬志賢擺手說：“表姐你就別打聽了！也沒有什麼要緊的事兒。”

江志升又氣憤憤地向他妻子說：“這與你婆娘家有什麼相干？我跟那些人不和，那些人就在師父面前說我的壞話。他們妒嫉我，因為我練武的年月不多，武藝卻比他們強。那些混蛋，包括魯志中，以後我誰也不認得！連鮑老頭子我都不怕！他不要我了更好，江大爺正不願練武啦！難道我還打算將來吃他們那碗江湖飯？”說畢，他把飯碗一推，站起身來。

他的兒子江小鶴在旁掄着梢子棍，說：“爹爹，誰欺負你了？是你師父嗎？我找他比武去！”說着，這孩子手揚梢子棍，氣昂昂地向外就走，被他母親打了一巴掌，並將他揪了回來。

馬志賢僵在這裏，就歎了口氣，說：“志升你真性傲！別說他是咱們的師父，師父就是尊長，不應當得罪他；即使他不是咱們的師父，我們也不必招怨他。你想他那性情，他那身武藝，他那許多徒弟，誰能惹得了他？真的，他要打算害死一兩條人命，那還不容易？”

黃氏聽馬志賢提說到了人命，更不知道這事情有多麼厲害了，就驚惶惶地勸她丈夫，說：“你可千萬別把師父招惱了，他真能把人殺死！”

江志升卻笑着說道：“我跟他又沒有什麼深仇大恨，哪能因為一點兒小事就叫他把我殺了？你們別替我瞎擔心了。”說完了，臉上便做出和悅的顏色。

馬志賢因恐城門關了回不去，所以他趕快走了。江志升把馬志賢送出門去，回到屋裏就不住地發怔。他想到師父鮑振飛的那口昆侖刀的確叫人害怕，可是今天由趕驢的褚三撮合，使他與那盧家的小媳婦相會，又實在令他銷魂，令他難以割捨。發愁了半天，便很早地睡去了。

到了次日，江志升一清早就到了鮑老拳師的家裏。他練功夫特別用心，幹事也特別出力。雖然劉志遠還時常望着他笑，鮑志霖時常用嫉妒的目光來瞪他，但他卻不管不顧，彷佛心裏一點鬼胎都沒有。可是當那鮑老拳師走近他時，他就不禁有些心驚肉跳，瞧着師父那肥胖魁梧的身軀，那張紫沉沉的臉兒，他就害怕得不得了，覺得這老拳師真能把自己殺死了。他心裏就想：那個事兒可別再做了，真叫老頭子知道了，他真許把我的性命要了！練完了武藝，又幫着幹了一些雜事，他並不像往日似的與師兄們說會兒閒話，趕忙就走了。可是一離了鮑家，心中又想起了那多情多意的美人兒，他又覺得無法割捨。

才一走到家門前，見褚三又牽着驢在那裏等候。江志升立刻又像是着了魔似的，什麼都不由自主了，他跟褚三戲謔了幾句，連門也不進，飯也不吃，衣服也不換，就騎上褚三那小驢往南山下去了。當日到了晚間他才回來，回來見了妻子，什麼話也不說，吃完了飯就睡。如此一連過了四五天，風聲已傳到了鮑老拳師的耳朵裏。

這天早晨，江志升推病未到。馬志賢等五人練完了武藝，幹完了雜事，老拳師就對眾人發了話，嚴厲地說："聽說江志升在南山姘識着一個婦人，可有這事嗎？你們不准瞞我！"這話一問出來，大家全都面面相覷，尤其是馬志賢，真替他妻子的表妹夫捏着一把汗。

只見鮑志霖推了劉志遠一下，說："你講呀！你不是全都知道嗎？"

劉志遠嚇得臉色煞白，他不敢隱瞞，就說："我也是聽別人說，江志升與城裏的盧家小媳婦不清楚。盧家的小媳婦前幾天回娘家，住了不到兩天，就由娘家跑到南山下郭老婆子的家裏去了。現在娘家叫她回婆家，她不回去，婆家也找不着她。聽說郭老婆子是趕驢的褚三的舅媽，褚三天天拿驢接江志升到郭老婆子家，與那小媳婦會面。"

鮑老拳師一聽，氣得臉上越發紫漲，他憤憤地說："這是什麼事兒？我的徒弟最忌的就是奸盜邪淫。他明知故犯，並且這樣大膽，拐匿良家婦女，這是給我昆侖派敗壞名聲！你們去把江志升給我抓來！"

老拳師分派下這話來，大家雖有的心裏還在躊躇，可是沒有一個人敢怠慢，也沒有一個人敢勸解。鮑志霖領頭，他先抄起了一口單刀，說："你們得帶上件兵器！"於是旁人也抄刀的抄刀，提棍的提棍，一齊往北去了。共合是五個人，由鮑志霖領路，劉志遠、陳志俊、秦志保、馬志賢在後面跟着。前面的幾個人全都氣勢洶洶的，彷佛是奉了師父的命令，就再也不念師兄弟的情分了。

馬志賢的心裏卻十分作難，而且非常着急，他就趕過去勸志霖，說："師弟，雖然師父生了氣，可是咱們只要抓着他，叫他見師父去就得了，千萬別傷了他！"

劉志遠也說："這件事是我給說出來的，你們要傷了他，他可就恨上我了。他那人心狹，以後一定要找我報仇！"

鮑志霖卻冷笑着向劉志遠說："你怕什麼？我爹收徒弟有規矩，犯了淫戒，非死不可。胡志凱是怎麼死的？常成高為什麼短了一隻胳臂？蔣志耀為什麼剜去了一隻眼睛？"

馬志賢趕緊又央求鮑志霖，說："兄弟，現在這件事只有求你給說情。你求師父打罰他也可以，千萬別弄傷了他，總應當念他年輕無知！"

鮑志霖依然冷笑道："你也別護着你的親戚，這事沒辦法。就是我爹饒了他，別處的師兄也不能饒的，要不然就不公道了。怎麼胡志凱該死，他就該饒？"

說話之間，已來到了江家的門前，馬志賢捏着把汗，鮑志霖就上前打門。待了一會兒，江志升的妻子黃氏把門開了。一見眾人都拿着兵器，她就嚇得身上打戰，趕緊問說：“什麼事？眾位哥們兒有什麼事？”

陳志俊和秦志保同說：“我們找志升，師父叫他去，有話要對他說！”

黃氏戰戰兢兢地說：“志升他一早就出去了，上師父家裏練武去了，直到這時還沒回來。”

秦志保說：“今天他就沒有去。”

鮑志霖說：“費什麼話！咱們進去查一查，他一定是藏起來了，不敢見咱們。”當下由鮑志霖領頭進去搜查。那馬志賢急得向黃氏暗暗跺腳，黃氏也嚇得面無人色。

鮑志霖帶着眾人到屋裏搜查，連床底下都查過了，確實沒有江志升的蹤影。他就向劉志遠說：“他一定是到南山下會那小媳婦去了，咱們快去捉他，捉姦要捉雙！”說着帶領眾人又往門外去走。

才出了門首，忽見江志升的大兒子提着一杆梢子棍由村外跑來。他也不知道這些人到他家來為什麼事，只見拿刀的、拿棍的，就覺得非常熱鬧，便舞動着梢子棍跑過來，高聲喊道：“你們敢跟我比武？”眾人也不理他，依舊由鮑志霖領頭，就出了村子往南去走。

由鮑家村往南山還有七八里路，沿途所過盡是麥田。偶爾遇着一灣流水、一座板橋，便有人家將溪水引到田裏，種些稻子。五個人很快地向前行走，越走離着山根越近，少時就來到了山腳下，在西邊有三四十戶人家，就叫作南山村。

此時是由劉志遠在前面領路了。進了村子，他先找了他的一家親戚張老大家。那張老大是個賣草鞋的，江志升與盧家小媳婦的事，全都是他告訴劉志遠的。張老大悄悄地指點了那郭老婆子的門兒，鮑志霖就推着劉志遠說：“你去叫門兒！”劉志遠有些膽怯，但仗着人多，他就走上前去，把那破門敲了幾下。

待了一會兒，門開了，出來的正是個老婆子。鮑志霖站在劉志遠的身後，怒聲問道：“江志升在這兒沒有？”那老婆子一看，各人手中全都拿着兵刃，就嚇得連連擺手，說不出一句話來。鮑志霖一把推開那老婆子，劉志遠等幾個人就一同闖入。

院裏只有兩間草房，一間是郭老婆子跟他兒子住，一間現在讓給了盧家小媳婦。此時江志升正在屋中，一聽見院中的腳步聲非常雜亂，就吃了一驚，趕緊推門去看。盧家的小媳婦也探出個嬌豔的半身來。此時鮑志霖把刀一晃，冷笑着說：“哈哈！現在你還能瞞着人嗎？師父叫我們來抓你，走吧！跟着我們見師父去！”

江志升此時臉都白了，雖然他心裏也很害怕，但卻不肯在情婦的眼前顯出無能來，便裝作不知，問說：“什麼事？師父叫你們這麼些人來找我？”

鮑志霖氣憤憤地說：“你做的事你還不知道嗎？你犯了我們的規矩，拐匿人家有夫之婦！你知道這是什麼罪過？殺頭！剜眼睛！”

在江志升身後躲着的盧家媳婦，一聽這話，就嚇得哎喲一聲，嬌啼起來，並把江志升的胳臂揪住，不放他跟那些人去。

江志升把情婦推開,擺手冷笑道:“你別怕,不要緊!”遂向鮑志霖道:“不錯,這女子是我新弄的老婆。可是也不是私弄的,他娘家、婆家的人全都知道。我都跟他婆家的人說好了,過兩天我賠他們三十兩銀子彩禮,他們就退婚,婆娘就接到我家裏去了。這件事,誰也管不着,連本地的縣太爺都管不着,別說師父!我江志升又沒拐了你們鮑家的媳婦!”

鮑志霖一聽這話,氣得頓足罵道:“好!你敢說這話?你這是罵師父,也是罵我!你娘的,有本事跟着我們走!”

江志升冷笑道:“我憑什麼跟你們走?”

鮑志霖立刻掄刀要砍江志升。陳志俊、劉志遠、秦志保等三個人,也都因他罵了師父,很是憤怒,要過來抓他。

馬志賢用手中的刀將眾人攔住,勸解說:“無論如何咱們都是師兄弟。他跟師父學藝也快三年了,他現在罵了師父,咱們叫他見師父去就得了,不必咱們打起來!”他又向江志升一半兒央求着說:“志升,你不可這樣,跟我們去見師父吧。我們一定下跪,給你求情!”

江志升卻繃着一張白煞煞的臉,一聲不語。冷不防他一個箭步躥出來,把馬志賢手中的鋼刀搶了過去,颼地一掄刀,並向馬志賢說:“妹夫你躲開點兒!”然後他一拍胸脯,向鮑志霖等人說:“我姓江的用不着別人給我求情,師父也管不着我這些事,我又沒犯法。誰若想要傷我、殺我,那我就跟他較量較量!”

那邊秦志保氣得掄刀撲了過來,說:“好!你這樣一說,你是不認得師父了?”說時一刀向江志升砍下,江志升趕緊向旁閃去。

鮑志霖又掄刀過來,罵道:“你罵我爹,我殺了你!”

江志升此時已然拼了出去,把誰也不放在眼裏,施展刀法敵住二人。

此時那小媳婦就在屋裏大喊:“郭大娘!郭大娘!你快去喊鄉約來!這幾個強盜要害江大爺!”

鮑志霖抛開了江志升,提着刀向屋中就跑,口中狠狠地說:“我先把你這賊婆娘殺死!”江志升卻一翻身,掄刀直向鮑志霖砍了過來。只聽哎喲一聲,鋼刀砍在鮑志霖的左肩上,冒出來鮮血,那鮑志霖立刻摔倒在地。

馬志賢恐江志升再砍第二刀,趕緊徒手跑過去攔住。江志升卻翻身掄刀去與劉志遠、陳志俊、秦志保三人拼鬥,隨殺隨往外走。

到了門外,江志升的刀法越發施展開了。雖說劉志遠等都是他的師哥,都比他學藝的日子多,但本領卻不及他。尤其是秦志保,掄着一口刀,手腳全都亂了。江志升抖起精神,一口鋼刀如閃電似的前遮後護,並時時用毒辣的手段向對方猛削狠刺。戰了幾回合,又聽一聲慘叫,秦志保的手腕上也吃了一刀,他甩着鮮血,跑到了一邊。

江志升又逼近劉志遠,颼颼幾刀砍下,劉志遠也眼看着就要招架不住。這時馬志賢提着鮑志霖的那口刀奔了出來,拼上前去將江志升手中的鋼刀架住,又向劉志遠、陳志俊擺手道:“不要動手了!咱們鮑昆侖門下的徒弟,從沒有自己跟自己拼命的!”他又向江志升責問道:“志升,你可太任性了!

本來是很好辦的一件事，現在叫你弄得倒不好辦了！”

江志升此時自覺自己的武藝實在高強，哪裏肯聽馬志賢的責問！他冷笑着，一拍胸脯，說：“有什麼難辦？鮑振飛若不服氣，就叫他來找我。從今天起，我江志升與他斷絕師徒之情，他再也管不着我的事情！”

劉志遠和陳志俊一齊收住兵刃，連說：“好了，好了，只要有你這句話，我們就不再跟你嘔氣了。我們回去把你這話告訴師父。”說着，兩人先進到門裏，把受傷的鮑志霖攙出來，遂就帶着秦志保走了。

這裏江志升怒目見那四個人走去，他提着刀還不住地冷笑。馬志賢卻急得頓足道：“志升，想不到你竟是這樣一個人！如今你做出這事來，我也無從庇護着你了，我勸你快點兒走吧！頂好離開漢中，到關中住幾年去，要不然你在這裏必有殺身之禍！”

江志升不但不聽，反倒心生反感。他把刀一掄，怒道：“你不要管我，我自己做事自己當！衙門又沒派人捉拿我，我跑什麼？鮑振飛若是找了我來，他既不念師徒之情，我也就不再對他客氣了！”

馬志賢見江志升說話越來越橫，也不由得生了氣，便頓了一下足，說：“反正我對你是盡到了心！咱們是親戚，我不忍得叫你慘遭奇禍，可是現在我沒法子了，由着你們去吧！”說畢，他連聲歎息着走了。

江志升進到門中，囑咐郭老婆子不要害怕，又到屋裏向他的情婦誇示着說：“不要緊！那些人都被我打走了，我想他們再也不敢來了！”那小媳婦又哭哭啼啼地向江志升撒嬌，叫他快些把三十兩銀子辦到，交給盧家，叫他們另娶，她本人好跟江志升成為夫婦。

江志升就滿口答應着說：“你放心，一兩天內我准能辦到。”心裏卻不禁有些發愁。此時他的怒氣已漸漸消失，一身的勇氣也彷佛隨着那些怒氣跑遠了。他心中十分憂慮，就想：我學了三年武藝，雖然陳志俊、秦志保那些人都不及我，可是跟鮑老頭子交手對敵，恐怕我就要吃虧了！不要說和他本人，倘或魯志中一回來，我也就完了！又想到自己答應了給盧二寡婦辦到三十兩銀子，連同給褚三和這裏的郭老婆子，共需四十兩，如今哪裏去湊這四十兩銀子？自己本是個寒家，只有十幾畝地叫別人種着，每年收些租銀度日。平日夫妻講究吃穿，已經掏了不少虧空，難道真把地畝賣出去嗎？再說，以後的日子還長呢，家裏的妻子也不是好惹的，她要知道了這些事，豈不要醋海生波嗎？因此，江志升心裏非常發愁。但是他的情婦又在旁迷着他，叫他連眉頭都不能皺一皺，更想不出擺脫這情絲及逃遁禍患的辦法了。江志升本想要回家去看看，可是又怕鮑老拳師在路上攔截他，暗自發愁了半天。

這時就聽院中有人用蒼老而嚴肅的聲音叫道：“志升，你出來！”

江志升在屋中吃了一驚，隨手抄刀。他的情婦趕緊把他的胳臂拉住，驚問道：“又是什麼人來找你？”

江志升把他的情婦一推，說“你不要管！”他拿刀的那隻手卻有些發抖，面色嚇得蒼白。

江志升走出了屋子，就見院中站的正是鮑老拳師。那雄壯肥胖的身軀，如同一座鐵塔一般，花白的鬍子飄灑着，紫面上帶着殺氣。他的身後跟隨着馬志賢、劉志遠和陳志俊。老拳師的手中掄着他那口昆侖刀，向江志升怒聲問說：“你還認得我嗎？”這聲音真似在頭上打了個響雷。

江志升身上發抖，但心中卻想出來一個絕處求生的辦法。他便提着刀，恭恭敬敬地說：“我怎敢不認識師父！”

鮑老拳師點頭說：“你既然認識我，就還好辦，跟着我走！”江志升無奈，只得點了點頭。

當下鮑老拳師在前走出了門，陳志俊、劉志遠等就擁着江志升向外去走。走出了村子，就在那山腳下曠地之中，老拳師停住了腳步。他把手中的昆侖刀一搖，向江志升說：“剛才你砍傷了秦志保，並且說與我斷絕了師徒情分，要叫我來跟你較量較量，這話可是真的嗎？”

江志升搖頭說：“我沒有說那話，師父你想我怎敢說？剛才我那鮑師哥跟秦師哥，他們打算當時就把我殺死，我一時情急，才跟他們打了起來，失手將他們殺傷。”

旁邊陳志俊和劉志遠齊都急得頓腳，說：“師父不要聽他狡賴！”

鮑老拳師從容擺手說：“你們不要多說話！”接着又向江志升冷笑着說：“你不要怕。你殺傷了你的兩個師哥，那一點兒也不要緊，正因此可見你的武藝高強。我平生最愛武藝高強的人。至於你說要與我較量，那也不錯。三十年來，江湖上沒有一個人敢跟我較量，我的手都覺得癢癢。現在有我門下的徒弟出來，竟想跟我比個高低，這倒是件大喜事。來！你可以近前來！我也不用別人幫助，咱們刀對刀較量十合，也不要你贏我，只要你能招架得住，十合之內你還能保存性命，我就扔了刀打折了胳臂，永遠也不再收徒弟。”

老拳師說了這話，江志升如何敢上手？他嚇得上下牙齒磕得亂響，說：“我不敢跟師父比武藝，我沒說過那話！”

鮑老拳師不住冷笑，指着江志升，怒罵道：“懦夫！”又問說：“既然這些事你都不認，那麼你拐匿良家婦女，犯了我昆侖派的最大戒條，這可是真的嗎？”江志升咬着牙，就點了點頭。

老拳師一見他點頭承認，不由得胸中怒火越發高漲，臉色也越發紫沉沉的。他把眼睛一瞪，兩眼裏冒出刀鋒似的可怕寒光，點頭說：“好了，你既犯了姦淫，就是死罪。跪下！叫你師哥殺你！”遂向陳志俊一指，那意思是叫陳志俊代他行刑。陳志俊這時卻有點兒手顫。江志升的臉上也越發慘無人色，他一時急憤，就把刀一掄，撒腿向南跑去。

鮑老拳師氣得叫道：“你要往哪裏逃跑！”遂帶着一個徒弟向南追去。

鮑老拳師眼看着就要追趕上了，距離江志升只有兩步，他右腳用力一蹬，身子一聳，一個箭步躥上去，掄起昆侖刀就向江志升的背後狠狠砍去。江志升正是困獸猶鬥，驀地回身用刀去迎。只聽鏜的一聲巨響，鮑老拳師的大刀重，震得江志升手腕發痛，立刻扔刀在地，趁勢抹頭向山上跑去。鮑老拳師依舊憤怒地在後面緊追，可是他現在到底是年老體肥，加上急氣，向山上追了幾步，就站住身不住地喘氣。陳志俊和劉志遠趕緊上前把他們的師父攙扶住，老拳師氣喘吁吁的，臉色由紅紫漸漸轉為蒼白，額上的汗珠像黃豆一般大。可是他還倔強着，頓腳說：“你們不要管我！你們到山上去，把江志升給抓下來！”

馬志賢只得叫劉志遠攙扶着師父，他跟陳志俊追上了山，就見江志升已向另一座山嶺跑去了。他們哪裏願意往嶺那邊去追，就彼此相望着呆了半晌，馬志賢就說：“我看咱們也追不上他了，再說捉住他又當怎麼樣，難道真叫師父拿刀把他殺死？那不是更麻煩了嗎？”

陳志俊說：“我看師父氣得太厲害了，他老人家那身體也禁不住，咱們還是先把師父勸回去歇着吧！”於是兩人又下山坡，就說江志升已然跑過山嶺不見了。他們又向鮑老拳師勸解了半天，陳志俊與劉志遠便攙扶着老拳師，馬志賢給提着那口昆侖刀，往鮑家村走去。一路上，鮑老拳師還氣得不住吁吁地喘。

回到家中，鮑老拳師躺在炕上歇息了半點多鐘，臉色方才緩和過來。左肩上受了傷的鮑志霖這時走過來看慰他父親。鮑老拳師氣得頓腳，罵他次子是飯桶，又說：“平常你不用心學武藝，現在竟叫一個學藝未滿四年的師弟把你砍傷，把我氣成這樣子！這件事若傳將出去，豈不叫人恥笑！我四十多年的名頭就全都完了！”

鮑志霖撇嘴說：“江志升他絕不能跑遠了。他在這裏有家，過兩天他一定回來。要不然我先去把他兒子抽一頓？”

鮑老拳師罵道：“混蛋！你說的這是強盜的話。他犯了咱們的門規，與他的妻子又有什麼相干？你快些給我滾開！”說話時就要用腳踢他，鮑志霖趕忙跑出屋去了。

這裏馬志賢、陳志俊、劉志遠三個人，又向鮑老拳師勸慰。鮑老拳師依然憤怒不息，就向馬志賢道：“你今天騎着馬，立刻到紫陽，去把你那三個師兄叫來，叫他們立刻就來！”

馬志賢聽了連聲答應，心裏卻不禁為江志升捏一把汗。

馬志賢趕緊出去備了一匹馬，先進城回家。見了妻子，他就把江志升的事情講了，然後便催着妻子趕快去找她的表姐黃氏，叫她去見鮑老拳師下跪求情。他驚惶惶地道：“你不知道，在紫陽縣的二師兄龍志騰、三師兄龍志起、七師兄賈志鳴都是武藝高強、手段狠辣的人，他們若是來到，江志升一定要喪掉性命。你快去，千萬叫表姐抱着孩子向老師父求情！”

當下馬志賢的妻子李氏就趕緊雇了一頭驢往江家去了。馬志賢不敢有違師父之命，趕緊往紫陽縣去請那三位師兄。

這時黃氏早知道了她丈夫的事情，因為已有鄰居告訴她了。丈夫在外姘識婦人，黃氏自然覺得十分可恨，但想到丈夫得罪了鮑老師父，立時便許有殺身大禍，又不住地着急悲痛。她的大兒子小鶴又拿着梢子棍跑到村外玩耍去了，小兒子已然睡熟，她正在憂急無計可施之時，表妹李氏就來了。

李氏把她丈夫馬志賢的話都跟表姐說了，黃氏就更是着急害怕，可是又很作難，便說：“你講，平常我也沒到鮑家去過，現在我怎麼去央求人家呢？”

李氏說：“那有什麼法子？誰叫表姐夫闖下了禍！我給你看着孩子，

你趕緊去見鮑老師父，見了他的面，你就給他跪下，無論如何也得求他寬恩，把表姐夫的命給饒了！”

當下由李氏這樣勸講着，催促着，黃氏就把頭髮梳了梳，又換了一件乾淨的衣裳才走。她出了門還想着：見了鮑老師父，央求央求也倒可以，可是若叫我給他下跪哭求，那未免太難了！我做不到。

少時來到了鮑家門首，就見由門中走出一個三十多歲的短身漢子，黃氏就上前萬福了，問道：“請問，這是鮑老師父的家裏嗎？我是江志升家的，我來見老師父替江志升求情。”

對面這人正是劉志遠，他一聽是江志升的妻子，就說：“原來是江弟妹，得啦！我勸您千萬別去見師父碰那釘子了。師父現在氣憤極了，什麼人他都不認得了，手裏永遠拿着他那口大刀。我連一句話也不敢在他跟前說。江弟妹……”講到這裏，他把聲音壓得很小，又道：“現在就是別再惹他們了。我江師弟他要是回家去，弟妹千萬勸他趕緊遠走高飛，要不然被他們捉住，立刻就是個死，我們也沒法子救他！”

黃氏聽了，只得擦着眼淚又回到家裏。當日那李氏就留在這裏為她做伴，也沒有什麼事情發生。江志升也沒有回家。

次日早晨，老拳師的家裏就停止了練武。到了晚間，馬志賢就帶着龍志騰、龍志起、賈志鳴，由紫陽縣飛馬馳到。那紫陽縣原是個出產茶葉的地方，該地茶商雲集，整天不斷地向關中、川北、濟水一帶去運輸。客商既多，所以鏢行的生意也很發達，小小的一縣之內，竟有鏢店十餘家。但字號最大的是“紫陽靖遠鏢店”，鏢頭中最出名的就是穿雲燕龍志騰、推山虎龍志起、破浪蛟賈志鳴。這三人不但被稱為“紫陽三傑”，而且是秦豫川漢之間最有名的英雄。他們全都是鮑振飛老拳師的弟子。

當日他們應命來到，老拳師就道：“江志升犯了門中的規矩，不但姦淫良家婦女，而且殺傷師兄，藐視師尊。詳細的情由，你們可都聽志賢講過了？”

龍志騰等三個人齊都恭恭敬敬地道：“我們都聽馬師弟詳細講過了。”

鮑老拳師點頭道：“好，限你們十天之內把江志升給我捉來。如若不能活捉來，就把他的首級割下來見我！”此外再沒有旁的話。龍志騰等三人答應了一聲，當時便各帶兵刃往南山上搜尋江志升去了。三人到晚間才回來，就住在師父家中。

又過了三四天，在山上卻尋不見江志升的蹤影。在那山下，郭老婆子家中住的盧家小媳婦，已回到鞏家莊娘家住着去了。並聽說她婆家和娘家已打了官司，官人也到江志升家中來過兩次，但卻捉不着人。所以有人說江志升已跳下山澗死了，又有人說他一定是過了山嶺往川北去了，除非這鮑老拳師病故，他才能夠回來。

這些話傳得滿村中的人都知道了，就有人告訴了黃氏。黃氏就日夜哭啼，弄得那懷抱中的小孩也病了。只有她那大孩子江小鶴，對於這些事竟像全然不覺，每日還是提着梢子棍到各處去玩。他拿着那杆棍子見樹打樹，見牆打牆，弄得村子裏的狗一瞧見他，夾着尾巴就跑。村裏的孩子們也不下四五十個，還有許多比他年長的，簡直沒有一個不服他、不怕他。

這天江小鶴吃完午飯，就又出門去玩，直到天黑時方才回來。他長得有點兒像他父親，但那比他父親還要英俊的長闊臉兒上滿是汗泥和血，衣服也被撕破了。但是他一點兒也不哭，氣昂昂地走回來，把梢子棍一扔，又仰着臉看了看那掛在牆上的鋼刀。然後，他把破衣裳脫下來，蘸上水，擦了擦臉上的汗污和血跡，就赤着強健的小膀子，問他母親說："娘，還有吃的嗎？"

黃氏氣得身上發顫，問道："你，你又在外頭跟誰打架了？"

江小鶴卻仿佛毫不在乎，挺着胸道："我跟薛家的大牛、二牛，還有七八個人打了一架，他們大夥兒打我一個。可是敵不過我的武藝高強，被我殺得大敗。我這頭上的傷就是被他們打的，是中了他們的飛鏢！"

黃氏吃驚道："哎呀！他們拿鏢打你，鏢不是鐵打的嗎？有尖兒！"

江小鶴搖頭道："不是鐵的，是石頭的。不要緊，英雄好漢中了暗器不算什麼。娘，我要學武藝去！"

黃氏又生氣又着急，就說："你還想學武藝啦？你難道不知道你爹爹的事情嗎？你爹爹雖然做了壞事，可是他要不是跟鮑老頭子學武藝，也不至於到這步天地。現在他叫鮑家那些人逼得也不知是死了，還是跑遠了。你還要學武藝？"黃氏講着講着，就不住地哭泣。

小鶴卻憤憤地說："我爹爹是膽小。就回來，看他們敢怎麼樣？他們要講打，我幫着我爹爹打他們！"

黃氏卻急得頓腳道："得啦！得啦！你就別再惹禍了！你不知道那鮑老頭子從外面叫來了三隻老虎嗎？"

江小鶴憤憤地說："老虎我也把他打死！"

黃氏見兒子這樣頑橫，心中更加憂慮。她把飯菜拿過來，小鶴胡亂地吃了一頓，隨後就跑到裏間，上床睡覺去了。這裏黃氏收拾了碗箸，那小兒子又啼哭了一陣。她安慰半天，那小兒子方才睡去。在小兒子身邊躺着的就是小鶴。這時小鶴已睡熟了，呼嚕呼嚕地發出鼾聲，並伸出一隻小膀子來，握着拳頭，仿佛在夢中還在跟誰打架似的。黃氏把他那隻胳膊抬起，塞進棉被裏，然後又走到外屋，取出針線來，在一盞黯淡的油燈旁，為小鶴縫補那件扯破了的褂子。

也不知過了多少時候，忽然覺得一陣涼風由外面吹進來。抬頭一看，就見屋門開了，走進一個人來。黃氏吃了一驚，將要失聲喊叫出來，但定睛仔細一看，原來是她的丈夫江志升，便說："喲！你怎麼回來了？"

江志升那一身綢衣裳現在已然又髒又破，頭髮也蓬亂着，鬍子長了滿腮。這幾天來，他竟變得又黃又瘦。一進屋來，他就驚惶惶地悄聲說："家裏不是還有幾兩銀子嗎？你快拿出來給我，我得趕快逃命去！"

黃氏流淚問說："你要逃到哪兒去呀？"江志升擺手道："你不要問，快快把銀子拿出來！"

黃氏流着淚，到屋裏去開箱取銀子。這裏江志升就由牆上把那口鋼刀摘下，又找出一碗冷飯來，用手抓着往嘴裏吃。

黃氏由屋裏出來，手裏拿着銀子，一看丈夫拿手抓那冷飯吃，她就說："我給你熱一熱好不好？還有剩下的菜呢！"

江志升卻擺手，一面嚼着飯一面說："不用，我這就走！"遂由妻子的手中接過銀子，掂了掂，有五六兩，便揣在懷內。

他咽下飯去，卻又流出淚來，便伸手握着妻子的手說："我對不起你！我年輕，做錯了事情，可是我沒想到鮑家他們竟是這樣地兇狠！我若不趕快走遠，被他們抓住，立刻就是個死。我到外省要找一個做官的朋友去，將來也許能把你們全接了去！"

黃氏哽咽着，卻講不出一句話來。

江志升又說："我不敢再在此多待，我要走了，無論見着誰，千萬不要說我今晚回來了！"說畢就往外走。忽然他又止步問說："小鶴呢？"黃氏擦着眼淚說："小鶴他睡了！"

江志升的意思似乎是還要看看兒子，可是忽然他又想了一想，就歎息了一聲，開門走了。

黃氏將要向外去送他，江志升卻把門攔住，用很恐懼的聲音說："你不要跟我出來！"當下江志升便手提單刀，溜出了門，順着牆往北走，就像一個賊似的逃出了村子，往北飛跑而去。

這時已敲過二鼓，天上繁星萬點，銀月一鈎。料峭的春風吹得江志升身上發冷。路上雖然沒遇着一個行人，但沿途各村莊裏的狗卻都像是發現了他，在遠近各處汪汪地亂吠。江志升向北拼命地跑，因為地上坎坷不平，有兩次他都摔倒了，還有一次幾乎失足掉在了水裏。他越慌越亂，總感覺有人在後面追趕似的。有時他真灰心，要將頭扎在水田裏，叫水將自己淹死；有時他又把心一橫，不想逃了，就想索性跟鮑振飛那些人拼個死活。

但他究竟是求生心切，便不得不忍受痛苦，在茫茫的黑夜之下往前走着。直走得腳疼腿軟，東方就漸漸發出白色。眼前望見了一座高山，他知道自己已離開鎮巴縣境了。他站住身，喘了幾口氣，又像瘸子似的，磕磕絆絆地往北去走。東方的曙色已漸漸展開，江志升忽然覺得自己這副狼狽的樣子，手裏還提着一口刀，倘若被人發現，一定會被認為是強盜。於是他便趕緊把手中的刀拋棄在水田裏，然後依舊忍着腿疼緊緊地往前去走。走到天光大亮，他已然走進了山口。這山也是大巴山的一脈，雖然不大高峻，但山路卻極為曲折、坎坷。江志升往山裏走了有百餘步，只見小鳥在耳畔亂鳴，蒼鷹在頭上盤飛，卻沒遇見一個人。他略略放了點心，就找了塊青石坐下。他把那已經磨破了的鞋脫下，倒出許多沙礫來，又脫下襪子，一看腳上已磨出了許多水泡。他用指甲狠心地將腳上的泡全都捏破，裏面就流出許多清水來。

他不敢在此多待，便又把鞋襪穿上，再往前走。走了幾步，覺得兩腳越來越痛，簡直不能再着地，同時鞋跟都提不上了。他又坐在地下，將衣裳裏子撕下一塊來，扯成了兩條帶子。他一面彎着腰去繫鞋，一面心裏想着：到底我是犯了什麼彌天大罪，就被人逼成這個樣子？在南山中潛伏了幾晝夜，如今又跑到北山來，還不知過了這座山后，是生是死？江志升這樣想着，心中又是悲哀又是憤恨。同時他身上很疲倦，腹中又覺着饑餓，但是還是站起身來，像受刑似的，一步一步地順着山路又往北去挪。

挪了不到幾十步，這時就聽身後傳來一陣的雜亂的馬蹄聲，在山谷中更顯得響亮、震心。江志升嚇得趕緊回身去看，就見身後馳來了四匹健馬，前三匹馬上全是彪形大漢，後面那匹馬上正是蒼髯飄飄、紫臉沉沉的鮑老拳師。江志升一看，嚇得魂魄都飛了，他便趕緊扳着路旁的石頭，要往山上去爬，只聽後面像雷一般的聲音喊道："江志升，你還想跑嗎？"這是鮑老拳師的聲音！

江志升嚇得腿下一軟，咕咚一聲摔將下來。他趕緊一滾身，想要再跑，但那四匹馬已來到臨近。頭一匹馬上正是穿雲燕龍志騰，他一張深青色的臉，滿生着髭須，相貌非常兇狠。馬來到臨近，他一手勒韁，一手揮起了皮鞭，探起身來，向江志升的頭上吧吧打下。

江志升就覺得頭疼目暈，但還是掙扎着站起來，他心裏燃燒着一種急怒，便罵道："你們是強盜……"往下的話還沒有喊出來，就覺得胸前一陣奇痛，全身發昏，他使力去喊，亦不知喊出來了沒有，就立刻倒在地下死了。

馬上的老拳師正要擺手，但已來不及了。推山虎龍志起已由江志升的胸中抽出鋼刀來，順勢下了馬，在江志升的身上擦了擦刀上的鮮血。然後他向鮑老拳師說："師父！事情辦完了，我們回去吧！"鮑老拳師坐在馬鞍上，望着江志升的屍體發了半天怔，雖然他的臉色還是那麼紫得可怕，但是由他的兩目中看出一點兒悲憫之色。

旁邊破浪蛟賈志鳴亦下了馬，抱怨龍志起，說："三師哥！你把事情辦得太急了！問他幾句話也好。"

龍志起黑胖臉上卻又顯出怒色，說："這樣的人，還問他什麼話？叫他多喘一口氣兒，咱們昆侖派中的人就全都沒臉見人了！"

龍志騰在馬上也叱責他兄弟說："師父又沒發話，你如何就弄死了他？"

龍志起氣憤地又要和他哥哥頂嘴，卻聽鮑老拳師喝道："你們不要吵了！把死屍拋下澗去！"

當下三個人一聲亦不敢言語，賈志鳴和龍志起就過去抬死屍。忽然賈志鳴由江志升的身邊摸出幾兩銀子來，就去交給他師父。鮑老拳師接過一看，很輕微，至多不過五六兩銀子，心裏就明白，昨晚江志升回到他家中，一定就是為取這點兒銀兩去的。

此時龍志起和賈志鳴已把江志升的屍身扛走，拋到了山澗下。鮑老拳師並沒有過去細看，便拂手說："咱們回去吧！"當下四匹馬就倒轉過來，出了山口，飛馳回鮑家村去了。

鮑振飛老拳師到了家中，怒氣倒是都消了，但是精神卻顯得十分頹唐。

龍志騰等三人回到屋裏去飲酒吃飯，鮑志霖就拄着一根拐棍，彎着腰到屋裏去見他們。他探着頭悄聲問說："怎麼樣了？追着江志升了沒有？"

龍志騰等三人只管喝酒，並不回答。鮑志霖又問："把他結果了沒有？

你們告訴我不要緊，我絕不能對別人去說！”

龍志騰用酒杯一拍桌子，說：“師弟，你怎麼說這話？咱們又不是幹綠林事兒的，豈能隨便就結果了人？我們跟着師父出去，本想要追上他，把他打個半死也就夠了，可是沒追上。或許你昨天晚上看差了，由他家門裏出來的那不是他。”

鮑志霖聽了覺得非常失望，便恨恨地說：“那小子早晚不得好死，等着吧，看將來的！”說畢，他搶着斟了兩杯酒自己喝了，然後就忍着背上的傷痛，拄着拐棍走出屋去，又要向他父親去打聽打聽。才一拉開他父親住的屋門，就見他父親正和他的姪女阿鸞在玩耍，可是那張蒼老的臉上卻顯出一種極難看的顏色。鮑志霖知道他父親一定是發了愁啦！就趕緊溜回他自己的屋裏去了。

當日下午，龍志騰、龍志起、賈志鳴三個人就一齊辭別了師父，策馬回紫陽縣去了。

他們這一走，馬志賢等人就都發了怔，因為事實已然很明顯，他們一定是把事情辦完了。馬志賢是江志升的親戚，他因此亦不敢到江家去了。其餘旁的人，如陳志俊、劉志遠等人，雖然平日與江志升的感情並不怎麼好，但現在亦都有點兒兔死狐悲、物傷其類，覺得跟鮑老拳師學武藝，不是一件容易的事。

鮑老拳師這一天之內精神亦十分不好，連午飯都沒有吃。下午睡了一個覺，就到天晚了。他摸了摸身邊，那由江志升屍身上搜來的幾兩銀子，還依然存在。他暗歎了一口氣，悶悶地吃過了晚飯，便走出門去。

此時天色已然昏黑，村裏敲起更鑼來，家家都掩上了柴扉。鮑老拳師走到江志升家的門首，隔門去看，只見屋中有黯淡的燈光，卻沒有一點兒聲音。鮑老拳師就從身邊掏出了那幾兩銀子，隔牆擲了過去，他心說：這是江志升帶着逃命之用的，現在他用不着了，我還給你們，讓你們家裏的人自己用吧！他剛要轉身走開，才邁了一步，就聽門裏傳出呱呱的一陣兒啼。鮑老拳師就曉得江志升的身後，尚有一個在繈褓之中的小兒，他心裏越發難過，便暗暗地歎着氣走回家中。

到了第二天，清晨起來，鮑老拳師依舊一點兒聲色不動，照常教授武藝。他本來是個很剛強的人，從來沒有歎過一口氣，可是這幾日他忽然時時皺着眉凝想，有時什麼事亦不為，他就長歎。因此門徒們都覺着老拳師的脾氣有些變了。陳志俊、劉志遠等人全都捏着一把汗，不知鮑老師父又為什麼事情而憂煩。每天大家按時前來學武，練習武技的時候，全都是謹謹慎慎，不敢有一點兒疏忽。練完了武技就分着去做事，喂馬的喂馬，耕田的耕田，沒有一個人敢偷懶，沒有一個人敢言笑，因為都提防着老拳師會發脾氣來。

過了七八天，這日鮑老拳師的得意弟子魯志中回來了。他是頭一天晚上回來的，在家裏歇了一夜，第二天清早就來見師父覆命。他來的時候，見門前場子裏只有馬志賢、劉志遠、陳志俊三個人，他心裏就有點兒詫異。還沒進門，就見師弟鮑志霖由門裏出來，歪着膀子，臉上越發黃瘦，好像得了什麼大病。

鮑志霖一瞧見魯志中，就說：“師弟，你怎麼才回來？在漢中玩了個夠吧！”

魯志中問說：“師兄，你是怎麼啦？”

鮑志霖見問，反倒生氣地說：“你就不用管了！”魯志中又回頭瞧了瞧馬志賢等人，見那幾個人全都專心練武，不敢說一句話。

魯志中一看這神情不對，便趕緊進門裏去見師父。鮑志霖亦隨着他進來，問說：“我哥哥的傷怎麼樣了？”魯志中說：“不要緊，現在已經能下地了。”

進到屋裏，就見老師父才起床，正在喝茶。魯志中行過禮，鮑老拳師就叫他在旁邊坐下，問說：“志雲的傷勢怎麼樣了？”

魯志中說：“我到漢中的時候，師哥的腿傷就已見好了。我在那裏住了幾天，我回來的時候，師哥已能不用人扶着就下地了。他說請師父放心，下個月他就可以回家來看看。”

鮑老拳師點了點頭，又問了些關於漢中鏢行的事務，以及在漢中的他那些門徒的近況，然後就叫魯志中回去歇息。魯志中見師父的精神似不大好，亦不敢多說話。

到了門外，等着馬志賢等人練完武藝，他就趕過去與他們談話，剛一問：“秦志保怎麼沒來？”

馬志賢就趕緊向他使眼色。陳志俊亦說：“你就不必問了，等有工夫我們再告訴你吧！”這時，鮑老拳師也從門裏走了出來，馬志賢等就又練起了拳腳和刀棍。

魯志中恭恭謹謹地又對老師父說了些漢中的事情就走了。在路上，他不住地疑惑，想自己離開之後，這裏的師兄弟之間一定是出了事情，並且還是很嚴重的事。

進城回了家，他就對他妻子說，師父家裏的情形非常可疑。他妻子就說：“你走了之後，就沒有一個師兄再來，我亦不知道那裏都有什麼事。”

魯志中沉思了一會兒，就望着由漢中給江志升帶來的那些紅緞、宮粉、胭脂、絨線等物，心說：回頭我給志升送這些東西去，順便問問他，師父家裏到底是有什麼事？今天他也沒有去練武，莫非他也出了什麼毛病嗎？狐疑了一會兒，少時就用午飯。

正在吃飯的時候，馬志賢就來了，魯志中趕緊說：“師弟請坐，我還正要找你去呢！為什麼今天我沒有見着秦志保、江志升？”他又指着桌上放着的宮粉等物，說：“這些都是江志升托我帶來的，我還正要給他送去。你來了很好，交給你吧，我就省得又跑一趟了！”

馬志賢看到那些宮粉、紅緞等物，面上立時現出一陣悲慘之色，擺手說：“這些東西就先放在你這兒吧！咱們找不着江志升了。你走了不過十幾天，可是咱們這兒就出了大禍，秦志保、鮑志霖全都受了傷，老師父幾乎氣壞了。我還跑了趟紫陽縣，請來了龍家二位師兄和賈師兄，他們是前幾天才走的。江志升……”說到這裏，他就掩着頭，把近十幾天來所發生的事情，全都詳細地對魯志中說了。

魯志中聽罷，嚇得他面色連變，發了半天怔，然後他悄聲對馬志賢說：“這麼一說，江志升一定是死了？”

馬志賢說：“他若不死，師父豈能叫龍志騰他們回去？其實江志升有些咎由自取，死不足惜，不過就是他的家裏太可憐了。老婆還不到三十歲，兩個兒子，一個十二，一個還不滿周歲。雖然家中稍稍有點兒產業，可是江志升這一走，立刻有許多族人就出了頭兒，要來分江家的產業。你知道，江志升的老婆本是我家的表姐，我們兩家原走得很近，可是這些日子我都不敢到江家去了，因為只要一去，他的老婆必是在哭着！”

魯志中皺了皺眉，歎氣說：“怎麼會把事情弄成這樣！我臨走的時候，江志升托我買這些東西，我就有點兒疑惑，我還勸過他，想不到……”說到這裏，他又歎了口氣說：“不過我看今天師父的精神很不好，這些事，他老人家一個字也沒向我提說。我想他老人家是在盛怒之下殺了江志升，現在也許有點兒後悔了。”

馬志賢擺手說：“師父那個人的脾氣有多麼剛強，他做事哪有過後悔？不過是因為江志升背叛了師父，雖然將他殺死了，但心中仍覺着不痛快。不然，就是恐怕江志升的族人知道了此事，會到衙門去告狀。”當下師兄弟二人愁悶地坐了一會兒，馬志賢就走了。

第二天魯志中又到鮑老拳師的家裏去，他也謹謹慎慎地練武幹事，絕不提說此事兒。又過了許多日子，秦志保和鮑志霖的傷勢也好了，師徒們照常教練武技。鮑老拳師的精神也漸漸恢復，不再感歎，就仿佛根本沒有發生過那一場事情似的。可是他們這刀槍群中，缺少了一個江志升，而距此不遠的那江家，卻添了孤兒寡母三個。

江志升的兒子江小鶴雖渾渾噩噩，整天掄拳耍棒，吃飽了就睡，睡醒了就耍，但他畢竟是個十二歲的人了。這些日來忽然不見了他的爸爸，他的母親又天天流淚，他心裏就有點兒納悶，於是也沒有心思再到外面玩耍去了。

這天，他又問他母親，說：“媽！我爹怎麼還不回來？”

他母親黃氏就說：“我沒告訴過你嗎？你爹到外省找朋友去了，一年二年也許不能回來。”

江小鶴便緊緊地皺着眉，說：“那不行！我要找我爹去！”他也不知為什麼緣故，說着眼淚就像雨似的落下。江小鶴看見母親正在給弟弟餵奶，可是也在暗暗地流淚，心裏就想：一定是母親瞞着我，我得問問別人去！

這天一清早，他就提着梢子棍出了門。到了鮑家的門外，就見那鮑老頭子正在教徒弟們練把式，他的姨夫馬志賢也在那裏打拳。江小鶴記得早先他爹也是跟這些人在一起練武，並且比這些人都練得好，他就提着梢子棍跑了過去，一把抱住馬志賢的大腿，說：“姨夫，我問你一件事，你得告訴我，我爹到底上哪裏去了？”

馬志賢便很着急，還沒有答話，鮑志霖就跑了過來，像趕狗似的驅逐着江小鶴，說：“去！去！哪來的孩子？小心刀槍把你碰着，去！去！”

江小鶴掄起梢子棍，向鮑志霖的肚子上就搐了一下，只聽吧的一聲，那鮑志霖就雙手掩着肚子，叫道："哎喲！你這野孩子，你敢打我！"假若此時他的父親沒在旁邊，他真能動刀把這孩子殺了。

江小鶴跳起來掄着梢子棍又要打，馬志賢趕緊把他攔住。旁邊的魯志中、陳志俊等人也都停止了練武。

鮑老拳師走過來，把紫面沉下來，怒聲問道："你這孩子，怎麼動手就打人？"

江小鶴翻眼看着老拳師這可怕的容態，卻一點兒也不服氣，依然掄着梢子棍，頓着腳說："我來找我姨夫，問我爹上哪兒去了，那小子憑什麼往外趕我？我還要打他！"說時掄着梢子棍，又要去打鮑志霖。

馬志賢卻把他手中的梢子棍緊緊握住，但是這孩子很有氣力，想把他的棍子奪走也不容易。鮑志霖也很生氣，說："這孩子打得我真疼！你是哪裏來的野孩子？"

鮑老拳師回手一推，把他的兒子推得倒退了好幾步，然後又問馬志賢說："這是誰家的孩子？為什麼來此找他的爹？"

馬志賢發怔地說："這，這是江志升的大兒子！"

老拳師一聽，面色頓然改變。他把江小鶴仔細看了看，覺得他的面貌的確像他父親，並且比江志升更為英俊。

這時江小鶴趁着馬志賢說話的時候，又把梢子棍抖了起來。雖然沒有打着誰，可是他威風凜凜的樣子，真像一位小英雄似的。他又拍着健壯的小胸脯，說："你們誰敢過來？跟我比比武！"

鮑老拳師面上現出笑容，他走過去向江小鶴說："小孩子，你不是要找你爹嗎？你爹江志升本是我的徒弟，這些日他也沒到我這裏來，我還很想念他呢。你回去問一問你的母親，她也許能知道你爹的下落！"

江小鶴搖頭說："不！我媽她也不告訴我，我才找我姨夫來。你們要不把我爹的事情告訴我，我就不走，你們也就都別練武了！"

鮑老拳師又笑了笑，從身上掏出幾百錢來給江小鶴，並笑着說："別鬧，我看你這小孩子很好，應當聽話。我給你幾百錢，你買糖吃去吧！"

江小鶴把錢接過來，吧地就衝着老拳師一摔，掄着梢子棍說："我不要錢，我要我爹！你們把我爹找來！要不然，你們告訴我爹的地方，我就找他去！"

鮑老拳師不由面現怒色，用一雙嚴厲的眼睛看這小孩。馬志賢一看事情不好，就趕緊過去把江小鶴推走。他連推帶勸，說："好外甥，你別在這兒胡鬧了！我跟你回去，我能告訴你爹的地方。"江小鶴被馬志賢勸着走了，但他還不住地掄着梢子棍和他的小拳頭，向鮑老拳師示威。

鮑志霖就向他父親問道："這孩子比他父親還要可恨，咱們為什麼不打他呢？"

鮑老拳師回手就是一掌，把鮑志霖打了個滿面花，接着又一腳將他踢了一個滾兒。劉志遠、魯志中等人趕緊上前勸解。鮑老拳師此時是又生氣又傷心，就罵他的兒子說："你說江志升的兒子跟他爹一樣，可惜你卻不能跟我一樣。你也不用像我，只要有剛才那孩子那麼點兒横勁，我也就不至於如此！”

鮑志霖跑到旁邊，掩着面，歪着屁股，喪氣得像一隻挨了打的狗。鮑老拳師怒氣不息，不住地向兒子大罵。這時他那小孫女阿鸞由門裏跑了出來，張着兩隻小手，叫道：“爺爺！爺爺！你別生氣啦！”跑到臨近就把她的老祖父拉住。鮑老拳師氣得蒼髯亂動，他用手撫摸着孫女的小辮，心裏很是難過，就想：我的兩個兒子全都不中用。將來我死了之後，不但我鮑家的武藝要絕傳，並且還無人應付仇家。徒弟雖眾，但究不可靠，趁着我還能活幾年，就把武藝傳授給阿鸞吧！由此，鮑老拳師決定了主意，要把武藝傳授給孫女。

少時馬志賢回來了。鮑老拳師向他問了問江家的情形，隨後就囑咐他，叫他在鐵舖訂打一口尺寸小、分量輕的單刀，以備阿鸞使用。由這天起，鮑老拳師又時時歎氣。那江小鶴卻聚集了十來個村內外的頑劣孩子，都拿着竹竿子、木頭刀，常在鮑家門外大鬧。江小鶴為首，指着名兒叫鮑志霖出來跟他比武。鮑志霖雖然不怕這些，但怕他的父親，就躲在門裏不敢出來。

第三天早上，秦志保來練武，頭上卻流着血，說是剛才在村外，叫江志升的兒子拿石塊給打的。劉志遠來了，身上頭上滿是土，他說剛才叫江小鶴帶着一群孩子把他圍住了，大家擺了個土陣，一齊向他揚土。鮑老拳師聽了，卻微微冷笑，只說了聲：“這個孩子！”旁邊的馬志賢卻看出，老拳師的面色十分可怕。

當日也沒有什麼事。到了晚間，鮑老拳師暗帶着一把尖刀走出門來。這時已是傍晚的時候，天際雲霞像血色一般地鮮紅。老拳師從江家門前經過，向裏邊看了一眼，然後就走出了村子。回首一看，家家屋宇冒出來炊煙，牧羊的人也已歸去，天色是快黑了。老拳師像一隻尋找食物的餓虎似的，兩隻眼東張西望，春天的晚風吹着他的蒼髯亂動。

待了一會兒，暮色漸漸厚了。忽見由西邊麥田的小徑中跑來了一個孩子，手裏掄着梢子棍。老拳師就趕緊迎過去。此時江小鶴還沒走出麥田，老拳師已然把他攔住，江小鶴就瞪着眼，掄着梢子棍說：“你這老頭子，你要跟我比武嗎？”

老拳師一聲不語，嗖地由懷中抽出了尖刀，霞光照得尖刀燦爛奪目。老拳師的眼睛迸出毒火，尖刀舉起，心說：我結果了你這小東西，以免後患！

可是江小鶴並沒看出老拳師是要殺他，他喜歡得跳起腳來，說：“啊！你這把刀真好！”

這天真活潑的動作，倒使得老拳師忽然心軟了，他緩緩地把刀放了下來，笑着向江小鶴說：“你喜歡這口刀嗎？我專來等着你，好送給你！”江小鶴就笑着接過刀來，反復地賞玩。

老拳師忽然又起了一個念頭：我要奪過刀來，就地把他殺死！但這個念頭才起，又被另一個念頭給壓了下去，消極地想到：何必！我殺死他的父親已經夠了，難道真要斬草除根嗎？俗語說“冤家宜解不宜結”，何況上蒼有眼，我鮑振飛已年近七旬，不可再做出狠毒的事了。

當下他就仁愛地撫摸着江小鶴的頭頂，說："你回家去吧！不要再想你父親了。他是到外省去了，他在外面絕受不了苦，也勸你母親不要憂愁。還有，我勸你別再跟我那些徒弟們作對，也別再到我門前去鬧了！"

江小鶴點頭說："不鬧了，你送給我這口好刀，我就永遠不跟你們鬧了。"說着，他就一手拿着刀，一手拿着梢子棍，跳着腳兒，高高興興地跑回家去了。鮑老拳師看得這小孩子的背影逝去，又站在麥田裏發了半天怔，但是他心裏很痛快，回到家裏，也不再發愁歎氣了。

到了次日，徒弟們照常來習武，倒沒有人又受到江小鶴的欺侮。老拳師今天練武技也特別有精神，並叫那年僅十歲的小孫女阿鸞也下了場子，掄掄拳，擰擰腿。練過之後，徒弟們分着去幹事，老拳師卻單獨把馬志賢叫到門裏。

進到屋中，老拳師就取出幾塊銀子來，說："這大約有十兩重，你給江志升家裏送去。他跟我學藝已有三年，因為犯了我們門中的規矩，把他逼走了。我想他十年二十年也未必能回來，他的妻子孩兒實在可憐。你先把這些銀子給他們送去，以後我還要時常周濟他們。"

馬志賢一面聽師父說着，一面點頭，接過十兩銀子，出了門口，心中卻又不禁疑惑，暗想：這老頭子安的是什麼心呀？把人家的丈夫、父親給殺了，可又去周濟人家寡婦孤兒，莫非他真是後悔了？這幾天小鶴那孩子跟他胡攪，他也像不怎麼生氣，這可真叫人生疑。

他來到江家門口，一推門進去，就見江小鶴正在院中，手裏拿着一把七寸來長的明晃晃的尖刀。一瞧見馬志賢，江小鶴就跑過來說："姨夫！姨夫！你看我有一把好刀，這把刀是口寶刀！"

馬志賢說："你這孩子，沒事兒弄刀子玩，非得傷了你自己不可。你是從哪兒得來的？"

江小鶴說："這把刀是你師父鮑老頭送給我的。昨天，在快黑的時候，他在麥地裏等着我，由懷裏拿出這把刀來，就送給我了。"

馬志賢聽了這話，嚇得面色發白，劈手將江小鶴手中的刀奪過來，說："這還了得！"他急忙忙走到屋裏，向黃氏說："表姐！你趕緊帶着孩子搬到城裏去住，要不然你們可都有殺身之禍。鮑老頭子那個人，比老虎還兇，比狼還狠！"說到這裏，他不覺氣憤得流下淚來。

黃氏還不知道是怎麼一回事，江小鶴又進來要刀，馬志賢把刀交給了江小鶴，又淒慘悲憤地說："把刀給你，將來你拿着這個，給你父親……唉！你的父親雖然做錯了事情，但他的罪過絕不至於……"

黃氏見馬志賢流着淚，說話又這樣吞吞吐吐，嚇得她身子不住抖顫，眼淚也汪然流出。她便問說："表妹夫！到底是怎麼回事？你快說！這話……"

馬志賢擺手說："現在我不能詳細告訴你。你們母子今天就搬進城去，住到我那裏，別再回來了，要不然必有橫禍出來！"

黃氏嚇得打戰，連連點頭說："是，是，我們回頭就搬進城去！"

江小鶴卻揪住他的表姨夫，問道："什麼叫橫禍？你趕緊告訴我！"

馬志賢歎了口氣，擺手說："你就不必問了！你今天隨着你母親進城，就住在我那裏，我可以教給你武藝，並教給你打鐵。你若是學會了打鐵，像這樣的刀，自己愛打多少就打多少，將來也可以仗着那手藝吃飯。"

江小鶴一聽，非常喜歡，跳起腳來說："好！好！"

當日就由馬志賢幫助，請來江家的一位族人照看家中。又雇來一輛車，拉着許多東西，黃氏母子三人就進到城內，住在了馬家鐵舖的後院。

到了現在，馬志賢就完全知他的師父鮑振飛，原是個極端殘忍的人。江志升不用說了，一定是早就被他們殺死了，這兩個小孩子的性命，將來也怕保不住。因此馬志賢非常擔憂，並且不敢把這些話向別人去說，連他的妻子李氏，他都不敢去說。每天見了鮑老拳師，他更是加倍地恭謹，對於師兄弟們，尤其是那鮑志霖，他一點兒也不敢得罪，惟恐一朝招惹了師父，便要禍延己身。

黃氏在他家住着，倒是很平安。不過，黃氏是個年輕人，自己的丈夫一去無蹤，始而是思念悲痛，後來漸漸地感情麻木了。她照舊地擦脂抹粉，遊街逛廟。後來被她的族人知道了，就造出許多謠言，藉端要奪她那十幾畝田地。

光陰飛快，不覺又是一年。這時也不知是由誰的口中傳出來的，說是江志升已然死了，是在秦嶺山中遇着了強盜，被殺死的，並且說有人看見了他的屍身。起初黃氏還是將信將疑，馬志賢也把事情隱在心裏，絕不承認江志升已死。可是後來，馬志賢見黃氏有點兒青春難守的樣子，他不禁生了氣，心說：真是報應！江志升生前調戲良家婦女，現在他死後僅一年，他的老婆便要嫁人。與其將來叫她在我這裏做出丟面子的事情，不如索性把她丈夫的死訊告訴她，叫她去改嫁吧！於是這天就對黃氏實說了。

馬志賢憤憤地說："表姐，我現在跟你說，江志升一定是死了！表姐，你又是這年紀，你要改嫁也沒有人能阻攔你，不過你不能把小鶴帶走。小鶴是江志升的長子，我與志升不但是親戚，而且是三年的師兄弟，我得給他留下這一條根！"

黃氏聽馬志賢把實話對她說了，連哭了三天，也穿了幾個月的孝。可是她後來畢竟難耐孤孀，便改嫁了開絨線舖的董大，把兩歲的孩子小鶯帶了過去，而把小鶴仍留在馬志賢的家中。

## 第二回 雪夜復冤仇犢兒鬥虎 春郊生情愛燕子啄花

此時，江小鶴已十四歲了。跟馬志賢學了兩年武藝，他的武技已有了一些根底，並且因為每天幫助馬志賢打鐵，兩臂越發有力，身體越發健壯。但是由於父親失蹤，母親改嫁，兄弟離散，這許多不幸的遭遇，使得他的性情變得更為暴躁頑劣。他每天都要到酒舖飲酒，在街上混鬧，打鐵的事也不好好地做，並且與馬志賢的妻子李氏不和。雖然有馬志賢時常從中調解，但是李氏仍是天天鬧氣，江小鶴也是時時想走，弄得馬志賢非常為難。

這天，是個嚴寒的冬日，天際灑下來密雪，平時破舊不堪的屋宇和街道，此時卻都裝飾成一片銀白。午後，馬志賢踏着半尺多深的雪，由鮑家村練武歸來。一回到家裏，見他滿身是雪，兩腳是泥，樣子十分狼狽，妻子李氏就抱怨他說："正經買賣你不做，可天天跑到城外去練武。你的武藝到現在也練了六年多了，學會了些什麼？由武藝上掙過一塊錢沒有？"

馬志賢歎氣道："你哪裏知道，現在我也算是騎虎難下，想要不去練武也不行了！早先我投師學藝的時候，因為年輕好事，就想會點兒拳腳，能使刀劍，那有多麼好？六年以來，我的武藝雖算不上學成，可是走江湖、保鏢也足足夠用。老師也想把我薦到外邊去當鏢行夥計。可是我想，與其在外面鏢行裏，每節掙上七八兩銀子，還不如我在家裏開鐵舖呢！所以有幾回機會都叫我放過去了。可是現在，我再想那些事也沒用了，不但找事找不着，我還不敢不到師父家裏去了。假如我不去了，那老頭子就一定生氣，他要是一生氣，別說咱們以後休想以武技吃飯，就連性命都許不保！"

李氏說："你把你師父怕成這個樣子？他也是個人，他能怎樣？他殺了人就不償命嗎？"

馬志賢直着眼、探着頭，說："你說什麼？償命？江湖人把人害了，還有償命的那一說？江志升……"說到這裏，他又把話咽了下去，就搖頭歎息着說："你哪裏知道？我對你說了你，也是不能明白！"

李氏說："你還提江志升呢，那都是咱們的好親戚！他死了，連個屍首也看不見。表姐嫁董大倒很享福，可是小鶴那孩子卻越來越沒出息，天天招我生氣。你那時偏要留下他，留下這個禍，將來可怎麼辦？”

馬志賢說：“小鶴這孩子倒好辦。再過一兩年他就成人了，看他不好可以叫他走，他到外頭也不至於餓死了。”

李氏生着氣說：“你倒是考慮得周到！幸虧小鶴不是你的親兒子。”這話李氏說過也不只一次了。馬志賢早就曉得妻子嫉妒，當下也不願意生閑氣，就到了櫃房。

他這個小鐵舖本來就生意蕭條，何況今天下着雪，更沒有人來照顧他。本來櫃上有兩個夥計，前幾個月就辭散了，只留着江小鶴和另一個小徒弟看櫃。現在只有那個小徒弟在小爐子旁，叮噹地在打鐵鍋，小鶴卻不知往哪裏去了。馬志賢心說：這個孩子，果然不成材料，叫他走吧！

馬志賢氣憤憤地坐在小徒弟的旁邊，也幫着打鐵鍋。一隻鐵鍋還沒有做成，忽見隔壁張家鐵舖的孩子毛頭滿身的雪，從外面跑進來，說：“馬掌櫃，你快去看看吧！你們小鶴在劉三的酒舖裏跟人打起來了！”

馬志賢趕緊問：“跟誰打起來了？”

毛頭說：“跟褚驢子，他把褚驢子的頭都給打破了！”

馬志賢一聽江小鶴打了褚驢子，他的心中就一動，便搖頭說：“我管不着，叫他們打去吧！誰有能耐，誰就把誰打死！”

毛頭走後不多時，江小鶴就從外面回來了。他的身上除了雪之外，並沒有一點兒傷，而且面上毫無怒氣，根本不像是才與人打過架。小鶴的身很長，面目雖俊秀，但是很黑，簡直不像是個年僅十四歲的孩子。見了馬志賢，他彷彿有點兒慚愧，便垂着頭走近前來，說：“姨夫，你歇歇吧！交我來打。”

馬志賢一句話也不說，站起來，到旁邊坐着歇息，眼看着江小鶴用那健壯的臂膀掄着鐵錘子來打鍋。他的眉頭緊皺着，一聲也不響，做事彷彿比往日更出力。

少時，那隻鍋便打完了，那小徒弟就到庭院裏去幫助李氏做飯。馬志賢剛要問小鶴為什麼又在酒舖與人打架，忽見江小鶴放下鐵錘，站起身來，雙目流淚。他把馬志賢的胳臂握住，悲痛地問道：“姨夫，我求你告訴我實話！兩年前，我父親到底是怎麼死的？是被誰殺死的？”

馬志賢聽了這話，心中一驚，同時也十分悲痛，他怔了一會兒，才說：“我聽人家說，你父親江志升因為做錯了事，犯了鮑老師父門下的規矩。鮑老師父勸他他不聽，反把他的師兄鮑志霖、秦志保殺傷了。後來他又恐怕鮑師父的門下人要與他作對，所以他就離家出走了，一走就無音信。後來才聽人說，他是走在秦嶺山中，遇見了強盜，強盜把他殺死了！”

江小鶴流淚搖頭，說：“不是！姨夫你是瞞着我。剛才我和趕驢的褚三在酒舖裏因為小事打起架來，他打不過我，就向我大罵，他說……”說到這裏，江小鶴便悲哽得不能成聲。

馬志賢便拍着他的肩膀勸解。江小鶴又接着說：“他說我父親是被鮑振飛、龍志騰、龍志起、賈志鳴四個人給殺死的！那龍家兄弟又是姨夫你由紫陽縣叫來的，我想你絕不能不知情！”

馬志賢聽了這話，不禁流下淚來，便說：“此事我隱瞞了二年多，曾略略告訴過你母親，想不到現在外面的人全都知道了！”於是他就把過去的事詳細地說了一遍。然後他又說：“這件事你也不能只歸罪於鮑老師父和龍家兄弟等人，因為你父親也有許多不是。鮑老師父生性固執，對待門徒極為嚴酷，這是誰都知道的。聞說在他年輕時，曾因妻子不貞，被他手刃了，捕在獄中判了死罪。後來因為白蓮教匪作亂，城池陷落，他才乘亂逃出，改了姓名在行伍裏效力，再後來才入了鏢行。現在的鮑志雲和鮑志霖，還是那被殺的妻子所生。所以，他平生最恨人貪淫好色。在收徒弟時，第一先提出這一條，如若犯了，便要被他置於死地。你父親在世時明知故犯，並且欺他年老，要與他爭鬥，所以他才一怒，派我去請龍家兄弟和賈志鳴。那時我明知龍家弟兄一來，你父親必有性命之虞，可是我又不敢不遵命前去……”

他說到這裏，就被江小鶴攔住，江小鶴流淚說：“姨夫不必再說了。姨夫收養我已二載，並將武藝教給了我，我現在已不是小孩子，我豈不知姨夫的恩情？現在我誰也不恨，我就是恨鮑振飛！因為我父親雖有錯處，但絕不至有死罪，為何他就可以把我父親殺死？還有一件事……”說時，江小鶴由懷裏抽出一口明晃晃的尖刀，悲憤地說：“這是兩年前鮑老頭子給我的。那時的情景我還記得，天已經晚了，在麥田裏，四下沒有人。鮑老頭子起先的樣子非常兇惡，後來不知為什麼，他又下不了手。這兩年來我都糊塗着，今天聽褚驢子一說，我才想起來，原來那天鮑老頭子也是要殺我！”說到這裏，江小鶴就瞪起眼睛來，手握着尖刀，仿佛立即就要找鮑老頭子去拼命報仇。

馬志賢忙擺手說：“你說話聲小點兒吧！告訴你，那天我看見了你的尖刀，你跟我說了鮑老師父贈你這口刀的情形，我就知道他居心險惡，所以我就趕緊把你們母子接進城來了。我教給你武藝，並不是為叫你報仇，卻是叫你防身。而且這兩年來，鮑老師父的脾氣比早先是好多了。他也知道你們母子住在我家，時常很關心地向我打聽你們，我看倒還不是虛情假意、另有居心。我想冤家宜解不宜結，何況咱們又鬥不過他！假若你去找他報仇，結果報仇不成，倒許賠上你一條性命，而且還能連累我，因為他曉得你住在我這裏！”

江小鶴呆了半晌，便拭拭眼淚，隨後就跪下給馬志賢叩了一個頭。馬志賢把他攙扶起來，驚訝地問說：“好好的，你這是為什麼？”江小鶴低首垂淚，一聲也不語。

待了一會兒，裏院的婦人就喊着：“吃飯來吧！”

馬志賢就拍着江小鶴的肩膀，說：“咱們先吃飯去吧，剛才那些話你不要記在心裏了。以後只要第你好好地幹，那就算對得起你的父親！”說着話，二人就到裏院去吃那黃米飯。

江小鶴盛飯的時候，李氏就在旁用眼瞪他。江小鶴因為心裏有事，自己盛完飯就忘了扣上鍋蓋，李氏立刻罵他說：“你不把飯蓋上？涼了，你一個人吃呀？”

若在往日，江小鶴雖然不敢還言爭吵，可是面上也要帶出氣憤的樣子，今天卻不然，他低着頭一聲也不言語，面色也不變，就恭恭謹謹地把鍋蓋扣上了。

旁邊馬志賢倒過意不去，就擺手說："算了！算了！小事情，小鶴你吃飯吧！"

江小鶴就坐在一個小凳上吃飯。往常他吃得很多，今天卻只吃了半碗，便放下碗箸，說是飽了。馬志賢以為他是心中煩惱，吃不下飯去，便沒有怎樣注意。

飯後，天色還很早，雪卻仍然落着，馬志賢就發愁地說："這麼大的雪，明天我還得一清早就到鮑家村去！"到了櫃房，就見小鶴和那小徒弟全都沒事可幹，小徒弟蹲在火爐旁邊，江小鶴卻站在牆角，發着怔，滿面愁鬱之色。

馬志賢看着他很可憐，就拍了拍他的小肩膀，說："你別淨發愁呀！來，我給你幾百錢，到酒舖喝點兒酒去吧！喝了酒是又解憂愁又擋寒。"遂就掏出幾百錢來給小鶴。小鶴接過錢來，就低着頭走了。

此時地上的雪已有六七寸厚，大街上的舖戶多半已上了門板，只有酒飯舖的玻璃上凝結着冰花，裏面人聲喧雜，看上去還很熱鬧。江小鶴沉重的腳步踏着地上的積雪，摸着懷中的那口尖刀，心中已決定了主意，要出城到鮑家村把鮑振飛殺死，為父親報仇。他同時又想：我雖年少，但鮑振飛已老了，難道我還敵不過他嗎？如此一想，便覺着要殺死鮑振飛是非常容易的，殺完了他，能逃就逃，逃得遠遠的，再也不回來。如若逃不了，那也沒什麼，反正是一命抵一命！我替我爹報仇，就算死了，也得叫人稱作好漢子！

江小鶴大踏步地走出了南村，看看這時天色還早，自己身上又只穿着單薄的短棉襖棉褲，有點兒寒冷，便進了關廂的一家酒舖。那酒舖的夥計見他是個小孩子，就問道："你找誰？"江小鶴說："我不找誰，我喝酒！"說時，他就找了個座位，將身子一放，胳臂肘支在桌上，把頭一歪，真像個小流氓似的。旁邊桌上的酒客就都笑了。

夥計也笑着走過來，問說："你喝多少？"江小鶴把懷中的錢掏出來，向桌上吧地一摔，說："你數數吧！錢有多少，你就給我沽多少酒！"

那酒舖的夥計數了數錢，就說："這能沽四兩酒，你喝得了嗎？"

江小鶴搖晃着腦袋說："八兩也能喝！"旁邊的酒客們又齊都哈哈大笑。

夥計也笑着，給他送來了四兩酒。小鶴就自斟自飲，並向旁邊的酒客們說："城裏劉三的酒舖，我天天去喝，半斤十兩的不算什麼。不過我沒到這裏來過，你們不認得我罷了！"

旁邊就有人問："小兄弟，你是城裏哪裏的？我怎麼瞧着你眼熟？"小鶴說："我是馬家鐵舖的。"說了出來，卻又後悔，小鶴想到兩年來馬志賢對於自己的恩情，想到這回若殺死鮑振飛，免不得要連累他，因此心中又是一陣難過。

他悶悶地喝盡了四兩酒後，就走出了酒舖，寒風一吹，身子倒覺着發熱，可是一點兒沒有醉意，他便背風踏雪一直往南走去。這時風雪愈緊，天地昏暗，不但橫亙在面前的南山一點兒也看不見了，連村落、樹木、橋梁都像是被大雪埋住了，路上更沒有一個行人，只有他在潔白的新雪上踏着深深的腳跡。

這條路他很熟，走了一陣兒就來到了鮑家村。莊子裏的一切東西也全都顯得臃腫起來，靜悄悄的，不但沒有一個人，連一條狗也看不見。他從自己的舊居門前經過，見門縫裏有一點燈火，他知道是他族中的叔父現在住在這裏。他一點兒也不敢猶豫，心裏怦怦地跳，就直走進莊裏，到了鮑家的門前。

此時小鶴的心中怒火燃燒得厲害，什麼也顧不得了。他來到牆根，向上一躥，兩手扳住了矮牆，牆頭上就掉下許多雪來。他盤腿而上，就勢向下一跳，就跳進了院裏的牆根，幸喜一點兒聲音也沒有。小鶴見南房和北房全都有燈光，他就抽出尖刀，慢慢地踏着雪，先走到南房，隔窗往裏偷看，就見屋裏只一個年輕的媳婦正在做針線。他知道這不是鮑老頭子的屋子，遂就趕緊止步。他又走到北房前，扒着門縫往裏一看，就見鮑老拳師正在外屋的燈畔，跟一個十二三歲的小女孩說話。他那張老臉上滿帶笑容，彷彿正講得高興。

江小鶴被胸中的怒氣催着，立時身不由已地拉開屋門，向裏就闖，手握尖刀猛向鮑老拳師撲去。那小女孩嚇得叫了一聲，由旁邊抄起一口尺寸郊夜很短的單刀，就向小鶴砍來。小鶴趕緊躲開，又握刀向老拳師撲着刺去。情冤鮑老拳師此時又驚又氣，他一腳飛起，就踹在了江小鶴的腹上。江小燕咕咚一聲摔倒在地，手中的尖刀卻仍不撒手。他翻身坐起來，才要奔過去再刺，那小女孩的單刀卻蓋頂削來。鮑老拳師突然將他的孫女止住，說了聲："別殺他！"然後，等着江小鶴站起來，就劈手將他的尖刀奪了過去。

江小鶴挺身起來，雖然徒手，但他仍然撲向老拳師要拼命。老拳師橫掃一腳，又把他摔在了地下。小鶴這一摔可就起不來了。

老拳師一手攔住孫女，一手指着江小鶴，說："好小賊！你敢來暗算我！若不是瞧你年紀小，我立刻就把你殺死！"

老拳師身後的阿鸞也氣憤憤地用刀指着小鶴，罵說："你敢害我爺爺？你別瞧我叔父沒在家，可是有我保護着我爺爺了！"

江小鶴坐在地下大哭，說："我非殺你們不可！我非給我爹爹報仇不可！"說完了又躥起來撲向老拳師，像一隻小老虎似的舞着雙手抓來。

老拳師從容不迫地一伸手，就把江小鶴的雙手緊緊地握住了。他怒氣勃勃地問道："到底我與你有什麼仇恨？你可以說出來！"說到這裏，老拳師借着燈光細一看江小鶴的面目，他不勝驚訝，臉色立刻變了，雙手也有點兒發抖。他就瞪着眼說："啊呀！原來是你！"立刻他的殺機突起，便騰出一隻手來，要從孫女的手中奪刀。

但江小鶴突然伸手把他的蒼髯抓住，並瞪着眼睛說："這兩年我都糊塗着。今天才聽人告訴我，原來我爹是叫你給害死的。我非得給我爹爹報仇不可！"

這時老拳師的手已將孫女的刀柄摸着，但他突然心中一陣難過，又將手離開了刀柄，面色也漸漸變為平靜。他說："你這孩子，上了人家的當了！你爹爹哪裏是被我害死的？"

江小鶴用力抓着老拳師的鬍子，仍然不放手，瞪着眼睛說：“人家都說我爹是叫你給殺死的，你還不認帳！”阿鸞過去就用拳頭直打江小鶴的後腰。

這時阿鸞的母親和老拳師的二兒媳也全都聞聲過來,老拳師便斥道:“沒有什麼事，你們回屋去吧！”兩個兒媳也不敢進來，就回屋中去了。

老拳師把江小鶴的手推開，說：“你別急，有什麼話咱們慢慢地說！”遂就理了理蒼髯，又由地下拾起那口利刀來。他就着燈看了看，心中益發生出無限的感慨。他把利刀仍舊交給江小鶴，苦笑着說：“這口刀我還認得，是我前年送給你的。想不到你今天竟拿着這口刀來找我報仇！可惜你的年歲還小，武藝還得練幾年！”

江小鶴依舊怒目看着老拳師，不過，他剛從人家的手中接過刀來，反倒覺得不能再撲上去拼命了。

鮑老拳師又走過來，用手撫着小鶴的頭頂，說：“好孩子！我還沒見過像你這樣剛強的孩子。今天你雖然要害我的性命，但我並不恨你，不過我要告訴你，殺死你爸爸的並不是我。我本無心害他，只是那龍……”

說到這裏，老拳師不往下說了，他擺了擺手，又說：“我也不必告訴你此人的姓名。反正這個人的武藝高強，你絕不是他的對手。你若找了他去，不但不能給你爸爸報仇，反而要白賠上你的一條性命。他絕不能像我這樣慈善。”

江小鶴見鮑老拳師這樣和藹，心中對鮑老拳師的仇恨反倒漸漸消了，又想：也許殺死我爹爹的是那紫陽縣的龍家兄弟？他心裏盤算了幾次，忽然又改變了主意，就一頓腳說：“好！我不找你啦！我走了。”說畢，提着刀向外就走。

老拳師此時十分愁煩，便向阿鸞說：“你跟着他出去開門，不可攔阻！”

阿鸞小姑娘答應了一聲,手中又拿着她那口尺寸很短、分量很輕的單刀，出了屋，就開了街門放江小鶴走去。

江小鶴手握着刀，皺着眉頭，仍舊氣昂昂地出門踏雪而去。才走了十餘步，忽聽身後有嬌細的聲音說：“小賊，你別走！”江小鶴回首一看，原來是那小姑娘手提單刀趕了上來。

江小鶴就握刀挺胸而立，發着怒聲說：“怎麼？你們老頭子他都怕我，你還敢鬥一鬥我嗎？”

阿鸞哼哼冷笑說：“我爺爺哪是怕你？他瞧着你小，才不忍殺你，要不然你早就死了！我爺爺這些日是脾氣好了，他天天唸佛，要是在前幾年，比你再厲害的人，他也給殺了！可是他饒了你，我卻饒不了你，憑什麼你在這春雪下雪的天，跳進牆來殺我爺爺？”說時，一個箭步跳過來，拿刀就砍。

江小鶴趕緊退後兩步，一手橫刀，擺手說：“別動手，別動手！好男不跟女鬥！”

鮑阿鸞哪肯聽他說，就一刀緊一刀地逼過來。江小鶴也只得施展刀法，與她對敵在雪地上。兩人往返了十餘合，不分勝敗，江小鶴又跳到一旁，喘着氣向阿鸞說：“你這不算能耐，你的刀長，我的刀短，你敢跟我比拳嗎？”阿鸞憤憤地說：“比拳也不怕你！”遂就把刀扔在雪地上，走過來，拉着架勢，一拳向小鶴打來。

小鶴也就用招數去迎她，同時注意地去看，只見阿鸞所打的拳法與馬志賢教給他的拳法相差不多。他便一點兒也不怕了，猛撲硬斫，一往一來。雖然在這雪地上，腳下不甚利便，但是兩人卻打得很緊張，阿鸞有兩拳全都打在了小鶴的身上。小鶴卻一點兒也不覺得疼，他時時在尋找阿鸞拳法的破綻，想要一下子就制勝。又打了四五合，阿鸞的拳法變了，她不打小鶴的身上，卻要躥起身來打小鶴的面。小鶴便乘此機會，等到她的拳打上來，身子躥上來時，就驀然抬腳一踢。這一腳正踢在阿鸞的小腹上，阿鸞就哎喲一聲，摔倒在雪地上。

江小鶴要趁勢把阿鸞按住，要再打她幾拳，這時卻聽有人哈哈大笑，原來是鮑老拳師站在他的門首已看了多時了。江小鶴又由懷中抽出利刀，阿鸞也翻身爬起來，由雪地上拾起了她的單刀。鮑老拳師已走過來，笑着說：“你們兩個小英雄，不要再戰了！”

阿鸞提着刀，氣得流淚，說：“爺爺，他欺負你，又欺負我！”

鮑老拳師擺手，笑着說：“不要緊，受了一個小孩子的欺負，那不算什麼！”遂又過來，拉着江小鶴的手，問說：“你的刀法、拳術也是我們昆侖派的，你的武藝是跟馬志賢學的嗎？”

江小鶴搖頭說：“不是，我是早先跟我爹學的！”

鮑老拳師點頭說：“你爹爹的武藝實在不錯，他只跟我學藝三年，可他的武藝竟比跟我學過五六年的徒弟還強。可惜他做錯了事，死得那麼早。他若不死，跟我學到現在，我想他的武藝早就學成了！”

江小鶴聽鮑老拳師提到他的父親，又不禁用袖頭擦眼淚。老拳師感歎了兩聲，就說：“現在天色太晚了，城門已然關了，你也進不得城了。不如你就在我家裏住下吧！等明天天明雪住了你再走。”

江小鶴掙扎着身子說：“不，我還要到旁處去！”

鮑老拳師問道：“你還要往哪裏去？”

江小鶴道：“我要投師學藝去！”

老拳師微微一笑，說：“你真是小孩子脾氣！憑你這樣一個沒有來歷的孩子，走到哪裏人家也不能收你。再說到學藝，我敢說，在四川、陝西、河南三省，刨出華州的李振俠、開封府的高慶貴，只有我鮑昆侖一人，你要到別處投師，還不如在我這裏學藝！”他說着話，便笑吟吟地把江小鶴又拉進了門裏。

到了屋內，老拳師又勸慰了他半天，然後就叫小鶴住在這裏，由明天起，也隨從自己學習武藝。在南房本有兩間閑屋，向來有徒弟們住在那裏，今天鮑老拳師就拿過去被褥，叫小鶴到那裏去睡。

鮑志霖是被老拳師派往紫陽去了，所以院裏只有鮑老拳師一個男人。他便令阿鸞歸屋睡覺，並暗令婦女們都將門房閉嚴。老拳師一個人在屋中沉思，越想這件事越是重大，心說：我鮑振飛在江湖上闖蕩了四十多年，也遇見過不少強硬的對手，手底下殺死的人也不只一個，可是向來都沒猶豫過，恐懼過。如今我怎會叫這麼一個十三四歲的小孩子弄得這樣發愁！若說不殺死他吧，以後他越長越大，終是個後患；若說殺死他吧，我又太喜歡這個孩子了，實在不忍下那毒手。

老拳師在屋中想了半天，就慢慢地走出屋去，踏着雪走到那南房之前。他站在窗外，側耳向內靜聽，就聽裏面有微微的鼾聲，那孩子睡得很酣。鮑老拳師覺得他挺可愛，就暗暗地笑道：我也是太過慮了！這麼一個孩子能有多大的能為？由明天起，我倒把他留在家中，好生地看待他。我先把他羈縶住，不叫他出外去學藝，只叫他在我家裏牧豬喂馬，再教給他幾手稀鬆武藝。再過兩年，就給他說房媳婦。這樣一來，他不但不會再掛記着復仇，並且與我的孫兒也差不多了！這樣想着，他心中便又非常得意。

到了次日，清早起來，雪已住了。老拳師正在屋中喝茶，江小鶴就進到屋裏。他仍然是皺着眉，向老拳師說："我走了！"

老拳師趕緊把他攔住，問說："你要到哪裏去？你是要回馬志賢的舖子裏去嗎？"

江小鶴搖頭說："不是，昨天我聽人說我爹是被你害死的，我才來找你，要殺死你為我爹報仇。可是聽你一說，我的仇人是那姓龍的。得啦！我跟你沒有仇恨，我要走了，我去投名師學武藝，兩三年後我再找姓龍的報仇！"

老拳師聽了孩子這話，心裏非常害怕，可是面上還做出笑容，他摸着江小鶴的頭頂，說："你這麼點兒大的孩子，如何能到外面去？不如你就在我家，給我幹點兒雜事，我可以將我通身的武藝全都傳給你。我准保讓你三年之內將武藝學成，然後我把你的仇人指點給你，並且可幫助你去復仇。"他又說："你須知道你是一個小孩子，身邊又沒有錢，到了外面一定要餓死。再說沿途山中盡是強盜，你若不聽我的話，走在山裏被人殺死了，我可不管！"

這句話說得極為嚴厲可怕。江小鶴皺着眉，低頭想了半天，說："我在這裏住着也行，可是，我不算是你的徒弟，我幹了什麼事你也不能管我！"

老拳師微微冷笑着說："你想做我的徒弟，我還不要你呢！"說着，又去裏屋內拿出一條很粗的燒火通條。他用雙手握着，使力一彎，立刻將一杆通條彎得像犁把子一樣，再用力向左膝上一磕，叭的一聲，立刻就斷成了兩段。然後，老拳師微笑着說："你看見了沒有？你若有這樣大的本領，才能去復仇，要不然你是白送一條小命！"遂又摸着江小鶴的頭頂，溫和地說："好孩子，先出去幫着他們掃雪去吧！待會兒就要吃早飯了。"

這時阿鸞提着她那口單刀來到了屋內。她見江小鶴站在那裏不動，臉色像白紙似的，就用她那俊俏的眼睛向江小鶴狠狠地瞪了一眼，遂拉住她的老祖父，仰着面說："爺爺，你穿上皮袍子吧，外面冷！"

江小鶴慢慢地走到屋外，這時他才知道，原來鮑老頭子的確是武藝高強，自己鬥不了！

出了門首，就見那裏的幾個人已把場子上的雪掃淨了，擺上了兵器架子，馬志賢也來了。馬志賢一瞧見江小鶴，嚇得眼睛都直了，趕緊過來問說：“昨天我找了你半夜，你怎麼跑到這裏來了？”

江小鶴還沒有還言，鮑老拳師已拉着孫女阿鸞由門裏走了出來。馬志賢一看見鮑老拳師，也不敢向小鶴問話了，就向老拳師問道：“師父起來了？”

鮑老拳師點了點頭，走到場子裏一看，魯志中、陳志俊、劉志遠、秦志保這些徒弟全都來了。鮑老拳師指着江小鶴，向眾人道：“你們還認得這孩子不認得？這就是江志升的兒子江小鶴。他不知聽了誰的話，竟說他爹爹是被我害死的！”說話時，就用眼望着馬志賢。

馬志賢嚇得渾身打哆嗦，趕忙走上前來，說：“啟稟師父！這孩子自他爹爹死後，他母親又改了嫁，他就寄養在我家。因為我們是親戚。這二年多就叫他幫助我料理鐵舖的買賣，從來我沒有跟他說過什麼話。昨天忽然他在雪天裏跑了，我真不知他是跑到這裏來了。”

鮑老拳師微微笑着，說：“你不要怕，我並不是說你叫他來殺我。對着天地鬼神說，江志升實在不是我殺死的，我居心無愧。並且我很喜歡這個孩子。雖然他昨天晚間突然跳進牆來，拿着一口短刀要來殺我，但我一點兒也不生氣。從今以後，我要他在我家裏住下，叫他跟着我學點兒武藝，可是他也不算是你們的師兄弟，就算是我新認了一個乾孫子。”說畢，老拳師哈哈大笑。眾人也都跟着笑，劉志遠、陳志俊並向老拳師道喜。馬志賢的面上雖然也笑着，但心裏卻非常害怕。

老拳師說過話之後，就叫眾人去練武，阿鸞小姑娘也在場子裏玩刀，只有江小鶴呆呆地在遠處看着。他也不能自己拿起什麼東西來練，就仔細地看人家的拳術和刀法，他覺着都比自己強得多，於是感覺報仇之事更難了。

從此，江小鶴就天天看着別人練武，別人練過武之後，卻又指使他去幹活。鮑老拳師對徒弟們都非常嚴厲，但對他卻非常之好，時常笑着撫摸着他的頭頂。他對於老拳師也很感激，並且相信他爹爹絕不是被老拳師殺死的。

那小姑娘阿鸞，早先是只要一瞧見小鶴就瞪眼，漸漸的，她不瞪眼了，反倒看見了小鶴就笑，兩人還時常在一起玩。阿鸞的母親方氏只要瞧見他倆人在一起，便必要把阿鸞叫到屋裏去，說她一頓，不許她再跟小鶴在一起。可是鮑老拳師卻不然，他對於這男女兩個小孩子在一起玩耍，一點兒也不加以干涉，並且好像很喜悅似的。

有時晚飯後，老拳師喝一碗茶，在他供的佛龕前燒三炷香，便手攜着阿鸞和小鶴出門去遊玩。馬志賢是天天都來，他是練完了武之後，幹點兒事就走。他總是眼巴巴地空瞧着小鶴，仿佛心裏藏着許多話要對小鶴說，可是因為旁邊總有人，他又說不出來。

過了十幾天，鮑老拳師的次子鮑志霖就由紫陽縣回來了。他見了父親，稟明了他所辦的事情，鮑老拳師就把收養小鶴的事對他講了。鮑志霖當着他父親沒說什麼，可是一回到屋中，就對着妻子抱怨，說：“你看爹有多糊塗！江志升那小子偷了人家的婆娘，犯了門中的規矩，還傷了我跟秦志保。後來爹又由紫陽縣將龍志騰、龍志起、賈志鳴叫來，追到北邊的山裏，將江志升殺死了。依着我，就翦草除根，索性連他兒子也給悄悄弄死！可是爹他偏不那樣辦，反把那小子收下養活着。我瞧那小子簡直是一隻小狼，長大了他非吃人不可！”

他的妻子呂氏卻道：“你何必管！爹要收下他，你能攔得住嗎？再說一個小孩子，留着他使喚也不要緊。你一來就講究殺人，殺死人家的爹，還要殺死人家的孩子。你別以為衙門不知道，犯不了案，鬼神可有眼睛！”

鮑志霖掄手吧地就打了呂氏一個嘴巴，罵道：“要都像你這婆娘的心腸，江湖人就不必吃飯啦！你知道這回爹派我到紫陽縣是幹什麼事去了？紫陽縣的龍家兄弟保着鏢，走在川北劍門山，遇見了那裏的十多個強盜，雙方就交起手來。龍家兄弟武藝高強，一上手就殺傷了他們八九個人，將鏢車平安交到了成都。可是歸來時，又遇見了川北有名的人物閬中俠徐麟，因為爭路又交起手來。龍家兄弟敵不過閬中俠，竟被他將馬匹全都留下。龍家兄弟氣憤不過，便趕到徐麟的家中去搶馬匹，馬匹雖沒搶出，可是他們把徐麟家裏的人殺死了兩個。”

他妻子呂氏捂着被打的臉，哭啼着說道：“你們師兄弟還說別人是強盜，其實你們比強盜還狠！你們這些人，將來准遭不了好報！”

鮑志霖氣得又要打他的妻子，可是看見妻子那嬌嫩的臉龐，他的手又縮了回去。他狠狠地罵了一聲，就摔了門往外走去。

到了門外，就見江小鶴正在那裏喂馬，他過去就是一腳，將江小鶴踹得趴在了地上。他狠狠地罵着說：“你他媽的喂馬，用這麼些草料，你是安着心把馬撐死呀？”江小鶴不服氣，卻被魯志中、陳志俊過來給解勸開。

魯志中把江小鶴拉開，這裏陳志俊就問說：“師弟，你到紫陽去見着龍家二位師兄沒有？他們由川北回來沒受傷嗎？”

鮑志霖搖頭道：“沒受傷，咱們昆侖派的門徒若出去受了傷，那還了得！這次龍志騰、龍志起到川北去，雖然折了兩匹馬，可是已威名大震，真給咱們昆侖派爭光！我在他們那裏住了十幾天，他們天天跟我談說這次的事情。他們對於閬中俠徐麟也十分欽佩，說是幸虧是遇着他們，咱們昆侖派的門徒還敵得過閬中俠；若換個別人，那真要立時吃虧呢！”

鮑志霖說話的時候是指手劃腳、眉飛色舞，旁邊的劉志遠、魯志中、馬志賢、秦志保，連江小鶴都走了過來，聽他講說。鮑志霖敘說完此次龍家兄弟到川北殺死了許多人，雙鬥閬中俠的故事，然後又說：“不過，這回龍家兄弟在川北可結了下不少仇，以後他們若再往川北保鏢，要只是他們兩個人，可就難免要吃虧了。所以龍志騰託付我回來跟我父親商量商量，派幾個人去幫助他們。”

眾人一聽這話，都想得到做事的機會，一齊趨近來問：“師父打算派誰去呢？”

鮑志霖搖頭說：“我父親還沒和我說出來。不過到紫陽縣那可是好事情，當個鏢頭，一年至少掙幾百兩。可是本領不濟的可不行。多半我父親派我去，我今年也三十多啦，還沒闖過江湖呢！”這一日，大家就都惦記着這事，每人都希望能被老師父派到紫陽，去幫助龍家兄弟，可是鮑老拳師卻絕口不提這事了。

一連過了許多天，到了新春正月，天氣漸漸暖了，麥田上鋪滿青色，柳樹也萌發了嫩芽。小河裏水聲淙淙，仿佛要把幾個月來的冰雪全都泄去，而為人間換了一件簇新的衣裳。南山頂上的白雪也消失了，山上一天比一天蒼翠。江小鶴仍然整天皺着眉頭，每天要受鮑志霖幾次欺辱。並且劉志遠、秦志保也都對他很不好，鮑老拳師對他也漸漸冷淡了，武藝是一點兒也沒有學。

有一天，他幫助馬志賢擦那兵器架子，馬志賢就偷偷地對他說："你在這裏不妥。鮑老頭子現在對你倒沒有什麼，只是他那二兒子絕容不下你。過幾天龍家兄弟就要來，他們若知道你是江志升的兒子，一定不能叫你活。你還是趕緊跑吧！先跑回我那裏藏幾天，然後我設法給你湊點兒錢，郊夜就打發你走！"

江小鶴卻不說什麼，仿佛心中早已有了什麼計劃似的。他時常在僻靜的地方磨他的尖刀，並且在眾徒散去之後，鮑家父子也不在門外之時，他就偷偷地騎上鮑家的那匹白馬，到門外去馳騁。幾天之後，他的騎馬技就練得差不多了。

這天他正在村外騎馬，忽聽有人婉轉地唱着山歌，聲調嬌細，十分悅耳。江小鶴在馬上趕緊回身去看，就見是三個小女孩，每人提着一個竹籃，彼此拉着手兒，齊聲唱着山歌，由後面走來，其中一個就是阿鸞。江小鶴一看見阿鸞，臉上就現出了笑容，他在馬上喝了一聲："喂！唱的真好聽。"

阿鸞一抬頭，看見是小鶴，就用小手兒指着他說："你又騎馬！叫我叔父看見，他一定又打你，你還不趕快回去！"

江小鶴搖頭笑着說："我就不回去！我非得聽完你們的山歌！我才不回去呢！"

阿鸞就向旁邊那兩個鄰居的女孩子說："咱們不唱了！"

江小鶴下了馬，把馬橫在道路，伸着一隻胳臂說："你們不把山歌唱完，我就不回去，我也不放你們過去！"

阿鸞把小臉一繃，小眼睛一瞪，更顯得俊秀。她一手插在腰間，搖着身子氣憤憤地說："憑什麼你不放我們過去？你是強盜？"

江小鶴點頭說："對了！我是強盜，你們是保鏢的。你們的籃子就是鏢車，把鏢車放下，我就放你們過去！"

阿鸞啐了一口，接着又嗤嗤笑了，說："誰跟你玩？我們還要剜香蒿去呢！"她又和婉地說："小鶴，我告訴你的都是好話，你快回去吧！要不然我的叔父一定打你，你幹嗎又招他？"

小鶴覺着阿鸞非常可愛，就笑了笑，說："我放你們過去也行，可是你們剜完了香蒿子得叫我挑，好的都得給我！"

旁邊的兩個小女孩，齊都瞪着眼睛說："憑什麼？"

阿鸞就向她們使眼色，然後對小鶴說："行！可是頂多許你挑三棵，你要香蒿子也沒有用。”

江小鶴點頭說：“好啦！三棵就夠了，我放你們過去！”

當下江小鶴把馬拉開，三個女孩子就飛跑過去，一面跑，一面回頭來笑嘻嘻地嚷着說：“冤你呢！一棵也不給你呀！”

江小鶴說：“啊！你們敢騙我！”說時飛身上馬就去追趕。

三個女孩子像燕子一般地跑，跑上了稻田中的小堤，還回身格格地笑，並由阿鸞領頭唱着山歌，向小鶴逗弄。小鶴氣得下了馬，正要跑到堤上去追，當時就聽身後有人厲聲喊道：“回來！”江小鶴嚇了一跳，回首一看，正是鮑志霖由北邊走來了。

江小鶴牽着馬呆呆地站着，鮑志霖就氣憤憤地過來，向小鶴身上連踹了幾腳，罵道：“龜孫子！你又偷着騎馬！”

江小鶴本想還手打他，但是因自己實在是年小力弱，恐怕打不過他，便只得閃在一邊生氣。鮑志霖騎上馬又罵了幾句，就馳回村裏去了。

這裏江小鶴心中氣得難過，便坐在道旁，低着頭，拿手摳着地上的泥土。

忽然阿鸞把籃子交給她的女伴，就順着小堤飛跑過來。她來到小鶴鄰近，蹲下身，問說：“怎麼，踹了你哪兒啦？你覺着疼不疼呀？”江小鶴仍然低頭不語。

阿鸞把小手兒搭在江小鶴的肩上，扒着頭，又問說：“怎麼，你哭啦？”江小鶴本來沒哭，可是被阿鸞這樣一問，他竟簌簌地落下眼淚，淚都滴在了泥土上。

阿鸞仿佛也很傷心，她用手背抹着淚，說：“我勸你還是走吧！你在這裏早晚要叫他們打死的！”

江小鶴拿袖頭擦着眼淚，點頭說：“我是要走，可是……我還有點兒事沒辦完！”

阿鸞問：“你還有什麼事兒？你是發愁沒有錢嗎？”

江小鶴點頭說：“我是沒有錢。”又說：“其實沒有錢也不要緊，我還有一件事兒！”說到這裏，他就站起身來，阿鸞也隨着站了起來。

江小鶴拉着阿鸞的小手，很鄭重地囑咐說：“你可千萬不要對別人說我要走，你要是一說，我可就死定了！”

阿鸞也嚇得臉色連變，搖頭說：“我不說！”

江小鶴又說：“你快去剜香蒿子吧，我也要回去了。”遂就低着頭慢慢地走回鮑家。阿鸞也就找同伴去剜蒿子去了。

又過了幾天，天氣更暖了。阿鸞每天上午隨着她那些叔父們練武，下午就放風箏玩耍。她有一隻風箏，是個蝴蝶的，做得非常精美，是她父親鮑志雲派人由漢中給送來的。她對於這隻風箏十分喜愛。

阿鸞的生活是這樣快樂，但江小鶴的生活卻日益艱苦。現在鮑志霖索性不叫他幹別的事了，只叫他喂馬牧豬，晚間就叫他在豬圈旁的小草棚裏睡覺。終夜牧了兩三天豬，江小鶴也差不多跟豬一樣了，渾身污穢，臉上更髒得難看。但他的精神卻非常好，多日緊皺的雙眉也展開了。因為他聽說紫陽縣的龍家兄弟將要來到，同時，馬志賢已給他湊了五兩銀子，叫他快些逃走。江小鶴雖然決定走了，但他卻不即時走開，他身畔永遠藏着一把尖刀，也沒有人知道他打的是什麼主意。

這天午後，江小鶴趕着十幾口豬，又到了村外溪畔。他叫那些豬隨便去喝水、去啃地，他只呆呆地在溪畔坐着，想着他自己的事。他忽而哼哼冷笑，忽而又狠狠咬牙，也沒有人來注意他。

過了多時，就見阿鸞由遠處跑來。她走過了小橋，來到溪畔，很着急地說："小鶴，小鶴，我的風箏掛在樹上啦！我沒法兒去摘，你去上樹給我取下來吧！"

江小鶴也不明白是為什麼，自己只要一瞧見阿鸞，心裏就不由得很快樂，彷彿阿鸞有什麼法術，能安慰他的一切痛苦。當下他故意搖頭，笑着說："我不管！"

阿鸞走近前來，央求他說："好小鶴，你去給我取下來吧！那蝴蝶風箏我捨不得扔了！你幫我個忙吧！"阿鸞跺着腳兒，撇着小嘴兒，像是要哭。

小鶴站起身來，說："以後我要走了可怎麼辦？風箏再掛在樹上，誰還給你取？"

阿鸞說："等你走後，天也暖了，我就不放風箏了。你走了難道就永不回來了嗎？等你回來時我再放！"

江小鶴哼了一聲，自言自語地說："我還回來？"遂又歎了一口氣，便拿竹竿趕着豬，跟隨阿鸞走去。

過了小溪走了不遠，就見路旁有一棵大柳樹，那高高的樹枝上就掛着那隻蝴蝶風箏。阿鸞恨不得一下就叫小鶴給她取下來，她張着手，跺着腳，向小鶴央求說："小鶴，好小鶴！你快給我取下來吧！"

小鶴望着阿鸞那桃花似的一張小臉兒，忽然心中產生一種感想，就想，我走了，不一定哪時候才回來。等我回來時，我已成了個大漢子，阿鸞也成了個大姑娘，也許她都嫁給人做媳婦了。她就是再見了我，也一定不再理我了，她還能記得這回我上樹給她取風箏的事嗎？於是心中一陣煩惱，就說："不行！這棵樹我上不去！"

阿鸞趕緊拉住他，又央求說："好小鶴！你給我取下來吧！我知道你頂會上樹！"

江小鶴皺着眉怔了半天，忽然又笑了，他就說："我可不能白上樹給你去取，你得答應我一件事兒！"

阿鸞笑笑說："什麼事兒我都答應！"

江小鶴笑着說："我叫你一聲小媳婦，你得答應。"

阿鸞一聽這話，她那張桃花一般的小臉越發嬌紅了。她佯怒着要伸手去打小鶴，可是又怕小鶴不給她上樹去取風箏，遂就咬着嘴唇，默默地點了點頭。

江小鶴立刻勇氣百倍，他將竹竿扔在地上，抱着樹，盤着腿就往上去爬。他的身軀伶便，手腳敏捷，簡直像一隻猴子似的，不一會兒就爬到了樹梢，然後一手揪住了樹枝，一手輕輕地將那蝴蝶風箏摘取下來。

阿鸞在下面，仰着面，張着雙手，說："你就扔下來吧！"

小鶴卻不肯就將風箏扔下去，他一手舉着風箏，雙腳登着樹杈，挺腰換手，慢慢下樹。離地約一丈高時，他就飛身往下一跳。跳到了地上，他手舉風箏哈哈大笑，然後說："我該叫了？"遂就臉紅了紅，叫了聲："媳婦！"

阿鸞的臉比剛才還要紅，伸着小手等着接風箏，她回頭看了看沒有人來，又咬着嘴唇猶豫了半天，然後才輕輕地答應了一聲，接過風箏來轉身就跑，連頭也不回。

江小鶴笑着，心中非常歡喜，就想，反正她就算是我的媳婦了！將來我學會了武藝，報了仇，開個大鏢店，騎着大馬穿着闊衣裳回來，非得娶她不可。

他由地下揀起了竹竿，在手裏掄着，心中非常高興。這時忽見東南角上起來一片煙塵，只見兩匹黑色大馬，像烏龍一般地跑來。馬上二人全都在三十左右，身高體健，相貌魁偉，而且帶着兇悍之色。少時，蹄聲，就由小鶴的眼前飛馳而過，直到了鮑家村。

江小鶴看見這兩匹馬進了村子，心中不勝驚訝，便急忙趕了豬也回到村裏，就見剛才那兩匹黑馬已拴在了鮑家的門前。

小鶴先將豬趕進圈，然後進到門裏，見南房裏有許多人正在談話。江小鶴進到屋內，就見陳志俊、郊夜劉志遠、鮑志霖等人都在屋中與那二人暢談，聽他們呼那二人為龍二哥和龍三哥，小鶴就知道這二人就是殺死他父親的仇人，當時不禁由眼睛裏往外冒火。

那鮑志霖一見小鶴進屋，就斥道："滾開！這屋裏你怎能隨便來？出去把那幾匹馬牽到圈裏去喂喂！"

江小鶴剛要轉身向外走，忽然鮑志霖又奔過來把他抓住。江小鶴以為他們是要殺害自己，便準備要抽出尖刀來與他們拼命，可是又見鮑志霖笑着，指着他向龍家兄弟說："你們不認得他吧？這孩子就是江志升的兒子。你們記得他爹是有多麼漂亮？他可是這樣，簡直是一隻小獵狗。"龍家兄弟齊都哈哈大笑。

鮑志霖把江小鶴推出門去，然後又向龍家兄弟說："我爹早先還以為這孩子了不得，現在他也知道了，這孩子原來是個笨貨！"屋裏又大笑了一陣兒。

江小鶴憤憤地出了門，走到樁子上去解馬。這時阿鸞剛由外面跑回來，見了江小鶴，臉上就一陣紅，她又嫣然一笑，跑進門裏去了。江小鶴心說：阿鸞，你瞧着我的，我一定叫你佩服我！

他把兩匹馬牽到了圈裏，一個人在圈中將幾匹馬全都喂了。馬圈和豬圈相鄰，與鮑家的院子通着，可是另外有一個木柵欄通到外面，一到晚上就上鎖。這時江小鶴的心中就像燃着一把烈火，急得他坐立不安。他盼着立刻就到天黑，可是太陽卻像是比往日遲緩，總不向下落去。他就跑到門首去蹲着，心中不斷地想着主意。

待了一會兒，秦志保和魯志中來了，又過了些時馬志賢也來了。馬志賢進門一會兒就又走了出來，看着四下無人，他就着急地向江小鶴說："你這孩子！前幾天我給了你錢，叫你快跑，你十四歲的小伙子跑到哪家不能吃飯？你可偏不走，現在你看龍家兄弟來了。他們現在並沒把你放在眼裏，可是禁不住日子長呀！他們這回至少要在這裏住七八天，鮑老頭子和鮑志霖還能不把你早先要報仇的事情告訴他們嗎？他們還能不想法子？你快去逃命吧！"說着，他急得直頓腳。

江小鶴卻蹲在那裏不動，並昂然地說："我不怕！"

馬志賢急得頓腳歎氣，卻又不敢在這裏與小鶴多談，他便又進到門裏。待了一會兒，裏面就散出來划拳讓酒之聲，小鶴索性坐在地上，拿手指摳着地。

又待了半天，阿鸞跑了出來，說："小鶴，你不吃飯去嗎？"小鶴便懶懶地站起身來，隨阿鸞進了門。

正趕得鮑老頭子由北房裏走出來。小鶴就覺得他直直地瞪着自己，那兩隻眼睛也彷彿發着光，小鶴簡直不敢拿眼睛看他。他低着頭進到屋內，拿了一碗剩飯，端出來蹲在牆根去吃。

鮑老拳師還特意走過來，很溫和地問說："你怎麼不到屋裏去吃呢？外面很冷呀！"

江小鶴搖頭說："不要緊，我在這兒吃就行了！"

鮑老拳師就笑了笑，說："你這孩子倒很結實。"江小鶴仰着臉，就聞到老拳師的口中散出很濃的酒味。鮑老拳師轉身走開，進到北房去了。那南房裏的許多人又歡笑了一陣兒，馬志賢、魯志中等人就先後走了。

江小鶴吃完了飯就回到馬圈裏，預備好了一副鞍韂，跟後又回到那靠着豬圈的小棚裏歇着。他非常地興奮，心裏咚咚亂跳。又過了些時，天色就黑了。小鶴慢慢地走到了那院中，見北房南房全都是燭燈輝煌。那龍家兄弟的談話聲是又粗又重，雖然是說好話也像是打架的樣子，小鶴就聽了兩句，一個人在說："他娘的閬中俠徐麟，劍法真是不錯！幸虧是我們兩個人，若是一個人，還真得吃了虧呢……"他聽了心中一動，暗想，那個閬中俠的武藝一定比這些人都高強得多。

江小鶴退身回到馬圈中，將自己常騎的那匹白馬，備好了鞍韂。他輕輕開了那通到外邊的柵欄，敏捷地將馬牽出，然後掩上柵欄，騎上馬，就飛似的馳出了村子。馳行了不遠，他便勒住馬，四下望了望，大地是黑莽莽的，沒有一個行人。小鶴下了馬，就將馬匹牽到道旁，找了棵很大的樹，將馬槳在樹後。然後他站住身，又辨了辨方向，冷笑了一聲，就隨回身走進村去。他仍由那柵欄進到馬圈裏，便將柵欄虛掩，但不像往日那樣要上插關、頂石頭。小鶴在黑乎乎的馬圈裏又繞了一遭，就見幾匹馬都像是睡覺了，一點兒動靜也沒有。他的心裏急得難受，只好又回到了小棚內。

待了半天，就聽村裏的更聲已交了三下，小鶴心說：啊！已到半夜了。他趕緊出屋，由懷中郊夜抽出那把尖刀，伏着身，慢慢地又回到了那院裏。只見南房一片黑暗，龍家兄弟所下榻的屋內發出雷一般的鼾聲。可是北房裏卻燈光明亮，並有鮑老拳師的咳嗽之聲。小鶴心裏罵道：這老東西還不睡！遂就慢慢地又回到了馬圈裏的那小棚內。

江小鶴手中握着尖刀，周身像燃着火。又等了多時，更聲已敲了四下了。他剛要再走出房去，忽聽那院裏有人很沉重地咳嗽着，彷彿是故意讓睡覺的人清醒一點兒似的。江小鶴聽出來是鮑老拳師之聲，心中又暗罵，並想：這老頭子莫非是猜出來我的心事了嗎？如此一想，可又有些害怕，心裏越發咚咚地跳個不止。

又過了些時，天色就將要發曉了，小鶴急得簡直要用尖刀戮殺自己，心說：這可怎麼好？待一會兒練武的那些人就來了，龍家兄弟也就醒了！於是他一橫心，就奮然地走出小棚，又到了院內。來到屋角他就趕緊屈身一伏，四下一看，此時北房燈光也滅了，南房裏的鼾聲還是沉重如雷。天上的星星眨着眼睛，四周圍還是那麼漆黑，更聲卻聽不見。小鶴此時不敢怠慢，趕緊站起身，走到那龍家兄弟住的屋門前。他將門一推，卻見裏面關得很緊，沒有推動。小鶴心急膽怕，咬咬牙，一頓腳，索性將尖刀用牙咬住，雙手用力去托門。嘩啦一聲，門就被托開了。小鶴手握尖刀，猛闖進來，又幾乎被一隻凳子絆倒。此時床上的兩個人全都驚醒，翻身坐起。江小鶴摸着一個人，也不管他是誰，就猛力用尖刀刺去。只聽哎呀一聲怪叫，床上的人滾了下來。江小鶴往外就跑，就聽北房裏的鮑老拳師高聲叫道："有賊！"

江小鶴急急忙忙地由馬圈的柵欄跑出，拼命向村外跑。他跑到那道旁的樹後，用尖刀將韁繩切斷，就騎上馬飛馳而去。他也不辨方向，只覺得馬跑過了一座板橋，道路十分迂曲。這時身後就有的馬蹄亂響之聲，小鶴叫了一聲："啊呀！他們追下來了！"趕緊又用拳頭捶馬拼命地飛奔。也不知奔出了有多遠的道路，天色就漸漸發曉了。江小鶴看見右邊是山，左邊是小溪，只有當中一條迂回的小路，回頭向身後去看，卻瞧不見追騎了。他心中十分高興，於是喘了幾口氣，依舊催馬緊行。前面是一片光明，雲朵卻作紫紅色，小鶴就知道面前是東方，而右邊的高山一定是南方了。

往下又走了三十餘里，天光已然大亮，小鶴看見右首有一股山路，心說：先進山去，他們大概也就追不上我了。小鶴於是撥馬進山，馬蹄踏在山路上，聲極為響亮，而山中那些鳥鵲也都被驚得亂飛亂叫。江小鶴此時已覺得身體疲倦，便勒住馬緩緩前行。他看見手中的那把尖刀上已染了不少鮮血，手上和衣襟上都是鮮紅的血跡，心中便十分得意，暗想：一定是殺死了！可不知殺死的是龍大還是龍二？無論怎麼樣，總算給我爹報了一點兒仇。現在連鮑老頭子也一定恨上我了，但我不怕他，老子已走進了山裏，你們也追不上了。

緩緩地又走過了幾個山環，只覺得山路漸高漸窄，小鶴心說：這是怎麼回事？莫非我走差路了？於是他下了馬，將馬匹繫在一棵枯樹上，自己就爬着上去。越爬越高，再向下一看，他就看出這卻是一股死路，心裏就懊悔着罵了聲："倒霉！可真糟糕，怎麼走上了這股死路！"他剛要再往上爬，忽聽耳邊水聲潺潺，就見山腰上流出一股泉水來。泉水流到山石上，濺起許多水珠，又曲折地順着石縫往下流。小鶴走過去，先用泉水把尖刀上染的血跡洗淨了，又洗了洗手，然後用手掬着水喝了兩口，心身頓然感到舒服。他將尖刀收入懷內，又慢慢地扳着山石下來。他便將馬牽下來轉了過去，又折了一根樹枝當作鞭子，就扳鞍上馬，又順着來時的路徑走去。

才一走出山口，就見西面飛馳來一匹黑馬，馬上的人正是魯志中。小鶴大驚，趕緊撥馬往東去跑，魯志中便催馬在後面追趕。跑下有三四里地，魯志中的馬匹眼看要追上了，而面前又是一片山麓阻路。江小鶴急得索性把馬勒住，由懷中取出尖刀，心說：我跟你拼了！於是便準備等魯志中走到臨近之時，就跳下馬去與他廝殺。

可是江小鶴回首去看，見魯志中追到臨近突然又勒住了馬。他手中和馬上並沒帶着兵刃，只是急急地說："還不快走！你好大膽！往東見了山路就往南，出去就是川北。快走！快走！不然他們就追來了。"江小鶴這才知道魯志中也是個好人，他遂就趕緊催馬往東，連頭也顧不得回。

## 第三回　揮刀雪恨單騎走江湖　脫鎖投山幾番逢災難

少時果見另有一股寬闊平坦的山路，江小鶴就撥馬提鞭又馳了進去。曲折地轉過了幾個山環，忽見面前現出一片曠野，他就知道自己已穿過了巴山，來到了川北地面。但他仍恐鮑老拳師那些人追過山來，並不敢稍緩，便依然順着平坦的大道向南飛奔。

這時道旁的村落漸多，路上也有行人往來，江小鶴一顆驚慌緊張的心才漸漸放下，他心說：路上有這麼許多人，就是那夥人把我追上，他們又能怎樣？難道還能夠就地殺死我？於是放下心，策馬緩緩前行。

走下有四五十里，陽光已當正午。江小鶴腹中餓得難受，便向路上的人打聽，原來再往南走十餘里便是萬源縣。他用袖子擦了擦頭上的汗，又深深地喘了幾口氣，便催着馬往南走去。

萬源縣是川北的大地方，在後江的東岸。後江是巴水的上游，逶迤着可以通到嘉陵江。雖然在這上游，水勢很淺，不能行駛大船，但是也有不少舢板，載運着許多由陝南來的貨物往南邊去運。所以，這裏也算是個水旱的碼頭，商業相當地繁盛。

江小鶴騎馬進了縣城，一看，這裏的街市比他們鎮巴城裏熱鬧得多，心中不禁高興，暗想：到底是來到外面好，我現在也算闖到江湖上來了！我有馬，也有錢，可惜沒有一把長兵器，身上再佩上一口單刀或寶劍，誰敢說我不是江湖英雄？於是他便做出大人的氣派，在街上行走。才走了不遠，就幾乎撞倒了一個行路的人，但他還不肯下馬來。

走到十字街口，看見一家很大的酒樓門前停着幾輛車，車上都插着三角形的白旗，上頭寫着幾個字。江小鶴雖然一個字也不認得，但他知道這是鏢車，他在鎮巴時曾看見過。他心裏一時高興，便在門前下了馬，將馬繫在了樁子上，隨後做出江湖人的派頭，一進酒店就咚咚地往樓上去走。

才一上樓就被一個酒保攔住，問說：“喂，喂！你找誰？”江小鶴挺着胸脯，瞪着眼，說：“我是喝酒的！”說畢，找了一張桌子，斜跨着板凳坐下，又一搖晃腦袋，高聲說：“來一壺！”

酒保笑着過來，說：“你真喝嗎？”

江小鶴瞪眼說：“怎麼？你瞧不起我嗎？”說時便伸手向懷中去掏。他先掏出馬志賢給的那五兩銀子，吧地向桌上一拍，隨後又抽出那把尖刀，也“吧”地摔在桌上。

酒保不由笑了，旁邊的許多酒客也都瞧着他笑。江小鶴就哼了一聲，說：“你們看着我小嗎？我也是久走江湖的，在陝南、川北也有些名聲。你看，銀子在這兒啦！你別怕喝完了酒不給錢。去！快拿酒拿菜來，我吃完了飯還得趕緊走路。門外我有一匹白馬，你也叫夥計們給喂了，用好草料！”

酒保笑着應了一聲：“是了！”旁邊有人竟哈哈大笑起來。江小鶴回首瞪了那人一眼，心說：走江湖的人，不能吃一點兒虧，吃了小虧，大虧就來。於是就嘴中罵着。

少時，酒保把酒飯和菜一齊端了上來。江小鶴就一面飲酒，一面吃飯，並且兩隻眼東瞧西望着。他見旁邊喝酒的人，有不少都像鏢頭和江湖人的樣子，不過有一樣，人家都是穿得整整齊齊，因為衣服整齊，就顯得威風。

江小鶴看看自己，穿着一條露肉的破單褲，上面沾着許多豬屎；下面光着兩隻泥腳，穿着雙破布鞋，腳趾頭都出來了，像是要看熱鬧似的。自己披着的破棉襖，棉花也都綻了出來。並且因為天氣暖，酒入腹，蝨子咬，渾身都脫揮覺得癢癢。江小鶴心說：不行！我這身衣裳可不能闖江湖，不怪走到哪裏都鎖刀叫人瞧不起。明明是個放豬的、要飯的，哪裏像是個江湖上的人？於是就想要置一身衣裳，可又怕錢不夠。腦子裏忽然一轉，他就想到了去偷盜，但也立刻自己阻止了這個想頭。他暗道：偷雞摸狗那不是好漢幹的，我餓死也不能做！遂就悶悶地喝酒吃飯。

他看到了桌上放着的那把短刀，便又想起兩年前的那日晚間在麥田中鮑老頭子把刀贈給自己時的那神態，便氣得一捶桌子，嘟囔着罵道：“鮑老頭也不是好東西！早晚我非得把他殺了！”

這時，忽見從靠西牆的一張桌子旁，走過來一個人。這人一近前來，就拍了小鶴的肩膀一下，帶笑問道：“小兄弟！你是從哪兒來？”

江小鶴抬頭一看，這人是個瘦子，身穿黑布夾褲褂，很乾淨。年有三十上下，黃臉小眼睛，嘴唇可是很厚，小辮盤在頂上，顯出來是個慣走江湖的模樣。

江小鶴就站起身來一抱拳，說“兄弟我是由鎮巴縣來！”說出來這句話，他可是又有點兒後悔，心說這裏雖然過了山、出了省，可是離鎮巴也不遠。倘若這個人與鮑老頭子、龍家兄弟他們相識，騎着快馬去給他們送個信兒，他們一定追下我來，那可就完了！於是又補充一句說：“我從西安府來，走了五天才到鎮巴。昨天在鎮巴住了一宵，今天就來到這裏。”

那人一聽，他所說的路程全都不對，就不由得笑了，遂就問說：“小兄弟你貴姓大名？”

江小鶴又抱拳說：“不敢當！兄弟姓江名小鶴，外號叫……”他想走江湖的人都得有個外號，我也得有一個，我得起個厲害的。於是腦筋一轉，就說：“外號稱三頭虎！”

那人哈哈大笑，摸着江小鶴的腦袋，說：“諸位請看！這位小兄弟自稱三頭虎，哈哈哈！”全堂齊都笑了起來。

江小鶴瞪着眼睛，一把將這人抓住，問說：“你問完了我，我該問你呢！你姓什麼？叫什麼？外號怎麼稱呼？”

那人笑着說：“我可不能告訴你，不能跟你比，我就一個頭！”江小鶴明知此人是故意戲耍自己，便拳頭掄起，比着這人。

這人就笑着說：“怎麼，小兄弟，你還真要動手跟我較量較量……”話未說完，只聽咚的一聲，江小鶴的小拳頭就擂在了這人的胸上。這人“呀”了一聲，身子向後一倒，就倒在另一個人的身上了。

旁座的酒客全都大驚，有的高聲叫好，有的就捋袖子，要過來跟小鶴比武。江小鶴嗤地將短刀在手中一晃，一腳登着凳子，手把桌子一拍，瞪着眼說：“你們敢欺負我？江小太爺在江湖上走了十多年，在鎮巴打敗過鮑昆侖，這把刀扎傷過紫陽龍家兄弟。現在到川北來，就是要會會閬中俠，你們敢欺負我！”他這些話一說出來，真把旁邊的人都嚇愣了，站起來的也都又坐下了。那胸頭挨了一拳的人雖然氣得臉都白了，可是卻不敢再過來。

江小鶴洋洋得意，把短刀插在桌上，斟酒暢飲。才喝了兩盅，就聽樓梯上咚咚地一陣響，急匆匆地上來了兩個人，手中全都拿着單刀。江小鶴一看，原來卻是魯志中和陳志俊。魯志中手指着江小鶴說：“好孩子，你在這兒了！你快跟着我們回去！”說話時就向江小鶴使眼色。陳志俊卻上前要來抓小鶴。

小鶴急忙繞着桌子躲開，他手握短刀瞪着眼睛，說：“我看你們誰敢上前來抓我？”說話時由樓梯又上來一人，卻正是那推山虎龍志起。就見他一張黑胖臉上嵌着兩隻火球兒似的眼睛，挺着大刀奔來。江小鶴嚇得趕緊跑近了前窗，用力將窗戶推開，其時緊急萬分。龍志起的大刀砍來，距離江小鶴的身子也就有一尺，江小鶴卻將身子一跳，由酒樓上就跳到了大街上。

此時酒樓上人聲極亂，江小鶴就將馬韁割斷，翻身上馬，驚慌地奔走，嚇得街上的人都紛紛向兩旁閃開。江小鶴急急地用手擂着馬的後胯，一直跑出了南門，順着大道，拼命地奔去。

走了半天，他方才勒住馬回頭去望，就見後面遠遠之處也起了一片塵土。江小鶴曉得是他們追趕下來了，遂就不敢怠慢，又拼命地一直向前跑去。他這匹馬就似一條飛龍，四腳就像沒有着地似的，一霎間就跑下去了六十多里。這時江小鶴已力盡了，幾次都要由馬上摔下來，收馬也收不住，馬還像瘋了似的仍往下跑。道旁的人齊都驚訝地張着手叫，但沒人敢將這匹馬脫摔截住。江小鶴情急智生，便先將兩腳脫鐙，一腳收在馬背上，然後雙手使盡了最後的力氣，向鞍子上一推，身子就飄然地斜着落下馬來。江小鶴趴在地下，及至抬起頭來，鼻子已汪然流下鮮血，那匹馬卻不知跑到什麼地方去了。

小鶴坐在地下，由棉襖上扯下兩塊棉花，把鼻子堵住。他喘着氣，站起身來一看，那口短刀也不知丟在哪兒了。路旁就有人過來問他：“你摔着了沒有？”又有人稱讚他說：“你這小孩子是會騎馬的，幸虧你自己斜着跳下來，頂多不過擦破了臉。要是叫馬摔下來，給你兩蹄子，你就得送命！”

正說着，就見那匹馬被前面的人給截回來了，牠還像一條飛龍似的驚奔着。江小鶴這時才看出來，原來並不是自己騎的那匹白馬，卻是一匹十分矯健的黑馬，全身跟烏炭似的，高頭大鬃。江小鶴又特別喜歡，遂就由道旁的人幫忙，將這匹馬截住。這匹大黑馬被江小鶴牽住，四條腿還不住地踢跳。江小鶴就雙手使着力，身子向後拽，揪着韁繩，將馬繫在了道旁的一棵大樹上，繫得緊緊的。這匹馬起先還踢跳着，把地下的土都刨了幾個深坑，後來就漸漸地老實了，嘴裏呼嚕呼嚕地噴着白氣。

江小鶴也坐在地下喘氣，鼻孔上塞着的棉花也掉了，鮮血又汪然向下流。他一賭氣脫下了棉襖，口裏罵着："他娘的！"又從棉襖上揪下兩塊棉花，把鼻孔堵住。他光着上身，脊背上的汗還不住地向下流，癢癢的，彷彿有蟲子在那裏爬。再回頭看看那匹黑馬，就見牠出的汗，跟水洗過似的。

此時道旁的行人都走去了，只是江小鶴一個人坐在這裏，他腦裏就回想着剛才那一幕驚險的事情：自己正在酒樓上發威風，魯志中和陳志俊就上樓來了。如果就是他們二人，那還好辦，可是後來那龍志起也來了。莫非昨天夜裏我殺錯了人？殺的不是姓龍的？又想着自己怎樣由酒樓上跳下來，怎樣於倉皇中奪了馬匹飛奔，不由得又是高興，又是憤恨。

江小鶴怕那龍志起等人又騎着馬匹順着這條路追下來，於是就不敢在這裏多歇。他慢慢站起身來，走了兩步，卻覺着右腿發疼，不知是從酒樓上跳下時摔的，還是由馬上跳下時摔的。他心裏暗暗地罵着，把棉襖揀起，穿在身上。再扭頭去看那匹馬，馬上除了鞍轡，什麼也沒有。剛才自己把所有的五兩銀子也都丟在酒樓上了，兵器也沒有了，這樣怎麼闖江湖？

於是他又呆呆地站了半天，想把這匹馬賣了，得了錢，買刀置衣服做路費。可是又細一看，這匹馬彷彿自己認得，就是龍志起到鮑家村騎去的那匹馬，就想這一定是匹好馬，賣了豈不可惜？他過去拍了拍馬頭，微笑着翻身上馬，又向前去走。

走了有二里多地，忽聽見一陣嗩吶之聲，吹得十分好聽。聲音越來越近，少時對面就來了幾個吹鼓手，後面跟着一抬花轎，原來是娶新媳婦的。江小鶴又忘了剛才的驚恐，便勒住馬，高興地看着這幾個娶親的人和一頂花轎從自己的馬旁走了過去。江小鶴雖然沒有看見轎裏的媳婦，可是卻見那些吹鼓手和轎夫們，都不住地用眼來看他。江小鶴就不由有些生氣，暗暗罵道：你們直着眼看我幹什麼？莫非是覺着我窮？看我不像有媳婦的樣子？哼，我也訂下媳婦了！我的媳婦是阿鸞，等着將來我學好了武藝，闖遍了江湖，發了大財，報了仇恨，我就要回到家中大辦喜事……才想到這裏，忽然想起一件傷心事，那慘目的景象又在他的眼前浮現。那是在不久以前，一天晚間，馬家鐵舖的門前也來了一頂轎子，但是沒有吹鼓手。他的母親身上穿着紅緞子的衣裳，流着淚望了望他，就上了轎，被開絨線舖的董大給娶走了。江小鶴一想到這裏，不由又是一陣悲傷，眼淚沖着鼻血流了下來，滴在胸脯上。

他拿袖頭拭淨眼淚，咬着牙，策馬又往下走，直走到黃昏時候。他已經走過了十幾個村鎮店，但因為沒有錢，不能買飯，也不能投店。他就在這金紅的殘焰、淡黑色的夜幕下，馬蹄地向前行走。這時晚風起了，樹枝被吹得颯颯作響。小鶴的腹中饑腸轆轆，面前是黑莽莽的一片，也看不清是山、是河，還是林木或廬舍，他不禁歎了口氣，心說：怎麼辦？這樣餓上幾天，不是餓死了嗎？餓死可就什麼都完了！又想：聽人說走江湖的人都是身邊一個錢不帶，到處為家，到處吃飯。偷雞摸狗的事，我江小鶴不做，但是打拳、賣藝總不算丟人。因此他就決定由明天起，找處市鎮，拉個場子，打幾套拳。憑自己跟馬志賢所學的幾套拳法，打出來不但可以叫外行喝彩，連內行也得點頭。於是他又高興起來。

走了不遠，看見道旁有座破廟，牆塌殿倒，裏面一點兒燈光也沒有。小鶴走到近前，在黃昏暮色中，仔細向裏邊看了看，確是沒有一點兒人聲。仰脫揮面一看天空，星斗繁密，他就想：這天氣大概不能下雨，誰管他廟裏的房子鎖刀漏不漏，只要有個地方避風雨就行了。不然我這樣騎着馬走一夜路，倘或遇見人，人家一定得把我當作盜賊！於是，小鶴就牽着馬走了進去。

他把馬繫上，這匹馬仰首長嘯着，又不住地用蹄子敲地，江小鶴就說：“你餓了吧？這可沒法子，我還沒有吃飯呢！等到天明我賣藝掙了錢，再給你買草料。”他自言自語地摸索着進了那已經塌落的大殿，仰首一看，滿天的星星正向他眨眼。他又摸索着找到了磚砌的供桌，一聳身跳了上去，又摸了摸神像。那正中的泥塑神像，已經沒有了腦袋。小鶴心說：可憐！可憐！便歎了一聲，躺在了供桌上。他揉了揉眼睛想要去睡，可是又覺得身子下面雖有棉襖墊着，兩腿卻十分寒冷。本想要再爬起來，可是此時他卻疲倦極了，連續不斷地打着哈欠，他就把手腳縮作一團，臥在了這冰凍堅硬的供桌上。星月摸撫着他的臉，夜風凍凝了他鼻子上的血，不知不覺地他就沉沉睡去。

也不知睡了多少時候，他忽然被一陣嗚呵嗚呵的馬嘶之聲驚醒了。江小鶴身上打着冷戰，用手揉着眼睛，又聽到的一陣蹄聲，越走越遠了。江小鶴罵道：“好賊！敢偷我的馬！”他嗖地跳下了供桌，往外去追，一個沒留神，咕咚一聲，就被地上的磚頭給絆倒了。他趕緊又爬起來，跑到廟外，就聽踢踏踢踏的馬蹄聲往南去了，他便拼命地向南去追。

這時天際的星光漸漸模糊，東方已現出了白色。江小鶴順着大道往下追了四五里地，馬蹄之聲已聽不到了。東方的曙光升起，忽然，小鶴看見道旁地下趴着一個人，不由嚇了一跳。他趕緊止住腳步，定睛一看，地下趴着的那個人一動不動。小鶴心想：怎麼，這是個死人？是叫強盜殺死的？他走過去踢了一腳，那人仍不動，低頭一看，才看出他滿頭血跡，原來這個人真是死了。這人身上穿着的短衣褲上也滿是泥土，可見是在道旁滾了半天才死的。小鶴扭頭一看，在這死人的腳後十數步之遠，扔着一個東西，他過去一看，原來是一副馬鞍。小鶴立刻生了氣，心說：呵！原來就是你偷的馬，又叫馬跌下來踢死了，憑你這本事還敢偷馬？於是他就挾起馬鞍，又往南邊去追馬匹。

跑出了幾十步，忽又想起了一件事。他趕緊又跑了回來，走到那死屍的旁邊，低下身去摸，就從那屍身的懷裏，掏出一包碎銀兩來。他掂了掂，至少也有十兩重，心裏不由十分歡喜，暗道：好個賊！你真是貪心不足。你手裏有這麼些銀兩，還要偷我的馬，真該死！真該死！這時就見北邊隱隱有兩輛騾車走來，江小鶴嚇得趕緊揣起了銀子，挾着馬鞍，又向南跑去。跑下有三四里地，天光已然大亮，路上已有了不少車輛和行人。江小鶴往南又走了十餘里，便望見前面有一座鎮市，十分繁華，簡直跟他們那鎮巴縣城差不許多。他走得也有些疲倦了，便暗想：那匹馬恐怕也跑遠了，沒法尋到了，可是得了一點兒銀子。這點兒銀子總共也不過十兩，還不夠買一匹好馬，才冤枉呢！

他心裏生着氣，便挾着馬鞍，進了市鎮，心說：先吃一頓飯去！遂就找了一酒飯舖，進去買了菜飯，並喝了兩壺酒。

小鶴吃得酒足飯飽，隨後就叫酒保打來一盆水，把那張泥污血染的臉兒洗了。又歇了一會兒，就結了酒飯賬，走出館子來。他心裏就想：馬是找

不着了，光挾着個馬鞍子算是怎麼回事兒？不如把牠賣了，至少也能賣一二十兩銀子。買一身乾淨衣帽，再買一口單刀，那也就像個走江湖的樣子了。於是他就挾着鞍，在大街上喊道："誰買我的這副鞍子呀？少算錢！"喊過了一條街，只有人笑他看他，卻沒有人過來要買。

江小鶴心說：我得把價錢喊出來，價錢一便宜，就許有人買了。於是他又喊道："誰買呀！我便宜賣呀！這副好鞍韂只賣十五兩銀子呀！只要湊上我的盤纏我就賣呀……"才喊到這裏，驀然覺得有人從後面一把將他抓住。江小鶴吃了一驚，趕緊回頭一看，就見身後是一個穿戴着官衣帽的官人。他便生了氣，一掄胳臂，罵說："你憑什麼抓我？"旁邊又有兩個官人上來，一個將鞍子奪了過去，另一個就掏出鎖鏈來，嘩啦一抖，就將小鶴的脖子套上了。

小鶴揪着鎖鏈，用腳去踢官人，罵道："我不犯法，你們憑什麼鎖我？"一個高身子的官人，吧地就打了小鶴一個嘴巴，打得他臉上冒火，他還是掙扎着大罵。另一個官人就把他的脖頸鎖上，冷笑着說："小伙子，你別鬧了，乖乖地跟我們上衙門，准受不了苦。"

小鶴跳着腳罵說："憑什麼我跟你們上衙門？我沒犯法，你們憑什麼捉脫揮好人？"三個官人哪裏容他分辯，就一個挾着鞍子，一個拿鏈子揪着他，另一個就在後面推着他，吵吵嚷嚷地往西邊走去。後面跟了一大群人，有人說："捉住了一個小賊。"有人說："這傢伙真兇！"

小鶴心裏又氣又急，嘴裏不住大罵，並用腳向那三個官人踢踹。往西出了這座市鎮，便見眼前是一道大河，碼頭上泊着無數的船隻。在浩浩的河水對面，有一座城池。江小鶴被官人牽到這裏，碼頭上更熱鬧起來了，他就像一隻被捕的乳虎，張牙舞爪，還不住地大罵。

但無論江小鶴怎樣掙扎，三個官人連推帶拽，把他拽到了一隻小船上，小船解了纜，悠悠地向對岸馳去。江小鶴坐在船板上，兩個官人按着他，一個就向他笑着說："小兄弟，你別跟我們鬧，我們這是公事。把你解到對岸

宣漢縣，你見着縣太爺，有什麼都好說。我們這位縣太爺姓包，人最公正，尤其你是個小孩子，他絕不能重斷了你！”

江小鶴喘着氣，問說：“見了縣官我也不怕！可是，你們得告訴我，我到底犯了什麼罪？”

那官人就笑着說：“得啦！小兄弟，你也別跟我們裝糊塗，我們也不會審問你。等到了堂上，太爺問你時你再說。”江小鶴氣憤憤地還直喊他沒犯法。

少時渡過了河，就下了船，對岸上也有不少人跟着看熱鬧。小鶴這時把嗓子都罵啞了，但他知道掙扎無用，便也不再掙扎了，就跟着三個官人進了宣漢縣城。走了不遠就是縣衙門，三個官人把他帶到一間陰暗的小屋裏，先把他的身上搜了一搜。江小鶴一見懷裏的那包銀子到了官人手中，就要上前去搶，他瞪着眼說：“喂！你搶我的銀子是怎麼回事兒？”

那官人說：“我們不要你的，先替你收起來。等縣太爺把你放了時，我原數還你。”言畢，三個官人出了屋，喀的一聲，就把屋門鎖上了。江小鶴暗暗地罵道：真倒霉！馬丟了，還打這冤枉官司！

他站着等了半天，又扒着門縫向外看，就見門外不斷地有官人來往，卻沒有一個人來理他。江小鶴就咚咚地用拳頭捶門，並向外喊道：“喂！開門呀！開門呀！要審就快審，打完了官司我好走，你們可別耽誤了我的事情！”他這樣喊着，外面經過的人卻連向他這屋子看都不看一眼。江小鶴就踹門大罵起來，直到他已聲嘶力竭，外面仍然沒有人理他。江小鶴一賭氣坐在地下，哼哼地直喘氣，但卻無計可施。

又過了許多時，才聽見鎖一響，屋門開了，外面的夕陽也射進來了，進來了四個官人。江小鶴就坐在地下，仰首問說：“你們是怎麼回事兒？”四個官人卻一句話也不說，就把江小鶴揪了起來，連拉帶推，把他帶到了大堂上。

那大堂兩邊站着拿板子的官人，當中坐着個又瘦又矮的縣太爺，兩邊的衙役都用板子敲地，說：“跪下！跪下！”

江小鶴就向衙役們冷笑道：“跪下就跪下，可是我沒犯法。”遂就跪在了地下。

那縣官操着南方口音，問說：“你姓什麼？叫什麼？”小鶴便稱字道號似的說：“我叫江小鶴。”縣官又問：“你是什麼地方人，從哪裏來？”小鶴翻翻眼睛，說：“我是西安府人，從鎮巴縣來。”縣官又問：“你到川北是做什麼來了？”江小鶴說：“闖江湖來了！”

縣官把驚堂木一拍，說：“胡說！你這麼點兒孩子就闖江湖？我想你年紀雖幼，可是你做的壞事一定不少。我問你，你在江東邊是怎麼殺的人，怎麼搶奪的馬和財物？據實招來，要不然可拿板子打你了！”

江小鶴氣得就要爬起身來，但又被兩個官人按得跪倒。他就一面掙扎着，一面嚷說：“我冤枉！我沒殺人，也沒搶馬！是昨夜我住在北邊的破廟裏，半夜裏有個賊把我的馬偷走了……”他才說到這裏，縣官就連連拍動驚堂木，怒斥道："憑你這樣子還有馬匹？大概不打你是不說呀！來，拉下去先打二十板子！"江小鶴搖晃着腦袋喊道："憑什麼打我？我又沒犯法！"但官人們哪容他分說，拉下去，吧吧就打了二十板子。這二十板子雖不算重，可是江小鶴的屁股已然疼得難受，他不由得哭了，並想：這樣不行，倘若被他們把屁股打裂了，將來可就不能走路了，遂就嚷着說："別打啦！我說實話！"

官人又把他揪起來，讓他衝着公堂當中擺着的大桌子跪倒。縣官又把驚堂木一拍，怒斥着問說："你說實話！如果不說實話，仍然要打你！"

江小鶴喘了一口氣，說："說實話，我真沒有殺人！我是鎮巴縣江志升第的兒子，我父親在兩年前被人害死了，我母親也改嫁了。我向人探聽出了仇人的姓名，我要到外省去投師學藝，將來好報仇。臨離開鎮巴時，我拐走脫撣了鮑昆侖家的一匹馬，我就到了萬源縣。不料我正在那酒樓喝酒，鮑昆侖就派人來捉我了。我若是被他們捉住，立刻就是個死，所以我就由酒樓上跳了下來，搶了一匹馬就跑。沒想到我把馬搶錯了，搶的是仇人的一匹黑馬，這馬性劣極了，半路上就差點兒沒把我跌死。晚上我因為沒有錢投店，就住在一個破廟裏。不想到了夜間我正睡覺，就有個賊人將我的馬匹偷了。我驚醒了，趕緊就追，可是沒有追上，卻瞧見道旁扔着我的馬鞍和一個死屍。我想那死屍一定是那偷我馬匹的人，他因制不住那匹馬，才掉下來跌死了。我從那死屍的身上摸出一包碎銀子，挾着那個馬鞍到了鎮上，沒想官人就把我抓來了！"

縣官聽到這裏，就命官人將江小鶴先押下去。兩個官人推着江小鶴往監房裏走，一個就勸說："小孩子，你乖乖的，准保不能叫你吃苦。你看剛才那二十板子，打得多麼輕？都是瞧着你小，可憐你！"江小鶴歎了口氣，說："真倒霉！馬匹丟了還打官司！"當下官人就把他送在監裏，除去了脖子上的鎖鏈，卻給他的腳上籠了一副鐐。

這監獄裏有二三十個囚犯，全都是破衣露體、蓬頭垢面，簡直比鬼還要難看。屋中有個尿桶，臭氣逼人。江小鶴一被推進監裏，他就靠着那冰冷的石牆站着。許多囚犯都擁了過來，都像餓鬼似的齜着牙，問他打的是什麼官司，犯的是什麼罪。江小鶴煩惱地說道："你們不要問了，我打的是冤枉官司！一點兒罪沒犯，就被他們抓來了，不容分說就打了我二十板子。這縣官簡直是混蛋，等着，江小太爺把武藝學會了，咱們再算帳！"說畢他推開眾人，自已找了一塊席頭，就坐下來發愁。

晚間獄卒送來了那比狗食還不如的囚飯，他也沒有吃。他心中歎息着江湖真是不好走，世間的人敢則是不講理的多。他又想：為什麼別人盡欺負我？一定是因為我的年歲小，我的武藝還沒有學成。他娘的！我非得趕緊逃跑不可，趕緊去投名師學藝不可！

他低着頭用手去摸腳鐐，忽然吃了一驚，原來這副鐐是給成年人帶的，他那瘦細的腳脖子，只要把鞋脫下來，繃着腳面一褪，立刻就能把這副腳鐐脫掉。當時他心中甚喜，暗想：不用發愁了，能夠跑了。於是他又把腳鐐套上，便臥在席頭上，老老實實地睡了一夜。

到了次日，一清早，獄門就開了，進來一個獄卒，吩咐把尿桶抬出去倒了。照例這倒尿桶的事兒是由新犯人幹的。當下就派了江小鶴和一個十七八歲的孩子，兩人抬着一桶尿，由獄卒押着，出了旁門，要把尿倒在南牆外的一個垃圾堆上。江小鶴的鐐本來很松，走路十分不便，才一出獄門他就跌倒在地，嘩的一聲把一桶尿全部傾在了地上。

那獄卒的兩隻腳也浸在尿中了，他罵了聲："小死囚！"一腳就把江小鶴踢得在尿中滾了一個滾。江小鶴趁勢摘下腳鐐，爬了起來，掄鐐向那獄卒打去，只聽獄卒哎喲一聲，江小鶴便撒腿就跑。他不敢走大街，只穿着小巷走，跑過了兩條小巷，就見後面有官人追來，於是江小鶴更是拼命地飛奔。他迤邐着又跑到了大街上，直往南門跑去。街上的人也不知他是個瘋子還是個賊人，因見是個小孩子，便都躲開他，沒有人上前攔擋。

江小鶴一直跑出了南門，卻被一個官人迎面把他擋住，這個官人問道："小孩子，你跑什麼？"江小鶴卻一句話也不答，撲上前去，三拳兩腳把那官人打倒了，然後又撒腿向南奔去。因為奔得太慌亂，不留神就撞在了一輛騾車上，江小鶴跟騾子碰了個頭，人也躺了下來，幾乎要被騾子踢着了。他立刻爬了起來，又往南飛奔，就聽後面有許多人亂叫着："截住他呀！截住他！"

江小鶴就像一隻被獵犬追趕的兔子似的，什麼也不顧，只管低着頭飛奔。地上又坎坷不平，他連跌了兩三個跟斗，但他跌倒了就趕緊爬起來，接着再跑。此時他是赤着腳，兩腳都被地下的沙石塊給刺破了，但他一點兒也不覺得疼，只管拼命地飛奔。也不知跑了有多少路，他的氣實在接不上了，兩隻腳也使不上力了，頭更覺得發暈。此時身後又地有一匹馬追來。江小鶴就覺得眼前一陣發黑，胸頭像有個什麼東西突地直往上頂，他就張着雙手使力地叫了一聲，立刻撲在了地下。但他還微有知覺，就覺得是被人提了一下，然後身子就不能自主了。

過了些時，只聽見耳邊有的馬蹄之聲，他睜眼一看，見自己是騎在一匹馬上，身子被人從後面摟着。摟着他的是兩隻大手，露着兩個黑袖頭。江小鶴趕緊回頭一看，見在馬上摟着自己的不是官人，卻是個黑臉漢子，瞪着兩隻大眼睛衝着自己直笑。馬依然地行着，這個人就笑着說："你這小伙子，真有點兒本事！你學過武藝吧？是跟誰學的？"江小鶴把腰挺了挺，回答說："是跟我姨夫馬志賢學的。"不料那黑漢子一聽他這話，立時生了氣，突然就將小鶴拋下馬去。

小鶴被拋在地下，頭也跌破了。他就由地下揀起一塊石頭，拋了出去，向那匹馬就打，又爬起身來，罵說："小子，你想害我，你敢回來比比武嗎？"

那人向前走了不遠，忽然又轉馬回來，又笑了，說："你這小伙子，我真佩服你。可是我一聽見名字裏有個'志'字，我就生氣！"他走到近前，下了馬，又問："你的師父是鮑昆侖的徒弟，是不是？"

江小鶴點頭說："是，可是我姨夫馬志賢他也恨鮑昆侖，不過又怕他，不敢惹他罷了。我父親江志升當年也跟鮑昆侖學藝，可是被鮑昆侖殺了。他是我的仇人，我曾拿着尖刀找鮑昆侖拼過命，我曾殺傷過龍志騰、龍志起！”

這大漢子一聽，不由現出一種驚異之狀，說：“呵！你這小伙子竟有這麼大的本事？”遂拉住江小鶴的胳臂，問說：“你叫什麼名字？”小鶴一拍胸脯，說：“我叫江小鶴，你呢？”黑漢子笑了笑，說：“我叫伍金彪，外號人稱黑豹子。我是營山縣人，前兩天來到宣漢縣辦事，現在事情還沒有辦完。因為我剛才在南門外看見你這小伙子怪有本事的，我很喜愛你，就催着馬追下你來。看你趴在地下喘不過氣來，我才把你救了。”

江小鶴聽罷，就點點頭說：“好了，多虧有你救我，我跟你交個朋友好了！你有錢沒有？無論多少你借我一點兒，我先吃頓飯去。你也回去辦事去吧，咱們後會有期！”

黑豹子伍金彪笑了笑，說：“我的事辦不辦不要緊，小兄弟，我先問你往哪裏去？”

江小鶴說：“我也沒有一定去向，我是要找閬中俠去。聽說他的武藝高強，我要拜他為師。”

伍金彪笑了笑，說：“你這小伙子有志氣！可是你要去找閬中俠，為什麼反到這裏來？你要是一直往南走，可一輩子也到不了閬中。”

江小鶴趕緊問說：“閬中在什麼地方？應當往哪邊走？”

伍金彪向正西一指，說：“過了巴水，那裏才是閬中縣，閬中俠徐麟就是那裏首屈一指的人物。可是你要直頭去找他，不但不認識，他也不能見你，你得找一個引見人。”

江小鶴問說：“你認識他嗎？”

伍金彪點頭說：“我自然認識，不但認識，還很熟。”

江小鶴說：“那麼勞你駕，你帶我去，把我引見給他做徒弟！”

伍金彪卻笑了笑，搖頭說：“那可引見不了！不瞞你說，我跟閬中俠雖是很熟識，可是見了他，我連頭也不敢抬。”

江小鶴問說：“你怕他？”

伍金彪說：“不單我，誰不怕他？他是川北頭一條好漢，我不過是個跑江湖的，論錢論勢論武藝，我都比他差遠了！”

江小鶴沉思了一會兒，就問說：“閬中離這裏還有多少路？”

伍金彪說：“二百七十多里路，騎着我這匹馬也得走三天。”

江小鶴說：“好吧，你不管，我找他去！”說時邁步就走。

伍金彪卻把他拉住，說：“小兄弟，你這不是胡鬧？你腳底下連一雙鞋也沒有，走不到那兒也就累死了。再說，若沒人引見，他簡直就不能理你。現在，小兄弟，咱們兩人既交了朋友嘛，我就得幫你的忙。咱們先往西找個鎮店把飯吃了，喝幾盅酒，然後我拿出錢來給你置一身衣服，再找個朋友給你借一匹馬，隨後咱們再走。我先領你去見幾位朋友，有那幾個朋友的面子，你再去找閬中俠，閬中俠一定就可以收你了。”

江小鶴聽了很是喜歡，就點頭說：“好吧！”

於是伍金彪就牽着馬，跟江小鶴談着閒話，往南走去。

走了不遠，就見往西有一股大道，伍金彪又帶着江小鶴往西走去。這股大道兩旁都是水田，風景極為秀麗，但江小鶴卻無心觀看這些景物。他只盼着快些走到個鎮店吃飯喝酒，衣服有沒有倒不要緊，只是得弄一雙鞋穿。往西走了有十來里地，果然看見有一座村鎮，雖然不怎樣熱鬧，可是雜貨舖、酒店、店房等倒有十幾家。在路南有一家店房，牆上歪歪斜斜地寫着幾個字，江小鶴也不認得。伍金彪就說："咱們進去歇一會兒吧。"

他遂就牽馬往裏走，江小鶴隨他走了進去。到了裏面，兩三個夥計都笑着過來招呼、接馬，都仿佛跟伍金彪很廝熟的樣子。伍金彪就跟那店夥說："給我跟這位小兄弟找一個房子。"當下有個店夥把小鶴讓到一間東屋裏，伍金彪卻到櫃房裏找店掌櫃談天去了。

小鶴到了屋內，店夥給他送來臉水，小鶴用這一盆水把頭髮、臉、胳膊、腿連兩隻腳都洗淨了。他往床上一躺，想着這兩天所遇的事情，真覺得氣人，又想：幸虧遇見了伍金彪，伍金彪倒還是個好朋友。待了半天，伍金彪才進屋來，他手裏拿着一套單衣褲，還有一雙鞋，笑着說："小兄弟，你先把衣裳換上，鞋試試，穿得上穿不上？"江小鶴就脫了個精光，把衣服換上。袖子和褲腿兒太長，但還能夠挽起來，只是鞋太大，簡直走不了路。小鶴就把他自己的那條破褲子撕了，撕了四個布條兒，兩個布條繫鞋，兩個布條做為腿帶。

伍金彪在旁看着，不住地笑，說："好兄弟，這樣真像一位小英雄了！再佩上一口刀，在綠林中誰敢瞧不起你？"

江小鶴也不管他這些話，只說："怎麼飯還不來？"

伍金彪說："等我去催一催他們。"當下伍金彪又出了屋子。待了一會兒，店夥就送來了茶飯和酒，伍金彪也走進屋來，嘴裏還哼着川北的山歌："送郎送到十里亭，十里亭旁草青青呀……"江小鶴一聽見他所唱的山歌，不禁又想起了那慣會唱山歌的鮑阿鸞，於是就着急地想：趕快學好了武藝，發了財，回家好娶阿鸞當媳婦。可是在沒娶媳婦之前，先得報仇。

江小鶴跟伍金彪對坐在床上先飲酒，後吃飯，同時談着閒話。江小鶴因覺得伍金彪是個很好的朋友，就把自己以往的事情全都說了出來。伍金彪就告訴他說："幸虧你今天遇到了我，你要是遇見別人，只要人家知道你跟鮑昆侖相識，即時就許殺死你！鮑昆侖跟他那些徒弟，陝南可以獨霸為王，可是他們若到了川北，那就一步也走不開。在我們川北，無論是江湖，是綠林，只要一聽見是鮑昆侖的徒弟，名字裏有個'志'字，那就是仇人，立時就得動手拚鬥！"

江小鶴說："雖然我跟他們認識，可是他們把我父親殺死了，我也跟他們有仇！"

伍金彪點頭道："是呀！要不是你和他們也有仇，咱們現在也不能交朋友。鮑昆侖的徒弟，除了龍家兄弟和什麼葛志強，沒有人敢到川北來。上個月，龍家兄弟在劍門山殺傷了吸水龍晁禮手下的幾條好漢。後來又在廣元縣遇着了閬中俠，狠狠地爭鬥了一場，結果被閬中俠殺得大敗。可是他們小人心腸，又毒又狠，竟到了閬中，把閬中俠的莊丁給殺死了兩個。雖然他們跑了，可是這輩子他們也休想再到川北來了！”

江小鶴說：“我聽說他們還不死心，現在正在招集他們的師兄弟，以後還要到川北來走鏢。”

伍金彪點頭說道：“叫他來吧！只要叫閬中俠知道了，就叫他們誰也不能整着回去！”

江小鶴又問：“閬中俠的武藝比鮑昆侖如何？”

伍金彪說：“那又高得多了！鮑昆侖那老頭子，我雖沒見過，可是我想他的武藝一定平常。不過是仗着他的徒弟多，所以這些年來，閬中俠不願和他作對。閬中俠徐麟比他年輕，今年才不過四十上下。他的武藝是家傳的，真正的內家武當派，一口寶劍神出鬼沒，就是幾百個大漢把他圍住，刀劍齊上，也絕傷不了他一根毫毛！”

江小鶴聽伍金彪把那閬中俠說得這樣英勇，心中就越發敬佩。末了，伍金彪又說：“小兄弟你別着急！我先帶你到我們廟子來，給你引見幾位朋友。你在我們那裏先住些日子。然後我們總能帶你到閬中，去見閬中俠，叫他收你做徒弟！”

江小鶴聽了，十分歡喜，就說：“可是，我也不能在你那裏多住。我這回出來並不是為玩來了，我是要趕緊投師學藝，把武藝學成了之後，還要趕緊回去找那龍家兄弟報仇，並且我還有旁的事兒呢！”

伍金彪問說：“你還有什麼事兒？”

江小鶴就說：“我在家裏還訂下個媳婦呢！”

伍金彪笑着說：“你還這麼小，娶妻的事兒你忙什麼？川北有的是好模樣的小姑娘，將來還怕沒有你的媳婦？”

江小鶴又問：“你娶了沒有？”

伍金彪卻笑着說：“我的媳婦太多了，多得我都數不清了，我也都不認得了。”兩人談得很高興，當日就在這裏休息了一天。

次日，伍金彪也不知從哪裏又弄來了一匹黃馬，叫江小鶴牽着。在他們將出店門時，那店掌櫃出來相送。店掌櫃是個胖子，身材高大，生着滿臉的連腮鬍子。伍金彪就給小鶴引見，說：“這是于大掌櫃的，這就是我新交鎖刀的那位小兄弟。”

店掌櫃于大，為人倒還和藹，可是他的相貌長得太兇，小鶴不大喜歡他。二人騎馬走出了這市鎮，伍金彪就在前面回頭說道：“你看見剛才那位掌櫃子沒有？那也是江湖上有名的人物，一身好武藝。”江小鶴聽他這樣說，卻不甚注意。此時他只一心要去見閬中俠，他預備下一二年的苦功夫，學個通身武藝。

往西走了一天，江小鶴也不知伍金彪把他帶到什麼地方了，只覺得道路漸窄，田舍村落漸稀，路上也簡直沒有行人。面前是一脈山嶺，蜿蜒着，一望無邊，山上生着多年的蒼翠樹木。在北邊有一片蔚藍色，上面有幾片黑色的風帆，大概那裏是一條大河。江小鶴一看這個地方不對，就收住馬，向前問說："喂！朋友，這是什麼地方呀？我們要往哪兒去呀？"

伍金彪在前面也勒住馬，回過頭來笑着，又用手向山上一指，說："你看，那邊就是我的家，在那裏有二十多個磕頭的朋友！"江小鶴心裏不免有點兒疑惑，可是已經來到這裏，何況伍金彪又真是個好朋友，自己只好跟着他走吧。

於是兩匹馬又往西走，到了山腳下，找着一股很陡的山路，就騎着馬上去了。到了山上，迂回着走過了一道山嶺，就見前面有一片蒼鬱的松林。只聽見裏面發出一種尖銳的聲音，仿佛鷹叫似的。伍金彪就回首向江小鶴說："我們下馬吧，我們的朋友們來了。"他遂將兩個手指放在嘴中，也吹出一陣哨子。江小鶴看着，心裏很是驚異。

待了一會兒，就由那林中走出來四個人，手裏全都提着刀。江小鶴這時才明白了，原來伍金彪把自己領到賊窩中來了，遂就不肯下馬，問說："喂，朋友，你把我領到什麼地方來了？要叫我當強盜我可不幹！"

伍金彪趕緊止住他，說："小兄弟，你怎麼說這話？你不要命了！你先下馬來，我給你引見幾個朋友，有什麼話，回頭咱們再細談。你就放心得了，咱們既是交了朋友，我還能對你安什麼心？"

江小鶴皺起兩道眉。那邊的四個人走過來，就把兩匹馬接了過去。伍金彪跟那幾個人說了一陣話，也不知他們說的哪一種言語，江小鶴一句也聽不懂。只見那四個人都笑了笑，伍金彪就帶着小鶴向那片松林走去。走過了松林，就是一片山谷，谷中有一座廟宇，有八九間神殿，紅牆可都褪了色，旗杆也折了。在那座廟外拴着兩匹馬，有兩個人在廟前站着，都是身穿短衣，手裏捧着單刀。

江小鶴看了更是詫異，就說："喂，朋友，這到底是什麼地方呀？"

伍金彪就笑着說："住兩天你就知道了。反正咱們朋友義氣，我絕不能錯待你！"

江小鶴就憤憤地說："好朋友，你把我帶到賊窩裏了。我告訴你吧，我可不能幹這個！"

伍金彪立刻止住了步，他回過身來，那張黑臉上露出不悅之色，說："小兄弟，你這可就不對了！我早就告訴過你，我們是綠林中人。我前天是到宣漢縣內辦事，才看見了你。我因見你年紀雖小，可是本領和膽氣很不錯，才跟你交朋友，把你請到這兒來入夥兒，做我們的老兄弟。好在你現在也是無家可奔。你打算找閬中俠，閬中俠他向來是不收徒弟的，何況你又是外省人。"

江小鶴一聽伍金彪索性把話說明白了：他們是強盜！當下他就站着發了一會兒怔。眼望着那門前的兩個人和兩匹馬，心裏盤算了一遍，遂點頭說："成！可是你們不能拿我當小卒兒似的指使我！"

伍金彪就很喜歡，他拍着江小鶴的肩膀說："那是什麼話？你是我們的小兄弟嘛！你就是小寨主。"當時他就拉着江小鶴往廟裏走去。

在那廟門前把守的兩個嘍囉齊都呼伍金彪為二寨主，伍金彪就指着江小鶴說："這是咱們這裏新來的江小寨主，以後你們可都要聽他的。別瞧他人小，武藝可實在高強。”

進到廟裏，江小鶴一看，這簡直不像是一座廟。院中堆着許多隻箱子，還有許多已經打開了的舖蓋卷，大概都是劫來之物。台階上坐着十幾個人，雖然都是衣着不整，可是大酒大肉地正在那裏吃着，並說笑着。伍金彪照樣給小鶴向他們介紹了，小鶴才知道這些都是嘍囉，然後伍金彪就帶着小鶴往正殿走去。

在正殿前擺着一些兵器架子，上面放着的刀劍鈎槍，全都亮得耀眼。殿內是亂七八糟，神像雖然沒挪動，可是神像旁邊就放着瓦罐飯碗等等，牆上還掛着刀劍。供桌被挪到了一邊，旁邊放着幾把破爛椅凳，上面坐着幾個強盜模樣的人，其中還有一個黑胖長須的道士。伍金彪就給引見，他先把江小鶴的來歷說了一遍，然後才介紹這些人的姓名。江小鶴才知道這個道士就是此山的賊首，大寨主馬印修，外號叫鐵老祖；另一個是三寨主長臂猿劉岐；其餘兩個都是由別處來此浮住的朋友，一個叫陸德瑞，一個叫潘大鼎。

這幾個賊人倒是很慷慨，一齊管江小鶴叫小兄弟，鐵老祖馬印修並說："我們正缺少一位小兄弟，有好些事都沒法兒辦。你來了好極了，你就幫助我們吧，你想要什麼就有什麼。只是要記住了，咱們綠林人最要緊的是義氣，遇見客商和鏢車，彼此不認識的，那是一定要把東西留下；可是只要對面稱道出字號來，咱們一聽是熟人，立刻就得拱拱手叫人家過去。還有，遇見女的，只要她不是婊子，咱們一點兒也不可調戲人家。娘們兒的車裏就是有好寶貝，咱們也不許搜。要不然傳出去，就叫朋友恥笑了！”

江小鶴一聽，這些強盜們說的話倒還頗講情理，仿佛比鮑昆侖那些人都強，當時也稍微高興了些，便與這幾個強盜歡呼暢飲起來。那大寨主馬印修等人見江小鶴雖然年幼，可是一切言談舉動倒都像久走江湖似的，便十分高興。他們每說出一句話來，必叫一聲老兄弟，並向江小鶴問了鮑昆侖及龍家兄弟的一些事情。江小鶴也慷慨激昂地一面談着，一面飲酒。

眾人酒興未闌，忽見由外面又進來了三個人，一個是四寨主飛鏢耿壯，那兩個是嘍囉。耿壯就說，北面來了一幫客人，運的是生漆，共合六輛車。有兩個鏢頭保着，插着長安昆侖鏢店的旗子。

馬印修一聽，就拍案立起，說："昆侖鏢店的人敢到這裏來？非劫下不可！”又問："你們沒看出那兩個保鏢的氣派怎麼樣？是鮑昆侖的徒弟不是？”

飛鏢耿壯說："氣派還夠得上，可是不知道姓名。”

旁邊伍金彪說"昆侖鏢店派出來的鏢頭沒有軟的，咱們多下去幾個人。”

馬印修就高興地說："咱們都去！江小兄弟你也跟我們去一趟，把那兩個昆侖派的傢伙結果了，也算給你爹報仇！”

江小鶴心中卻有些猶豫，暗想：鮑老頭子的那些徒弟雖然多半是壞種，可是馬志賢、魯志中卻都是我的恩人。假若這兩個鏢頭裏有他們，可叫我怎麼辦？再說我到外面來，是為闖江湖學武藝，如今卻幫助強盜們去打劫，這有多麼丟人呢！

這時眾強盜齊都忙亂起來，各自去拿刀槍。馬印修也脫了道袍，穿上窄袖短衣，抄起他的一口樸刀，往屋外就走。伍金彪忽然也跟將出去，大概是他們彼此又說了幾句話，隨後伍金彪就進到屋來，向江小鶴說："小兄弟，咱們現在可要下山做買賣去了。這是你頭一回闖江山，咱們可得講良心、講義氣。對手是昆侖派的人，也許你認得，你千萬別裏應外合。"

江小鶴生着氣說："這是什麼話！你們要不放心我，就留下我看家。"

伍金彪想了一想，就點點頭說："好吧，你看家吧。這回的事情恐怕扎手，你年紀小，打起來時，恐怕我們也顧不了你！"說畢，他又出屋去了。接着就聽外面一陣亂嚷嚷，又夾雜着馬蹄之聲，群盜就一齊下山劫貨去了。

少時雜亂的聲音過去，四周遭反倒十分寧靜。江小鶴出了正殿，只見四五個嘍囉在院中擲骰子賭錢。走出廟門，卻一個人也看不見了，只有山鳥在耳畔鳴叫着各種聲音。江小鶴心說：這機會很好，他們都下山去了，大概一時也回不來，我可以趁這時候走了。誰能跟他們這群人在一起做強盜呢？只可惜這裏的馬匹都被那些人騎走了，他想只好爬下山去了。

他隨着回到廟裏，到了正殿的屋中，就見這些強盜所劫的東西都散亂地擱着。江小鶴就找着一包銀子，他也不知有多少兩，只覺得很沉重，遂用一個包裹把銀兩勒在身上。然後他又找了一口帶鞘的鋼刀，挾着刀鞘往外就走。有個正在擲骰子的嘍囉一眼瞧見他，就站起身來，問說："小寨主，你往哪裏去？"江小鶴說："我下山去幫幫他們。"說畢匆匆地往外就走。那幾個嘍囉卻在後面大笑，仿佛猜不透這新來的傢伙到底有多大本事。

江小鶴走出了這賊人的巢穴，心想：他們一定正在前山跟那兩個鏢頭爭戰，我要是走前山，也許就能碰到他們。於是，他就往後山去走。後山有一股路，但十分地迂回，並且坡陡。江小鶴小心謹慎地腳踏山石，忽高忽低地走了半天，不但沒走出山去，連方向、路徑都迷了。他心中不由得着急，便將單刀綁在背後，雙手揪着樹木，蹬着山石，往上去爬。他越爬越高，不覺就爬上了一座高峰，只見峰嶺重巒，齊在眼底。右邊遠遠地有一道大河，左邊是血似的斜陽，但卻找不到一條山路。低頭向下看，只見是一條山澗，脫揮澗裏還有潺潺的流水。江小鶴很着急，心說：這可怎麼辦？於是攀着山石又往下面去走。

走了一會兒，忽見下面的一道嶺上有群人馬跑來，原來是那鐵老祖馬印修、黑豹子伍金彪等人打劫完畢回山來了，江小鶴趕緊將身子避在一塊大青石的後面，趴伏了半天，他才露出頭來，再往下去看時，那群人馬就已走過去了。江小鶴這才接着往下爬。山勢極陡，石頭的尖棱也太多，松枝棗樹也都很扎手，江小鶴的兩隻手都流出血來，鞋也丟了一隻，並且有幾次都差點兒失足跌下澗去，但他仍咬着牙向下爬。

眼看天色將暮了，他的腳才落在了一條窄狹的山路上。他喘了口氣，便撒腿往下跑去，他一隻腳穿着鞋，一隻腳光着，也不顧地下有什麼蒺藜、石塊。直跑出了山口，便看見有一股平路，他更是腳下加緊，也不顧東西南北，就拼命地跑去。也不知跑了有多遠，就聽後面蹄聲漸近，回頭一看，卻是兩匹馬追來。江小鶴自知跑不了，便索性將身向地上一伏，順手抽出單刀。此時因為天已薄暮，那邊兩個人並沒看見，依舊順路馳來。

江小鶴滾到道旁，手持着鋼刀，伏着身，等着第一匹馬走過，第二匹馬馳來之時，他就驀然一躍而起，掄刀向馬腿上砍去。那馬立刻打了個前失，馬上的人哎喲一聲就摔在了地下。此時前面的人聽見了聲音，就趕緊撥馬回來，問道："師弟，你怎麼了？是由馬上摔下來了嗎？"

江小鶴一聽，這人並不是山裏那些強盜的口氣，遂就蹲在馬旁，只聽地下趴着的那個受傷的還在不住地呻吟。騎馬的人來到了臨近，他先抽出刀，然後下馬走了過來，又急急地問道："師弟，你到底怎麼樣了？"

江小鶴便趁勢一躍而起，掄着單刀說："誰是你的師弟？"那人嚇得一退步，趕緊橫刀來迎。在這沉沉的暮色之中，兩刀相鬥了十幾個回合，江小鶴就有點兒招架不住了。他跑到那匹受傷的馬後，問道："朋友你貴姓？"

對方卻不答話，只管追趕過來掄刀緊逼。江小鶴就繞着那匹馬來回地跑，那人也繞着馬追。繞了有三四周，那人就急怒難忍，嗖的一聲跳過馬背來，喝道："強盜，你還要跑嗎？"

江小鶴轉身撒腿就跑。跑了一截路，就聽前面蹄聲踏踏，原來是那人騎的馬，在剛才他們交手時給驚走了，現在卻又自己跑回來了。江小鶴突生急智，趕緊上前把那匹馬截住，然後飛身上去，趴在了馬背上。此時身後那人已掄刀趕到。江小鶴一揚胳臂，就說了聲："着鏢！"後面的人以為是暗器來了，趕緊一伏身，江小鶴就趁此時，撥馬放轡踏踏地飛奔而去。

## 第四回　嘉陵江水匹馬訪名師　琵琶聲中單刀驅淫賊

馬馱着江小鶴漸漸走遠,後面的人已無法追趕了。這時天空已銀星萬點,有一鈎銀月，雖然是極纖細的，但還能灑下一點兒淡淡的光影，照着這匹馬,沒有一定的方向走去。走出了有二十多里地，江小鶴才用力把韁繩勒住，下了馬，喘了喘氣。他見馬鞍後綁着一個包裹，伸手摸了摸，外面很軟，而裏面卻很硬，心說：裏面一定有不少的銀子，好了，我算是發了財了。馬匹、單刀、銀子，全都有了！先找個地方歇一宵，明天再趕路去找閬中俠吧。於是他便把自己身上的銀兩和鋼刀,也全都放在馬上,又上了馬,順着大路走去。

又走了有三十餘里，就到了一座市鎮上。此時約二更時分，有幾家舖戶還沒有上門。江小鶴牽着馬走了不幾步，就遇見了一個手裏提着燈籠的人,這人招呼着說：“客人，投店吧！張家老店，有乾淨的屋子。”江小鶴說：“好,你給我找個單人住的房子,錢多點兒都不要緊。”當時他就跟隨店夥,走進那張家老店。

一進店門，就是馬棚，江小鶴將馬上的東西取下來，叫店家將馬牽到棚下去喂，便隨着接他的那個夥計，進到了房間裏。店夥把牆上掛着的一碗油燈燃着,隨後給他送進來了臉水、茶水和舖蓋,又問小鶴吃什麼飯。小鶴說:“有什麼就吃什麼，不過得沽點兒酒來，至少我得喝四兩。”店夥答應了一聲出屋去了。

這裏江小鶴就把那包裹打開，一看，卻是一床不太厚的棉被，裏面裹着半封多銀子，還有三封信，信口全都封得很結實。江小鶴一個字也不認得,就沒拆信封。他將自己在山上得來的銀子也放在一起，身邊只留下了幾塊破碎銀，然後又把包裹照舊綁好，打算回頭拿它當作枕頭。洗過手臉，他忽然覺得腳痛，原來腳下只穿着一隻鞋，那隻鞋卻丟了。他索性把這隻鞋也脫了下來，就坐在了床上。待了一會兒，店夥把酒飯都送來了，江小鶴吃過，就閉緊了屋門上床去睡，腦袋一着在包裹上，他就沉沉地睡去了。

到了次日，日光滿窗，他方才起來。吃畢了早飯，他就問店家這裏是什麼地方，離着閬中還有多遠。店家說：“這裏叫太平鎮，歸大竹縣管。要往閬中去，得過渠江，走二百里水旱路才能到呢！”隨後把方向和路程都詳細地告訴了他。

江小鶴聽了，就想：水路我不能走，我不識水，倘若遇到江賊，那可就糟了。我有這匹馬，還是走旱路吧。於是把自己的腳伸着給店家看，給了銀子，叫他出去買雙鞋來。少時鞋買來了，江小鶴穿上，倒還合適，然後就付清了店賬，備好了馬匹出了門。在街上又買了一根馬鞭，他便離開這太平鎮，策馬往西北走去了。

天至正午時就到了渠江南岸，他找着了渡口，搭船過了江。一過江就是渠縣，這是嘉陵道管轄下的一個很繁盛的縣治。江小鶴現在手中有的是銀子，他在城中吃飽了飯，喝夠了酒，並找了一家新衣莊，買了一套綢緞衣裳，又買了緞鞋、緞帽，在那舖子裏他就換了起來，然後騎着馬又離開渠縣向西北去走。

此時他穿着一身青緞小夾襖褲，紫色的綢緞腰帶、青腿帶，頭帶青緞小帽，足蹬青緞薄底快靴，配上他坐下的一匹榴紅駿馬，鞍後還有包裹和刀，真是夠氣派的。他滿心地高興，搖着絲鞭，不快不慢地向前走。這時正當陽春，大地上佈置着綠的禾田、青的野草、嬌嬈豔麗的桃花、清澈流動的琵嘉溪水。天空也飄浮着纖巧的白雲，東風柔軟地吹着，吹得人心裏非常舒服。

江小鶴就想，還是到外省來好，可是又想：我現在是什麼都有了，就是這樣子回到鎮巴縣去，也沒有人敢瞧不起我了。只是自己跟馬志賢學的那點兒武藝實在不夠用，別說報仇，就是憑它闖江湖也不行。因此他心中又很急，恨不得一下就走到閬中去，見着閬中俠就拜他為師。

現在他走的是大路，右邊是一條大河，那是渠江支流；左邊是田野，有水的地方種稻，沒有水的地方種麥。農人們正在田中忙碌，小孩在小溪裏玩耍，看見岸上騎馬的江小鶴，就齊都驚羨，有的還在遠處哦哦地叫他。路上許多乘車的、騎馬的，還有背着行李步行的人，也都很注意江小鶴，猜不出這個衣冠整齊，馬又騎得很好的小孩兒，到底是個幹什麼的。

江小鶴一面吹着曲子，一面得意地策馬走着，走了有二三十里路，身後就趕來了三匹馬。馬上的人都穿着短衣裳，都很年輕，一個就喊着說：“喂！小孩子，你是幹什麼的？”

江小鶴扭頭看了看這個人，覺得他的態度不恭，就連理也不理，依舊吹着曲子往前走。

那身後的三匹馬一放轠，就趕到小鶴的前面，蕩起來許多塵土，都撲在了小鶴的臉上。江小鶴心中非常不高興，但是見這三個人的馬鞍下全都帶着單刀，他心裏就猜度着：這一定是江湖人了。他們瞧我穿得闊、年歲小，打算要欺負我吧？於是為避免鋒芒起見，他便故意將轠繩勒住慢慢地向前走，為的是索性叫那三匹馬在前面走遠了。

當日他走到黃昏時才投店歇宿，次日晨起又往下去走。又走了幾十里，此時已將中午，見前面有一座城市，江小鶴就想：我就在這裏吃午飯吧。於是就進到城裏，找了一家飯館。他一邊吃飯喝酒，一邊問酒保，這裏是什麼地方，離着閬中還有多遠。那酒保回答說：“我們這裏是營山縣，離着閬中還有百十里路，要是快馬當天就能趕到了。”江小鶴一聽，心裏非常歡喜，就趕緊吃畢酒，付了錢，然後出了酒飯館，騎上馬就走。

出了北門，他就順着大路一直往北飛馳而去。走下有十餘里路，忽覺得道路漸窄，並且曲曲彎彎的。前面還有一條大河，河面上卻連一隻帆船都沒有看見。路上連一輛車、一匹馬都沒有，只有稀稀的幾個農人。江小鶴心說：糟了！我竟走錯了路，只貪圖催着馬快走，卻把方向弄差了。於是就撥馬回去，向一個農人問說：“喂！借光向你打聽，要往閬中去，走這段路成不成？”

那農人說：“成是成，可是你走到江邊還得往東去，才能找到擺渡呢！”

江小鶴說：“這就好了！”於是又轉過馬來，仍然一直往前走去。走了不到二十里地，離着江邊尚遠，這時就聽身後有人高聲呼叫：“朋友！朋友！站住，我們有幾句話要跟你說！”

江小鶴勒住馬，回頭去看，就見有三匹馬飛也似的馳來。江小鶴認識是昨天在路上遇見的那三個江湖人，心裏便有些害怕，可是又想：我要一跑，那可就洩氣了，再說他們的馬快，一定能夠趕上我的。不如我跟他們道道字號，也許能把他們嚇回去。

當下他就轉過馬頭，索性迎上他們。來到對面，那三個人都收住了馬，一齊用眼打量小鶴。有個微胖一點兒的人，就面帶笑容地問說：“朋友，你是哪條路上的？現在要往哪裏去發財？”

江小鶴一聽，就怔了一怔，然後說：“我是鎮巴路上來的，現在要往閬中發財去。”那三個人一聽，面上全都現出驚異之色。

那個人又問說：“大名怎麼請教，是哪位老師門下出來的？”江小鶴索性拿出勢派，傲然地說：“我叫江小鶴，外號人稱三頭虎，沒認過師父，武藝是神仙傳授給我的。”那三個人齊都哈哈大笑，笑過之後，他們就彼此低聲說着黑話。

江小鶴一看這三個人的神情不好，遂就想了個主意，先發制人。他把臉兒一繃，問說：“喂，朋友們，你們問完了我啦，我得問問你們啦！”

那個微胖的人說：“不必問他們了，我叫鈎刀戚永，在川北你可以打聽打聽去，三尺童子都知道我的姓名。現在我們追上你來，也沒有旁的事兒，並不打算要你什麼東西，就是請你把刀拋下，把馬留下。身邊的金錢你照樣拿走，我們分文不要。因為我們不是強盜，我們就是不能許你這麼一個毛孩子充好漢，大搖大擺地在路上走！”

他的話才說到這裏，江小鶴就罵說：“混蛋！江小太爺走路干你什麼事兒？你們憑什麼不許我帶刀騎馬，瞧不起我嗎？好漢子下馬來鬥一鬥，單打單鬥。你們就是三個人一齊上來，我也不怕你們，可是你們就不算英雄了！”說着話就跳下馬來，由行李捲內嗖地抽出了鋼刀，青光一抖，拉出個琵嘉架勢來。他一臂抱刀，雙指向前一點，左腿微彎，右腿向後撤，瞪着眼睛說：“下來！無論你們哪一個，只要贏了我這口刀，我的東西全都不要了。可是，你們也得小心點兒性命，別像紫陽的龍家兄弟，跪在我的刀下求饒！”

那三個人一見江小鶴這個勢派，齊都嚇得怔住了，因為在行家眼裏看得出來，江小鶴這一亮刀，就是武藝有根底的樣子。於是另一個長身材的人，就下了馬一抱拳，說：“朋友，算了吧，我們看出來啦！行走江湖千里，交不着一個好朋友，咱們何必鬧破了臉？要比武這也不是地方。朋友，請把傢伙收起來，上馬，咱們找個地方喝酒去。”

江小鶴一看，居然把這三個人給蒙住了，越發高亢起來。他就微笑着收起了刀，然後搖搖頭說：“我沒有工夫奉陪，我還得趕往閬中去，後會有期吧！”說時扳鞍上馬，一抱拳，便撥轉馬頭向北馳去。

後面的三匹馬又追趕上來，那鈎刀戚永就說：“江兄，你先別走，我們還有事要向你請教。”

江小鶴勒住馬，回過頭來微笑着問說：“什麼事？請說吧！”

鈎刀戚永拱拱手，問說：“不知江兄要到閬中去是有什麼事？”

江小鶴從容地說：“也沒有什麼要緊的事，就是我在鎮巴久聞閬中俠的大名，現在要去會會他。”

戚永說：“那巧極了！我們也正是往閬中去，閬中俠徐大爺也與我們相識。江兄請你跟我們一路走好不好？”

江小鶴想了想，又細察看這三個人，覺得不但不像有什麼歹意，而且還都是十分敬重自己的樣子。自己現在正走差了路，有他們同行倒很好，路上倘或再遇見什麼人要與我作對，他們也可以幫助我。再說，我只聽說閬中俠徐麟的武藝高強，但還不知他的人品如何，不妨在路上向他們打聽打聽。假若他是個壞人，或是像鮑昆侖那樣兇狠的人，自己也不必去見他，得另投名師去了。於是他就點頭說：“也好，咱們先到江邊再找渡口吧。”當下他的馬在前，那三匹馬在後，就一同往北馳去了。

馬匹地走着，四個人就在馬上談着閒話。江小鶴才知道他們都是閬中福立鏢店的鏢頭，現在是由合州給他們師父醉瘟神韓景拜壽回來。鈎刀戚永是老大，那兩個都是他的師弟，一個叫短刀楊先泰，一個叫花刀呂雄。四匹馬來到江邊，轉往東去，又走了五六里就到了渡口。

這裏有幾隻擺渡，楊先泰頭一個下了馬，就站在岸邊招呼擺渡，立刻就有兩隻擺渡船馳了過來。船上的人跟他們都很熟，並且笑着打哈哈，四匹馬就上了兩隻船。

江小鶴跟鈎刀戚永在一隻船上，此時戚永管江小鶴叫“江兄弟”，他就說：“到了閬中，我看你還是別去見閬中俠徐麟，因為他未必在家。再說，那個人雖然武藝高強，可是不懂得交情，他在川省是空有虛名，沒有什麼朋友。你到了閬中，不妨住在我們鏢店裏。我們掌櫃的名叫金甲神焦德春，雖然名氣沒有閬中俠那麼大，可是武藝並不比他弱。並且我們那位掌櫃的為人慷慨好交，尤其敬慕年輕、武藝好的人物，你去了他准高興，准要請你幫忙。只要你給他做了鏢頭，川北的江湖就由着你走了，無論走到哪裏都有朋友，都有照應。”

江小鶴就點頭說：“好，到了閬中我也得先叫你給我引見幾個朋友，先弄出點兒名氣來，然後我才能去找閬中俠徐麟。”

戚永又問：“你找他到底是有什麼事？是想要跟他較量嗎？”

江小鶴說：“我倒是想會會他，他若是武藝真比我好，我還要拜他為師呢！”

戚永微笑着道：“這件事你就別做夢了！閬中俠平生不收徒弟，他的武藝只傳授給他的兒子。可是他的兒子還都太小，還許沒有老弟你的歲數大呢！”

說着話，渡過了這條渠江支流，四個人騎着馬往西北走去。走到儀隴縣時，四人又駐足喝了酒，吃了晚飯，然後依舊起身趕路。楊先泰的那匹馬在前，江小鶴等人的三匹馬在後，在路上並不多談話，踏踏地順着驛路走去。越走陽光越晦，雲霞越暗，路上的行人車馬也越少。大地上刮起了晚風，暮鴉也成群地在天空亂噪着飛過，都投往遠處的林中去了。直走到天黑，星斗出現，四圍也看不見一個人了，四匹馬還依舊向前飛馳。又走下了二三十里路，江小鶴在馬上身體都疲乏了，兩隻腿都磨得痛了，這時才見眼前有閃閃的幾盞燈光，四匹馬就迎着燈光走去。又走了一會兒，便進到一條街道上，前頭的楊先泰把馬勒住了，鈎刀戚永回首向小鶴說：“到了，咱們下馬吧！”於是四個人一齊下馬。

琵嘉江小鶴這時又振奮起來精神，自己牽着馬，大搖大擺地跟着戚永等人在街上走。往西走了不遠，就見路北有一座大柵欄，關閉着半扇，戚永就指着說：“這就是福立鏢店。”此時楊先泰已經牽馬進了門，並叫出兩個小夥計來，把江小鶴等人的三匹馬接了過去。江小鶴卻不放心自己馬上的財物，遂就把那包裹解下來，自己挾着。

戚永很客氣地讓小鶴進到櫃房內。櫃房裏的人很多，都圍着擲骰子盆出神，贏了錢的就高興歡笑，輸了錢的就嗟歎，或是自己罵着。

江小鶴雖然身材不算矮，可是比起這屋裏的十幾條大漢子，他可就顯得矮小多了。他便裝出大人的神氣，把包裹扔在一張床舖上，然後抬着腦袋四下看人。

那些人因為正在專心賭博，所以他們四個人進屋來，別人也不甚注意。只有一個穿着青布大夾襖、四十來歲的人，過來與戚永等人談話，並問了些江小鶴所聽不大懂的事情。然後戚永就給此人向江小鶴介紹，江小鶴才知道這個人叫米子良，是這裏的鏢頭。當下江小鶴抱拳微笑，說了幾句客氣話，還真像個大人似的。

那米子良彷彿很詫異，他不住地打量江小鶴，並把戚永拉到一旁，兩人又低聲地說了半天話。江小鶴拿眼睛瞧着他們，心說：大概這姓米的是瞧不起我，因為我年幼，我倒得施展幾手兒給他們看看。大概這些鏢頭也沒有什麼本領特別強的，只把馬志賢教給我的那套拳腳施展出來，大概也就可以把他們蒙住了。

這時，那短刀楊先泰倒了一碗茶，給江小鶴送過來，笑着說：“老弟，先喝碗茶。我們焦掌櫃子回家去了，回頭也許還來這裏看看，不然就得明天早晨才能來了。你隨便歇着，都不是外人，要是悶得慌了，可以過來押兩注。手氣好了，老弟你贏了錢，明天我還得叫你請我們呢！”

江小鶴笑着點了點頭，心裏卻盤算道：既然來到閬中，我就得先做出點兒名氣來，不然就是見着閬中俠，給他磕頭叫師父，他也未必肯收我。於是他便走了過去，企着腳往那賭博圈裏去看。就見他們是“趕猴兒”，用三個骰子，看誰擲的點兒大。桌上放着個豆綠色的骰盤子，一個穿着青綢夾襖，有兩撇黑胡的人算是莊家。他的眼前放着一大堆錢和碎銀，隨便對方押多少錢，他先把骰子擲出點兒來，只要對方能趕得上他的點兒，他就照注賠錢，否則就叫他把錢摟過去了。

江小鶴看了半天，見下注的人有贏的，也有輸的，不過這些人賭的都是些銅錢和碎銀，沒有一個拿出整塊兒銀子下大注的。江小鶴一時高興，回到床舖旁，打開那包裹，取出半封銀子，托在手裏，然後拿了一塊約莫十兩多重的整銀子。他走過去向桌子上一摔，高聲說：“來一下子！”旁邊的人都閃在一邊，低着頭，用驚異的目光看他。

那莊家也不管他是誰，看見銀兩就笑着說：“好，這才像個賭錢的，我來！”說時由盆裏抓起骰子將手高高舉起，用力向盆裏一扔。嘩楞嘩楞地一陣響，三個骰子在盆裏亂轉，一下沒擲成，再擲第二下，結果是出來兩個二、一個五。

旁邊的人都用眼瞧着江小鶴，有的說：“五猴可不好趕！”

江小鶴卻不在意，捋捋他那青綢袖頭，然後去擲骰子，結果擲了個么二三，把十兩銀子一下輸了。旁邊的人都哈哈大笑。

江小鶴一生氣，就把手裏所有的四十多兩銀子，一下子都押了上去。這回莊家擲的是三點，而小鶴一下就擲了個“報子”，三個五點擺在骰子盆裏，如同三朵梅花一般，十分好看。

那個做莊的人立刻就怔了，臉上變了顏色，說：“好，我賠錢，拿戥子來。”

這時短刀楊先泰也在旁邊，他見江小鶴贏了錢，也十分高興，就趕緊去取戥子。那做莊的人先把江小鶴的銀子平過了，遂就掏銀票賠帳，江小鶴卻說：“我可不要票子！”

旁邊的楊先泰就說：“你收下沒錯，陳七爺的票子一定是利通大字號，到哪兒去都通用。”

那做莊的陳七爺撩撩江小鶴，笑着說：“老兄弟，大概你還不認得我。別說這些銀子，就是把沈萬三的聚寶盆搬來，我也敢跟你賭。回頭咱們再論交情，現在先來吧！越大注越好！”江小鶴一賭氣把銀票跟銀兩又全都押上，接着擲了骰子，結果又叫他給贏了。

那陳七爺立刻點銀票賠錢，氣兒更大了，他連連地敲着桌子，說：“來，來，把注再下大點兒才好，我看老兄弟你也是個財主！”江小鶴也豪興大發，就連氣兒地下大注。旁邊的人也齊把眼睛盯在他身上，盯在他手裏擲的骰子上。

楊先泰就悄悄地勸江小鶴，說：“別下大注，留下點兒本錢，要不然一琵嘉下子就叫他撈過去了！”

江小鶴也很有打算，反正他手裏有的是銀票，他就每次只下二十兩。如此直來了三四十把，總是江小鶴贏的時候多。

那陳七爺手裏的一疊銀票和眼前的許多碎銀子全都盡了，他就打了個呵欠，擦擦汗，說：“明天再來吧！我還得回櫃。”遂就轉過桌子，拍着江小鶴的肩膀說：“這位老兄弟手氣真好，這是誰家的少爺？”

江小鶴只顧低着頭數錢，並不還言，旁邊鈎刀戚永就把江小鶴的來歷說了。旁邊的人一聽江小鶴會武藝，是獨自闖江湖的小豪傑，如今到這裏來的目的又是為會會閬中俠，就都更是驚異，都用眼睛直直地看着小鶴。江小鶴雖然年小，但相貌英俊、氣派大方，而且現在穿的衣服又很闊綽，就把眾人更給鎮住了，都不敢小看他一點兒。

小鶴從從容容地平銀子，數銀票。這次總共贏了三百六十多兩，連原有的銀子算上，足足有四百出頭了，他心裏便非常高興。江小鶴把銀票都揣在懷裏，正想去把銀兩收在行李捲內，忽見有個黃臉的高身漢子走到那床舖前，抄起他的行李捲就扔在了地下，並且氣憤憤地罵說：“他娘的，這是誰的破行李，往我的床上亂放！”

江小鶴立刻生了氣，瞪着眼睛說：“我的！憑什麼你把我的行李扔在地下？給我拾起來！”

那人也瞪着眼，握着拳頭說：“給你拾起來？你是什麼東西？跑到這裏來充財主！裝好漢！兔子大的小雜種！”

江小鶴一聽這人潑口罵將起來，就把銀兩摔在桌上，掄着拳頭撲了過去，問道：“你罵誰？”旁邊的人全都閃開，沒有一個人上前去勸。江小鶴就一拳向那人的臉上打去。

那人卻早防備着了，他急忙用臂擋開，雙手反向小鶴抓來。小鶴的左手將對方的右腕握住，右手又握拳猛向對方掄去，只聽咚的一聲。那人一咧嘴，又忍着疼痛，進前來撲小鶴，嘴裏並大罵：“你敢打我？小雜種！”

江小鶴卻趕緊閃身，同時一腳向那人的左胯踢去，接着用右手擋住，左手伸過去，向那人的右臂又是一拳，那人一歪身，小鶴向他的左股上又是一腳，就聽哎喲一聲，那人便趴在地下了。

但那人也不是好惹的，他一滾身又爬了起來，奔到東牆就去抄刀。小鶴也由行李捲內嗖地把鋼刀抽出。此時那人的刀光已向江小鶴的頂上削來，江小鶴急忙舉手橫刀，鏘的一聲把對方架住。那人趕緊抽刀，但江小鶴不容他把刀抽回，反倒推刀逼近。那人不得不往後去退，卻被他身後的一個人摔在了一邊。這人就向小鶴擺手，笑着說：“別打了！我看出來了，你的刀法、拳法全都是昆侖派。”

江小鶴一看，這人身材很肥，黑面大鬍子，但穿得很闊。旁邊的人都躲避開了，楊先泰和米子良就把那個挨了打的人勸到旁的屋裏去了。鈎刀戚永就過來指着那胖子，向小鶴說：“這就是我們掌櫃的，金甲神焦德春，看在我們掌櫃的面上，老弟你就消消氣吧！”江小鶴便扔了鋼刀，向焦德春抱拳說道：“久仰！久仰！”

焦德春的態度十分和藹，他走近前說：“這麼小的年紀有這樣好的武藝，我還真沒有見過。請問老弟，你的武藝是跟鎮巴鮑昆侖學來的嗎？”

江小鶴說：“鮑振飛是我的仇人，我如何肯跟他學武藝？我的武藝都是自己練出來的，只有我姨夫馬志賢指點過我幾手。”

焦德春點頭說：“怪不得！我久聞鮑昆侖的徒弟除了龍家兄弟和賈志鳴之外，便是葛志強、魯志中、馬志賢等人的武藝高超。老弟你雖沒受過鮑昆侖的傳授，可也得算是昆侖派中的人了！”

江小鶴搖頭說：“不是，不是，我不沾昆侖派的光，他們除了馬志賢、魯志中之外，全都是我的仇人！”

這時，那輸了許多錢的陳七爺還沒有走，他就過來向焦德春說：“今天這位兄弟贏了我不少的錢，把我身邊帶的四百銀票都給贏去了！”

焦德春就哈哈地笑着說：“你可也該輸，哪天來到這兒，不撈幾十兩銀子走呀！”於是他就給江小鶴介紹。

江小鶴才知道這陳七爺，名字叫陳文富，是本處利通錢莊掌櫃子。旁邊那幾個人有的是本處的買賣人，有的就是本店的鏢頭或夥計。

當時因為天色已過二鼓，有些人就走了。焦德春就把陳文富留住，一面吩咐廚房備酒，一面向江小鶴說：“剛才得罪你的那個人，是我的姪子，他名叫焦榮，也是我這裏的鏢頭。現在老弟你與我，咱們雖是萍水相逢，但卻也一見如故。我叫他們預備點兒酒，連陳七爺，咱們高高興興地喝幾盅，以後咱們再深交。我並想把焦榮也拉來，叫他坐在下首，給你賠個罪，今天的那場事兒，你們以後誰都不用再提了！”

江小鶴一聽，焦德春說的這些話全都非常夠朋友，便慷慨地說：“不要緊，可以把他請來，也不必給我賠什麼罪，我們兩人算是不打不相識。”

焦德春笑道：“好老弟，你真慷慨！”當時他就叫夥計把他的姪子焦榮叫來，命他當着人給小鶴作揖賠罪，江小鶴也笑着抱拳還禮。

此時酒菜俱已擺上，焦德春就讓江小鶴坐在首座，他與陳文富、戚永、楊先泰、呂雄、焦榮，還有兩個鏢頭相陪。江小鶴也做出豪俠的氣派，擎着大杯飲酒。

飲酒之間，大家都與江小鶴談話，便知道他此來是為會會閬中俠徐麟，但都不曉得他是存心要拜閬中俠為師。

焦德春就說：“你來得不巧，閬中俠走了已有十多天了。”焦德春接着說：“就因為在十月閬中俠在劍門道上，遇着了龍志騰、龍志起弟兄二人。那兩兄弟在劍門把山老鼠茅清手下的幾名好漢殺傷，他們併發下大話，說是川省所有會武藝的人，他們都沒放在眼裏。這話傳到了閬中俠的耳朵裏，閬中俠就惱了，他獨自提劍縱馬追上了龍家弟兄，把他們的鏢車截住。龍家兄弟的武藝江老弟你是知道的，在鮑昆侖的門徒裏他們是最傑出的人才，當然他們也不肯服軟，所以就交起手來。交手之下，龍家兄弟才知道武藝比閬中俠差得多。兄弟兩個一齊上手，都敵不過閬中俠一人，結果將鏢車馬匹全都扔下，兩個人爬山跑了。閬中俠將鏢車放走，卻將馬匹扣下了。不料他還沒回家來，龍家兄弟卻跑到閬中，去徐家行兇。因為徐家還有一位少爺，他們兩人也不能得手，結果只將徐家的莊丁傷了兩三個，他們又跑了。後來閬中俠徐大爺回家一看，真是怒不可當，就立刻追趕下去。追了一程沒追着，他又回來把家事辦了一下，就又走了，這一走就至今沒有回來。我們想他也許追到紫陽，去找龍家兄弟算帳去了！”

江小鶴很注意地聽着，就想：怪不得龍家兄弟都那麼着急，跑到鮑老頭子家裏去勾兵，原來他們猜到了閬中俠要去找他們決鬥。只是不知現在他們見着面打起來了沒有？不知他們勝負如何？他恨不得自己能去看他們爭鬥才好。

又飲過幾杯酒，焦德春就說：“我這個人生性好交，也就因為喜交朋友，才得了這些虛名。至於武藝我實在抱歉，別說閬中俠我比不上了，就是我們川省二三流的拳師俠客，我也是望塵莫及。老弟你現在來了很好。我勸你也不必等着見閬中俠了，他那個人性情高傲，不喜交朋友。你就在我這裏住着，我給你引見些位朋友，以後你幫助我做買賣好了！”

江小鶴聽了，卻默默不語，心說：焦德春他不曉得我有多麼大的本領，所以打算請我當鏢頭。其實我這點兒本領，蒙他們則可以，打起來也不能叫他們占上風，可是若比起閬中俠和鮑昆侖那些人物，就差得太遠了。我現在有這麼些錢，誰指着做鏢頭吃飯？還是把武藝學好了要緊！當下便搖頭說：“焦掌櫃，你老哥的美意我謝謝你了。我既然來到這裏，蒙你們諸位不當小孩子待我，我將來絕不能忘了你們這些位朋友。現在我想只在此打攪你們一個月，一月以內閬中俠若回來，我就見見他；他若不回來，我再到別處去。將來咱們是後會有期。現在我才十幾歲，就是會些武藝，我也還是不知足。我非得投師學藝，下一兩年苦功夫，把本領學得超過了鮑昆侖，回家去報了殺父大仇，然後我才能再到江湖上來跟諸位深交！”

焦德春聽了江小鶴這一番話，不由伸着大拇指表示敬佩，說：“好老弟，你真是一位胸懷大志的小英雄。報仇的事不用忙，我們川省的江湖人沒有一個不恨昆侖派的，將來無論誰都可以幫你的忙。若說到投師學藝，老弟你可別惱我，我看你雖武藝高強，可是比閬中俠大概還差點兒。他若能指點指點你，你的武藝一定會更加高強。不過可有兩樣，第一，閬中俠不但不交朋友，連徒弟都沒收過一個。我跟他相交二十多年，又同住在一個地方，但他見了我不過是一拱手，連在一塊兒喝酒都沒一回；第二，他的武藝雖在川省可以稱為一絕了，但是若叫他去與鮑昆侖對敵，也不過是打個平手。”

他的話說到這裏，旁邊的短刀楊先泰就搭言道：“我看要拜師父，只有拜蜀中龍！若把蜀中龍的武藝，十成中學會了一成，我看就可以打遍天下，沒有對手了。”

江小鶴一聽這話，就趕緊站起身來，問：“蜀中龍是怎樣的人物？他現住在哪裏？”

焦德春微笑道：“你聽他隨便說。蜀中龍是二十年前川省一位大俠，不但武藝高得叫誰都比不上，並且精於點穴……”

江小鶴趕緊又問：“什麼叫點穴？”

琵嘉焦德春搖頭說：“我也沒看見過，聽說這是武當派中的秘傳，天下會這種武技的寥寥無幾。據說是只要用手點在人的身上，立刻就能叫人送命，或者成了啞巴。蜀中龍老俠與龍門俠在二十年前被稱為南北二絕，又稱‘二龍’。這位老俠早已退隱起來了，現在什麼地方，是在世間或是已經去世，都沒有人知道了。”

江小鶴聽了，呆呆地想了想，又問：“龍門俠現在還活着嗎？”焦德春說：“前幾年有位西邊來的朋友，說是龍門俠紀君翊已然去世了，他的少爺也死了，只留下寡婦和孫兒，景況很是可憐。”又說：“紀君翊的武藝是從少林派學來的，後來又在江南武當山學了些內家絕技，所以武藝並不比蜀中龍低，要不然怎能被人稱為‘二龍’呢？”

江小鶴就像聽掌故似的，越聽越是入神。可是他們所說的人物，現在卻都無法去找了，空令人景仰大俠之名，卻一點兒也討不到教益。他不禁十分悶悶，心想：據他們這樣一講，江湖上有本領的老俠客全都死淨了。只有一個閬中俠，本領比龍家兄弟強些，還能夠與鮑老頭子打個平手！當時他心裏有些愁煩，酒也飲不下去了。

焦德春等人見江小鶴有些疲乏了，便也全都停杯不飲。少時廚役把杯盤撤去，那個陳文富也回櫃上去了。焦德春就命人給江小鶴收拾好了床鋪，他也回家去了。當夜江小鶴就宿在櫃房的裏間，與短刀楊先泰對床而睡。

到了次日，江小鶴一早起來，就有人服侍他，給他預備了洗臉水等。他乾乾淨淨地收拾好了，就來到院中，見焦榮、呂雄和兩個鏢頭都在練拳刀。楊先泰也由屋裏出來，站在江小鶴的身旁，他就笑着悄聲說：“這些人的武藝都不行，就仗着在外邊認識的人多，所以保鏢才沒有舛錯。要講實學武藝，還是得到別處去，想發財也得出外省。”

江小鶴默默不語，就走出了鏢店。楊先泰也跟着他走了出來，就說：“咱們到城裏玩玩去好不好？”江小鶴點頭說：“好。”於是二人散着步，就進了東門。

閬中縣的城裏十分繁盛，江小鶴目不暇接地向兩旁看着。楊先泰也是東瞧西望，他似乎是只專注意街上往來的婦女。

走到南大街上，楊先泰就說：“咱們出南門看看去好不好？”

江小鶴問：“南門外有什麼？”

楊先泰說：“南門外可熱鬧多了。那是一個大碼頭，那裏也有酒樓，有各種買賣，還有……喂！江兄弟，你不常見美人兒吧？那裏邊可有的是。”說時，他笑着，露出一種青年色情狂的神態。

江小鶴就問說：“什麼叫美人兒？”

楊先泰說：“美人兒就是婊子。江邊有三十多家子，每家至少有五六個美人兒，真有跟畫上畫的一樣的。本地早先有一個賽嫦娥，可是，你別跟旁人去說，那就是咱們的內掌櫃的！我認得一個叫小鮑魚的，也夠漂亮的。

這時她大概還沒起來，等回頭咱們喝完了酒，吃完了飯，我再帶你去看看。她們要瞧見你這樣小年紀的人，又漂亮，又有錢，嘿！不定要怎麼給你灌米湯啦！”

江小鶴明白楊先泰所說的美人兒，一定是妓女，心想：嫖妓女，那可不是一件好事，不過也得去看一看。闖江湖嘛，連妓院都沒去過，豈不叫人笑話？

二人隨談隨走，不覺出了南門，一眼就望見了那波濤滾滾的嘉陵江。這條江又比巴水渠江大得多了，水上的檣桅如林，簡直數不過來。在碼頭上有一大片房子，並有一條街，街雖很短，可是各種舖戶都有，往來的人也比城裏還要稠密。江小鶴此時心中很暢快，就誇讚說：“閬中真是個大地方！”

楊先泰說：“閬中府是川北頭一個大地方，要不怎麼我來到這裏，就不想走了呢？”

江小鶴問說：“你來到這裏有幾年了？”

楊先泰翻着眼睛算了算，說：“我是十五歲到川省來的。在合州跟師父學了三年武藝，後來就到閬中入了福立鏢店。今年我二十二歲，算來我在這裏住了三年多了。”

江小鶴問說：“你不是本省人嗎？”

楊先泰搖頭說：“不是，我是河南人，我父親現在還在河南。因為他老人家在江湖上得罪了人，恐怕我將來要受人暗算，才把我送到川省來，叫我跟合州的醉瘟神韓景學藝。醉瘟神雖然武藝不錯，可是他整天喝酒，不大認真教武藝。三年來我也沒學出什麼，就仗着師父的名聲，才能在外面瞎混。可是我總想，這麼混長了是一點兒出息沒有。我還是打算回河南去找我父親，那縣比這裏好，只是我湊不上盤纏。我要到河南去，手裏至少得有百十來兩銀子。”

江小鶴慰然說：“不要緊，你幾時走幾時跟我說話，我可以借你一百兩銀子，將來你發了財再還我。”楊先泰聽了，十分地歡喜。

他們又走到江邊眺望。船上有許多艄夫、把頭，多半與楊先泰認識，楊先泰就向他們打招呼，並向江小鶴一一介紹。他把江小鶴又揄揚了一番，說：“這是漢中有名的豪傑三頭虎江小鶴，是我們焦掌櫃新結交的朋友！”

眾人一見江小鶴年紀雖小，可是身材頗高，而且體格健壯，衣履整齊，眾人也就不敢小看他。

江小鶴與楊先泰在江邊又站立了一會兒，看着浩浩蕩蕩的江水，他忽然心裏有點兒不痛快，就向楊先泰說：“咱們找個地方喝點兒酒去吧？”

楊先泰連說：“好，好。”避開江邊，往北走了不遠，那街上路西有一家酒樓。字號是什麼，江小鶴也不認得。遂同楊先泰上了酒樓，一看，人還不多。因為這是個本地的高等酒樓，來此喝酒的多半是些富商和有錢的鏢頭們，這時一些大船還沒有到，所以除了他們二人之外，也只有四五個酒客。他們找了一張靠窗的桌子落座，要了許多樣酒菜、幾壺酒，二人就彼此讓酒暢飲。

但是江小鶴心中仍是十分不痛快。由這窗子向外一望，就是浩蕩的嘉陵江，水鳥逐着風帆往來翱翔，顯出悠遊自在的樣子。江小鶴卻一肚子心事，越拿酒灌愁就越多，忽然他指着窗外說："我姓江，前面這道大江就是我！"

楊先泰卻舉杯笑着說："這條江不算大，老弟你要把自己比作江，也應當拿長江作比。長江你沒走過吧？"江小鶴搖頭說："我沒走過。"

楊先泰說："那江可比這江又大多了。比起來，長江是爹，這嘉陵江就像兒子一般。"

江小鶴聽了哈哈一笑。但笑過之後，他又想起了慘死的父親、改嫁的母親和跟母親過去做了董家兒子的親胞弟，不由得又憤怒、又悲痛、又慚愧。他勉強忍抑住自己的淚水，喝一口，唱一句，先唱他們家鄉的梆子戲，後來唱小曲，由小曲又唱到山歌。

對面坐的短刀楊先泰，就微笑着聽他一個人唱。但江小鶴才唱了兩句山歌，忽然又不唱了，他把桌子一拍，唉地長歎了一聲。楊先泰笑着問："怎麼，老弟你煩惱了？"

江小鶴搖頭歎息着說："真煩。"

楊先泰說："你煩也無用。大丈夫應當胸懷寬廣，有錢就花，有酒就喝，天大的為難事到時再說。咱們江湖人無家無業，可是有一身武藝，有兩膀子力氣，怕什麼？什麼事還難得住咱們？"

楊先泰又說："咱們快點兒把酒喝完，我領你到一個地方去，咱們開開心去。"

江小鶴問說："什麼地方？"

楊先泰說："就是我剛才說的那有美人兒的地方。有個好的，嘿！只要你一瞧見，你心裏的煩惱也就全忘了！"說時他笑着，又給江小鶴斟了一杯酒。

江小鶴就點頭說："好，回頭你就帶我看看去。"於是二人就急忙地飲酒吃菜，並不再說什麼話。少時幾壺酒全喝完了，菜也吃淨，二人全都有了些醉意，就由江小鶴給了酒錢，二人下了樓。

楊先泰也不過才二十二歲，江小鶴卻還不到十五歲，兩個紅頭漲臉的小伙子，就歪歪斜斜、搖搖擺擺地走進了一條小巷。巷門首有個木頭牌坊，楊先泰指着牌坊上的三個字，說："你看，美人巷！"

江小鶴看了看，自己只認得當中的那個字，就想：我不但得學武藝，還得想法唸幾本書，要不然有人給我來一封信，我都看不懂！

走進了胡同，就見稀稀的有幾個小門兒，門全都開着，裏面都是土牆草房。楊先泰在前面帶路，他就領着江小鶴走進了一家門內。一進門，院中有個半老的婆子，笑着說："楊二爺，你怎麼老沒來呢？"楊先泰還沒還言，由東屋裏又走出來一個婦人，用指頭一指，似笑似怒地說："哼！我還當是你死在外頭啦！"楊先泰的臉上便現出舒服的笑色，說："好，叫你們說的我有多喪氣呀！"

那婦人走過來，一揪楊先泰的胳臂，說："得啦，你給我滾進屋來吧！"

又回手指了指江小鶴，問道：“這是誰呢？小大人兒似的！”

楊先泰趕緊向那婦人使眼色，說：“這是江大爺，江湖上有名的人物。”

婦人便向江小鶴媚笑着說：“喲！我可眼拙！大爺多包涵點兒！”

江小鶴一瞧見這個婦人，不但沒有解去煩惱，心裏反倒更不痛快了，他心說：這是他娘的美人兒？至少也有三十歲了，一身紅綢衣裳，臉上的胭脂擦得比猴屁股還要紅，斜眼睛歪鼻子，嘴唇像豬八戒，兩隻鯰魚似的鴨腳兒，這還叫他娘的美人兒？

婦人那一隻手剛要拉小鶴，小鶴立刻就瞪眼，楊先泰趕緊把婦人推了一把，就向小鶴笑說：“兄弟，你先來！”

江小鶴進屋一看，屋子倒還乾淨，擺着紅漆桌凳。桌子上有花瓶，有鏡第奩，床上有紅綾被、繡花枕，牆上還貼着雙喜字，像是娶親人家的新房似的。江小鶴的腦子裏又不禁做夢一般地想：若有一天，我能跟阿鸞成了親，琵嘉住這樣的一間新房，那就好了……

楊先泰跟婦人這時才進來，大概他們已先在屋外說了些話，所以這婦人還跟楊先泰不斷地打情罵俏，但是她卻不敢跟江小鶴說什麼湊趣的話。

江小鶴在凳子上呆呆地坐了一會兒，把腦裏的那點幻想想完了，覺得賊師鶩很無聊，向楊先泰說：“在這兒沒有意思，咱們回去吧！”楊先泰卻捨不得即刻離開他的這個美人兒，就說：“老弟你忙什麼？在這兒吃完飯再回去好不好？”

江小鶴站起身來，說：“你要不回去，我可走了！”說着，他推門就往屋外走去。

楊先泰追了出來，悄聲叫着說：“兄弟，你先別走！”江小鶴止住步，回身問說：“什麼事兒？”

楊先泰趕上一步，悄聲說：“我現在一個大錢也沒帶，你先借我幾兩銀子！”

江小鶴氣憤憤地由身邊掏出一張銀票，也不看是多少兩，扔給了楊先泰，轉身就走。婦人還在身後媚聲兒說了一句什麼話，大概是叫他回頭再來，江小鶴也沒聽明白，就咚咚地邁着大步向門外走去。

這時正有一個人由外面進來，江小鶴便與這人撞了個滿懷。這人立時大怒，抬起腳來，就向江小鶴的肚子踹去。他用的力氣很大，加上江小鶴有點醉暈暈的，這一腳就把江小鶴踹得咕咚一聲坐在了地下。江小鶴真氣急了，便爬將起來，撲上前去，向那人就打，罵道：“王八羔子！你憑什麼踹我！”

他的拳頭落下去，那人已閃身躲開，也怒罵道：“小龜孫子！你才出娘胎也跑到這兒來，還胡亂撞人！”江小鶴又躥上去，掄拳要打那人的胸口。那人卻把江小鶴的手腕鈎住，向懷中一帶，又把江小鶴幾乎給摔倒。江小鶴身不由己地跑出兩步，趕緊挺住身，轉過來掄拳又向那人去打。那人又要用手去鈎小鶴的腕子，江小鶴卻將手躲開，一個箭步躥到那人的背後。那人趕緊一轉身，江小鶴已跳起腳來，咚的一拳正打在他的臉上。別看拳頭小，可是打得很重，那人立刻就覺得鼻酸頭暈。

江小鶴又要撲過去再打，卻被楊先泰給攔住了。楊先泰急慌慌地說："別打別打！都是自己的人！"

江小鶴罵說："什麼自己的人？他憑什麼抬腳就踹我？"

那人用藍綢大褂的袖子擦了擦鼻血，然後一撩衣襟，抽出一隻戴着牛皮套的匕首，他把匕首亮出，白光奪目。

江小鶴一看事情不好，自己手中沒有武器，恐怕要吃虧，遂就三步兩步跑出門外，拍着胸脯罵說："你娘的拳頭打不過了，要來動刀？好小子別跑，在這兒等着我，我去取傢伙，咱們索性拼個你死我活！"說着，他就向巷口外走去。那個人手握着匕首，還要追趕江小鶴，卻被楊先泰苦苦勸住。

江小鶴走出了巷口，撒腿就跑。他一直跑回東關福立鏢店，一進門就到櫃房去取刀，然後到馬棚解馬。他鞍韂也不備，就拿刀牽馬出了鏢店。這時金甲神焦德春正由東邊走來，一見江小鶴這樣子，他就趕緊跑過來，問說："兄弟，你要幹什麼去？"

江小鶴說："掌櫃的你別管，我到美人巷去鬥一個龜孫子去！"說着便飛身上馬向西馳去。

焦德春在後面高聲叫着："兄弟！江小鶴！你先站住，把事情跟我說一說！"

江小鶴哪裏肯聽，就催馬直往江邊走去。他一邊走一邊喝着："借光！借光！馬撞着了我可不管！"街上的人都紛紛向旁邊去躲，並用驚訝的眼光來看馬上的這個精壯的小孩子。

少時來到江邊美人巷，到了那家窯子的門前，江小鶴就下了馬，將韁繩繫在門環子上，當時就提刀往裏去闖，並大聲罵道："龜孫子！王八蛋！滾出來比比武，拼個死活！"

這時那個與江小鶴毆鬥的人，正在北屋裏叫妓女給他洗淨鼻血。他坐在那裏生着氣，那妓女獻着媚哄他說："程大爺，你何必跟那一個小孩子鬥氣？不值得。你的兒子比他還大呢！"而短刀楊先泰知道事情不好，也早就溜了。

江小鶴在院中一罵，這姓程的趕緊抄起匕首，在屋中回罵了一聲，就闖出屋去。江小鶴用斜挎鞋的姿勢站着，右手高舉着一口樸刀，瞪着眼睛說："好小子，過來！頂好你去換一把傢伙，你這把刀子太短！"

姓程的一看，氣得臉上發紫，把厚嘴唇一撇，就冷笑道："我跟你這小孩子交手，還用得着兵器嗎？"說着，他驀地一個箭步躥上來，就要搶小鶴的鋼刀，江小鶴的刀卻唰的一聲削下，姓程的趕緊向旁去躲。他左手揪住小鶴的左臂，用力一掄，斜身進步，就要用右手的匕首向小鶴的左腋下去扎。江小鶴趕緊把身子向右去閃，右手掄刀斜削下來。只聽啊的一聲，姓程的就將小鶴的左臂撒了手，咕咚一聲坐在了地下，由左腿上就流出了鮮血。但他一挺身又驀地站了起來，握着匕首又向小鶴刺去，樣子兇得真似一隻餓狼。江小鶴就連退了兩步，舉着刀向姓程的頭上去晃。姓程的吃虧是因沒有長傢伙，嗤地就把匕首拋了過去，就像飛鏢一般。但他沒有打准，匕首從江小鶴的肩上飛過去，正扎在了木窗子上，嚇得窗裏的妓女"媽呀"叫了一聲。

江小鶴挺身逼過去，怒問道："你真是想找死嗎？"那姓程的手裏沒有傢伙了，就趕緊向後去退步，但因為左腿受傷過重，退不利便，便咕咚一聲又坐在了地下。

江小鶴還想在他那不致命的地方再砍一刀，將要把刀削下去，這時外面就闖進來兩個人，跑過來把小鶴攔住，連說："不可！不可！都是自家人！"

小鶴一看，正是金甲神焦德春與鈎刀戚永，兩個人都氣喘吁吁的，顯出十分着急的樣子。江小鶴依舊橫刀憤憤地說："什麼自家人？我不認得他！叫他滾走，傷養好了再找我，我等着他！"

那個姓程的雖然受了傷，但還不服氣，他被戚永攙扶起來，仍很驕傲地說："好，你就留下名吧！住在哪裏？三天后咱們再見面！"

江小鶴拍着胸脯說："我叫江小鶴！來到閬中訪朋友，可是沒有准住處。反正一年半年我絕不走，天天我在大街上玩！"

那姓程的點頭說："好了，咱們倒得鬥一鬥！"焦德春與戚永在旁更是着急，苦苦相勸，才由戚永把姓程的勸到了妓女的屋裏，焦德春連推帶勸把江小鶴架出門去。

江小鶴仍冷笑着，回着頭罵："好小子，你想法子去吧！江太爺不怕你！"焦德春急得連連頓腳。他也是騎着馬來的，當下他就勸江小鶴上了馬，他騎馬跟隨，就出了美人巷往東關去了。

到了東關，焦德春就很嚴肅地向江小鶴說："老弟！咱們先不用回鏢店去。你到我家裏，我還有許多話要跟你談！"

江小鶴點頭說："好吧！"於是就由焦德春帶領着，進了一條小巷，來到一處黑漆門前。

焦德春下了馬，說："到了，這就是我的家。"

門是關着，焦德春上前一敲門環，裏面就有一個男僕把門開開。這個男僕年有四十多歲，穿着短衣裳，就仿佛鏢店的夥計似的。焦德春叫他把兩匹馬和小鶴的那口刀接過去，說："你給送回櫃上去吧！"又趕過去，跟那男僕說了幾句話。然後他就過來，向小鶴笑着說："請進吧！我家裏也沒有什麼人。"小鶴遂在前邊走進門裏。

焦德春進來就把門掩了，然後把江小鶴請到讓客的屋子裏。這讓客的屋子不過三間房，窗子倒都是玻璃的。屋中陳設的都是些笨重的傢俱，牆上掛着刀劍，並沒有什麼字畫和書籍。焦德春讓江小鶴落座，他又挺着大肚子走出屋去，站在屏門喊了一聲，然後再回到屋裏，說："我家裏只有我和你嫂子，你嫂子是我去年才由窯子裏接出來的。我這裏就用着一個婆子，連做飯帶幹粗活。還有一個夥計老魯，他是由鏢店撥來的。"

這時他家裏使的那個婆子端着茶壺茶碗由屏門裏走了出來，才進屋要倒茶，焦德春就擺手說："擱下！擱下！我們不喝茶。快把酒熱了拿來，把那鹹雞蛋拿幾個來！"婆子就又出屋去了。

這裏焦德春的黑臉上現出一點愁色，說："兄弟，你今天闖下禍了！"

江小鶴瞪着眼睛說："大哥，你說我闖下什麼禍了？莫非是因為剛才我打了那個人，他還有什麼來歷嗎？我可不怕他！”

焦德春連連擺手，說：“不是那麼說！老弟，你雖然年紀小，可是你也由陝南闖到這裏來了，江湖上的事你不能不懂。俗語說‘鬥官不鬥吏’，又說‘寧砍好漢子十刀，不瞪壞漢子一眼’。剛才被你砍傷了的那個姓程的，不但是個吏，並且還是個壞漢子。”

江小鶴憤憤地問：“他是幹什麼的？”

焦德春說：“他是府台衙門的，專管收發錢糧，很闊，在府台的眼前最紅。閬中府誰都知道衙門裏有個程八爺。”

江小鶴又問：“他會點兒武藝嗎？”

焦德春說：“怎麼不會？他是巴州花拳李連勝的徒弟，在江湖上的朋友也很多。你出去打聽打聽，只要是認得程八爺的，沒有一個不知道程八爺是文武全才！”

江小鶴哼哼地冷笑，說：“誰管他全才不全才，文的我鬥不過他，武的我倒要跟他幹一幹。等他傷好了，他不找我來，我就找他去！”

焦德春卻又連連擺手說：“那合不着！”這時那婆子已把酒和兩盤酒菜送了過來。焦德春就給江小鶴斟了一杯酒，笑着說：“你先喝！”小鶴接過來一口飲乾，然後自己又去斟。焦德春就誇讚道：“好酒量！”又說：“兄弟，咱們一見如故，我說話太直，你可別見怪。若論武藝，論膽氣，像兄弟你這樣的真少有，可是經驗閱歷你老弟還差着點兒，這就因為你到底是年輕。譬如今天那個程八，那是萬萬惹不得的。他天天在美人巷逛，嫖姑娘都不花錢，閬中府的人沒有一個不怕他。你今天把他砍傷了，他一定不能甘心，說不定幾時就弄個小手段，把你抓到衙門去，到那時你不是乾吃虧嗎？”

江小鶴一聽這話，卻未免有點兒害怕，因為在宣漢縣他領教過，屁股上挨過板子，他知道堂上的官兒多半不講理。當下他就手擎着酒杯有點兒發怔，焦德春又說：“老弟你想，咱們跟他鬥得了嗎？他是個壞漢子，比不得江湖英雄。硬碰硬，拳頭對拳頭，刀對刀，那倒不要緊！”

江小鶴把酒杯向桌上一摔，說：“我走啦！”

焦德春搖頭說：“你走也不行！除非你離開川北。他在外面的朋友也不少，耳風很快，到處都能暗算你。再說，你今天跟他打架的地方是美人巷，窯子裏出的事傳得最快，不到兩天，上江下江就全都知道了。人家不說你走，卻說你跑啦，連我的面上都不好看！”

江小鶴氣憤憤地說：“那大哥你就別管了，我等着他，不容他派官人來捉我，我就跟他拼一下子！”

焦德春搖頭說：“跟那樣的壞東西拼命，更合不着。我有一個辦法，你就先住在我這裏，別出門，也別到鏢店裏去，在裏院我給你收拾出一間屋子來。我在江湖上闖了這些年，頗掙下一些錢財，我的家裏人口又單，我又常常在櫃上照料買賣，應酬朋友，沒工夫照料家裏的事。前幾天，天天夜裏鬧賊，東西倒沒丢什麼，可是，你嫂子非常害怕。我要找個別人來，又處處不方便。所以求求老弟你住在這裏，一來躲避躲避程八，二來你給我照應照應門戶……”

聽焦德春說到這裏，江小鶴就非常不高興，心說：原來你跟我交朋友就是想叫我給你看家呀！

焦德春又給小鶴斟了一杯酒，接着說：“一兩天內我就去找程八，也不是替你向他賠罪，我得跟他說明白了，叫他知道你的來歷。我想他若曉得了你的來歷，一定也得講點兒交情。然後等他好了，我擺一桌筵席，叫你們兩人見見面，今天這場事兒就算過去了，你也就算白砍傷了他了。以後愛跟他交就交，不愛跟他交就別理他。反正你來到這裏是投閬中俠，非得見了閬中俠你才走，在這裏，別的朋友都在其次，我們只要不必得罪人就是了。老弟，你覺着我這話對不對？”

小鶴又喝了一口酒，就點頭說：“好，就依着你。可是我只能在你這裏住個四五天，以後你若天天攔住我，不叫我出門，那我可受不了！”

焦德春說：“連四五天都不到，今天我就去看程八，明後天就能給你們說合了。”

小鶴點頭說：“好吧！事情就由着你辦了，咱們先喝酒吧！”於是，二人又高談暢飲。焦德春就把他在江湖上所做的得意事情向小鶴說出幾件來，然後又談到閬中俠徐麟。江小鶴就覺出，這金甲神焦德春對於徐麟的武藝和名望自然是非常欽佩，承認他是比不上，可是對於徐麟的性情卻十分不贊成。看那樣子，他二人不但無深交，還像有過意見。焦德春的酒量也不小，隨談隨飲，他那張滾圓的大黑臉漸漸地就變成紫紅色的了，仿佛一個大血球似的。小鶴早晨就跟短刀楊先泰在酒樓上喝過酒，打過了一場架之後，酒還沒有全醒，舊酒加上新酒，不由得他就有點兒頭昏眼暈，醉眼迷離。

少時那婆子又送上來菜飯，二人都吃不下去多少，焦德春就站起身來，問說：“老弟，你吃完了沒有？走！到裏院我帶着你見見你嫂子去！”他又摸了摸鬍子，挺着大肚子笑說：“你一瞧就知道了，你嫂子真是個美人兒。她在美人巷的時候，外號叫賽嫦娥，真有不少人跟我爭過，可是結果落在我的手裏了。”又說：“我可也花了不少錢，花的錢，娶十個婆娘也娶啦！哈哈！”說着，兩個醉鬼就歪歪斜斜地出了屋子，往裏院去了。

裏院是三合房，北屋三間，東西各兩間。西屋大概是廚房，由窗裏冒出煙來。焦德春拉着江小鶴進到北屋內，江小鶴醉眼去看，只覺得這屋裏擺得紅紅綠綠的，仿佛比美人巷窯子裏的那間屋子還漂亮。焦德春短着舌頭叫道：“喂！屋裏的！你出來見見咱們老兄弟！”

裏屋一聲嬌細的應聲，紅簾一掀，就走出個二十來歲的俊俏美人。她穿着紅襖兒綠褲子，周身鑲着緞邊。臉上是胭脂壓着粉，又紅又白，像是桃花，可是比桃花還會笑。頭上刷着許多油，亮得叫小鶴眼亂；耳下的一對金墜子亂搖亂擺。

焦德春有點兒發迷，噴着酒氣，向他的老婆賽嫦娥說：“你來見見，這是咱兄弟江小鶴，由陝南新來的。我請他住在咱們家，賊人要是知道，就絕不敢再來了。你別瞧江兄弟年小，本領可比我們都強！”

那賽嫦娥一聽，臉上故意做出笑容，說：“哎呀！那可好極啦！”接着又做出驚恐的樣子，對小鶴說：“你大哥時常在櫃上，夜裏就是我帶着婆子睡。從上月就鬧賊，一到三更天后，上房的瓦總是響。起先我還以為是貓，因為也沒丟什麼東西，我也就沒有聲張。有一天你大哥晚上回來，他可真瞧見了，房上趴着一個大漢子，可是一瞧見他來，就嚇跑了！”

江小鶴心說：這可真怪，這個賊他既不偷東西，可到這房上趴着幹什麼呢？

旁邊金甲神焦德春聽他老婆提到了鬧賊的事，那張醉臉上越發紅中透紫，氣得鬍子都豎了起來。他憤憤地說：“那個賊敢到我這裏攪鬧，是瞧不起我金甲神！這件事我又不能跟別人去說，叫別人知道了，對我鏢店的字號都有損！”

賽嫦娥的臉上一紅，撇着嘴說：“你是保鏢的嗎？連你自己的家都保不住了！”

焦德春就拍着江小鶴的肩膀，懇托說：“老弟你千萬幫我這個忙，先在我家裏住幾天！”

江小鶴點頭說：“好吧！有我，他什麼賊也不敢來！”又說：“你得給我預備一件兵器。”

焦德春點着頭，連說：“有，有，我回頭就全給你預備好了。今天晚上櫃上大概也沒有什麼事，咱們還得喝一點兒呢！”遂領着小鶴到東屋裏。

小鶴一看，自己放在福立鏢店的行李已全都搬了來，連剛才與程八交手時所用的朴刀連鞘也拿來了。這時江小鶴已醉得有點兒站不住了，一瞧見床鋪，倒頭就躺下了。

焦德春就說：“好，老弟你先睡個覺，晚上好有精神拿賊！”他叫那個男僕給小鶴蓋上被褥，就回到老婆屋裏睡午覺去了。

江小鶴身子一倒在床上便沉沉睡去。及至醒來，窗上的陽光只留着一角，天色已不早了。小鶴的醉意也都消失了，心裏倒還記得上午的事，暗想：不知那程八到底有多大勢力？他真要把我抓在衙門裏，那可糟了。他們做官兒的都彼此通氣，倘若知道了我在宣漢幹的那事，那豈不更糟了？又想：焦德春不是好朋友，他這麼拉攏我，原是叫我給他防賊。可是我也得施展幾手，給他們閬中府的人看一看！

晚飯時，焦德春由櫃上回來，又與江小鶴在一起吃飯飲酒，他就說：“閬中俠快回來了，等他回來，我一定帶着你去見他。”又說：“今天早晨，你把程八砍得真不輕！後來由美人巷窯子裏還是抬着回去的。剛才府台衙門的兩個班頭到櫃上去見我，問你的來歷和住處，那光景是立刻就要抓你，可是被我給攔住了。我說都是自家人，等程八爺腿好了，什麼事都好辦，你們先給我留個面子。我又給了他們每人五錢銀子，才算打發走。暫時倒不至於有什麼事了，可是這幾天你還是別出門才好，留神那程八再使別的法子！”

江小鶴冷笑道：“只要他不叫官人抓我，別的法子我就都不怕了！”

焦德春又舉杯勸小鶴飲酒，小鶴擺手說：“我不喝了，今晚我還得給你防賊呢！”

焦德春笑着說:“有你替我照看着家裏的事，我就可以放心到櫃上去了。本來我開着這麼大的鏢店，無論早晚都得親自照料着，淨在家裏看守老婆也不行呀！”說畢哈哈大笑，飲了一杯酒就走了。

江小鶴吃完了飯，杯盤由那男僕撤去，少時外面的天色就黑了，屋內掌上了燈。小鶴因為白天睡了一大覺，此時是精神煥發，他把腰帶緊了緊，挽上袖頭，唰地將刀自鞘內抽出，向懷中一抱，然後挺着胸脯就走出屋來。仰面一看，星斗繁密，微有月光，東房西房北房全都有燈。江小鶴把鋼刀嗖地一抖，寒光映月，他腳踏着連環，就在院中走了一趟昆侖刀法。他心說：只要賊人來了，我非得砍他幾刀不可！

他又來到北屋前，嗖地向房上聳身一跳。跳得離房檐不遠，又咕咚一聲跌了下來。屁股摔在地下，挺疼，但是手中的刀倒沒有撒手。此時北屋裏的女人就驚訝地問：“哎喲！是誰呀？”

江小鶴氣哼哼地說:“是我！嫂子你別害怕！”心裏卻十分慚愧。他暗想:不行，我的本事還差得多，今晚恐怕連賊也捉不了！但他不服氣，就把手中的刀插在背上，然後縱身又向房上去躥，兩隻手就將屋簷抓住。他也顧不得有聲音沒有，趕緊就往上去爬，身子倒是已然爬在房子上了，可是兩腳使勁一蹬，又蹬下幾片瓦來。就聽下面屋裏的女人又驚叫了一聲。江小鶴的心中真生氣，就抽下鋼刀，索性坐在房上。這時，街上已打了初更，小鶴就想：我就在這兒等着，看那賊來不來？

江小鶴躺在房瓦上，由初更直等到天亮，他都要睡着了，可是連個賊影子也沒有。他又是失望，又是懊惱，就咕咚一聲跳下房去，進到東屋睡覺去了。

他直睡到吃午飯的時候才起來，此時金甲神焦德春已由櫃上回來了。焦德春與江小鶴在一起吃用午飯，但江小鶴仍然不敢多飲酒。聽說昨天小鶴在房上等了一夜，賊人並沒有來，焦德春就說：“一定是賊人知道你在這裏，他震於你的威名，不敢來了！”小鶴卻臉上紅了紅，心中不勝慚愧。

飯後，焦德春又到櫃上去了。江小鶴把街門閉上，就在院裏練躥房。他跌下來再躥，躥上去又跳下來，把屋瓦踢下來了好幾塊，嚇得那女僕都不敢到北屋裏去。北屋裏的賽嫦娥掀開窗簾往外看了看，就撇着嘴笑，又放下窗簾，在屋裏哼着她在窯子裏學的那些小曲。江小鶴是什麼事也不幹，只是練習躥房。練過十幾回之後，居然大有進步，他的心中才稍稍安慰了一些，便回到房裏去睡覺。

到了晚間，焦德春沒回來，江小鶴一個人吃的晚飯。飯後他又擦擦刀，然後出屋，將刀插在背後，仍然練躥房。屋裏的賽嫦娥這時不笑了，也不唱了，卻低聲罵了起來。她罵的都是些窯子裏的極村野的話，再加上她那含糊不清、像山喜鵲似的口音，江小鶴是一句也沒聽懂，便也毫不介意。他由上跳下，由下躥上，如此又練了七八回。小鶴也覺着累了，便又坐在了房上。

此時天色已黑了，但今宵的月色卻比昨宵明朗，星星也顯着少了。下面，東房裏沒有點燈，西房裏起先有燈光，可是過了二更，燈光就滅了，大概那僕婦已睡了。北房裏，燈光卻始終是那麼明亮，賽嫦娥一個人在屋中彈起琵琶來了，越彈聲兒越大。她彈得挺好聽，江小鶴聽得入神，竟忘記了自己是在房上。他心裏就想着：到底是美人巷出來的婆娘，手兒能幹，還會彈這個玩意兒。可惜她不會唱，要是將阿鸞找來，叫她唱唱山歌，那才更好聽呢！

想起了阿鸞，小鶴仿佛又有些難過，心說：錢我現在是有了，馬匹衣服也齊備，回到家裏不至有人瞧不起我。可就是一様，武藝還沒有學成，怎能回家去報仇、娶媳婦呢？因此又盼着閬中俠徐麟快些回來，好去會會他，看看他配做自己的師父不配。他若不配，那自己就離開閬中，再到江湖上去闖，尋尋那蜀中龍，再拜他為師……

江小鶴在房上，坐得屁股都覺得疼了，便側臥在房上，手抱着刀，臉望着房下。不知不覺已敲過了三鼓，北房裏賽嫦娥此時還沒有睡。她那琵琶彈一會兒，停一會兒，仿佛她會彈的曲調兒很多。江小鶴叫那琵琶聲給催得都快睡着了。

這時忽見對面那接連屏門的牆上跳過一個人來，江小鶴大吃一驚，手中的刀握得更緊，兩眼直直地向下去看。借着月光看得很清楚，這人年有二十多歲，身材高大，但仿佛很瘦，眉目很漂亮，穿着一身青緞短衣褲，手中沒有什麼兵器，並且像是一點兒也不畏懼似的。這人大搖大擺，放開腳步，順着琵琶的聲音，直往北屋去走，並沒抬頭往屋上去看。但江小鶴在房上已站起身來，小鶴手掄着鋼刀，心想：這個賊真大膽！

此時這人已來到北房門前，依着琵琶的聲韻就唱了一聲：“一見嬌娘斷了我的魂呀！”

江小鶴咕咚一聲跳下房來，掄刀罵道：“你媽的魂！”那人驀吃一驚，趕緊回身閃開。他跳到一邊，腰間嘩啦一聲，就抖起了一條十三節的鐵鍊盤龍棍，棍飛鏈響，反向小鶴打來。小鶴用刀去迎，就被對方的鏈子將刀兜住。小鶴趕緊抽刀，逼進一步，向那人斜劈下來。那人嘿嘿冷笑，趕緊閃身又將棍一抖，想要再兜住江小鶴的鋼刀。但江小鶴將刀舞起，直逼那人，那人連退幾步，江小鶴也緊逼幾步。刀棍往返五六個回合，那人手中的盤龍棍便被小鶴的鋼刀給砍斷了。

小鶴仍然拼着命撲上前去，掄刀橫削直斫，那人卻飛身上了西房，向下冷笑道：“小子，你姓什麼？”江小鶴並不答話，提刀也躥上房去。那人卻說了聲：“再會！”便轉到鄰居的房上逃去了。江小鶴不便去追，就站在房上生了半天氣，然後將刀向瓦上一砍，說：“這不是賊，這一定是賽嫦娥的姘頭！”

他跳下房來，就見北房裏不但早沒有了琵琶之聲，連燈也吹滅了。江小鶴氣憤憤地跑到北房門前，用力去推，並罵道：“好婆娘，你原來不是好人，我非得將這件事告訴我焦大哥不可！”他連罵了幾聲，門卻推不動，屋裏亦沒有人答言。江小鶴將門砍了兩刀，就提着刀到外院找那男僕，可是那男僕的屋門也關得很緊，隔窗聽到裏面呼嚕呼嚕地睡得正香。

江小鶴將門踹了幾腳，裹面的人才驚醒，問道："是誰？"江小鶴說："快起來，找你們掌櫃的去，我有話要跟他說。"屋裹的男僕說："江少爺，你要找我們掌櫃的有什麼事兒？"江小鶴怒猶未息地說："把他趕快找回來，我當面跟他去說！你要是不管找，我可要踹門進去殺死你了！你看我手裹拿着刀！"說着就向地下砍了幾刀。裹面的男僕嚇得趕緊說："我去！我去！江少爺，你老人家別急！"屋裹的男僕披上衣裳，開門出來，江小鶴又持刀向他威嚇，說："你趕緊到鏢店裹，無論如何也叫你們掌櫃的立刻回來，不然我可要找了去，與你們掌櫃的絕交了！"男僕連聲答應，遂開了門在月色下走去。江小鶴把街門關上，又提着刀在院中來回地走，西房裹的僕婦和北房裹的賽嫦娥卻沒有一點兒聲音。

那男僕去了半天，外面才有打門聲。江小鶴趕緊提刀出去開門，就見那男僕已把金甲神焦德春給找了來。小鶴就說："焦大哥，你知道剛才你這裹出了事兒不？你的老婆……"焦德春趕緊擺手說："兄弟，你別嚷嚷！咱們到院裹再說去！"江小鶴憤憤地提着刀，同他到了裹院東屋內。男僕把燈點上。焦德春叫男僕走開，他就低聲說："老弟，你看我，到現在還沒有睡，櫃上還有四五個客人呢，都是城裹大買賣的掌櫃的。眼看着有一號生意，走瀘州，過兩天就要起鏢，大概我還得親自保着去！"

江小鶴擺手說："你別淨顧了保鏢的事，你這個老婆你得想個辦法。你告訴我是鬧賊，其實不是賊，是你老婆的姘頭。你不在家他就來，你老婆就彈琵琶招他。那個人使一條七節的梢子棍，剛才叫我打走了！"焦德春一聽這話，就發了半天怔，然後擺着手說："老弟你可千萬別聲張！一聲張出去我金甲神的臉就沒啦！這件事我也早就猜到了。本來你嫂子，那婆娘，是美人巷接出來的，還能有什麼好人？不過我也沒法子，難道我還能為這麼一個婆娘把那人殺了，我再去打人命官司？不值得。所以我才請你來住幾天，想那人知道我雖走了，可是家裹還住着朋友，他也就不敢來了！"

江小鶴冷笑道："那小子才不怕呢！我看就是你在家，他也敢來！"焦德春一聽這話，臉上就現出怒色，說："老弟你別生氣，我有辦法。"說時他捋捋袖頭往外就走。少時，就聽見北房那邊傳來踹門聲、開門聲，接着是吧吧的打臉聲、嗚嗚的女人哭聲。女人哭了一會兒，漸漸地聲音就平息了。北房的門又關上，彷彿裹面又什麼事兒也沒有了。

江小鶴心中更是生氣，暗道：金甲神焦德春偌大的漢子，原來他怕老婆，這樣的朋友我還交他做什麼？我還在這裹住着幹什麼？明天一早我就走，到福立鏢店取了馬匹，另找家店門去住。再等三天閬中俠，如若還沒聽說他回來，那我就走了，另尋有本領的人，另投名師去了。於是他關上門，又生了半天氣才睡去。

次日醒來天色已經不早，可是見北房的門還關閉着，焦德春大概還沒起來。江小鶴就自己動手，把行李捆好，扛着行李，挾着鋼刀，自己開了街門走了，連男僕都不知道。他氣哼哼地走出了小巷，就見東關大街上人煙比前日稠密，買賣東西的人很多，原來今天是有集市的日子。

江小鶴走進福立鏢店的櫃房，正見短刀楊先泰在那裏。楊先泰似乎有點兒驚訝，就問說：“你怎麼不在掌櫃的家裏住了？”江小鶴只是搖頭，說：“我連這兒也不住，我要走！”說時把行李和鋼刀扔在地下，就要出去備馬。

楊先泰卻趕過來，說：“你不是要會會閬中俠嗎？聽說閬中俠昨天回來了！”江小鶴一聽這話，就站住了身，趕緊回頭問說：“是真的？他在哪兒住？你告訴我，我立刻就去會會他！”

短刀楊先泰說出話來，似乎又自悔失言，便對江小鶴說：“昨天，我們掌櫃的囑咐過我，不許把閬中俠回來的事告訴你！”江小鶴瞪眼問：“為什麼？”楊先泰擺手說：“他也沒有什麼惡意！就是我們掌櫃子覺得你年輕有本事，他要跟你深交。過兩天他就要保鏢往瀘州去，想請你先給他看家，至多一個月他就回來了，那時他要請你在本鏢店做鏢頭，總算給他添了一個膀臂。你若是見着閬中俠，那可就說不定了，因為閬中俠也最歡喜年輕有本領的人，見了你，他一定也歡喜！”

江小鶴急匆匆地說：“別說廢話，你快告訴我，閬中俠在哪裏住？”楊琵嘉先泰說：“他住的地方離此不遠，往東，順着大道再往南，走五里就是。他那琶陵村子叫丁子舖，也有幾個小買賣，彷彿是一個鎮市似的。”江小鶴點頭說：“好，我這就去會他！”遂由地下抄起了鋼刀。楊先泰問：“怎麼，你真要跟他比武去嗎？”江小鶴說：“你別管，你先把我的行李收起來！”他遂出了屋，先到馬棚下，將自己的馬匹備好，然後牽馬走出鏢店。這時街上的人更多了，騎着馬簡直不能走，小鶴便將刀插在鞍旁，牽馬提着皮鞭，口裏喊着：“借光！”往東走去。

才走了不遠，忽見對面站着一個大漢，望着小鶴不住地笑。小鶴一看，這人年有二十來歲，瘦臉，小眼睛，穿着一身青緞短衣褲，原來正是昨夜在焦家與小鶴爭鬥的那個人。此時他腰間卻沒帶着那條盤龍棍。小鶴一瞧這人，心中就不由怒火倍增，何況他竟對着自己獰笑。小鶴驀地上前，一把將那人抓住，說：“好啊！你還敢到街上來？你還敢衝着我笑？你是賊！”那人趕緊把小鶴的胳臂揪住，依舊獰笑着說：“怎麼？你還真要跟我鬥一鬥嗎？別說你，金甲神他又當怎麼樣？”

此時江小鶴早用右手把皮鞭插在腰帶上，轠繩也放了手，驀地跳起來掄起右掌，吧地就打了那人一個嘴巴。那人大怒，跳起腳來罵道：“好小賊，你敢打我！”說時把小鶴的左手推開，掄拳向小鶴打來。小鶴一閃身，蓄勁一拳打去，沒有打着，又來了個左右揚鞭式，同時身子撲了過去。那人卻斜身伸掌向小鶴去推，並掄拳打來。小鶴稍向右閃，左手托住了那人磕下來的拳頭，右手緊握着，咚的一聲，狠狠地向那人的左脅擂了一下。那人疼得一扭身，右手撥雲，左手擒抓，同時腳也向小鶴踢來。小鶴趕緊躲開，向右跑了兩步，那人也轉身急向他撲來。小鶴卻上拳虛打，身子疾忙一伏，那人趕緊抬起右腳來踹，小鶴卻趁勢來了個掃堂腿，一腳鉤住了那人右腳，那人就咕咚一聲摔在了地下。旁邊的人都嚇得閃在了一邊。那人滾身起來，就由懷中掏出了一個皮套。他從皮套中抽出兩把雪亮的匕首，左右手一分，臉上顯出殺氣，向江小鶴招呼說："你來！"這時旁邊的人都更往遠處閃躲。

江小鶴趕緊跑到馬旁，從鞍旁抽刀。刀才抽出，忽聽旁邊的人亂嚷，原來有三匹馬從東邊馳來。江小鶴一眼看出，那頭一匹馬，正是自己在萬源縣從酒樓上跳下來時匆忙騎走的那匹黑馬，後來在宣漢縣境破廟中又被賊人盜去了，為此自己還打了一場冤枉官司。當時江小鶴就顧不得再與那人決鬥了，卻掄着鋼刀，奔向那騎馬的人，說："下來！下來！這匹馬是我的！"

旁邊看熱鬧的人齊都大笑，說："這孩子大概是個瘋子！"此時，那手持匕首的人見這三匹馬來到，臉上便減去了一些兇氣，但還憤憤地預備趁隙上來打小鶴。小鶴卻一手橫刀護身，一手揪住黑馬轡頭，仰面瞪着眼說："把馬還給我便沒事！這匹馬是我在宣漢縣丟失的，他媽的偷馬賊摔死了，馬卻到了你的手裏，你多半也是賊！"

馬上的這個人年有三十多歲，微紅的臉兒，神情英俊，穿的衣服也極為富麗，身後跟着兩個人，都像家丁模樣。雖然江小鶴態度蠻橫，但這人卻微笑着，一點兒也不生氣，只從容地說："你說的不錯，這匹馬確是有人從宣漢得來的，可是我也是花了幾百兩銀子買來的。你要是喜歡牠，我也可以一個錢不要，送給你，不過像你這樣說話可不行！"

江小鶴更是氣憤，跳起腳來說："馬本是我丟的，我不說你是賊就行了，你還要叫我跟你說好話嗎？"說時跳起腳來，就要由馬上把那人揪下來。不料馬上這人伏身一掌，吧地正打在小鶴的腦門子上，小鶴的頭一暈，身子便向後一傾。他趕緊立定腳，同時掄刀向馬上的人去砍。馬上的人跳將下來，斜撲了過來。他左手把小鶴的腕子揪住，右手就把鋼刀奪了過去，下面又是一腳，小鶴便咕咚一聲，摔在地下了。

小鶴氣得大罵，才爬起來，這人又是一腳，小鶴又摔倒了。他趁勢在地上一滾，爬將起來罵道："好，好，好，把刀扔下，咱們比比拳！"這人微笑着，就把刀拋在地上，招手說："你過來吧！"江小鶴挽挽袖子，猛撲上去，用長拳滾砍，向這人打來。這人卻不慌不忙，等小鶴來到，他就順手一帶，斜踢一腳，又把小鶴踢得趴在了地下。

江小鶴一滾身，順手由地上抄起刀來，又向踢他的人去砍。此時那人已騎上了黑馬，微笑道："你何必再來討打？你若不服氣，可以到我家裏去，咱們再比比刀劍。這裏的人太多，傷了別人反不好。"

江小鶴拍着胸脯說："誰怕你！你在哪兒住？我跟你去！"說着就回身找了自己的那匹馬，要扳鞍上去。

此時那衣服闊綽的人已然撥轉馬頭，帶着兩個騎馬的僕人往東去了，隨走還回身向江小鶴招手說："小孩子，你來！"

江小鶴上了馬，剛要揮鞭追上去，忽然一個人攔住了他的馬頭，原是短刀楊先泰。

江小鶴就急躁地說："你攔我幹什麼？我不能吃這個虧！叫人在大街上欺負。我跟到他家裏，非得跟他拼命不可！"

楊先泰連連擺手，說："你先別急！下馬來，回去我跟你說幾句話！"

江小鶴依然催馬要走，說：“有什麼話，你就跟我在這兒說吧！”

楊先泰趕緊向小鶴使眼色，說：“你跟我回去才好說，告訴你要緊的事！”

江小鶴搖頭說：“不聽你的！你躲開！叫我去追他們去！”說時他掄起鞭子，就抽了馬一下。

楊先泰卻仍死死地攔住他的馬頭，着急地說：“你還追什麼？你知道剛才打你的那個人是誰？那就是閬中俠徐大爺！”

江小鶴一聽這話，立刻就怔了，他直着眼睛看着那已經往東走遠了的三匹馬，就像失了全身的勇氣，連鞭子也揮不起來了。

楊先泰說：“你下來吧！有什麼話咱們回店上再商量。你這時要是追去，不等到了丁字舖，就得叫徐大爺把你打傷在道旁！”江小鶴便發着怔，慢慢地下了馬。

周圍看的人這時都笑了，有的說：“這小子叫徐大爺給打服了！”有的說：“應當叫他去追，索性叫他碰釘子碰到底！”剛才那個曾被江小鶴摔過的賽嫦娥姘夫，手裏仍握着兩把匕首，獰笑着向江小鶴說：“小子，還敢鬥一鬥嗎？你不是有本事嗎？”

江小鶴握着拳頭，憤怒地說：“誰跟你鬥？你算什麼龜孫子！”那人握着匕首還要撲過來，卻被楊先泰攔住了。那人還獰笑着向小鶴大罵，說：“小子，有本事今天到丁字舖去，老爺就是在徐大爺的家裏住！你去，咱們鬥一鬥，也不必驚動閬中俠。老爺只要手裏有一件長傢伙，就能把你給收拾在那裏！”

楊先泰似乎與那人相識，就連推帶勸，才把那人勸走了。

江小鶴牽馬提刀，嗒然回到了福立鏢店內。那焦德春的姪子焦榮，剛才也在街上看見了江小鶴被閬中俠所打，便不時地斜着眼看他，發着壞笑，彷彿很稱心似的。江小鶴卻誰都不理，進了店房把刀一拋，把摔得作疼的屁股就坐在椅子上，皺着眉發呆。

楊先泰走過來說：“兄弟你太傻！無論誰也不能吃這個虧！你先前打的那個人，那是閬中俠手下的花太歲蔣成，那個人的本領還有限。後來閬中俠帶着人來了，他那個勢派你還看不出來？就是看不出來吧，也應當先問問他的姓名，然後再交手。你看你今天跌的這個跟頭有多大？不單以後你不能再做鏢頭了，連本地你也不能待了！”

江小鶴聽楊先泰在他的耳畔這樣絮煩，急得站了起來，跺腳說：“你別說了，你要再說，我可就要拿刀砍你了！”

旁邊的焦榮就壞笑着說：“江少爺，你跟我們發威算什麼能耐？有本事找閬中俠去，他就住在南邊丁字舖！”江小鶴跺腳說：“好！你們看着！”說時由地下揀起刀，急急地向外就走。

楊先泰趕緊追出了店房，就見江小鶴已然牽馬出了門，等到楊先泰追出鏢店門首之時，江小鶴已然上馬昂然往東去了。楊先泰頓了頓腳，說：“糟糕！這回他去了，一定得身受重傷，叫閬中俠派人給抬回來。那才真給鏢店丟人呀！”

## 第五回　艱苦求師決心擎梁柱　風塵豪俠氣逼花太歲

此時江小鶴在馬上揮鞭，驅開街上的人，他就走出了東關的街道，縱馬走去。身後有許多市井上的閑漢都跟着他的馬跑，並嚷着說："瞧瞧！這小孩子要到丁字舖鬥閬中俠去啦！"江小鶴尋着往南去的大道，連連揮鞭，那匹馬飛也似的馳去。走出三里多路，把身後的那些閑漢都丟在了遠處，他便勒住了馬。

他心中並不害怕，只是在想：閬中俠真是一位英雄，剛才不費力就打得我連跌三跤。他的本領恐怕要在鮑昆侖以上，他真配做我的師父！又想：我由鎮巴縣逃出來是為什麼？我不是為發財，也不是為給人家看守婆娘。我自知我這點兒武藝欺蒙一般江湖人可以，但要想打鮑昆侖，殺龍家兄弟，還差得太多。我得趁着年小快點兒學，投名師，學成通身武藝！

當下他策着馬，一面想，一面緩緩地往前去走。走了不到三里路，便看見了一座小村鎮，有百餘戶人家，短短的有一條街，街上有一家麵舖、一家酒店，還有兩家小舖。小鶴的馬才走進這條短街，就見那酒店的門首站着五六個漢子，其中一個就是剛才被小鶴打了的花太歲蔣成。他們手裏提着單刀和木棍，一見小鶴，就齊都過來攔他的馬匹，說："好小子，真有膽子！你下馬來，咱們先鬥一鬥！"江小鶴卻不理他們，催馬躥了過去，又向南飛馳而去。後面的幾個人就追着、嚷着、笑着、罵着，小鶴卻連頭也不回。

他一直向南過了幾個村莊,便又望見了浩浩蕩蕩的嘉陵江。來到了江邊，小鶴就下了馬。這裏因為不是碼頭，所以沒有船隻停在這裏，也沒有人，只有稀稀的一行垂楊柳，柳色映着青天綠水，十分美麗。江小鶴將馬繫在一棵柳樹上，自己坐在江邊的草地上，眼望着江水和遠處往來的船隻，心裏想着：我怎麼樣才能拜閬中俠為師呢？有那些人跟我攪，他們都惦記着跟我鬥。其實我並不怕他們，氣急了，我一定要跟他們拼命。可是他們的人多，再說他們又都是閬中俠手下的人，我若打了他們，那就要與閬中俠結仇了，他豈肯再將武藝傳給我？因此他倒發起愁來。

江小鶴在江畔坐了一會兒，被太陽光曬得身上有些發懶，他就想先躺在地下睡一會兒，然後找個地方去吃午飯，吃完午飯再想法子去見閬中俠。正想到這裏，忽覺背後吧的一聲，不知是誰投了一塊石子，正打在他的後腰上，覺得很痛。江小鶴四下張望，氣得大罵，忽見有一匹黑馬正在北邊的道上馳騁，馬上的人正是閬中俠徐麟。江小鶴立刻大喜，趕緊由樹上解下馬來，上馬放轡就飛馳過去。

閬中俠卻勒住馬不動，江小鶴才一趕到臨近，他就由鞍下嗖地抽出了一口寶劍，微笑着說:“小孩子，你是來找我比武的嗎？咱們是馬戰還是步戰？你亮出刀來吧！”

江小鶴卻搖搖頭，說：“我不跟你比武！我可知道你的武藝比我強得多！”

閬中俠笑着問：“那麼你帶着刀前來，是什麼用意？”

江小鶴說：“我要拜你為師，求你把武藝傳授給我！”

閬中俠聽了這話，便哈哈大笑起來，說：“真是笑話，你聽誰說我徐麟收過徒弟？尤其是你這樣潑皮的孩子，就是你送給我多少金銀，我也不能收你！”江小鶴剛要再說話，閬中俠忽然擺手說：“你不要再說了，無論如何我也不願做你的師父。現在我來，原以為你是要找我比武索馬，你既然不敢比武了，那麼你就幹你的去吧，我走了！”說着撥馬向北邊走去。

江小鶴便催馬去追。閬中俠仍催馬走着，一面走，一面回頭笑着擺手，說：“你別跟着我！你還是去找金甲神焦德春去吧，他能做你的師父！”

江小鶴依舊追趕，並央求說:“無論如何，你非收我做徒弟不可。我有錢，不用你供我吃飯，你要叫我給你多少錢都行。我這回來到川北就為的是找你，因為我聽龍志騰他們說，你是川北的第一條好漢！”

閬中俠一聽這話，立刻翻了臉。他收住馬，挺劍回身，怒問道：“怎麼？是龍家兄弟叫你找我來的嗎？”

江小鶴也勒住馬，搖頭說：“不是，我跟他們是仇人。我把龍家兄弟殺傷了，我才跑了出來。他們一路追趕我，在萬源縣我是由酒樓上跳下去，奪了馬匹才逃走的。你現在騎的這匹黑馬，就是那龍志起的！”

閬中俠嘿嘿冷笑着，說：“龍家弟兄雖然武藝不高，可也不能叫你這麼一個小孩子給殺傷，叫你奪了馬去。你不要拿這些話來騙我。你既與他們相識，那我更不能收你為徒了，今天饒了你性命就是好的，你快滾！”說時又把劍入鞘，催馬再往前走。

江小鶴依然不舍，緊緊跟隨。眼看已來到徐家的莊子前，江小鶴一面追一面很着急地說：“我雖認得龍家兄弟，但他們都是我的仇人，我的父親就是被他們殺死的。我來找你，就是因為你的武藝比他們好，我想把你的武藝學會了，好回到紫陽殺他們，為我父親去報仇！”說到這裏，江小鶴不由得哭了。

閬中俠聽他說話的聲音漸漸淒慘，便將馬收住。他回過頭來，發了一會兒怔，然後問說：“你是真心打算跟我學習武藝嗎？”

江小鶴收住淚，點頭說：“是真心！我敢發誓，我若不是真心，叫天雷打我！”

閬中俠笑了，又正色說：“不過，要做我的徒弟，可得先辦到三件事！”

江小鶴說：“一百件事我也能辦得到！”

閬中俠微笑着說：“第一件，我不收生手徒弟，至少得會些武藝。”

江小鶴說：“我會，我學過一年多武藝，刀法拳腳都會幾套，躥房越脊我也行！”

閬中俠接着又說：“第二件，做我的徒弟就是我的小使，無論什麼苦事也得做。我看你穿着綢緞衣裳，有錢有馬，倒像個小少爺！”

江小鶴搖頭說：“不是，我是個沒爹沒娘的窮孩子，放過豬，喂過馬，只要你肯傳授我武藝，什麼苦事累事我都能幹。那第三件是什麼？”

閬中俠冷笑道：“第三件嘛，哼！怕是你做不到了！我要收個力舉千鈞、有力氣的徒弟！”

江小鶴捋着胳臂說：“我有力氣，七八十斤的東西，我一手准能提得起來！”

閬中俠說：“光說不算，必須試試。”

江小鶴說：“隨你試，除非扳山，我扳不了！”

閬中俠說：“好！你跟我走！”

江小鶴心中大喜，就催馬緊緊跟着閬中俠，進了那徐家的寬大莊院。此時那個花太歲及十幾個壯丁正在院中，一見他們大爺把江小鶴給帶來了，就不由齊都驚異地看着，要看他們大爺與江小鶴比武。兩匹馬直進大門，往北一拐，就來到了一塊很大的場院。場院邊上擺着兩座刀槍架子，東南角有一扇小門，大概可以直通內宅。二人下了馬，有個小僕人把兩匹馬接了過去，花太歲蔣成等人便在一旁看着他們。這時閬中俠面帶微笑，招手叫小鶴說：“你來！”

江小鶴跟他到了南牆根下，就見地下放着三條鐵棍，都有七尺多長，一根比一根粗。那頂粗的約有小飯碗口兒那麼大，一隻手絕握不住，上面生着許多鐵銹，半身陷在土裏，簡直像是一根鐵房梁；其次的稍微細一點，但也有二百多斤重；最細的那根像是一個鐵椽子，也過百斤。

江小鶴看着很驚異，就問說：“怎麼，你是要叫我拿這試力氣嗎？那頂粗的我可舉不起來！”

閬中俠說：“你先聽我說明這三條鐵棍的來歷。”

江小鶴遂蓄着力氣，傾耳靜聽。

閬中俠就說：“在幾年前，有個江南來的和尚，名叫鐵杖僧，他拿着那根最細的鐵棍到這裏來要我化緣，化一千兩。他將鐵棍橫在我的大門前，說是如若不給他一千兩，他就不將鐵棍拿走。我當時毫不在意，伸手就將這根鐵棍拿了起來。”說到這裏，閬中俠將衣服掖起，挽挽袖子，遂彎腰將那房椽子一般的鐵棍提起，然後單臂上舉，又兩手握着掄了兩下，才咕咚一聲拋在地下。

江小鶴暗暗欽佩，心說：閬中俠的身體不像有多麼健壯，看不出他卻有這樣大的力氣！

閬中俠又彎腰將那更粗一些的鐵棍用雙手握起，然後用雙臂舉起，又趕緊放下，說:“第一次鐵杖僧見我能將棍掄起，他不但沒化走一個錢塵苦去，並將鐵棍留下，他就走了。第二年他又拿來這更粗一點的鐵棍，他要化二千兩，但也難不住我，他又走了。第三年他沒來，第四年，他卻拿來了這根頂重頂粗的鐵棍。他是扛來的，扛來時他已累得不像樣子。他說，只要我也能照樣扛一下，他就服了，一個錢也不要，他就走，永遠也不再來了。但是我卻扛不起來這根鐵棍，結果我給了他四千兩銀子。”

說到這裏，閬中俠用眼睛看着小鶴，又說：“這三根鐵棍放在這裏已有幾年，除了我能舉起兩根，別人連一根也舉不起。我發過誓，如若有人能舉起最重的那根，我拜他為師；能舉起第二根的，我結他為友；能舉起最輕者，我收他為徒。但幾年來，也有許多人來此試過，我竟連個徒弟也沒收下。走江湖不但要以武藝服眾，還須以力氣勝人。你若想做我的徒弟也可以，但你須當面用雙手舉起來這根最輕的鐵棍！”

江小鶴昂然說：“成！”他便彎下腰，雙手握住那根房椽子粗的鐵棍，用足了力氣向上一提。

閬中俠在旁說：“舉！”

江小鶴卻只提起了半尺高，便手酸腿弱，咕咚一聲將鐵棍又放在了地上。他喘了口氣，咬着牙再去提，這回連半尺都沒有提起來，便又放下在地。

閬中俠在旁微笑着說：“不行！你可以天天來練，幾時能將這鐵棍舉起來，幾時再給我叩頭，我再傳授你武藝。”說畢，閬中俠放下衣襟，微笑着進那小門回宅去了。這時，那旁邊的花太歲蔣成等人齊都哈哈大笑起來。

江小鶴雖然心裏生氣，但無暇理他們，眼睛只是看着地上的那三根鐵棍。兩根沉重的他倒不企望能舉起來，只是那根小的，也那麼和自已作對。他緩了緩氣，又彎下腰，握住鐵棍，雙手使力往起去提。他咬着牙，瞪着眼，提起有半尺多高，再接着努力想要直臂向上舉，卻不行了。他兩臂發酸，立刻咕咚一聲，鐵棍又摔落在地上，自已也坐在地下了。蔣成等人又拍手大笑起來。

江小鶴臉上通紅，回頭瞪了那些人一眼，但他並不作聲，仍然眼睛呆呆地望着鐵棍。花太歲蔣成就提着一口鋼刀走過來，譏笑着說：“小子！你回家再找你媽吃點兒奶去吧！養養勁兒再來試。要不然你就是管鐵棍叫爸爸，你也舉不起它！”旁邊的人也都笑着。江小鶴忽然覺得腹中饑餓，才想起今天自已還沒吃午飯，怪不得沒有力氣。

他皺着眉，轉過身來；那些人還在對他冷笑着，撇着嘴，都說:“回去吧！來這兒泄什麼氣！”江小鶴真想將這些人打一頓，出出心中的煩惱，但又想到那樣就更無法拜閬中俠為師了。像閬中俠這樣武藝高強、氣力雄厚的人，還往哪裏找去呢？遂就忍着氣過去，向那遛馬的小廝把馬要了過來。

花太歲蔣成又說：“別把馬給他！”江小鶴氣憤得要由鞍旁抽刀。蔣成也不服氣，挺刀過來，說：“怎麼？你還真要鬥一鬥嗎？”旁邊便有人過來相勸，一面把蔣成拉住，一面勸江小鶴說：“你既然和我們大爺相識了，你什麼時候都可以來，今天舉不動鐵棍，明天再來舉，別在這兒吵。因為這位蔣爺也是我們大爺的朋友，你得看在我們大爺的面上！”

江小鶴忍住了氣，冷笑着，一聲也不語，便牽馬走了。走出了徐家莊，他悶悶地往北去走，心裏並不是生蔣成那些人的氣，卻是為那根鐵棍發愁。走出半里多地，他方才上了馬，揮鞭直往東關走去。

少時到了福立鏢店門首，他下了馬，卻不牽馬進門，只將馬繫在門前的椿子上，然後進到店房。就見楊先泰、呂雄、戚永和焦榮等人全都在這裏，一見江小鶴回來，楊先泰頭一個問：“老弟，你到閬中俠家裏去了？怎麼樣了？”

江小鶴搖頭說：“沒有什麼事。我和他談了半天話，他叫我天天到他家裏去玩。”

戚永說：“你剛才一去不歸，可真把我們掌櫃的急着了！他這兩天的事情又忙，後天就要走瀘州去。”

江小鶴卻搖頭說：“你們掌櫃的是好朋友，你告訴他，叫他放心我吧，可是我也不願意再在你們這兒住了。”

楊先泰驚訝着問說：“你要搬到哪兒去呀？”江小鶴皺着眉，臉上一點好氣兒也沒有，到屋裏取了自己的行李，就說：“我先搬到店房裏去住，過兩天我就要搬到閬中俠的家裏去了。”楊先泰、戚永等人全都非常詫異，又見江小鶴的臉色不大好，便沒敢攔阻他，由着他挾行李走了。

江小鶴出了門，解下馬來，一手牽馬一手拿着行李，往前去走。走了不遠，就看見路南有一家旅店，他進內找了一間房子，遂就叫店家給預備酒飯。吃飯畢，他就躺在床上歇息，為的是好儲足了精力，預備明天再到閬中俠的家中去舉那根鐵棍。

睡了一覺，忽然見店家把金甲神焦德春帶到了屋內。焦德春一見江小鶴，既是慚愧，又是着急，就說:“老弟，你在這裏住着不成！你還是搬到我的家裏，或到鏢店住去吧！現在程八恨你入骨，我怎麼勸他、央求他也不行。他被你傷的那條腿還沒好，若等他好了，他一定要與你作對。你若在我那裏住着，無論如何他也得給我留點兒情面，不能由我那裏揪出人來。後天我就要走瀘州，我一走更沒有人照應你了，除非你也同我去！”

江小鶴擺手說：“大哥你別管我了！你是好朋友，我江小鶴知道。我現在搬到這裏，就為的是好好歇歇，因為今天我太累了！在這裏歇一天，明天，我大概就要搬到閬中俠的莊子上去住了。”

焦德春聽了，臉上現出驚訝之色，說:“怎麼？閬中俠他也很看重你嗎？聽說今天早晨，你跟他在街上打了起來。”

江小鶴說：“大哥，我早就對你說過，我來到這裏就為的是會會閬中俠。他的武藝若平常，我就跟他交友；他的武藝若是特別高強，我就拜他為師，這是我的正事。今天早晨我跟他一比試，我才知道，我的武藝原來差得遠，他真配做我的師父。所以後來我又到他的莊上去找他……”

焦德春聽到這裏，就插話問說：“他沒叫你舉那三根鐵棍嗎？”

江小鶴點頭說：“不錯，他是說只要我能將那最細的鐵棍舉起來，他就收我為徒，傳授我武藝。可是那根鐵棍說是細，但分量卻也不輕，我只能用手提起，但卻不能高高舉起來。也因為我今天打了幾回架，身子太累了。我想好好歇一天，明天再去舉，准保能夠舉起來。”

焦德春聽了，更覺得驚異，怔了半天，就點頭說：“這樣也好，如果你到閬中俠的家中去住，那程八便也不能奈何你了。因為程八雖是本地的惡霸，但他還不敢惹閬中俠。”

江小鶴點了點頭，又微微冷笑說：“程八的事，大哥你放心！我不怕他。大哥你不是後天才走嗎？那有什麼話明天再說。你先等我歇一天，明天我好去舉起來那根鐵棍。”焦德春點點頭，遂就走了。

這裏江小鶴就很安靜地休息了。到了次日，江小鶴覺得自己的精神很好，遂就備好馬，出了店門，一直馳往閬中俠徐麟的莊院。來到這裏，天色還早，那花太歲和幾個莊丁全都在場院上練拳，一見江小鶴，就齊笑着說：“這小子又來了，他真不死心！一天的工夫你就能增加膂力？除非你小子吃了大力丸！”江小鶴卻一聲不語，就將馬繫在了靠牆的樁子上。

江小鶴走近那三根鐵棍，就蹲下身，雙手將那根房椽粗的鐵棍握住，往上起，同時身子往起站。他使着勁兒，嗓子裏擠出聲音來，才提起一尺多高，忽然後面有個人向他的屁股上踢了一腳。他的身子立刻前栽，咕咚一聲，手中的鐵棍就撒跌在地上，人也趴下了。

此時他真憤怒極了，趕緊挺身站起。他握着拳頭一回身，就見花太歲蔣成站在他旁邊，手橫鋼刀，不住地獰笑。小鶴本要上前拼命奪刀，與他廝打，但又想：還是舉鐵棍的事情重要！遂就將一口惡氣忍在心裏。他一聲也不語，就轉過身去，再舉那鐵棍。同時心裏想着：我可就忍這一回氣，你若再踢我，我可就真跟你拼了。

不料花太歲蔣成腳踢江小鶴之時，那閬中俠徐麟已然走出了小門。他看得清清楚楚，立時心中起了不平之氣，就回到房裏拿了一杆皮鞭。他繃着臉走近了蔣成，驀地一腳飛起，將蔣成手中的鋼刀嚐啷踢落，遂揮起了皮鞭，劈頭蓋臉地向蔣成打來。江小鶴回頭去看，蔣成就已吃了幾皮鞭。起先他還伸臂去擋，後來他轉身就跑。閬中俠又趕上去，從後面一腳把他踢倒在地，掄起皮鞭，吧吧吧地像雨點兒一般抽在蔣成的身上。旁邊的人只是看着，沒有一個敢過去勸。

閬中俠一面揮鞭憤憤地毒打，一面罵道：“你敢在這裏給我敗壞名氣？乘人不防，從身後踢人，你這算什麼江湖人的行為？”

江小鶴卻跑了過去，把閬中俠攔住，說：“你不要因為我的事打他了！我來此是為舉起鐵棍，拜你為師，並不是同他惹氣來了！由他欺辱我，我不理他就是，將來再說！”

閬中俠又抽了蔣成幾鞭，然後就踢了一腳，罵道：“滾！你今天就給我滾出閬中，從此你休再認得我。滾！立刻就滾！不然我要你的性命！”

江小鶴又在旁邊解勸，閬中俠方才住手。那蔣成爬起時，滿臉是血和鞭痕，胳臂上也是青一塊紫一塊的，衣服都被鞭子給抽破了。此時他真成了花太歲，可是一點兒也沒有了太歲的威風。他低着頭，一聲不語地到房裏去了。

閬中俠徐麟提鞭站立，又生了半天氣，臉色才漸漸和緩。他便向江小鶴問道："怎樣了？今天你能將那根鐵棍舉起來了嗎？"

江小鶴說："你來看看。"就見江小鶴使盡了力量，把那根鐵棍連提了六七回，但沒有一次能夠舉起。

閬中俠就笑着說："不行，不行！你的力氣還差，還得天天練。這並不難，只要你有耐心，天天來練，一定能夠舉起。那時我必收你為徒。"說畢，他就叫江小鶴在這裏再試舉那鐵棍，他便在這場院上打了兩套拳，又舞了一趟劍。

江小鶴就坐在鐵棍旁邊看着，只見閬中俠拳法精妙，體若猿虎，而劍法更是奪神制鬼，極為高超。小鶴的心中越發羡慕，想着：認這樣的一個師父，把武藝學好，還怕不能橫行天下？只是這根鐵棍太與我為難了！

閬中俠練完了他一早規定的功課，就又從那小門裏回內宅去了。花太歲蔣成收拾了他的行李，備上一匹馬，垂頭喪氣地走了，臨走時還向江小鶴惡狠狠地瞪了一眼。江小鶴卻不理他，心無二用地只想舉起那根鐵棍。他歇了一會兒再試，試了不成再歇着。連試了二三十回，他的力氣便使盡了，兩隻胳臂酸痛得一點兒勁也沒有了。

這時天色已過了正午，有人請他去吃飯，說："我們大爺請你在這裏吃飯，吃完了飯再練。"江小鶴卻擺了擺手，無精打采地立起來，牽了自己的馬，出門上馬，就往東關去了。

小鶴回到店房中，好歹用畢了飯，就躺在床上歇息。今天他對於閬中俠的義氣行為、高超武技越發心服，可是自己舉不起來那鐵棍，就不能拜師學藝，不能藝成報仇，這又使他非常傷心。

晚間，金甲神焦德春又來找他，說他明天就要起身，保鏢往瀘州去，並說那程八已派人到各處去請朋友，大概就是為要對付小鶴。他請小鶴小心，最好還是搬到閬中俠那裏去住。江小鶴卻連連搖頭，說："那些事都不要緊，我全都不怕，大哥你放心去吧！"金甲神焦德春又在這裏坐了一會兒才走。

到了次日，江小鶴依舊很早就起來，騎着馬又往丁字舖徐家莊。來到這裏，只見閬中俠徐麟正在場中舞劍，彼此並未說話。江小鶴將馬繫在樁上，又過來試那鐵棍，連舉了三次，並未舉起。到最後的那一次，江小鶴就竭盡了最後的力量，雙手提棍，猛地向上一舉。已經提起有二尺多高，肘下再用力，眼看就要舉起來了，但他卻覺得胸口一痛，眼前一黑，哇地一口鮮血就吐了出來。此時閬中俠還在旁邊練劍，並沒有看他。

江小鶴就覺得力氣全失，心灰意冷，低頭一看，鮮血已染在了鐵棍上。他不禁落下淚來，遂慢慢地走開，解下自己的馬匹牽出門去。他一面揮着淚，一面策馬緩行，就回到了東關。心裏想着：我不能在這裏再住了，舉不起鐵棍，我也無顏再拜閬中俠為師了！歇上一天，我就走吧，隨便到哪裏去吧！

他先到了福立鏢店的門首，因為身體疲倦，他連馬都懶得下，便向裏面叫了兩聲。楊先泰由店裏出來，江小鶴就問說：“焦掌櫃他走了沒有？”

楊先泰說：“才走，現在至多也就走出了二三十里，老弟你有事兒？”

江小鶴搖搖頭，懶懶地說：“沒有什麼事兒。”

楊先泰就笑着說：“老弟，你下馬來，咱們進去玩一會兒好不好？回頭我再帶你上美人巷，那裏有個跟你年紀差不多的美人兒，你去看看。晚間陳七爺他還要跟你擲骰子呢！”

江小鶴搖頭說：“不，現在我覺得身體不大舒服，回去歇一歇。晚間我再來找你！”說畢便撥馬往店房走去。

才來到店房門首，還沒下坐騎，忽見有幾個人手提木棒，由對面跑來。江小鶴正在驚訝，身後又有幾個人過來，把他推下馬來。江小鶴曉得是程八派人前來暗算自己，便情急怒罵，爬起身來，要去由鞍旁抽刀決鬥。不料他又被許多人按住，一時亂棒齊下，劈啪劈啪地向他身上毒打。小鶴起先還掙扎、大罵、狂喊，後來身上着的棒太多，尤其是有幾棒都打在了他的腦上，他不禁身癱頭暈，身上就像盤着無數條毒蛇在亂咬，漸漸地就暈過去了。

此時街上已斷絕了交通，有無數的人在遠處觀看，但因為這是程八爺派來的打手，打的又是個年紀很小的異鄉人，所以沒有一個人敢上前勸阻。江小鶴躺在地上雖已昏暈過去了，但眾打手的亂棒仍不留情，仍在劈啪劈啪地向他那死了一般的身上去打。

這時，忽然由東邊來了一匹黑馬，馬上的人街上都認得，正是閬中俠徐麟。閬中俠手搖皮鞭，口呼：“住手，住手！”他一來到，多半的打手就停住棒打，但也有的不知好歹，繼續在打。閬中俠就憤怒地由鞍下抽出劍來，劍風艱光一抖，嚇得眾打手紛紛退後。閬中俠下了馬，近前去看江小鶴，只見這堅強刻苦、一意要拜自己為師的小豪傑竟滿頭鮮血、遍體鱗傷，如同死人一般了。閬中俠心中不勝悲憫，遂就從街上招呼了人，將江小鶴抬到丁字舖他的家中。

江小鶴被抬到了徐家，經徐家的僕人解救，並在他受傷的重要處，上了許多有效的刀棒創藥，他才漸漸蘇醒過來。他微睜開眼呻吟着，只覺得遍體疼痛，頭部昏暈。閬中俠便過來勸慰他道：“今天的事你不要生氣急躁，安心在我這裏養傷。棍棒傷是容易好的，等你的傷好了，我替你出這口氣！”

江小鶴嘴角微微浮出了冷笑，想要說話，卻覺得沒有力氣，便呻吟了兩聲，又把眼睛閉上了。

從此，江小鶴就在這裏養傷，也不知過了多少日，只覺得閬中俠時常來看他，徐家的僕人伺候得也很周到。漸漸的，小鶴也能下地了，只是腿腳還不便利，須得拄着一根棍子，才能慢慢行動。閬中俠這時已不再天天來看他，但僕人們對他則毫無懈怠。

這天，江小鶴把棍子也拋下了，他慢慢地在院裏踱着，只覺得兩腳受傷之處還有點兒酸痛。這個院子就是那習武的場子，江小鶴現在就住在東屋。他在院中踱着，一眼又看見了那放在南牆根下的三根鐵棍。雖然明知自己舉不起來，但心裏還躍躍欲試，遂行過去，低頭看了看。他心中很是急躁，就想:

快些養好了傷，非得把這鐵棍舉起來，叫閬中俠收我為徒弟不可！

忽聽一陣馬蹄聲響，閬中俠騎着黑馬回來了，後面跟着三個騎馬的僕人。閬中俠進到場子就下了馬，看見江小鶴，就行過來問說：“你的傷好了沒有？”

江小鶴恭敬地答道：“快好了！”

閬中俠叫小鶴把衣裳解開，褲腿也讓捋起來，仔細看了看他身上那斑斑點點將愈未愈的傷痕，就點頭道：“不要緊了，你再休養十天，就可以跑路了。”

正說着，忽然從外面又進來了一匹馬，馬上的人年有十七八歲，丰姿英爽，穿一身綢子衣裳，腰間佩着寶劍。這少年下了馬，閬中俠就點頭叫他過來，遂對江小鶴說：“這是我的兒子徐雁雲，他已從我學藝十年，已快學成了。將來你見了鮑昆侖和龍志騰那些人，可以告訴他們，我閬中俠是不易欺負的，只我這個兒子，就可以對付他們昆侖派的師徒。遲早我們父子必要找他們去較量較量！”說話時，閬中俠對江小鶴發着冷笑，臉上已沒有一點兒和悅的顏色。

江小鶴覺得十分詫異，剛要發話去問，閬中俠已然帶着他的兒子徐雁雲昂然走進了小門，回內宅去了。這裏江小鶴髮了半天怔，心裏想：閬中俠待我是不錯的，他今天怎麼忽然改變了態度，竟像對我冷淡起來了？從此，江小鶴就沒再跟閬中俠見過面。有時小鶴托伺候他的僕人去請閬中俠，閬中俠也不來看他。

又過了幾天，江小鶴的傷勢已然痊癒，已能行走如初。但因見不着閬中俠，自己又想不起是為什麼事得罪了他，所以非常納悶，而且焦急。這天他就向伺候他的僕人說：“你告訴徐大爺，就說我身上的傷全都好了，一點兒也沒有殘疾，現在走得動，跑得動。請他來見我一面，我有幾句話要對他說。”

那僕人似乎有點兒作難的樣子，但因被江小鶴催着，只得說：“好吧，我到裏院看看我們大爺，他未必在家。”

江小鶴又囑咐說：“他若在家，無論如何叫他來見我，我只有幾句話對他說。”那僕人就答應了一聲，出屋往裏院去了。

江小鶴等了半天，並不見閬中俠來，急得他在屋中來回地走。他心裏想：真奇怪！閬中俠徐麟到底是怎樣一個人？我並沒得罪他呀？他既然那天救了我的命，又叫我在他這裏養傷，可見他對我不錯，怎麼忽然又冷淡了我？莫非是那程八等壞人對他說了我的壞話？但我江小鶴實是光明磊落的一條漢子，他就是不滿意我，也應當把話對我說清楚了啊！

又過了些時，屋門一開，走進來兩個人。一個是剛才那個僕人，他挾着小鶴的行李，連那口刀都在內，後面跟進來的是閬中俠之子徐雁雲。徐雁雲穿着藍綢長衫，態度很客氣，他進屋來就向江小鶴一抱拳，說：“江兄，你的傷都好了，可喜，可喜！這是江兄的行李，裏面有江兄的銀兩，都是我父親由那店中替兄取回來的。現在江兄若要在此住兩天，也不妨，不然就請上路吧！他日再為相見！”

江小鶴聽了一怔，便也抱拳說：“徐大爺現在家中嗎？”

徐雁雲點頭說：“在家。”態度卻十分冷淡。

江小鶴就說：“既然在家，就請來見一面。我江風艱小鶴千里迢迢來投他為師，舉不起鐵棍我也沒法子，我到別處再練去，幾時能夠舉起鐵棍，幾時我再來。但我這條命是他救的。我在這裏打攪了多日，好容易才將傷養好，我應當跟他見一面，給他叩個頭，拜謝他救命之恩，然後我再跟他說幾句話，我就走了。”

徐雁雲擺手說“不必了！江湖人彼此相助，原不算什麼，江兄不必掛念。你趕快回你鎮巴縣去吧！你若真覺得我家父子是好朋友，等到將來我們跟昆侖派爭鬥之時，你不要攙入就好了。”接着又冷笑着說：“你回去可以告訴鮑振飛、龍志騰、龍志起、賈志鳴、葛志強等人，就說我徐家父子在今年秋天必要找他們去，請他們準備一些！”說畢轉身要走。

江小鶴急忙趕過去，把他攔住，跺腳說“徐大哥，你說的這話我不明白。我雖是昆侖派門徒的兒子，但我卻是他們的仇人！”

徐雁雲用手一推江小鶴，冷笑道：“誰信？”

江小鶴幾乎被他推倒，但他仍趕忙追出屋去，把徐雁雲拉着，一手拍胸發誓說：“我江小鶴若說一句假話，叫我天誅地滅！我爹爹是被龍家兄弟殺死的。我在鮑老頭子家裏放豬，受盡了鮑志霖的欺辱，這次我是殺了龍家兄弟，才逃走出來的。我要拜你爹為師，就是為學好了武藝，回去報仇！”

徐雁雲的態度有些緩和了，他轉過身來，正要對江小鶴詳細問話，忽見閬中俠由小門出來了。他手裏拿着兩封信，滿面怒色地說：“不要聽他的狡辯！他是鮑昆侖手下的人。派他來就是為探訪我家的事情，為知道我們要怎樣對付他們昆侖派！”他走到了臨近，拿着信對江小鶴說：“我若不拆開你這兩封信，幾乎就受了你的騙。現在你快走，回去告訴你們昆侖派的人，我是不怕他們的。到秋涼時，我必要到紫陽、鎮巴與他們決一勝負。你若有良心的話，到時不要幫助他們，否則我的劍下也不留情！”

江小鶴神情迷糊，簡直如同墜在霧中。他心裏像燃燒着烈火，急得亂跺着腳，說：“這是哪兒的事？我不認得字，信是誰給你來的？”

閬中俠笑道：“是你給我來的！是我由你行李內搜出來的！這是漢中府昆侖鏢店的鮑志霖，派他的師弟張志岐、苗志英，到成都投給峨眉虎李大成的信，為叫他與我作對，好牽制住我，不叫我去與你們為敵！”

江小鶴這才想起來，便喘了一口氣，說：“徐大爺你真冤屈我！我告訴你這封信的真實來歷。我由鎮巴逃出，在萬源縣跳樓奪了匹馬，就是你現在騎的那匹馬。晚上我在破廟裏寄住，半夜中又將馬弄丟了。這匹馬本是性烈，牠把那偷馬賊摔死在路旁，我四處尋找不着，反倒因此吃了一頓官司。後來我脫鎖逃開，在路上遇着了黑豹子伍金彪，他就把我帶到了山上。但我卻不願做強盜。那天他們下山去打劫一幫鏢車，聽說那鏢車就是昆侖派的門徒保着的，他們就把我留在山上看家，我就拿了些銀兩下山逃走了。走在路上天晚了，又遇着兩個人騎着馬追我，我就殺傷了他們一個人，奪走了一匹馬，現在我的行李就是連那匹馬一塊兒奪來的。行李裏有些銀兩，還有這兩封信。

我因不認得字，所以連拆也沒有拆，就放在了那裏。徐大爺，你今天這樣一說，我才知道，那天被我殺傷的就是那昆侖派的門徒，那兩個保鏢的。”

聽江小鶴這樣說了，閬中俠沉思了一會兒，就說：“你這話可是真的？”

江小鶴說：“我要說一句假話，叫我不得好死！因為鮑昆侖和龍家兄弟將我父親殺死，我母親才帶着我弟弟改嫁，拋下我孤身一人，我才來投名師學武，以備將來回家報仇。徐大爺，你只要肯傳授我武藝，只學二年，我便走。昆侖派中的人，除了馬志賢與魯志中兩個人還不錯，其餘的人，我都得殺死他們！”

閬中俠聽了，微微冷笑，然後走開兩步，爽快地問說：“你真是急着要去找鮑昆侖和龍家兄弟，為你的父親報仇嗎？”

江小鶴流着淚說：“那自然，今天我學會了武藝，明天我就走，我不殺死龍家兄弟，我什麼事也不幹。別看程八他使人打我，那不要緊，我不能忍的就是殺父的大仇！”

閬中俠說：“好了！今天咱們就走，先到紫陽，再到鎮巴。你報了仇恨，我與他們決定了勝負雌雄，然後再回閬中來，我再傳授你武藝！”

江小鶴一聽，立刻破涕為笑，喜歡得跳躍起來，說：“好！好！徐大爺咱們今天就走，只不知你帶多少人去？”

閬中俠搖頭說：“一個人也不用帶，只是咱們兩個人去。到時你也不要上手，只憑我一口寶劍，我管保叫鮑昆侖向我下跪，他那三十多個門徒，非死即傷！”

江小鶴聽了閬中俠的話，倒不禁有點兒發怔。徐雁雲卻嚇得變色，上前攔住他父親，說：“父親，你與江兄再商量商量好不好？不然我也跟你前去？”

閬中俠擺手說：“你不要去，我還要留下你看家。”

徐雁雲又嚅嚅地說：“不過，我聽說鮑昆侖門徒眾多，而且有不少武藝高強的，父親你一個人，如何能敵得過他們？”閬中俠聽了這話，立時生氣，斥道：“你不要管！我既說出話來，豈能改悔？”遂命僕人備馬，他便進院中收拾行李去了。

這時江小鶴已把他自己的行李由屋裏拿了出來，他雖然喜歡，但卻也有點兒發怯，暗道：閬中俠縱然武藝高強，可是他如何能敵得過昆侖派那些人？但又想：閬中俠他都拼得出去，難道自己反拼不出去嗎？遂就鼓起勇氣來。

此時徐家的莊丁全都滿面愁容，但都不敢作聲。江小鶴到了馬棚裏，見僕人已備了兩匹馬，一匹是黑馬，另一匹馬是高頭大鬃，渾身跟雪一般白，彷彿比那匹黑馬還強。少時，內宅裏出來僕人，拿着閬中俠的簡單行囊和一口三尺多長的鐵鞘寶劍，都放在了白馬上。江小鶴就將自己的行李和鋼刀放在了那匹黑馬上。少時，閬中俠由內宅走了出來，精神煥發，穿着一件青洋縐的長衫，腳下一雙魚鱗趿鞋，背後掛着一個大草帽。他高高興興地走過來，一看馬已備好，就說：“咱們走吧！”

當下僕人把兩匹馬牽了出去，由徐雁雲及眾莊丁、僕人們送他們二人出門。二人接過了馬鞭，就扳鞍上馬，身後的人齊說："大爺一路平安！"閬中俠只含笑說了一聲："你們回去吧！"隨即揮鞭策馬在前走去。江小鶴緊跟着他，又在馬上回身向徐雁雲等人抱拳。閬中俠卻連頭也不回，一出村口，見着東去的路徑，他就輕爽地搖着皮鞭，白馬在前，踏踏地走去。

## 第六回 銅刀挫鐵劍名俠殺威 峻嶺連高峰奇人顯技

行約十里，回頭再也望不見閬中城池了，閬中俠把那大草帽戴上，找着大路，一直往東去走。江小鶴的黑馬緊緊隨着前面的白馬，同時他注意看着馬上的閬中俠。閬中俠剛才在家中時還是個財主大爺的模樣，而此時竟像是一位風流瀟灑的久走江湖的人了。編得極精緻的大草帽，配上漂亮的洋縐長衫，騎着高頭大白馬，寶劍敲着銅鐙叮叮地響，他那張微紅的臉兒，炯炯有神的大眼睛，那神氣，真叫小鶴羨慕。小鶴心說：到底是武藝高強的人，走在江湖上另是一個派頭。到了紫陽、鎮巴縣，昆侖派的那些人一見着他，也絕不敢小看。

此時已近正午，二人走出了約四十里路，便找了個小鎮店，停下用午飯。在一個很小的飯舖裏，吃的是很粗的米，很不好的菜，但江小鶴見閬中俠吃得很香，並且一點兒酒也沒有喝。江小鶴自己本想喝酒，可是見閬中俠這樣，他就不由得十分慚愧，連一個酒字也不敢提了。

閬中俠吃過了飯，就向江小鶴微笑說："咱們走吧！"於是由他付過了飯錢，一同上馬，又往東回偏北走去。路上遇着過兩次鏢車，鏢車一見着他全都停住，車上的鏢頭都下來，連向他抱拳，恭敬地問說："徐大爺哪裏去？"閬中俠也在馬上拱拱手，微笑着說："往東邊去，辦一點兒小事兒。"等得他的馬匹走過，後邊的鏢車才敢走。

此時天氣很熱，江小鶴不但滿頭是汗，連脊背都濕透了。坐下的黑馬又太頑劣，怎樣收韁也是制不住牠。但這匹黑馬雖然時時地向前飛奔，卻總沒趕過前面的白馬去。江小鶴是氣喘吁吁，前面的閬中俠卻優遊自在，時時回過頭來，微笑着催促小鶴說："快走！"江小鶴便努力控制着馬向前走去。

又走了五六十里，就見前面遠遠之處有一脈蒼翠的山嶺，閬中俠就催馬領路，對着山去走。此時路上的行人漸稀，對面的山是越來越清楚。少時馳到了山腳下，看見了山口，閬中俠忽然將馬收住。江小鶴嚇了一跳，趕緊也勒馬收韁，可是這匹馬還不住地往起跳，幾乎把他掀將下來。就見前面的閬中俠，由身邊掏出來一個很小的手巾包打開，裏面有個很小的東西。他回身向江小鶴說：“接着！”說着一揚手。

江小鶴趕緊伸手去接，接到手裏一看，原來是一個不大的生金的鈴鐺，上面繞着線，解開了線，只見生金映着陽光發亮。前面的閬中俠就微笑着說：“繫在馬上！”江小鶴覺着很新奇，便將鈴鐺繫在馬前。

此時閬中俠已然將鈴鐺繫好，鈴聲琅琅，催馬進了山口。江小鶴趕忙追了上去。兩匹馬帶着兩個金鈴，加上馬蹄敲在石上之聲，寶劍的鐵鞘擊在銅鐙之聲，唧唧噹噹的，很有節奏，借着山谷的回音，十分好聽響亮。江小鶴在馬上更加高興，心說：閬中俠真是位大俠客，而且人物風流瀟灑，我若不拜他為師，真是虛負此生了。

順着山路，宛轉地走下有二三十里路，竟沒遇着一個人。在將出山口之時，卻見前面有七八個人，都在那裏等候。江小鶴暗自驚訝，心說：不好！強盜！及至走到臨近，他才看出這些人全都沒有拿着刀，倒是有個人拿着酒壺、酒杯，一見閬中俠來到，齊都抱拳恭迎。為首的一個大漢，還特意穿上了一件不合體的大褂，面上堆着笑說：“徐大爺！你上哪裏去？今天天氣太熱，請喝杯酒吧！不然請到山上歇一歇去！”

閬中俠卻微笑着抱拳，又擺手道謝，卻不喝酒，一句話也不說，就輕輕策馬走去。江小鶴隨行了有半里之遙，再回身去看，那些人還在山口站着，往這邊來望。閬中俠回身向小鶴說：“將那鈴鐺摘下來吧，等遇着山時再掛上。”江小鶴這時才明白，原來這金鈴是閬中俠的標記。山上的強盜一聽見鈴聲，就知道是閬中俠來了，不但不敢下山來打劫，並且還要恭迎獻酒。江小鶴此時真把閬中俠看成為神人了，他心說：一個人走江湖，要做到這樣的地位，那得有多大的本領呀？這樣的人若到了紫陽、鎮巴，還發愁不把龍家兄弟和鮑老頭子打敗嗎？可是我江小鶴的殺父大仇，不能自己去報，卻仗着人家給我去報，我還算是什麼人？就是將來我有了大本領，也永遠不能在人前稱英雄呀！

想到這裏，小鶴心中又很難過，而且有些負氣，就想到紫陽見了龍家兄弟時，雖然閬中俠一定要攔阻自己，不叫自己去動手，但那也不行！自己雖然武藝學得不夠，而且身短力微，但也要爭先去與那些人拼鬥，非得親手把殺父大仇報了不可！因此，他便有些心急，馬也催得更快。閬中俠彷彿不肯叫後面的黑馬越過他的白馬，所以黑馬快了，他的白馬也就更快。直走到黄昏時候，已經走出有二百餘里，來到了南江縣境。

閬中俠帶江小鶴來到這裏，他並不投店，卻進了一家村莊。那村子裏有十幾條大狗，追着兩匹馬亂吠。少時前面來了幾個莊丁，都齊聲怒問：“是誰？為什麼進了村子不下馬？”

閬中俠只傲然地答了一聲：“是我，我姓徐！”

對面聽出聲音來，立刻把發怒的聲音改為恭敬的口氣，說：“原來是徐大爺，我們真沒想到是您老人家來了！”

閬中俠與江小鶴二人下了馬，這裏的莊丁趕忙把兩匹馬接過去，並替他們驅逐着狗，另有莊丁恭迎閬中俠和江小鶴進了一所大莊院內。裏面早有兩位莊主迎接出來，都對閬中俠十分恭謹。閬中俠也對他們很是客氣，並指着江小鶴向他們介紹說："這是我的徒弟。"江小鶴聽了這話，感覺十分榮耀，便也大大方方地被那兩個莊主讓到了客廳之內。

進了客廳，江小鶴才看出來，這兩個人都年有四十多歲，一個是面圓體胖，滿腮的黑鬍子，一個卻是黃面短身，似是個文弱的書生樣子。閬中俠六就向江小鶴說："這二位莊主是叔姪，那位是紫面獅袁湧，這位是瘦霸王袁峻鋼子紹，都是川北有名的人物。"江小鶴不敢小覷這兩個人，便對他們都十分恭敬。

袁家叔姪也都很注意江小鶴，並詢問閬中俠幾時收的這個徒弟，怎麼上次見面，沒聽見提說。閬中俠微笑着說："他雖拜我為師，但我還未教他武藝。你先叫人預備飯，我慢慢再把詳情告訴你。"於是袁子紹吩咐僕人備酒。

袁家叔姪給閬中俠斟了酒，但閬中俠絕不肯飲。江小鶴雖然多日沒喝到酒，如今見了就有點兒流涎，但因師父不飲，徒弟又如何敢喝？所以當袁子紹擎杯送到他面前，笑着說："師弟你喝吧，你師父他絕不能說你。"

江小鶴便站起來，恭恭謹謹地推辭道："我實在不會飲酒。"等到袁子紹的酒杯拿了過去，他卻又有點兒後悔。

此時閬中俠已把江小鶴的來歷，大概對袁家叔姪說了，然後又提到他自己此番北來，要先到紫陽，後往鎮巴與昆侖派決鬥之事。袁家叔姪聽了，全都有點兒變色。

閬中俠又正色說："我們今天上午由家中動身，不到一天的工夫，就趕了二百多里地。在此歇宿一晚，明天就起身出巴谷關，過米倉山，往紫陽縣去。我也知道，此番我負氣北來，以一人挑戰昆侖派三四十人之眾，並非易事。我並不小看他們，但他們實在是欺我太甚了！十年來我雖與昆侖派中人不睦，但並沒認真拼鬥過，如今我倒要與他們決一勝負。如若他們全都敵不過我，那就叫他們昆侖派中的人，無論是誰，也不准再到川北來行走；若是我有什麼死傷或敗北，那我也就永遠不過巴山了。"

閬中俠說過了之後，意氣昂昂，袁家叔姪卻都有點兒發怔。袁子紹皺了皺眉，就說："徐大叔，你只是師徒二人前往，恐怕有點兒勢孤吧？"袁湧趕緊用眼睛瞪他的姪子。

閬中俠微微笑道："我若再請上幾十個人來幫助我，那我還不如不走這趟呢！"

袁湧便說："徐大爺這次去一定是穩操勝算，鮑昆侖老了，他那些徒弟又沒有幾個真正有本事的。"

閬中俠說："我倒並不是欺鮑振飛年老。至於他門下的人，我也聽說過，有葛志強和魯志中，武藝全都不錯。"

袁湧卻岔開這些話，飲了一杯酒，笑着向閬中俠說："幾十年來，我今天第一次看見閬中俠有了徒弟。這位小兄弟確是相貌不俗，我想將來一定能給你老弟爭光。我的那個小孩，今年整整十歲了，上次你來了沒有見着他……"

遂向袁子紹說：“你把你兄弟叫出來。”子紹答應了一聲，出屋去了。

這裏江小鶴也要等着這裏的小莊主出來，看他到底是個怎樣的人物，比自己如何？待了一會兒，袁子紹果然把他那叔伯兄弟領了出來。小鶴一看，原來是一個十歲上下的又瘦又矮的小孩子，穿着一身綢緞衣裳。

袁湧說：“你來見見徐叔父。你不是常說想要學超人的武藝嗎？那你也非得拜徐叔父為師不可！”

那小孩向閬中俠打了一躬。然後他父親又給他向江小鶴引見，小鶴向他拱拱手，他卻連理也不理，只翻眼看看小鶴。袁湧恐怕江小鶴生氣，就說：“你這個兄弟性情太別拗，也是因為沒在外面行走過的緣故，你不要見怪他。”小鶴笑了笑，沒有說什麼。

閬中俠就問：“他叫什麼名字？你沒教給他武藝嗎？”

袁湧說：“他的學名叫敬元，從七歲時我就教他習武，如今已三年了。但他的身體太弱，我想沉重的功夫他練不了，想要叫他學些輕巧的玩意兒。”

閬中俠微笑道：“輕巧的武藝有什麼？除非是學點穴法，但點穴法豈是盡人皆可學的？”

袁湧沉思了一會兒，就說：“無論如何，得叫他出外去投師。如若只跟我學，永遠也學不出好武藝來。”

閬中俠笑道：“你太客氣了！”袁湧自己便哈哈大笑，又叫他兒子袁敬元也入席，坐在末座。

當晚用畢酒飯，袁子紹就給閬中俠和江小鶴預備了下榻的地方，二人在袁家莊上安宿了一宵。次日清早便一同起身，袁家父子叔姪將他們二人送出了莊子，方才拱手作別。

閬中俠依然策馬在前，江小鶴催馬相隨，行了三四十里，就出了巴谷關。又走了不遠，就來到了米倉山下，此處已是川北和陝南的交界之處。閬中俠同江小鶴又在馬上繫上了那兩隻金鈴，鈴聲亂響，走進了山中。閬中俠的意氣昂然，隨走隨四下張望，一直走進了山道，並沒看見一個強盜。

出了山口，就算是漢中府管轄的地方了，紫陽縣在正東，鎮巴縣在東偏南。來到此地，江小鶴雖然不甚明白路徑，但卻一面隨閬中俠前走，一面心裏想道：快到自己的家鄉了，也快見着阿鸞了。倘或閬中俠與鮑老頭子峻鋼打起來，我自然是要幫助閬中俠，可是阿鸞她能夠不生氣嗎？因此心中倒十分作難。他又想：鮑老頭子六七十歲了，很可憐的，再說他待我也算不錯，我父親又不是被他殺死的。我應當勸閬中俠手下留點兒情，不要傷害了他。在比武時也應當找個別的地方去交手，不要在他家裏打，以免把阿鸞嚇壞了。因此他就想向閬中俠去請求，可是又見閬中俠只管在前策馬行走，一句話也不與他說。而且閬中俠的那張紅臉十分嚴肅，馬上的金鈴也不解下了，只管叫它啷啷地響着，仿佛故意使路上的人來注意他，又似在警告人們：“閬中俠到陝南來了！”江小鶴看着不由得從心裏害怕，哪敢再跟他說一句閒話？

策馬往東又走了十餘里路，忽然見一大隊鏢車由北向南直穿過來，江小鶴不由在馬上失聲叫道：“師父快看！這大概是昆侖派的鏢車！”

闐中俠回首向小鶴笑了一笑，說聲：“不要怕！”當時他便連連揮鞭，騎着馬直衝了過去。江小鶴不敢落後，也緊緊催馬跟隨，同時心中緊張地想：非得打起來不可！

一霎那間，闐中俠的白馬已衝到了鏢車的近前，將一大隊鏢車切成兩段，江小鶴也跟着衝了過去，兩匹馬鈴聲亂響。那鏢車和押車的馬匹全都停住了，十幾個鏢頭一齊用驚訝、憤怒的目光向他們望着。闐中俠在馬上回首傲笑。那邊的人彼此交談了幾句話，便忍住氣又趕着鏢車往南去了，邊走邊回首向這邊來望。

闐中俠非常得意，回首向江小鶴說：“他們都認得我，但卻不敢過來與我交手。你知道嗎？騎着馬衝開人家的鏢車，這是江湖上最不講理的事，要不是我，他們早就不能依饒了！”江小鶴聽着闐中俠的話，眼睛卻向後望着，還有點兒發怔。

忽然闐中俠又向西指着說：“你看，西邊又有人來了！”

江小鶴向西去看，果見那邊是一片滾滾煙塵，來了有十幾匹馬。他就驚訝着說：“這又是誰？也是他們昆侖派嗎？”闐中俠撥轉馬頭，勒馬揚首去看，並擺着手嚴肅地說：“且看！來的到底是哪一路的人？”西邊馳來的馬群越走越近，滾滾的塵土也越起越高。少時快要走到近前了，那邊為首的兩個人就一齊向這邊高高地舉起手來。闐中俠的面上忽然現出不悅的神色。江小鶴這時才看出來，來者原來正是袁家叔姪，還帶着幾個莊丁。他數了一數，一共是九匹馬，這些人馬上全都帶着兵器，不由心中大喜，暗想：來了這些個幫手可真好，不用再怕昆侖派的人多了！

闐中俠卻十分不高興，他催馬迎將過去，高聲問道：“你們為什麼也來了？”

那紫面獅袁湧卻哈哈大笑，說：“闐中俠獨鬥昆侖派，這是百年不遇的事情，這個熱鬧要不看，我真白活了！我們來就是為看熱鬧，並不是為幫助你。”

瘦霸王袁子紹也說：“真的，我們是為看熱鬧，並不是要給徐大叔助威，徐大叔也用不着我們給助威！”

闐中俠就微微冷笑，說：“那麼咱們就不必一路同行了。”

紫面獅袁湧說：“好了，好了，咱們分兩路走，你們在前，我們在後，咱們各不相擾。”袁子紹又在對面馬上向江小鶴使了個眼色。

江小鶴心裏就明白了，這叔姪是闐中俠的好友，他們因為不放心闐中俠輕身直入，挑戰昆侖派，所以他們昨天當面不說，今天卻帶着莊丁暗中跟隨下來，以便在闐中俠寡不敵眾的時候上前相助。

當下闐中俠向江小鶴一搖鞭子，便不多與那袁家叔姪談話，帶着小鶴走去。那袁家叔姪也故意按住眾馬，不往前趕上他們。

闐中俠與江小鶴二人，一直往東又走了幾十里路，天色已近正午，就來到了一座鎮市上。闐中俠找了一家飯舖，二人匆匆用畢了午飯，依舊往東去走。

江小鶴見閬中俠在路上並不向人打聽路徑，彷彿這裏的路他都很熟，心裏就更是詫異，遂趕上前問道："師父，你是常到陝南來嗎？"

閬中俠微笑道："我倒是不常來，只是六七年前來過一次，三年前又來過一次，但是鮑昆侖他們卻不曉得。"又隨走隨說道："我與鮑昆侖的仇恨已非一朝一夕了。早先他昆侖派的人到川北走鏢的很多，到了川北他們便橫行無忌，藐視一切，都被我打了回去。我想鮑昆侖一定恨我入骨，他現在是老了，若倒退二十年，我就是不來找他，他也得到閬中找我去。"說過了這話，他就不再說什麼，依舊帶着小鶴往東緊緊行走。

走到黃昏時候，找到一處鎮市，閬中俠就收住了馬，回首向江小鶴說："此地離紫陽縣只有二十里。咱們先在此歇宿一宵，明天一早前去與龍家兄弟較量。但今晚你睡覺時，千萬要驚醒，以防不測，因為他們已曉得我們峻鋼來了！"

江小鶴聽了這話，心裏愈發覺得緊張。閬中俠找了一家店房，二人便去用飯歇宿。這一夜，江小鶴簡直沒有睡熟，彷彿時時聽見房上和院中有響聲，他既怕昆侖派中的人來，可又彷彿有些盼着那些人前來似的。閬中俠一夜劍不離身，但卻似睡得很安穩。

到了次日，閬中俠起來，仍不慌不忙的，江小鶴雖然一夜也沒睡好覺，但精神卻非常興奮緊張。約莫上午八時前後，二人略用了些早飯，閬中俠就叫江小鶴去備馬。小鶴將馬備好，閬中俠已將店錢給過，便出門上馬。

閬中俠也似看出來小鶴很是緊張，就微笑着說："你不要害怕！龍家兄弟到了我的手裏，他們比狗還不如。倒是鮑昆侖，雖然他年老了，但我卻不敢輕敵他。"隨說着，隨又策馬往東走。

果然行了約有二十里，便望見前面有一座城池，路上往來的人和車馬已很是擁擠。江小鶴周身的血液沸騰，便在馬上問道："師父，前面的那座城就是紫陽縣嗎？"

閬中俠點頭說："不錯，你不要怕，就隨着我走吧！"

江小鶴便傲然地說："我一點兒也不怕！"江小鶴雖這麼說着，手腳卻有些不能自主，彷彿時時要抽出刀來，跳下馬去與人廝殺。

前面的閬中俠仍從容不迫，馬反策得更緩。少時走進了西關，兩匹馬上的金鈴還不住地在人群裏啷啷地亂響，就有許多人注意地看他們。二人來到一座大柵欄門的前面，見那門前和牆上全都寫着墨筆的大字，是"靖遠鏢店"，閬中俠至此就回首向小鶴說了聲："到了！"遂撥馬直闖進了柵欄門。

此時鏢店之內，當院放着一把椅子，椅上坐着一個養傷的人，青臉大鬍子，正是那穿雲燕龍志騰。他自那天在鎮巴縣他師父的家裏，腹部上被江小鶴扎了一刀，至今未愈。龍志騰如今忽見閬中俠騎馬闖進了鏢店，嚇得哎呀大叫一聲。

此時閬中俠由鞍下抽劍，江小鶴也騎馬進來，亮出了刀。龍志騰站也站不起來，就大聲喊着說："好！你們報仇來了！你們要殺就殺了我吧！"

江小鶴此時眼睛瞪得又紅又大，他跳下馬來，掄刀就要過去殺龍志騰，閬中俠卻喝道："不許！"又冷笑着說："殺死他一個病夫算什麼英雄！"

這時櫃房裏已出來三個鏢頭，有兩個手提鋼刀，最後一個出得屋來由兵器架上綽起了一杆花槍，江小鶴認得這人是陳志俊。

陳志俊也看見了小鶴，就瞪着眼說："好！你這小子！"說着挺槍就要過來扎小鶴，卻被他旁邊的兩個師兄攔住了。

這兩人是破浪蛟賈志鳴和神拳侯志拳，賈志鳴就抱刀拱手，問說："朋友你貴姓大名，來此貴幹？"

閬中俠尚未發言，坐在椅子上的龍志騰就嚷着說："他就是閬中俠徐麟！"賈志鳴一聽這個名字，立刻臉上變了色。

閬中俠騙身下馬，將馬匹交給了小鶴，就走近幾步，把劍光一抖，怒目看着那三人，問道："你們都是鮑昆侖的徒弟吧？你們保着鏢在川北那些地方，什麼事都做。龍志騰和他的兄弟，上次更趁我沒在家時，殺死了我莊內的兩個莊丁。今天若不是因為他病着不能行動，我立刻就一劍將他殺死！現在，我來此處沒有別的事，就是要跟你們昆侖派的人較量較量，除非你們都低首服輸，不然你們就一個個上來與我決一生死，然後我再找鮑昆侖那老匹夫去！"賈志鳴、侯志拳一聽他罵了鮑昆侖，立刻兩口刀就撲將上去，與閬中俠的單劍鏘鏘地交戰起來。

那陳志俊先用花槍讓身過去，將龍志騰的椅子拉開，然後他就氣憤憤地要挺槍去刺江小鶴。可是，這時閬中俠已然一劍將侯志拳劈倒，陳志俊只得趕緊抖槍過去幫助賈志鳴，才三五合，就被閬中俠用劍將他的花槍磕開，再一劍，陳志俊的左肩就流出血來。只剩下賈志鳴施展刀法，敵住閬中俠。

閬中俠手中的寶劍直如閃電，忽上忽下，使人實在難防。但賈志鳴也是昆侖派的傑出人物，紫陽三傑之一，他的刀法一展開了，也不容閬中俠立時就獲勝。閬中俠的寶劍是專向頭上緊劈，賈志鳴橫刀迎了幾下，覺得閬中俠的力大，震得自己的腕子有些發痛，便不敢再去正面迎敵。每逢對方的劍劈下來，賈志鳴總是躲閃，並趁空掄刀，向閬中俠的下面面去掃。但閬中俠不單隨時進攻劈砍，同時還將自身遮護得很嚴，叫賈志鳴休想得手。交手十五六合，賈志鳴隨打隨退，已然快要退到柵欄門外了。

江小鶴就揮臂大呼道："師父！別叫他跑了！"

此時忽然由外面又闖進一條手挺鋼刀的彪形大漢，原來正是推山虎第龍志起，那張黑臉已然慘無人色。他大喊了一聲："好閬中俠！"便拼上去，與賈志鳴同鬥閬中俠。賈志鳴此時也緩過刀來，兩口刀分左右，猛削惡刺。峻鋼但閬中俠卻一步也不肯退，他的寶劍左迎右遮，並時時抖起來向兩人逼近。又十四五合，就聽一聲慘叫，賈志鳴受傷摔倒，龍志起卻轉身向外跑。

閬中俠由賈志鳴身上跳過去，挺劍往外去追。江小鶴牽着兩匹馬，掄着一口刀，也向門外闖去。此時街上、門外，許多人都驚慌跑開，那龍志起提刀向西去逃，閬中俠在後緊追。

追了不遠，就見由路旁另一家鏢店裏出來了十幾個人，都拿着刀槍將龍志起放走，將閬中俠攔住。閬中俠知道這些都是昆侖派的人，他便毫不容情，揮劍直砍，砍傷了幾個人，就衝過去又追。江小鶴便騎上一匹馬，牽着一匹馬，在馬上掄刀大喊着，也衝開了那些人，跟上閬中俠去追龍志起，並連聲喊着："別放他跑了！昆侖派的人頂是他最可恨！"

龍志起顧不得一切，只是撒腿往西去跑，才跑下一里多路，就見對面馳來了一大隊人馬。馬上的人一瞧見龍志起，都趕來抽刀截擋。龍志起也認得，這是川北南江縣的袁家叔姪，他真氣極了，便掄刀過去，與袁家叔姪及眾莊丁拼鬥起來。此時後面的閬中俠與江小鶴已將趕到，龍志起危在頃刻之間，他一面狂喊，一面舞刀拼戰，奪路欲逃。

這時，忽然由江小鶴的身後又馳來了一騎黑馬，其快如矢，馬上的人卻是龍家新請來的幫手魯志中。魯志中催馬越過了小鶴，趕上閬中俠，揮刀就砍，閬中俠趕緊回身用劍相迎。魯志中跳下馬來，與閬中俠短兵相接，戰在一處。閬中俠不願久戰，只使用毒辣招數，想要兩三劍就將魯志中刺倒，但魯志中居然能夠擋住。於是閬中俠便有些詫異，劍法更展開，嗖嗖嗖的寒光直向魯志中逼來。魯志中也鋼刀如飛，上下攝護。那推山虎龍志起一看來了救星，他的精神也更加奮起，便砍傷了袁家的一個莊丁，奪了一匹馬，跨上鞍去，就飛也似的向西逃去。這裏袁家眾人也不去追趕龍志起，反倒回來團團把魯志中圍住，江小鶴在馬上急得大喊："別傷他！他是個好人！"

此時魯志中已把閬中俠的寶劍擋住，說："閬中俠你住手！你先告訴我，你們來到這裏與我們拼命，是什麼理由？"

閬中俠收劍冷笑道："什麼理由？你們自己還不知道？你們昆侖派的徒眾這些年來在川北太橫行了！我這次回來，就是為將你們全部打服。"他又指着袁家等人，說："與這些人無干，我絕不叫他們幫助我。你若不服，可以遞過刀來，咱們索性一決勝負！"

魯志中卻拱手說："閬中俠，我久聞你是川中有名的好漢，咱們兩家就是有點兒仇恨也可以當面說開，何至於要必以刀劍相拼？若叫別省的人知道了，豈不要笑話你我兩家？"

閬中俠持劍冷笑道："你這時又來跟我講義氣，忘了龍家兄弟在我那裏殺死了兩個家人？現在我也沒工夫跟你瞎費唇舌，你只是一個人，我更不願意和你交手！"遂由江小鶴手中接過那匹白馬，收劍上馬，說："走！到鎮巴縣找鮑昆侖去！"

這裏魯志中不由渾身顫抖，說："你可要仔細，別逞一時之強！"

江小鶴心裏雖有些難過，但一句話也不說，就馳馬跟閬中俠往西走去，那袁家叔姪也率着眾莊丁隨了前去。當時蹄聲雜沓，塵土滾蕩，往西轉南，直奔鎮巴。

瘦霸王袁子紹拍馬趕上江小鶴，問說："小兄弟，你的父親叫江志升是不是？"江小鶴在馬上回頭，黯然地說："不錯！龍家兄弟就是殺死我父親的仇人！"

袁子紹卻說："你也別只抱怨龍家兄弟，我在路上都打聽出來了，你父親江志升是被鮑老頭子親手殺的。他的那些徒弟全都知道此事，可就是不肯對別人去說！”

江小鶴一聽這話,心中一痛,頭上一暈,幾乎摔下馬來。他趕緊揪住轡繩,兩腿夾住了馬鞍，流着淚說：“我早知道了。鮑昆侖不但殺死了我父親，他當初還要殺死我，後來……”他在馬上放聲大哭，又說：“因為他殺死了我的父親，使我母親改嫁，我還有個弟弟，現在他也不能姓江了。鮑老頭子在前時就曾想殺我，可是後來不知他想要幹什麼，又將我養在他家裏，給他放豬喂馬。他那兒子鮑志霖，整天打我、罵我……”

閬中俠在前面回轉頭來，說：“你不要啼哭，今天我就替你報仇！”

江小鶴卻仍然啼哭道:“師父,我不用你替我報仇,我會自己打鮑昆侖。”

閬中俠微微笑道：“哪裏能那麼容易？”遂又嚴厲地對眾人說道：“到了鎮巴，我與鮑昆侖交手，不許你們幫助，否則我可不講交情！”

紫面獅峻鋼袁湧大笑道：“我們絕不幫助，我們來此就是為看熱鬧！”當時這一群馬匹就由閬中俠領頭，飛也似的向西南方向馳去，行得極快。過了一道山便入了鎮巴縣境，此時天色不過下午三四點鐘。雖然眾人都沒有用午飯，但卻不稍停留，走得更為疾快。又少時，江小鶴就看見了鎮巴縣城，又看見了前面的鮑家村。他的心裏越發緊張，想起了仇人鮑家父子，想起了可愛的鮑阿鸞，並想起了在城中的母親和胞弟。

眾馬馳到鮑家村之前,就見有五六個人已提刀在這裏等候。江小鶴一看,正是鮑振飛老拳師、龍志起、馬志賢、劉志遠、秦志保和一個不相識的人，卻沒有鮑志霖。

阿鸞小姑娘站在一棵小樹旁，手裏提着那口尺寸很短的刀，衝着江小鶴不住地瞪眼咬牙，表示痛恨！她穿的是一件紅綢子的衣裳，江小鶴不由羞得臉紅，可是一看見鮑老拳師，他的眼睛裏又冒火。

此時鮑振飛老拳師手提着他那口昆侖刀，壓住手下的門徒，單獨走上前來。那張紫臉現出些慘白的顏色，蒼髯亂動，肥胖高大的身軀也像是不大靈便。他招手高聲道：“哪位是閬中俠，請下馬來！”

閬中俠一面攔住袁家叔姪等人，一面下馬，擎出寶劍走過去，做出從容不迫的樣子，說：“我就是閬中俠徐麟。”

那鮑老拳師瞪着大眼睛，把閬中俠從上到下打量了一番，然後拱手說：“久仰！久仰！聞名十幾年了，今天才能見面。”閬中俠也提着寶劍拱了拱手。

鮑老拳師喘了口氣，又問說：“徐兄，你如今前來，就是為替江小鶴的父親報仇嗎？江志升是被我殺死的，就請徐兄動劍把我殺死吧，千萬別傷我的徒弟！”

閬中俠搖頭道：“不是！江志升是你們昆侖派的人，你們師徒的仇恨與我無關。這回江小鶴雖然同我前來，我並不幫助他，他也不幫助我，我卻是為我自己的事情來找你！”

鮑老拳師說：“我並沒招惹過你。”

閬中俠說：“你雖然沒招惹過，但你縱着一些徒弟，在我的川北橫行！”

鮑老拳師說：“那好辦！你指出來，是我的哪個徒弟招惹了你，我把他叫出來向你謝罪。”

閬中俠說：“你別的徒弟也與我沒有什麼仇恨，只是那龍家兄弟，他們趁我不備，到我家裏殺死了兩個家人，我非要捉他們抵命不可。現在龍志騰身患重病，我不願傷他，但這個龍志起，他現在你的身畔，你須叫我們把他帶走！”

鮑老拳師一聽這話，卻連連搖頭，說：“閬中俠，你不要逼人太甚！我這些徒弟都是隨我多年，如同我的兒子一樣。除了他們犯了淫戒，我是一定殺死毫不容情，但也得叫我自己去殺他。別人若是想在我的眼前，傷我徒弟一根毫毛，哼哼！別說你閬中俠還是江湖晚輩，就是蜀中龍、龍門俠也是休想！”

閬中俠一聽這話，立刻挺劍逼近。那邊樹下的阿鸞趕緊驚喊道：“爺爺留神！他要傷你！”

鮑老拳師回頭看了看孫女，慘笑着擺手說：“不要緊，閬中俠不是那等人！”然後轉過頭又向閬中俠說：“我知道你的武藝是在我所有的徒弟之上，但我鮑振飛還自信能敵得你。倒退二十年，我絕不能叫你找到紫陽、鎮巴橫行，殺傷我好幾個徒弟！”說到這裏，老拳師便瞪起兩隻兇彪彪的大眼。

閬中俠也瞪眼說：“不必多說，我們較量就是！”

鮑老拳師一手橫刀，一手攏髯，說：“不要急！我還有幾句話。”遂掀掀鬍子，說：“我現在老了，我的徒弟太多，兒子有兩個，他們的武藝都是平常，我不願給他們結下仇人。不然我若一死，他們都受人欺負，所以連江小鶴我都不願跟他結仇。”

閬中俠說：“既然如此，你叫我們把龍志起一人帶走，與你和你的徒弟們無干！”

鮑老拳師擺手說：“那又不行！無論如何，我也得護着我的徒弟，現在就這樣吧！”說到這裏，老拳師把刀一抖，閬中俠趕緊用劍將刀架住，但覺老拳師的力氣很大。鮑老拳師又瞪起眼來，說：“咱們較量幾合，如你贏了我，我先橫刀自刎，然後我的徒弟隨你殺，但是，閬中俠，我若贏了你呢？”

閬中俠憤憤地說：“我永遠不到陝南來，川北的江湖也由你們走！”

鮑老拳師高聲說：“好！”當時兩個人便刀劍鏘鏘地接觸起來。

閬中俠頭直氣舒，目視四方，嗖嗖嗖一連三劍砍去，腳下並不揚步，直越向前。前三劍老拳師都退後躲開，等到第四劍砍下之時，老拳師的昆侖峻鋼刀向上一舉，只聽鐺的一聲巨響，立刻將劍磕開。閬中俠趕緊右手挽花，一劍又向老拳師的左臂劈下。老拳師疾忙向右斜身，左腿反抽在右腿之後，探刀一撩，又將寶劍撩開了，同時刀向對方下部去取。閬中俠的劍趕緊迎門倒斫，隨身去挑。但鮑老拳師的力極沉重，刀沒有被他挑開，反壓住了劍。閬中俠趕緊連退兩步，變了劍勢。他騰步展劍如同金鵬展翅，以寶劍去探鮑老拳師的腹部，但又被鮑老拳師用刀推開。於是閬中俠又換劍法，鮑老拳師的刀法也加變更。往來又五六合，兩旁的人都直眼看着，並沒看出勝敗來。但忽然閬中俠跳出一旁，收住了劍式，老拳師也斂刀喘氣。

閬中俠面色慘白，跑到馬前騎上他那匹馬就走。江小鶴等人全都不知是怎麼回事，都驚詫着，便緊緊催馬去跟隨。閬中俠找着大路轉往南去，江小鶴和袁家叔姪等人緊緊隨着，可是又不敢向他問話。一霎時穿過了南山，又來到川北地面，前面的閬中俠才將馬收住。江小鶴趕緊上前，問道："師父！你並沒敗呀！為什麼不肯打就走了？"

閬中俠卻在馬上微微慘笑，擺手說："你不要再叫我師父了！"遂將右臂抬起。江小鶴一看，只見閬中俠的青綢袖子上劃破了一道口子，裏面浸出些鮮血來。

閬中俠說："這是鮑昆侖不想給他的徒弟結仇，所以劃的這下很輕，否則我這隻臂必殘廢。他比我強，他現在已是老年，身體不便，氣力上不夠，若他現在年輕，我更不是對手了！"聽他說出這樣的話來，江小鶴和袁家叔姪都嚇得變色。

閬中俠繼續說："從今天起，我再也不到陝南來！"又向江小鶴說："你若跟我學武藝，永遠也不能敵得過鮑昆侖，你應當另投名師！"

江小鶴下了馬，哭道："哪裏還有名師呢？"

閬中俠搖頭說"有，開封府的神鷹高慶貴長於點穴，他的武藝在我之上。七年前我在開封府與他在後園擺棋，他曾以點穴向我開過玩笑。你向他一說此事，他一定肯收你為弟子。你若不學刀劍以外的武藝，要想敵得過鮑昆侖，那很難！"說畢，向小鶴點點頭，說聲："後會有期！"便帶着袁家叔姪等人走了。

這裏江小鶴望着那一片馬影煙塵去遠，發了一會兒怔，就想：閬中俠不會說假話，除非我學會了點穴，不然我不能替我父親報仇。好在我的盤纏足夠，我就往開封府去吧！他上了馬，又覺得腹中饑餓，因想先找個地方吃一頓飯去才好。遂就策馬往東，行走不遠，就到了一座小村鎮。江小鶴心想：這個地方倒還僻靜，大概昆侖派的那些人不至於到這裏來追我，我先好好地在這裏歇一歇吧。於是找了一家飯舖，下馬進去，要了飯菜和酒。幾盅酒喝下去之後，江小鶴又不禁惹起了愁腸，心說：閬中俠真是一位英雄！可是像他那樣的英雄也敵不過鮑昆侖，鮑老頭子的武藝也太不得了！早先我還不知道，更沒斷定我的殺父仇人原來就是鮑老頭子！想到父親的被殺，心中實在慘傷，又想：我白來了一趟家鄉，連母親都沒有見面。我母親雖已嫁給了開絨線舖的董大，但他究竟是我的生身之母，而且弟弟小鷺也是同胞，無論如何我是應當看看他們去，因為將來不知何時才能見面啊！

揮了幾點淚，他又想：回頭私到鎮巴去望看母弟，須要處處留神，不然若被昆侖派的人捉住，那立時便沒有活命了。這回閬中俠是我給勾來的，他們不定要如何恨我了。剛才還看見阿鸞對我直咬牙，唉！阿鸞可不應當恨我，難道我在她家裏受的那些氣，她還不知道嗎？雖然我跟她好，可是她也不能攔擋我報仇呀！越飲酒心裏越不痛快，他就把酒杯一摔，吃了點飯，付了錢，出門上馬就走。

他一直往北，找了一股僻靜的路，偷偷地穿過了巴山。然後辨別了方向，他就繞着路，故意躲開鮑家村，往北馳去。這時天色已不早了，滿天鋪着錦緞一般的晚霞。又走了些時，一回頭，便看見鎮巴縣城就在身後，江小鶴趕緊轉過馬來，一橫心就直奔縣城東門。

他一進城門，見了故里的街道，心中又不禁一陣難過，同時又小心着街上有無熟人。少時，就來到了那董大開的絨線舖前。這個舖子很小，屋裏黑洞洞的，只有董大在櫃上趴着打盹。江小鶴下了馬，將馬拴在門前的旗杆上，滿臉通紅地走了進去。那董大便要站起身來招呼買賣。江小鶴向他拱拱手，叫了聲董大叔，說："你老人家不認得我了？我是江小鶴。今天我從這裏路過，我想看看我的母親和我弟弟！"

那董大一聽這話，便探着頭，隔着櫃仔細地打量江小鶴，然後就生氣地說："呵！原來是你這孩子呀！你忘了你上回在鮑家闖的那大禍了？你這孩子好大膽子！快走，快走，我認得你是誰呀？你的媽嫁了我，就是我的人，我不許她見你，你就不能見。快走，快走，我要喊人了，我就說你在鮑家村殺過人！"

江小鶴氣得要跳進櫃去把董大打死，但這時忽由外面進來一人，把他從後面揪住了。他嚇了一跳，趕緊回身去看，原來是姨夫馬志賢。

馬志賢急得都不知說什麼了，只說："趕快跑吧！龍志起可在城裏了。唉！你今天在這裏結得多大仇恨！"江小鶴這才趕緊出了舖子，他解繩上馬，回首向馬志賢抱拳，說道："姨夫再見！"便催馬出了西門。

尋着大路一直往北，越過了一道山，江小鶴才策馬緩緩去走，兩眼卻不禁灑下淚來。他就想：若不是鮑老頭子殺死了我的父親，我何至於連母親都不能相認？連故鄉都不敢停留？因此胸中又燃起怒火，便放轡向北快走。少時天色就昏黑了，又沒有月光，他便找了一個僻靜的村鎮，投店歇下。

次日清晨離店起身，過了西鄉縣，又向偏東去走，在傍午時就到了子午鎮。子午鎮也是個熱鬧的地方，往北過了子午河，再走四五十里便是終南山，只要一過了終南山，那就是關中地帶了。江小鶴是打算出函谷關直奔開封，他在沿途已打聽明白了路徑，才來到了這裏。

因為天熱口渴，而且到了吃飯的時候了，他遂就找了一家酒店，在門前下了馬，走了進去。他前腳走進，後面就有一人跟隨進來，江小鶴心虛，趕緊回頭去看，就見原來是一位老先生。這人年紀有六十歲上下，戴着眼鏡，鬍子微白，頭上戴一頂小帽，身穿着藍布袍子、青紗坎肩，身後背着一個不大的包裹。

江小鶴先找了一張桌子坐下，那老先生就坐在了他的對面。江小鶴要了酒，那老先生也要了酒，並由他那小包裹裏抽出一本書來，一邊飲酒一邊看，並且看得非常出神。江小鶴心中就很羨慕，暗道：還是認得字好，拿一本書就可以消愁解悶，我卻連一個字也不認得。他便笑着問道："老先生，你看的是什麼書呀？"那老先生把眼睛離開了書本，扭頭看了看小鶴，就說："吾看的是唐詩。"說話是南方口音。江小鶴還能聽得懂，就想：大概這位老先生是個秀才，才學一定不錯。

喝了兩杯酒，見老先生依然津津有味地看着，江小鶴不明白那書上有什麼意思，遂就恭敬地問說："老先生，你是個秀才吧？"那老先生搖搖頭，卻不說話，依舊看他的那本書。江小鶴酒喝得差不多了，又要菜吃飯，並問："老先生你也吃一點兒吧？"老先生擺了擺手，說："吾不吃。"江小鶴就大口地吃了起來。

待了一會兒，那老先生把書本放下了，自己斟了半盅酒喝，望望小鶴。小鶴就笑着問說："老先生你從哪兒來呀？"

那老先生說："吾從江南來。"

江小鶴說："你老先生是做官的吧？"

那老先生又搖頭，說："我從未做過官，吾是來此閒遊。"

江小鶴點了點頭，說："老先生精神還不錯！"他心裏想着：到底是唸書的人和氣，拿這位老先生和鮑昆侖一比，這位老先生像一尊菩薩，那鮑昆侖簡直是閻王！

此時那位老先生卻對小鶴問話了，他笑着問："小孩你從哪裏來，要往哪裏去？"

江小鶴說："我從鎮巴縣來，要往開封府去。"

那老先生似乎很驚異，說："哎呀！這麼遠，你能走得動嗎？"江小鶴指着門外，說："我有匹馬。"

老先生又問："你到開封做什麼去？你的父母放心你這樣走遠路嗎？"

這句話實在勾得小鶴傷心，小鶴就唉的一聲長歎，搖搖頭說："我沒有父母。老先生，我是個苦孩子，雖說我今年才十四歲，可是什麼苦我都受過了！老先生，世人像你老人家這樣和氣的，真是少有呀！"

那老先生越發驚訝，問道："為什麼呢？你是做什麼的？你父親死了，你以何為生？這回到開封要去找誰？"

江小鶴說："我到開封府要去找神鷹高慶貴，是川北閬中俠叫我去投他為師的。唉！你老先生是個唸書人，我才對你說。我是個學武藝的人，說出來你老人家也不懂，我就這樣告訴你吧，我的父親被人殺死了，害得我家散人亡，母子兄弟都不能見面相認。我現在到開封府去，就是為找高慶貴學習點穴，將來好為我父親報仇。"說到這裏，他不禁擦拭眼淚，幸虧旁邊並沒有別的酒客。江小鶴說完了，心裏也仿佛舒服了一些。

那老先生聽了，就不住點頭，說："你這小孩很有志氣！"

江小鶴又說："老先生，你在開封府沒有什麼事嗎？我可以順便給你去辦。"

老先生搖頭說："沒有什麼事。"

江小鶴遂付了酒賬，還要給那老先生付帳。

那老先生卻擺手說："不要客氣，我還要吃飯，還不知道共合多少錢呢。"

江小鶴就抱拳說："老先生，再會。"老先生卻只點了點頭，並不起身。

江小鶴出了酒店，解下馬來，牽着往北又找了個草料舖把馬喂了。然後他上馬揮鞭，過了子午河，直往北去。行走二三十里路，就望見了終南山。

此時天色尚早，但路上的行人卻不多，車輛簡直沒有。江小鶴到此卻為難了，心想：這終南山可比我們家鄉的山高多了，還不知山路有多深多遠？

現在雖然天色尚早，但是走不了三十里路，也許天就要黑，山裏若沒有店房，我可到哪裏去投宿呢？若遇到老虎豹子，那豈不糟糕。於是他就找了個路旁行走的農夫，勒着馬問道："借光，大哥，我要過終南山到關中去，不知進了山，走多遠路才能有店房？"

那農人說："山裏沒有店房，只有人家，人家都可以投宿。可是，小孩你一個人可不能進山。"說到這裏，他走近馬前，指着北面的高山說："你一個人進去那是白白送命！山上有十幾個山寨，寨主都是有名的人。銀鏢胡立的本事大極了，膽子也大，常常騎着馬出山來玩。你要想過山，頂好到子午鎮去等着，等過一兩天就許有鏢車，你跟在鏢車後面過山准沒錯。要不然，你進山走不到二里地，一定出事兒！"

江小鶴一面聽一面想着：這路上的鏢車都是昆侖派的，我要跟在他們後面走，被他們認出來，還能饒得了我？再說，我現在哪有一刻的工夫敢耽擱？我如果拼命越過山去，也許遇不見強盜。即使遇着強盜了也不要緊，我馬上帶着金鈴，再跟他們打幾句江湖話，他們知道我是閬中俠的人，我想絕不敢傷害我。

當時他便拱手向那農人道了聲："多謝！"立刻就揮鞭迎山去走。少時看見了山口，他策馬直走進去。在山路上迂回地走了十幾里，江小鶴才看出來，原來這秦嶺卻與川北的諸山不同，不但峰高嶺峻，並且萬山重疊，做出或俯或仰的各種姿勢，每座山峰都有幾百丈高，連綿無盡。並且樹木也很多，許多地方蒼鬱茂盛，都像是未經人采樵過的森林。他走了半天也沒遇見一個人，不過有時能看到山凹處有幾個山洞，由石洞裏吐出濃裊的炊煙，那裏大概是有人居住。

又曲折地行了二十餘里路，便覺得山路漸狹漸陡，在馬上簡直有些騎不住了，但是他還是小心地緊緊勒着馬，一步一步地向上去走。江小鶴越走越高，眼看快要爬上一道峻嶺了，抬頭一望，卻見上面有一個人背着個包裹，很輕便地正向上走，眼看着就要走到嶺上了。江小鶴不禁羡慕，心說：別看人家是步行的，爬起山來比我騎馬的還省力氣。又想：剛才聽那莊稼漢說，這山裏的強盜簡直比石頭還要多，十個八個人都不敢走，現在人家怎麼敢走？一個人又背着包裹，絕不像是在山裏住的人……

他隨走隨想，忽然仔細地看前面走的那個人，不由驚訝地叫道："怪呀！"

前面這個人頭戴一頂小帽，身穿藍布袍子、青紗坎肩，偶爾一斜身，他那飄飄白須便被山風吹起。江小鶴在後面看得很是清楚，心說：這簡直是怪事，這不是我在子午鎮酒館裏遇見的那位老先生嗎？我離開酒館時，他還在那裏慢條斯理地等着吃飯。我馬不停蹄地往北走下了五六十里，進了山又走了半天，這背着包裹步行的老頭子怎麼會走在我的前頭？我不信！

於是他就扯開了嗓子向上面喊道："老先生！"

前面那已快走到嶺上的客人一回頭，把臉向下一望，江小鶴就驚訝得幾乎由馬上栽下來。他催馬拼向山上緊走，並大聲喊道：“老先生，你怎麼走得這麼快呀？哎呀！你倒走在我的前頭啦！哎呀老先生，你簡直是神腿呀！”

前面的老先生向下大笑着，點了點頭，風吹着他那白須，煞是好看。

江小鶴心說：這簡直是一位老神仙！他喘着氣，鞭着馬，好容易才走上了山嶺，累得他氣也接不上，頭上的汗像雨似的往脖子裏流，那位老先生卻早已在嶺上等着他了。老先生面目是那麼平和，一點兒也不氣喘，簡直像片閑雲，像隻野鶴，從百里之外飄然降臨到了這山頂。江小鶴勒住馬，喘着氣說：“老先生，你怎麼走得這麼快呀？哎呀！要是有你老人家這兩條腿，走江湖就不必騎馬了。”那老先生卻平淡地笑了笑，說：“我是抄近路來的。”

江小鶴說：“我說的呢！老先生，你看我走這條路對不對呀？”老先生點頭說：“很對。你下了這道嶺，再過兩重山嶺，那裏的路就寬了，就有人家了，你可以到那裏去喝點兒水。”

江小鶴抱拳說：“好，謝謝老先生，再會，再會。”於是一放馬，順着山坡踏踏踏地向下跑去，一霎時就跑下了山嶺。他收住了馬向上再看，就見那位老先生還沒有往下走。江小鶴催馬順着山路往北又走了五六里，就遇見了一座更高、更陡，簡直是直上直下的山嶺。

他正在尋思能否騎馬走上去，忽然抬頭一看，哎呀！又是那位背着包裹的老先生，昂然地行走在峭壁之間，只見一霎那間就上了山嶺，轉眼就不見了。江小鶴發着怔抬首仰望，身上雖然出着汗，卻覺得渾身顫抖，心說：不好！這不是神仙就是鬼，絕不是人！於是趕緊撥馬走開。

進了一股幽僻的山路，他身上還覺着發抖，看見岩石松樹，都覺得是那怪異的老人在那裏蹲着似的。曲折宛轉地又走了很多山路，艱辛困苦地又越過了兩重山嶺，便沒再看見那個怪異的老人。忽然聽得有哧哧的叫聲，似是鷹鳥鳴，又似在箱子山中所聽到的那賊人的呼哨之聲。江小鶴不由得打了一個冷戰，他趕緊由馬鞍下抽出鋼刀，舉目轉頭四下張望，只見山風吹着樹動，白雲在嶺際飄忽，連隻鳥的影子也沒有。但江小鶴始終警戒着，刀始終未再入鞘，隨走隨回頭。

又轉過了兩個山環，就見路徑漸寬。可是行了不遠，驚心動魄的事便出現在眼前，在山路上竟橫躺着七八個人！江小鶴大驚，說聲：“奇怪！”便勒住馬慢慢地往前去走，就見地下只扔着幾件刀棍，卻沒有一點兒血跡。地下的人都哼着，有個人還說：“兄弟！你快去報告寨主去！我們都不能動彈了！”江小鶴驚訝得話都說不出來。臨近去看，只見這一共是八個人，全都是穿着短衣褲，就跟在川北所遇見的那些強盜一般。他們身上都沒有受傷，都睜着眼，可就是不能動彈了，有的趴着，有的仰臥，有的還能說話，有的哼哼着，仿佛身上都極為痛苦。江小鶴就瞪着兩隻眼睛，驚訝地問說：“你們全都怎麼啦？誰打你們啦？拿什麼東西打的你們？”

那幾個不能動彈的強盜已看出江小鶴是個過路的人，並不是他們一夥的，有一個就說：“朋友，你行點兒好，到東邊嶺上給我們送個信兒。我們都是銀鏢胡立胡大寨主手下的人，剛才遇見了一個白鬍子老頭兒，施用點穴法，把我們全都點過去了！你叫他們來把我們抬回去吧！”江小鶴一聽“點穴法”三個字，就像被人提醒了什麼似的，立刻一聲不語，催馬走去。他隨走隨將鋼刀收起，心想：我明白了，我所遇見的那位老先生，一定是一位出名的大俠客。他會點穴，說不定他就是高慶貴吧？唉！剛才我真傻，在山嶺上就應當跪下拜他為師，竟把他放過去了！於是他策馬直行，一路上東瞧西望，可惜難見那位老俠的蹤跡了。

他心裏越是焦急，這路徑卻越像是跟他作對，又爬了兩三重高山，便人乏馬倦地不能再往下走了。此時，日已西斜，山谷中的雲霧撲上來，漸漸地連路徑也看不清了，所幸現在走的這條路還很平很寬。江小鶴又往前走了十餘里路，忽聽前面有人高喊着說：“是從哪兒來的？喂！問你啦！”

江小鶴又走近了些，才看出原來前面是一片平谷，有幾戶人家。這裏有一大群人，還有車輛、騾馬，問自己話的這人卻是個鏢頭模樣。

江小鶴近前收馬，就說：“我是從子午鎮來的，朋友，你呢？貴處是哪裏？”

那人說：“我們是西安府利順鏢店的，現在跟隨葛掌櫃的往漢中去。”

江小鶴一聽，不由更是一驚，心說：不好！我碰見昆侖派裏比龍家兄弟名聲還大的葛志強了！這可怎麼辦？於是不由有點兒驚慌。

對方的鏢頭又問：“你後面還有人嗎？”

江小鶴說：“沒有人，就是我一個！”

對方也有點兒詫異，遂問說：“就只你一個？你一個人敢過山？你這小子可別冤人，走江湖的可不能隨便打哈哈！”

江小鶴卻不敢下馬來,便做出着急的神色,點頭道:“真的！就是我一個。我沒法子，因為有急事，就是這秦嶺道上有刀山油鍋我也得走。我現在還不能在這兒歇，得趕緊往下走！”隨說着，隨策馬往前去闖，打算逃避開這些昆侖派的人。

卻不料馬頭被對方這鏢頭扭住，這鏢頭說：“小怔頭，你不要命啦，你他媽的膽子可不小！你闖過來這三十多里路，不是銀鏢胡立沒瞧見你，是他看你這樣兒不配一劫。你睜眼瞧瞧！這兒停住了多少家鏢車，我們葛大掌櫃的也在這裏了。為什麼不敢往下走？不就是犯不上招惹胡立的那百發百中的銀鏢嘛！你要往北去，可小心他們還有一個北寨。走在那兒被他們看見，別說給你一鏢，就是給你一石頭，也得把你這小子打個腦袋開花！”

江小鶴被這人罵得心中十分生氣，但是在這裏自己實在不敢惹事兒，遂就強忍怒氣，冷笑着說：“朋友你別管，就是死了，我也得辦我的要緊事情去！”於是揮鞭催馬，打算疾忙闖過去。

這時忽然身後有人吧的一掌，出其不意就打在了他的胯上。江小鶴不由哎喲叫了一聲，摔下馬來。身後的人正是鮑昆侖的二兒子鮑志霖，此次他是受龍家兄弟之托，到西安府去請葛志強，葛志強便保着利順的鏢南來。走至山中此處，因為天晚，而且顧忌胡立的飛鏢，不能往下再走，就停在了這裏。

鮑志霖還不曉得前兩天江小鶴勾來閬中俠，大鬧紫陽、鎮巴之事，他把江小鶴推下了馬，趕過去又是一腳，並罵着說：“小龜孫子！你他媽的到現在還活着？龍家大爺叫你扎得到現在還不能走路，雜種！”

江小鶴一滾身爬了起來，跑到馬旁就抽出刀來，嗖地一抖，向鮑志霖就砍，也罵道：“狗雜種！你打江小太爺？江小太爺正要找你呢！”

鮑志霖張着兩隻手就跑，並大聲喊着說：“這是江志升的兒子，咱們龍大師哥就是叫他殺傷的！”立刻就有三四個利順鏢店的鏢頭，舞着刀棍過來，與江小鶴交手。

江小鶴明知自己人單勢孤，但事到如此，他只好拼出命去，遂就把刀嗖嗖地抖着，胡殺亂砍。對方那幾個人雖然也都不弱，但卻不能近他的身。爭戰了十幾個回合，就見鮑志霖又勾來了一人。在這黃昏的山谷之中，雖然看不清面目，但也可以略略見得此人身軀雄偉，氣度軒昂。此人手中提着一口刀，就像鮑老拳師所使的那昆侖刀，來到近前，用刀一指，大聲喝道：“住手！哪個是江小鶴？”與小鶴爭鬥的那幾個人就全都撤刀曳棍，跳在一旁。

江小鶴喘了喘氣，手中橫着刀，答道：“我是江小鶴，你是誰？”

旁邊站着的鮑志霖就說：“你這小子，連我六師哥也都不認得？這就是我們昆侖派除了我父親外頂頂有名的英雄，金刀銀鞭鐵霸王葛六太爺！”

江小鶴曉得這是葛志強，連閬中俠都說過他是昆侖門下最有本領的門徒，於是就發急道：“我並沒招惹你們！你們這些人截住我、欺負我，欺負我年少！”

葛志強哼哼冷笑，手挺昆侖刀逼近幾步，江小鶴趕忙往後退步。葛志強喝道：“把你手中的刀扔下，叫我們綁起來，送回鎮巴聽我們的師父處置。你若敢稍稍違抗，我就立刻一刀把你劈死！小賊徒，你爹江志升給我們昆侖派丟盡了名聲，你這小賊還敢殺傷我的二師兄逃走，現在看你還往哪裏去逃？”說完一刀狠狠地劈下。

江小鶴趕緊橫刀去迎，只聽噹啷一聲，江小鶴的手腕被震得發疼，扔刀在地。他剛要轉身去跑，卻被葛志強從後面猛地踢了一腳。這一腳真有踢山踏海之力，把江小鶴踢得像個蛋似的滾了幾滾，幾個鏢頭就跑過去把他按住了。江小鶴掙扎着大喊，可是脖子被人捏住，兩臂被人擰住，他就像個被捉住了的小雞。

鮑志霖嚷着：“拿繩子，拿繩子，捆上他！”他洋洋得意地正在嚷着，忽覺得脊梁一陣發麻，叫了一聲：“哎呀！”便咕咚一聲摔倒在地上，只見他的身後突然出現了一個背着包裹的老人。

旁邊的人全都十分驚詫。葛志強大怒，掄刀過來威嚇道：“你是誰？”

老人並不言語，也不躲閃，等到葛志強的鋼刀劈下之時，老人只略略舉起左手，兩個手指便將昆侖刀捏住。葛志強使盡了他那鐵霸王的力量，但這口刀他卻按不下，也抽不回來。他雙手握着刀把，使力奪刀，但老人那兩個手指真似有千鈞之力，紋絲不動。然後老人稍一用力，捏着刀刃就把昆侖刀奪了過去。他將刀放在地下拿腳一跺，只聽喀嚓一聲，這口沉重的純鋼昆侖刀，竟像個薄木片，立刻斷成兩截了。鐵霸王葛志強嚇得哎呀一聲叫了出來，變色說：“你是誰？”

老人的那隻右臂始終還背着包裹，從容地說着南方話：“吾是這孩子的師父，不能看你們欺負他！”

這時旁邊的人都嚇呆了，按着江小鶴的人也都撒了手。葛志強渾身發抖，先叫眾人把江小鶴放開，然後作揖打躬，問說：“老前輩請留大名！”

那老人卻搖頭，說：“吾不用說出名姓。你只去見你的師父鮑振飛，問他三十年前在桐柏山中，曾遇見過什麼人，他就曉得吾的姓名了。”

葛志強口中連稱：“是！是！”便不敢多問。

這時江小鶴哭着過來，給這位老先生叩頭，老人就慈祥地說：“不要怕！騎上你的馬往下走，吾保護你！”江小鶴爬起來，連他的那口刀也顧不得要了，就牽過自己那匹馬，低着頭，跟着老人在薄暮的天色之下，向北走去。

他們走後，山谷中的那些鏢頭及鐵霸王葛志強，全都低着聲兒談話，悄悄地做事兒，一點大聲兒也不敢有，彷彿那老俠的神奇行動把他們的魂魄都嚇住了。只有山風吹着樹木嘩啦啦地響。他們由地下揀起那口被踏為兩截的昆侖刀，抬起來鮑志霖，就在這山谷的人家之中寄宿了一宵。次日帶着鏢車，拉着鮑志霖，悄然地走出了秦嶺。

葛志強每逢來到陝南總是聲勢赫赫，因為他不僅是鮑昆侖的得意門徒，而且是關中首富、鏢行世家，但這次來了卻黯然無聲無色。他命手下人將鏢車送到漢中，自己只帶着兩個夥計，三匹馬一輛車，車上躺着只會說話不會動彈的鮑志霖，連夜趕回了鎮巴縣。

此時鮑家村裏的鮑老拳師，正因平和地折服了閬中俠，驚走了江小鶴而高興，以為此後可以高枕無憂，冤仇都解，卻不料這天午前葛志強來了。此時，鮑老拳師帶着孫女和魯志中、龍志起、馬志賢、劉志遠、秦志保等人，正在門前說話，忽見由車上抬下來死人一般的鮑志霖，眾人就全都怔住了。

葛志強精神頹唐，神色不安，向老師父行完了禮，就請師父跟他走到一邊，悄悄地陳述了在秦嶺道中所遇之事。起先，鮑老拳師聽葛志強說到江小鶴獨走秦嶺，還握拳憤憤，臉色發紫，後來聽到那奇異的老人用點穴點倒了鮑志霖，一腳踏折了昆侖刀，他便變得面色蒼白、神色漸異，及至聽到葛志強說：“此人說，他不必道出姓名，只叫我回來問師父，三十年前在桐柏山……”鮑老拳師就急得一頓腳，歎了聲：“唉！”咕咚一聲躺在地下，暈死了過去。

眾門徒大慌，趕緊上前把老拳師攙回到房裏，阿鸞小姑娘也放聲大哭。老拳師躺臥在床上，眾門徒和兩個兒媳及小孫女全都環繞伺候，用姜湯灌了半天，老拳師方才漸漸蘇醒。阿鸞小姑娘趴在她爺爺的身上，嗚嗚哭泣。

老拳師喘了半天，才垂淚歎氣道：“完了！完了！我鮑振飛過去行事太狠，使你們也跟着我慘受惡報。那個人我認識，三十年前我年輕力壯，在河南桐柏山中曾遇此人，我受過他的教訓。似我這樣的人，這樣的武藝，到他的手中直如草芥。我在桐柏山吃虧的事從來不對人說，我以為他早已死了，不想他尚在人間，而且還把江小鶴帶了去。江小鶴膽大心狠，刻苦要強，三年以後，他若藝成歸來，我鮑氏全家，及我昆侖派中三十多個門徒，將無一人能夠活命！唉！這都是我鮑振飛平生做事過分，而且後來又猶豫不決，才結下了這不可解的仇家！”

老拳師言罷，眾門徒都淒然揮淚。馬志賢就拭拭眼淚，勸慰老拳師，說：“師父不要發愁！將來江小鶴如若學成武藝回來報仇，我去見他，我有話對他去說！”

老拳師搖頭，又似乎有些氣憤：“你是他的姨夫，他自幼寄養在你家，他當然不能害你。我們昆侖派，將來可一定不是他的敵手，但要死可以，要向人服輸認軟可不行！”

阿鸞小姑娘就跳起腳來，大罵江小鶴，並說：“爺爺不要怕！江小鶴要來了我打他！”

龍志起等人也憤怒地說：“我們不會加緊練習武藝，勾請天下英雄，等着對付他嗎？他就是勾着他的師父來，我們不會大家一同跟他們拼命嗎？”

鮑老拳師躺臥着怔了半天，那蒼白無血色的臉漸漸又變成了黑紫色。忽然，他又由床上坐起，昂然地一拍胸脯，說：“不怕！”他握着拳頭，挺胸高聲說：“你們的武藝都並未學成，因為我教授徒弟向來留下四路拳、八套刀，秘藏不授。從今天起，我都傳授給你們，叫你們眾人的武藝都學成跟我一樣。三十多個鮑振飛，難道還敵不過一個江小鶴嗎？怕什麼？”當下眾門徒便轉悲為喜，一齊振奮起精神來。

從這天起，鮑老拳師便召集了龍志起、賈志鳴、葛志強、魯志中、馬志賢、陳志俊、秦志保、蔣志耀、苗志英、袁志義、袁志俠、韓志信、張志才，連他的長子鮑志雲，一共十四個門徒，都來到鎮巴縣，天天在鮑家村從老拳師學習秘傳的武藝。老拳師也精神奮發，身體更健，手腳日見靈活，好像恢復了他少年時的英風傲氣。尤其每日晚間，老拳師總要教授孫女阿鸞幾手秘技中的秘技。如此一連幾年，昆侖派的聲勢更盛，但江湖上卻絲毫也聽不見江小鶴的消息。

## 第七回　雄關月下獨走鮑阿鸞　灞水橋邊群戰李鳳傑

光陰如箭，日月在掄刀打拳之中度過，一連又是幾年。鮑老拳師雖然身體健壯猶昔，但蒼髯已變成了雪色，他已是七十六歲的人了。徒弟們多半都留了鬍子，徒孫們都已長大成人。十年以來江湖上的人事變遷也非常之快，但老拳師每日每時總忘不了那江小鶴，只要有門徒自遠方來看他，他必要認真地問："你們沒聽見江小鶴的下落？在外省江湖上新近沒出來什麼武藝出眾的年輕人嗎？"但是別人的答覆總要使他失望。因他想着：如果等我死了，江小鶴藝成來鎮巴，將我的門徒及孫全都殺死，還不如趁我活着的時候叫他來，我去見他。我打得過他那自然很好，如若打不過他，那也沒有什麼的，叫他只要我這條老命好了。他的父親是被我殺死的，我就是再被他殺死也不算冤。

這時他的長子鮑志雲還在漢中開設昆侖鏢店，也收了許多徒弟，買賣更是發財。他的二兒子鮑志霖自從在秦嶺道上被那位奇俠點穴之後，就成了殘廢。雖然請了許多醫生治療能夠使他挪動了，可是後腰仍然彎曲，成了個羅鍋，見了人永遠是鞠躬的樣子。大兒媳方氏已於三年前病故，二兒媳是一無所出。

只有孫女阿鸞這時已然二十二歲了，出落得簡直是一朵花，不，簡直像一座玲瓏剔透、潔碧可愛、奇峭挺拔的山峰一般。她有着烏雲一般的頭發，亮星一般的眼睛，嬌花一般的面龐，春柳一般的風致，寒松一般的骨格；她的身子不高不矮、不瘦不肥，她的性子言語也不俗不野。武藝她早已學成了，躥聳跳越，滾擋扳攔，尤其是一口昆侖派秘傳的鋼刀，簡直縱橫無敵，壓倒了魯志中、葛志強，並壓倒了關中、漢中的一切江湖好漢。鮑老拳師也說過，他孫女的武藝已在他之上，這時就是川北的閬中俠再來，也非輸不可。

他可沒提到江小鶴，心裏卻常常尋思：不知江小鶴現在的武藝學得怎樣了？他能敵得過我的孫女嗎？阿鸞也天天盼着江小鶴前來，她向老拳師說："爺爺，我真恨不得江小鶴這時就找咱們來報仇。他早來了我早殺死他，也早一天叫爺爺你放心！"老拳師聽了只是微微地笑，心裏卻想着不能如此容易。

陝南的風俗，凡是閨女若到十五六歲尚沒有婆家，那便要招人家笑話。阿鸞姑娘整天馳馬舞刀，跟男子一般，勤儉謹慎的人家自然不敢說她，可是有許多著名的拳師、鏢頭，都爭着領兒子來見鮑老拳師，要聘阿鸞為媳。鮑老拳師卻一概拒絕。有時他厭煩了，就說："我的孫女這輩子不嫁人了！"

鮑阿鸞也終日耽於武藝，清晨練拳，午間騎馬，半夜裏上戶，隨它春去秋來，花開葉落，一概引不起她什麼情思。只是她卻忘不了一件事，那就是她記得幼小的時候，曾答應過給人家做媳婦。她還記得那時江小鶴上樹給她取風箏，以叫她一聲媳婦為條件，一想起來那時的情景，她就臉紅，她就恨江小鶴。這並不是因為小鶴是她家的仇人才恨，彷彿是另有一種她說不出來的原因。她的心裏經常是又急又恨，想着：江小鶴最好現在就來，與自己大戰三四百合，自己把他殺死，殺得他血肉糜爛！然後，自己也許又會哭他，也許就自刎在他的屍體之前。好像只有這樣，自己才能覺得痛快！

這天早晨練畢了武藝，騎着匹榴紅的駿馬在村外飛奔，直奔到南山，然後又折了回來。走到道旁的一株柳樹之前，她抽出刀來就向樹上又砍了一下，喀的一聲樹皮就掉下一大塊來，她才像消了點兒氣，解了點兒恨。這株大柳樹就因為十年前掛過她的一隻風箏，現在叫她天天砍一刀，砍得遍體鱗傷。雖然沒倒，可是樹枝漸少，柳葉也不茂盛，大概不能再活幾年了。

鮑阿鸞回到家裏，拴上馬，放下刀，就吃午飯。午飯向來是隨她爺爺在一起吃，祖孫倆什麼話都談。今天鮑老拳師卻欲語而止，半天才說："阿鸞，你願意出去走走嗎？"阿鸞停住筷子笑了笑，問說："叫我上哪兒去？爺爺。"

老拳師說："闖江湖去！高山大河隨你便走，見些家裏所看不見的事，會些咱們昆侖派以外的英雄。"

阿鸞高興着說："我願意去呀！爺爺，咱們一塊兒去吧？您也多年沒有走江湖啦！"

鮑老拳師擺手說："我可不能離家。"

阿鸞撇嘴笑說："您不能離開家呀？我可也不能離開您。"說着仍舊拿筷子扒飯吃。

鮑老拳師眉皺半天，又說："你別以為你的武藝學成了，其實差得多！在咱們這昆侖派的圈子裏邊，絕學不出什麼特別的本領，你應當到外面去闖練闖練。由這裏到漢中，由漢中過秦嶺至西安府，然後出函谷關，順着黃河直到開封府，到那裏尋着老俠客高慶貴，拜他為師，學學點穴法。"

阿鸞冷笑道："點穴法我才不學呢！好漢子講一刀一槍，拿點穴就是贏了人，也不能算是英雄！"

老拳師搖頭說："話不能這樣說，點穴法總是當學的。再說，我叫你出外闖練，還有幾層用意。第一，你可以到外面去探聽探聽小鶴的下落……"

阿鸞一聽這話，立刻揚起眉毛來說："我要是一出去，准能把江小鶴的下落打聽出來。遇着他，我非把他殺死了不可！"

老拳師說："他若不與我們作對，或是他的本領並沒學出什麼來，我們也可以不去理他。還有第二件事呢，那就是你今年已然二十多，男大當婚，女大當聘，你也應當自己去尋一個好女婿。咱們認識的這些人裏全都不行，非得到外邊訪去。這十幾年來，江湖上又出了不少後起英雄，一定有與你配得過的人。但是你切要記清楚了，必須要那才貌英俊、行為端正、武藝比我還強的人。如若找到了，就回來告訴我，我再托人去說親。”

老拳師說完了這話，卻見孫女只是臉紅了紅，並沒有說什麼話，而且停住筷子不吃了。老拳師心裏就感慨，暗想：到底是女大不可留啊！遂又向孫女說：“千萬記住了！我雖放你去江湖上擇婚，但若看中了人，只消記下他的姓名、來歷就行。我還要試一試他，他的武技確實比我還高，我才能叫你嫁他，差點兒也不行。你雖走在江湖上，但也須安嫻守禮，不可過分，給我壞了名聲！”

阿鸞姑娘用手支頤，沉悶着並不作聲。當日她就仿佛改變了一個人，自午飯後，就沒再摸刀動劍。

老拳師為孫女擇定了行期，就是後日起身。次日就派給孫女預備行裝，並派了四弟子蔣志耀隨同上路，以便保護和指導。這蔣志耀原本也是老拳師很得意的門徒。就因為年輕時看社戲，調戲了一個良家婦女，犯了昆侖派的戒條，雖然因為情節較輕，饒了性命，但也被挖去了一隻左眼。他閒居了七八年，才將右眼保住，並且武藝也練得非常進步。這幾年他也在江湖上行走，名聲日起，大都稱呼他為“獨眼先鋒”。如今他也是四十多歲的人了，非常規矩老誠，所以老拳師才派他隨同孫女上路，並諄諄囑咐了他許多話。

到了動身的那一天，是一個四月初旬的晴和日子，鮑家村裏來了馬志賢、陳志俊、袁志義、張志才等人，都來送阿鸞姑娘起身。張志才本來是昆侖派排行十八的門徒，因為近年他的武藝日見進步，所以此次鮑老拳師召了他來看家。他就問說：“阿鸞姑娘打算要到哪裏去呀？”

鮑老拳師說：“我先叫她到漢中看她的父親，然後再過秦嶺，到西安府見葛志強，叫志強帶着她見見西安府裏鏢行的有名人物。由西安府他們東去，見華州李振俠、同州張德豹，再出函谷關，訪洛寧縣鐵臂猴梁高、嵩山金臉菩薩太無禪師、開封高慶貴。再叫她往南去，訪訪上蔡的神鞭魯伯雄、信陽州的賽黃忠劉匡、襄陽城的花槍龐二。然後再入川省，會會川南的涪州虎、川北的閬中俠！”

眾門徒一聽阿鸞姑娘這一次壯行，齊都不勝羨慕。蔣志耀卻不禁翻着他那隻單眼，心說：這一趟簡直是充軍發配，倘若姑娘在路上有點兒舛錯，我這隻右眼睛也得被挖下來。但既然老拳師分派了他，他就不敢駁回。當下眾人一齊斟酒，為阿鸞姑娘和蔣志耀餞行，並齊祝一路平安。

阿鸞此時又有些依依不捨，含淚別了祖父和叔父、嬸母，就出村上馬，隨着蔣志耀起程往北去了。

蔣志耀穿的是一身青布褲褂，騎着白馬，馬鞍後的行李捲內插着鋼刀，在前面不快不慢地走着。阿鸞姑娘的馬是榴紅色的，矮小矯健，真正的小川馬，新鞍亮鐙，轡頭韁繩都很講究。但阿鸞穿的衣裳並不太鮮豔，只是藍綢子的褲褉、青鞋，鞋頭上只紮着幾朵小小的海棠花。頭上是用一塊藍綢子罩着，辮子藏在衣裳裏頭。鞍後一個被卷，露出白鋼的刀柄。姑娘一面搖動皮鞭，策馬緊隨，一面揚起兩隻水靈靈的眼睛，看那道旁的山水、麥田稻地和村舍人家。

走過了北山就算離了鎮巴縣，由此該往西去了。蔣志耀就在馬上扭着身子向姑娘笑了笑說："鸞姑娘，咱們現在可離開家了。咱們這程子可不近，至少得走兩三千里，在路上不定要遇見什麼人，出什麼事。你雖武藝高強，可是你沒出過遠門，我雖走了多年江湖，但也沒到外省去過。咱們到外面得時時謹慎，處處小心，無論對什麼人也要謙恭客氣，好話說在前頭，山賊也得讓路。咱們雖然都帶着傢伙，可是不能隨便就亮出來使，武藝也不能輕露，要不然……"

阿鸞聽他說到這裏，便瞪起眼睛來說："得啦！你就別廢話啦！"

蔣志耀擠着兩隻不一樣的眼睛一笑，說："不是廢話，這是實話，無論有多大本領的人，沒有橫衝直撞、見誰打誰的。"

阿鸞生着氣說："蔣師叔你要說這廢話，我可就一人走了，你不願跟着我就回去吧！"

蔣志耀說："得啦！得啦！我不說啦！我勸姑娘就記住了兩個字：謹慎！"

阿鸞乾脆地答道："我知道！"

蔣志耀揚起鞭子笑着說："知道就好了。"於是兩匹馬踏踏地向西緊行，當日就到了漢中府。

在昆侖鏢店裏，阿鸞見了她的父親鮑志雲及幾位師叔。鮑志雲聽說女兒要走遠路，闖江湖去，非常不放心，可是因為是自己父親叫她出來的，自己也無法再送她回去。本想再派兩三個人隨他們前去，可是一來自己鏢店裏現在所有的人還不敷用，而且別人都不願出這趟遠門；二來是女兒的脾氣驕傲，她絕不願再有別人跟隨她。所以鮑志雲就寫了一封信交給蔣志耀，讓他們到西安店時交給葛志強，叫葛志強設法派人沿途保護阿鸞。

阿鸞在這裏住了一宵，次日清晨，就辭別了父親，又同着蔣志耀動身。由漢中行了一日便到了留壩縣，宿在師叔鄭志彪的鏢店裏。次日再往下走，中午時就過了蒼翠巍峨的秦嶺。所幸天氣晴朗，山裏的行商、客人很多，並沒遇見強盜。晚間來到大散關，這裏也有一家昆侖鏢店，是三年前才開設的，大鏢頭是魯志中。

魯志中一見阿鸞姑娘前來，就不勝驚異。蔣志耀又把老師父所說的行程都告訴了魯志中，魯志中的臉色都變了，說："姑娘千萬不可再往下走了，到趟西安玩玩還可以，不能再往下去。現在了不得，河南省中出了幾位武藝高強的少年好漢。最有名的是龍門俠紀君翊之孫，名叫紀廣傑，今年才不過二十歲，武藝高強，連開封府的高慶貴都敗在他的手裏。聽說這人往西邊來了，他要會會華州的李振俠，碰巧還要到鎮巴找我師父比比武。這人本領在我們昆侖派之上，姑娘，你若遇到他，他若知道了你是鮑昆侖的孫女，你就非得受他的欺辱不可！”

蔣志耀一聽，當年被人稱為南北二絕之一的龍門俠，現在他的嫡孫竟已出世，就嚇得直瞪着那隻獨眼，變色說：“這可惹不了，龍門派可比咱們昆侖派又高得多了！師父以前勸咱們學了武藝不可自滿，就常說：譬如龍門俠、蜀中龍，人家是不收徒弟，倘若他們傳出來徒弟，個個就可敵咱們百個。”

魯志中又說：“還有一件事我還沒去稟告師父，就是聽由東邊來的人說，江南一帶新近出來一位少年俠客，劍法高強，行跡詭秘，有人疑他就是江小鶴學成武藝，又出世了！”

蔣志耀嚇得斜着眼睛瞧阿鸞，剛要說：現在可真得商量商量了！別淨顧了闖江湖，得想法兒看家，不然江小鶴要找到鎮巴去可怎麼好？卻不料鮑阿鸞把她那雙明麗的眼睛一瞪，說：“魯師叔跟蔣師叔你們全都不要管，我非得迎頭會會那龍門俠的孫子不可。江小鶴他若真到外面來了，那更好！他在江南我找到江南，在海北我就找到海北，只愁我找不着他，並不怕他來找我！”說時一手叉腰，雙眉直豎，簡直不似個閨閣中的少女，卻像個橫打江湖的霸王。

蔣志耀還要說話，卻被魯志中用眼色阻攔住。少時，用畢晚飯，魯志中就特別騰出一間乾淨房屋來，請阿鸞姑娘去安寢，他卻與蔣志耀一同商量明天如何勸阻阿鸞的辦法。兩人雖都知道阿鸞性傲，但想她畢竟是女人家，明天勸一勸，再過甚其辭地說點兒利害關係，她也就回去了。

他們並沒有想到旁的事，更沒料出鮑阿鸞竟能於當夜內拋下了蔣志耀，匹馬單身往北走去。

這大散關是秦嶺山陰的一座要隘，有一座城，數十家舖戶。白天是商賈往來，車馬絡繹，晚間卻是冷冷清清，只有山峰上的明月，照着下面的一座荒城、一條驛道。

魯志中的鏢店本設在城外，很方便，鮑阿鸞趁着店中的人熟睡之際，暗暗地收拾好了行李和馬匹，出門上了馬，就往北去。她恐魯志中發覺追來，又將勸她回去，就急急地揮鞭，在月色下山風裏，放馬跑去。

這驛路直達西安府，鮑阿鸞走了六七十里路，天色就漸漸發曉，又走些時，路上就有稀稀的行人了。行人都注意這個孤身女客，但她卻似目無旁人，一直策馬前進。傍午時找了鎮店用畢午飯，打聽出路徑，仍往下走去。直走到黃昏時分來到一座縣治外，因身體疲倦，便投店住下。她向店家一打聽，才知道這裏是興平縣，還有兩站便是西安府。

這店房內住的客人很多，院子裏擠滿了馬車，客房裏都點着燈，有各種口音的人在高聲談話。鮑阿鸞來到這裏，倒沒有什麼人注意她。店夥給她端進飯來，看見她摘去首帕，露出大紅辮根來，就問說：“姑娘，你就是一個人嗎？從哪來呀？是到西安府去嗎？”鮑阿鸞點了點頭，並不說話。

她用完了飯，叫店夥泡了一壺茶，自己把門掩上，遂就躺在炕上歇息，心裏卻想着：明天到西安府去應當怎樣，是否要去見師叔葛志強。想了半天，決定還是不見他們。不單不找他們，連西安府都不必進，只繞城過去，向東直出函谷關。只要一離開關中，那就沒有昆侖派的人了，也就沒有人再攔阻自己了。

她又想：不知那個龍門俠的孫子姓紀的人，武藝到底怎樣，難道他的武藝真比自己還強嗎？我可不信。又一想：魯志中聽人說江小鶴現在又出世了，在江南頗有名聲，這我倒要找他去，看看十年以來是誰的武藝學得好。雖然我爺爺說他那個師父的武藝是如何高強，簡直跟神人一樣，他學出來的武藝一定也不錯，但我也不信，我倒要跟他比一比。無論他的武藝是比我強或是比我弱，我也得想法殺死他，絕不能叫他再生在人間。一想到這裏，不知為什麼，她又有點兒傷心，咬咬牙，用被蒙頭睡去。

次日清晨起來，梳洗畢，她叫店家準備好了馬匹，付清店賬，就牽馬出門。一離開熱鬧的街道，她就上馬往東馳去，走下三四十里，太陽才高升起來，竟已到了咸陽城外。一條汪洋的大河横在面前，有一個很熱鬧的渡口，十幾隻大船正在往來渡人。阿鸞下了馬，向旁邊的一個人問說："請問，往西安府去要過這道河嗎？"

這人像是個買賣人的樣子，身旁有一輛驢車，眼睛直直地看着河面上的船隻。他轉頭來瞧阿鸞，點頭說："船不是這就來了！人太多，不擠上不去。"兩人一照面，阿鸞吃了一驚，這人原來是師叔劉志遠。

這劉志遠現在是在西安利順鏢店葛志強的手下當鏢頭，已有二年沒回鎮巴縣去了。如今貿然叫了一聲，不想果然是阿鸞，他就牽馬走過來，說："鸞姑娘，你怎麼到這兒來啦？"言時臉上顯出詫異之色。

鮑阿鸞一看又見熟人，就不由有點兒掃興，叫聲師叔，施過禮，然後就說："是我爺爺的主意，叫我到外面來闖練闖練，並派我蔣叔跟着我，我爹也很順意。可是到了大散關，見着魯志中師叔，忽然他們又要勸我回去。我已然都出來了，回去豈不叫人笑話？所以我半夜裏就一個人走下來。現在打算先到西安府，然後再往東去，出函谷關奔河南。我爺爺還叫我到襄陽、到閬中呢！"

劉志遠一聽，嚇得他頭上直流汗。但他是在鎮巴看着阿鸞姑娘長大的，深知姑娘的驕傲脾氣，遂就假意地笑了笑，說："魯志中簡直跟老師父一樣了，武藝越高，年歲越老，膽子反倒更小了！憑姑娘的這身武藝，別說走河南、襄陽、閬中，就是走到兩廣、雲貴，哪個不要命的人又敢欺負你？姑娘別忙，先跟我到西安府，在鏢店歇一歇，玩一天，然後我可以跟葛師兄告假，我送你出關，我還想到外省去見見世面呢！"

阿鸞一聽，十分高興，就點了點頭，又問："我去見了葛師叔，他會攔我嗎？"

劉志遠笑着說："誰能攔你？是老師父叫你出來的，別人能把你攔得回去嗎？除非是魯志中，那個人簡直像個老媽媽，一點事兒他都怕，他太小心謹慎！"

少時，船隻來到了，船上的人下來，岸上的人、車、馬往上擁擠。劉志遠牽着他自己的一匹黑馬，並牽着阿鸞的那匹紅馬，就一同擠上了船。船的水闆面積很大，能容三輛車、四五匹馬，還能站上十幾個人。船夫一共五個人，都光着膀子，手拿着一丈多長、頭上包着鐵的長篙，點着水，使着力地吆喝。這隻船漂在渾濁浩蕩的水面上向前行進，但進得非常之慢，走了半天還像沒走似的。

這時太陽已已升得很高，照得水面黃中透紫，並冒着閃閃的金星，背後的一座咸陽城可漸漸離得遠了。鮑阿鸞就在船上問劉志遠說："魯師叔說是江小鶴又出世了？"劉志遠卻在暗中向阿鸞擺了擺手，並沒回答。

阿鸞有點驚異,但又像不服氣似的,自言自語地說"江小鶴學成武藝了，我倒要看看他的武藝學得怎樣！他爹雖是被我爺爺派人殺死的，可是我爺爺收養了他那些日子，也沒錯待了他，他就那麼沒良心！那回勾來個閬中俠招我爺爺生氣，這回又找了個師父學武藝，我連他那師父都要會會！還有什麼龍門俠的孫子，我也非會不可！"

劉志遠在旁急得頭上直流汗，說："姑娘你看！渭河的水是濁的，涇河的水是清的，怪不怪？姑娘你再看，天上有隻鴞子！"他隨便拉扯，打算用這些話把阿鸞的話岔開，可是船上的人沒有一個不注意阿鸞的。

過了河，劉志遠上馬隨姑娘向南走去，唉聲歎氣地說："姑娘，你怎麼一點兒走江湖的閱歷都沒有？那些話豈能隨便在外邊說！說不定在那隻船上，就有龍門俠的孫子紀廣傑！"說完了又回頭去看，仿佛惟恐有人追下來似的。

阿鸞卻冷笑着，說："遇見他更好，我出來就是為找對頭來的。"

劉志遠把馬趕過了阿鸞的馬匹，回首又勸說："姑娘，你別性躁！就是找對頭，也得先斟酌斟酌對方的武藝如何，咱們是否准能獲勝，然後才能去跟他們鬥，還得有幾個幫手才行。姑娘，你雖然武藝高強，可是，到底你是個……"

劉志遠的話還未說完，阿鸞就怒氣勃勃地說："劉師叔你就別說啦！你要再說，我連長安也不去，我就要一直往東找江小鶴、紀廣傑去啦！"

劉志遠點頭，笑着說："我不說啦！可是，我還得勸姑娘幾句話。那江小鶴確實跟咱們有仇，那回他勾來閬中俠，在咱們鎮巴、紫陽大鬧的事，那個仇兒就一萬年也解不開。無論他學會了多大的武藝，只要他一到漢中去，咱們就非要跟他鬥一鬥不可。可是那紀廣傑與咱們無冤無恨。那個人是這兩年才出來的，闖的地面也很小，還沒到過關中來。不過聽說開封府的高慶貴都敗在了他的手裏，可見這個人武藝高強，並且一定會點穴。他既是龍門俠的孫子，大概不能不說理，只要他不來找咱們，咱們就不必去找他。"

阿鸞嘿嘿冷笑着不語。

兩匹馬順着大道往南去走，在偏午時候便到了西安府。阿鸞一來到這繁華地方，真是目不暇給：這整千整萬的人，假若江小鶴、紀廣傑來到此地，攙在這人群之中，自己也是無法把他們找出來。

劉志遠把馬趕在前面，回首對阿鸞說："姑娘，你看這裏熱鬧吧，比咱們鎮巴熱鬧多了吧？咱們先去見見你葛師叔，他在這裏是頭等的鏢頭，又是有數兒的財主！”

當下劉志遠就帶着阿鸞進了南門，在南大街利順鏢店門首下馬。這鏢店的氣派真不小。門前有四五個夥計，一見劉志遠，就全都迎了過來。劉志遠一指姑娘，說這是鮑老師父的孫女，一人由鎮巴前來。眾人聽了全都覺得十分驚異，直着眼瞧着姑娘，向姑娘行禮。

馬匹早有人接過去了，劉志遠就帶着姑娘往裏走，迎頭正遇着葛志強的兒子葛少剛。這葛少剛頗有父風，身材雄偉，力大性猛。如今他已二十多歲，做了少掌櫃子，保過幾回遠路的鏢車。因為在五年前見過一面，他就趕過來打躬，說：“阿鸞妹妹，你怎麼跟劉師叔來啦？我師爺爺他老人家好嗎？妹妹你快請進，叫我娘看看你吧。”當下就由他帶着阿鸞進到裏院。

葛志強的太太徐氏，也是個四十多歲的人。兒媳名叫程玉娥，是本城鳳山鏢店長槍程鳳山之女，也會些武藝。葛少剛給引見說：“這是我娘，這是我媳婦。”引見完了，他就又出屋請他父親去了。臨出屋時，他瞧瞧阿鸞，瞧瞧他的媳婦，心裏就覺着阿鸞簡直是天仙，他媳婦實在是差得太遠了。

這裏阿鸞就與徐氏婆媳閒談。徐氏婆媳雖然是鏢行人的眷屬，但都是張口不離家務事的女人。阿鸞卻聽不下去那些瑣碎的事情，她只說明了此次出來的目的，以及在路上的經過，便不說話了。程玉娥給她送了茶來，她彷彿也不會說一句客氣話，徐氏就顯出有點兒笑話的意思。

待了半天，葛志強方才來，阿鸞趕緊起身行禮，笑着說：“葛師叔，你怎麼留了鬍子啦？”

葛志強也笑着說：“我也快算老人了！姑娘的事我剛才也聽劉志遠說過了。既然是老師父和師哥派遣姑娘出來的，我們自然不能攔阻，不過也得請姑娘暫留此數日，我們商量商量，總得由一個路徑熟悉的人陪同姑娘前去。”

阿鸞搖頭說：“我不叫別人陪我，我自己會認得路，我自己帶着盤纏，又有刀保護我！”

葛志強笑着說：“姑娘不要意氣用事。你不是要會會什麼江小鶴和紀廣傑嗎？據我聽說，江南倒是出來個有本領的人，但此人姓李，是直隸省人，並不是江小鶴。這人我們且不管他。至於紀廣傑，現在開封府，我已派人請他去了，大概十天半月之內，他必可來到此地。”

阿鸞一聽，十分歡喜，就點頭說：“好！那我就在這兒等候十天半月，我先會會紀廣傑，只要我把他打敗了，他就絕不敢再到漢中找我爺爺去啦！然後我再去找江小鶴。見了江小鶴，我可不能便宜他，無論他是學成了武藝沒有，我也得殺死他，因為我真恨他！”說到這裏，阿鸞竟掉下淚來。

葛志強勸了姑娘幾句話，就皺着眉走到外邊。原來阿鸞姑娘與劉志遠前腳來到這裏，後腳魯志中就趕來了。魯志中焦急萬分，抱怨老師父辦事糊塗，不該叫姑娘出來，他說：“江小鶴且不必提，還許這幾年他已死了，只是龍門俠的孫子，咱們如何能惹他？所以，我現在追上姑娘來，無論如何不能叫姑娘再走了。我請蔣志耀回漢中去了，請志雲大哥自己來接她！”

葛志強說：“不要緊，暫時她是不能走的，因為我已假說派人請紀廣傑去了。現在她已答應在這裏等候紀廣傑。我打算天天叫她出去遊玩，遊玩個十天半月，她覺得這地方熱鬧，自然不急着走了。”

魯志中點了點頭，說：“不過，還得把志雲大哥請來，常叫她在這兒住着一定得出事兒。我知道，這姑娘的脾氣很不好！”

於是魯志中也就住在這裏,不敢回大散關去了,並且也不敢跟姑娘見面。阿鸞姑娘是整天騎着馬到街上去玩，一回來便問葛志強，說：“紀廣傑還沒來嗎？”天天是這樣，一連過了八九日。

這天是由葛少剛出的主意，要帶他媳婦到城南十六裏之外大雁塔去燒香遊玩，並問姑娘去不去。阿鸞姑娘就說：“大雁塔可有什麼好玩？”

葛少剛把又黑又胖的圓腦袋向前一探,齜牙笑着說:“有什麼好玩？嘿！姑娘，你去了一看就知道了。那是唐朝的塔，魯班爺監的工，孫悟空的師父唐三藏就埋在那塔底下，離城不遠。姑娘你跟我們去玩一玩吧！”於是就催着他媳婦快些打扮，自己出去叫人套車。

少時他媳婦程玉娥同着阿鸞由裏院出來了。阿鸞今天也換了一件粉紅的衣裳，水綠綢褲，頰間也擦了胭脂，與程玉娥一比，簡直她更美麗了。一到前院就命人備馬，葛少剛翻眼盯着阿鸞，問說：“鸞姑娘，不用備馬啦，你跟你嫂子坐車吧，我跨車轅。”

阿鸞搖頭說：“不，我頂不願坐車。”

葛少剛笑着說:“那我也騎馬。鸞姑娘,回頭咱們倒要賽賽,看誰的馬快！我這匹馬跑過北山。”於是就有夥計把兩匹馬備上。阿鸞先牽着她那匹榴紅色的小馬走出，一個僕婦就跟着程玉娥上了車。

葛少剛跑到裏院又換了一身青洋縐的褲褂，穿上一雙抓地虎的快靴才出來。夥計給他牽出馬來。他的這匹馬是黑色的，渾身沒有一點兒雜毛，鞍韂也全是新的，在鞍下並掛着一口鐵鞘的鋼刀，刀柄上繫着綢子。葛少剛洋洋得意，由夥計手中接過皮鞭，正要扳鞍上馬，忽聽身後有人叫道：“你要上哪兒去？”

阿鸞在馬上說：“我們逛大雁塔，劉師叔你不去嗎？”

劉志遠搖頭說：“我不去。”隨後就悄聲囑咐葛少剛說：“你可好好跟着姑娘，別惹事兒！”

葛少剛點點頭，遂就上了馬。車在前，兩匹馬在後，就出了南門，一直往大雁塔去了。走不遠，就能看見前面有一座聳入雲霄的石塔，看着雖像在眼前，可是一時卻不能走到。兩旁都是麥田，碧浪無邊，道上往來的人倒不甚多。

葛少剛就策馬趕到車前，回首向阿鸞叫着說：“鸞姑娘，咱們賽馬呀？”

阿鸞只笑了笑，並不理他。葛少剛卻更得意了，催馬向前飛跑，跑出一里多地又跑回來。

他的媳婦程玉娥生了氣，在車中罵道：“你瘋啦！”葛少剛惡狠狠地瞪了他媳婦一眼，又瞟瞟阿鸞，臉上立刻現出一種煩惱之色，眉頭也緊皺起來，喘着氣，不再一個人跑馬了。

少時到了大雁塔。阿鸞一看，這座廟還不小，塔就建築在廟中，共七層，四面都有窗子，在最高的那窗子裏都有人在向下看。

阿鸞就用鞭子向上指着，說：“這座塔原來可以上去呀？”

葛少剛笑着說：“可不是，咱們來就為的是上去玩嘛！”

今天因為不是廟會的日子，所以沒有多少人到這裏來，門前只停着兩三輛車，拴着幾匹驢馬，稀稀的有幾個人出入。葛少剛已將馬繫好，並把阿鸞的馬匹也接過來，繫在樁子上。此時程玉娥已由僕婦攙下車來，走進廟裏。先到正殿燒香拜佛，然後轉往殿后，走進塔去。這塔裏有盤轉的樓梯可以登上頂層。葛少剛在前，他妻子和僕婦跟着，阿鸞在後面，走到第二層，程玉娥不願再往上走了，阿鸞卻非要到頂上去看看不可。葛少剛就叫他妻子和僕婦在這裏等着，他帶着阿鸞姑娘往上去走。

由第二層到三層、四層、五層、六層，每層都有三兩個遊人，在那裏憑窗下望。及至上了七層最高之處，就見這裏供着佛，有一個年少的書生正在提筆向牆上寫字。葛少剛就想：大概這書生是在作詩了，可惜自己認得的字很有限。只見這個人寫完了詩句，在後面留款是“南宮李鳳傑”。葛少剛不禁暗笑，心說：書呆子！旁邊阿鸞倒很注意這個人，只見此人年紀不過二十歲，神情英俊，穿的衣服也頗為不俗。寫過了詩，便回身收筆，硯旁放着一個小包裹和一口寶劍，寶劍是鐵匣鐵柄。阿鸞的祖父說過，這是“雄劍”，非衝鋒陷陣、比武爭雄的人，絕不用這種雄劍，當下便非常注意。又見這人向阿鸞看了一眼，隨後就收拾了筆硯，拿着包裹及寶劍下了塔梯。

葛少剛向阿鸞笑了笑，說：“這真是個書呆子！來到這麼高的地方，還帶着筆硯往牆上寫詩，酸溜溜的，也不知他寫了些什麼？”

阿鸞卻神色驚異，說“我瞧這人一定會武藝。他那口劍不同一般的寶劍，是口雄劍，分量沉，不會武藝的人絕不能帶着它。”

葛少剛卻搖頭說：“不，不是，師妹你倒叫他蒙住了。他們那些書呆子多半愛弄口劍玩玩，假充文武全才，江湖人哪有他那樣兒的？再說他在牆上寫得明白：南宮李鳳傑。我葛少剛也闖了兩三年江湖，就沒聽說過這個人的名字。”

阿鸞卻抿着嘴，搖頭表示不信，扶着塔欄向下去望。

葛少剛跑到東面窗子前，向外指着說：“鸞姑娘快來看吧！從這兒就能看見灞河。”問了兩聲沒回音，回頭一看，原來阿鸞已經隨着李鳳傑下了塔梯。葛少剛不由有點兒生氣，心說：這姑娘原來真不是好姑娘，幸虧我沒娶她做媳婦。今天她一瞧見白面書生就迷啦！於是葛少剛妒氣填胸，也咚咚地跑下塔梯。

直走到第二層上，見媳婦程玉娥和僕婦全都在這裏，葛少剛就直着眼問說：“鸞姑娘哪兒去啦？”

程玉娥斜瞪着眼說：“我哪知道呀？我就問你是回去不回去吧，你要是不回去，我可帶着姜媽走啦！”

葛少剛慌慌張張地擺手說：“別忙！別忙！”便又順着塔梯往下去走。

只見阿鸞正站在塔前，向西望着。西邊便是那南宮李鳳傑，他一手托着筆硯，一隻胳臂挾着寶劍和包裹，正站在一座石碑前，嘴唇直動，仿佛正在唸那碑上刻的字。

葛少剛便大聲說："鸞姑娘，你看那書呆子幹嗎？憑他那鳥樣兒還會武藝？拿着口鳥劍來蒙人。他娘的，惹翻了老子就打折他的鳥劍！"

李鳳傑回首看了看，大概以為葛少剛是個瘋子，就沒有理他。遂把碑文唸完走開，把筆硯還到和尚的房中，出門上馬，打算進城去回客店。往北才行了不到二里，就聽見身後有嘚嘚的馬蹄之聲，李鳳傑回頭一看，原來是在大雁塔上所遇到的那男女二人和一輛車趕來。他不願與人起無謂的糾紛，便傲然地向後微笑了笑，依舊催馬走去。但後面的馬卻緊緊追隨不舍。

這時阿鸞是拖住了一股雄心，她因見這人帶着一口雄劍，便斷定此人會武藝，並斷定此人是由外省來的豪傑，是特意來找昆侖派尋釁的，所以她必要追趕看看這人到底在哪裏居住。

葛少剛這時心裏全是妒意，他覺得姑娘是愛那個白面書生，仗他帶着口鋼刀，便緊緊地催着馬趕上了前面的白馬，大喝一聲："小子站住！你是幹什麼的？"

前面的李鳳傑立時收住韁繩，撥轉馬頭，這時他的臉上可顯出怒色來，說道："你問我做什麼？"

葛少剛挺胸握拳，橫眉立目地說："葛大太爺就要問問，因為我瞧你這小子不像好人！"

李鳳傑依然忍着氣，微微冷笑着說："你問不着我！"說畢，撥馬又要走。

葛少剛卻催馬奔過，二馬相擦時，他本想一伸手將李鳳傑抓下馬來，但沒想到人家只在馬上一探身，用手一推，他就咕咚一聲由鞍子上滾了下來。他立時大怒，滾身站起，跑過去將自己的馬匹捉住，抽出鋼刀，回身就撲向李鳳傑。

李鳳傑這時已鏘地亮出了他的那口雄劍，太陽照在劍身上光芒奪目。葛少剛的昆侖刀才逼近來，李鳳傑只用劍一挑，就將葛少剛的鋼刀挑開。然後劍光一抖，葛少剛立刻刀亂眼花。

旁邊鮑阿鸞喊聲："不好！"

程玉娥在車上也着急地嚷說："你別打了！"但這邊的話尚未說完，那邊的葛少剛早已受了劍傷趴在地下。

李鳳傑收劍上馬，急催雪驥，如同一股白線似的向北馳去。

阿鸞氣憤得也不管葛少剛的傷重不重，就由地下將刀拾起，上馬緊追，一面追，一面向前面的人喊道："把那個騎白馬的截住！截住！他殺了人！"但前面往來的都是些擔筐推車的人，誰敢擋住那匹白馬？阿鸞氣憤憤的，竟眼見那騎白馬的馳進長安城去了。

她收住了馬，氣得喘吁吁的，又撥馬回來，就見程玉娥已下了車，坐在她受傷的丈夫身旁痛哭。葛少剛受傷頗重，右臂被削了一劍，只還連着一點兒筋，上身染滿了鮮血，已昏暈過去。阿鸞又生氣又發愁，向那趕車的人說:

“你把少掌櫃的抬上車去！”

趕車的人皺眉說：“我一個人如何抬得動？再說這麼重的傷，一動還不就……”

阿鸞便提着刀氣昂昂地說：“那麼你先把少奶奶送回去，趕緊叫鏢店裏來人，我在這兒看着！”

程玉娥臉上帶着幽恨，流着淚，瞪了阿鸞一眼，便跟着僕婦上了車。才要叫車夫趕進城去，忽見北邊來了兩匹馬，跑得很快，阿鸞一看，原來是魯志中和劉志遠。

她趕緊催馬迎上去，高聲叫着說：“快來吧！葛師哥叫人殺傷了，仇人也跑了！”

對面兩匹馬急急來到臨近，魯志中就問說：“為什麼事？遇見了什麼人？”

阿鸞氣憤憤地說：“在塔上遇見了一個人，後來我們追他下來，他就跟葛師哥打了起來，兩三回合他就把葛師哥殺傷了。後悔今天我沒有帶刀來！”

魯志中與劉志遠下了馬，一看葛少剛那麼重的傷勢，就齊都皺了眉。

魯志中就抱怨劉志遠說：“我就斷定今天要出事，你我應當早來！”遂就趕緊先叫劉志遠回去，叫店裏的夥計和車來，又命趕車的將程玉娥送進城去，他便問阿鸞方才的詳情。

此時葛少剛已經蘇醒過來，痛得哎喲哎喲直喊。望見了魯志中，葛少剛就說：“魯師叔！快給我報仇，那人叫南宮李鳳傑！”

魯志中皺着眉向姑娘說：“姑娘來的那天我就來了，我沒敢再走，我就知道不久一定要出事。現在同不得十幾年前了，那時關中、漢中可以由咱們昆侖派為王稱霸，現在就不行了，外省出來了許多位少年英雄！”

阿鸞不等魯志中說完，她就氣憤地提刀上馬，向魯志中瞪眼說：“魯師叔你管不着我！是我爺爺叫我出來的，無論誰也管不着我。你在這兒看着他吧，我進城去，非得找着那個騎白馬姓李的，把他殺死，給我葛師哥報仇不可！”說時她就馳馬走去，魯志中急得不住跺腳歎息。

阿鸞催鞭進了長安南門，正遇着劉志遠帶着幾個夥計和一輛車，出城去接那受傷的人。劉志遠就問：“鸞姑娘，你回來的時候少剛的傷怎麼樣了？”

阿鸞氣惱着說：“我也不知道！”回到利順鏢店，這裏的師叔苗志英、袁志俠、金志勇、趙志龍等人，又都過來向她詢問。阿鸞就憤憤地說了一遍，遂又派夥計們出去探詢，看那騎白馬使寶劍的李鳳傑到底在哪裏住，也不叫卸了她那匹馬的鞍韉。

她扔下刀進到裏院，就聽那徐氏婆媳正在痛哭。見阿鸞進來，程玉娥雖然沒敢說什麼，但徐氏卻哭着說：“我就只有這一個兒子，早先出去保過幾回鏢也沒有事，這回就因為來了個……”

阿鸞聽到這裏，知道下面當然是抱怨自己的話了，心裏不由更是生氣，暗想：原是你兒子願意找人家打架，他的本事不高，被別人殺傷了，你如何抱怨我？本想要罵幾句，可是徐氏究竟是自己的師嬸，葛志強又非別的師叔可比，於是就忍下了氣。她到自己的房中取了鋼刀，遂就牽馬出門，騎着馬到東西南北各關裏去找李鳳傑。苗志英等人攔也攔不住，只好派了兩個夥計去跟隨她。

今天葛志強是到富平縣辦事去了，所以鏢店出來這事，便全都十分慌亂。苗志英就趕緊騎着快馬趕往富平縣去找葛志強。

這個魯志中倒是鎮得住眾人，勸大家不要慌亂，並說："現在鸞姑娘到街上找那姓李的去了，咱們沒法兒攔她。可是咱們大家先要暫時忍事，有什麼話，等葛師哥回來再說！"於是趕緊派人請來本地著名的專治跌打損傷的大夫，給葛少剛治傷。

當日就有許多同行和本城有名的拳師來此探問，有的打不平，有的議論紛紛，並有幾個人自告奮勇，跑到外面去打聽李鳳傑的地址和來歷。直到晚間，葛志強才由富平縣趕回來，看了看兒子的傷勢，他急得連連跺腳。

少時阿鸞也回來了，她說在城裏城外找了一天，也沒看見那李鳳傑，又說："那個人的劍法實在不錯。我想他就是龍門俠的孫子紀廣傑，來到裏闖了禍，又跑回河南去了，明天我索性往東追趕他去！"

葛志強卻擺手冷笑說："他若真是紀廣傑，也就絕不至於跑了。我們且捺下性子，在這西安府附近訪查他幾天。如若訪查不出來，那一定是江湖小輩，武藝不過比我兒子略高一些，咱們無論派了誰去也能把他捉回來；如若探知此人尚未離開此地，那可倒要大費斟酌了。"

眾人一聽，齊都不由變色，驚詫着問說："這是為什麼？"

葛志強微微歎息着，說："你們不知，現在江南出來一位很有名的年輕俠客，有人疑他就是江小鶴。但是我親耳聽由江南來的人說，此人姓李，卻是直隸省人。假若李鳳傑就是江南的那位俠客，那可就要大費周折了！"

魯志中在旁說："無論如何，在此時總是忍事才好！"

葛志強擺手說："魯師弟你這話也不對。無論今天是誰的理屈，但我的兒子受了重傷，說不定當晚就許死。倘若不出這口氣，不但我這鏢店不能再開，凡是咱們師兄弟，也都不能再走江湖吃飯了！"

葛志強說出這句話來，苗志英、劉志遠、袁志俠、趙志龍等人及眾夥計全都被激起了義憤，都摩拳擦掌地要去找李鳳傑。

阿鸞卻說："請眾師叔都不要上手，交我一人鬥他！"

正在說着，就見外面來了幾個人，都是本地的同行，一個是泰福鏢店的梁振，一個是鳳山鏢店的程鳳山，還帶來了西關吉祥棧的掌櫃的劉大。程鳳山就說："找着了，那姓李的現在還住在劉大的店內。"

阿鸞一聽，就提刀拉住那個劉大，說："你就帶我去！"

葛志強把姑娘攔住，說："不要急，咱們先問問那人的來歷。"

吉祥棧的劉大說："他是一個生人，我也不大知道他的來歷，他就說他姓李，現在已在店裏住了四天了。他天天出去遊玩，回來就在屋裏看書。今天他最早出去的，晌午才回來，回來就沒再出房門。"

袁志俠等人就說：“他一定是知道惹下禍了，怕咱們去找他。”

劉大又說：“可是看他也不像害怕的樣子。他今天一回來就在房裏看書寫字，飯送去了他都顧不得吃。我看他是個書呆子，他隨身就是一份行李、一包裹書、一口寶劍和一匹白馬。看那個人很老實，不像是個練武藝的人。”

阿鸞說：“就是他，劉掌櫃你帶着我去！”

葛志強還有些猶豫，袁志俠等一干人也全都要去拿兵器，魯志中卻把房門攔住。他連連擺手，十分着急地說：“現在大家都不要魯莽！這口氣是一定要出的，可是也得想一想應當怎樣出法？早先師父曾對我說過，走在江湖上有兩種人不可輕敵，第一是出家人，第二就是文人秀士。因為這兩種人多半是別有真傳，他們的武藝與我們所學的不同，倘若貿然動手，那便不免吃虧！”

袁志俠等人卻說：“魯師兄你過慮了！現在趁着李鳳傑還沒走，咱們趕緊把他捉來，想他就是武藝高強，也敵不過咱們人多。若是今天不去捉他，明天叫他跑了，咱們昆侖派不就丟大人啦？以後誰都可以來欺負咱們了。”

葛志強就下了決心，一揮手說：“走！到西關去！”當下袁志俠、趙志龍把魯志中拉到了一邊，眾人就各自去拿兵刃，由葛志強和阿鸞姑娘領頭，二十多個人就齊往西關去了。

這時西關已關了半扇，葛志強親自見了守城官吏，請他留下半扇城門，說是自己這些人少時即歸。葛志強是西安府有名的人，官吏不敢不依，當下一干人就闖到了吉祥棧。

掌櫃的劉大就先向葛志強要求說：“葛大爺，你老捉的可是姓李的一個人，別把旁的客人也連帶了，要不然以後我這客棧就別開了。”

葛志強擺手說：“你放心。”遂吩咐手下的人都不要冒失。

阿鸞姑娘已提刀先進了店門，葛志強就問說：“在哪屋裏？”

劉大指着西南角兒的一間房子，說：“就是那屋，葛大爺你看，那人不是正在屋裏？”

葛志強一看，那屋的窗子上鋪着明亮的燈光，並有個很呆板的身影。葛志強吩咐眾人都不許動，他就提刀走到那屋門前，一拉門闖進了屋內。此時李鳳傑正在燈畔看書，書旁放着一口已經亮出來的雄劍。一見有人進屋來，他就擎劍在手，站起身來。

葛志強雖然怒氣填胸，但卻擺了擺手，說：“朋友！你別慌！有幾句話我先對你談談。”

李鳳傑面上毫無畏色，從容地點頭說：“好！有什麼話你就說吧！我與你素不相識，你忽然提刀進我的屋中，是打算做什麼？”

這時阿鸞也跟進屋中來了，她吧地把刀向桌上一拍，瞪着眼說：“你還裝傻？今天在大雁塔殺人的是你不是？”說着掄起刀來，就要殺李鳳傑。

葛志強趕緊把她攔住，阿鸞便一腳蹬着凳子，刀尖仍對着李鳳傑。

李鳳傑卻連躲也不躲閃，微笑着點頭說：“不錯，今天午間在南門外我傷了一個人，可是那人是自找，因為他截住我、辱罵我，並且是他先動刀的。”

阿鸞說:“別說那些廢話,現在就得要你抵命!”說着她的鋼刀嗖地削下,卻被李鳳傑的寶劍架住，就聽嗆啷一聲巨響。

這時外面的二十幾個人也都要往屋裏闖，窗紙已被他們用刀劃破了,探進來了數口刀,鑽進來了幾個頭。李鳳傑便退後一步,橫劍護身,笑道:“啊呀！你們來的人真不少，有男有女，你們真會打架！”說着嗖地一抖劍光,反逼進兩步。阿鸞用刀相迎，鐺鐺刀劍又相磕了幾下。

葛志強卻伸刀把二人攔住，說：“先別動手！把話問明白了再動手,反正他跑不了！”

李鳳傑卻笑道：“還問什麼話？你們這一群無恥的男女，倚多為勝,真給天下練武的人丟盡了臉面！”

葛志強又恨又羞，回身跺腳大喊，說：“你們都出去！讓我一人跟他講理！別叫他奚落咱們昆侖派！”那才探進頭來的袁志俠等人就又都退了回去。

這時只有阿鸞和葛志強在這屋裏，李鳳傑就態度從容地問道：“你貴姓？”

葛志強抱拳說：“我就是利順鏢店的葛志強，昆侖派的門徒。”

那李鳳傑一點也不為葛志強的名聲所鎮服，就說：“昆侖派？我在江湖上也行走了幾年，還沒聽人說過有這麼一派。”

阿鸞聽了這話，真是再也忍不住了，就拿刀向李鳳傑砍去，說：“你敢瞧不起我們昆侖派！”

那李鳳傑趕緊用劍相迎。葛志強也挺刀而上。李鳳傑便一縱身跳到桌上,一腳把油燈踢翻，用劍敵住了下面的兩口刀。

這時屋中是鐵器相擊作響，外面也亂了起來，人聲嘈雜，也不知是誰把木頭窗框也砍斷了，刀槍都遞了進來。李鳳傑的一口寶劍橫擊直砍，反復如飛，只聽刀聲亂響，雜以慘叫之聲。李鳳傑砍傷了兩個人，就跳出窗外,阿鸞和葛志強也追出屋去。只聽有人喊:“瞧准了人！”因為此時天已黑了,大家圍着亂打，實在不易分出哪個是李鳳傑。

相戰又十幾合，就見劍光一陣盤旋，有個人竟於人叢之中躥上房去了。葛志強大聲呼喊道：“跑了！跑了！”於是有幾個人又躥上房去追，其餘的就都由店門中出來了。這時街上的人很多，連客棧裏住的人都跑到街上來了,就有人說:“早跑了，向西跑了！”於是阿鸞為首，十幾個人又向西飛追而去。

這裏葛志強卻進了店房。店房內這時清靜極了，他就叫店家點上了四盞燈，向各處去照，就見早已沒有了李鳳傑的蹤影。地上卻躺着六個受傷的人,其中一個是苗志英，胸前被劍刺傷，已經斷氣。葛志強一看，立刻放聲大哭起來，劉志遠也揮淚相勸。又看旁邊橫躺豎臥的那幾個受傷的人，倒都是鏢店裏的夥計，傷勢還都不至於致命。

葛志強流淚頓足地說：“真是想不到！今天是苗師弟到富平縣把我找回來的，如今他竟這樣死了，這個仇非報不可！”於是先叫夥計到街上找車,把死傷的人都送回城內。

又過了些時，阿鸞、袁志俠、金志勇、趙志龍等人方才回來，據說追下十多里地，並沒有追着，那李鳳傑不定是藏匿在哪裏了。他們一聽說苗志英在戰亂之中已死，就放聲大哭，有的用刀砍地，發誓報仇。

阿鸞尤其氣憤，便抱怨眾人說:“都是你們的不對，你們胡混攙什麼手？人多了，在白天倒可以佔便宜，晚間卻只有吃虧！當初只要有我一人，我跟他單打單鬥，一定不能叫他逃得活命！”

劉志遠歎氣道：“這些話現在說也沒有用了，咱們先進屋看看這姓李的扔下了什麼東西。”於是劉志遠和趙志龍進屋，提着燈翻查李鳳傑所遺下之物。只見他行李內銀兩不少，連莊票帶現銀共有一百多兩，此外就是幾件衣裳、筆硯、鐵劍匣和幾本書，還有一卷詩稿。

趙志龍是懂得文墨的，他就翻着那詩稿說：“我知道這個人的來歷了。這人名叫李鳳傑，是直隸省南宮縣人，今年才過二十歲，是個不第的秀才。教他武藝的師父姓童……哎呀！就是蜀中龍！你們看，他這首《京門辭師》：西蜀當年隱臥龍……”

葛志強在旁聽着，不禁吃驚發怔，點頭說：“蜀中龍名叫童清彥，聽說這人早死了，怎麼又到了京都？又傳授了這麼一個徒弟？”

旁邊阿鸞就問蜀瀟雄中龍是誰，葛志強發着愁說：“蜀中龍童清彥是三十年前的一位俠客，與龍門俠紀君翊稱為南北二龍，又稱為南北二絕！”

阿鸞冷笑着說：“管他是誰的徒弟？今天我就在這店裏等他，如若他敢回來，我就一定將他殺死。若如他不回來，明天咱們再派人四處去捉他。三天之內捉不着他，我就要到直隸南宮找他家裏去了。”

當下葛志強就命人將李鳳傑的所有財物都帶進城去，這裏留下阿鸞、袁志俠和金志勇及十個夥計，葛志強等人就進城去了。夜裏城內城外都沒有什麼事情發生。

次日，整個西安府都騷動了，說是來了蜀中龍的弟子李鳳傑，昆侖派吃了虧；並說葛志強和鮑老師父的孫女都不行，那姓李的一個人敵住了二十多個，還殺傷了幾個人，然後從容走去。這事越傳越遠，一日之間，長安百里之內竟是無人不知了。尤其是鏢行，表面上是派人到利順鏢店探問，弔祭苗志英，說些願為相助之話，其實都是各自警惕，不願去招惹那李鳳傑。苗志英的靈柩停在城中大悲寺，鮑阿鸞仍在西關吉祥棧等候李鳳傑。葛志強終日煩惱急躁，派人各處追訪李鳳傑的下落，並派人到漢中、鎮巴、紫陽及各處送信。

到了第三天，在大悲寺中為苗志英開吊，來了關中許多著名的鏢頭拳師。葛志強就對眾人發話說：“昆侖派的人在江湖上行走了三四十年，從沒被人欺辱過。現在既出了這事，我們沒有別的話，就是無論如何，要捉住李鳳傑，以為死傷的人報仇，也不管這李鳳傑是哪一派的人，是誰的弟子。眾位都是我多年好友，是同行又是同道，望大家幫我們昆侖派這個忙，給我關中練武藝的人出這口氣！”來的那些鏢客、拳師當然一齊振臂拍胸，個個都說：“誓為苗志英報仇，為關中鏢行出氣。”

送完了，和尚唸畢經，來人就漸漸散去。葛志強喝了幾盅悶酒，身上覺着發燒，心裏也像是燃燒着一把烈火。出廟門上了車，他心裏還想着：我金刀銀鞭鐵霸王平生哪吃過這個虧？十年來苦練武功為對付江小鶴，如今江小鶴沒來，紀廣傑也沒到，卻出來了這麼個李鳳傑！江湖上若叫這幾個晚生下輩稱雄，那我們昆侖派這些人真是太沒用了！”於是葛志強就發誓要拚出一切去爭這口氣。

騾車在這夜色之下穿着小巷，走了半天，方才回到自己的鏢店裏。一進門就見魯志中迎了出來，說：“六師哥，你請屋裏來！”

葛志強到了櫃房裏，魯志中就說：“方才華州鏢店裏的秦得玉來了，現在住在張家店內。據他說，紀廣傑已經到了靈寶縣，那人確實青年英俊，武藝高強。咱們為什麼不派人請他來助咱們？”

葛志強說：“師弟，在我們昆侖派中，只有你、我和龍家兄弟是老師父的得意門徒，怎麼現在你竟這樣膽小起來？”

魯志中說：“不是我膽小，我想蜀中龍與龍門俠傳授出來的人，我們昆侖派絕不是敵手。”

葛志強憤然說：“就算不是他們的敵手，我們也要拚將出去，不然咱們鮑昆侖所傳下來的徒弟，都休想再走江湖了！”說着他便憤憤不息地走出屋去，要到裏院去歇宿。

裏院是三合房。西屋裏住的是兒子兒媳，現在因兒子養傷，所以屋裏還有燈光。東屋是他自己的，二十年來他就與妻子分屋寢睡，他不在屋，那東屋誰也不敢進去。葛志強憤憤地走到屋前，方要伸手拉門，忽聽屋中有一陣響動。他不由大吃一驚，連退了三四步，向屋裏問道：“是什麼人？”

屋裏的人先笑了一聲，然後說：“我是李鳳傑。”嚇得葛志強把方才的那點兒酒意全都飛了。他趕緊跑到北屋，由牆上摘下刀來再出屋，就見那李鳳傑已然出屋站在了房上。李鳳傑依然向下哈哈地笑着，背後掛着他才從葛志強屋中取回的書籍和銀兩包裹。

葛志強就用刀向房上一指，說：“朋友！你先別走！”

房上的李鳳傑說：“好，我不走，你有什麼事？”

葛志強說：“朋友，你敢下來嗎？”

李鳳傑說：“就下房來！”說時嗖的一聲，跳下房來，面前並有寒光遮護，卻是他手中的寶劍。

葛志強向後退了幾步，就問說：“遠日無冤，近日無仇，你何必要欺人太甚？”

李鳳傑說：“我並沒有欺你們，卻是你們無端地欺我。在大雁塔是你的兒子先向我挑釁，我才傷了他。”

葛志強說：“你是什麼來歷？”

李鳳傑說：“那你不必細問，你我既非朋友，我也用不着告訴你我的來歷。”

葛志強說：“可是……”說到這裏，他走近前一步，驕傲地說：“你也應當去打聽打聽我葛志強的名聲和我們昆侖派的聲勢。我師父鮑振飛現在灞雄仍然活着，身體還硬朗，幾年前川北第一條好漢閬中俠徐麟在我師父的手下都吃過大虧。你的武藝劍法雖然不錯，但你比得了閬中俠嗎？現在這裏邊的事情，已快吹到他老人家的耳朵裏了，他若聞知一定憤怒，你可要小心。我現在開着買賣，不願與江湖人惹氣結仇。雖然你傷了我兒子，殺了我師弟，但我還是不願傷害你。我勸你趕快走開，以後也不要再到關中來！”

李鳳傑嘿嘿冷笑，說：“住口！休要拿大話來嚇我！我的眼裏沒有鮑振飛，沒有你們昆侖派，要打就打，要鬥就鬥，我李鳳傑絕不謙辭。我來此是為遊覽，我不想走，無論是誰也不能驅我走開！”

葛志強憤怒地說：“呵！我給你留一條逃命的路你還不走，還敢罵我的師父？”說時掄刀過來，李鳳傑趕緊用劍相迎。

鏘鏘鏘，刀劍往來了三五回合。忽然有一人由前院闖入，橫刀將李鳳傑的寶劍架住，急急地說：“不可動手！”

李鳳傑挺劍問說：“你是誰？”

這人說“我叫魯志中，我也是由別處來到這裏的。現在你們兩家先別打，有什麼話慢慢說！”

葛志強暴躁地說：“師弟，對他還有什麼話可說？我放他一條活路，叫他離開關中，他都不肯走，他是成心要與我昆侖派作對！”

李鳳傑冷笑道：“你要叫我走開，你好向人說是我李鳳傑怕了你們的聲勢，好給你們保住體面。但那也容易，除非你們這裏有人能敵得過我手中的這口寶劍！”

葛志強跺腳說：“好！現在我就要鬥一鬥你！”說時雙方的兵刃又鏘地相觸了一下。

魯志中又從中攔住，並說：“就是比武，也不能在這黑天半夜之下拼命。無妨訂個日子，雙方都請出朋友來，眼看着比武。”

李鳳傑說：“我在此沒有朋友，日子隨你們定！”

魯志中說：“明天灞橋相見如何？”李鳳傑說：“好！隨你們去多少人，旁觀或幫助都行，我只用這一口劍！”說畢，他轉身昂然向外院走去。

葛志強還要提刀追出去，卻被魯志中打了一拳，囑咐說：“師兄你不要性急！”遂扔下刀，送李鳳傑出去。

到了門首，魯志中又說：“李兄你且止步，我同你再說幾句話！”李鳳傑轉身，因見魯志中手裏沒有兵刃，他便也將寶劍收入鞘內。魯志中就說：“你雖然傷了我們的師兄弟，但是我們兩家切不可就因此結下深仇，明天比武，也請留些情面！”

李鳳傑微笑道：“那只要看你們如何了，我李鳳傑是絕不會太為已甚的！”說畢，就向北揚長走去。

魯志中回到院裏，見東屋中此時已燃起燈來，葛志強正坐在椅子上生氣。一見魯志中進來，他就說：“你為什麼把李鳳傑放走？難道咱們兩口刀還敵不過他一口寶劍嗎？”

魯志中說：“在西關吉祥棧內，十幾個人全都不是他的敵手，今天我們二人就能戰敗了他嗎？再說又是在咱們的院裏，驚了女眷也不好。傷了咱們，咱們是白吃虧；我們若傷了他，也得驚動官府。”

葛志強說：“驚動官府我也不怕！”

魯志中說：“可是我們也不必以官府的勢力欺壓一個外鄉人。明天的事，師兄你別管，更不可告訴鸞姑娘，我去到灞橋，給我們昆侖派爭這一口氣！”

葛志強說：“明天多請上幾位朋友到灞橋去，我先跟他幹，等我不行了，你們再上手！”說畢，他長舒了一口怒氣。魯志中走了，他就關上門睡去。

到了次日，葛志強一早起來，就一面派人去請城內著名的鏢頭拳師，一面在鏢店中備酒。少時，來了泰福鏢店的梁振、鳳山鏢店的程鳳山、關中鏢店的韓豹、華州鏢店的秦得玉，以及拳師瞎老虎張八、八卦拳龐蔭，連同魯志中、金志勇等人，坐滿了兩桌席。葛志強就把昨天在這裏與李鳳傑約定今天在灞橋相見比武的事情說了。

那鳳山鏢店的程鳳山立時就拍桌怒喊道：“回頭我們都去！倒要看看姓李的是個什麼人物？既要動手就得叫他死，受輕傷都不算，然後人命官司由我打！”

瞎老虎張八也跳起來說：“到時諸位都別動手，只叫我一個人對付他。我昨天晚上才由武功縣趕回來，就為的是要鬥鬥那小子，給我們關中的朋友們出這口氣！”

魯志中卻連連擺手，說：“不可如此！昨天的約會是我跟他訂的，還是我和他交手。回頭見了他面，我們只要把他打服就是了，不必非得叫他受傷，結下仇恨，因為聽說他是蜀中龍的徒弟！”

此時華州鏢店的秦得玉，便把一些暴躁的人都壓住，說：“這位魯大哥說得對，現在我們關中的鏢行，不可再與外省人結仇了。紀廣傑現在已到了靈寶縣，說不定兩三天他就到關中來。他以前對人談說過，非常不滿意我們關中的鏢行，說我們獨霸江湖，欺壓外省人。假若今天我們把那李鳳傑殺傷在灞橋，說不定紀廣傑就能夠趕來，代他打這個不平。一個是蜀中龍的徒弟，一個是龍門俠的嫡孫，他們二人一定相識！”

聽秦得玉說了這話，葛志強便有些發怔，旁的人更都煞了銳氣，只有瞎老虎張八依然斜着眼說：“管他什麼傑吧，無論他誰來，我也得把他砍成兩截！”

眾人匆匆飲了酒，隨後就一起出了店門。這些鏢頭有的是坐車來的，有的是騎馬來的，立時擠滿了一條街。葛志強騎着一匹黑馬走在人群中，魯志中卻騎着白馬走到前面去了。金志勇出了門又回到院裏，找着一個夥計，悄悄地囑咐了幾句話。當下一干車馬就雜亂地向東門走去，街上的人都停足觀望，知道葛六爺是請了全城有名的鏢頭，到灞橋與人比武去了。

大隊車馬出了長安東門，過了十里舖，再走十里就是灞橋。這裏是關中名勝。灞河如帶，橫臥在大平原上，河身很寬，裏面的水雖不深，但是清碧可愛，襯上兩岸的扶疏綠柳，風景很是美麗幽雅。橋長數十丈，是平坦的，東西橋頭都豎着高大的牌樓。西岸是一片村舍，有不少的水田。東岸是一座繁盛的市鎮，就叫作灞橋鎮。

魯志中第一個馳馬趕到，後面的車馬離着還有半里多遠，這時就見李鳳傑正持劍在橋頭站立。魯志中下了馬，先將馬繫在柳樹上，然後徒手過去，抱拳說："李兄你早來了吧！"

李鳳傑抱了抱拳，望着對面那隊車馬，微笑道："你們的人來得真不少呀！"

魯志中說："雖然人來得很多，但只是我一個人和你交手，那些朋友不過是做我們的見證。我們今天講的是真功夫、真武藝，不可以巧技和暗器傷人。"

李鳳傑說："我從來不使暗器，只使我這口寶劍。"

二人說話之間，那邊的車馬已將來到。秦得玉先催馬趕上前來，下了馬就向李鳳傑抱拳說："這位是李鳳傑兄嗎？"

李鳳傑也拱了拱手，問說："這位兄台貴姓？"

秦得玉說："兄弟名叫秦得玉，華州的李振俠是我的岳丈。我今天來也是替你們兩家了事，彼此都是走江湖的朋友，有什麼事兩三句話就能說開，不必非要拼個你死我活，結下莫大的冤仇。"說到這裏，他見葛志強的車馬已然來到，就舉手高呼道："今天請兩方的朋友給我一個面子，都不可動兵器，真正的功夫還是拳腳。這地方很寬綽，你們兩下就在這裏比拳，我看着，誰要不公道，誰就不算朋友，就不算男子漢！"

韓豹、梁振等人一齊贊成。這時程鳳山和瞎老虎張八都早已亮出刀來，聽了這話，未免有些不服氣。

魯志中便說："好，好，昨天是我與李爺在此訂的約會，今天我先向李爺請教請教！"

此時由橋東來了許多行路的人和附近的農民，都來看這裏的一群人打架。李鳳傑就將寶劍扔在地下，挽挽袖子，魯志中也把刀扔下。彼此一抱拳，對繞着走了半個圈子，然後李鳳傑騰步過來，掄拳向魯志中就打。魯志中騙身避過，上手遮攔右腳進步，一拳向李鳳傑打去，但李鳳傑吧地用左手推開，隨之嗖地跳起，側身掄拳向魯志中的後背打來。魯志中急伸左臂用手將李鳳傑的右腕抓住，順勢向懷中一帶。但李鳳傑立定腳跟，紋絲不動，奪開了右手，轉換拳勢，反撲向魯志中。往來又走了一個圈子，魯志中就看出來李鳳傑所使用的完全是內家拳法，不可輕敵，他遂躲避着，伺伏着自己昆侖派的招數。魯志中只往後去退，眼看快要退到柳樹下河岸旁了，李鳳傑卻一步一步地逼近。

那邊程鳳山就說："魯志中真給昆侖派洩氣！"他便扔下刀趕奔了過來。

這時李鳳傑已逼近了魯志中，突然用沉重的拳頭向魯志中打去。但魯志中閃身避開，撩開了李鳳傑的左手，向右一躥身，又猛然下伏，颯地一腿掃去。李鳳傑雙足跳起，雙拳蓋頂去砸，魯志中卻張開雙手向上一舉，就把李鳳傑的兩隻腕子全都抓住了。

那邊秦得玉就喝彩道：“好功夫！”

不料程鳳山以為這是有機可乘，便從李鳳傑的身後一腳踹去。李鳳傑奪開右腕反將魯志中的右臂扣住，向懷中去帶，同時一閃身，叫程鳳山的一腳踹了個空。

魯志中就生氣地向程鳳山說：“躲開！”

李鳳傑趁此機會又奪開了左手，用了個分身十字的姿勢，把魯志中拋出有兩步遠，循環三拳，然後又拳隨步進。魯志中只招架住了兩拳，末後一拳就打在他的右臂上，魯志中向後連退了幾步，算是沒有倒下。

這時程鳳山又從後面撲來，李鳳灞雄傑便轉身迎上程鳳山，一拳就打在了程鳳山的胸部。程鳳山本已老了，當時就摔在了地上。

這時葛志強也已趕了過來，與李鳳傑扭在一起，二人相打相扭，簡直失掉拳腳的招數。扭至河邊，忽然李鳳傑推開了葛志強，一腳飛起，葛志強身子一倒，就滾下河去了。

那邊龐蔭、金志勇就一齊掄刀過來。李鳳傑仍然不慌不忙，身子閃轉騰挪，躲着二人的兵器，同時趁空用拳去打。兩人就一前一後將李鳳傑圍住。這時葛志強由河中水淋淋地爬了上來，抄了刀又殺了過來。

瞎老虎張八跑到旁邊，把李鳳傑的寶劍拾了起來，但他不過來，只跳起腳兒來，喊着：“殺，殺，殺呀！”

李鳳傑先早徒手將龐蔭打倒，而將那口刀奪在手中，單刀敵住了葛志強和金志勇。三口刀上下翻飛，往來十餘合，葛志強雖使盡了昆侖派的刀法，但卻無法取勝，金志勇更是抵擋不住了。

忽然那邊眾人高呼：“來人了！”李鳳傑一面與葛、金二人相持，一面向那邊看了一眼。就見由西邊大道上飛馳來一匹紅馬，馬上一個女子，穿着銀紅衣裳白褲子，正是李鳳傑見過的那個刀法很好的女子。

金志勇這時便跑到了一邊，招手叫着：“快來，快來！”

阿鸞馬到臨近，早已取出刀來，她跳下馬奔過來說：“葛師叔閃開！”葛志強正刀法錯亂，趕緊抹頭走開。

李鳳傑也不追趕，只是微微笑着，等阿鸞的刀嗖地劈過來時，他就用刀相迎。河岸之上，柳樹之外，這一男一女雙刀飛翻，各不讓步。只見刀光映着日光閃爍奪目，鋼鐵相擊着鏘鏘地響。

惡戰二十餘合，那邊魯志中、葛志強恐怕姑娘有閃失，就又一齊掄刀過來。李鳳傑敵住三人，又交戰五六合，就漸漸向後去退。那邊韓豹也綽着一杆花槍奔過來，撲向李鳳傑猛刺。李鳳傑一面向後退，一面笑道：“你們真不愧是關中的英雄，刀多手眾！”

他向後退着，忽然轉身就跑。金志勇、程鳳山攔住橋頭，龐蔭、張八、秦得玉等人擋在西面，都說：“別讓他跑了！”李鳳傑卻直撲瞎老虎張八，一刀就將張八砍倒，順勢將自己的寶劍搶在手中，把鋼刀扔了。

此時他手中有了寶劍，就如虎生翼，如龍得水，他抖起劍光，返身又撲向眾人。只聽鏘鏘鏘，李鳳傑的寶劍將眾刀磕得紛紛後退。他的身子如同一隻飛燕似的在刀叢裏跳躍飄忽，東遮西護，前擋後攔，別人的兵刃休想近得他的身。這時只有魯志中和鮑阿鸞還能抵擋得住，其餘的人全都不行了，一霎時只聽幾聲慘叫，程鳳山和金志勇全都被劍刺傷了。李鳳傑又掄劍轉取韓豹，韓豹用槍去迎，喀嚓一聲，花槍的杆子就被寶劍斬斷。韓豹嚇得轉身就跑。李鳳傑奔過去，寶劍如鷹翅下擊，又聽得一聲慘叫，血水橫飛，韓豹摔在了地下。橋上的人就一齊驚喊道："出了人命啦！"

阿鸞大喊道："你休想走！"飛步奔將過去，一刀向李鳳傑的後背猛砍。李鳳傑急忙翻身以劍相迎，鏘鏘連聲。阿鸞雖覺得手痛，但不退後，她一手去抓李鳳傑，一手掄刀向李鳳傑砍去。李鳳傑以劍挑起，撩開了阿鸞的鋼刀，斜身撤劍。這姿勢極為惡毒，眼看劍鋒就要觸到阿鸞的胸部了，這時橋上忽有人大喊一聲。

李鳳傑趕緊收回劍去，跳到一旁，橋上有一個騎白馬的少年，已挺劍跑了過來。李鳳傑拋開阿鸞，用劍直取這人。這少年將劍一掄，叫阿鸞、魯志中、葛志強三人全都躲開，他迎過去獨戰李鳳傑。只見兩道寒光亂閃，兩個靈便的身軀往來跳躍，隨戰隨走，二人已相持着走出百步之外。阿鸞要追奔過去，卻被魯志中拉住，她提刀喘着氣，就見那邊的二人已交手三十餘合，漸漸李鳳傑向南退去。

那少年仍然不舍，挺劍追逼，將十餘合，只見李鳳傑已然坐在地下，橫着劍架住了對方的劍。那少年忽然撤劍向李鳳傑胸際刺去，寒光一陣亂眼，李鳳傑一滾身又用劍遮住對方的劍。對方那少年卻抽劍回來，向李鳳傑的腰間拍了一下，李鳳傑就挺身站起來。

阿鸞和魯志中等人全都趕了過去，只見李鳳傑滿面通紅地提劍下了河，蹚着那沒膝的河水，走往對岸去了。

## 第八回　雙傑決雌雄血光染劍　十年懷仇恨盛氣傳書

這裏那少年便回身擺手說:“算了！放他走吧！反正他知道他是敗了。”

阿鸞回身跑過去牽馬，就要過橋去追李鳳傑。那少年卻追趕過去，一手提劍，一手拉住了阿鸞的胳臂，笑着勸說:“姑娘，你追他做什麼？我敢保他過了這道河就絕不敢再到橋西邊來了。”

阿鸞紅着臉奪過胳臂，氣得跺腳說:“莫非他就跑了？白叫他殺死了人！”

少年卻微笑道:“你們這些個人打他一個，本來是你們的理虧！”

秦得玉也過來相勸。魯志中就抱拳向這少年問道:“這位兄台貴姓？”那少年說:“姓紀。”旁邊秦得玉驚訝着問:“莫非閣下就是紀廣傑嗎？”少年點了點頭，微笑着。葛志強等人一聽這人就是龍門俠的嫡孫紀廣傑，遂就一齊趕過來見禮，都說:“紀兄的大名我們真是久仰了！”紀廣傑也抱拳，說了幾句客氣話。

旁邊阿鸞姑娘本來正欽佩這少年的劍法高超，武藝在那李鳳傑之上；但是他的舉止有些輕浮，卻又使自己生氣。如今一聽原來他就是轟傳多日的那個紀廣傑，她就很驚訝，不由更是注意。只見紀廣傑年紀二十四五歲，生得神情英爽，身材短小精悍，面色微黑，身穿一件青洋縐褲褂，他的那口劍上還繫着紅絲的線子。

當下葛志強、魯志中一面叫來閒人，把死傷的人抬到車上，一面極力拉攏紀廣傑，要請紀廣傑在此等候一會兒，然後一同進長安城到順利鏢店去歇息。紀廣傑卻說:“我來長安是為望看我的舅父，至少也要在此住兩三月，以後我們聚會的日子很多，改日再打擾吧！”說時他已走到橋邊，那裏就有他的一個僕人，牽着兩匹白馬。

紀廣傑將寶劍收入鞘內，正要上馬。葛志強、魯志中、秦得玉三人，又走過去問說:“不知令親住在城內哪條巷裏？”紀廣傑說:“舍親住在鹽店街，開設廣益福錢莊，到那裏就可以找到我。”說着上了馬，一抱拳，說了聲“再會”，就帶着他那個僕人走了。走出不遠，他還回頭看了看，又抱抱拳，便揚長走去。

這裏阿鸞、葛志強等人，看着那兩匹白馬去遠，他們才回轉頭來。見臨時雇來的那些閑漢已把受傷的程鳳山、金志勇、張八和慘死的韓豹都抬在了車上，葛志強不禁歎息揮淚。

本鎮上的兩個官人這時才敢過來，葛志強就對他們說："兇手已經跑了，你們也不必往上呈報了。"遂給了官人十兩銀子，托他們分散給在旁幫忙和看熱鬧的人，囑咐他們不可把今天這件事對旁人去說。然後葛志強等人就上了馬，跟着車回長安城去了。

葛志強一路歎息着，說："我們昆侖派幾十年來的英名是丟盡了！一個小小的李鳳傑，我們就叫他大殺大砍，兩次死傷了七八個。人家紀廣傑一來到，不費力就將李鳳傑制服了，我們真羞得慌！這樣還開什麼鏢店，還走什麼江湖？我看不如我們昆侖派的徒眾，一齊去見師父，痛哭一場，然後把我們的鏢店全都歇業！"此時他身上的泥水已被陽光曬乾了，但樣子越發顯得狼狽。魯志中、梁振等人全都在馬上低頭不語。

阿鸞氣得一副嬌容始終是紫的，她憤憤地說："憑什麼把昆侖派的鏢店全都關門？你們都不開，我開！我不但還得在江湖稱英雄，過兩天我就去跟紀廣傑比比武，再過幾天，我還要找那李鳳傑報仇去，這個仇絕不能不報。方才，你們要是叫我一個人與他交手，我敢保絕不能放他逃跑，你們卻在中間亂攪，弄得我刀法也施展不開！"她這樣說，連葛志強也不再言語了。

回到城內，葛志強先派人把死傷的人都送回各自的家中，他回到鏢店內，就躺在床上發愁。

阿鸞氣得在她住的屋內不住地怒罵，又拍桌子又跺腳。整個鏢店裏的人全都垂頭喪氣，沒有一個像往日那般高興的。魯志中在葛志強的屋中發了半天的愁，想了半天，然後他就抬起頭來說："師兄，咱們光發愁也沒有用，人的武藝有高低，比起武來，就有贏輸勝敗。現在這件事也不算什麼，鏢店還得開，江湖還得走，仇也得報，江小鶴如果來了，咱們也還得對付他！"

葛志強說："江小鶴來，我倒不怕。就是現在，我真沒有臉再出門見人了！"

魯志中卻搖頭說："我看真正的後患還是江小鶴！唉，現在且不要提他，只說目前。紀廣傑的武藝今天我們是看見了，他的武藝不僅比我們高強，還在李鳳傑之上，這樣的人物不愧是龍門俠的嫡孫，真是名不虛傳。今天與李鳳傑比武，咱們以眾欺寡，原是咱們的理虧，但他卻能幫助咱們將李鳳傑驅走，可見他是很看得起咱們昆侖派。他那個人很和藹，年輕好事，咱們不如跟他深交一交，一來防備李鳳傑捲土重來，二來也預備江小鶴來時，咱們有個好幫手。"

葛志強不等他師弟把話說完，就搖着頭說："我們昆侖派自己不行，請人家龍門俠的孫子給我們助威，那連師父三十年來的名聲都丟盡了！"

魯志中卻說："不然，師父也一定是願意的。蔣志耀師兄隨鸞姑娘到大散關的那天，曾對我說過，此番出來，不僅是叫鸞姑娘見見世面，也是要給姑娘尋個女婿。在他臨走時，師父就把此話悄悄告訴了蔣師兄，說是無論在什麼地方，只要遇着少年有才、武藝超過鸞姑娘以上的人，就可以叫他們成親。”

葛志強一聽，就跳下床來說：“要說起來，紀廣傑可真夠得上少年有才，武藝不但比阿鸞姑娘高得多，連師父也許都敵不過他。若論家世，龍門俠紀君翊的孫子，叫起來有多麼響亮！”

魯志中說：“這真是一件天配良緣，機會不可錯過，何況蔣志耀已回漢中請大師兄去了。”

葛志強說：“就是大師兄不來，我們也可以給他女兒做主。”於是葛志強就留魯志中在家，叫他時時看着阿鸞，別叫阿鸞出門。他就趕忙回到北房換衣服，並叫外面備車。少時葛志強已換得衣冠齊楚，與剛才由河裏爬上來的樣子，簡直是判若兩人了。他帶着個僕人，出門上車，便往鹽店街拜訪紀廣傑去了。

那紀廣傑現在住的地方是廣益福錢莊，買賣並不大，是他舅父趙保福與別人合夥開的。紀廣傑就歇在櫃房裏，所以葛志強訪他，他也就在這裏接見。二人先述了些江湖客套，然後葛志強就詢問到紀廣傑的家世。紀廣傑就說：“先父去世於先祖之前。先祖本來對江湖極為灰心，所以先父在世時便棄武學文，可是科場不利，只中到秀才，便坎坷以終。兄弟在幼年時也曾從先父受業，十五歲時中了秀才。後來先祖父不願將武藝絕傳，便令我一面從父習文，一面從祖學武，為的是將來倘或功名不能進身，也可以以武謀食。十年以來，父祖均已見背，家中只有寡母和族兄嫂。我也是因為科場不利，所以才出來閱歷閱歷，在河南結交了幾位朋友。現在是來關中望看母舅，過兩三個月我就要起程到京都去謀個出身。”

葛志強聽了紀廣傑這番話，心裏更是歡喜，便趕緊說：“紀兄弟你就在這裏多玩些日子吧，不必急急忙忙到北京去。我們兄弟一見如故，過些日或許師父鮑昆侖還要到長安來，他老人家也是久仰你的大名。”又說：“今天要不是兄弟你幫助把李鳳傑打走，我們昆侖派真丟盡了人！剛才我那師父的孫女在鏢店裏也直誇你，還求我把你引見給她，她好向你討教武藝。”

紀廣傑聽了，不禁微笑，就點頭說：“很好，晚間我到你那裏去，我們再細談吧！”

因為這櫃房很狹小，而且夥計們出來進去的也很多，不便談話，葛志強又坐了一會兒，便告辭走了。他離開這錢莊又到韓豹、張八等死傷的人家中去探慰了一番，贏得滿懷愁慘。但他心中稍感安慰的就是紀廣傑已肯與自己結交。有這麼一個本領高強的人，實在能維護自己現有的事業，並且，倘若他能與阿鸞婚配，那簡直就是昆侖派的一家人了。回到店中，他就令人辦席置酒，並令人在櫃房對面打掃出一個乾淨房屋來。

當日又有鏢行許多朋友來到這裏向他探問，葛志強只得老着面皮說：“李鳳傑早被我們打走了，不過因為他是蜀中龍的弟子，所以武藝也頗是了得。韓鏢頭、程鏢頭、張八和我的師弟金志勇都受了傷，尤其是韓鏢頭真慘，他竟為我的事負傷而死。”別人便都向他勸慰了一番。又提到關於紀廣傑之事，葛志強當然也加上一番吹噓，說自己與紀廣傑早就相識，而且他的爺爺與我們師父又是老朋友。他又說：“今天紀廣傑是要到省中來，從灞橋經過時，正遇見我們已把李鳳傑圍住，眼看就要結果他的性命，紀廣傑便趕緊過去相勸，我們才把李鳳傑放走了。”別人其實早就知道今天午前灞橋邊爭鬥的詳情，但是不能點破，便誇讚了葛志強一番，然後都走了。

這些人走後，葛志強反倒很慚愧。他到裏院看了看兒子的傷勢，仍然很重。聽兒媳說剛才阿鸞要走，被魯志中攔住，她幾乎同魯志中動起刀來。葛志強又不禁十分擔憂，趕緊到阿鸞的屋裏，說：“姑娘你別着急，李鳳傑雖然跑了，但早晚我們要把他捉住報仇。方才有由漢中來的人說，你父親一半日就要動身，再有四五天就可來到。我也托了朋友到鎮巴縣去請老爺子。老爺子雖然多年沒有出門，可是這回我們昆侖派遇見了大對頭，他老爺子也不能不出馬了。”

阿鸞一聽這話，便信以為真，雖然怒猶未息，但卻點頭說：“好吧，我等我爺爺來。我跟着他老人家一同出關找李鳳傑去，用不着別人幫助。”遂又問：“那個紀廣傑現住在什麼地方？早先不是聽人說，他不是也要跟我們昆侖派鬥一鬥嗎？”

葛志強搖頭笑着說：“早先的那些話，全是別人誤傳，其實他跟我們都是一家人。你看今天，他在灞橋幫助我們趕走了李鳳傑。這人實在是一位少年英雄，今年才二十五歲，尚未成家，如今是來看他舅父。我打算留他在這裏多住些日，好跟他討教些龍門派的武藝。今天晚間我就請他來吃酒，姑娘你也可以與他見上一面。”

阿鸞卻生着氣，搖頭說：“我不見他！”

葛志強說：“姑娘你別惱。你要在家中，無論是誰，我也不能引他來見你，可是你現在出門走江湖來了，不能再細講什麼規矩禮教。何況紀廣傑與我們昆侖派原是世交，他和你也如同異姓兄妹，見見面也沒大妨礙。我剛才去找他，他一見我的面就問，在灞橋跟李鳳傑對敵的那位姑娘是誰？我說那是我師父的孫女。他就說，怪不得有那麼好的武藝。”

阿鸞一聽紀廣傑誇讚了自己，心中不由有點兒高興，但一細想，就又搖頭說：“我不見他，他要是想跟我較一較武藝倒行。葛師叔，回頭等他來了，千萬要向他詢問李鳳傑的來歷，並問他李鳳傑現在逃往哪裏去了？我看今天在灞橋他能將李鳳傑放走，大概他們兩人早就相識，說不定他們還許是師兄弟呢，要不然怎麼全都叫什麼傑呢？”

葛志強急忙說：“那倒不是，他們二人絕不會相識，要不然紀廣傑豈能幫助我們？無論如何今天李鳳傑算是敗了。”說畢，葛志強又到外院去張羅了一番，並與魯志中商量好了回頭向紀廣傑說什麼話，怎樣套近。

到了晚間，華州鏢店的秦得玉就來了，他是被葛志強找來作陪的。在點上燈之後，那紀廣傑方才來到。他仍然是帶着個僕人，兩人騎着馬，那僕人並給他捧着劍。紀廣傑身穿絳紫色的綢衫，頭戴便帽，足蹬薄底官靴，手持一柄摺扇，丰姿瀟灑，舉止豪爽。葛志強、魯志中、秦得玉等三人就十分謙恭客氣地把他讓到了西房內。

紀廣傑一看屋中已擺上了一桌豐盛的筵席，就拱手說："諸位何必這樣客氣？隨便有點兒酒就行了，這樣真使我不安！"

葛志強笑着說："這是第一次請你，以後我們天天見面，就跟一家人是一樣，再沒有這些客氣了。"

紀廣傑笑了笑，遂就寬去了長衣，裏面露出一身米色綢褲褂。葛志強等人讓他就上座，他也不甚推辭，遂坐在上首。葛志強先給他敬酒，紀廣傑就說："我們還是自斟自飲吧，不要客氣。"於是四個人便對座暢飲高談。

紀廣傑先說了他祖父龍門俠的生平事蹟，又說了他本人此次在河南各地闖蕩的經過，怎樣在洛寧縣劍傷鐵臂猴梁高，在開封府拳打神鷹高慶貴。他說得眉飛色舞，真使葛志強等人不勝拜服。最後又說到李鳳傑，紀廣傑就說:"此人我久聞其名，並且在開封府還見過他一面。他大概也是個不第秀才，據他自稱他是蜀中龍的弟子，是真是假還不一定，不過此人的劍術確實不錯。近一二年來，他在江南頗做了些俠義的事情，所以今天我只將他打敗，並不傷害他的性命，便是這個道理。可是這只是第一次，若是第二次他再犯到我的手裏，那可就難保不傷他了！"

聽到這裏，葛志強點了點頭，飲了杯酒，便憤憤地說道："紀兄弟，你雖然不肯傷了他，並放他走開，但我們與他的仇恨是不能解開了。十天之內他殺傷了我兒子，殺死了我師弟苗志英，今天又殺傷了這許多人，如若把他放走，那也顯着我們昆侖派和關中的鏢頭拳師都太無能了。所以我們現在已有人到別處請朋友去了。到時朋友請來，這裏的喪事也辦畢，我們就要分頭去找李鳳傑，雖然不必一定害他的性命，但是也要出出這口惡氣。"

紀廣傑就說："到時我一定幫你們諸位的忙。今天在灞橋邊雖然我的劍下留情，但李鳳傑他必不服氣，遲早他還要來作對。但我是一點兒也不恐懼。不要說他是蜀中龍的弟子，就是蜀中龍現在尚在人間，他本人若是毫不客氣，找了我來，我也要鬥他一鬥！"

葛志強等人聽紀廣傑應允幫助他們對敵李鳳傑，全都非常歡喜。魯志中就又問說："紀兄，你從外省來，可知道江湖間有個江小鶴嗎？"

紀廣傑搖頭說："沒聽說過這個人的名字，只不知他是哪裏的人？與魯兄怎麼相識？"

葛志強冷笑說："那是個無名小輩，與我們昆侖派積有素仇，後來他拜了個老師，也是江湖無名的人物。"

紀廣傑擺手說："那不足為慮！近百年來江湖有名的人物，除去先祖龍門俠，就是蜀中龍。如今我們眼見蜀中龍的弟子李鳳傑的本領也不過如此，旁的人還能教得出什麼好門徒來？"

秦得玉點頭說："這話對！"

於是葛志強又擎了滿滿的一杯酒遞給紀廣傑。紀廣傑笑着接過酒杯，剛要去飲，忽聽啪的一聲響，由外面飛進一片瓦，把桌上的一個瓷盤子打了個粉碎。屋中的人全都驚慌地站起身來，紀廣傑吩咐滅燭，立時屋中幾盞燈、幾枝燭就全都滅了，葛志強等人都由壁間去摘刀取劍。

紀廣傑由他那僕人的手中掣劍在手，悄聲囑咐葛志強等人說：“不要慌亂！這一定是李鳳傑，交我拿他！”一言未了，對面東房上早已有人相打起來，只聽刃物相擊，聲音十分響亮。

紀廣傑趕緊持劍出屋，葛志強等人也都跟隨出來，只聽東房上有女子聲音大喊道：“誰也不許來幫助，誰要是幫助我，我就拿刀砍誰！”

紀廣傑聽了，不禁微笑。他提劍躥上房去，那女子卻掄刀向他殺來，厲聲問道：“你是誰？”

紀廣傑躲避開這女子的鋼刀，挺劍去戰那邊的李鳳傑。李鳳傑卻趁空跳到了鄰店的房上，在那邊還哈哈大笑。紀廣傑大怒，踏着房瓦，飛似的追將過去。那李鳳傑卻躥房越脊，如履平地一般，少時就沒了蹤影。因為腳下所踏的都是舖戶的房屋，那戶裏的人就都驚慌起來，點起燈籠來高聲喊着拿賊，紀廣傑不便再往下追趕，只得憤憤地提劍回了鏢店。

此時葛志強、魯志中已把阿鸞勸下了房，攔住她，不叫她去追；阿鸞卻不住頓着腳大罵，並且拿着刀亂掄。葛志強把她手中的刀奪過去，說：“師姪女，現在的事情不可暴躁。他在暗處，我們在明處，我們怎可去追他？倘或你有了點兒小小舛錯，過幾天師父和師兄來了，我們有什麼臉見他們？”

阿鸞頓着腳說：“什麼話？你們太怕事，太軟弱無能，叫人家把我們昆侖派都欺負完了，你們還捨不得拚出去！”

這時紀廣傑已由房上跳了下來，就擺手說：“鮑姑娘你不要着急，現在李鳳傑找了我來，那很好。我想他一半日內也不能離開此地，明天我一定能把他捉來，捆着交到這鏢店裏！”

阿鸞氣得頓腳說：“我們的事憑什麼叫你來管？難道沒有你姓紀的，我們就捉不着李鳳傑了嗎？”紀廣傑只是微微地笑。

這時兩屋內又點起燈燭來，紀廣傑就說：“請鮑姑娘也去跟我們喝一杯酒。我想李鳳傑回頭還許來，他若來了，那時我們一定全都不上手，只叫姑娘一人去鬥他。”隨說隨笑。

紀廣傑先走進西屋裏，將劍交給僕人入了鞘，然後仍高踞首座，自己斟起酒來喝。阿鸞也隨着葛志強進了屋，她也不喝酒，只坐在一張凳子上，手裏永不放下刀，兩眼專瞧着門外，彷佛急盼着那李鳳傑能夠重來才好。紀廣傑此時卻從容恬靜，依舊與魯志中等三人擎杯暢飲，並且時時偷眼去窺阿鸞。葛志強此時十分煩惱，並且提着心，勉強跟紀廣傑應酬着談話。

及至酒足菜盡，時間已深夜了，紀廣傑也有了些醉意，便越發用眼去瞧阿鸞，並連聲誇讚說：“這姑娘的武藝真是高強，我實在佩服，現在江湖上的俠女還真是少有。”

阿鸞卻未與紀廣傑談一句話。她在屋中坐了一會兒，就提刀出屋，躥上房去，又去搜查賊人。

當夜，葛志強就留下紀廣傑在那間收拾好了的房屋中歇宿，秦得玉睡在櫃房裏。阿鸞手不釋刀，在前後院的各房上走來走去，一夜也未睡；葛志強、魯志中也時時警戒着，並未合眼。所幸倒是並未再發生什麽事情。

到了次日，紀廣傑命僕人回廣益福錢莊去取來行李，他就決心在這裏長住了。他穿着綢衫，抱着寶劍，整天都在長安市上漫遊。酒店茶肆、客房年傑旅舍，他全都找到了，總沒有那李鳳傑的蹤跡。晚間他回到鏢店，葛志強又備酒與他在西屋裏暢飲，刀劍全都預備在手下，並把西屋的屋門大敞，專為等候李鳳傑前來。鮑阿鸞姑娘也是騎着馬帶着刀，在外面尋找了半天，晚間又提刀在房上來回地走，但是那李鳳傑竟毫無聲息，弄得眾人的心裏全都非常急躁。

兩三日後，紀廣傑就命人裁了十幾張紙條，他自己動筆，在紙條上寫道：

**捉拿李鳳傑**

**盗賊李鳳傑曾於日前殺傷本店鏢頭數人，膽小畏罪，逃匿無蹤。如有人知其下落，至利順鏢店通風報信者，賞銀二十兩，絕不食言。**

這時葛志強走進屋來，他看了就皺着眉說：“這恐怕是白費事吧？李鳳傑那人很狡猾，若有人來給我們通風報信，不等我們找去，恐怕他就早已跑了。”

紀廣傑卻微微笑着，說：“你不必管，我這辦法一定有效果，今晚就可把李鳳傑捉住。”於是他就命鏢店的夥計們分頭去貼傳單。傳單貼在城內城外各要路口，許多人都圍着看，這件事就越發轟動了。葛志強又到各衙門去託人情，並說明此事。鮑阿鸞仍然騎馬在各處找，那紀廣傑卻在鏢店中磨鋒以待，但直到傍晚，還聽不見一點兒關於李鳳傑的消息。

紀廣傑真急躁了，他就連長衫也不穿，劍鞘也不帶，只提着一口明晃晃的寶劍出了門，在雜亂的人叢中走着。他走過了許多條街道，引得許多人都很注意他，他也注意地去聽別人的談話，但卻仍得不到李鳳傑的下落。他就進了一家酒樓，悶悶地飲酒，飲得半醉，方才提劍走出。

此時已交過二鼓，街上往來的人已稀，天際星月茫茫。在將走到利順鏢店門前之時，忽聽吧的一聲，有人用一種刃物在他的後腰拍了一下。紀廣傑大吃一驚，酒意全失，向旁邊一跳，翻身掄劍，向後面就砍。後面的人急忙用劍相迎，鏘鏘鏘，寶劍相擊了幾下。忽然那人退步將劍架住，笑着說：“住手！”

紀廣傑一聽是李鳳傑的聲音，便探臂挺劍，冷笑着問說：“你怕了嗎？”說時毒蛇鑽心，猛向對方胸口刺去，只聽鐺的一聲，又被李鳳傑用劍磕開。李鳳傑反手，用劍橫掃，紀廣傑就以劍撩開。二人同時進步，劍壓住劍，手握住手，腳也蹬住腳，但處處勢均力敵。

李鳳傑又微笑道：“我若怕你，還不找你來呢！”說時腳下一用力。紀廣傑趕緊撤步，右手用劍壓住李鳳傑的劍，向外去撩，同時左手用力將李鳳傑向懷中一帶，要反劍去刺。但李鳳傑早已奪過手，抽回劍去，他改變了劍式，閃身直前，上左足，縱右足，右手的虎口勃猛地一用力，將劍向前刺去。紀廣傑急忙縱步伏地，以回風式抖劍横砍了去，當時兩劍相擊，又鏘的一聲響。

李鳳傑退步哈哈大笑，說："佩服，佩服，可惜此地狹窄，劍法施展不開！"

紀廣傑怒喝道："休說閒話，今天我就要你蜀中龍弟子的性命！"李鳳傑依舊笑着，奮力用劍去擋。

這時就有人看見他們在爭鬥，跑到利順鏢店裏報告去了。李鳳傑收劍退身就走，紀廣傑趕緊追出巷口，李鳳傑卻忽然轉身横劍，說："姓紀的，你不要逼我太甚！前天在灞橋邊，我一人與那許多人鏖戰。在我精疲力盡之時，你才趕到，我才敗在你的手下。你完全是僥倖獲勝，真要交鋒起來，還不知鹿死誰手！在此處爭鬥有許多不便之處，因為地方狹窄，而且你的黨羽也太多。"

紀廣傑搖頭說："那些人並不是我的黨羽，我也不是為他們報仇出氣，我只是憎別人用劍來對我這口寶劍。假若你棄劍使刀，我便可以饒恕了你！"

李鳳傑冷笑道："好大的口氣，寶劍只許你龍門紀家一家使用嗎？現在天色已晚，我們二人爭鬥，也看不出誰優誰劣。這裏離着我的住所不遠，你何妨到我那裏談一會兒？我們商量一個比劍的處所，不令別人知道，到時打鬥只是咱們二人，決定一個勝負。還有，你放心，我住的那個地方絕無埋伏。"

紀廣傑嘿嘿笑道："有埋伏我便怕嗎？走！"

這時那利順鏢店的人已找進胡同來了，紀廣傑就向李鳳傑說："快走！"於是這兩人也不再交手，就提劍並行。轉過了幾條黑暗的小巷，就到了一戶住宅的門前。

李鳳傑上前打門，少時就有人把門開了。紀廣傑一看，原來是個老嫗，李鳳傑讓紀廣傑進來，那老嫗遂就把門關上了。這院中非常清靜，只北房中微有燈光，紀廣傑隨着李鳳傑進屋一看，卻見屋中並無一人，四壁琳琅滿目，盡是書籍，桌上還擺着幾卷書。

紀廣傑就問："這是什麼地方？"

李鳳傑說："這是我一個朋友的家，前天我從灞橋回來，就寄宿在這裏。但你回去千萬不可對別人去說。"

紀廣傑笑道："你把我紀廣傑看得太不是英雄！"遂就靠桌坐下。他右手握着寶劍，左手就不禁翻起案上的書來。只見一卷《新唐書》內夾着一張朱綠絲的詩箋，卻是李鳳傑的新作，其中有兩句云：江水夜寒驚玉劍，關山春暮縱良駒。紀廣傑看了，不禁擊節讚賞。

對面李鳳傑把寶劍放在桌上，剪了剪蠟燭，笑問道："你看，我這個盜賊還會作詩，你只懸賞二十兩捉拿，未免太少了吧？"

紀廣傑不禁臉紅，回答說："我不知道你是這等人，再說我命人四處粘貼告白，原是我激你自己出頭，並不是真要捉拿你。"

李鳳傑冷笑道："你若真打算捉拿我，恐怕我倒不像一般盜賊那麼容易拿了！"

紀廣傑一聽這話,立時擲下書卷站起身來,持劍又要與李鳳傑就地交手。

李鳳傑卻擺手微笑，說：“這不是打架的地方。在這裏住的那位朋友，他的膽子極小，不可驚動了他。再說，我好意把你請了來，你應當講些客氣，因為我聽說你也是個唸書的人。”

紀廣傑放下劍，又看了看李鳳傑，便問道：“你這麼年輕，又有這麼好的學問和武藝，為什麼不去謀個出身，卻要做這些事呢？”

李鳳傑冷笑着問道：“我做了什麼事啦？我真像你所說的，做過盜賊嗎？”說到這裏，他也有些激怒，便說：“紀廣傑，按理說你的祖父與我的師父同是武當派的傳人，當年他們也都是好友，你我不可結仇，但如今你竟誣我為盜，這實在是欺我太甚！在此地有那些昆侖派的人在中間打攪，我不願與你交手，你若有膽，明天咱們可以到潼關會面。”

紀廣傑說：“到潼關會面，那很好，到時你准去嗎？”

李鳳傑說：“當然准去，咱們誰也不許攜帶助手。明日下午在潼關見面，索性較量個高低，死傷在所不悔！”

紀廣傑點頭說：“好！那麼咱們一言為定，我走了！”當下他轉身出屋，提劍上房走去，李鳳傑也沒送出屋來。

紀廣傑由北房轉到東房之上，還見那房中燈光晃晃，窗上並有李鳳傑的身影，是在那裏看書。紀廣傑不禁暗暗有些敬慕，心說：真是位少年儒雅俠士，可惜無意之中我們竟走到敵對的地位了。

回到利順鏢店中，這裏正在忙亂，葛志強等人全都提着刀在門前張望。一見紀廣傑回來，就問道：“又放那李鳳傑跑了嗎？”

紀廣傑擺手說：“不是李鳳傑，是我的另一個朋友。我們比劍玩了一玩，後來到他家裏談了一會兒。”

魯志中等人都十分驚異，並以懷疑的眼光看着紀廣傑。

這時阿鸞回來了，她急躁地直頭向紀廣傑問說：“你到底是怎麼回事？莫非你是跟李鳳傑相勾結，故意攪鬧我們這裏嗎？”

紀廣傑擺手說：“姑娘你說這話，實在是冤枉我。假若我真與他相識，存心攪鬧，有他一個人就足夠你們對付的了，我何必還攙在裏頭？”

鸞姑娘憤憤地要跟紀廣傑吵嘴，卻被魯志中勸回裏院。這裏紀廣傑就歎息了一聲，向葛志強說：“剛才我已聽朋友對我說了，那李鳳傑確實是蜀中龍的弟子。此人是文武全才，本來應當跟他交個朋友，但現在為你們諸位的事情，我已與他結下嫌隙，一二日裏說不定要與他決一生死了！”說完了，便悶悶不樂地回到他住的房中，躺在床上，卻又興奮得睡不着覺。

到了三更以後，鏢店已閉上了大門，慌亂了半天的那些夥計們全都歇息去了。紀廣傑側耳向屋外去聽，還有不間斷的輕輕的腳步聲，並且房上的瓦也似乎微微地響。紀廣傑覺得很好笑，便提着寶劍開門出屋，就聽房上有女子的聲音問：“誰？”

紀廣傑笑着答說：“是我。”

房上的阿鸞沒有言語，踏着瓦往後院房上去了。紀廣傑四下去看，各屋中都已熄滅了燈光，他便躥上房去，一點聲音也沒有。然後，他將寶劍放在房上，彎着腰慢慢地也向後院去走。此時，阿鸞已由房上跳到了後院的平地上。她提着刀又在後院中走了幾個圈子，便像是很疲倦似的，進到西邊一間有燈光的屋中去了。紀廣傑十雙也跳下房來，壓着腳步聲，走到西屋的窗前，閉着氣待了一會兒，然後用指甲沾了點兒口水，輕輕地將窗紙刮破了一個小窟窿。向裏一望，就見那阿鸞姑娘正在解上身的鈕扣，仿佛要換衣裳，或是要就寢似的，紀廣傑就驀然拉門而入。

阿鸞驚得啊了一聲，立刻將刀掄起。紀廣傑卻擺手說："姑娘別急，我來是為跟你說幾句話！"

阿鸞的臉上立刻現出一陣緋紅，又由紅轉為紫色，她瞪着眼睛憤憤地說："黑天半夜，你到我屋中來，是有什麼事情？"

紀廣傑微笑着說："剛才我確實見着了李鳳傑，我們兩人約定了地點，明天比武。姑娘你若想去，明天我可以領着姑娘去看一看，但不可叫別人知道！"

阿鸞一聽，立刻急急地問說："你們明天是在什麼地方比武？到時我也去！"

紀廣傑擺手說："請姑娘小聲說話！方才我見着李鳳傑，他就譏笑我們，說昆侖派仗着人多，與他為敵，其實是不中用。"

阿鸞說："人多倒手亂了，所以幾次都是他占勝。明天的事，到時你也不用去了，你把約定的地點告訴我，我獨自去與他爭鬥好了。"

紀廣傑微笑着說："那如何能成？他約定的是與我交手比武。姑娘若去了，他一定不肯交戰，並設法逃走，以後再找他可就難了。明天這樣，請姑娘於清晨騎着馬到灞橋，我們在那裏見面，然後再同去找李鳳傑。到時姑娘先看我們二人比劍，不可上前幫助，以免又被他恥笑。如果我的力量實在不行，那姑娘再上前去拿他。"說到這裏，他微笑着，並用那雙炯炯有神的眼睛盯着阿鸞。

阿鸞點了點頭，說："明天清早准在灞橋見，你去吧！"紀廣傑又微笑着，囑咐阿鸞別叫旁人知道，便轉身出了屋，身後的阿鸞就將房門關上了。

紀廣傑飛身上房，踏着瓦走到前院，拿了寶劍，然後又跳下房去，進屋關門就寢。躺在床上，他的腦子裏卻總是癡想着阿鸞，覺得她真是世間罕有的美人、江湖難尋的俠女。

到了次日，一清早紀廣傑起來，就見阿鸞已然牽馬帶刀出門去了。紀廣傑暗自微笑，便從容不迫地更換衣裳，吩咐鏢店的夥計趕緊到各處，將昨天粘貼的那些懸賞捉拿李鳳傑的帖子全都撕了去。

少時葛志強來到這屋中，就說："計算日子，我們請的那些人都快到了。今天漢中府就許有人來。如若李鳳傑逃往外省，我們也要找了他去。且請紀兄弟在我們這裏多住些日，幫我們辦完了這件事情，以後我們昆侖派的人都得說你是位好朋友！"

紀廣傑點頭說："我一定幫你們了結這件事，今天我還要出城尋那李鳳傑去呢！”

葛志強出屋之後，紀廣傑就命人備馬，隨後他就攜帶寶劍，出了鏢店，往東去走，策馬出了長安東門，便放轡快行。這時雖然是早晨，但天氣已十分炎熱，紀廣傑走得太急，及至來到灞橋，他已滿頭是汗。揚目前望，就見河邊柳蔭影裏繫着一匹紅馬，那阿鸞穿着白綢小衫、蔥心綠色的綢褲，正站在樹下向他高高地舉着鞭子。

紀廣傑微笑着催馬來到近前，那阿鸞已解下馬來，跨上了鐙。紀廣傑就說："天太熱，咱們先在這裏歇一會兒，好不好？"

阿鸞說："歇什麼？趕了去捉住李鳳傑，然後再回長安去歇着不遲！"說時她已騎上了馬，揮鞭過橋走去。

紀廣傑也只得策馬跟着過了灞橋，他跟在阿鸞的馬後，說："不過，今天咱們見了李鳳傑，也得在下午，就是見了面立時就能取勝，今天也趕不回來了。"

阿鸞問說："你們約的是什麼地方？"

紀廣傑說："在潼關，離此二百七十多里。"

阿鸞冷笑說："那還算遠？快走！"說時縱馬飛似的馳去。

紀廣傑就在後面緊緊跟隨，手搖着絲鞭，眼睛瞧着阿鸞那俊俏的背影，雖然直流汗，但他似乎忘了天氣的炎熱。他心中發着一種幻想："看來昆侖派的那些人對我都非常敬重。這姑娘大概還沒有訂親，我若跟魯志中、葛志強等人一提說，他們一定肯為我做媒。我是龍門俠的嫡孫，家世不低，鮑老拳師還能不樂意嗎？將來我們結成良緣，一同去走江湖，那時誰能不羨慕我們這一對英雄情侶？"

紀廣傑越想越高興，便緊緊催馬。趕過了阿鸞的馬頭，他就回首笑着說："姑娘的武藝真是高強！我想老拳師傳授武藝之時，一定有點兒偏心，不然如何姑娘的武藝反倒比那些師叔們還好？我有許多朋友，他們都不相信現今江湖上還有女俠，將來我要請姑娘同我去見見他們，叫他們驚訝一下。"又說："姑娘的武藝真是使我欽佩。我今天請姑娘一人幫助我，勝似請長安所有會武藝的人。"

阿鸞姑娘禁不住紀廣傑連說好話，便也輾然微笑，嬌聲說："我看你的武藝也實在不錯，怪不得你走江湖不久，就這樣有名呢！"說話時，她芳頰禁不住飛上了一層紅暈。但忽然她又似想起了什麼，便將臉色一變，急躁地揮鞭說："快走！快走！先不要說閒話！"

此時紀廣傑的精神更為興奮，他的馬在前，阿鸞的馬在後，雙騎蕩起煙塵，在這火一般的烈日之下向東緊緊前行。因為天熱，而且將近中午，所以路上的行人、車馬很少，眼前已將到了渭南縣。忽然紀廣傑一眼看見，在前面不遠處有一騎白馬，馬上一個青衣人時時回首向後面來望，仔細一看，正是那李鳳傑，他的頭上是用一塊青布包着。

紀廣傑立刻揮鞭緊追，大喊："好，不用到潼關，竟在此相遇，早點決雌雄早完事兒！"

阿鸞也在後緊追，並銳聲喊叫道："休叫他逃走了！"

紀廣傑回首急急囑咐說："姑娘千萬要忍些氣，等我與他交手完了，姑娘再上前，不然必又被他恥笑！"

此時前面的李鳳傑已將馬勒住了，回身來望。等到紀廣傑、阿鸞這兩匹馬一到臨近，他就騙身下來，隨手抽劍，迎上幾步來，笑道："紀廣傑，你一個人就不能走路嗎？一個人就不敢比武嗎？"

紀廣傑氣得臉紅，說："這位姑娘並不幫助我，人家不過是前來看一看。"說話時，他早已擎劍在手，偏腿躍下馬來，騰步奔前，寶劍由下往上繞了個反花，惡狠狠地向李鳳傑當心去刺。李鳳傑撤步倒劍，鐺的一聲就將對方的劍磕開，趁勢斜身進步，寶劍直向紀廣傑砍下。紀廣傑用劍去迎，又是鐺的一聲，二劍相擊，震人心魄。

那邊鮑阿鸞也忍耐不住了，急忙下馬抽刀飛奔過來。李鳳傑連退了幾步，紀廣傑舞劍直追，鮑阿鸞也掄刀撲了上去。李鳳傑的一口寶劍敵住了阿鸞猛撲惡砍的刀和紀廣傑狂撩疾刺的劍，寒光往返，健體翻騰。交戰又二十回合，忽然李鳳傑覺得右脅一痛，忍不住呀了一聲，轉身向東就跑，他的那匹馬也跟着跑去。

阿鸞大喊道："惡賊！你休逃！"舞刀去追。

紀廣傑卻將她的左臂揪住，說："我已將他刺傷了，他傷得很重，放他走吧！不然我們二人就是將他一人捉住，也算不得什麼英雄！"

阿鸞掄刀跺腳說："你別拉着我！"她推開了紀廣傑就向前去追。此時李鳳傑已抓住了馬匹向東飛奔去了。這裏阿鸞也上了馬，掄刀緊緊追趕，紀廣傑也催馬相隨。又追下了三十餘里，前面李鳳傑的馬就跑遠了，已看不見了蹤影，阿鸞便勒馬不住地喘息。

紀廣傑收住了寶劍，走上前說："這還不算洗了昆侖派這些日所受的恥辱嗎？我敢保李鳳傑走不出潼關，一定就得墮馬慘死。姑娘，咱們回去吧！"

鮑阿鸞仍似氣還沒有出盡，她在馬上收了鋼刀，回頭看了看紀廣傑，就說："你先走，我不願意跟你一同回去。"

紀廣傑笑了笑，說："這是什麼緣故？姑娘，我們走在江湖上，就講不得什麼叫男女授受不親了！"

鮑阿鸞手摸着刀柄，瞪了紀廣傑一下，怒聲說："你不是好人！"

紀廣傑笑說："我並沒有什麼不好，我只是愛慕姑娘！"鮑阿鸞聽了撥馬就走，紀廣傑也跟隨過去，當時兩匹馬又像飛龍似的向西疾奔。阿鸞在前，連頭也不回，紀廣傑就在後面說："姑娘不要生我的氣。我今年二十五歲，尚未娶妻，我真愛慕姑娘，你的武藝高強，人物俊俏，姑娘……"阿鸞卻像沒聽見似的，只是鞭着馬疾走。

不到下午三點鐘，阿鸞就回到了長安城內利順鏢店。才到門首，就見那裏停着幾輛車，拴着幾匹馬，有一人在門前張手高呼說："姑娘回來了！快下馬，快下馬，你爺爺來啦！"說話的卻是她的師叔獨眼先鋒蔣志耀。

阿鸞一聽她祖父來了，又驚又喜，立刻跳下馬來往裏跑，問道："我爺爺在哪兒啦？”

西屋的竹簾高挑，鮑老拳師正在跟徒弟們說話，那葛志強、魯志中、趙志龍、袁志俠等人全都在旁邊敬聽。鮑老拳師這時光着膀子，七十多歲的身體還像石頭那般結實。趙志龍拿着一柄鵝毛大扇，替他師父不住地扇着，扇得老拳師的銀髯飄動。

阿鸞一進門就叫道：“爺爺，這麼熱的天，您怎麼也來了？”

老拳師本來說話時是十分地生氣，一見孫女進屋，才有了點兒笑容，就說：“阿鸞，你看看，現在咱們昆侖派被人給欺負成什麼樣子了？我收了三十多個徒弟，保了四十多年的鏢，哪遇見過這樣的事？長安城這麼大的地方，你葛師叔、魯師叔全都在這裏，卻叫一個小小李鳳傑橫行！”

阿鸞說：“爺爺也別生氣了，李鳳傑剛才已被我們殺傷了。”

葛志強趕緊問：“在什麼地方把他殺傷的？”阿鸞就把剛才的事說了一遍。

葛志強、趙十雙志龍等人全都稱快，鮑老拳師卻冷笑說“咱們羞死人了，人家欺負了昆侖派，卻叫龍門俠的孫子替咱們出氣！”

阿鸞搖頭說：“不是，是我與李鳳傑對劍爭戰時，紀廣傑才趁勢將李鳳傑刺傷的，光憑紀廣傑一人，他也沒有什麼大本事。”又說：“李鳳傑的前胸受傷很重，騎着馬逃跑了，大概他走不出潼關就得死了！”

鮑老拳師卻歎息道：“可是咱們又結下了一個仇家！”

魯志中又問：“紀廣傑往哪裏去了？”

阿鸞說：“他大概隨後就來！”

鮑老拳師便把一件土黃色的汗衫穿上，又對阿鸞說：“本來我已有二十年沒出門了，可是自你走後，我也不知為什麼，總是放心不下，所以你蔣師叔回去一找我，我就隨他出來了。路過漢中時，我連城門也沒進，趕路過了秦嶺，又遇見了你師叔袁志俠，我才略略知道這裏的事情，就連夜趕來了。”

阿鸞問說：“爺爺您吃過午飯了嗎？我可連早飯還沒吃呢！”正在說着，紀廣傑也回來了。

鮑老拳師便起身相迎，說：“紀賢姪，幸虧有你幫助，不然我這些徒子徒孫就全完了，我來向你道謝。”

紀廣傑十分恭謹，忙打躬說：“老前輩太客氣了，這句話我實不敢當！”他因為口渴，進屋來與鮑老拳師談了幾句話，就趕緊找水喝。

葛志強曉得他跟阿鸞全都沒吃飯，便叫廚房趕快預備菜飯，並先擺上酒來，連老拳師、阿鸞，一同入座飲酒。紀廣傑就把昨晚與李鳳傑怎麼訂約比武，今天在渭南怎樣打鬥，以及自己怎樣用劍刺了李鳳傑，全都說了。他只是不說昨晚自己約了阿鸞，卻說是今晨在東門外巧遇的。

鮑老拳師見這位少年英雄侃侃而談，也不由得豪興倍發，大杯地飲酒，大聲地談話。吃完了飯，老拳師便命孫女回到裏院休息，他與紀廣傑仍然越談越高興。當日城中又有許多鏢頭拳師，都來到這裏拜謁鮑昆侖，一時利順鏢店裏又特別地熱鬧了。

到了晚間，鮑老拳師與紀廣傑就在一間屋子裏歇宿。老少兩位豪傑又談了許多話，談龍門俠，談蜀中龍，談鮑老拳師平生的得意之事。紀廣傑又談了自己的家庭狀況，以及他此番出來，縱橫河南，打高慶貴，敗鐵臂猴，三上中嶽嵩山，金臉菩薩太無禪師都遠避而不敢與他比武等事。有菜有酒，兩人直談到三更以後，方才睡去。這一夜也十分安靜。

到了次日清晨，鮑老拳師就帶着孫女在院中打拳舞刀。紀廣傑也顯露他祖父的秘傳，走了幾趟驚人的劍法。鮑老拳師看了，不禁點頭讚歎，說："到底是純真的內家武功，比我們崑崙派強得多了！"當日他就私下召集了葛志強、魯志中等人，商談將阿鸞許配給紀廣傑為妻之事，並命魯志中先與紀廣傑提說。

午飯時，魯志中就特地將紀廣傑邀到酒樓上，對紀廣傑提說了。紀廣傑一聽，這真是求之不得的事，十分歡喜，立刻就要下訂禮。魯志中卻說："你既願意俯就，那我就回去稟告老師父。老師父在長安不能長住，也許他就叫你們把喜事快辦了，他好安心地離開這裏。"於是魯志中就回到鏢店裏對老拳師一說了，老拳師點了點頭，並沒說什麼。

等到魯志中出屋以後，鮑老拳師便走到裏院，進到孫女住的房裏。這時鮑阿鸞才睡過午覺，正在對鏡理妝，一見老拳師進屋來，她就回頭微笑着說："爺爺，你瞧天多熱，你也沒歇會兒嗎？"鮑老拳師微笑着搖了搖頭，說："我不大覺着熱，也不倦。我二十年沒出門了，如今一出門，仿佛覺得自己又年輕了。"說時便在一張凳兒上坐下。

鮑老拳師摸了摸似雪的白髯，然後微笑着道："阿鸞，我來告訴你一樁喜事！"阿鸞從鏡中看見她祖父滿面笑色，真是吃了一驚，因為自從自己記得事情以來，這位老人家也沒像今天這樣喜歡過。只聽他祖父說："你走的時候，我曾對你說過，這次叫你出來，第一是為得些閱歷，第二是叫你尋個好女婿。你也二十多歲了，不應再耽誤青春。我現在看紀廣傑那小伙子很好，我打算把你許配給他……"

阿鸞聽到這裏，不由一陣難過，心中有一種說不出來的幽怨，眼淚竟嗒嗒地落了下來。她剛要搖頭表示反對，只聽她祖父歎了一口氣，又說："有許多話我也只能對你來說。我年紀老了，你父親和你那些師叔們的本領全都不成，歷年來，咱們得罪的江湖人實在不少。現在武當派的傳人又都出世，你看那李鳳傑的劍法是多麼高強！假若這回沒有紀廣傑，咱們崑崙派就算完了。再說，我又聽說閬中俠也要重到漢中，再鬥咱們崑崙派。咱們若不找個本領高強的人幫助，倘或一朝我死了，你父親、你叔父和你那些師叔們就全都要受人的欺負。紀廣傑他是龍門俠的嫡孫，文武全才，家底也過得去，他那年歲和人品也跟你配得上，所以我才想到把你許配給他。從今以後，咱們崑崙鮑家有了這位英雄女婿，便誰也不怕了。"說這些話時，老拳師的聲音有些哀婉，一雙老眼可憐巴巴地看着他的孫女。

阿鸞哭了半天，幾次想將自己心中的難過之事說出，但都沒有說出來，結果她就拭着眼淚點了點頭。鮑老拳師一看孫女首肯了，就又露出了笑容，說："好孩子，你真叫我省心。我現在已七十多歲了，辦完了你這件事，我一輩子的事就算全都辦完了，就是現在倒頭咽氣，我也放心了！"說畢，老拳師便站起身來出了屋。

當日晚間，鏢店裏又開了盛筵，紀廣傑就下了訂禮。從此紀廣傑就做了昆侖派的乘龍快婿，只等秋涼後與阿鸞姑娘成親。紀廣傑此時是高興極了，終日在城內外各處攜劍策馬，遨遊聚宴。遠近已無人不知這位英俊少年是龍門俠的嫡孫、鮑昆侖的貴婿，鏢頭拳師們也全都爭着來巴結他。但是鮑阿鸞姑娘的性情卻與往日大變。往日她是活潑潑的，每天要騎馬走到街上，但是自從與紀廣傑訂婚之後，她就很少出門了。鮑老拳師們和葛志強等人還以為姑娘是怕羞，是守禮，並不大介意。可是葛志強的兒媳程玉娥和在內宅供役的女僕們卻時常見阿鸞獨自在屋中愁坐或垂淚，但她們都不敢把這事對別人去說，也猜不透阿鸞的心裏到底是有什麼難過的事情。

一連過了十多天，天氣更炎熱了。苗志英的靈柩已經下葬，葛少剛和金志勇等人的傷勢雖都尚未痊癒，但也不至於再有生命危險。在這些日之內，又來了常志高、陳志俊、鄭志彪、楊志謹，加上劉志遠、魯志中、葛志強這些人，一共有十多個昆侖派的門徒都聚在這裏。這時阿鸞的父親鮑志雲也由漢中來到，因為被李鳳傑劍傷慘死的苗志英，早先原是他的得力幫手，曾隨師弟張志岐給他往川省保鏢，所以他非常傷心。張志岐是在箱子山下被一個小賊殺死了，苗志英那次雖然逃了活命，可是不想這次身遭慘死。鮑志雲哭了半天，又見了紀廣傑，並聽說女兒阿鸞已與紀廣傑訂親之事，非常地歡喜。晚間，鮑老拳師又命葛志強備酒，在櫃房中擺了三桌。鮑老拳師高坐首席，下面是長子志雲、孫女阿鸞和孫婿紀廣傑，其餘全是徒弟們，眾人一齊擎杯歡呼暢飲。

那魯志中剛要當着師父和師兄們的面，談論談論將來應付仇敵之事，紀廣傑卻立刻將他止住，說："魯師叔不要再提什麼李鳳傑和閬中俠，那些人來了，不用諸位動手，只我紀廣傑的一口寶劍，就可以將他們全都殺退。現在天氣太熱，等秋涼後，我還要在長安設一座擂台，將我的家產變賣了作賭注，把一些不知自量的江湖人全都打回去，為咱們昆侖派爭一爭名氣，顯一顯威風。今天，當着老爺子不許說喪氣話，咱們且盡興地飲酒！"

陳志俊、劉志遠等人齊都高聲說："好！"

袁志俠就擎着酒壺過來，笑着說："今天我得給鮑師父敬三大杯酒，大師兄也得喝三杯，紀廣傑和鸞姑娘至少要飲一杯。一來是表示我的孝心和敬意，二來是我先給賀喜！"說着雙手擎壺，恭恭敬敬地給老師父斟滿了一杯，鮑老拳師就微笑着飲了。袁志俠又給斟了第二杯，老拳師笑着接過來剛要再飲，這時就見推山虎龍志起滿身征塵，急慌慌地走了進來。

他進了屋先向師父行了禮，又向諸位師弟抱拳。葛志強就上前問道："龍三師哥，你怎麼才來呀？這裏的事情你都知道了嗎？"龍志起喘了喘氣，擺手說："這裏的事先別提！我來還有頂要緊的事情要告訴你們呢！"鮑老拳師趕緊起身問說："什麼事？"魯志中也直着眼，看着龍志起。就見龍志起從身邊取出一張字帖，說：“我在紫陽接到了一封信，是我們提防了十年的江小鶴寫來的，說他現在武藝已經學成，快要找我們來了！”鮑老拳師拍着桌子怒聲說道：“快把信讀給我聽！”龍志起喘着氣，把信交給了魯志中。魯志中就皺着眉，在燈下展開了那封信，讀道：

字達紫陽縣龍志騰、龍志起，轉示鎮巴鮑家父子知悉：

相別十年，殺父大仇，時刻不忘。當年我年幼力薄，遭爾等欺淩陷害，幾瀕於死，雖憤恨在心，而莫可如何。今我已長大成人，並從名師學得內家真傳武藝，自信足可殲滅爾等江湖暴徒，為人間剷除大害，兼報我十二年來父死母嫁、兄弟離散、饑寒困厄、刀迫鞭打之種種大仇也。昆侖派中除二三人之外皆我仇人，我將於日內動身西上，先至紫陽，後往鎮巴，特告爾等，望爾等小心防衛可也！

江小鶴啟

鮑老拳師聽完，那張紫臉已變成青色的了。眾門徒有的憤憤，有的呆呆不作一語。紀廣傑卻回身抽出劍來，將劍向桌上一拍，鏘的一聲震住了眾人。他傲然說：“諸位不要害怕，江小鶴又算是什麼人物！不用等他到紫陽城來，我先往南去迎截他。見了面，我管保三劍就將他戮死！”

鮑志雲卻上前向龍志起問道：“這是什麼人把信送給你的？”

龍志起答說：“是由河南來的一個販藥的客人，他在河南信陽州親眼見了江小鶴。據說江小鶴已名震大江南北，他的寶劍和點穴法無人能敵，襄陽城的花槍龐二、信陽州的賽黃忠劉匡、上蔡縣的神鞭魯伯雄全都敗在了他的手裏。聽說江小鶴先要北上鬥嵩山的太無禪師、鬥開封府的高慶貴，還要鬥龍門俠的孫子紀廣傑，然後他就要進潼頭轉往紫陽、鎮巴去了！”

紀廣傑聽了這話，便哼哼地冷笑，說：“好個江小鶴，他還知道我的名字，還算不錯！這樣更好了，他既要先到關中來，我也不必上路去迎他了，等他來了，我就叫他領教領教我的寶劍！”說着，他轉臉去看他的未婚妻阿鸞。

就見阿鸞此時的芳容青紫，不知是因為氣憤、憂懼，還是另有悲傷。少時，她推開了酒杯，離座進裏院去了。

鮑老拳師發着怔，忽然想起了十年前的一件舊事。那是一個雪夜，江小鶴懷刃復仇，後來自己就向他解釋，並把殺死江志升的事情全都推在了龍家兄弟的身上。小鶴倒是立時就走了，可是阿鸞又追了出去，兩個小孩就在雪地上比起武來，樣子極為可愛。由那日起，自己就將江小鶴收留在家中，曾有過一個時期，自己還有心將阿鸞許配給小鶴。那時自己極力懺悔思過，卻不料仇恨仍解不開。如今冤家快要聚頭了，說不定將來就要有一場惡戰。但是紀廣傑准能敵得住武藝學成的江小鶴嗎？他這樣一想，不由憂憤之中又加上了些傷感，立時便眼睛發直、身子發抖。

葛志強一看老師父要不好，趕緊上前攙扶，這屋裏立刻就大亂起來。鮑老拳師被徒弟們抬到床上，直挺挺的，如同死人一樣。半天，他才蘇醒過來，便強掙扎着精神，向弟子們說："江小鶴本不足畏，他來了，我去迎他，至多我死了也就完結了。只是我要囑咐你們，人生千萬不可結仇，行事不可太為已甚，否則後悔莫及。我老了，你們都還年輕，千萬要記住我的話！做事要寬容要忍讓！"說畢，他又轉頭囑咐紀廣傑說："我的孫女給了你，你便是我鮑家至近的人，你也要記住了。倘若在我死之前江小鶴來到，那就由我去見他，不許你們上手；倘若我死後他才來，你也應當先跟他以禮解釋，解釋不了，再動手，但動手時也須手下留情！"

紀廣傑憤憤地說："老爺子，你老人家何必要這樣過慮，那江小鶴能有多大本領？他那師父的本領還能強得過蜀中龍和我的先祖龍門俠嗎？"

鮑老拳師聽了這話，卻不由長歎，又慘笑着說："賢孫婿，你走江湖未久，你哪裏知道！四十年前在江湖上，雖然龍門俠、蜀中龍並稱為二絕，可是龍門俠平生不敢過長江，蜀中龍不敢出三峽，那是為什麼？大概知道內情的人很少。因為在二絕之外，還有一奇，這位奇俠的武藝，高得令人莫測，他可以隨意戲弄龍門俠、蜀中龍。那時我正在壯年，武藝比現在強得多，但我在桐柏山中就遇着這位奇俠了。唉！不必說了，說出來你們也一定不信，我這個縱橫一世的鮑昆侖到了他的手中，簡直不如一個螞蟻！"

紀廣傑瞪目問道："莫非此人就是江小鶴的師父？"

鮑老拳師皺着眉頭說："江小鶴他若是拜了別的老師，十年來我何至如此憂愁恐懼？"

葛志強也把十年前在秦嶺山道中遇着這位奇俠之事說了一遍，說時他還有些談虎色變。

紀廣傑卻不禁氣憤，想了一想，就安慰老拳師說："老爺子這大的年歲，犯不上與他那一個小輩鬥氣爭鋒。老爺子先走，我隨後就攜劍東去，索性迎上江小鶴，我們兩人決個雌雄！"

葛志強等人聽了這個辦法，都覺得很好，又一齊向老拳師勸慰，結果就這樣決定了。到了次日，老拳師便攜帶孫女阿鸞同往大散關去了。紀廣傑便攜寶劍，意態軒昂，即日帶着蔣志耀東下，去迎戰江小鶴。

## 第九回　志苦心堅十年成絕技　風微雨細雙俠會荒村

此時正當初夏，函谷關之外的大平原上，長滿了萬里無邊的禾苗。黃河像一條蒼龍，噴着熱騰騰的雲霧，向東奔流。而中嶽嵩山卻是個清涼世界，那山上有森森的樹林，潺潺的溪水，屏絕住大地上刮來的熱風。山下有一戶人家，這人家裏現在寄寓着一個人，此人非他，就是那個大鬧長安、獨鬥昆侖派，因為遇了紀廣傑，交手失敗，負傷走出函谷關的李鳳傑。

李鳳傑本是南宮縣的農家子弟，但因生性不羈，所以既喜文學，復好武藝。但他所喜的文學只是詩詞歌賦一類，八股文章他卻不屑於作，因此不能在科場中謀一出身。他所學的武藝又是短劍長拳、飛簷走壁，要叫他到武場中舉石頭掄大刀，他也不屑於去幹。所以他雖然文武雙全，但是文武兩條路又全都走不通，落得年過二十，還是一無所成。倒不如那個比他小一歲的胞弟李鳳卿，還能夠耕種家中那數畝田地，做個本分的莊戶人。

李鳳傑學武時所拜的師父是一位道士，那時就年有七八十歲了，自稱為龍山道人。此道人雲遊四方，在邯鄲縣呂仙閣內曾住過二載，在那時他便把武藝傳給了李鳳傑。後來他往北京去，又招了李鳳傑前去，師徒同住了半載，李鳳傑又從師父處明白了點穴的大意。後來他師父便命他到江湖上去闖練。臨走時，那龍山道人才向弟子說明了自己的來歷，原來他就是名震江湖的“二絕二龍”之一的蜀中龍。

這位蜀中龍老俠遣走弟子之時，並給他介紹了兩個人，一個是江南常州府的名鏢頭鐵弩張雄，一個是河南嵩山的金臉菩薩太無禪師。這二人在早先都是蜀中龍手下的人，是蜀中龍當年走風塵、闖江湖，行俠仗義，打服四方強梁惡霸時的臂膀。李鳳傑在北京辭別了師父，便往嵩山，見了太無禪師。後來又往江南，在鐵弩張雄的鏢店裏住了些日。此後他就漫遊山水，到處題文賦詩，任俠好義，因此名震江南。

李鳳傑又由江南北上，至長安渭水，憑弔漢唐古都之遺跡，不料就由在大雁塔遇鮑阿鸞而發生後來的種種事情。他負傷在右脅，原不太重，但因自己戰敗，無顏再在關中勾留，便忍着痛傷，騎着一匹染着血跡的白馬，走出潼關。他連日夜行，不暇休息，及至走到嵩山時，他下了馬就再也立不起來了。

幸仗他是投在太無禪師的白松寺裏，太無禪師有醫治刀創的秘制良藥，名叫“金剛更生散”，敷在傷處，不到半月便即痊癒。李鳳傑立時就要下山再入關去鬥紀廣傑，太無禪師卻把他的寶劍和隨身的銀兩全都藏起，並勸他說：“你不要再去了。紀廣傑是龍門俠的嫡孫，當然他有秘傳的劍法，你只隨蜀中龍學過二年多的武藝，劍法自然要較他略遜一籌。再說那裏的人多，你去了一定不能獲勝，不如就在我這裏暫住，等將來再把劍法研究研究，交幾位有義氣的朋友，然後再去找紀廣傑較一高低，也為不遲。”於是李鳳傑便聽了太無禪師之勸，閒居在白松寺中。

這嵩山中的廟宇很多，以少林寺為最大，僧眾最多，以中嶽天齊廟的香火最盛，而白松寺最小，香火也最稀。因為白松寺建在最高峰上，輕易沒有人到那麼高的地方來進香，連爬山小轎都上不去。太無禪師輕易也不下山來，他廟裏的僧人也不下山募緣，可是廟裏卻很富裕。這原因只有李鳳傑看出來了。據太無自己說，他的錢全是賣藥掙的，可是李鳳傑不信。因為他見太無禪師把“金剛更生散”看得最為寶貴，不但不肯賣，即使跟他交情很厚的人，他也不能隨便給。他大概是半路出家，發過大財。後來他不是在江湖上遇過勁敵，遭過慘敗，就是與人結下過大仇，或是犯過重罪，所以才隱身空門，匿居山頂。除了幾個故友偶爾來拜訪他一次之外，其他人他是概不接見。這些事李鳳傑也不細問他，自己每天只是在山上感受着花香鳥語、嵐影松濤，讀幾本書，舞幾套劍，心身倒頗為暢快閒散。

這天，李鳳傑忽然覺得寂寞，就下了山，到一個村裏。這村子名叫鳴琴澗，在山澗的東邊，那澗裏整年有泉水流泄下來，衝擊在亂石之間，琮琮琤琤地響，像是撫琴的聲音。李鳳傑的那匹白馬，現在就寄存在這村裏的一個名叫鐵肩膀胡二怔的樵夫家裏。當日，李鳳傑從胡家牽了馬匹，就到了山下大道上馳騁起來，走了半天，漸漸累了。這時太陽已升到了山頂上，天色已快到七八點鐘，大道上的行人馬車也漸多。原來今天是五月初一，附近許多人都到天齊廟去進香。今天還是第一天，若到了五日端陽，聽說天齊廟比集市還要熱鬧。李鳳傑恐怕撞着人，便勒住馬站在道旁，看那往來的男女老幼，尤其是那許多豔裝的少婦和妙齡女子。李鳳傑雖沒有什麼登徒子好色之心，可也不由得想起古人所作的許多香豔詩詞。他便在馬上也立成一首，搖着絲鞭吟道：

**紫釵紅袖碧羅裙，一望嵩山起麗雲；**
**馬上銷魂遊俠客，劍鋒難割恨紛紜。**

李鳳傑正在縱目神馳、洋洋得意之際，忽聽耳畔傳來一陣琅琅的鈴聲。就見自東面來了一匹黑馬，馬上繫着一隻金鈴，隨着馬行的快慢，發出疾徐不同的聲音。馬上是個二十多歲的少年，長眉大眼，相貌英俊，身材碩長，而且健壯挺拔。這少年頭戴着一頂大草帽，兩個黑綢飄帶隨風拂動，身上穿的是一身青布褲褂，赤足草鞋，似是由江南來的。最惹李鳳傑注目的就是此人的馬上除了帶着簡單的行李，而且鞍下掛着口寶劍，鐵劍匣擦磨着銅馬鐙，叮噹地響，與那鈴聲相應和着。

李鳳傑心說：這一定不是上山進香的人，大概是個走江湖的，可是他到山上去又要找誰呢？他雖然心裏這樣猜度着，但是並沒有去追隨那人。李鳳傑策馬回到了鳴琴澗，進了胡家的柴扉，就見胡二怔正在吃飯。這胡二怔是個二十七八歲的黑壯漢子，渾身的肉都跟黑炭一般，腦袋簡直就像個鐵球。他光着膀子，露出來身上山石似的凹凸不平的強健筋骨，出着一身汗，又黑又亮，就像擦着一層黑漆。他用兩隻大手拿着一塊黑面餅，正在大口地吃着，見李鳳傑來了，便一邊嚼着餅一邊說：“李哥！你吃！咱娘烙的餅好吃！”

李鳳傑搖頭說：“我不吃，我回廟裏再去吃。”

胡二怔說：“廟裏的飯沒我家的好，你吃吧，屋裏有餅！”又指着當院放着的一擔柴，說：“這擔子能賣兩吊錢，我去割幾斤肉，請老娘，請你。”這擔柴是胡二怔才由山上挑下來的，足有一百五六十斤，不是他的鐵肩膀，誰也挑不下來。

李鳳傑就笑着說：“不用你買肉來請我，現在我就吃你一張餅吧。”他遂繫好了馬，進到那煙氣騰騰的茅屋之內。

原來胡二怔的母親是個癱子，兩條腿不能下炕。她就坐在炕上，在炕前放着一個小泥爐子，給他兒子烙餅。餡子本來很枯，烙餅的面又非常粗糙，李鳳傑本來有點皺眉，可是腹中實在是太餓了，又懶得到外面去買吃食，便撕了半張餅，拿了一條鹹菜，走到外面去，一面吃一面與胡二怔閑談。胡二怔就說當樵夫太沒意思，現在山上的樹木都有主人，不是廟裏和尚的，就是山下大戶的；被人看見，就要挨一頓打罵。他想到城中去找事幹，可是又捨不得他老娘。

李鳳傑便說：“你老娘既然不能行動，時時都得你照顧着，你如何能到城中去找事幹？還是將就着采樵為生吧。錢若不夠的時候，我可以借給你。”

胡二怔擺手說：“李哥你別借給我錢。借了錢我還不起你，就老惦記着，連覺也睡不好。”

李鳳傑就笑了笑，他頗喜歡胡二怔的誠實。吃了半張餅，他不餓了，又歇了一會兒，身上的汗也沒有了。胡二怔早已吃完，就去給李鳳傑喂馬。

斯時天已過午，李鳳傑就向胡二怔說：“二怔，我走了，明天再見！”

胡二怔應了一聲，李鳳傑就走出了柴扉。出了村子，順着湖邊走去，只聽流水淙淙，真跟琴聲似的。澗前怪石磯峻，重疊着堆積着，一望無邊，形成一道峻嶺。嶺上樹木陰鬱，一陣風吹來，嘩啦嘩啦地響，也不知是什麼樹葉的聲音，與澗水聲相應和着，李鳳傑不由又詩興大發。他止住步，站在溪邊，仰風志望着嶺上的浮雲，低瞰着澗中的流水。

忽然，他看見右邊有一道石梁，橫架在澗上，可以走過去進到一股山徑。那山徑雖然陡峭，可是看上去十分曲細折深幽，像裏面隱藏着什麼勝境似的。這麼一來，李鳳傑也不想作詩了，心說：這個地方很好，不知這段路能夠通到山上不能？我來到山上許多日，還不知道有這條路呢！於是他就走過了石梁，往那條小道上去走。

走了一會兒，就見地下有兩條斷了的繫草鞋的麻繩，他就知道此路一定是常有人走，於是便一步一步地往上走去。頭上有松柏樹為他遮蔽着陽光，迎面有山風吹着，山鳥在他的眼前飛，在他的耳邊叫。李鳳傑便想：我何必要在這紛紛的人世中爭名奪利呢？又何必再找那紀廣傑去復仇，與那些昆侖派的人苦鬥不休呢？不如就在這山上或山下安一份家業，做一個隱士，享受山林的清靜，那比什麼不好？

他隨想隨走，轉過了一道山嶺，路就變得更窄更陡，山鳥也更多了。忽然，在嗚啁亂叫的鳥聲之中，隱約聽到有女人的哭聲，李鳳傑不禁怔住了，便細細尋辨那哭聲是從哪裏來的。哭聲越來越近，並雜着詬罵之聲，李鳳傑立時尋着路，就見從山上跑下來一個布衣襤褸、披頭散髮的女子，哭喊着說："救人啊！後面有壞人！"

那女子的身後果然追來了個四十來歲的黃面漢子，穿着一身綢褲褂，看上去很闊。這人就像沒有瞧見李鳳傑似的，追着那女子罵道："你這小賤胚！大爺是抬舉你，你倒拿起架子來啦！他媽的放豬的、揀糞的都能跟你……大爺是一時高興，打算抬舉你，有你的好處，給你做新衣裳，給你錢花！"這漢子追下來，要去抱住那女子。那女子就拼命地向下去跑，忽然她慘叫了一聲，就跌倒了。

李鳳傑氣憤難捺，嗖地躍步上前，一把將這黃臉漢子揪住，怒問道："你是要做什麼？逼淩一個柔弱的女子！"

那漢子說："他是我的娘兒們，你管不着……"這句話還沒有說完，就被李鳳傑迎頭一拳，只聽咚的一聲，這漢子就倒在地下暈過去了。

李鳳傑把漢子放了手，又過去救那女子。他雙手將那女子抱了起來，只見這女子的年歲有十七八歲，長得十分俊秀。李鳳傑倒覺得有點兒冒失，便放了手，只說："別怕！你走吧！"這女子額上流着血，臉上流着淚，悲哽着，一聲也不語，又要往山上去。

李鳳傑就把她攔住，問說："還要到山上做什麼去？你是在山上住嗎？"

那女子搖搖頭，又哭着說："我還扔下了一個籃子呢！"

李鳳傑說："我帶着你去拿！"

剛說到這裏，就見那個黃臉漢子已蘇醒過來，他滾身起來，由身邊抽出一口短刀，一揚手，嗖地向李鳳傑投來，如同一枝飛鏢似的。

那女子嚇得哎喲一聲，但李鳳傑早已接刀在手，冷笑着說："你還有飛刀嗎？"那漢子瞪着兩隻惡狼一般的眼睛，又從褲腰帶處去抽飛刀，嗖嗖兩口飛刀又接連着打來，但都被李鳳傑用一隻手接住，那漢子不由得慌了。

李鳳傑便把臉一沉，罵了一聲："混帳！"微一舉手，飛刀就打將回去，正插在那漢子的左腮上。那漢子疼得連喊也喊不出來了，血由腮間順着刀往下流。漢子狠狠地拔下刀來，轉身就跑，可是往上沒跑兩三步，又有一塊石子從上面飛來，吧的一聲，正打在他的臉上，他叫了一聲，就又躺在地上暈過去了。

李鳳傑倒不禁驚異，這時就聽上面有人哈哈大笑，並且有馬蹄之聲，原來是一個少年牽着馬由山上走來。這少年正是上午李鳳傑在道旁看見的那個人，只見他一抱拳，向李鳳傑笑問道："朋友，這條路能通到山下嗎？牽着馬能不能走？"

李鳳傑又將此人打量了一番，拱拱手說："路太陡，牽馬走不行。朋友，我看見你是由東邊山路上去的，你為什麼不還由那條路下去呢？那裏多寬多平坦呀？"

對面的少年說："我聽人說從這段山路下去就是嶽前村，村裏有個白松寺的下院，我要到那裏去找一個人。"

李鳳傑聽了，不由詫異，心說：白松寺並沒有下院，嶽前村是在北邊，離這裏也很遠，這人顯然是受騙了。遂問說："朋友，你要找誰？"

那少年說："我要找白松寺的金臉菩薩太無禪師。"

李鳳傑就說："那就好辦了，太無禪師是我的朋友，我可以同你去見他。你先別忙，我先把這件事辦完了。"

那少年笑着說："好，好。"

李鳳傑遂帶着那女子到上面找着了她的那隻破竹籃，竹籃裏有許多剜來的野菜和揀的松子。李鳳傑知道這女子家中一定十分窮苦，遂帶着憐憫的神情說："以後你不要再上山來了，要來也應當走那大道。這段路走的人不多，再要遇見壞人可就不好辦了！"

那女子垂淚答應着。

旁邊的少年就說："問問她在哪裏住，你把她送回去吧！"李鳳傑問那女子住在哪裏，女子便指着山下，說："我就住在鳴琴澗。"李鳳傑說："我是才從那裏來的，我送你回家去吧！"遂又向那少年說："朋友，請你就在這裏等一等，少時我就回來。"

那少年點頭說："好，好，我在這裏等你。"李鳳傑遂就替這女子提着籃子，保護着她，往山下走去。

這女子因跌了一跤，摔傷了腿，所以她在這坎坷不平的山路上難以行走。李鳳傑便想：此時也顧不得什麼男女授受不親了！遂就攙扶着她，好容易才下了這段山路。過了石梁，進了鳴琴澗的村中，李鳳傑才把籃子交到那女子的手裏，並囑咐她說："你可千萬不要再到山上去了！"那女子點點頭，便步履艱難地提着籃子走了。

這裏，李鳳傑趕緊又往山上去走。到了剛才那所在，就見那臉上受傷的黃臉漢子已蘇醒過來了，那少年正扭住他，質問他。

李鳳傑過去又打了那人兩拳，罵道："看你也不年輕了，卻在這山上欺凌一個弱女，你真是禽獸也不如。快走吧！往山上轉別的路去走，不許你由這裏下去！"那人一聲也不語，低着頭，像受傷的狗似的，往山上去了。

這裏李鳳傑又向那少年抱拳，問說："朋友你貴姓大名？"

少年也拱拱手說："我叫江小鶴。"

李鳳傑一聽江小鶴這個名字，不由得怔了怔，似乎是在哪裏聽人說過，遂說："久仰！久仰！江兄是從哪裏來？"

江小鶴說："我是從許州來，到這裏特來見太無禪師。剛才我到白松寺，一訪問他，據那廟裏的和尚說，他到嶽前村下院去了，並指點我路徑，叫我下山去找他。走在這裏，正遇見老兄你懲治那個狂徒。老兄的身手利落，真叫我佩服，敢問老兄你的名號怎麼稱呼？"

李鳳傑通了姓名，江小鶴就更喜歡，說："啊呀！原來你就是蜀中龍的高徒李鳳傑，在江南我就聽人談說過，說你真做了不少俠義之事。"

李鳳傑笑着說："過獎！"

江小鶴又說："李兄，你既與太無禪師相識，就請你趕快帶着我去見他。因為我有個朋友在許州被人殺傷，傷雖不重，可是都腫了起來，化了膿。聽說太無禪師這裏有金剛更生散，是一種神藥，我打算向他討些，趕緊回去好救我那個朋友。"

李鳳傑慨然說："這一定成。金剛更生散確實是妙藥，上月我也負了一點兒傷，亦被他的藥給治癒了。只是太無師父對這種藥很為珍惜，輕易也不肯給人，要花錢買他更是不賣。可是我替你說話，他一定不好意思不給你些。"

江小鶴說："我那受傷的朋友是個江湖人，太無禪師在早先也是走江湖的；現在他當了和尚，更應當以慈悲為念，一點兒藥在他還算什麼？"說着，李鳳傑在前，江小鶴就牽着馬跟隨，往山上走去。

二人隨走隨談，李鳳傑就問江小鶴的來歷。江小鶴卻連他的籍貫都不願說明，只笑了笑，說："我是孤身一人在外面流浪，武藝也不會什麼，不過走在江湖上還不至於被人欺負。現在，我是由江南來，走到許州遇見了一個舊交，他受了傷，我這才來向太無禪師求些藥。等把藥求到手送往許州，我還要到關中去會幾個朋友。"

李鳳傑聽了，就驚訝地問道："關中？不知江兄在關中的朋友都是做哪一行的？"

江小鶴說："不過是幾個幹鏢行生意的。"

李鳳傑又問："關中鏢行多半是昆侖派中的人，江兄你可跟他們是朋友？"

江小鶴點頭說："略略相識，並無深交。"

李鳳傑一聽，態度立刻變了，他認為江小鶴也是昆侖派的黨羽，心中便十分不高興，冷笑了笑，說："昆侖派，那都是些無能之輩，並且卑鄙陰險，只仗着他們的人多。最近，倒是有個龍門俠的裔孫紀廣傑，此人的劍法還可稱為高強。他到了關中，幫助昆侖派那些人，葛志強、魯志中等就把他奉為天神了。"

江小鶴似乎很驚訝，問說："龍門俠之孫？"

李鳳傑說："聞說此人是龍門俠之孫，諒不是假，他的劍法確實有幾手精妙之處，年歲也與我等相仿佛。不過以一少年俠客，卻給昆侖派那些人助威長勢，也未免太可恥了！”

江小鶴又問說：“李兄曾與此人較量過嗎？”

李鳳傑遲疑了一下，才說：“較過幾合，但我也羞於再與他爭持了！”一路說着，就到了嵩山的最高峰，江小鶴的那匹馬已不能再往上走了。

李鳳傑說：“馬匹繫在這裏，不至有人偷去。”

江小鶴遂將他那匹馬繫在一棵松樹上，將行李和隨身的寶劍全都背在身上，然後隨着李鳳傑攀樹登岩，兩人就像兩隻猿猴似的上了絕頂高峰。

江小鶴今天是二次來到這煙霧茫茫的白松寺內，李鳳傑先請他在自己的屋中休息，然後便去了太無禪師的方丈室中。

太無禪師正在翻閱經卷，李鳳傑就問說：“有個名叫江小鶴的人來找你討藥，你可知道嗎？現在此人又來了。”

太無禪師把一張淡黃色的臉沉了下來，現出不悅之色，說：“怎麼那人又來了？剛才他曾來過一次。我那金剛更生散原是為防我廟裏的人上山下山跌傷用的，豈能給他江湖人？給了他們，治好了傷，他們還是要去尋毆爭鬥，為非作歹！”

李鳳傑說：“我看給他一點兒，讓他走了就是了。那人雖似昆侖派中的人，可是他由很遠之處來到此地，總算不容易。”

太無禪師一聽昆侖派，更搖頭說：“昆侖派中的人我更不能夠給了。總歸一句話，我那金剛更生散，絕不施給江湖人。你若不是與我早就相識，連上次的劍傷我全不管治。”

李鳳傑說：“那麼我就叫他走吧。”

太無禪師說：“你就說我雲遊四方去了，不知何時才能回來，藥也不知放在何處。”

李鳳傑就說：“何必要那麼告訴他？只說你的藥早已施捨完了就行了。”

太無禪師點頭說：“也好，本來我的藥也沒有多少了。”

李鳳傑遂去回復江小鶴。此時，江小鶴在屋中已等候了半天，心中十分焦急，而且有些生疑。他見壁上掛着寶劍，桌上放着書本，心說：這人倒是文武全才。

李鳳傑回到屋來，說：“江兄你來得不湊巧，太無禪師的藥已施捨完了。”

江小鶴一聽，不由得發怔，就問說：“藥已施捨完了？那麼……能否求太無禪師將那藥方借我一用，我下山配上一兩劑便原方奉還。我江小鶴對神發誓，絕不抄下方子來傳人，只是為救我那受傷的朋友。”

李鳳傑卻勸道：“江兄，我勸你走吧！四方盡有名醫，趕快去請來療治，不要耽誤了你的那個朋友傷勢。太無禪師他這藥也是由別人那裏得來的。”

江小鶴一聽，卻翻了臉，擺手說：“我不相信！李兄，我來並不是向你討藥，藥也沒在你的手中；你不是廟中人，與你不相干，我去找和尚理論！”說時他用手一推，就走出屋去。

李鳳傑被江小鶴推了一下，覺得他的力氣極大，便不由得詫異。

江小鶴跑到院中，就大聲叫着說：“太無！你不必躲避着我，出來咱們講講理。你早先也是江湖人，現在我的朋友受了傷，衝江湖的面子，你也應把藥拿出來。再說你又當了和尚，出家人講的是以慈善為本，你藏着那點兒刀創藥，也不能成佛做祖；可是，你若給我一點兒，就能把我的朋友治好了，先叫他不至於受罪！"

李鳳傑追出屋來，把江小鶴攔住，說："江兄，你是我領來的，你這樣大鬧，就讓我面上難看了！"

江小鶴說："姓李的，你別管！沒有你的事，我沒遇見你的時候就到這廟裏來過一趟了，他們把我給支到了別處。現在我也不是找太無和尚打架，我是要跟他講講理。太無和尚，你出來！"他跺着腳喊叫着，只見方丈室中走出來一個身材高大的黃臉和尚。

江小鶴就問說："你就是太無嗎？"

那太無禪師面現怒色，斥道："你在我這裏咆哮什麼？藥是有的，可就是不能給你們這些江湖人！"

江小鶴向李鳳傑說："啊！他有藥，你卻幫助他撒謊！"遂近前兩步，向太無說："你別急，我江小鶴現在不願跟人打架，你罵江湖人可也不對，難道你早先不是江湖人嗎？"

太無禪師說："早先我走江湖是行俠仗義，現在你們這些江湖人卻盡幹些奸盜邪淫的事。我給了你們金剛更生散，你們治好了傷，還是要再去為非作惡！"

江小鶴跳起腳來問道："怎見得？"又掄着胳臂向太無禪師撲奔過來，說："今天你若不給我藥，我就不走，攪得你不得清靜！"

太無禪師卻微微冷笑，突的一掌向江小鶴打來。江小鶴並不閃避，等他的掌快要打上了，便趁勢抓住了太無的腕子，說："啊！好呀！你金臉菩薩還真要跟我鬥一鬥嗎？"他揪住太無的腕子，往旁一掄，太無那鐵塔一般的身體竟不由自己地跑了幾步。

旁邊李鳳傑看了不禁吃驚，趕緊把太無攔住，說："師父，你不要跟他惹氣，我看此人頗有來歷，倘或敗在他的手裏，未免不值得！"

太無禪師說："我寧可敗在他的手裏，也不能給他金剛更生散！"說時他甩去了長袍，一個箭步躥過去，向江小鶴掄拳就打。江小鶴便也反撲上來，握定他那兩隻鐵錘一般的拳頭，和太無禪師一來一往。這金臉菩薩太無禪師早先原是蜀中龍的膀臂，現在是河南省頭頂頭的好漢。他身大臂粗，力狠拳硬，沉着穩健，普通人一兩招便要被他打倒在地。可是江小鶴卻毫不退縮，只見他的身軀輕快敏捷，宛轉飛騰，有如盤鷹撲虎。

兩人拳腳往來，十餘個回合，李鳳傑就擺手說："別打了！"

江小鶴志在索藥，無意尋毆，便收住了拳勢，剛要講和，卻見太無又趁虛一拳打來。江小鶴真忍不住了，就右手上托，左手握拳，猛向太無胸前打了一下。只聽咚的一聲，太無那鐵塔一般的身軀就向後一傾，幸賴有李鳳傑把他托住，才算沒倒在地下。

江小鶴跳到了一旁，並不氣喘，只伸手說："你還要打嗎？把藥給我吧！"

太無禪師立定了身子，面色愈顯得金黃，把江小鶴從頭到腳又看了一遍，問道：“你是誰傳授出來的武藝？”

江小鶴說：“你不必細問，我跟師父學藝十載，連我都不知他姓甚名誰。”

旁邊李鳳傑見江小鶴拳腳精絕，而且形跡仿佛很神秘，便過來勸道：“不必打了，大概江兄的武藝確不是從昆侖派學來的，細談起來，一定都是內家。”

江小鶴狠狠地說：“昆侖派？昆侖派那些人都是我的仇人，我十年學藝，就為的是要殺盡他們！”喊出這兩句話來，他喘了喘氣，又向太無禪師說：“和尚，咱們本來無冤無仇，今天你若是講些情理，給我一點兒藥，我也絕不能跟你打架，因為我江小鶴不是那不講理的人。現在，沒別的說了，你還得給我點兒藥！”

太無禪師繃着他那張黃臉，呆了半晌，便點着頭憤憤地說：“好！把藥給你！”只見他兩三步就進到方丈室內，少時拿出四五包藥來，一齊都扔在了地下。他皺着眉，雙目迸出憤怒的火焰，說：“這是我所有的藥，盡數給你，隨你去給什麼人。你再看……”說着他左手舉起一張字紙，說：“這是藥方，沒有方子我也不能配藥，現在咱們就從根本上毀壞了它。我是世外的出家人，並不是專為給江湖人配藥的！”說時，哧哧地就把那藥方扯得稀爛，又說：“拿上藥快走，這回算是你的本事高強！”

江小鶴氣得臉色也變了，但他卻極力忍着，冷笑道：“我不要你這許多藥，有一包我就夠了，剩下的你可以趁着山風把它揚散了！”說着，他揀起來一包藥，到李鳳傑的屋中取了行李，出廟就往山下走去。

這裏太無禪師十分懊喪，回到方丈室中長歎不語。

李鳳傑卻將其餘的幾包藥全都拾起來，到屋中取了寶劍，也急忙出廟往山下走去。行至半山，就見江小鶴騎着那匹黑馬，奔躍着跑下山去。李鳳傑想要叫住他，想要追上他，都已來不及。李鳳傑就趕緊躥岩跳澗，抄着便道先至鳴琴澗去取馬匹。

到了胡二怔的家中，見胡二怔進城去賣柴還沒有回來，李鳳傑就解下自己的馬，出門上馬往東去走。還沒走出村子，就見一棵大桑樹後面的一個破爛籬牆內，有個女子聞見馬蹄之聲出來觀望。李鳳傑一看，原來是剛才自己在山中所救的那個女子。那女子臉上的血跡淚痕此時俱已洗淨，顯得十分清秀，但仍穿着那件襤褸的衣裳。她倚着破籬牆，向李鳳傑望着，臉上現出一種感激之情。

李鳳傑不暇多顧，便策馬離開村子，奔上大道，向東飛馳。越過了登封縣城，又往東追下二十多里，才追着那匹黑馬，李鳳傑就在馬上招手，高聲喊道：“江小鶴兄！站住些！”前面的江小鶴立刻收馬回首來望。

李鳳傑飛馬趕了上去，離着兩三丈遠，他就抱拳說：“江兄，我追上你來是特為向你道歉！剛才在山上廟中，我並不是要幫助太無騙你，只是因為那藥非我所有，他說不給，我也無法。那時我又疑你是昆侖派中的人，所以對你頗為怠慢。現在我由你的武藝上才看出來了，你絕不是昆侖派，你一定是受過名師的真傳！”

他的馬來到臨近，江小鶴也扭身拱手笑道："李兄你也太客氣，你在江南的俠義之名，我早知道。今天在山中巧遇，我又得睹你那精絕的武藝，我本應與你多談談，可是在許州我還有那受傷的朋友，我得把藥給他送去。隨後我還要往關中去，大約不出十天，我必再來此地，那時咱們再深交。李兄你日後就知，我江小鶴是個最愛交朋友的人。"

李鳳傑聽了，十分欣喜，說："江兄，你再來時不必到山上去了，免得又同那太無禪師惹氣。你可以到南邊鳴琴澗，那是個村子，村裏有個樵夫胡二怔，你就叫他去找我好了。"

江小鶴拱手說："好，好，再會！再會！"說畢，他又緊催着烏駒，在炎天大地之上，飛馳往許州而去。在馬上，江小鶴對於李鳳傑的丰采、行為、武藝，都頗為敬佩，但是想到名震南北的金臉菩薩太風志無禪師，武藝卻是那麼不濟，未免又覺得可笑。

江小鶴拜師學藝之事是在十年之前，在子午鎮酒肆裏遇見那位老先生。老先生因見他年幼誠懇，而且聽他說了那段悲慘遭遇，路上便跟隨他，並在他的面前故意顯出奇技。後來在秦嶺山谷之中，江小鶴被困於葛志強、鮑志霖那些人的手中，老先生一時義憤，便將葛志強等人鎮服，把江小鶴救走了。江小鶴本來志在尋投名師，見了老先生這樣超人的武藝，他如何肯放過？所以就極力哀求，叫老先生收他為徒。那老先生仿佛跟江小鶴也非常有緣，便微笑着點頭道："那麼你就跟着我吧！"於是江小鶴就隨從這位老先生出秦嶺、過長安，越函谷、走豫皖大地，最後老先生就帶着他過了長江，到了池州九華山上。

原來這位老先生在山峰最深之處結有一座草廬，並有幾畝山田，栽種了些茶樹，雇着一個又聾又啞的僕人給他經管。老先生孑然一身，便以此為生。因為那啞巴不會說話，老先生自已又不肯稱道姓名，所以江小鶴始終不知道他師父的名號。不過他確認老先生是當世的一位奇人大俠，本領不但超過了什麼蜀中龍與龍門俠，簡直可以說比神仙的本領還要大。若是跟鮑振飛他們相比，這老先生就像是那巍峨的秦嶺、奇秀的九華山，而鮑振飛不過是一塊破爛石頭而已。

老先生對待江小鶴非常之好，但卻並不認真傳給他武藝。起初一年，老先生只叫江小鶴采樵種茶，沒事時就叫他搬運石頭。搬了有一年，大小石頭堆得簡直像一座小山了，老先生又嫌太占地方，限他十天之內搬走。一年多積攢的石頭，要在十天之內搬完，當非易事；可是江小鶴已練得膀粗力大，一手抱個百來斤的石頭不算什麼。他便別的事都不幹了，日夜地搬，只用了六七天的時間，他就把一年來費力堆積的石塊或送回高峰上，或扔在了山澗裏。老先生看了就十分歡喜，於是才教他躥山躍嶺，暇時並教他識字。

又一年後，老先生就指點了他幾套拳法。到了第三年，老先生就離山走了。這一年之內，江小鶴就專門練習老先生傳給他的拳法，拳法的招數雖然不多，可是都極為特別，極為難練。江小鶴練過兩個月之後，就覺出這幾套拳法原來變化無窮，用這拳法去破早先從昆侖派馬志賢所學的那幾套拳，真是容易。他竟由此研究出來無數的精妙拳術。

一年多後，老先生回來了，給他帶回來了一口分量極重的寶劍，又交給了他幾本書，書上所寫的都是些劍法秘訣。老先生便命江小鶴白日讀這幾本秘訣，晚間在星月之下學劍。不到一個月，江小鶴就將那幾本書全都背熟了，老先生收回書去又走了。江小鶴便依着腦中所記的劍訣，日夜刻苦學劍。

老先生是忽來忽去，來時就指點他幾種劍法，矯正他幾處錯誤。江小鶴連年專心學習，暇時並到山澗中練習水性。到了第七年的頭上，他的劍法已然精熟，自信武藝已超出了閬中俠、鮑昆侖等人百倍。第八年、第九年，老先生便不再出遊，只在山上親自教給他氣功及點穴法等等江湖上已失傳的奇技，並教江小鶴讀書。

到了第十年的春間，老先生才向江小鶴問道：“你覺得你的武藝學得怎麼樣了？”江小鶴因為急於下山復仇，便說：“師父教給我的，我全都學會了！”

老先生說：“你的武藝只學了我的一半，還不如那啞巴，他已學會了六成。”

江小鶴一聽，不由嚇得出了一身冷汗，心說：那個啞巴這十年來除了給我做飯，就是種茶，看那樣子他連一塊石頭都搬不動，原來他的武藝竟比我還強！

老先生又說：“他是你的師哥，你應當跟他學，你看他是多麼韜光韞技，內家的武藝原不當輕易外露。不過你不同，你年幼時受過極大的苦難，你要去報父仇，我不能攔阻你。但是你可要記住幾句話：第一，除了你的殺父仇人之外，無論是誰也不准傷害；第二，與人比武可以，但不可以拚鬥；第三，要濟弱扶傾，憐孤恤寡。武藝是為幫助別人的，不可以之自私牟利，恃強作惡。其餘的我也不必對你多說，你下山去吧！”

江小鶴又跪倒說：“現在我還不願下山，我想再從師父學幾成兒武藝！”

老先生卻笑道：“你若再學幾成武藝，就沒有人能制服你了。但你現在所會的武藝，已足以壓倒蜀中龍、龍門俠有餘，鮑振飛到你手中將如小兒，其餘的人就連螻蟻也不如了，你還不知足？快下山去吧！”於是江小鶴叩別了師父，拿上行李和寶劍，高高興興地走下山去。

才離山半里，就聽身後有人呵呵地亂叫，江小鶴回頭一看，原來是那位啞巴師兄。他趕緊止步，回身抱拳。啞巴摸着他那禿光的嘴巴，又用二指向空一點，然後擺擺手兒。江小鶴就明白了，是老先生叫他傳下話來，囑咐自己對點穴不可使用，遂就點了點頭。

啞巴又從江小鶴的行李捲內抽出來寶劍，抖手一舞，真有飛龍起虎之勢。這幾式江小鶴全都沒有學過，於是他就接過劍來，學了一遍。啞巴見他學會了，便笑了，於是二人才分手。

江小鶴本有從川省騎來的那匹黑馬，可是已於四年前死在山上了，但是他十年前在閬中府賭博所贏的銀兩可還都沒有動。他就想過了江後，一定要買一匹好馬。他徒步在路上走着，此時正當春間，這江南的水田之中處處是插秧的少女。他看見了這此女子，不由心裏一動，又想起了那生長在仇家的兒時情侶鮑阿鸞。她這時也過了二十歲了，多半已經嫁人了，前時的婚約，也許忘掉了。又不知自己的母親現在是怎樣的衰老，弟弟已長了多高，因此，他不由得頓足長歎。但是一想到自己現在已學會了一身超人的武藝，文字也相當通曉，已不再是十年前的那個三頭虎江小鶴了，於是他又意態軒昂，精神暢爽。

一過了江他就置辦了一匹黑馬，並把十年前的那隻金鈴找了出來，掛在馬上，於是飛騎北上，藏鋒待試。他取道荊楚，先在襄陽打了花槍龐二，又到信陽州打了賽黃忠劉匡。同時在信陽他還寫了一封信，找了一個販藥的紫陽客商，給龍家兄弟捎去。然後他又到上蔡打了魯伯雄，到商水打了劉青孔。但這些都是比武性質，他打了這些豪傑，同時也就跟這些人交了朋友，並從他們那裏聽說了李鳳傑和紀廣傑之名。

江小鶴正想西去找昆侖派報仇，不料忽然有個鏢行中人，到商水劉青孔之處去請他。原來十年前他在閬中府交的朋友短刀楊先泰本是河南人，五年前他離開川省回到家鄉來開鏢店，不料最近因與同行相爭鬥而負了重傷。楊先泰聽人談說江小鶴之名，才派人來請他，想要見見面。江小鶴也想起這個十年前同遊美人巷的好友，於是就趕緊到了許州城楊先泰所住的客店之中。楊先泰臥在病床上，忍着傷痛，與江小鶴暢談了二人別後十年之事；然後就提到了他的傷勢，說是只有嵩山白松寺的金臉菩薩太無和尚秘制的“金剛更生散”可以治癒，但是沒有人敢去索要。

江小鶴不忍見舊友負傷呻吟，於是他自告奮勇，馳馬來到嵩山，因此又打敗了太無和尚，並結識了李鳳傑。當下江小鶴帶着那包藥，冒着暑熱，策馬飛馳，一路上金鈴亂響，又回到了許州城。見了楊先泰，他一面親自動手給楊先泰敷上了藥，一面又把見了李鳳傑，打了太無和尚之事得意地說了。楊先泰就說：“兄弟，你又給我惹事了！李鳳傑這個人我不大曉得，只是金臉菩薩太無和尚你如何也打他？他是河南頭一位有名的英雄！”

江小鶴說：“你放心！我討藥時並沒有提到你的姓名，他絕不能找你來。現在藥來了，你的傷就不用發愁了，我可也不能等着你好了。我要趕緊到關中、到鎮巴、到紫陽去辦我的事，咱們後會有期！”

楊先泰執意挽留他，江小鶴就在此又住了兩天。到了第三天，就見楊先泰的臃腫之處確實已經消了，他便知道“金剛更生散”真有效驗，遂不辭而別，又往嵩山去了。

二次來到嵩山的時候，正落着纖纖細雨。江小鶴頭戴大草帽，身披油布短衣，但還是都淋濕了。烏黑的馬鬃，淋上雨水，發着光，像烏金一般。前面的山和路旁的麥田全都籠在煙霧裏，茫茫地看不見一個人。江小鶴心說：我可向誰打聽鳴琴澗去？於是他又把金鈴掏了出來，掛在馬上，縱馬向西去走。

正在走着，忽見前面茫茫的雨氣之中，奔來一條白影，有人在對面高叫着說：“江兄！江小鶴！”白馬衝開雨氣來到臨近了，江小鶴才看出，這人頭上也戴着個大草帽，正是那李鳳傑。李鳳傑就說：“從別後的第二日起，我就天天在路旁等着你，我想還得過幾天你才能來到，不料今天下着雨你就來了！”

江小鶴說：“既然應得再見面談談，我就得趕快來。”

李鳳傑問說：“你那位朋友的傷勢好了嗎？”

江小鶴說：“不出十天，他的傷一定全好，太無和尚的藥真有效驗。我倒想上山去給他道個謝，把打架的事不提，我們交個朋友。”

李鳳傑說“江兄你真是個爽快人,好,一半天你同着我到白松寺去見他，那天的事一說就能了事。江兄，我告訴你一件事。我在鳴琴澗有個采樵的朋友，名叫胡二怔，那天你走後，我就搬到他家去住了。他那村裏有個姓陳的，家中只是母女，極為貧寒。那女子你猜是誰？”

江小鶴說：“我在此人地生疏，我猜不出來。”

李鳳傑說：“就是那天在山上我搭救的那個女子。她的母親一定要把她嫁給我，我也想漂泊了幾載，如今也二十多歲了，娶房妻子也是應當的。”

侖江小鶴笑着說：“好，那我就給你道喜了。我現在先到城裏找家店房住下，等雨住了我再來看望你和嫂嫂。今天咱們總算如期見了面。”說着，他抱抱拳，撥馬就要回去。

李鳳傑卻攔住他，說：“江兄，你沒聽明白，我雖訂下了親，可是須待過節後再娶。初八那天是吉祥日子，距今不過四天，無論如何你也要喝完我的喜酒再走。現在,我在胡二怔的家中蓋了兩間草房,並請了一個幫忙的人，他會做菜飯，我又為你預備下了好酒。趁着今天落雨，正是細雨黃昏客到門，何況你又是一位俠客。來，你到我那裏，咱們把酒暢談一番，晚間你就宿在我那裏，你看如何？”

江小鶴卻說：“我來此不過想跟你談上半日，明天我就要走，因為我還有急事在身！”

李鳳傑說：“無論你幾時走，現在也要到我那裏談談。”

江小鶴見李鳳傑的衣服此時都已淋濕，他便笑了笑，隨着李鳳傑走去，兩匹馬便走進了那雨氣茫茫的小村。

到了胡二怔家的門前，二人一齊下馬，李鳳傑推開柴扉，先牽馬走入，江小鶴隨着進去。有李鳳傑雇的那人，把兩匹馬都繫到院中的一棵小榆樹上，黑馬上的行李也搬到了屋裏。江小鶴隨李鳳傑進了那間新搭的茅廬，脫去了油布衣，放在榻上。這屋內有兩張破桌、一條板凳，李鳳傑把一張桌子靠近榻旁，兩人都坐在榻上，雇用的那個人便送上酒來。也沒酒杯，只是一隻大飯碗盛着滿滿的酒，兩人輪流喝着，下酒物也只是幾條黃瓜，蘸着粗鹽吃。

李鳳傑就說：“因為我沒料到你今天來，所以什麼菜也沒預備，少時我就叫人到鎮上給咱們辦點酒菜，晚間再吃。”

江小鶴說：“這就很好了。十多年來我在外面闖蕩，有時也飲幾杯酒，但都沒有今天這樣痛快！”

李鳳傑就問：“你家是在哪裏？”

江小鶴說:“陝南鎮巴。”李鳳傑一聽,不由得就變了色,但仍然矜持着,笑了笑說道:“原來你跟鮑昆侖是同鄉!”

江小鶴把拳頭向桌子上一捶，幾乎將桌子捶得塌了架，碗中的酒都震得濺出了許多。他惱恨地說:“休要提他!”李鳳傑不禁更為驚異。

江小鶴又喝了一大口酒，便長歎了一聲，說:“李兄，你不曉得我。我在江南學藝十年，如今下山才不過兩月。雖說打了龐二、劉匡、魯伯雄、劉青孔那些人，在河南省已有了小小名頭，但還不大有人認識我。可是你到鎮巴、紫陽和川北閬中府那幾個地方去問問，十年前我就出了名了。那時我才十四歲，我就用尖刀刺傷了龍家兄弟!”

李鳳傑趁勢又問道:“怎麼，你跟昆侖派並無交情嗎?”

江小鶴隨歎氣隨飲酒，酒入愁腸，勾起來他十幾年的宿恨，他就把什麼話全都對李鳳傑說了，然後又說:“我為什麼不能在此多留?就是因為我恨不得立刻就往鎮巴去報仇。本來我應當由信陽州就一直入陝南，可是我卻不走那條路，故意要繞點路，就是為了要先把名頭弄起來，叫鮑振飛知道我將要找他去了。等他招集好門徒，設法抵擋我，然後我再去鬥他們昆侖派那些徒子徒孫。不然，顯見我是欺鮑振飛一人年老!”

李鳳傑明白了江小鶴的來歷，便更是驚奇欽佩。他解開鈕扣，把胸膛露出，指着右脅上的一塊劍疤，說:“江兄你看，這塊傷才好。在上月，我在西安府獨鬥昆侖派，殺傷了他們六七個人;雖未會着鮑昆侖，可是葛志強、魯志中那些人我全都領教過，他們的武藝實在極為平常，所謂昆侖派的刀法也實在極為笨拙。只是有一個人我們應當留意他，那就是龍門俠的孫子紀廣傑。在渭南縣，他同着一個昆侖派的女子，兩人戰我一個，但我吃虧了。這塊傷就是紀廣傑的寶劍給我砍的!”

江小鶴一聽，也不由得驚異，他並不詳細打聽紀廣傑，卻只問:“昆侖派的女子?這個女子姓什麼?”李鳳傑搖頭說:“我不知道，我想她一定是昆侖派門徒的女兒，刀法卻比葛志強、魯志中等人都精熟。”

江小鶴便探着頭問:“長得什麼模樣?有多大年歲?”

李鳳傑說:“有二十上下，容貌很秀麗，我因不屑與一女子交手，所以總是躲避與她對敵，也未細看她。”

江小鶴心說:這一定是阿鸞無疑了!因之心中不由得一陣難過，又連氣喝了幾口酒。此時，窗外的雨仍然落着，並且比剛才的淅瀝聲音更大。李鳳傑便叫他那個傭人，冒着雨到東邊鎮上去割肉買菜，他又往碗裏添了些酒，兩人且飲且談。

江小鶴就抑鬱地說:“明天大雨就是不住,我也一定要走!”李鳳傑說:“江兄你是急於前去報殺父大仇,我也知留不住你,但我也要去重尋紀廣傑,報那一劍之辱。我打算明天與你同行。”

江小鶴卻擺手說:“你正要辦喜事，怎可以跟我一同走?再說我這個人性傲，絕不願別人幫助我;就是你想找紀廣傑去，也應當等我把事辦完了。不然，到時咱們兩人一定要彼此幫助，就是勝了紀廣傑，也難免為江湖人所笑。”

李鳳傑沉思了一會兒,就點頭說:“明天雨住了江兄再走。如若還下着雨,你總是再留住一日,咱們多談談才好。”

江小鶴便點了點頭。窗外的雨還在瀟瀟地下着,時間也不過下午三四點鐘,二人又談論些江湖之事及內家武藝,不覺着又把這一碗酒喝乾了。

李鳳傑還要添酒,江小鶴卻擺手說:“不要再喝了!留到晚飯時再喝吧!”

李鳳傑又出了屋,到胡二怔的屋裏去了一趟,卻見只是那位老太婆正倦臥在炕上睡覺,胡二怔卻沒有在家。看到他那根扁擔直直地立在牆角,李鳳傑心說:這下雨的天,胡二怔他做什麼去了?

他又回到自己屋裏,就見江小鶴躺在床上,手裏拿着自己的一本詩稿,正在翻看。李鳳傑就問說:“江兄想必也能作詩?”

江小鶴搖頭說:“不能,不能!我本來是一個字也不認得,後來拜了師父,我師父他倒是個好文墨的人,他有時教我讀書識字,我才略略能看書。比李兄的文墨當然是比不了,可是我認識這幾個字,走江湖也夠用了。”說到這裏,他不由想起當年在閬中的一件舊事,就不由長歎道:“不認識字的人真是吃虧!當年我在閬中,就因為兩封信,竟叫閬中俠疑惑我是昆侖派的奸細。”由此又談到了閬中俠。

李鳳傑也久聞閬中俠的大名,聽說閬中俠都在鮑振飛的手下吃過大虧,就想:鮑振飛的武藝一定比他那些徒弟高強百倍,今雖年老,但也不可輕視。江小鶴雖然武藝高強,年輕力壯,但他究竟能否敵得過鮑振飛,還是個疑問。

二人都躺在榻上,斜對着面,越談越高興。忽然房門一開,吹進來一股潮濕的雨氣。李鳳傑坐起身來一看,原來是他雇用的那人回來了。那人雖然手裏拿着一把破爛傘,可是身上也淋得跟水雞一般了。他把從鎮上買來的豬肉、青菜和一尾活躍的大頭魚都放在桌上,就像是喘不過氣來似的,臉上不僅是一層雨水,還帶着驚慌之色,半天才說出話來:“胡二怔闖了大禍!在鎮上他把人打死了!”

李鳳傑不禁吃了一驚,趕緊問說:“為什麼?”江小鶴也坐起身來。

就見這人又喘了喘氣,說:“今天下雨,胡二怔不能上山,他就到鎮上要賬去了。要完了賬,他就遇見了郝家莊的狗皮尤禿子,拉他到徐小舖去賭錢。胡二怔把錢都輸光了,他就急了,扭住尤禿子叫他把輸的錢再要回來。因為這就吵了起來,胡二怔就給了尤禿子一拳。尤禿子那樣兒的哪禁得住他打?一下就給打死過去了。那時有好多賭錢的人都是郝家莊的莊丁,就一齊上手去打胡二怔,胡二怔又打傷了七八個人。後來郝家莊的人都來了,郝二老爺拿着虎頭鈎也來了,大家七手八腳地就把胡二怔給捆了起來,抬到郝家莊去了。大家都說胡二怔那怔小子,這回可闖禍了,一定得叫郝家莊的人打個半死。”

李鳳傑一聽,不由得氣憤填胸,就說:“我得去看一看,不能叫郝家莊的那些人欺負胡二怔。”說時,他戴上草帽,又接過了那柄雨傘。

江小鶴也下了榻，繫上他的草鞋，問說：“郝家莊是幹什麼的？是本地的惡霸嗎？”

李鳳傑搖頭說：“倒還不算惡霸，可是登封縣周圍十里已沒人敢惹他。郝家兄弟二人，郝大在外做將軍，官職不小，郝二卻在家中做財主，嵩山附近這幾個縣屬他最富。郝二會武藝，又好佛，在白松寺裏我曾見過他一面。”

江小鶴說：“你見過他一面就好了，大概你們不至於打起來，我也不必陪你去了。”

李鳳傑說：“江兄你不必陪我前去，我去了少時就回來。”

江小鶴說：“你把我的油布衣裳披上！”

李鳳傑卻擺手說：“不用。”他遂就出屋，撐起雨傘走了。

江小鶴躺在榻上，又歇了一會兒，就覺得非常無聊，而且剛才喝的酒也直往上湧，頭很熱，他就想出去涼爽涼爽。他披上油布衣裳出了屋，站在那柴扉之外，就見煙雨中的村落，連一個人、一條狗都看不見，這情景又不禁使他憶起了兒時。在他十歲左右時，也是個下雨天，他和弟弟就在屋中聽母親給說笑話。一個笑話還沒說完，父親江志升戴着個大草帽由鮑家練武回來了，自己就把他的大草帽搶過來戴在頭上，冒着雨出去玩耍。那時一家人親熱的情景歷歷如在目前。而鮑振飛殺死自己的父親，使自己母子、兄弟離散，以及自己在鮑家所受的那些苦處，也都像昨天的事情一般。他胸頭的怒火立刻又往起燃燒，頭上雖被雨淋着，可還是有些發熱。

這時李鳳傑的那僕人給江小鶴送出大草帽來，指着東面的一棵在煙雨中搖動的大桑樹，說：“江爺你看，那桑樹下面的破房子就是陳姑娘家。陳姑娘的老爹早先是個獵戶，因為在山上追一條狐子，跌下山摔死了，母女二人很可憐。等過兩天陳姑娘嫁了李爺可就好了。”

江小鶴突然又想起李鳳傑的喜期在望，而自己明天就要走，便想：他對我這樣殷勤招待，我卻一點兒禮物也不送他們，未免顯得我不會交朋友。趁着他沒在家，我又在屋裏待不住，不如我冒雨進城給他辦些禮物去。看這時天色尚早，於是江小鶴就趕忙跑到門裏去備馬。

那雇用的人就問他說：“江爺，你要幹什麼去？”

江小鶴說：“我到城裏去買一點兒東西，少時即歸。”當下他就到屋中取了銀錢，然後出門上馬，馳往村外，找着大道，馬蹄踏着地下的松濕泥土，就一直往東直奔登封縣城。

江小鶴雖然由此經過幾次，但他還未進過這縣城，如今一到城裏，就見街道很寬，商舖繁盛，雖在雨中，街上仍有不少打着雨傘往來行走的人。江小鶴下了馬，向兩旁去看舖戶，此時他倒為了難，心說：我給李鳳傑買些什麼禮物呢？買些脂粉綢緞，那又太女兒氣，而且我又不認識那媳婦的娘家。我總是買些李鳳傑所用的東西才好，可是李鳳傑他只用書用寶劍。下雨天要買書一定得淋濕，寶劍他現在又有，再說這縣城裏也絕沒有好鐵匠能打出好劍來。他站在雨中道旁，思索了半天，忽然想起不如買幾隻雞送給他，反正到他娶親的那一天，一定要殺雞請客。就是不請客，留下雞也很好，因為他以後就成家過日子了，家裏也應該養幾隻雞。遂就向路旁的人打聽賣雞的舖子。路旁的人就告訴他還得轉過兩條街，那裏就叫雞鴨市。

江小鶴就牽着馬依着方向去找，果然找到了。這裏有四五家雞鴨舖子，雞鴨嘎嘎亂叫，並有幾隻鵝在籠裏伏着，像是睡了似的。江小鶴心說：買隻鵝倒還不錯，這東西又肥又大，倒像個豪俠的樣子。於是，他就在一家店裏買了一隻鵝、兩隻大母雞、一隻公雞。三隻雞都用繩子縛上膀子和腿，掛在馬鞍旁。惟有這隻大白鵝，他實在沒辦法。鵝的兩隻短腿既難綁，翅子又大，一撲楞，把舖子裏的鵝毛、雞毛、鴨毛全都扇起，像飛起了雪花。江小鶴只得將那鵝用手抱住，上了馬，還得分出一隻手來提住轠繩，他就帶着雞、抱着鵝，撥馬走了。

轉過了兩條街，他打算要出西門，只是那隻鵝時時伸着脖子叫喚。三隻雞在鞍下掛着，又被江小鶴的腿與鐵鐙摩擦着，也不住地掙扎。同時這匹馬也覺得不大舒服，時時往起來跳躍、扭動，不聽主人的驅使了。江小鶴就一隻手按住鵝，一隻手抽出皮鞭，使力地策馬，並大喝街上的行人說："借光！躲開！"他本想一股氣馳出西門，縱馬去走，一霎時就可以回到鳴琴澗。卻不料這匹馬這時竟跟瘋了似的，胡蹦亂闖，街上行人打着的雨傘也使牠眼岔。忽然由一條小巷裏又走出來一個披着蓑衣的人，遠看簡直像個大刺蝟，這匹馬不由一驚，驀地往起一跳，就把江小鶴掀下馬來。馬帶着三隻雞向西跑去了，鵝也扇着大翅膀撲撲地飛了，江小鶴幸因身軀靈便，沒有摔着。

這時忽聽有人哈哈大笑，江小鶴扭頭一看，原來就是那個披蓑衣的人。他心中立刻怒氣倍增，掄拳奔過去罵道："你還笑我？還不是你這件破蓑衣，才把我的馬驚跑了的？"說時一拳向那人打去。不料那人嗖地一閃身，身軀極為利落。他撩開江小鶴的右臂，以右手的二指向江小鶴肋間點來。江小鶴吃了一驚，趕緊退後一步，說："啊呀！你還要跟我施展點穴法？"說時，又猛地躍步向前。那人也除去了蓑衣，展開拳法，並時時想以點穴制勝。可是江小鶴本來精於此道，哪裏肯叫他得手？往來四五合，就聽咚的一聲，那人便摔倒在泥水之中。

江小鶴哈哈大笑，就又踢了他一腳，說："你起來吧！"同時再細一看這人的容貌，不禁驚異，就覺得十分眼熟，仿佛曾在哪裏見過似的，遂問說："喂！我好像認得你，你姓什麼？"

那人本是個很瘦很短的，年紀也就是二十風志來歲。他爬起來時，衣裳已滿是泥污，他揀起他那件蓑衣來，氣憤憤地向江小鶴說："你認得我？我還認得你呢！閬中俠都不肯收的龜種，現在又來到這裏稱英雄！"罵畢，就抱着蓑衣轉身走了。

江小鶴雖然被他罵了，可是倒不生氣，腦裏只是在想：這人是誰呢？這時街上的幾個窮孩子已把他的馬給截了回來，飛了的鵝也給捉住了，江小鶴就向他們道謝，每人給了幾百錢。然後，他又叫一個孩子在旁邊的雜貨舖裏買了一條麻繩，狠狠地把那隻鵝綁在了馬屁股上，上馬揮鞭，出西門走了。

在路上，他費盡了思索，但也想不出剛才被自己打的是誰，與自己在哪裏見過，他覺得十分納悶。這時雨也微小些了，雲霧中已可隱隱看見前面那巍峨的嵩山，江小鶴心裏就想：剛才被我打了的那人莫非是白松寺太無和尚那裏的？可是他怎會知道在十年前閬中俠不肯收我為徒呢？他怎麼也想不出來，心裏便非常煩躁。

回到了鳴琴澗，就見李鳳傑已然回來了，並把那胡二怔也救出來了。那胡二怔今天在鎮上打了郝家莊的幾個人，可是他也被郝家莊綁了去給毒打了一頓，若不是李鳳傑去了給說情，那郝二老爺還不肯放他。胡二怔光着膀子，鐵肩膀和脊梁上全都是紫色的鞭痕，頭皮也破了，流出血來。他坐在院中榆樹下，噘着大嘴，鼓着肚子，氣得跟個大蛤蟆似的，江小鶴牽馬進來，他也不理。

李鳳傑走過來說："江兄，你進城做什麼去了？"

江小鶴說："因為我明天要走，我就進城給你買了一隻鵝、三隻雞，好作為我給你賀喜的禮物。"說着，他從馬上把雞鵝解了下來。就見那三隻雞全都羽毛零落，搭拉着腦袋，一扔在地下，就都趴在那兒起不來，已然半死了，李鳳傑不由笑了。

江小鶴就說："你快點宰了留着請客吧！養是怕不能活了。為了這三隻雞、一隻鵝，我可真費了事兒，還跟一個人打了一場架！"

李鳳傑驚訝着說："怎麼，你又跟人打了架？在嵩山你可不應當淨得罪人，金臉菩薩太無和尚那不算，少林寺中會武藝的僧人就有五百多。不過他們廟中的規矩很嚴，從不許到山下去毆鬥。"

江小鶴擺手說："不是，不是，我打的是個外省人；我認得他，他也認得我。"遂說着，便繫上馬，拿着大草帽和油布衣服進到屋裏。

李鳳傑也隨他進來，又問："為什麼你老兄又同人打了起來？"

江小鶴就把剛才的事說了說，又說："那人十分瘦小，面貌我覺得十分眼熟，仿佛在十年前闖江湖時曾見過他，可是我又想不起來。他的拳法很不錯，除了我，今天誰也不能打過他。我並且看出來，他會點穴法。"

李鳳傑納悶着說："會點穴法？"他翻着眼睛想了半天，就說："據我知道，天下之會點穴法者，只有三家。一個是鄙師蜀中龍，一個是紀廣傑的祖父龍門俠，但這兩位老俠全都不輕易傳人。我從我師父那裏只學得大意，並不會使用。紀廣傑與我交手過兩三次，我也沒見他使用點穴法。另一個就是開封的高慶貴，他是家傳的，不過會上四五個招數。此外大概就沒有人了。"

江小鶴聽了卻不禁暗笑，因為自己的師父和那啞巴師兄都是精於此技的，李鳳傑卻並不知道，當下江小鶴就搖了搖頭。李鳳傑在旁又說了些什麼，他都像沒聽見似的，腦子裏只是思索着那個面熟的瘦子。

少時，李鳳傑雇用的那個僕人進來說："魚怎麼做？"

李鳳傑說："醬油還都沒買來，只好煎着吃吧，有醋沒有？"

僕人說："醋倒有，薑我也買來了。"

李鳳傑點頭說："好了。"又隔着門一看，那胡二怔還在院中樹下坐着。李鳳傑就叫了一聲"二怔"，胡二怔答應了，卻不站起身來。李鳳傑就叫他說：“二怔，你這裏來，我給你引見一位朋友。”胡二怔這才慢慢站起身來，光着腳走到門前。

李鳳傑就指着屋中的江小鶴向他引見道：“這是我的朋友江小鶴，他的武藝比我強得多。”胡二怔也不進屋來，他只仰着臉往屋內去看，就見江小鶴身長體健，眉目英武，他便不敢小瞧，遂拱拱手，轉身又回到榆樹下去任那雨淋着。

江小鶴看見他那鐵黑色的厚大脊梁上面鞭痕累累，有幾處都抽裂了肉，流出血來，就憤憤地說：“那郝家，一定是惡霸！”

李鳳傑卻說：“但是他把郝家的莊丁也打得不輕，這胡二怔他常在外面與人爭鬥。”江小鶴便不言語了。

外面的雨聲雖然小了，但是還沒有住，天色可漸漸昏黑了。胡二怔在院中喂那兩匹馬，那個僕人就把煎的魚、熱的酒、熬的湯、燒的飯都擺在了屋中。屋中點上了兩盞菜油燈，李鳳傑與江小鶴就又高談暢飲起來，並把胡二怔也拉到屋裏，請他喝了些酒。

因為江小鶴明天就要起身，所以李鳳傑越發擎着大碗請他飲，並說：“江兄，你別看我是唸書人出身，但是平生最欽佩你這樣的豪爽之人。據我說，無論武藝多麼高強，但是性情若不豪爽，仍然算不得真正的俠客。我們看太史公的遊俠列傳，以及唐朝人所說的虬髯客等人，莫不是激昂慷慨、豪俠爽快，所以我最恨昆侖派那些人，因為他們沒有一點兒豪俠氣概。一次在長安西關，一次在灞橋畔，他們兩番與我交手，總是二三十人一齊上手，並且還雜入一個婦人。我真覺着他們可恥，後悔我與他們惹了那場閒氣！”

江小鶴一聽，心中又勾起了煩惱。他喝了口酒，暗暗歎了口氣，便又詳細詢問昆侖派中與李鳳傑交手的那個女子的容貌。但李鳳傑仍然說自己沒有十分注意那女子，究竟她長得什麼模樣，自己實在說不出來，不過長得不寒磣罷了。江小鶴聽了，心中越發感歎，暗想：多半就是阿鸞，只不曉得她是否已嫁了人？她是否恨我？她若嫁了人，那我還倒不至於太傷心，慢慢地也就斷了念頭。若是她還待字閨中，那可叫我真難處理。我要想報父仇，就不能娶她；要娶她，那就不但不能報父仇，還要向他們昆侖派去求饒告罪、哀告懇求，我江小鶴豈能做那事？想到這裏，他就唉地長歎了一聲，又連氣喝了幾大口酒，然後把筷子放下，酒碗一推，向李鳳傑說：“我醉了，明天一早就是下雨我也要起身趕路，到長安、紫陽、鎮巴，鬥一鬥他們昆侖派，把仇報了，我也許就死在那裏！”

李鳳傑驚訝着問道：“江兄你怎麼說這樣的話？你若真覺得昆侖派和紀廣傑難鬥，那我可以助你一臂之力。我娶親的這件事並不要緊。”

江小鶴冷笑道：“八個昆侖派、十六個紀廣傑，我也不放在眼裏。我煩惱的並不是報仇和爭鬥之事，卻是另有一件事，十年以來我時刻未忘。我走江湖吃苦，在深山裏學藝，不僅是要替父報仇，還為着另一件事，這件事卻比報仇的事難得多！”

李鳳傑說：“你又不豪爽了，有什麼話何不對我說？你我雖相交未久，但彼此已知肝膽，只因你明天就要起身，不然我一定要留你多住些日。倘若你不嫌棄，我還願與你結為生死之交！”

江小鶴卻說：“好，說出這句話來，我們二人就算是盟兄弟了。可是我那件煩惱事真不是一言半語所能說盡，而且說出來，你也不能給我想出什麼好主意，更得叫我心裏添煩。還是等到將來我把事情辦完了再來告訴你吧。”說畢，他就頭朝裏躺下睡了。

李鳳傑看着他，呆呆地坐了半天，但心中已然略略明白，江小鶴累次三番地向自己詢問昆侖派那女子的容貌，多半那女子就是他十年前的情人。可是在十年前他們全都很小啊！難道十三四歲的少男幼女，就有什麼私情嗎？這樣想又有點不能相信。

此時，窗外仍有微微的淅瀝之聲，兩盞燈裏的油都已快燒盡了；桌上盤碗狼借，並堆着許多魚骨魚刺。李鳳傑就把桌子搬到一邊，預備明天早晨再叫那個傭人來收拾。他把兩盞燈的油都倒在了一個燈碗裏，吹滅了一盞，留下的這盞也壓下燈撚，然後將屋門掩上。他剛要躺在榻上去睡，忽見江小鶴一翻身，睜着眼睛悄聲說：“把那盞燈吹滅了吧！”

李鳳傑吃了一驚，他沒想到江小鶴這時原來也沒睡，便笑了笑說：“留着一點兒燈光豈不更好？你怕什麼？難道還有人偷我們的東西嗎？”

江小鶴又悄聲說：“快吹滅了燈，我聽見外面有聲音！”

李鳳傑越發驚詫，回身噗地把燈吹滅，並隨手由壁間摘下寶劍，輕輕地抽出。他走到屋門前，扒着門縫向外去看。就見外面的天色並不黑，只是灰色的混混沌沌，也不知雨是住了沒有，院中的榆樹被風一搖動，便嘩啦嘩啦地往地下灑水珠。

李鳳傑便要開門出去看看，後面的江小鶴已然下了木榻，將他攔住，悄聲說：“不要出屋去，你別管，這大概是白天跟我打架的那個人，他找我敘交情來了。”

李鳳傑微笑道：“我想是什麼聲音也沒有，大概是你聽差了！”

江小鶴微笑道：“我明明聽見有人推我們的柴扉，絕不能聽差。我在九華山上學藝十載，就是在十步之外往地上扔一根繡花針，我也能聽見響聲。”李鳳傑笑了笑，心中還不相信，以為縱是柴扉響，也許是村裏的狗來頂的，絕不會是什麼賊人。

江小鶴似乎毫不驚慌，只是覺得極有趣似的，他把李鳳傑手中的劍要過來，說：“你去睡吧，絕沒有什麼大事，回頭我也許捉來個玩意兒給你看。”

李鳳傑就笑了笑，說：“好吧，我看你的。”心裏卻想着倒要看江小鶴的猜度是真是假，並要進一步看看他的武藝。

江小鶴在門縫旁往外看了看，便又回到榻上躺下，寶劍就放在身旁。

李鳳傑依然躺在外首，兩人都不說話。過了半個多鐘頭，江小鶴似乎又睡着了，院中卻有了腳步聲。李鳳傑剛要翻身坐起，江小鶴卻又把他按下，說：“這是胡二怔的聲音。”李鳳傑傾耳靜聽，果然聽見外面的腳步聲音很是沉重。待了一會兒，有人在院中大聲打哈欠，真是那胡二怔。大概他是因為懊惱，身上的鞭傷又痛，在屋裏睡不着，所以才出屋來涼爽。李鳳傑就不由得佩服，覺着江小鶴實在比自己精明能幹得多。胡二怔在院中大踏步地走着，哼哼地喘氣，並不住地打哈欠。

李鳳傑就笑着向江小鶴說：“胡二怔起來了，叫他給我們巡更吧。”江小鶴卻沒有答言。又過了一些時，李鳳傑也就迷迷糊糊地要睡了，忽然就聽胡二怔在院中驚喊了一聲：“有賊！”江小鶴就像一隻狸貓似的，立即手持寶劍由李鳳傑的身上跳了下去，出了屋子。李鳳傑趕緊去取寶劍，卻聽外面已鏜鏜地鋼鐵相擊幾下，又聽江小鶴說：“老朋友，你別跑呀！”及至李鳳傑拿着江小鶴的劍跳出屋之時，就見江小鶴已然闖出柴扉追下那個人去了。地上直挺挺地躺着一條大漢，原來是胡二怔已被點穴法給點倒了。李鳳傑先上前將胡二怔解救過來，然後就提劍追到了外面，可是外面已不見了江小鶴。雨還在淅淅地下着，李鳳傑跑出了村子，才見大道之旁，江小鶴正與一個人在交手。那人使的是一根鐵杖，雙手舞着，除了橫掄硬碰之外，並時時以點穴的招數向江小鶴的胸間去點。江小鶴的那口寶劍就如同這雨夜中的閃電一般，白光飛舞，隨着他伶俐的身軀，忽上忽下，忽左忽右，逼得那人不住地向後去退。

李鳳傑看他們交手不過十餘回合，就見那人已抵擋不住，拽着鐵杖就跑。江小鶴就如一隻鷹似的飛撲過去，從後面將他揪住，並把他的鐵杖奪過來扔了。那人疾忙轉身，要用點穴法去掣江小鶴，但都被江小鶴推開。李鳳傑也提劍趕上前來，江小鶴卻擺手說：“不要傷他！”然後向那人微微冷笑，說：“老朋友，你的點穴法千萬別向我來使用，這種能耐只可以欺負一些江湖人，但我卻連用也不願用它！”

那人得知敵不過江小鶴了，就不再抵抗了，只喘着氣說：“任你處置吧！可是我得告訴你，我今晚來不是要傷害你，我卻是要跟你比一比武藝。因為十年前我們在南江縣相見時，那時我們的武藝都差不多，現在我們的武藝都學成了，所以我才想來跟你比一比。”

江小鶴一聽，才驀然想起來，十年前自己跟着閬中俠到陝南去鬥昆侖派，路過南江縣時，曾在袁家莊宿過一宵。那紫面獅袁湧就把他兒子敬元叫了出來，與自己見過一面。當下江小鶴就驚訝着問道：“你是不是袁大莊主的兒子袁敬元？你怎麼到這裏來了？”

袁敬元歎了口氣，說：“自從閬中俠被鮑昆侖戰敗後，回到閬中他就不再闖江湖了。我父親和我哥哥袁子紹平生得罪的人很多，後來沒有閬中俠幫助了，江湖中的仇人就都找上門來。我父親和哥哥先後被人殺死，家產也都被人搶去了。幸有一位鐵杖僧，因為我父親曾佈施過他很多錢，他感念舊誼，才把我救了，並替我復了仇。他帶我到他的廟裏去學習武藝，並特別傳授給我點穴法，我就算是他的徒弟了。他並給我改名叫靜玄，將來還叫我帶髮修行。”

江小鶴說：“好啦，以後我就叫你為袁靜玄。可是你既認得我，為什麼在城裏遇見，你不把話說明，卻要在我身上施展你的點穴法呢？”

靜玄說：“我實在沒有惡意。我不過是聽江湖人傳說，這幾年你是投名師學藝去了，現在紀廣傑又專門到河南來捉拿你，所以我今天見了你的面，才要試探試探你的武藝。其實，我到這裏本是為參拜少林寺，並要會會金臉菩薩太無和尚。”

江小鶴一聽紀廣傑現在已到河南捉拿自己，就不由怒氣填胸，問道：“你聽誰說紀廣傑他要捉拿我？”

靜玄說：“原來你還不知道？紀廣傑現在已到了洛陽，隨行的有兩個人，一個叫獨眼先鋒蔣志耀，一個叫太歲刀劉志遠，都是昆侖派的高徒。紀廣傑沿途張貼招帖，要捉拿江小鶴！”

旁邊李鳳傑笑道：“還是他那故技，他曾在西安府貼報子捉拿過我。”

靜玄說：“這不過是為要激你出頭。”

江小鶴憤憤地說：“不用他四處去貼招帖，現在我就起身去找他。靜玄兄，咱們後會有期，今天我多有得罪，但你是我十年前的故交，想你必不能怪我！”說畢，他拱拱手，轉身就跑回了鳴琴澗村內。

這裏李鳳傑便請靜玄到他家中去談談，靜玄說：“我不去了，過幾天我會再去看你。可是，你要告訴江小鶴，那紀廣傑的武藝是不可輕視的。”說畢，靜玄拾起來他那根鐵杖回身走了。

這裏李鳳傑趕緊回到村內，見江小鶴已然牽馬走出了柴扉，李鳳傑就攔阻說：“江兄你何必要這樣性急？要走也得明天再走。”

江小鶴卻搖頭道：“這口氣我忍不下去。我還沒去找他們昆侖派，昆侖派卻使出紀廣傑來找我，並且還是要捉拿我。我若不趕緊迎上去鬥鬥他們，顯得我江小鶴真是膽小如鼠，枉在九華山學了十年的武藝！”

李鳳傑知道攔不住他，便說：“江兄你既要走，我也無法攔你，不過那紀廣傑的武藝我是知道的，他那龍門派傳下來的劍法實在高超。你見了他，切不可輕敵，這我可並不是滅你的銳氣。”

江小鶴卻冷笑道：“我倒願意他的武藝高超，並且見了面我也只用二三成的武藝來對付他，真正的功夫我還不想使用。我此去先把他打服，然後再去找昆侖派報仇。大約一個來月，我就可以回來。”

李鳳傑點頭說：“好，好！我就在這兒等你。”說時，二人把寶劍換了過來，江小鶴上馬向李鳳傑拱拱手，便往村外走了。

這時，大地之上煙霧茫茫，連路徑都看不清楚。江小鶴身上披着油布衣裳，頭戴大草帽，雨水擊着草帽簌簌地響。道上的雨水也潺潺地向山澗和小溪之中流泄。坐下的黑馬嘩啦嘩啦地蹚着水，就往北去了。

## 第十回　路見災黎俠行消仇恨　夜來旅店妙手戲英雄

行走了一夜,次日天明,雨還未住。江小鶴就找了個鎮店,用了茶水和飯,並不多歇,依舊催馬往北走去。轉過了嵩山北麓,便折向西去,到傍晚時就來到了洛陽城東三十里外的一個市鎮。因為天色不早了,江小鶴便找了一家店房歇下,一夜因提防紀廣傑知曉自己來到這裏,施用什麼暗算,便劍不離身。

到了次日清晨,他就離開了店房。雨雖已住,可是大地上依然霧氣彌漫,又悶又熱,江小鶴在馬上脫去了上身的短衣,露出那健壯的膀子,催馬到了洛陽城的東門前。他心說:紀廣傑也不是什麼高官大宦,他在這裏住在什麼地方,我又怎能知道?他勒住馬想了一想,便自言自語地說:"且找一家鏢店去問問。"於是撥回頭來,就向兩旁的舖戶去望。就見有一家鏢店,門前掛着招牌,上寫着"太平鏢店,遠近馳名"。白牆上還有一行字,墨跡已被雨水全都沖壞了,但還隱隱能看得出來,正是"捉拿江小鶴"五個大字。

江小鶴一看,心說:啊!紀廣傑那小輩原來在這裏!他立時跳下馬來,牽着馬就往鏢店門裏去闖。這鏢店一推門就是櫃房,櫃房的門關着,江小鶴上前就是一腳,把門踹開了。屋裏有幾個人正在睡覺,就被江小鶴驚醒了,有兩三個人便上爬了起來,生着氣問說:"喂!有什麼事呀?你就要踹門?"

江小鶴卻回手抽出劍來,說:"你們門前不是寫着捉拿江小鶴嗎?老爺便是!哪個小子要捉我,就滾出來,咱們先較量較量!"

那幾個人一聽,全都嚇得面色改變,有個年有四十來歲的人,就說:"噢!原來是這麼一回事!江爺,你收起劍來,先聽我說。那牆上的字不是我們這裏的人寫的,是前幾天來了一位名叫紀廣傑的,他是龍門俠的孫子,同來的還有兩個昆侖派中的人……"

江小鶴說:"他們現在住在哪裏?快告訴我!"

這人一面穿衣裳,一面說:"紀廣傑在洛陽住了兩天,他在城裏城外許多地方都寫了這幾個字。因為大家都知道他的武藝,並且稍一招惱了他,他就打人,所以只好由着他寫,不敢攔阻他。前幾天他們走了,我們這裏就把牆上的字用水洗了,可能是沒洗乾淨。"

江小鶴又問：“紀廣傑他們往哪裏去了？”

這人說“聽說是往南去了。我們本來跟他沒交情，不過都知道他的名氣。江爺，你想，我們都是走江湖指着朋友吃飯的人，誰願意得罪朋友？何況咱們遠日無冤，近日無仇。不過，他要在我們這麼乾淨的牆上寫字，我們也沒法子，因為一攔住他，准要打架！”

江小鶴氣憤憤地問道：“紀廣傑他們往南是去什麼地方了？”

那人說：“我們不知道，你可以到城裏的振英鏢店去打聽打聽。因為紀廣傑來時就住在那裏，紀廣傑與盧振英是好朋友。”

江小鶴點了點頭，就提劍牽馬出了門。他又向那牆上的幾個模糊的字連砍了幾劍，砍下幾塊灰泥來，然後就騎上馬進城去了。走了不遠，就看見了振英鏢店。他先往牆上看了看，就見這牆上塗着一大塊黑，大概原本也是寫着“捉拿江小鶴”五個字。

江小鶴一進門就問說：“誰叫盧振英？”

院中有個光着膀子的人正在抖花槍，一見江小鶴提劍進來，就趕緊收住了槍，向江小鶴打量了一番，就說“盧振英保着鏢走了，朋友你有什麼事？”

江小鶴說：“我找紀廣傑，聽說紀廣傑在你們這裏住着？”

那人點頭說：“不錯，他因與我們掌櫃的相識，前幾日來了，便在此住了兩天，後來又走了。”

江小鶴瞪着眼睛問：“他往哪裏去了？”那人說：“聽說往商水縣找劉青孔去了。”

江小鶴一聽，不由吃了一驚，暗想：他去找劉青孔倒不要緊，可是倘若他知道了楊先泰跟我是朋友，他去拿楊先泰出氣，那豈不糟糕？倒是我害了朋友！於是牽着馬就要走。可是又想到：這鏢店的掌櫃的既然是紀廣傑一夥的，我也得叫他們曉得曉得我！

於是氣昂昂地說：“告訴你們，我就是江小鶴。聽說紀廣傑賣弄他那幾個字兒，到處貼招帖，往牆上寫字，要捉拿我，我才特來找他。不用他捉拿我，我還正要捉拿他呢！現在我就要到商水縣找他去。”說時，看見旁邊有一根拴馬用的石頭樁子，很粗很結實，他過去就是一掌。只聽喀的一聲巨響，石頭樁子就被削下半截來，石屑紛紛落在地下。那練花槍的和幾個鏢頭模樣的人全都嚇得變了色，直着眼睛。江小鶴說：“你們掌櫃的回來，把這事告訴他！”說畢，在院中就上了馬，闖出門去走了。

江小鶴離開了洛陽城，往東去走，心中真的生氣。他覺得紀廣傑為幫助昆侖派與自己爭鬥並不要緊，只是他遍處寫着“捉拿江小鶴”，這實在不是英雄所當為。往東走了不到四十里，就進了一條夾溝，溝的兩旁都是黃土高原。就見那土壁間竟也刻着“捉拿江小鶴”五個字，每個字都很大，而且刻得也很深，似是用劍刻的。江小鶴更氣極了，就坐在馬上，掄起劍來，向那幾個字亂削亂砍，掉下來了許多土塊。把那五個字也削得模糊不清了，他這才走。出了這道夾溝，他兩眼仍然四下張望着，注意什麼地方還有紀廣傑留下的字。

晚間宿在新鄭縣境，他就向店家打聽，有沒有一個叫紀廣傑的人從此經過。他說了紀廣傑的大概情形，是個年輕人，帶着寶劍，到處寫字，還帶着兩個幫手。那店家一聽，就說："不錯！不錯！那個人是前天午間從這裏過去的，還在我們這黃土牆上寫了幾個字呢！寫的是'捉拿江小鶴'什麼的。我們以為他是官人，也沒敢攔他。後來他走了，我們就拿鐵鏟子把那幾十個字刮下去了。"江小鶴一聽更是氣憤，恨不得即刻動身，連夜追趕紀廣傑夜路去，可是此時實在是有些疲乏了，便在這店裏歇了一宿。

到了次日，江小鶴依舊起身往下追趕，沿途向人打聽往商水縣去的路徑，及那紀廣傑等人的行蹤。在午前九時左右，他來到了一處市鎮上。只見道旁有一棵大槐樹，槐樹上橫七豎八地貼着十幾張紙條，都寫着"捉拿江小鶴"。江小鶴氣得面都白了，就下了馬，把紙條都揭了下來，撕得粉碎。

旁邊有幾個人就都注意地看他，江小鶴遂向旁邊的人問說："這條子是誰貼的？我看紙還都是新的。"就有人向東邊一指，說："是那酒店裏的麻胖子貼的。"

江小鶴大怒，牽着馬就走到了那酒店的門前。他將馬放在門外，提劍闖進店中。就見這店裏也沒有酒客，只有那個肥胖的掌櫃的叫小夥計給他研墨。他拿着一枝禿筆，照着個樣子，就像小學生寫仿格似的，描寫那"捉拿江小鶴"五個字，旁邊放着的紙條足有二三十張。江小鶴走過去，抄起硯台來，吧地就向那掌櫃的麻臉打去。那麻胖子哎喲了一聲，臉上又是墨，又是血。江小鶴又把那些紙條全都撕碎，桌子也踢翻了。那小夥計早嚇得跑出去了，麻胖子躺在地下爬不起來，還嚷嚷着說："你憑什麼打我？"

江小鶴用劍拍了他的頭一下，怒問道："我就是江小鶴！你為什麼要寫這些條子捉拿我？你又不是官人，我又沒犯法！"

那麻胖子一聽，原來這位就是江小鶴，不由嚇得渾身抖顫，趕緊辯解道："不是我要寫的，是前天，有一個客人給了我五兩銀子，叫我寫的。他說寫得越多越好，過兩天他回來還要給我錢呢。其實我連這幾個字都不認得！"

江小鶴怒罵道："混蛋！他給了你五兩銀子，你就給他這麼指使着？隨意侮辱我？"忽然一抬頭，就見櫃裏堆着着十幾隻酒埕，有五隻酒埕上都各寫着一個大字，連起來也是"捉拿江小鶴"，江小鶴就越發生氣。那麻胖子好不容易才爬起來。他說："江大爺，那埕子上的字可不是我寫的，那是那姓紀的客人自己寫的。他們一共三個人，他手裏還拿着寶劍，連我們這裏的張四太爺全都恭維他。別說他還給我錢，就是不給我錢，我也不敢不聽他的話呀！"

江小鶴卻憤憤地在屋裏找了個秤錘，握在手裏向那幾個酒埕去。只聽噗噗嘩啦幾聲，原來有三隻是空的，有兩隻裏面還都裝着滿滿的酒，立刻埕碎酒流。那麻胖子跺腳大哭，說："哎呀！我這兩埕酒值六七兩銀子啦！"

江小鶴說："你不會找姓紀的叫他去賠？你再敢寫，我知道了就來要你的命！"說畢，轉身憤憤地走出酒店。出門剛要上馬，忽見北邊來了五六個人，全都拿着單刀木棍。江小鶴就趕緊止住步，橫劍等待。

來的幾個人都穿着短褲，有的披着小褂，有的光着膀子，其中就有那個剛才逃走了的小夥計。小夥計指着江小鶴說：“就是他！”

立時，那幾個人就一齊拿着兵刃撲奔過來，把江小鶴圍住，齊說：“你別想走啦，原來你就是江小鶴，人家正要捉拿你呢！”

此時麻胖子也由酒店裏探出頭來，臉上的墨跟血還沒洗去，嚷嚷着說：“把他揪住，他把我打啦！把我兩埕子酒也都給毀啦！叫他賠我！”

江小鶴卻把劍一掄，怒問：“你們都是些幹什麼的？是紀廣傑叫你們來的嗎？如若他在這兒，就趕緊叫他來見我，與你們這些人無干。你們要是不知好歹，招得我生了氣，我的寶劍可不容情，殺傷了你們，可休來怨我！”

幾個人齊說：“你小子別吹！趁早兒扔下寶劍，跟我們見四太爺去。我們四太爺跟紀大爺是叔姪。紀大爺前天走的時候，就託付我們四太爺了，只要是你來，就把你捉住。因為你是個強盜，犯過重案，昆侖派、龍門俠的人都正要捉你呢！”

江小鶴聽了這話，就怒斥道：“胡說！”當下他就掄動寶劍，向那五六個人砍去。這幾個人都不曉得江小鶴有多大的本領，也齊都洶湧地掄着刀棍撲了上來。可是江小鶴隨便將劍一抖，才三四回合，就有三四個人扔下了傢伙，受了傷，躺在地下了。立刻街上大亂，都說：“傷了人啦！”

麻胖子也跑出了酒店，張着兩隻肥大的胳臂，像一條豬似的往北跑去，口中大喊着：“官人！官人！這兒出了事啦！”

江小鶴卻飛身上馬，又殺傷了兩人，便飛騎向東南面馳去。此時他的心中真似燃燒着一把烈火，想那紀廣傑實在可恨，只要自己見了他，一定要把他殺死。不管他是什麼龍門俠的孫子，也不顧師父的戒條！放馬走下了十餘里地，就見身後有一群馬匹追來。江小鶴很是驚訝，便收住了馬，心想：莫非這是追我來的？於是伸手抽出劍來。來見少時後面的馬群就趕到了，一共是十二匹馬，馬上都是壯年漢子。為首的是一個騎黃馬的高身材大漢，穿得很闊。

江小鶴就撥馬挺劍迎了上去，向對面問道：“喂！你們是追趕我來的嗎？”

那騎黃馬的大漢揚着臉說：“我們是走路的，追你做什麼？”

江小鶴看這十二匹馬上的人都帶着刀，卻沒有行李，便不由微微冷笑，點頭說：“好，你們走你的，我走我的，各不相攙。”遂撥馬又向東南馳去。不一會兒，就見後面那十二匹馬又踏踏地追趕下來。江小鶴真氣極了，他又把寶劍抽出，才要撥馬，卻見後面的十二匹馬並排着衝了過來，嘩的一聲，仿佛來了潮水一般。江小鶴躲避不及，整個被後面的馬撞得由鞍上摔了下來。可是他的身軀靈便，才一覺得鞍子不穩，就趕緊向下一躥，同時手裏一晃寶劍。劍光把後面衝過來的馬驚得直掀蹄子，又從馬上摔下來了兩個人。江小鶴什麼也不管，翻過身去追那匹黑馬。

此時那騎黃馬的大漢，早已帶着幾匹馬跑遠了。馬雖然跑得很快，可是江小鶴的腿也不慢。一霎時，那騎黃馬的大漢回頭一看，啊呀！江小鶴竟然追上來了，相離不過二十多步。旁邊的人齊都大驚，叫道：“好快的腿！四爺要留神！”被呼為四爺的大漢便急急揮鞭，並且順手要從鞍旁抽刀。但是，他的刀還沒有抽出來，就見江小鶴忽然一縱身，真似一隻仙鳥飛了起來，他手中的劍就像是鳥的翅子。不過是一眨眼的工夫，只聽哎呀一聲，那大漢已被砍下馬來。旁邊騎馬的人紛紛逃奔後退。江小鶴掄劍又向那大漢的身上拍了一下，並踢了一腳；四爺的肩膀上便流出汪汪的鮮血，翻了幾個身就暈死了過去。

其餘的那十一個騎馬的人,有三個見江小鶴武藝非凡,就趕緊催馬跑了。還有幾個仍不自量力，一齊抽出刀來，下馬一戰。江小鶴的寶劍翻騰，真似一條白蟒在刀林之中躥躍。他並不施展什麼劍法，只須眼快手快，七八個回合便又刺倒了六個人，剩下的兩人就都抓住馬跑了。

江小鶴並不去追趕，他收住了劍勢，低頭看了看那地上橫躺豎臥的七個人。因為江小鶴遵從師父的囑咐，不願殺傷人命，所以用劍時使的力量都很輕。不但這六個壯丁樣子的人負傷都很輕微，有的且能爬起來；就是那個由黃馬上摔下來的大漢，雖然右肩上受了很重的劍傷，上半身全是血，但也已漸漸蘇醒過來了，只是哎呀哎呀不住地慘叫。

江小鶴先去把自己的馬尋着,然後騎着馬回來。走到這些受傷的人之前，他就冷笑着說：“不要說你們是十二個人，你們這樣本事的，就是一百二十個人圍住了我，我若叫你們損傷了一根汗毛，我便不姓江！我姓江的本來不願意殺傷人，可是你們的手段也太毒辣了。好漢子講究一刀一槍，若是一群人上來鬥一個人，就是贏了，也算是小人的行為。剛才你們卻橫着一群馬來衝我，要換個別人，早就叫你們亂馬踏死了。他娘的！強盜都沒有你們這麼狠毒！”說時，他氣得又要提劍下馬向這些人去戮。

就有幾個人跪在地下求饒，哀求着說：“江爺！我們是瞎了眼！可是這不怨我們，也不怨我們張四爺，這都是紀廣傑讓幹的。他不但遍處貼帖子捉你，並且激我們四爺。我們四爺剛才帶着我們追下你來，為是叫你被馬撞傷,好捉住你,叫紀廣傑看看他的本領。因為我們四爺是龍門俠紀老爺的外甥，論起來紀廣傑還是他的姪子呢！”

江小鶴就急急地問說：“紀廣傑現在往哪裏去了？”

地下跪着的人就說：“紀廣傑是前天走的，往商水縣劉青孔的家裏找江爺你去了！”

江小鶴立刻點頭說：“好，我找他去！”他撥馬剛要走，卻見遠處擁着許多車馬。江小鶴本疑惑是這黃馬張四的羽黨，後來細一看，才知道是一幫過路的客商。因為這裏打架，都被截住了，不敢過來。江小鶴就收了劍，騎着馬過去，到了臨近一抱拳，說：“諸位都是遠方來的，沒看見有人在沿路貼帖子，往牆上寫字，要捉拿江小鶴嗎？”

就有幾個客人說：“我們在路上沒留神。”

江小鶴點點頭，又說：“那寫帖子的人叫紀廣傑，他所要捉的江小鶴就是我。我是個光明磊落的漢子，沒當過賊，也沒犯過法。那紀廣傑與我素不相識，素無冤仇，只為他受了昆侖派中人的慫恿，便到處這樣侮辱我，這口氣我真不能忍。現在被我殺傷的這幾個人都是紀廣傑的一夥，剛才的事大概諸位都看見了，是他們先要害我，並不是我無故地傷他們。請諸位做個見證，到各處把這件事說一說，並請諸位以後看見貼有什麼捉拿我的字和夜路牆上寫的字，就請替我撕了、塗了。”

那幫客商齊都答應，說：“好啦！以後我們只要看見那樣的字，一定替你刷了去。”

江小鶴遂拱手說：“奉托，奉托！”說畢，他拋下了那幾個受傷的人，便策馬又往東南方向去走。他心裏想着還是很生氣，就自言自語地說：“師父雖囑咐過我，不許我隨意就傷害人的性命，可是那紀廣傑我卻不能饒他，他欺我太甚。若見了他，我的劍下絕不留情！”

江小鶴匆匆地催馬往南緊走，晚間就來到了商水縣境。劉青孔在本地雖不算是財主，可是也有個小小的莊院。江小鶴來到這裏，下馬一直進莊，他的幾個徒弟就迎過來，一齊行禮，說：“江師叔回來啦？”

江小鶴自上月來到這裏與劉青孔比武，一拳就將劉青孔打倒了，二人倒結成了深交。江小鶴在這裏曾住了幾次，備蒙劉青孔的款待，所以這些徒弟們全都認識他。小鶴便急匆匆地問說：“沒有人來到這裏找我嗎？”有個徒弟就說：“昨天有個紀廣傑到這裏來找你，他們一共來了三個人。”

江小鶴一聽，就立刻瞪眼問說：“他們現在哪裏？”

那徒弟說：“昨天當日就走了。因為他聽我們說，我們的師父往信陽州去了，他疑惑你也去了。臨走時還在門前貼了幾張條子，書着捉拿江小鶴。我們雖然看着生氣，可是因知他武藝高強，師父沒在家，我們就沒敢惹他。等他們走了以後，我們才把紙條子都刷了下去。”

江小鶴一聽，氣得怒叫：“我追趕他們去！”說着，在莊裏就上馬飛馳出去。

趕了一夜的路，到次日清晨，江小鶴就來到了汝南府正陽縣境。這時他的精神雖還很興奮，可是他已又渴又餓。抬頭一看，面前就是正陽縣的北關，茶飯館還沒有看到，一片淒慘的情景便映入他的眼簾。只見一大群穿得比叫花子還要破爛的窮人，個個扶老攜幼，背着破行李，提着破瓦罐，往南去擁着走。

江小鶴恐怕撞倒了這些窮人，便趕緊下了馬，攔住一個問道：“你們是幹什麼的？”那人說了一句什麼，便趕緊又走。這句話的口音很生疏，江小鶴也沒有聽懂。旁邊倒有個買賣人樣子的，就說：“這都是淮北的災民。因為淮河開了口子，鬧了水災，把他們的田地都沖壞了，他們遂都逃到河南來。今天那邊有人放賑，所以他們都趕去領錢了。”江小鶴點了點頭，心說不知是什麼人在放賑，一定是個有錢的善心人。

災民是越來越多，也數不清有幾百人，簡直把一條街都擠滿了。有幾輛大車全都擦在街道當中了，趕車的人全上了車，不敢在地上，怕被這些災民給撞倒踏扁。江小鶴牽着馬，當然也不能再往前走了，幸見旁邊有一家店房，他就大喊着："借光！"牽馬進了店門，把馬交給店家，心想：我身邊也有三四百銀子，我為什麼不也放一回賑，救救這些災民呢？

這時店裏的夥計和客人全都站在門前看熱鬧。有個客人就慨歎着說："這就叫善門難開，善門難閉！南邊米家店住的那位年輕客人，看那樣子也不是多麼有錢的人，就因為剛才他取出五兩銀子，換了錢分給幾個災民，這一下就了不得啦！一傳十，十傳百，災民越來越多，把米家店的大門都快擠倒啦！那個客人除非會變錢，要不然就是有五百銀子也不夠放賑的。"

江小鶴一聽，心中很覺得新奇，便想去看看那少年客人到底是怎樣的人，也許是一個官宦人家的少爺。於是他就擠進了人群。這人群雖然擁擠，簡直把街道都塞死了，連一道縫兒也沒有，可是江小鶴力大身輕，一霎時他就到了米家店。就見這店門前萬頭攢動，都哀聲喊着："菩薩老爺！還沒給我啦！快餓死啦！我還有八十歲的老娘！"並有婦人一手抱着骨瘦如柴的孩子，一手高舉起來，慘呼道："救命！救命！"

米家店的大門早已關上了，只見一個少年上了牆頭，舉着手向下頭的數百災民大喊，說："我現在是一個錢也沒有了，一百多兩銀子都放完了！連我朋友的錢都放給你們了！我沒有錢了！"

下面的災民都不肯走，依舊大聲哀呼："菩薩救命！"

江小鶴見這少年的年紀與自己相差不多，短小精幹，面色微黑，穿着一身青綢褲褂，腰繫一條青紗帶子，足登青靴，靴頭上有一撮絲線穗子，似是個練武的人。

江小鶴不禁暗暗欽敬，便招手向災民叫道："他沒有錢啦，可是我還有錢，你們跟着我走！我有三四百兩銀子，一下都分散給你們，跟第我走呀！"他連喊了三聲，可是那雜亂的聲音把他的聲音都給淹埋了，沒有一個夜路人聽得見他喊的是什麼，還以為他也是在向牆上的人要錢呢！這群災民依來見舊都揚着面向牆上那少年哀求，叫着："菩薩爺！"

江小鶴的心中真是着急，同時又被四周圍的人擠得難受，他恨自己的銀錢包兒沒在身旁，假若在身旁，他一定要用力一扔，拋給牆上那少年，叫那少年替自己施捨。可又想：不行！我那錢都是整銀子，還有一半是閬中府錢莊的票子，在這兒也不能夠破成零的。

這時牆上的那少年見沒法兒辦了，就又向下面大喊，說："今天我真沒有錢啦！等明天你們再來，我一定給每人放發二錢銀子。明天我預備下幾百兩銀子，放完了算完！"

江小鶴一聽，心說這人好大口氣！想必他是個很有錢的人。

此時那店房裏又有兩個人上了牆頭，也大聲喊着說："你們還不走嗎？明天早晨再來吧，一定把錢給你們。"這兩個說話的人，一個是瘦子，一隻眼；另一個卻微胖，黑臉膛，有點兒黑鬍子。江小鶴覺得這黑臉膛的人十分眼熟，細一想，便暗道：啊呀！這不是劉志遠嗎？於是他知道了那放賑的少年必是紀廣傑。此時江小鶴反倒十分灰心，便轉身隨着紛紛散開的災民走開。

回到店房裏，喝了點水，吃過了飯，江小鶴就在炕上歇息。院中的店夥和客人們還在談那件放賑的事情，就聽有個人說：“那個年輕的客人多半是個有名的捕頭，是到此辦案的。現在他帶着人正在街上貼報子呢，寫的是捉拿江小鶴。”江小鶴在屋中聽得清清楚楚，心裏倒不怎樣生氣了，暗道：叫他去貼吧！我江小鶴的寶劍絕不傷害俠義之人。

江小鶴這一天也沒出店門，到了晚間，派店家的人出去打聽了一下，知道今晨放賑的那個少年確實是紀廣傑，現仍住在米家店內。災民們因為等着明天早晨領賑，所以有好多人都是在那店門首過夜。江小鶴的心中忽然有了一個疑問，暗想：紀廣傑絕不是什麼有錢的人，今天他把錢施完了，明天他從哪裏再籌畫幾百兩施捨呢？遂在店夥送進燈來時，問說：“你們這個小地方，大概也沒有大財主吧？”

那店家說：“怎麼沒有大財主？北邊古家莊的古百萬，比誰不闊？”

江小鶴又笑着說：“大概你們這裏也就是一個古百萬，還有第二個稱得起大財主的嗎？”

店夥搖頭說：“沒有啦！這一個還不行？上輩兒做了個戶部侍郎，家裏說是百萬，其實千萬也有！連江南府信陽州都沒有這麼大的財主。”

江小鶴又問：“這裏來了許多災民，他為什麼不拿出一萬兩、二萬兩的來賑濟呢？”

店夥說：“有錢的人才不幹這事呢！古百萬那個大員外，他花一個銅錢全都覺着心疼，要不怎麼外號兒又叫古嗇皮呀！”

江小鶴冷笑了笑。店夥把燈給他放在桌上，就走了。他隨即就吹滅了燈，走出店門。

這時已交過了初更，街上卻還有不少人來往。尤其是那些無家可歸的災民，全追着人乞錢，並沿着舖戶叫化。舖戶還都沒有上門；有一家酒店，門前搭着席棚，點着兩三盞明亮的油燈，有許多光着膀子搖着扇子的人在那裏喝酒、談天、下象棋。江小鶴就走到近前，找了個桌子角坐着，要了幾兩酒慢慢地喝着，聽着旁邊的人談論一些街頭雜事。

過了很久，已敲過二鼓了，這席棚下的人才多半散去了。江小鶴酒已喝完，卻仍不走，眼睛只向街心望着。少時，便見由南邊急匆匆地來了一個人，身穿青布短衣褲，臂下挾着一個很長很細的包裹，仿佛要辦什麼急事去似的。這個人雖然在江小鶴眼前一晃便走過去了，但江小鶴卻看得十分清楚，知道是紀廣傑。他便擲下酒錢，急忙跟着紀廣傑向北走去。

這時四下昏黑，江小鶴緊隨着紀廣傑走，相離不過二十來步。紀廣傑是順着大道直走，江小鶴卻挨着道旁種的高粱走去，紀廣傑竟沒有察覺。他在前面走得很快，少時又偏東走去，就進了一片茂密的松林中。

江小鶴此時不得不謹慎一點了，因為剛才是自己在暗處，紀廣傑在明處，現在卻大大相反了。假使紀廣傑剛才是故意裝作沒看見自己，進了密林，藏匿在暗中，自己手中又沒有帶着劍，豈不要吃虧麼？所以他等着紀廣傑往裏走進去一會兒，自己才伏着身慢慢向林中走去。草鞋踏着林中的青草，覺着又溫又軟，走了幾步，只聽嗖的一聲，有個東西從自己的胯下躥了過去，不知是兔子還是狐狸。

江小鶴頓住腳，側耳細聽，只聽林間松籟亂響，草底有唧唧的蟲聲，前面並有微微的腳步之聲。江小鶴便攀着樹枝，坐在樹上向下去望。待了半天，紀廣傑方才提劍走到了林外，江小鶴便也跳下了樹，隨着他出了樹林。林前是一道小溪，明亮亮的，並有許多星光在水面上浮動。紀廣傑向西走了幾步，便踏着板橋過了小溪，江小鶴也隨着走了過去。這時，兩旁地裏都種着高粱和玉蜀黍，微風吹着葉子嘩啦啦地響。再走不遠，前面就看見了燈光，便知道那裏一定是有村莊。紀廣傑向前走進高粱地裏去了，小鶴不便再在小徑上行走，便也走進了田地裏。他雙手分着那觸到臂上便發疼的葉子，曲折地往前走，走了半天，才走過這片田地，可是已看不見紀廣傑了。這時鄉舍裏的燈光只剩下兩盞了，卻都很暗。

江小鶴躲開樹林，轉到鄉舍後，卻看見有一座大莊院，院牆是石頭疊成的，很高，上面還覆着酸棗枝子，簡直像監獄的院牆一樣。江小鶴站在高牆下，又待了一會兒，便聽鄉裏交到三更了。他低着身將草鞋繫緊了一點，便聳身一躥，躥上了高牆。他一腳踏在酸棗枝子上，趕緊又一用力，便跳到了牆裏的一座大房子的後屋上。見草鞋上帶了一枝酸棗枝子，他摘取下來放在了瓦上，伏下身，爬到前面，就見這莊子真是廣大。他心說：真不愧叫古百萬！可是這麼闊的人家，他為什麼不取出些錢來放賑呢？於是便想：我臨下山時，師父曾囑咐過我，叫我應當助弱扶傾，憐孤恤寡。現在我從這吝嗇的大戶之中取他一些銀子，去幫助紀廣傑去賑濟災民，這不能算是偷盜吧？

當下他趴在瓦上向下望去，只見東屋和北屋全都有燈光，尤其是北屋的燈光特別明亮。江小鶴心說，這時天色尚早，一定不容易下手。又在房上待了些時，便聽北屋的門簾一響，出來一個僕婦，往西屋去了。小鶴趕緊也爬到西屋上，就見那僕婦並不進屋，她只站在門外，向裏問道：“老爺，太太請你歇着去啦，天不早啦！”西屋裏有算盤吧啦吧啦的響聲，並有人很不耐煩似的說:“賬還沒有算完啦，叫她先去睡吧！”那僕婦就慢慢地回北屋裏，大概是回復了她們的太太。就聽吧的一聲屋門關上了，燈也忽然滅了，好像是賭氣吹滅的。

這西屋裏燈光黯黯，算盤亂響，並有人輕聲說話。待了半天，算盤還是不斷地響着，江小鶴就趴在屋簷上，一隻手揪住瓦，探下身去，隔着窗上糊着的涼紗向屋裏看了一眼，屋中的一切便映入他的眼中。這屋子好像是個書房，櫃子上有不少書卷。當中一張大桌子，擺着一盞盛油很少的錫燈檯。圓桌旁坐着兩個人，都在那兒翻書；可是一面看書，卻又打算盤。打算盤的是一個白鬍子的老頭子，穿着綢褲褂。另一個鬍子稍黑一點，露着上半截的肥肉，旁邊有個十二三歲的小丫鬟站着給他打扇子，大概這位才是老爺。這老爺手裏拿着幾本厚厚的書，放着嗓子唸道：“二百五，三千七百六，四百八，五百整……”那個白鬍子的就撥動算珠。江小鶴才知道這個老爺不是在讀書，原來是在算帳了。

那個打扇子的小丫鬟大概已打了多時，她的手酸了，腿也站得發疼了，並且倦得直打盹，一個不留神，就拿扇子把燈給撥滅了。屋中忽然昏黑，江小鶴倒不禁吃了一驚，趕緊一挺腰，全身回到房上。就聽下面屋內，是老爺的罵聲："笨蛋！"又聽吧的一聲，大概是老爺的手打在了丫鬟的臉上，小丫鬟可沒敢哭。趁着屋中昏黑，江小鶴就跳下房來，輕輕地拉開屋門，伏着身走進屋內，一點兒聲音也沒有。

這時那位老爺正在着急，大聲嚷嚷着說："火在哪兒啦？火在哪兒啦？"那個打算盤的先生就說："我這兒有，我這兒有！"他遂摸着了取火之物，把燈又點上。老爺氣得渾身的肥肉直顫動，又連罵說："笨蛋！笨蛋！重新再打吧！七百六，二千零三，四百五十吊……"那年老的先生便又低着頭撥他那算盤珠，小丫鬟抹着眼淚仍謹慎地替老爺打扇。

此時江小鶴卻由一隻立櫃的旁邊慢慢地爬到了靠牆的一張竹榻之下，幸因桌上的燈光太暗，兩個老頭子都在專心算帳，小丫鬟是又疲倦又傷心，竟沒有人察覺他。江小鶴的心中卻十分生氣，恨不得一下子推翻了竹榻，奔過去把他們的帳本全都扯碎，把算盤抛了，然後跟那個又貪又狠又吝嗇的老爺要錢，叫他去放賑。

又待了有半點多鐘，快到四更天了。這屋裏的老爺和那先生才把賬算完，他們也都疲倦得不成樣子了。老爺取出鑰匙把大櫃開開，把帳本收起，然後再鎖上；遂就由小丫鬟把燈吹滅。三個人出了屋，喀的一聲又把門鎖上。

門鎖一響，江小鶴便由竹榻之下鑽了出來。他站起身隔着窗櫺向外去看，就見那白鬍子的老頭兒是往外院去了，小丫鬟跟着那老爺回到了北屋夜路裏。那北屋的燈光又亮了一亮，但不久就又滅了。江小鶴就走到大櫃前去摸那鎖頭，鎖頭雖然很重很結實，但到了江鶴的手中，不費力就扭開了。他伸手向裏面去摸，摸着有幾本賬、兩大包銀、四五笸籮銅錢。江小鶴就先到窗前將那前窗托開了一扇，然後將兩個銀兩包裹繫在一起，扛在了肩膀上。他就覺得這包裹很沉重，足有四五十斤，心說：不少了，足夠紀廣傑放賑的了。他把帳本也都挾起，就跳出了窗子。

將要上房，忽聽莊外鏜鏜的一陣鑼聲，江小鶴吃了一驚，趕緊飛身上房，由西房跑到了北房上。此時北房裏的那位老爺大概是剛要跟太太睡覺，一聽見鑼聲，他就驚喊了一聲："有歹人！"

江小鶴便拿出他在九華山所學的躥山跳澗的功夫，在北房上兩腳用力向後一蹬，嗖地一下，就飄然地連那堵高牆全都跳過去了。腳落平地之後，他就繞着道走進了高粱地，曲折地走了一會兒，走到小徑之上。他回頭去看，就見那林中村裏已起了一片燈光，並有殺聲漸漸逼近。江小鶴心說：到底紀廣傑不行，這一定是沒容他得手，就被那裏護院的人發覺了。本想要過去幫助紀廣傑，但又想：誰叫他到處聲言捉拿我，現在且叫人捉捉他吧！

江小鶴順着小徑向西南飛跑，少時便來到了那條小溪前，他就把臂下挾的那幾本賬全都抛在了溪水裏，然後一聳身便跳過了小溪。此時他背後是松林，前面是小溪，到了此地他便不跑了，向那邊燈火亂動之處觀望。待了一會兒，忽見有三人順着小徑跑來，江小鶴知道是紀廣傑來了。就見紀廣傑來到溪邊,尚未尋着板橋,後面那兩個護院的人已然提刀追來,並齊聲大喊說:“賊人休要跑!”紀廣傑趕緊回身迎敵。江小鶴心說:好!打起來了!

雖然隔溪那三個人的刀法、劍法看不清楚,可是也看見白光閃閃,聽得見刃物相擊之聲。那邊紀廣傑與兩個護院的大概交戰有二十多回合,未分勝負;北邊又有燈籠火把順着小徑來了,越跑越近。紀廣傑便虛晃一劍,退後幾步,然後翻身騰步一轉身,就越過了小溪,跑入了林中。那邊的護院莊丁卻截止在溪旁,不敢進林中來搜索了。江小鶴便不再顧紀廣傑,少時他就跑回正陽縣的北關街上。

此時街上除了在地下東倒西臥的災民之外,一個行人也沒有。江小鶴跑到那家米店門首,趁着沒有人注意他,就聳身跳到房上。然而此時他卻為難了,因為不曉得紀廣傑住在哪間屋裏。他便把銀兩包裹放在房上,自己也坐在房上等候。

等了不到十分鐘,就見一人從外面越牆而過。江小鶴曉得是紀廣傑回來了,於是把身旁的銀兩包裹抄起來,向那紀廣傑一擲。只聽咕咚一聲,銀包摔在了院中紀廣傑的身畔,江小鶴卻站在房上哈哈大笑。紀廣傑嗖的一聲追上房來,江小鶴卻早已沒有了蹤影。

江小鶴回到店房之內,心裏覺得非常痛快舒服,於是就枕而睡,可是不久便被門外一片吵嚷的人聲給攪醒。他睜眼一看,紙窗作灰白色,這時才不過五分明。他趕緊爬起來,就聽見外面的人聲又跟潮水聲似的一樣響。出屋一看,店門還沒有開,江小鶴趕緊開了店門,就見那群災民又擁擠着,有的往前擠着去領錢,有的領到了賑款又往外擠。他看見一個骨瘦如柴的小女孩子也拿着一塊銀子,歡歡喜喜的。江小鶴就曉得紀廣傑是把自己昨夜偷的那些錢給施放了,不由得暗笑。災民們得到意外之多的銀錢,苦臉上齊都浮出了一層笑色。

天色已快明了,只見從南邊來了三匹馬,正是紀廣傑、劉志遠和那瞎着一隻眼的人。看來他們是已把銀子施放完了,許多災民都跪在地下叫菩薩;紀廣傑的面上卻沒有什麼高興的樣子。

江小鶴趕緊進到門裏,催着店家給他備馬。他草草地把臉洗過,然後就付了店飯賬,牽馬出門。就見街上的災民漸稀,商店又都打開門板了。江小鶴策馬出了北關,就見大道之上有災民坐在道旁,大嚼着買來的大餅。江小鶴就向他們問說:“那放賑的往哪邊去了?”災民們都指着說:“那三位善人往南跑去啦!”江小鶴遂就催馬向南去追。

一直追下二十餘里地,卻沒有追到紀廣傑等人,江小鶴倒懶得去追趕了。他心說:我追他們做什麼?早先我還想跟紀廣傑較量較量,因為他沿途貼報子捉拿我。現在看他是一位少年俠客,我何必非要跟他見個輸贏不可呢?由着他去捉我吧!我還是應當趕快到長安去見阿鸞,然後再到鎮巴、紫夜路陽去報仇,那才是我的正事。

此時他也有些餓了,看見前面遠遠的有一處市鎮,便催馬跑到那裏。看見了一家酒飯舖,他便下了馬,將馬匹繫在門外,進去要酒要麵。在將要吃完的時候，忽聽門外有人厲聲叫着說：“這匹馬是誰的？”江小鶴趕緊出了酒店，一見卻是四個人，全都牽着馬，其中有兩個穿着官衣。這兩個官人就指着江小鶴的馬匹，問說：“這匹馬是誰的？”

江小鶴說：“這是我的，有什麼事？”

那官人道：“沒有什麼事。”說畢就要走。另有一個身材不很高、穿紡綢褲褂的人，向江小鶴抱抱拳，問說：“你可曉得住在正陽縣放賑的那個姓紀的人，往哪邊跑去了嗎？”

江小鶴搖頭道：“我不知道，我不認得那個人。”這人便點點頭要走。

江小鶴卻說：“喂！我正喝着酒，你們把我叫出來問我這些話，就算白問了嗎？”

那兩個官人一齊瞪眼，說：“怎麼？莫非還得給你點兒錢嗎？”

那短身材的人卻賠笑說：“對不起！因為我們看見你馬上掛着口寶劍，還以為是那姓紀的在裏邊喝酒。那姓紀的原是個賊人，昨夜他到正陽縣古百萬家盜去了七百多兩銀子，取了那錢他又放賑，忙忙地放了些錢就趕緊逃跑了。我是古家護院的楊公久，有個小小外號，叫汝州俠。這是我的盟弟花臉豹子劉英，那兩位都是正陽縣衙門的官人龐大爺和姜四爺，我們現在是要去捕那姓紀的。打攪，打攪！”說畢，四個人一同騎上馬就往南去了。

這裏江小鶴就曉得了楊公久和劉英就是昨夜與紀廣傑在溪畔交手的那兩個人，心裏倒不由得好笑。又想：這兩人的武藝也不弱，再說又有官人跟着他們，倘若他們把紀廣傑捉住抓在衙門裏，那豈不冤枉！古百萬的銀子是我取的，就是出了官司，也得由我出頭，叫人替我扛罪名那就不算好漢！於是江小鶴進到酒店裏，又喝了一口酒，然後拋下酒飯錢，出門解馬騎上去，揮鞭也往南跑去。

往南跑下五六十里，就又到了信陽州。江小鶴一直隨着那汝州俠楊公久等四個人走，見他們在沿途上遇着了不少熟人。來到信陽，那四人就投到了賽黃忠劉匡的鏢局裏。江小鶴與劉匡比過武，在信陽也住過幾天，這裏有不少的人都認識他。所以江小鶴很是為難，誠恐在此遇見了熟人，露出自己的形跡。所以他就沒有進城，打算找個茶酒館先喝幾碗茶，再歇一會兒。

可是就見這條東關的街上、客店的院壁上、路口的石碑上，到處全寫着“捉拿江小鶴”的字樣。江小鶴看了又不禁生氣，便找了一個開店的人，指着壁上的字問說：“這幾個字是誰寫的？”

開店的人就說：“這是一位姓紀的人寫的，不白寫，他寫一處要花兩吊錢。”

江小鶴心中更是生氣，暗想：好！我在古百萬家取的錢給了他，他放完了賑一定還有剩錢，他卻取着那錢到處租地方寫字罵我，我也太冤啦！於是他就瞪眼說：“快把這幾個字鏟下去！你們不知道江小鶴跟本地劉家鏢店的賽黃忠劉大掌櫃的認識嗎？上個月江小鶴曾到這裏來過，打敗過賽黃忠！”

那開店的人就說：“連劉家鏢店的壁上都有，現在也許洗下去了。那姓紀的一來到這裏，就去拜訪劉大掌櫃；他在我們壁上寫這字的時候，劉大掌櫃也在旁看着呢！他跟那姓紀的像是很有交情。”

江小鶴一聽，心中更是生氣，暗想：好呀！原來賽黃忠也這麼可恨，我非得找了他去，再打他一頓不可！

他憤憤地剛要去往劉家鏢店，卻見有四匹馬由眼前馳過，轉往南面去了，馬上正是那汝州俠楊公久、花臉豹子劉英和那兩個官人。江小鶴趕緊上馬去追，離了信陽，又往西南。

追了不到三十里，前面的那四個人就一齊收住了馬。汝州俠楊公久撥馬轉回來，迎上江小鶴，就笑着問說：“朋友，你跟着我們跑了七八十里地了，你以為我們沒瞧見你嗎？朋友，你到底是存着什麼心？”

江小鶴也收住了馬，笑着說：“我是要看看熱鬧，看你們怎樣捕擒那紀廣傑。”

那兩個官人也催馬過來，一齊瞪着眼睛說：“你也認識紀廣傑嗎？”

江小鶴說：“我也是從正陽縣來的，我在那裏住了兩天。紀廣傑在那裏放賑，我怎能不認得他？我可沒有想到他是個賊。現在我要跟着你們，就是為看看熱鬧。”

那花臉豹子劉英就瞪着眼，厲聲說：“他是騙人！他一定是紀廣傑一夥的，咱們先把他捉住！”

楊公久卻向劉英擺手，又看了看江小鶴鞍側的寶劍，就問說：“朋友，你貴姓？素日以什麼發財？”

江小鶴微笑說：“我姓何，在江南有一家鏢店，現在是到北方來閑跑跑，沒有什麼要緊的事。”

楊公久說：“既然都是江湖朋友，話就好說了。我們現在捕的就是紀廣傑，紀廣傑他是往西去了，大概他是要過襄陽進漢中。無論他逃到哪裏，我們也要去追，只要見了面，一定要把他擒住。其實你要跟着我們，看着我們落手也沒有什麼的；不過，你要是有要緊的事，還是到別處跑吧，跟着我們可有什麼意思？”說完，他冷笑着，撥馬就走，那花臉豹子劉英和兩個官人也全都低聲罵着。

那四個人向西南方向又跑了一二里路，不料見江小鶴仍在後面跟隨而來。劉英就抽出刀來，怒道：“這個人真可恨，他一定是沒懷好意！”

那兩個官人也都抽刀提鎖鏈，憤憤地說：“把他擒拿！把他擒拿！”

楊公久卻把這三個人攔住，說：“不要莽撞了！這個人大概會些武藝，說不定他就是江小鶴。剛才賽黃忠劉匡不是告訴過咱們，江小鶴是戴着草帽，穿着草鞋，使寶劍，騎黑馬！”

劉英說：“連紀廣傑我們都要拿，還怕什麼江小鶴？”

此時江小鶴已催馬來到臨近，在馬上微笑着說：“你們不該疑我。我是到西邊去辦我的事，不跟你們一同跑了。不過我告訴你們，紀廣傑是龍門俠之孫，他的武藝可不同凡人，你們別捕不着他，反自己吃了虧！”

劉英掄刀怒罵道：“你管不着！我看你一定是紀廣傑的一夥，你也是個賊！”說着他催馬追上江小鶴，在馬上探身掄刀就向江小鶴砍去。江小鶴扭轉馬頭把刀躲過，掄過皮鞭，向劉英的手腕上去抽。只聽吧的一聲，劉英便覺着手腕疼痛，立刻擲下了刀。

這時汝州俠楊公久已下馬抽刀，跑過來向江小鶴去砍。江小鶴並不下馬，只等着他的刀一過來，便用手指捏住了刀背，輕輕地一奪，便將刀奪在手中，然後微笑着，催馬便跑了。

那兩個官人在後面緊追，並大聲喊道：“小子！你也是賊！你還想跑嗎？”

江小鶴卻且跑且笑，並將奪來的那口鋼刀向膝上一磕，鏜的一聲，便折成為兩段。然後他擲在地下，哈哈大笑。看到那兩個官人和兩個護院全都不敢追了，在那裏嚇得目瞪口呆，江小鶴便得意洋洋地放馬馳去。

一直往西便到了湖北地境，來到一座小鎮上時，天色已經不早了，江小鶴遂投店宿下，翌日午後便進了襄陽城。只見有兩個店房夥計模樣的人，提着一桶青灰正在各處刷壁。江小鶴便跟隨着他們，見他們到了一家草料舖的門前。這門前的黃土壁上也墨色淋淋地寫着“捉拿江小鶴”五個字，這兩個人就提着刷子蘸上青灰，把壁上的五個字塗抹了去。

江小鶴又氣又笑，便下馬問說：“你們這是幹什麼？”

那兩個人說：“我們是本地的花槍龐二爺雇的。今天晌午來了個龍門俠的孫子紀廣傑，還帶着兩個人，好像是捕頭。他們來到了這裏也未拜訪龐二爺，便取筆滿街寫字，寫“捉拿江小鶴”。江小鶴是現今江湖上最有本領的英雄，上月曾來到過襄陽，連花槍龐二爺全都不是他的對手。今天龐二爺聽那姓紀的竟要捉拿江小鶴，覺得他太驕傲自大了，便過去跟他們問了幾句話。不料那紀廣傑極為兇橫，一拳便將龐二爺打倒，把龐二爺氣得要死。他們走後，龐二爺便雇了我們，把他在壁上所寫的字全都塗了去。”

江小鶴一聽，龐二竟為自己的事被紀廣傑所打，心裏更是氣憤，遂問道：“那紀廣傑走了嗎？”

刷壁塗字的那兩個人便說：“他們走了半天啦！他們打完了龐二爺，還向龐二爺追問江小鶴的下落。龐二爺說是不知道，那紀廣傑便說‘：如若江小鶴再來襄陽，便告訴他，他要有膽量可以叫他到長安去。’”

江小鶴聽到這裏，氣得面色都改了，但他故作平靜，問說：“你們沒看見他們往哪邊去了嗎？”那兩個人說：“他們都是從長安來的，現在一定是回去了，可是臨走的時候，他們曾向人打聽武當山。”

江小鶴一聽武當山這個地方，便不由心中一動。因為當年在九華山學藝的時候，曾聽師父說過，武當山在襄陽府均縣地面，內家的武藝便自此山傳出，現今山中的道士還多半會武。以後若行在那裏，千萬要小心！

江小鶴便問說：“武當山離這裏遠嗎？”

那兩個人說：“不遠，出城往西北跑幾十里便看見了。”

江小鶴遂應了一聲：“好！”便牽馬行出。一出襄陽城，他便上馬揮鞭，直奔西北。行了不遠，果然看見面前有一脈蔚然的山嶺，離此尚有百十來里路，江小鶴便催馬快跑。又跑下四五十里路，忽見前面有三匹馬，也都跑得很快，也都正往武當山那邊跑去。

江小鶴看得非常清楚，原來正是紀廣傑、劉志遠等三人，心中又不免有些躊躇，暗想：我現在應當怎麼辦？我若是催馬闖過去，那必定立時拚鬥起來，拚鬥之下便難免傷了紀廣傑。其實，殺傷了他也不冤，他遍處寫要捉拿我，實欺淩我太甚！可是，他又是個行俠仗義的人，正陽放賑的那件事真使我敬佩，何況他又是龍門俠的孫子！現在眼前便是武當山，張三豐祖師便在那裏得道。當着祖師的面，我們內家傳人竟自相殘殺起來，那也實在是一件可恥的事！於是江小鶴便消散了胸中的怒氣，收住馬，故意慢慢地行，讓前面紀廣傑等人的馬匹離遠一些，然後他才走。前面的三個人雖都沒注意到後面，可是江小鶴卻時時看着前面，他心裏又想：我就這樣暗中跟隨他們，跟他們直到長安；那時紀廣傑如果再幫助昆侖派，我可就不能再客氣了。

少時見前面有一條大河阻路，紀廣傑他們的三匹馬就繞着道去尋渡口。江小鶴也跟隨了過去，等他們的三匹馬上了渡船之後，自己才站在渡口叫船。坐在船上聽船夫說，才知道這條河名叫南河，通着漢水。過了河便是谷城縣，那裏離着武當山不遠。向來朝武當的多半是在谷城下馬，因為武當山下沒有宿店。再說，若騎着馬朝武當，山上的道士便先不高興。

江小鶴驚訝着問："山上的道士很多嗎？"

船夫說："道士不少，遇真觀便有四十多位道爺，玄武廟裏的道爺更多。這些位道爺都是好本領，各路保鏢達官在山下十里之內都要下馬。"

江小鶴一聽，心中更覺着奇異，暗想：我從武當派名師學藝十年，還不知道武當山是什麼景象。真正道家傳下來的劍法，也許與我們江湖上所學有異，我也要上山去領教領教。同時也看看紀廣傑他是什麼樣子。過了南河，便是谷城。江小鶴在西關找了店房，牽馬進內，這時天色已不早了，江小鶴就吩咐店夥開飯。

店夥端進菜飯來，看見江小鶴在榻上放着行李和一口劍，便問："客官要往何處去？"

江小鶴說："我朝武當去。"

店家說："客官是在鏢行中的達官嗎？"

江小鶴點點頭，說："我早先在江南保過鏢，現在不幹了，要回家去看看。家在漢中，從此路過，順便朝朝武當山，給張三豐真人拈一股香。"

店家點了點頭說："遇真觀還是小廟，山上頭一個大廟是真武廟。為什麼這山喚武當山呢？就是因為真武爺在山上得的道。真武爺手裏有龜蛇二將，靈驗極了，時常出來顯聖。"他又指着江小鶴那口寶劍說："客官，你這口寶劍可不能帶上山去。山上五里就有一個地方，叫作解劍泉，無論是多大爵位、多大本領的人，到了那裏也必要把佩劍解下來拋在水裏。要不然，不但真武爺爺要發怒，三豐祖師的那些位弟子也必不依。"

江小鶴趕緊問說："三豐祖師的弟子現在還有誰？"

店家卻不答這句話，還說那真武爺爺的故事，他說："在早年有一位大將軍，是當朝一品之臣，統轄三軍。有一次他到武當山來進香，走到解劍泉，隨從的將官們就勸他解下佩劍來，他卻不肯解。不料在山上行了不到二里，就見狂風大作，有一條大蛇向着他撲來，這位將軍立時就驚嚇而死。原來那條蛇就是真武爺爺手裏的蛇將軍，也就是真武爺爺手中的那口寶劍。真武爺爺的神像是手持七星劍，身背杏黃旗，側列龜蛇二將，所以絕不願凡人也佩着寶劍去到他的眼前。連三豐祖師的神像都只是拿着蠅刷，不能拿寶劍。遇真觀會武藝的道爺有四十多，最出名的有七大劍仙，可是都不敢把劍帶出廟門。”

這一大篇神話，店家說得極為流暢，彷彿他對人說過不止一次了，都說熟了，並且好像這些事在武當山下周圍百里之內，是誰都知道似的。末了，店家好意地囑咐江小鶴，說：“明天朝武當，千萬身邊莫帶寶劍，不然至少也要鬧一場大病！”

江小鶴點頭說：“那是自然！我是為進香來的，哪敢不敬神呢？”心裏卻想着：不知紀廣傑他曉得山上這個規矩不曉得？假若他明天去朝武當，仍是不顧一切，掛着寶劍上山，到處題“捉拿江小鶴”，那時恐怕不但真武部下的龜蛇二神將要發怒，觀裏的那七大劍仙也定不能依他。

少時用過了飯，他便跑到街上閒遊，把城裏和四處關廂全都跑到了。就見街上的商舖雖然不少，可是往來的人卻不甚多。走到南關，看見有個穿白綢褲褂、腰掛寶劍、短小精幹的人從對面走來，江小鶴一眼看出正是那紀廣傑，心中立時一陣興奮，就見紀廣傑走進路西的一家小酒店裏去了，他便也隨着進去。此時酒店裏已點上了燈，裏面的酒客也不太多，江小鶴就找了個背燈的桌側坐下，紀廣傑卻在隔着一張桌子的地方坐着。

他解下了佩劍，放在桌上，要了酒，昂然自斟自飲。起先江小鶴就想：少時昆侖派的那兩個人必要來，劉志遠是認識自己的，只要他把我認出來，那立時就要有一場惡戰。我雖不想與他爭鬥，也是不行了。可是等了半天，並不見那二人前來。江小鶴就一面飲酒，一面看着紀廣傑，就見紀廣傑霍地站起身來，高聲喚道：“酒保！把筆墨拿來！我要往壁上寫幾個字。”

酒保站在櫃側道：“大爺！壁是新刷的，一經寫字就不好看了。大爺你要寫字，我們這裏有紙，寫完了我們給你貼在壁上。本城有幾位秀才也時常在我們這裏寫詩，寫完了就喚我們貼在壁上。有時過路的客人看見詩好，都給我們錢，把壁上的詩揭去。”

紀廣傑冷笑道：“你是怕我寫在壁上，你們就賣不了錢嗎？來，我先給你們二錢銀子，作為賃你們的筆墨錢！”

那酒保一聽二錢銀子，便高高興興地把筆墨送了過去，並取水研墨。

江小鶴此時已氣得有些變色，也霍地站起身來。就見那紀廣傑提筆往壁上寫了五個大字，又是“捉拿江小鶴”。江小鶴氣得真想揮起一拳將他打倒，但他卻極力忍耐着。就見紀廣傑題完了這五個字之後，又題了三首詩，是：

寶劍出風塵，四方推俠義；龍門有奇才，鋒芒尚未試。
揮手千金盡，揚鞭萬里遊；藐彼江小鶴，何能與我鬥。
攜劍來武當，煙霧遮蒼莽；遙有素心人，為我勞夢想。

江小鶴在側看了，不禁微笑，說了一聲：“作的不錯！”

紀廣傑本要再題第四首詩，這一下卻被江小鶴將他的思路打斷了。他看了江小鶴一眼，見江小鶴身邊既沒帶着佩劍，穿的又是粗布衣裳，便也沒甚介意，拋下酒錢，拿起寶劍就出門去了，江小鶴也趕緊付了酒錢隨他出去。

他在前面走，江小鶴就在後面跟隨。少時紀廣傑就進了一家店房，江小鶴也跟着他進去，看准了他所在的房間，方才走出，自回店裏。

這晚，紀廣傑在屋中點着燈，拿着筆想要再作一首詩。他想湊成四首詩，等與阿鸞成婚時，洞房之夜，就將這四首詩作為催妝詩，讀給她聽，借以表示自己是文武全才的人。可是無論他怎樣構思，那第四首詩竟然想不出來，眼前只浮現着鮑阿鸞的俏麗幻影，心中非常得意，就想：自己真是不負此生，無意之中行了一趟關中，竟會得到鮑阿鸞那樣才貌雙全的俠女為妻，這真是天配良緣。此次我南來尋江小鶴，也是要給阿鸞看看。如今已行數百里地“捉拿江小鶴”的字樣也不下百餘處，竟沒將江小鶴激出來。可是聽劉青孔、劉匡、龐二那些人都說，江小鶴確實是在豫楚這一帶徘徊着，可見他一定是畏我，不敢來見我。他又想：劉志遠、蔣志耀二人自從在正陽縣黑夜之間，有位不知名的俠客給我送來銀兩幫助我放賑，便不敢再與我同居在一間屋內。在路上那劉志遠也總是提心吊膽，可見他們昆侖派的人都已被江小鶴嚇得膽碎了。即使在路上我與江小鶴行個碰頭，劉志遠也是不敢指出。這樣尋找江小鶴，恐怕一世也尋找不到。不但我是徒費氣力，鮑阿鸞在關中也一定是日夜思念我；不如我在此再留半日，明天到武當山遊覽一番，下午就走。先回關中與鮑阿鸞結為夫婦，然後再去對付江小鶴，我並要設法探出那次助我放賑的俠客是誰。

紀廣傑想了半天，身體就覺着疲倦了。他也不收拾筆硯，就關好了燈，穿着他那身白綢褲褂躺在床上，沉沉睡去。一夜之間，非常寧靜，什麼事也沒有。

次日一睜眼，天色已亮了，門戶還好好地關着。可是紀廣傑一翻身起來，卻見被褥上有點兒墨蹟，想着一定是自己為作詩，手上沾了墨，沒留神就染在被褥上了，所以也並沒有介意。他開了屋門，叫店夥給他打洗臉水。店夥進屋來，端起來臉盆卻不走，站着，直着兩隻眼睛，瞧着紀廣傑的背後，不住地發怔。紀廣傑就生氣地說：“快打洗臉水去！你直着眼看什麼？你呆了嗎？”那店夥便趕緊端着臉盆出了屋，卻還又回頭看了一眼。紀廣傑就覺得這店夥真是又可氣又可笑。

這時劉志遠也起來了，他走進來說：“廣傑，咱們今天還上武當山嗎？我想不必了……”話還沒說完，忽然他的眼睛也直了，並驚訝着說：“你怎麼在衣裳上也寫字呢？”

紀廣傑吃了一驚，趕緊將身上的小褂脫下來，只見白紡綢小褂的背上寫着“捉拿江小鶴”五個大字。他不禁出了一身冷汗，心想：這是什麼人？竟能趁我睡熟，偷偷進到屋裏來這樣戲耍我？他立刻由驚詫變為憤怒，臉色變得煞白。

劉志遠倒是很可惜地說：“你看，頂好的小褂，你怎麼也寫上了字？”

紀廣傑就勢假笑了笑，說：“這幾個字我寫得太多了，太熟了！昨天我喝了些酒，回來後越想江小鶴那賊越覺得可氣，我就不禁把這幾個字寫在這衣裳上了。”說時，他氣憤憤地把衣裳扔在一邊，並不住地擦拳摩掌。

劉志遠的臉色也變了，他似乎有些疑惑，但還裝作若無其事的樣子說：“江小鶴大概是早已聞風遠揚，我們也不必為他這麼瞎跑了，還是回長安去吧！不然我們若在外面待的時間太多了，那裏又許出事！”

紀廣傑對這些話似乎全沒有聽見，他只不耐煩地說：“待會兒再商量吧！”劉志遠便退身回自己屋裏去了。

紀廣傑發着呆，生了半天氣，又拿起那件小褂，看那背後的字跡。只見筆跡很拙劣，看不出是什麼人寫的。他心中的悶氣不舒，就將這件小褂扯得稀爛，另換了一件穿上，然後拿着寶劍出了店門，昂昂地在街上走，但是沒有看見一個形跡可疑的人。

他心說：我一世英雄，怎麼能被人這樣戲耍？遂又走進了昨晚題詩的那個酒館，喝一聲：“拿酒來！”忽然他一眼看見自己在牆上所題的那三首詩的後面，又添了一首，字比自己寫得還大，卻是：

**枉自稱豪傑，其實藝平平；昨夜若非留情面，此時汝早喪餘生。**

紀廣傑又出了一身冷汗，卻又大怒起來，揪住酒保喝道：“你憑什麼容許人在我的詩後胡寫？”

酒保說：“他也給了我二錢銀子！我也不知道他在牆上寫的是什麼呀？”

紀廣傑揮拳問說：“那個人是什麼模樣？”

酒保說：“是個年輕人，剛才寫完。”

正說着，只聽門外有人哈哈大笑，說：“紀廣傑！有本領跟我來，到武當山上會會！”紀廣傑大怒，嗖地一個箭步躥出了酒店，手挺寶劍，怒喝一聲：“小輩你休走！”卻見門外有一匹黑馬，馬上一個青衣人連頭也不回，飛也似的往南跑去了。

紀廣傑氣得追趕了幾十步，但始終無法趕得上。他只得又跑回店房，牽了馬，連鞍韉也不備，就急急地往外去走。此時劉志遠和蔣志耀全都在院中，他們就上前來問：“廣傑，你要上哪兒去？”

紀廣傑卻氣得跺腳說：“你們不要管我！”他出門上馬，飛似的向南轉西，直追那人往武當山去了。

## 第十一回　雲嶺交鋒墮崖逢小俠　洞房滅燭揮刀拒新郎

其實江小鶴的人馬此時已隱藏在一片密松之中，他看見紀廣傑騎着馬提着劍，一直往西去了，便撥馬又回來了。回到紀廣傑住的那座屋店裏，他就叫了聲："劉志遠出來！"

劉志遠跟蔣志耀兩人正在屋中發愁，二人都疑惑現在是有一位本領高強的人，在暗中跟隨着紀廣傑。此人對紀廣傑雖沒有惡意，可是也沒有什麼好意。劉志遠聽到院中有人叫他的名字，便走出屋來，卻是個穿着青布衣裳、牽着黑馬的少年站在門前。他很是詫異，往前走着問說："朋友，你是找劉志遠嗎？你貴姓？找劉志遠做什麼？"走到臨近仔細一看，不由嚇得臉色都變了，就叫了聲："哎呀！"

江小鶴微微笑着，點手說："你跟我出來！我有幾句話跟你說！"劉志遠不由有點兒腿軟，出得門來，就聽江小鶴說："你別怕，咱們兩人沒仇！"

劉志遠這才放了點心，又靠近說："兄弟，十年沒見着你，你真長得又高又大了！聽說你的武藝也學成了！"

江小鶴說："這裏說話不便，你跟我到南邊去說幾句話。我對你們絕無歹意，不然我昨夜就可以取你們三個人的首級！"

劉志遠跟着他，走出南關，來到了一片曠地上。這裏豎着一根很粗的石頭樁子，上刻幾個字是張姓地界。江小鶴便牽馬在此站住了，回身向劉志遠說："我跟你說！我父親被鮑振飛殺死，我小時在鮑家受的那些欺侮，你都知道。你早先對我雖無好處，可也並無壞處。我現在武藝學成了，你看！"說時江小鶴掄起右掌，向那根石樁削去。只聽喀嚓一聲，那根很粗的石樁就被削成了兩截，但江小鶴的手並無損傷，顏色也不變。江小鶴自負地冷笑着道："這不過是硬功夫，軟功夫叫你看，你也不懂。"

劉志遠有些發顫，臉色早嚇白了，但他還勉強鎮定着，說："我早知道，兄弟你的武藝是學成了。這回我和蔣志耀跟紀廣傑出來，是真沒有法子。兄弟你知道，我們昆侖派的規矩最嚴，老拳師派我們幹什麼，我們就得幹什麼！"

江小鶴按劍怒說："不要再提昆侖派！昆侖派中的鮑志霖、葛志強、龍志騰、龍志起，都是我的仇人！我必要把他們全都殺死！但其餘的人都與我無仇，只要不來侵犯我，我就絕不枉加傷害！”

劉志遠的身子又抖顫了一下，歎了口氣，說：“那也沒有法子！你們兩家的仇恨是誰也不能調解。可是，唉！反正我們是得不管就不管。老師父派我們跟隨紀廣傑出來，我們就只好跟着他出來；可是見了面，碰了頭，我也不能指出你就是江小鶴！”

江小鶴點頭說：“好了，無論在什麼時候見着我，你不許告訴人我是誰。可是你要明白，我並非是怕誰！”

劉志遠點頭說：“我明白！在正陽縣你夜裏送去了賑銀七百多兩，昨夜在紀廣傑的身上又寫字，我都明白。刨出兄弟你十年刻苦能學成的武藝，誰也沒有那麼大的本領。紀廣傑那小子到現在還糊塗着，還自以為武藝了不得。其實兄弟你是不肯下毒手，不然有八個紀廣傑也早就死了！”

江小鶴就點頭說：“好！我現在找紀廣傑去了！”說着他上了馬，一揮皮鞭，就向武當山飛馳而去。

武當山本是楚北最有名的一處山嶽，山屬巴山支脈，周圍八百里，有三十六懸岩、七十二高峰。最高之處名曰天柱峰，那就是真武修煉之所。此洞雲外尚有南岩、五龍峰、紫霄峰、展旗峰，各峰上都有道家的觀宇，都是張三豐祖師所興建的。張三豐是宋徽宗時的人，活了三百多歲，到明成祖時才羽化，內家武技全是他所遺傳的，所以才名曰“武當派”。山上的道士都有秘傳的武藝，不過他們輕易不肯示人，所以江湖上的人很難知其底蘊。

這天，曉煙未散，山上一片清涼，內家的名俠紀廣傑與江小鶴，就先後上了武當山。紀廣傑是先來到的，他一直催着馬上了山道，心中十分氣憤，暗想：什麼人敢戲耍我？敢欺負我龍門俠的嫡孫？我非要跟他較量較量不可！馬蹄地踏着山石，驚得山鳥亂飛，野兔亂奔。越過了一道高峰，只聽耳畔有泉水潺潺地響着。忽然由高峰白雲裏撲下來三四隻蒼鷹，盤旋着飛下去了，直飛到嶺下，就在紀廣傑的馬腳下盤舞着，忽然又疾快地斜着翅子掠上了天空。紀廣傑恨此時未攜彈弓，心想：我若帶着彈弓，至多五六下，就能把這四隻蒼鷹擊落。

紀廣傑催馬又往上走，同時向兩旁張望，卻連個樵夫也沒有看見。他又走過了一重山嶺，忽見對面高岩之上流下來一股瀑布，真如一條白練似的，擊在山石上，迸起無數的水珠。水珠濺得又高又遠，把他的鞋襪都濺濕了，並能聽見嘩嘩的急劇的水響之聲。原來是這股瀑布流下來的水，又沖過無數座怪獸似的山石，彎彎曲曲地流泄下去。下面是很寬很深的山澗，澗水奔騰着，彷佛是一道大河、一條長江。他忽然舉頭一看，就見高岩之上刻着三個大字，是“解劍泉”。

紀廣傑心說：不知道這又是個什麼古跡？可惜我沒有帶着筆墨，不然可以爬上高岩，寫上“捉拿江小鶴”五個大字，下面再注上我的名字。將來如若江小鶴來到此地，他看了一定會失魂喪膽。他尋着山路，騎着馬很費力地上了山岩。不料前面有一塊巨石擋路，馬看見了就有些發怯，竟要退下來。

紀廣傑用力揮鞭策馬，這匹馬就四足騰起，像一條白龍似的越過了巨石。紀廣傑便跳下了馬，他站在巨石上，抽出寶劍來唰地一抖，口中長嘯了一聲，喊着說："啊！我紀廣傑來了！小輩快走，在武當山上叫你看看咱武當內家的真功夫，龍門派的好劍法！"他聲音高昂地喊了幾聲，只聽萬山回應，都在說："真功夫……好劍法……"似乎是張三豐祖師在空中回答他。

又見有兩隻蒼鷹飛了過來，紀廣傑趕緊由地下揀起一塊碎石，仰臉看着。等到一隻鷹再盤回來時，他就揚手飛石打去，正好打中了那鷹的翅子。那隻鷹就像個斷線的風箏似的，斜着落下去了。紀廣傑低頭去看，見那隻鷹墜下有數十丈，忽然又緩過力來振翅上沖，口中並哧哧地叫着，盤旋了兩圈，便往遠處飛去了。

紀廣傑不禁哈哈大笑。忽然他一回首，看見身後高峰上站着一個道士，黑髯很長，正扶着一棵松樹向下看他。紀廣傑就回過身來，仰着臉大聲問道："道士，你看見剛才有個騎黑馬的人上山了沒有？"

就見那道士在上面張着嘴說着什麼，可是被泉聲攪得一句話也聽不清，紀廣傑便將馬牽到一旁，繫在一棵棗樹上，然後他手提寶劍，一手搖擺着。

那道士又高聲說："不准帶劍！你沒看見下面岩上刻着解劍泉嗎？那是通微顯化真人三豐祖師的仙筆，不准帶劍上山。你快把寶劍扔下去，不然真武爺要發怒！"

紀廣傑卻把眼一瞪，說："你又不是真武爺，又不是張三豐，你能攔阻我？我是被人邀上山比武來的，我會武藝，是真正的武當派，這武當山就是我的老家，我愛怎樣就怎樣，誰也攔不住我！"

那道士一聽紀廣傑這話，他的態度也改變了一些，就盤問道："你是武當派的哪一支？武當派只有三支傳人，一在關中，當年有大俠王宗，傳了幾個弟子，但百年來那一支早已絕傳了；另一支是在溫州，陳州同師父所傳，當代只有蜀中龍一人；再一支是在南楚，王來威師父所傳，現在也沒聽說有人。還有就是鐵杖僧長江雁，但他們也不過是偷了內家一點兒武藝，並非武當的真宗。"

紀廣傑一聽，不由得驚異，心說：這個道士對於武當的支派倒記得很熟，想必他也會武藝。遂就笑了笑，說："你說的不錯，可是你不知道武當派的武藝，離山已有二三百年，在外面早與你們山上所聞的不同了。有許多人你們也沒聽說過，並且那些人的武藝，比你們山上所傳的還要高強。我姓紀，河東人，我的祖父稱為龍門俠，你可曉得這個人嗎？"

那道士一聽，便驚訝着說："你原來是龍門俠的後人，那更好了。你的祖父是少林派的武藝，後來又從武當學習，所以他的武藝兼有兩家之長，不愧是一位老俠客。二十年前他到武當來朝過幾次，每次他都不敢攜劍上山，你是他的孫子，你怎會就這樣驕傲？你要明白，我告訴你的這都是好話，因為我也不過是雲遊至此，並非本山的，但如若見了遇真觀的道士們，他們可就不能像我這樣客氣了。"

紀廣傑憤怒地說："你既不是本山的人，你就不要管！真武爺出來也只能怪罪於我，跟你無干！”說着，就不再理那個道士。

紀廣傑跳上了高岩四下張望，就見峰嶺連綿，煙雲，那幾隻蒼鷹的影子全都看不見了，更不見那個在縣南關酒店前約自己前來比武的那人。他就不由暗笑，心說：真是匹夫，既然約我到這裏，他卻跑了。想此人必是江湖盜賊，他的夜行術或者比我好一點兒，但比起劍來，他卻不敢！於是他就又連喊了幾聲，但是除了空谷的回音之外，再也沒有一個人應他。

回頭去看，那個道士已走了，紀廣傑倒覺得非常掃興，心說：我這匹馬大概不會在此丟失，不如我索性往上走走，看看這武當山到底有什麼武藝出奇的道士！於是他就提着劍步行向上走去。就見遍山都是蒼松碧草，十分幽靜，可是卻看不見一個人。又走過了一道山嶺，就見面前有一抹紅牆，從松林之中露出。紀廣傑腳下加快，走到近前，就見那廟宇不大，尋到山門，看那橫額上有三個字，寫着是“玄微觀”。

這山門閉得很嚴，鳥語啁啾，松濤微響，看去真是一處洞天福地。紀廣傑用寶劍去敲門鎖，敲了半天也沒有人開門。他氣了，便縱身上了紅牆，向下去看，院中也是沒有人，卻打掃得十分乾淨。紀廣傑就跳到院中，提劍走到東配殿前，向裏面問道：“屋中有人沒有？”

屋裏的人還沒有答言，紀廣傑卻聽得身後有微微的腳步聲，他趕緊回頭，就見是剛才的那個黑髯道士，此時身穿短衣，一手提劍，一手伸着二指向自己的後脊梁點來，來勢極快。紀廣傑趕緊翻身舞劍，只聽噹啷一聲，兩口寶劍就相擊在一起。

紀廣傑怒喊道：“好！你這道士竟要暗算我！”

黑髯道士卻挺劍逼近，也憤怒地說：“二百年來沒有一個人敢攜劍上山，你是哪處來的強盜，也敢冒充武當的傳人？看劍！”

紀廣傑一伸劍，又將對方的劍架開。

忽聽身後屋門一響，紀廣傑趕緊跳身閃開。就見東配殿中又出來一個年輕的道士，也持着寶劍奔了過來，喝了聲：“出去！”

紀廣傑一面施展武藝，單劍敵住對方的二人，一面微笑着說：“既登到此山我便不走。武當山是我的外婆家，我倒要在此施展施展武藝，讓你們這些舅子們看看我的本事！”他毫無畏縮，一口寶劍絞花變勢，紅絲劍穗隨着他的猿臂飛舞。

那兩個道士雖然劍法也頗嫻熟，但是卻敵不過他，被他逼得直往後退，眼看就要退到後院了。這時從後院又出來了三個道士，也一齊掄劍撲向紀廣傑，五口劍分前後左右包圍了紀廣傑。紀廣傑一口寶劍前遮後護、左擋右擊，只聽腳步聲和劍擊聲越殺越緊。

二十餘合之後，紀廣傑就變換了劍式，一面戰一面向回走。走到山門前，他一聳身上了牆頭，那少年道士便也掄劍追上牆去。紀廣傑跳到廟外，反往嶺上走去，那五個道士又從身後追來了，紀廣傑就站在一座岩石上，向下傲笑着說：“你們來！敢上來嗎？”

那黑髯道士和年輕的道士又挺着劍逼上，紀廣傑便探下身用劍與這二人爭持。戰了又十餘合，那五個道士誰也不能撲上這塊岩石。紀廣傑便一手持劍護身，一手又扳着山岩往上走去。五個道士依然不肯退後，依舊前逼，並齊喊着說：“只要你把劍扔下，我們就放你隨便去走！”

紀廣傑依然狂笑着，退着身又往上去走，並拿寶劍撩逗着那幾個道士。道士們此時都氣極了，就一擁撲奔過來。紀廣傑就用身體遮住向上去的山路，挺劍與五個道士交戰。他越戰精神越是振奮，而那五個道士卻被他這口神出鬼沒的寶劍逼得簡直不敢上前了。

這時紀廣傑就聽到身後嗡嗡地響起了鐘聲，仿佛是兩三個鐘同時敲着，而且敲得很緊。紀廣傑曉得山上又有人來了，他遂翻劍返身，轉往山上跑去。

一來到這座更高的山嶺上，就見這裏岩石崎嶇，簡直沒有一點兒平坦的地方。在嶺後有一座廟，松樹中露出來廟脊，並有白雲在那林間飄浮，那嗡嗡的震山的鐘聲就是從那裏散出的。隨着鐘聲從那座廟中又跑出來了兩個道士，手中全都提着寶劍。這兩位道士的年紀可不小了，一個有四十多歲，另一個鬍子已然蒼白。這位蒼髯道人很快地就來到了紀廣傑近前，把劍一橫，喊道：“休要再往前走！”

嶺下的那五個道士此時也追趕上來了，他們見了這位蒼髯道士，都一齊恭敬地打稽首。那個黑鬍子的道士就指着紀廣傑說：“這人太可恨！他自稱是龍門俠之孫，過了解劍泉還不解下佩劍。我用好話勸他，他反倒兇橫起來，剛才並用惡語污蔑神尊。我們幾個人驅他也驅不開，他反倒往上走來。”

那蒼髯道人一聽，便把紀廣傑從上到下打量了一番，微笑着說：“想不到紀君翊還有這樣的孫子！既然如此，你就更不可不遵守山中的規矩！趕快把劍扔在澗裏，我領你到祖師爺面前燒一股香，求祖師爺饒你！”

紀廣傑卻把劍一掄，說：“你先把話說明白了！我問你，你們的祖師爺是誰？”

蒼髯道人立刻面色變為震怒，說：“武當派的祖師是通微顯化張真人，難道你祖父沒告訴過你嗎？”

紀廣傑傲然又問：“張真人現在還活着嗎？你請他出來見我！”

旁邊的道士全都憤怒着，一齊掄劍說：“這人無理，二真人不必同他再說了！”

蒼髯道人便冷冷笑着，說：“自從十年前鐵杖僧到這山上鬧過一回，被我們仰仗祖師爺的靈光，將他打下山去之後，已沒有人再敢前來無理了。想不到如今又來了你這個初出世的小輩。我問你，你既是龍門俠之孫，你可聽你祖父告訴過你，武當山有七大劍仙嗎？”

紀廣傑微笑着搖頭說：“沒聽過，我不信這世上還有什麼劍仙。即或有，我也要與他較量較量！”

那蒼髯道人聽紀廣傑說出這些呆話，就越發冷笑着說：“好個不知高低的小輩！我今天倒要替龍門俠管束管束他的這個孫子。但我先要跟你通下姓名，我就是本山七大劍仙的第二位楚劍雄。”

紀廣傑說：“誰管你是什麼熊，咱們且一決雌雄！”說時一劍砍去。

那楚劍雄急掄劍將紀廣傑的劍磕開,然後挽半花向紀廣傑的右腕削來。紀廣傑急忙將劍後撤，隨後一挑，想要將對方的劍挑開，但楚劍雄又將劍挽了個背花，向紀廣傑的頭部砍去。紀廣傑急忙將劍後撤，又橫劍去迎，兩劍磕在一起，只聽鏘的一聲巨響。楚劍雄的力大，紀廣傑沒有將他的劍磕開，便急忙又退一步，改變劍勢去取對方。卻不料楚劍雄的寶劍舞起，一連三砍如連珠貫串，追而復追。紀廣傑不得不用力又迎擊了一下，然後轉身就跑。楚劍雄從後趕來，紀廣傑卻驀地一翻身，寶劍平掄，要取楚劍雄的頸部。楚劍雄趕緊將身向下一伏，但頭卻揚了起來。他用寶劍推開了紀廣傑的劍，斜走了幾步,把劍勢轉換,又從右側去取紀廣傑。紀廣傑卻已跳到了一塊巨石上,居高臨下，敵住了楚劍雄；楚劍雄幾次往上撲，都被紀廣傑的劍給擋了下來。

此時紀廣傑更是驕傲，喝道：“道士，只要你能搶上這塊石頭來，我就扔下寶劍拜你為師！”

楚劍雄卻怒喝道:“誰收你這樣的徒弟！”他那寶劍就如同一條蟒似的,前後左右,四方八面地舞着。楚劍雄並且騰起來向上去撲,打算將紀廣傑打敗。但是紀廣傑就站在巨石上,寶劍向下探取,身體左右騰轉,楚劍雄的劍一來到,他就用劍給砍下去。無論對方使用怎麼的劍法，用多大的氣力，也不能登上他這城堡一樣的巨石。

楚劍雄氣得掄劍向那邊一指，那邊的六個道士便一齊掄劍奔了過來。紀廣傑不得不跳下巨石，抖開寶劍去迎戰眾人。七口劍往來飛翻，又十數合，紀廣傑便將那黑髯的道士砍倒。此時那觀中又嗡嗡地撞起鐘來，一霎時又來了兩個持劍的道士，九個人一齊舞劍逼近紀廣傑。那楚劍雄的劍法尤其新奇，他一步一步地向前逼撲。紀廣傑自知不能招架,便又刺倒了一個人,轉身就跑。跑到了懸崖之旁，他卻尋不着向下去的道路。只見下面是萬丈的深澗，有白雲在澗間飄浮着，也不知澗裏是水還是石頭。

紀廣傑不敢跳下去，他只得返身，咬着牙，瞪着眼，將劍舞成個花似的護着身。但見道士愈來愈多，眼前的劍光也愈覺得繚亂。他顧左不能顧右，同時力氣也竭盡了，就覺得眼前一發黑，腿一發軟，身子已不知往哪裏去了。緊接着又聽到耳邊轟的一聲，全身一陣奇痛，他就昏暈了過去。

不知過了多少時,他覺着有人將自己抱住,並用冷水沖洗着自己的頭部。紀廣傑睜眼一看，原來是一個穿着青布衣褲的少年。他看着這人的身材很高，面目也有點兒熟，看那樣子正是在縣城南關酒店前激自己來山比劍的那個人，也就是昨晚自己在酒店中題詩，在旁邊稱讚“好詩”的那個雄壯少年。紀廣傑看看自己身上的跌傷，並不算重，除了左臂和臉上之外，哪也不痛。

他便翻身跳了起來，一把將那少年抓住，怒罵道：“好小輩！你把我騙到山上來……”

話還未說完，那少年就一托他的腕子，下面又是一腳，紀廣傑就被踢到澗水裏去了。澗水很深，紀廣傑的水性不夠，他掙扎着，露出兩次頭來，俱都被高處沖下來的水又給淹沒了。那站在山岩上的少年江小鶴，就又跳到了水裏，像一條魚似的，優遊如意，毫不費力地就將紀廣傑給拉了出來。

被按出了幾口水後，紀廣傑又蘇醒過來，看看自己和對方全都跟水淋雞似的，他也沒有力氣了，就躺在一塊石頭上，向江小鶴問道：“你姓什麼？說實話！”

江小鶴微笑着回答說：“我名叫高九華。”

紀廣傑冷笑着說：“無名小輩！我還以為你便是江小鶴呢！”

江小鶴回笑說：“我要是江小鶴，還能救你？此時你還在樹梢上掛着呢！”

紀廣傑仰臉看了看，見上面有百丈多高的懸崖，懸崖中間橫生出許多棵樹木，白雲在樹梢上飄浮着，泉水從樹根下流泄着。紀廣傑倒很為驚訝，暗想：這樣的懸崖絕壁，我從上面失足跌下來，掛在樹上，這個人竟能從樹上把我救下來，也真是不容易呀！而且看他的拳腳很好，力又很大，水性也精通，必是位無名的好漢，遂就笑了笑，說：“我紀廣傑還沒遇見過你這樣的人，你簡直是雞鳴狗盜的一流！”

江小鶴笑問道：“什麼叫雞鳴狗盜？你不要跟我轉文，我不認得字！”

紀廣傑驚訝地問道：“莫非在我那詩後題詩的不是你？昨夜……那不是你？”

江小鶴笑道：“什麼事你都推在我身上！我告訴你吧，我是從正陽縣跟下你來的，我的意思是想要跟你比比武藝，看你這捉拿江小鶴的人到底有多大本領。我知道武當山是不許佩劍的，如若佩劍上山一定要出麻煩，所以我才激你上山，為的是叫你與這些道人鬥一鬥。如今一看，原來你不行！”

紀廣傑憤怒地坐起身來，斥道：“姓高的你住口！你敢情是看不起我？剛才在山上吃虧，是因我人單勢孤，我一口寶劍敵他們九口劍當然有些難。可是結果我身上並沒受一處傷，倒傷了他們幾個人，所以說起來，今天敗的還是他們，並非是我！”

江小鶴微笑着說：“總還是你的武藝不高。要是我，我的手中不必用兵刃，隨他們幾十口劍來撲我，我絕不畏懼，包管將他們全都打服。”

紀廣傑冷笑道：“你不要信口胡說！你敢上山去與那些道人鬥一鬥嗎？”

江小鶴說：“他們並沒惹我。而且武當山是咱們內家聖地，我不敢在張三豐祖師的面前無禮。”

紀廣傑哈哈大笑，說：“你這話說出來不要叫人笑死？”

江小鶴這時面上也現出了些怒色，說：“我並不可笑，可笑的倒是你自己！憑你這樣的武藝，也敢到處題寫捉拿江小鶴？只是江小鶴他看在你祖父龍門俠的名頭上，不願你在江湖上丟人罷了。不然他若找了你來，只須三拳兩腳，你紀廣傑輕則負傷，重則必死！”

紀廣傑一聽，突然跳將起來，他雙手握着拳，兩眼瞪着江小鶴，卻見江小鶴只是傲笑着。紀廣傑低頭朝那鏡子般的澗水裏一看，原來自己是滿臉的血跡，大概是剛才由崖上摔下時，被那些松枝刺傷的。紀廣傑兩手向臉上一摸，覺得十分疼痛，並且兩隻手上都染了血跡，他便向江小鶴冷笑了一下，再不說話。

紀廣傑由身上剝下來那件濕透了扯破了的小褂，當作手巾，蹲下身去用澗水洗臉洗身，然後假意地笑了笑，對江小鶴說："朋友，今天你我不必爭吵。在正陽縣你偷錢幫助我放賑，剛才你又算是救了我，咱們兩人倒應交個朋友。至於誰的武藝高，誰的武藝低，那咱們以後再較量。現在你先在這裏等着我，我到山上取下馬匹。然後我招呼你，咱們一同回縣城去，到我那店房裏談談，喝幾杯酒，你看如何？"

江小鶴點頭說："好！你去取馬匹，我就在山下等你，給你寶劍！"說時，江小鶴攀着岩石上去，在一棵斜生着的大柳樹上把紀廣傑失落的那口寶劍取到手中，向下一扔，說聲："仔細點兒，接着！"下面的紀廣傑一伸手，就抓住了劍柄。江小鶴一手援着樹，微笑着說："我在山下候你！"說時就像一隻猿猴似的，攀崖登樹，很快地就上去了。

紀廣傑仰面看着，心中也不禁欽佩，暗想：此人的身手敏捷，實在在我之上。如果他是江小鶴，那可實在有些棘手了！

等那江小鶴沒有了蹤影之一後，他便將寶劍插在腰褲帶上，攀樹登崖向上走去。但走了不到兩丈之高，他就見已無樹可攀，無岩可登，趕緊又退步下來。他心中十分着急，暗想：我若是爬不上去，即使不會在此餓斃，也要被那姓高的恥笑。於是，他就在澗邊的亂石之間跳躍着，往前走去。好不容易才仰面看見上面有一處可以攀登的山岩，他這才使盡了平生的本領，小心謹慎地爬了上去。到了上面，只聽水聲嘩啦啦地響，原來這附近就是解劍泉的那股瀑布。紀廣傑辨明了方向，在山嶺之間徘徊了半天，方才尋着了他那匹白馬。

仰面一看，高峰疊翠，白雲飄浮，紀廣傑就又想到嶺上去與那群道士廝殺。可是，此時他確實是身體疲乏，而且有幾處傷覺得很痛。他便向上狠狠地瞪了一眼，心說：楚劍雄！你們那一群道士！今天咱們不必較量了。過兩天后，我再到山上與你們一決雌雄！

他憤憤地將劍收入鞘內，就牽着馬下了山。眼看快到山下之時，他便騎上了馬，一放轡，地跑到山下。山下有一群綿羊正在吃草，有二百多隻，遠處看就跟一堆一堆的雪一樣。江小鶴牽着一匹馬，站在雪白的羊群之中，正跟兩個牧羊的小孩子在談話。紀廣傑就高高招手叫着說："朋友！走吧！"

江小鶴隨牽馬走出了羊群，來到大道上，他就上了馬。紀廣傑特別注意地看了看江小鶴鞍旁的寶劍和足下的草鞋，然後他便微微笑了笑，說："走吧！到我那店裏談談，在那裏我還有兩位朋友呢！"

江小鶴點頭說："好！"於是兩匹馬便飛馳回到南關。

這時劉志遠和蔣志耀正坐在院中乘涼，劉志遠是眉頭緊皺，默默不語；蔣志耀卻邊喝茶，邊跟掌櫃的談閒話。忽然見黑白兩匹馬馳到，紀廣傑和江小鶴牽馬進了店門，二人都是渾身的泥水。尤其是紀廣傑，他剛才出門時是那麼漂亮，現在卻是上身連衣服也沒有穿，臉上臂上全都是傷痕，並且有好幾處還流着血。蔣志耀就直着他那隻單眼，問說："怎麼啦？"劉志遠卻發着怔，瞪眼瞧着江小鶴。

江小鶴從容不迫地將馬交給了店家，紀廣傑就把他向劉志遠引見，說："這位是昆侖派的高徒劉志遠，外號人稱太歲刀。這位是我剛才結交的朋友高九華。"

江小鶴帶笑抱拳說："久仰！久仰！"

劉志遠也不敢不裝出神氣來，便抱拳說："豈敢！"

紀廣傑看了大失所望，心說：我錯疑了這個姓高的，原來他確實不是江小鶴。隨即又給蔣志耀引見。

蔣志耀翻着那隻獨眼，見江小鶴一表人才，便連連拱手，說："就在院裏坐吧！屋中太熱！"遂給搬了個凳子。

紀廣傑說："我先進屋換身衣服去。"

劉志遠也要跟隨紀廣傑回到屋裏去，江小鶴卻趕緊過去拉住他，說："劉兄請坐，咱們談談！"說時手指便一用力。

劉志遠就覺得骨頭直痛，但又不敢喊叫出來，只說："好！好！"他腳步踉蹌，被江小鶴揪回來按在了凳子上，痛得頭上滾下來黃豆大的汗珠。

江小鶴說："天氣真熱，是不是？"

劉志遠咧着嘴，點頭說："是，很熱！很熱！"江小鶴脫去了小褂，露着雄健的鐵鑄一般的身體。

劉志遠便說："高兄是從什麼地方來？一向做何生意？"

江小鶴說："我從江南池州來，沒有准行當，有時替朋友保趟鏢，有時教上一兩個月拳。到窮困無聊的時候，走在什麼地方，便在什麼地方拉個場子賣藝。我在南北混了十幾年了，也沒有一天人缺酒飯，馬缺草料。今天我是來朝武當，不料走在山上遇見了那紀廣傑兄正與幾個道士交手，後來他被逼得由山崖上摔了下來，我把他救了，我們兩人就成了朋友。"

這時，紀廣傑已換了一身米黃色的褲褂，從屋中走了出來。聽江小鶴說了這話，他不禁臉紅，便氣憤道："高兄，你若沒有要緊的事待辦，我想請你在此多住兩天，叫你看看我的武藝。我不但要把楚劍雄和那些道士全都降服，並要叫他們七大劍仙也都得向我下跪！"

江小鶴微笑着說："怕不能那麼容易吧！武當山是內家的祖師山，他們那些道士豈能沒有由三豐真人那時秘傳下來的武藝？我雖然不知道七大劍仙的姓名，可是我想，他們也絕不可能像那些江湖上徒負盛名、自鳴得意的小輩！"

紀廣傑面色更變，氣憤憤地說："高兄，你能現在再同我到山上去一趟嗎？你看我再去鬥一鬥那一群道士！"說時，他就想取劍再到山上去廝殺。

蔣志耀把他攔住，說："有什麼話也得商量商量。山上的道士多，我們的人少，無論多大的英雄，不能不有所顧忌。這樣寡不敵眾的事，誰也不肯幹！"

紀廣傑憤憤地坐下，江小鶴自己斟了一杯茶喝着。紀廣傑氣得發了半天怔，又問說："高兄，你現在還打算往哪裏去？"

江小鶴說："我要到長安去！"旁邊劉志遠就吃了一驚。

紀廣傑就又問說：“到長安去有什麼事幹？”

江小鶴說“我在那裏有幾位朋友，都是十多年未見面了。他們欠我些賬，我打算前去討還！”這時劉志遠嚇得不僅變色，汗珠又簌簌地流了下來。蔣志耀也覺得有點詫異，就問說：“不知高兄在長安的那些朋友，全都是做哪一行的？”

江小鶴微笑說：“他們都是些小買賣人，不過他們欠我的債卻不少，這次我去了是非討還不可！”旁邊的劉志遠流着汗，身上卻直打冷戰。

紀廣傑咬着嘴唇，翻着眼睛，細細地尋思着江小鶴的這幾句話。待了一會兒，他說：“高兄你既要往長安，我們何不一路同行？我在那裏有許多朋友，我的眷屬也在那裏。高兄，你可曉得鮑昆侖老拳師嗎？他老人家正在長安，還有小昆侖鮑志雲、推山虎龍志起、金刀銀鞭鐵霸王葛志強、魯志中、袁志俠、金志勇、趙志龍那一干昆侖派的英雄，全都在長安。你去了，我可以給你向他們引見。你要想比比武藝也行，除了鮑老拳師的高超武藝你不能比，其餘的人，我想你或者都可以打個平手！”

江小鶴卻微笑着說：“我要去比武，當然要去找鮑昆侖！並且我還想，鮑昆侖年老了，我若贏了他也不算英雄。所以，到我們比武之時我要徒手，叫鮑老頭子使他那口昆侖刀。交手三合，我若奪不過他那口昆侖刀，打不倒他，我便不在人前稱英雄！”

紀廣傑冷笑道：“高兄，你未免太說大話了吧！不要說鮑老拳師，就是鮑老拳師那位孫女鮑阿鸞小姐，怕你都敵不過她！”

江小鶴一聽提到鮑阿鸞，心中就不由一陣難過，悲痛之中糅着憤，遂高聲問說：“阿鸞姑娘她現今也在長安嗎？”

紀廣傑點點頭說：“也在長安！”

江小鶴又趕緊問說：“她的武藝比你紀廣傑如何？”

紀廣傑說：“沒有比過，我想略略差一點兒。她只能與蜀中龍的弟子打個平手，我卻能將李鳳傑用劍刺傷。”

江小鶴默默地想着，心中無限的思慕，臉上也現出些悲痛的神色，眉頭也攏在一起，遂又問：“不知那位姑娘許配了人沒有？”

紀廣傑得意地笑着說：“已經許配給人了。”

江小鶴吃了一驚，眼睛瞪起來，急問說：“許配給誰了？嫁了沒嫁？”

紀廣傑突地把桌子一拍，厲聲說：“你問她做什麼？她是我紀廣傑的妻子，到秋天我就要迎娶！”

江小鶴氣得突然站起身來，用手指向紀廣傑的肋下就點，紀廣傑當時翻身，咕咚一聲就翻倒在地上了。劉志遠和蔣志耀全都嚇得跳到了一旁，院中的店家和客人也齊都大驚，問說：“怎麼啦？”

江小鶴氣得臉色鐵青，緊地握着雙拳，恨不得過去一拳將紀廣傑打死，但轉又一想：為爭一個女人我殺死了他，顯見得太不是英雄了！而且師父囑咐過我不許使用點穴法，如今我竟因一時妒恨濫用起來，也太不對！此時江小鶴的心中有一種難以形容的悲痛，他喘了喘氣，問劉志遠說：“鮑昆侖、龍志起、鮑阿鸞，他們現在是否真在長安？”

劉志遠點頭說：“真在長安！”

江小鶴說：“好，我就去找他們！”遂過去踹了紀廣傑一腳，憤憤地轉身就走。

江小鶴急忙回到自己住的店房，付清店賬，牽馬攜劍出了店門，上馬就走。他本想急急催馬，連夜奔赴長安，但不知為什麼，心中疼痛得難受，馬也走不快。往北行了三四里，就見後面一騎白馬飛馳而到，馬上的人正是紀廣傑。他手提寶劍高聲喊道：“江小鶴！不敢露出真名實姓的小輩，你休走！用點穴贏人不算是英雄，你敢來比一比劍嗎？”

江小鶴在馬上橫劍回身，冷笑道：“你也是武當派的傳人，你我何必要拼決生死？我要殺你很容易，但我不肯，因為你我並無冤仇，我只找的是鮑振飛和龍家兄弟。”

紀廣傑罵道：“有我紀廣傑在，你就休想傷得昆侖派所有的人一根汗毛，看劍！”說着他的劍就惡狠狠地向江小鶴砍來。江小鶴橫劍去擋，只聽鐺的一聲，震耳地響，就將紀廣傑的寶劍磕開了。紀廣傑催馬越過江小鶴，將道路遮住，往上探身又一劍，取向江小鶴的上部。江小鶴卻用劍之下口去取紀廣傑的上腕，順勢正欲砍紀廣傑的頭部，紀廣傑卻飛身跳下馬去，橫劍迎來。江小鶴的寶劍從高而下，有如丹鳳朝陽之勢，紀廣傑急忙退步。江小鶴也飛身躍下，直撲紀廣傑。紀廣傑又向北緊走了幾步，等到江小鶴趕上他就翻身一劍。江小鶴一撤身，斜劍去掠，鐺的一聲，兩口劍又碰在一起。紀廣傑騰起步來，嗖嗖嗖三劍，其勢兇猛，但都被江小鶴躲開。紀廣傑仍然逼步直砍。江小鶴卻反舞劍以迎，趁勢攻取紀廣傑的下盤，其勢如鳥洞雲轉鷹翻，身隨劍進。不過一刹那，紀廣傑便無法招架，只得嗖地聳身跳起。

江小鶴不願再下毒手，不料紀廣傑躲開這一劍，卻又回劍斜劈下來。江小鶴隨手用劍挑開，猛進兩步，一腳飛起，正踹在紀廣傑的腹上。紀廣傑就咕咚一聲，坐在了地下。他趕緊一用力，立時將身站起，瞪着眼睛，雙手執着寶劍，向江小鶴直劈。江小鶴用手橫劍去迎，只聽鐺鐺幾聲，紀廣傑就覺得江小鶴力大無匹，自己的兩隻手腕都震得發疼。

江小鶴微微冷笑說：“你龍門派的劍法怎麼糊塗了？我若不是怕傷了你，此時你早已沒有了性命！”說時他將雙目一瞪，嗖地挑劍向紀廣傑的上手去刺。紀廣傑趕緊躲手撤劍，江小鶴的劍卻挽正花從懷中穿出，劍勢仰上，向紀廣傑的當心刺去，紀廣傑已躲避不及；但江小鶴的下手殊有分寸，劍尖才觸到紀廣傑的胸際，便趕緊抽回。然後他又冷笑着說：“回去吧！鑽到你祖父的墳墓中，再練幾十年吧！”說時他搶馬飛身而上，又一陣冷笑，便揮鞭向北飛馳而去。

紀廣傑持劍呆立了半天，低頭看胸口間，微微浸出點血來，有一點痛，米黃色的綢小褂，也劃了不到半寸的一條小口，像胭脂似的染了一點紅色。紀廣傑先是歎了口氣，然後又憤憤地一跺腳，上馬馳回。回到店房裏，一見到劉志遠，他就咚的一拳過去，打得劉志遠幾乎暈倒。紀廣傑的第二拳又打去，卻被劉志遠擋住。他還要打第三拳，蔣志耀趕緊揪住了他的手。他還要用腳去踢，並氣憤地罵道："因為你認得江小鶴，我才帶你出來。不想你見了江小鶴，卻假裝不認識，叫我幾乎上了他的當。你是安着什麼心？你想害死我紀廣傑嗎？"

劉志遠被紀廣傑打了，雖然也很是憤怒，可是因為自己理虧無法爭辯，便紅着臉走出屋去了。蔣志耀勸紀廣傑在凳子上坐下，就說："這也不能怪劉師弟。你想，江小鶴是江志升的兒子，早先他不過是個小孩子，劉志遠見了他也不能怎麼留心。現在過去十多年了，他怎能還認得出江小鶴？"

紀廣傑一陣冷笑，說："你不要為他強辯！我曉得你們都對江小鶴畏之如虎，就是見了面也不敢認他，更不用說爭鬥。因為你們的師父就先怕他，鮑昆侖一聽見江小鶴的名字，就嚇得要斷氣！我真覺得好笑！我若不是為了鮑姑娘，真不願幫助你們昆侖派，因為你們太無能了！"

蔣志耀被說得不住地發怔，翻了半天他那隻單眼，就說："紀姑爺，這話你可不能對別人去說，說出來別人連你也要笑話。鮑老師不錯，他老人家是怕江小鶴，那是因為本領越高，年歲越老，膽子反倒越小。劉志遠或許也是那樣，他准知道江小鶴武藝高強，咱們三個人一定全都不是他的對手，所以他才不敢認！"

紀廣傑拍着桌子，跳起來怒說："住口！你們昆侖派怕江小鶴，我姓紀的卻不怕他！方才我追他是沒有追上，否則我要拿我的寶劍挑着他的頭給你們看看！"說到這裏，卻又覺得前胸那塊傷口微微有點兒痛，這樣就彷彿把他的怒氣全都打散了。他漸漸地和緩了，皺着雙眉，發了一會兒怔。

蔣志耀就問說："紀姑爺，現在咱們打算怎麼辦呢？莫非還要捉拿江小鶴去嗎？"

紀廣傑說："見了面劉志遠不敢認他，叫他逃走了，咱們還到哪裏捉拿他去？他現在大概是北上進潼關往長安去了。咱們不如趕緊進荊紫關，先到大散關去見老師父。老師父既然怕他，咱們就請他老人家遠避，然後咱們到長安去迎殺江小鶴。不過須要趕快，不然江小鶴一定先到長安了。"

蔣志耀說："好！現在就收拾行李，即刻便走！"說着，他便回到屋內。見劉志遠正坐在床上生氣，蔣志耀就悄聲說："紀廣傑那小子要叫咱們跟他先到大散關去見師父，隨後再往長安去戰江小鶴，現在就走。"

劉志遠卻冷笑着說："還戰什麼江小鶴？你沒看見紀廣傑前胸的血跡嗎？那一定是被江小鶴用劍刺傷的。江小鶴是沒安着心害他的性命，否則昨天夜間他的頭就早沒有了！"蔣志耀的臉色又不禁被嚇得慘變。

劉志遠又歎息說："都怪師父平生做事太狠，殺的人太多，以致結下了這個仇家。將來真難說，不但我們昆侖派是全都完了，師父那麼大的年歲，恐怕也要遭不幸！"說着，他愁得幾乎要墮下淚來。

蔣志耀就催着他說："快點兒收拾行李，趕快回大散關。紀廣傑剛才對我說的話還不錯，他說得請師父避一避。我也想魯志中那裏也不甚穩妥，頂好叫他老人家躲避到川北去。"

劉志遠說："可是川北又有個閬中俠！"二人說着，就把行李收拾好了。

此時紀廣傑已付清店賬，命店夥將三匹馬都備好，他就站在院中高聲叫道："快收拾！走吧！"劉志遠、蔣志耀二人就挾着行李出了屋，綁在馬後，然後就一同出店，上馬往北了。

在路上，紀廣傑心急，直嫌劉志遠的馬慢。他發躁地罵着，有幾次都要抽劍逼着劉志遠快走。可是劉志遠卻怕江小鶴才走了不遠，倘若趕上他，那一定又是一場惡戰。自然，江小鶴不能對自己怎樣，可是倘若他與紀廣傑交手，紀廣傑又敵不過他，自己卻不能在旁袖手旁觀。所以由着紀廣傑對他着急、發怒，他總是不肯催馬快行。

不料才走出四五十里路，在他們後面就有四匹馬飛似的趕了來。紀廣傑聽見身後的馬蹄之聲，就趕緊回頭去看，只見後面馬上的四個人是兩個官人和兩個穿便衣的。紀廣傑那天在正陽縣夜裏到古家去盜銀放賑，曾與那裏的護院人殺鬥了半天，那時於火光之中曾看出那二人的面貌，並且也打聽出了他們的名姓，一個叫汝州俠楊公久，一個叫花臉豹子劉英。如今見他們偕同着官人前來，就趕緊收住了馬，由鞍旁抽出劍來，並向蔣、劉二人說："小心些！這兩個是古百萬家護院的人，他們的武藝都不錯。"

此時楊公久等人已飛馬來到，全都抽出刀來。楊公久就用刀指着說："紀廣傑！快扔下寶劍下馬來，叫我們鎖上打官司去！"

紀廣傑卻笑着說："鎖上？打官司？"說時，他驀然先發制人，催馬過來掄劍向楊公久就砍。楊公久急忙用刀去迎，花臉豹子劉英也舞刀去殺紀廣傑，三個人在馬上戰了幾合，便又跳下馬來廝殺。劉志遠和蔣志耀一見有官人隨來，他們都不敢上手。

紀廣傑展開了劍法，與楊公久、劉英二人戰了十餘合，就一劍將劉英劈倒。回首一看，劉志遠和蔣志耀全都躲到遠處去了，他很是氣憤，也不和楊公久再戰，當時搶了馬匹就跑了。跑出一里之遠，他再回頭去看，遠遠地就見那楊公久帶着兩個官人，已將劉志遠和蔣志耀圍住。又過一會兒，就見他們把劉、蔣二人鎖着帶走了。

紀廣傑見劉、蔣二人替自己打官司去了，反倒微微冷笑，覺得高興。他並不趕回去解救他們，卻催馬疾馳，一直飛奔到荊紫關，沿路打聽着西上的路徑。他就出荊紫關、過商山、走秦嶺，連夜而行。一路風塵滾滾，星月茫茫，不到三天就到了大散關。他此時也真是人困馬倦了，一進昆侖鏢店的櫃房，就扔下了馬鞭，躺到一張床上歇息。

魯志中正在櫃房裏，見紀廣傑忽然隻身來到此地，就非常驚疑。等紀廣傑喘了喘氣，他才上前問說："紀姑爺你從哪裏來？尋着江小鶴了嗎？劉志遠跟蔣志耀怎麼沒回來？"紀廣傑卻從床上一躍而起，什麼話也不說，只問："老爺子和姑娘在哪屋？"魯志中說："住在後院。"紀廣傑就急急走出櫃房，三步兩步直奔後院。

一進到後院的小門，就見阿鸞姑娘身穿一身淺紅的綢衣，手持着昆侖刀，正做出追風掠電、伏虎沉龍之勢。紀廣傑就揚眉笑着，說："姑娘，在武當山上我尋着江小鶴了。我們二人大戰了四百多合，若不是他跳下澗去泅水逃走，我今天就可以把他的頭帶來，給姑娘拿刀砍着玩啦。”說話時，他笑吟吟地瞧着自己的未婚妻。

阿鸞卻收住刀勢，神色一變。這時鮑老拳師光着脊背由屋中走出，看見這一對未婚小夫妻調情的樣子，就有些不高興。他又驚疑地看着紀廣傑滿臉風塵，一身泥汗，便問說：“你見着江小鶴了？”一說出江小鶴三個字來，他那蒼老的臉上便現出一陣煞白。

紀廣傑就說：“我出了函谷關就到處貼告示捉拿江小鶴，但他卻處處躲避着我。有一天在谷城縣北街上遇見了他，他自稱姓高名九華，對我非常和藹，並與我接近，但不曉得他藏着的是什麼禍心。最可恨的是劉志遠，他認識江小鶴，卻不對我說明，幾乎叫我上了江小鶴的當。幸虧我看出了破綻，便把江小鶴逼到了武當山。江小鶴就請了那裏的許多道士幫助他戰我一個。我與他們戰了三四百合，後來把江小鶴逼到了一座懸崖之上，我砍了他一劍，他就跳下崖去，順着澗水泅水逃走了。我的前胸也受了一點兒微傷……

“後來，我下山就怒問劉志遠，劉志遠幾乎同我爭吵起來。離了谷城縣不到五十里，他同蔣志耀就拋開了我，往別處去了。我與江小鶴交手時，江小鶴還發過大話，說他要到長安來尋找老爺子，為他父親報仇。我恐老爺子吃虧，所以連夜先趕來送信。我想請老爺子找個荒鄉僻縣再避些日，我同阿鸞，我們夫妻到長安去迎戰江小鶴。”

此時魯志中也隨着到了這院裏，紀廣傑這一篇謊言，他聽得也不禁色變。老拳師渾身顫抖着，冷笑着說：“我還往哪裏去躲避？除非躲到墳裏去！現在事情既已逼到眼前，也沒有別的話說，只有我到長安去候他。他來時，我把我這條老命給他！”說着便瞪起眼來，叫魯志中去備馬，他立時便要趕赴長安。

阿鸞姑娘卻把她祖父攔住，說：“爺爺，你不能去見他，還是我去。我見了他不但一定殺他，還要在殺他之前和他說些話，我要問問他……”說到這裏，她芳容悽楚，並且憤怒，竟汪然地流下淚來。她頓着腳痛哭着說：“爺爺你別攔阻我，我去！我一個人去見他！我這就走！”說着，阿鸞提刀向院外便跑，要去自己備馬。

紀廣傑追趕出去，拉住阿鸞的胳臂，阿鸞卻回手掄刀要殺她的未婚夫。紀廣傑趕緊閃身騰步，躲開了這一刀，阿鸞秀目圓睜，第二刀又嗖地劈下。紀廣傑撤步伏身，反向左躥，同時挺起身來，伸出手，要托住阿鸞的腕子奪過刀去。但阿鸞卻又將刀狠狠地掄起，心想：先殺死紀廣傑，再去殺江小鶴！

這時魯志中已抄了刀，急忙趕過來，將阿鸞的刀架住。鮑老拳師也怒喝一聲：“阿鸞住手！他是你的丈夫！”阿鸞聽了祖父的話，把刀一丟，雙手掩着臉，哭着走回屋裏去了。

鮑老拳師就狂笑着，向魯志中說：“志中你看，我有這樣好武藝的孫女和孫女婿，難道真怕他一個江小鶴嗎？”

魯志中尋思了一會兒，便說：“要不然便請師父仍在這裏住着，請紀廣傑到長安與我葛師兄商量應付辦法。我也在這裏，假使江小鶴來到，由我去見他。”

紀廣傑剛才幾乎被他未婚妻殺死，他臉上通紅，正站在旁邊發怔不語。及至聽了魯志中這話，他卻趕忙走近了兩步，擺手說：“不妥！不妥！不怕江小鶴明殺明砍，只怕他暗中傷人。我同江小鶴是交過手的，我見他的劍法雖不及我，可是他那躥聳跳躍的功夫確實比我強。我路上也聽得人說，江小鶴是個飛賊，夜行術特別好。此地離着長安又近，倘若他曉得老爺子住在這裏，他半夜前來殺害，那時可怎樣防範？老爺子縱橫江湖一輩子，假如被他暗算了，那豈不是太委屈？所以我想老爺子還是到個別人不知道的地方，躲避些日，我同鸞姑娘到長安去迎他。只要見了他的面，我們夫婦兩人必能把他殺死！”

老拳師一聽江小鶴擅長夜行的功夫，便不禁毛髮悚然。

魯志中又想了半天，就說：“我想還是依着紀姑爺的主意吧！我可以隨着師父到洛陽縣山陰谷賀鐵松的家中。師父當年曾救過賀鐵松的性命，二十年來他就隱居山中不再出世，他那地方極為僻靜，而且他的家道也頗殷實。我想我同師父到他那裏暫住兩三個月，住的地方不對別人去說，江小鶴就是神仙，他也是無法找到。”

鮑老拳師想起那與自己十年未通音訊的老友，便有些意轉，但他仍然搖頭說：“我不能去！如果我去了，叫我這些徒弟都被江小鶴殺害了，我雖活着，但我怎對得起他們？”

旁邊紀廣傑說：“只要老爺子一走，那就好辦。因為那天我與江小鶴在武當山交手之前，他曾對我說過，他說並非是要殺盡昆侖派，只是要……要殺害老爺子和龍家兄弟！”

老拳師長歎了口氣，他想起了十年前在鎮巴的北山中，自己率領龍家兄弟追殺江志升之事，那時的慘景仍在目前。江志升本已拋棄妻子去逃命，自己何必還要去追殺他？也未免太殘忍了些！現在江小鶴前來復仇也是理所當然。

於是，老拳師感歎了一會兒，眼睛有些潮濕，便點頭說：“就這樣辦吧！我同魯志中尋地隱避。紀廣傑你趕快到長安去見着龍志起，叫他趕緊回紫陽，帶着他哥哥和葛志強也往他處避一避。然後你便囑咐那些徒弟們，無論是誰，如見了江小鶴，切不可與他貿然交手，到萬不得已時才許與他拼命。還有華州李振俠，那也是我的老友，武藝並不在我之下，也可以請他的門人來幫助。”說完了，卻低頭黯然，彷彿這位老拳師自覺得已到了窮途末路，勇氣毫無了。

紀廣傑又說：“不過我到長安去迎戰江小鶴，雖然自信必勝，可又怕那李鳳傑也尋來攪鬧。他若一幫助江小鶴，那可更棘手了。不是我看不起老爺子的那些門徒，我覺着葛志強的那些人全都不中用，非得叫鸞姑娘與我一同去，由她幫助我才行！”

鮑老拳師說：“自然，我要叫她與你同去，可是……”老拳師沉思了一下，就又正色說：“你大概知道，我鮑家雖繫指着江湖吃飯，卻是禮儀之家。我的孫女若是沒跟你成為夫婦，我絕不能叫你們兩人同行同宿，辱沒了我家門風。這樣吧，今天我在這裏，就叫你們拜堂成親；明天我去洛陽，你們新夫婦倆也就到長安去！”

紀廣傑一聽這話，正中心懷，喜得似乎要笑出來，就立刻點頭答應。

鮑老拳師命魯志中早早預備新房和喜堂，自己轉身回到裏院。此時阿鸞滿懷的悲痛和幽怨，正在屋裏拭淚。鮑老拳師一進屋，便勸他的孫女說：“你不要為我難過，這總怪我當年做事太狠，如今自食其報，連累我的兒孫都跟我受人欺辱！但江小鶴雖逼着來殺我，可是我還佩服他，他真是一條小好漢！我活了七十多歲，還沒見過第二個像他那樣堅忍要強、有骨氣有志氣的人！明天我要到洛陽山陰谷我的老朋友賀鐵松之處暫避些日，假若能逃得了我這條老命，咱們祖孫將來還可見面；如若逃不開，那我死在江小鶴的手中，也不算冤，我佩服他！”

阿鸞哭着站起身來，拉住他祖父說：“我也跟爺爺去！”

老拳師擺手說：“你不要跟我去，只叫魯志中同我前去便行了。你要幫助紀廣傑到長安去迎敵江小鶴，保護你葛師叔那些人。可是為使你們同行方便起見，我叫你今天跟紀廣傑拜堂成親，從此名正言順……”

阿鸞姑娘聽祖父說到這裏，便大驚失色，趕緊搖頭說：“不……”

老拳師卻擺手攔住孫女，說：“無論如何你也要依我辦理！趕快給你們辦完婚事，我也就放了心，也可以瞑目了！”說畢，老拳師出去找魯志中，看他怎樣佈置。

到了外院，見鏢店幾個夥計都忙亂起來。紀廣傑尤其高興，他連夜趕路來到這裏，如今也不歇一歇，便忙着佈置起來。魯志中本來在此沒有家眷，但娶親的事沒有女眷幫忙也是不行，於是他便請來了素日相識的幾個本地小官員的眷口和幾個夥計的妻子來此幫忙。新房就由這些婦女們布置，有的婦女又由她們家裏拿來紅繡裙青鳳襖和鳳冠鳳釵、蓋頭等等，便給阿鸞妝扮起來。

此時阿鸞只好由人擺佈。女人們在旁向她說些吉祥話，說湊趣的言語，但阿鸞卻淚下如雨，心中不勝悲哀。旁邊的女人便勸說：“姑娘別哭啦！多麼喜歡的事呀！雖說女兒家出閣的時候必要哭一哭，因為是捨不得爹娘。現在你爹娘又沒在這裏，再說這又是出嫁在外，可有什麼傷心的？別哭啦，哭紅了眼睛，小姑爺他看了可心痛！”

阿鸞氣得跳了起來，把梳妝鏡擲在地下摔得粉碎，把木梳也撅成了兩段，將裙襖全擲在了地下。她把梳好的新娘髮髻，狠揪胡攪，弄得亂蓬蓬的，然後便躺在床上哽咽哭泣起來，嚇得一些女眷都紛紛走出屋去，當時裏院便亂了起來。

老拳師知道了，唉聲歎氣地走進屋來，說：“阿鸞，怎麼啦？什麼事氣了你？起來吧！別叫你這可憐的爺爺為難！”

這慈祥哀婉的聲音吹到阿鸞的耳裏，她不禁熱淚又流，心中反倒有些後悔。她就忍下心裏的痛苦，抬起頭來說：“沒有什麼！我心裏着急，不願她們這樣麻煩我！”

鮑老拳師說：“這可沒有法子。女兒出閣，一生只有一回，麻煩你也得忍受一些。本來現在倉卒成婚，若不是事情逼到這裏，我真不願意這麼辦。可是雖說不能太講究，那規矩禮儀總也不能十分馬虎。你也得作成個新娘子模樣，不能像江湖上那些下三流，連件大紅衣裳都不穿，便跟了漢子去！”老拳師不但是悲傷，顯然是惱怒了。這時紀廣傑也站在外院，偷着往裏看。

待了一會兒，鮑老拳師又出來向一些受驚的女眷們作揖賠罪，央求着再去給阿鸞重新裝飾打扮。那幾位婦女雖然都不高興，可也沒有法子，只好又進到屋裏，再給阿鸞重新梳頭敷粉，可是全都靜悄悄的，不敢再和這位新娘說一句話了。鮑老拳師又進屋來看了看，見阿鸞低頭坐着，乖乖地由着人給她重新裝飾打扮，這才放下些心。但他仍然煩惱着，走到前院，仍然緊皺着兩道雪白的濃眉，不住地唉聲歎氣。

紀廣傑卻高高興興地滿院裏亂轉，就見東房三間，是兩明一暗，現在已佈置成新房。那暗間是洞房，一張木榻上面鋪上了新買的紅緞被、鴛鴦枕，牆上和兩扇屋門都貼上了紅喜字，窗子上也遮住了紅布窗簾。他真是心花怒放，恨不得立時就天黑。

北房裏是喜堂，堂中供着神位，擺着香燭，也搭着紅彩，連桌簾都繡着一大紅的牡丹。旁邊和院中擺着許多桌凳，是預備來賓坐的。廚房裏刀聲亂洞雲響，兩三個鏢店的夥計現在都成了臨時的大司務，在那裏忙着做菜。

少時，魯志中從外面回來了，他找了個本地賣估衣的人，拿着一個大包裹，裏面有一身官服帽履。紀廣傑穿上一看，大小長短倒還差不多。於是他就穿着沒有補子的青紗官衣，戴着沒有頂子的紅纓帽，並穿着一雙不大合適的青緞官靴，大搖大擺地晃來晃去。他又找了一把扇子搖着，並時時向裏院去看。

約莫下午四點來鐘，就有本地的小官吏、買賣人、鏢行同業，都因為衝着魯志中的面子，並且仰慕老拳師的大名，紛紛前來送禮賀喜。魯志中和手下的幾個鏢頭全都換上了整齊的長衣，替紀廣傑一一招待。

鮑老拳師本來就沒穿過幾次長衫，如今也買了一件夏布長衫穿在身上，可是他太高太胖了，倒顯得衣裳又瘦又短。他揮着一柄三尺多長的巨大的雞毛扇子，見了來客他就拱手，臉上帶着從未有過的笑容。然而唯有魯志中看得出來，他師父這笑臉是勉強做出來的，其實他師父的神情時時的恐懼憂煩。老拳師對於來的每一個賀客，只要是個年輕的，都必要仔細地看看。並把魯志中拉到一邊，問那人姓甚名誰，是在本鎮上幹什麼營生的，仿佛是惟恐有什麼行事詭密、意圖不良的人，混雜於這些賀客之中。

紀廣傑的面上卻真是喜氣騰騰的，他和本地的幾位鏢行人高談闊論，先由祖父龍門俠的生平事蹟說起，然後又說他自從走江湖以來的種種得意之事。後來就說到他此次到河南去，怎樣到處題寫“捉拿江小鶴”，而江小鶴竟不敢攖他的鋒芒。又說後來他將江小鶴逼到了武當山，江小鶴若不是跳澗泅水而逃，就一定得在他的劍下送命。旁邊的人聽這位新郎興高采烈地說着，都信以為真，因想以一個龍門俠的嫡孫，打服了在江湖上籍籍無名的江小鶴，是不足為奇的。

可是魯志中在旁聽着，心裏卻有點兒疑惑，覺得紀廣傑的這些話未必十分靠得住，同時想着劉志遠和蔣志耀都未回來，那更是可疑。只是因為現在的事情緊迫，他也無暇再去尋思和探詢。這時老拳師卻獨自坐在遠遠的一個角落裏，長眉緊鎖，仿佛心裏正憂煩思索，紀廣傑在這裏說的這些，他也沒有聽見。

又過了些時，就到了拜堂的時候。紀廣傑戴上了那頂紅纓帽，兩位女賓也由裏院把阿鸞姑娘攙扶出來，慢慢地進到喜堂裏。阿鸞姑娘這時蒙着一塊紅布的蓋頭，看不出她是憂還是喜；不過卻有幾點露水似的東西，從蓋頭裏滴到了她的繡裙上、花鞋上。有贊禮人在旁邊高聲呼唱着各種禮節：拜天地、拜祖先、拜父母。禮節一項一項地舉行過去，紀廣傑和阿鸞都叩了許多頭。隨後又放起來鞭炮，許多乞丐跑到院裏來輪流着唱喜歌、討賞錢。來賓們也紛紛入座，飲酒划拳，一時人聲嘈雜，更是熱鬧起來。

阿鸞姑娘已被攙進洞房，鮑老拳師也自己回到一間清靜的屋內去休息，來賓們只仗着魯志中給招待。紀廣傑已被人讓了許多喜酒，他覺得頭暈目眩，心裏煩躁，恨不得叫這些人全都走開，自己好去入洞房。

天色漸漸晚了，一些來賓吃完了飯，喝完了酒，又都想在這裏賭錢。魯志中卻託付了一位也是在本地開鏢店的姓梁的人，索性直說："為什麼我師父要倉卒地給他孫女成婚呢？就是為要讓他們快些辦完喜事，好叫他們同赴長安，去迎鬥仇人江小鶴。老拳師明天也要走，也要到別處去設法辦理那件事。所以現在雖然辦的是喜事，可是個個人心裏都有一層憂煩。大家來這兒賀喜，固然是好意；可是如攪得他們爺兒三人今夜都睡不好覺，明天可就都不能上路了。"

姓梁的就點頭說："好，我有辦法！"於是他就過去，把那些來賓都招待到他的鏢店裏賭錢去了。

來賓紛紛走了之後，魯志中就命人關上了大門，並囑咐在這裏住的鏢頭和三個夥計，不許他們鬧新房。此時天已二鼓，鮑老拳師在櫃房裏睡着了。除了喜堂上燒着兩枝紅燭之外，只有新房的紅布窗簾上還浮着一點淡淡的燈光。這是因屋中點着長命燈，那盞燈，按理說今夜是絕不許滅的。

紀廣傑這時早已脫去了那件官衣和官靴，換上了一身漂亮的綢褲褂、雪白的襪子和一雙青皂鞋。他喜氣洋洋，渾身的血液全都加速地流着。這時他內心的緊張和喜悅還從來沒有過，腳步放得很沉重，但又從容遲緩，表示是新郎來了，故意叫屋裏的阿鸞知道。可是他才走到窗前，洞房裏的那盞長命燈卻突然熄滅了。

紀廣傑吃了一驚，隨即又笑了，心說：一位走江湖的俠女，和我又不是沒有見過面，我們還一同到渭南戰過李鳳傑呢，怎麼現在倒害臊起來了呢？他這樣想着，既覺得阿鸞可笑，更覺得可愛。他輕輕地咳嗽了一聲，便洞雲走進屋裏。屋裏黑乎乎的，迎面就是一把沉重的大椅子，幾乎將他絆倒。

紀廣傑不禁又笑了,輕聲說"你這叫作戲耍新郎呀!"又往前走了兩步,忽然鏜的一聲,水花飛濺,原來是地下還放着個大銅盆,被他給踏翻了,弄得他才換的衣褲鞋襪盡濕。他心裏不禁有些懊惱,但旋即又笑了。

他上前去推裏間的門,只見從裏面關得很嚴。紀廣傑就用手指輕輕地彈門,說:"開門吧!我來啦!"裏面仍無人應聲。

紀廣傑又用拳頭輕輕地捶了兩下,再向裏面說:"開門吧!別害羞呀!我的新娘子!"裏面仍然沒有人答言。

紀廣傑就笑出了聲來,他用手推着門,口中說:"別鬧了,天不早了,這可是人生大事!"

裏面的新娘卻厲聲說:"滾走!別到我這屋裏來!滾!你敢再推門!"

紀廣傑卻隔門笑着說:"好厲害的新娘!哪有叫新郎滾走的呢?阿鸞我的賢妻,今夜咱們是天配的良緣!……"

裏面卻又急躁地說:"滾開呀!"

紀廣傑更笑得厲害,同時反倒不推門了。他站着想了一會兒,隨後就蹲下身去輕輕地托門。少時把門托開了,就聽嘩啦一聲,兩扇門全都向外倒下了,門裏頂着的兩條板凳也都倒下,幾乎把紀廣傑壓倒。紀廣傑趕緊把門推開,嗖地躍進屋裏,卻見迎面一股寒光逼來。他嚇得趕緊閃身躲開,只聽喀的一聲,新娘的刀雖沒砍着新郎,卻劈在椅子上了。

紀廣傑說:"好!先要比武,然後成親嘛!"他用手去托阿鸞的手腕,要奪昆侖刀;阿鸞卻又一腳,正踹在紀廣傑的小腹上。紀廣傑向後一退,腦袋便撞在了櫃上。阿鸞又狠狠地一刀劈來,紀廣傑趕緊伏身就地一滾,要去抱阿鸞的雙腳,卻被阿鸞一腳踢在了他的左眼上。紀廣傑痛得幾乎喊叫出來,趕緊又滾,阿鸞又轉身掄刀去刺。紀廣傑趕緊向屋外去躍,但肩膀上已重重地吃了一刀背,後腰上也挨了一腳,連人帶板凳全都滾出了門外。

但他立時挺身而起,喘了口氣,便向屋裏憤憤地問說:"阿鸞!你這是什麼意思?你要害我的性命嗎?我是你的丈夫,是你爺爺叫你嫁給我的!"

阿鸞卻在屋裏掄刀頓地,哭着說:"滾走!滾走!我不認得你!"

紀廣傑雖然很生氣,但轉又笑了,心想:阿鸞本來是鏢師之女,平日驕傲極了,我若不把她以武技制服,她是絕不能甘心嫁我的。好!先打打,然後再恩愛。於是他就到旁的屋裏去找了一口寶劍,並點了一盞燈,拿着燈又回到新房,只見那屋裏的門又已關嚴了。

紀廣傑把燈放在地下,又想去托門,可又怕房中再藏着什麼埋伏。他就提劍呆立,側耳向門裏去聽,卻聽房裏的新娘嗚嗚地痛哭起來。紀廣傑不禁有些灰心,暗想這是怎麼回事兒!

他正在發呆,就見一個人從院中進來,紀廣傑一看,原來是魯志中。魯志中似乎對於剛才他們打架以及阿鸞在屋中哭泣的事,全都知道。他就向紀廣傑擺擺手,帶着滿面的愁色,說:"紀姑爺!請你忍耐一些吧!姑娘她的脾氣是向來不好。現在雖是在辦喜事,可是她的心裏也很難受,明天他們就要祖孫分離。她爺爺偌大的年歲,去投朋友,躲到山裏,她自然也是不放心。

今天紀姑爺不要和她生氣，過些日子她自會好了。在沒有戰敗江小鶴，他們祖孫尚不能安居團聚之前，她是絕不能高興的。這沒法子，只好求紀姑爺耐心些吧！”

紀廣傑點了點頭，緊皺着雙眉，向魯志中說：“那倒不要緊，只是……”他本想說新娘方才不該用刀，而且刀劈下來時又是那麼狠，但覺得說出來自己又太洩氣了，遂就說：“魯師叔歇息去吧！不必管我們。我絕不能跟她鬧起來，我明白，我知道她是很煩惱！”

魯志中又看了紀廣傑一眼，就見他那身很講究的綢褲褂，此時已又是泥又是水，頭髮也散亂了，左眼青得像個杏兒一般。魯志中不敢笑，也不敢問，就轉身走了出去。

這時，紀廣傑站着又發了半天怔，走到裏屋門前，用手推了一下門。只聽房中的新娘已沒有罵聲了，可是仍然有啜泣聲。紀廣傑就隔着門說：“阿鸞，你不要傷心，我不跟你生氣了。你嫁給我，原是你爺爺的主意，並不是我向鮑家求的親。現在咱們已拜了堂，你我的婚事已定，今晚你不叫我入洞房，這不要緊！我知道是因為你們鮑家現在叫江小鶴逼得無路了，你很傷心。你心裏不高興，我能原諒你。可是你得相信我，我擔保不出十天，必把江小鶴殺死。到時你看吧！現在我也不必和你多說！”

屋裏的阿鸞這時仿佛更傷心了，她竟嗚嗚地痛哭起來。紀廣傑的心中十分懊惱，便長長地歎了口氣，把外屋的幾把椅子湊在一塊，並把外面的門亦關好，劍放身旁，燈亦吹滅了。他先是懊惱了一陣兒，後來因身體倦乏，精神頹喪，就躺在椅子上沉沉地睡去了。他這一夜洞房花燭就這麼度過去了。

次日早晨，紀廣傑的面色並不怎樣喜悅。洞房的房門開了，阿鸞穿着紅緞衣裳，兩隻眼哭得紅腫，出了房子，對紀廣傑連一眼也不看，就回到裏院去了。紀廣傑的心中非常不滿。

有個不解事的小夥計，向紀廣傑笑着問：“紀姑爺，昨兒晚上你在房裏鬧什麼啦？我就隱隱地聽得咕咚咕咚的，紀姑爺你真夠樂的。”又用手一指紀廣傑的左眼，說：“你的那隻眼睛怎麼青啦，是要害眼吧？我給你上街買瓶眼藥去吧？”

紀廣傑大怒，咚地就給了那個小夥計一拳，打得小夥計哎喲哎喲直叫。

這時魯志中走了過來，和藹地問說：“老師父問紀姑爺，今天打算什麼時候走？他好叫姑娘預備着。”

紀廣傑說：“現在就走，我恨不得立時就見着江小鶴，除非他亡，不然我死！”

魯志中趕緊回去告訴了他師父。紀廣傑就命人備馬，他自己到屋中去收拾行李。待了一會兒，他的行李收拾好了，那邊的阿鸞亦預備停當。阿鸞仍然穿着那身紅緞衣裳，站在院中低着頭。紀廣傑一看見她那俊俏的模樣，又把自己昨夜所受的氣、所挨的踢打全都忘記了，笑着走出了屋子。

鮑老拳師看看孫女，又看看孫婿，感慨萬千地說：“好！這次算是你倆替我擋仇家了。刀槍無眼，說句不吉祥的話，你們亦難免有什麼舛錯。可是我雖不放心，但亦沒有法子，因為誰叫你們不幸，做了我的孫女、孫女婿？我現在要投到老朋友處暫避，你們走後，我亦要走。我這麼大的年歲了，走不到那裏，或許就死在半路……”才說到這裏，就見孫女涕淚交流。

紀廣傑卻高傲地說：“老爺子何必要說這些掃興的話！我想現在江小鶴或許已經到了長安，我們到了那裏，就准能把他殺死。老爺子你這次西去，不過是去玩一趟，用不着自己難過，也用不着替我們擔憂！”

鮑老拳師慘然微笑，又從懷中取出兩封信來，說：“這兩封信你們攜到長安，一封給葛志強，一封給江小鶴。這後一封信，等到萬不得已，確實敵不過江小鶴之時，再給他。”說畢，交給了紀廣傑。

紀廣傑將信接到手中，見給葛志強的那封信特別厚，裏面像是裝着許多張信紙，兩封信都封得很嚴。他隨帶在身邊，然後向老拳師說：“老爺子，你老人家就不必多囑咐了，什麼事情我都會辦。我們這就走了，老爺子！再會吧！”說完就昂然地走出門去。阿鸞垂淚又向她祖父拜了一拜，也隨着出來。

鏢店門外已備好了兩匹馬。阿鸞先上了她那匹紅馬，並望着送出來的老拳師和魯志中等，垂泣說道：“爺爺跟魯叔叔請回吧！”

紀廣傑將寶劍在鞍旁掛好，很輕敏地上了坐騎，然後也抱拳笑道：“都請回，再會再會！”

旁邊有許多人都羨慕這一對新婚的俠義夫婦，兩匹馬就在許多人的目送之下，往北走去。阿鸞還在馬上不住回首，流着淚說：“爺爺！你請回去吧！”紀廣傑的馬在前，已越走越遠，她只得跟隨上，少時她那老祖父的身影便在身後消失了。

## 第十二回　驛路停鞭深宵乖好夢　灞陵橫劍苦笑對情人

走出了大散關，阿鸞便想起前一個多月，自己獨自星夜離開這裏，直奔長安的事。回憶起那時自己的勇氣，內心的悲痛便減少了些。刀鞘在鞍旁，碰得銅鐙叮叮地響，阿鸞就忍住淚，暗想：快走！到長安見見江小鶴去！我非得殺死他，隨後我也死，不然就叫他殺死我。他不肯殺我都不答應，我會往他的寶劍上去碰！可是在我死之前，我要對他說明十年的事情，千言萬語都得對他說明白！不管是他死我死，我們都得說明白了之後再死！這樣想着，她的眼淚又簌簌地落在馬背上。

紀廣傑在前面回過頭來，噗哧一笑，說："阿鸞，在早先我還以為你是當代一位女俠，性情剛烈得如男子一樣。現在一看，原來你也是十分柔弱，和別的女兒一樣。你們昆侖派都是自己把自己嚇怕了，其實江小鶴並不是多麼了不起的人物。你等着看，到長安不幾日，江小鶴必來，那時你看我怎樣制服他！"

阿鸞仍在馬上揮淚，並不作答。

紀廣傑又說："昨天是咱們兩人大喜的日子，你卻對我那樣無情，若不是我極力忍耐，咱們這一對新夫妻早就成了冤家。但你也須明白點，我並不是怕你，我是愛你。現在咱們一同出來，同行同宿，我盼望你別跟我再犯橫彆扭，不然可要叫路上人笑話。咱們現在沒有別的志願，就是應當像上回在渭水戰李鳳傑似的，應當同心協力地去敵江小鶴。然後，我還要帶着你回龍門，去見我家裏的人，再闖闖江湖。最後我還要到北京去，應試武場，我要致力前程，叫你將來做一品夫人！。"

阿鸞卻瞪着眼說："你別嗦！快走！"

紀廣傑不禁笑了笑，心裏十分舒服，雖然阿鸞的兩眼瞪得很兇，但他覺得裏面也蘊藏着溫柔。尤其阿鸞所說的那個"你"字，他聽了簡直覺得肩膀都發麻了。於是他高高地揮鞭，縱馬快走，故意表示他那嫻熟的騎術。阿鸞也急急地縱馬跟隨着他。

兩人在路上並不再說話，一直向東飛奔，當日晚間就來到了興平縣境。

依着阿鸞是還要往下走，她要當日就趕到長安，紀廣傑卻說："不能再往下走了。趕到了咸陽，那渭水裏晚上也沒有船隻，咱們過不了河。即使尋着了船隻，長安的城門亦關了，咱們當日還是不能見着葛師叔。"

阿鸞只好收住了馬，一聲不語地隨着紀廣傑進了一家店房裏。紀廣傑故意找了一個屋裏只有一舖土炕、連個桌子都沒有的單間。阿鸞一進屋，就穿着鞋上炕坐着，昆侖刀就放在她的身畔。紀廣傑笑着，向店家要了菜飯，並要了酒。店家見是夫婦二人，自然給拿來了兩個酒盅。紀廣傑自己先滿滿地斟了一杯，又另斟了一杯，遞向阿鸞，笑着說："今晚咱們兩人再喝一杯合歡酒吧！你想開了一點兒吧！"

不料阿鸞吧地用手一推，酒杯就落在了炕上，灑濕了紀廣傑的綢褲，紀廣傑不由把臉色一變，問說："你這是什麼意思？你不喝可以，為什麼要推酒杯？從昨天成婚到現在，你除了罵我，就沒跟我說一句話，難道你是看不起我紀廣傑嗎？你不願做我紀廣傑的老婆嗎？"

阿鸞立刻瞪着眼，伸手去摸刀柄，並厲聲問說："誰是你的老婆？"

紀廣傑便笑着說："你！你就是我的老婆。你昨天跟我拜過堂，現在隨我出來，就已是我紀家的人，是我的老婆，是我的妻子，是我的媳婦！"說時他就要表示親愛。卻不料嗆啷一聲，阿鸞那口昆侖刀已然出了鞘。紀廣傑趕緊低頭伏身向炕下去躲，鋼刀就從他的頭上削了過去。紀廣傑乘勢跑到院中，阿鸞倒是沒有追趕出來。

這次紀廣傑真是憤怒極了，心裏想：這真是豈有此理！誰家的新媳婦能夠這樣對待丈夫？她既然是不喜歡我，為什麼又跟我拜堂呢？於是他氣憤了，就要自己去備馬，趕回大散關，或是找到洛陽縣山陰谷去問鮑老拳師，叫他來問問他的孫女，到底是懷着什麼心？

可是他走到馬棚下，找着了鞍韉，放在了馬背上。他站在那裏發了一會兒怔，卻又把鞍韉給拿下去了，心說：那樣一來，兩家新親可就傷了和氣，夫婦終生亦不能再和好了。天下會武藝的女子或許有，但是到哪裏再去找阿鸞這樣的好模樣呢？此時，阿鸞那俊俏的模樣在他的腦裏一閃，立刻他的氣又消了。

他又回到窗前，心想：我倒要看看現在阿鸞是在幹什麼了。於是他把屋門輕輕地拉了一道縫，卻見阿鸞已把刀放在身旁，在那裏垂頭哭泣。紀廣傑不禁歎了口氣，就走進屋內。但他又不敢近前，只站在遠處，擺手說："你亦不要傷心。我知道你也許是不喜歡我，但我紀廣傑堂堂的男子漢，我非得博婦人的歡心嗎？再說我幫你家與李鳳傑、江小鶴二人作對，也並非貪圖你的美色，我是因打不平。我不能叫一個江湖後起的小輩，欺負你家那位年老的拳師。我實同你說，在武當我和江小鶴交過手，他的劍法雖不及我，但是他的點穴確實厲害。這次到長安我們再見了面，還不知誰勝誰敗，誰生誰死。我若死了，那我算為這些昆侖派的朋友捐軀，為老拳師舍了命，死而無怨；假若我將江小鶴殺死，我就一走，永遠也不到關中來。你是改嫁或是守活寡，我也都不管。我在外面也不再娶，我只是闖江湖走風塵，行俠仗義。到老年我或是出家，或是歸隱！”

紀廣傑說這些話時，意態激昂，言辭慷慨，說完了就自己坐在炕邊吃飯，不再看阿鸞。只聽阿鸞卻哭泣着說：“誰叫你殺江小鶴？你不能殺！他是我家的仇人，用不着你殺，你若殺他，我也殺你！”

紀廣傑忍不住又笑了，轉又長歎了口氣，向阿鸞說：“不要說了，你不是不和我說話嗎？我也不和你說話。咱們倆名為夫妻，其實有如路人，你現在不知我紀廣傑是什麼人物，將來，你自會知道了！”他也使着氣，吃喝完了，就叫來店夥，把杯盤撤了去，然後關上門。他抽出寶劍，就靠着牆一臥，並且離着阿鸞很遠，手提着寶劍，沉沉睡去。

到半夜裏，他睜眼一看，見燈還沒有滅，可是油已快乾了。阿鸞也是和衣靠牆坐着睡覺，鋼刀就橫放在她的腿旁。借着半明不滅的燈光去看，就見阿鸞微合着秀目，睡態嬌慵，新梳的頭髻，額前垂下了兩綹秀髮，發出微微的鼾聲。尤其是她那身紅襖褲、繡花鞋，簡直勾引得紀廣傑銷魂，刺激得他的一顆心不住地怦怦跳動。他慢慢地伸手，想要把阿鸞的刀拿過來，然後憑着自己的劍把阿鸞制服；可是手還沒伸過去，阿鸞卻又睜大了眼睛。

紀廣傑便就勢一倒，躺在了炕上，伸着一隻手，又呼嚕呼嚕地裝睡。他的頭便靠近了阿鸞的繡花鞋，手就挨着那口刀。阿鸞將身子挪遠了一些，把刀亦挪開，吹滅了燈。紀廣傑便又裝着說夢話，狠狠地把炕一捶，罵道：“江小鶴！”待了一會兒，他就真的睡去了。

次日天明起來，他看了阿鸞一眼，卻不對阿鸞說話。阿鸞在靠窗處支起來一個隨身攜帶的小鏡子梳妝。紀廣傑自己草草地打了辮子，便坐在炕上用早飯，並時時撩起眼來看阿鸞的背影。少時，阿鸞也用了點兒早飯，紀廣傑就吩咐店家備馬。他付畢店賬，就帶着阿鸞出門，騎上馬一同往東走去。不多時就到了咸陽渭水之濱，乘船過河，飛馬南去，傍午時便到了長安。在路上紀廣傑並未與他的新娘談過一句話，可是他的兩眼卻時時瞧着阿鸞，心裏尋思着用什麼方法才可以使新娘心服，使她愛慕自己。

兩匹馬進到長安城，到了利順鏢店門首。那在門前的幾個鏢頭，一見紀廣傑獨自偕着阿鸞前來，齊都不勝驚異；又見阿鸞已梳着雲髻，穿着一身新娘的衣飾，就更直了眼。

紀廣傑下了馬，將馬交給別人，就向眾人拱手，帶着阿鸞進到鏢店裏。只見葛志強、袁志俠、陳志俊、楊志瑾、趙志龍、金志勇那些人全都在櫃房中談話，似乎正在談論什麼緊要事情。一見紀廣傑和阿鸞來到，他們就齊都迎出門來。葛志強就說：“怎麼，紀姑爺和鸞姑娘的喜事都辦好了？”

阿鸞臉上微微一紅，便隨眾人進到屋內。趙志龍又向紀廣傑問說：“蔣志耀和劉志遠他們，怎麼沒有回來？”

紀廣傑喘了喘氣，並不說話。坐了一會兒，他才先把日前由鮑老拳師做主，他與阿鸞成婚的事說了；及後又說他如何到湖北武當山與江小鶴見面爭鬥過了。他還是照着以前說的那套話，說江小鶴曾敗在他的手中。又說到劉志遠與蔣志耀，他就說那兩人是與他分途走了，並說大概他們知道江小鶴將來長安，所以就未敢回來，或許故意躲在遠處觀風。他並把劉志遠抱怨了一番。後來他由腰中取出了老拳師托他帶給葛志強的那封信，卻沒把致江小鶴的那封拿出。

葛志強接過信來,就見信封裏除了一張信紙之外,還有一封未粘好的信，上面卻是寫着“江小鶴台收”五個字。葛志強把信交給趙志龍，趙志龍就高聲唸讀，並加以講解。給葛志強的那封信，大意是說：他在大散關已令紀廣傑與孫女阿鸞成了親，事出倉卒，為的是他們結為夫婦之後，一同行路就都方便了；自己將往他處暫避，並非畏懼，實是聽魯志中及孫女之勸。

附着那給江小鶴的信，趙志龍亦抽出來讀閱了，信中言辭極為淒婉，就是說：十年以前的事，自己在做過了之後，便已後悔，但江志升誘民妻，亦實有取死之道; 現在江小鶴來, 如能了解此情, 捐棄前仇, 我兩家仍可為友，不提既往之事；若汝仍然抱定志願，必定報仇，那亦易辦。請你言明，不傷我門徒絲毫，那時我即出頭，將一條老命交付與你！

眾門徒聽了，有的驚訝變色，有的淒然欲泣，有的便憤憤地說：“這封信絕不可交給江小鶴，咱們見了江小鶴就得殺，就得拼命！”

阿鸞卻在旁邊又掏出手絹來拭淚，紀廣傑卻按劍微笑，不發一語。葛志強收起信來，就向眾人說：“我看事情現在還好辦，江小鶴如若來到，咱們就不可貿然就與他動武。”

旁邊楊志瑾說：“那難道叫老師父出頭，把性命交給他嗎？”

葛志強搖頭說：“那當然不能，咱們都死了，亦不能叫師父出頭！”

楊志瑾說：“那麼依着你怎麼辦，把信給他？”

葛志強點頭說：“信是必須給他，因為既是師父如此吩咐，我們就必須遵辦; 只要江小鶴來了, 我們便把他請至鏢店裏, 把師父的信拿出來給他看，並請陳師弟跟他說一說，他父親江志升當年所做的壞事、我們昆侖派的戒條，以及咱們師父當年率領龍家兄弟追到山中殺死他父親的詳情。我想江小鶴亦在江湖中闖了些日，不至於太不講理。”

陳志俊卻瞪着眼睛說：“那孩子還能講理？他要是講理，早先就應當想一想。雖然他的爹是叫咱們給殺的，可是他也在師父家裏住了那些日子，師父待他並不錯！”

阿鸞在旁邊急急地說:“江小鶴來到時,你們都不要去見,只叫我先出頭。我不但要跟他講理, 還有許多話要問他, 看他怎麼回答我！”說着, 又哭起來。紀廣傑便把他妻子向後拉了一下。阿鸞又急躁地向紀廣傑一瞪眼，但因當着許多師叔之面，她也不好發作。

葛志強連連向眾人擺手說：“這件事我們暫且不要擔心，並沒有什麼難辦。現在聽說江小鶴已進了潼關，我在這裏都預備好了，各處的朋友我都打了知會，巡撫衙門、將軍衙門、藩臬兩司、西安府、長安縣，我都已托好了人情。江小鶴不來便罷，如來，那他是自投羅網！”

阿鸞在旁着急地說：“咱們何必要仗着官府的勢力捉拿呀？”

葛志強說：“我們並不捉拿他，我們還是先見面跟他講理，如若他真是不講理時，那可就說不得了。我葛志強本來是個漢子，生平不願以官府的勢力壓人；但現在江小鶴找到頭上來欺壓我們昆侖派，我對他可不能講什麼客氣了。我只要使出個小小的手段，就能把他押在監牢裏，不問便斬立決，或者判個永遠監禁！"說時，他瞪着兩隻大眼，那雄健的身軀昂然挺立，彷彿他這次對於江小鶴要來的事已很有準備，倒不似上次對李鳳傑那樣，感覺得很扎手、很畏懼。隨後他又高聲說："旁的話休提，今天我們先給紀姑爺和鸞姑娘小夫婦倆賀喜！咱們昆侖派二十年來還沒有過這樣的喜事，管他什麼鳥江小鶴。"於是，大家又都轉為笑顏，高聲呼着，圍着紀廣傑夫婦道喜。

這些師叔們把阿鸞那淚跡未乾的雙頰逗得飛紅，她便趕緊跑到裏院，去見葛志強的妻子和母親去了。

紀廣傑這時卻十分高興，但是他心裏卻像是掛記着什麼事情。他與昆侖派的人談說了一會兒，又去看了看葛志強之子少剛的傷勢，隨後他就說，要到他舅父趙保福那錢莊裏去看看。其實他並沒有去，出了利順鏢店，他就在東西兩條大街上徘徊。走了半天，才找着了一家鐵舖。這鐵舖是專賣兵刃武器的，專供給長安鏢行武師之用。舖子裏掛着許多明晃晃的大刀，牆上掛着鋼刀寶劍，並掛着什麼虎頭鈎、方天畫戟，還堆着許多白蠟杆子。

紀廣傑走了進去，就問："掌櫃的，有飛鏢沒有？"

那掌櫃的說："飛鏢得定打。"

紀廣傑說："那就算了，我是急着要用。"

掌櫃的就問說："你是哪家鏢店裏的？"

紀廣傑說："我是大南街利順鏢店的。"

那掌櫃的翻着眼睛瞧着，似乎還不大信，因為他沒瞧見過利順鏢店有這麼一個鏢頭。及至紀廣傑自己道出姓名，他才驚訝着說："啊呀！原來是紀大爺呀！你老人家不是出潼關捉什麼江小鶴去了嗎？"

紀廣傑說："我回來了。現在你別說廢話，你這裏要是沒有鏢，我就到別家買去了。"

那掌櫃的連說："有，有。"隨說着，隨走到櫃裏面去了。待了一會兒，他托出一個木匣子來，裏面放着幾隻槍頭子似的飛鏢。

紀廣傑看了看，覺得都非常笨重。

那掌櫃的見紀廣傑像是不大中意的樣子，就說："這還是前幾年打成的呢！後來因為漢中府的小昆侖鮑大鏢頭和本地的活魔王孫豹，都曾被秦嶺的銀鏢胡立給打傷，有人就疑惑銀鏢胡立用的鏢是從西安府買的。所以本地官私兩面都囑咐了鐵舖，不許我們再打鏢賣了，若查出來我們就得受罰。今天若不是紀大爺，無論如何我們也不敢拿出來。"

紀廣傑說"我若不是急着用，我也不到你這裏來買。我的祖父是龍門俠，大概你也聽說過，他老人家不但是寶劍無對手，飛鏢也從不虛發。可是我們紀家所使的鏢，卻不像你們打得這樣笨，可惜我由家中出來時因為沒想用，就沒有帶來。"

那掌櫃的說："不要緊，紀大爺你可以畫出個樣子，我們定給你打，打出來包管跟你那樣子一模一樣。”

紀廣傑便點頭說: “好。”掌櫃的連忙把紙筆給他。紀廣傑就畫了個鏢樣子，並把尺寸也注明，確是比一般的鏢輕巧銳利。他訂打了二十枝，講明了價錢，就付了訂錢。

紀廣傑又問那掌櫃的姓名，那掌櫃的就說: “我姓費，你回去向葛六爺問西大街德福鐵舖的費大，他就知道，他是我們的老主顧了。利順鏢店那些位所使的昆侖刀，全都是我這裏打的。”

紀廣傑點了點頭，先把他這裏的成鏢選了五隻，以備急用。

出了鐵舖，他又找着一家椅墊舖，訂做了一隻鏢囊，隨後往回走去。

走到利順鏢店的附近，他看見那牆角豎着一座石碑，上面刻着“泰山陵路石敢當”五個字。那“當”字的下半截都陷在了土裏，成了“泰山石敢尚”了。紀廣傑一彎腰，由地下揀起了兩個碎石。他退後了十幾步，心想着，我要打中“泰”字底下的那個小鈎。一石頭飛出，他瞪眼直直地看着，正打中在那一筆上，他便不禁笑了。然後又拿着第二塊石頭，心說: 我要打那個“山”字，打那個山尖。一揚手，石又飛去，他跑過去一看，那“山”字的頭上果然被打出了個白色痕跡。旁邊站着許多人看着，都希望他再打，紀廣傑卻得意地走回利順鏢店去了。

少時，鏢店眾人就在一起吃午飯。紀廣傑與阿鸞並坐在首席，葛志強等人都擎杯為他們夫婦獻酒賀喜。紀廣傑偷眼去看阿鸞，就見阿鸞依然不喝酒、不吃菜，說她是羞澀，可又像是憂鬱，這卻真使得紀廣傑的心裏很不痛快。

旁邊又有人談起江小鶴，紀廣傑就也跟着談了起來，他現在手中預備着幾隻飛鏢，就絕不再怕江小鶴那神出鬼沒的武藝了。於是他昂着頭，高談起來，談到使他氣憤或驕傲的事時，就用拳頭擊打桌子。

此時阿鸞已離席出屋去了。這間屋對面的那間東屋，葛志強已命人收拾出來，請他們夫婦居住。阿鸞到了這屋裏，就坐在床上發愁，眼淚不禁點點落下。忽然屋門一開，紀廣傑也進到屋裏。紀廣傑並沒有對阿鸞說話，只是向她一笑，似乎是表示夫妻恩愛的意思。阿鸞卻連頭也不抬，立刻起身出屋到裏院去了。

裏院的葛志強之妻徐氏，現在生着病，雖然有兩個僕婦，可是還須要她兒媳婦伺候。她的兒媳婦程玉娥，這兩個月來就沒有一刻閒暇，沒有一時心裏舒展。程玉娥的丈夫自從那次在大雁塔被李鳳傑所傷，幾乎死了，到現在傷勢才稍微見輕; 可是她的婆母又病了，以致她面容憔悴，精神極為悲苦。如今一見阿鸞已經出嫁了，梳着美人髻，戴着金首飾，穿着豔麗的衣褲，尤其是腳上的那雙繡花鞋，她真是極為羨慕。她就挽着阿鸞的手兒到了外屋，悄聲地說: “妹妹你請坐，怎麼做了新娘子，倒比上回來的時候客氣啦?”阿鸞臉上紅了紅，勉強笑了笑就坐下了。

程玉娥就又靠近些，低聲問說: “新郎對你怎麼樣? 你們倆一定是頂恩愛的。可是你也得想法摸住他的脾氣，先把他拿下馬去，不然你那位新郎可是不好制的。他有本事，又有名，人物又好，以後一定會背着你做出些荒唐的事，那時你得多生氣呀？”

阿鸞被她說得臉更緋紅，又有些氣惱，就正色說：“嫂嫂你別跟我鬧，我爺爺給我們辦這件事，我是沒法子……”說到這裏，又十分傷心。她強忍住眼淚，又接着說：“就為的是一同出來對付江小鶴，好有許多方便！”

程玉娥笑着，像是嫉妒，又像是嘻笑似的，拍着阿鸞的肩膀說：“現在倒是有點兒方便，可是慢慢地也就不方便了。咱們女人的身子總是有不方便的時候，不如他們男子，永遠能在江湖上闖。”

阿鸞並沒有聽明白她這句話，只覺得心裏十分不耐煩，本想要離開這屋回到前院，可是想到那屋中有紀廣傑，那更是討厭。忽然一些傷心的事襲上她的心頭，她竟忍不住眼淚滴滴地滾下。

程玉娥十分驚訝，變了色，驚慌着問說：“妹妹你是怎麼啦，我惹惱了你啦？唉！剛才我是跟你說湊趣兒的話呢！”阿鸞卻一面拭淚，一面擺手。

這時忽然有個僕婦進到屋裏來，說：“鮑大姑娘！紀姑爺這就要到鹽店街看舅老爺去了，問你去不去，車可都套好了。”阿鸞還沒答應，程玉娥在旁就說：“自然是去呀！新外甥媳婦哪有不見見舅父的道理？”阿鸞就拭着淚，點了點頭，隨同着僕婦走出外院。

此時紀廣傑的辮子打得又黑又亮，面也刮得十分乾淨；他換了一件藏青洋縐的長衫，粉底快靴，手中持着一把紈扇，真似一位風流闊少。阿鸞亦進到屋裏，重施了些脂粉。紀廣傑在旁看着他的妻子打扮，就順勢拍了她的柔肩一下，低聲笑着說：“本來我已對你說過，你不理我，我也不理你。可是現在我也得告訴你，在長安我只有這一家親戚，是我的親舅父。你既做了我紀家的兒媳，無論你是看得起我，看不起我，你也須隨我拜見拜見舅父。咱們倆暗地裏是如同路人，可是在表面上還得做出恩愛的樣子，不然就容易叫人疑惑，把話要傳到老爺子那裏，他老人家一定也很難過！”

阿鸞聽了這些話，心中又不由得一陣悲痛，但什麼話也沒說。修飾完畢，就隨着紀廣傑出門上車，往鹽店街去了。紀廣傑是跨着車轅坐着，他把劍放在車上，還不住地張目四望，仿佛是在人叢中尋找什麼。少時到了鹽店街廣益福錢莊，夫婦二人拜見了舅灞驛父，便又回來。回到鏢店他們的屋中，阿鸞仍然是悶悶地坐着，眉頭還是緊鎖着，永遠也不用正眼瞧她的丈夫。

紀廣傑不由十分煩惱，便也不在屋中，就到外面去打聽江小鶴。在外面走了一天，酒店茶肆他都去遍了，也沒看見江小鶴的蹤影。回來時，見鏢店門外停着一輛大鞍車，他進到櫃房裏，就見有兩位穿官衣的人，正跟葛志強稱兄喚弟地在談閒話。經葛志強引見，紀廣傑才知道這兩位都是府台衙門的，一位是刑房先生柳二爺，一位是大班頭神拿鄧二爺。這兩人一聽說紀廣傑就是龍門俠的孫子、鮑昆侖的孫婿，就齊道久仰，很親熱地跟他談起話來。

少時葛志強又命人擺設筵席，請這兩位官人吃飯，由紀廣傑等人作陪。席間當然又談了江小鶴。葛志強就說江小鶴是個賊人，在鎮巴、川北都犯過重案，如若他來到，務請府台衙門拿辦他。兩位官人全都滿應滿許，並說他們現在已派了捕役往各處訪拿去了。紀廣傑在旁卻不說一句話，他對於葛志強運動官人捉拿江小鶴的事，不大贊成。因為江小鶴的本領他領教過，不用說區區西安府的幾個班頭捕役，就是人再多些，也休想能捉拿到江小鶴。他現在唯一寄希望的就是他手中的那幾隻飛鏢，如果江小鶴能遲幾天來，等那訂做的飛鏢打好了再來，那更好！他相信他的飛鏢是不會虛發的，而且江小鶴必不能防備。

過了些時，屋中點上了燈燭，外面的天色也黑了。葛志強就絕口不再談說江小鶴，遇有別人談到之時，他還不住地用眼睛去瞪，神色也極為不安。飲宴畢，兩位官人告辭走了，葛志強便吩咐眾人今晚要警戒着，比往日還得留些心，昆侖刀都要預備在手，都不要睡熟。如果遇着什麼驚異的事情發生，就彼此招呼，同時就打鑼；鑼聲一起，街上巡更的人一聽見就能去叫官人。這是他跟西安府那兩位官人商量好的辦法。

紀廣傑卻在旁冷笑，他想不到葛志強是這麼愚笨的一個人。他進到自己的屋內，就見桌上點着兩隻蠟燭，阿鸞打開了頭髮，對鏡重新理妝。紀廣傑就覺得詫異，又不敢問她，就站在旁邊，看她到底是什麼主意。阿鸞那萬縷烏絲被燭光照得發亮，紀廣傑不禁一陣心醉，心說：這麼好的新娘，如今又已然到了我的手中，可是她卻不能順手，連一句話都不對我說，這滋味多麼令人難受呀！又想：都是因為江小鶴這件事，攪得她心煩，否則她一定能與我和好。因此，他就暗暗咬牙，痛恨江小鶴，恨不得江小鶴立刻來到，自己就揚手一鏢，把他肚子打穿。

此時阿鸞的頭髮已梳理好了，她把那新娘的頭髻又改成了一條處女的髮辮，彷彿是沒結過婚一樣。紀廣傑真忍不住心中的怒氣，立刻瞪起眼來，問說："你這是什麼意思？你為什麼改頭髮？莫非你是不願意做新媳婦嗎？"

阿鸞竟像沒聽見似的，氣憤憤地起身轉了過來。她這時穿的是一件綠紗短衫，裹面掛着一條紅胸衣，綠裹隱着紅，再被兩盞紅燈一照，簡直使紀廣傑銷魂。紀廣傑就改怒為笑，說："其實一改成辮子，可是比梳頭好看得多了。晚間可以改成辮子，但到明天早晨還是應改過頭來，不然可叫人笑話。"

見阿鸞脖領敞着，露出粉膩白潤的抹胸黑金鎖鏈，紀廣傑就忍不住要伸手去摸，笑着問說："這是赤金的嗎？哪兒打的？鎮巴城不能有這樣好的手藝吧？"阿鸞卻用手一推。紀廣傑趕緊反手握住了她的腕子，笑着說："到底為什麼事，你不跟我和好？"阿鸞卻緊咬着嘴唇，一聲不語，奪過手去，就由壁上摘刀。

紀廣傑恐怕她又用刀來砍自己，便趕緊回身取劍。卻見阿鸞把她那口昆侖刀摘下來，坐在炕上，抽出刀來，用一塊紅綢手帕拂拭。紀廣傑不由一笑，也把寶劍放下。他本想走近前，再說幾句溫存的話，但又想那也是白碰釘子。於是他發了一會兒怔，就傲然地說："今夜江小鶴也未必來。如果來了，那可真好，我現在正預備着對付他！我要不容他看見我，就將他置於死命！然後……"

紀廣傑又要說他替昆侖派剷除對頭冤家之後，他就飄然而去，他也不稀罕阿鸞再對他好；可是阿鸞卻用眼瞪了他一下，抄起刀出屋去了。紀廣傑便趕緊追出屋去，卻見阿鸞已飛身上了房。紀廣傑微微一笑，也嗖的一聲躥上房去。

這時映壁後邊藏着個夥計，一見房上有人，就嚇得大叫一聲："有賊呀！"順手鐺的一聲敲起鑼來。紀廣傑飛身跳下，向那夥計就是一腳，那夥計連銅鑼都滾在了一邊。

紀廣傑就罵道："笨蛋！莫非你沒看見我那屋子還點着燈，我是才從屋裏出來的嗎？"

這時人聲雜亂，葛志強、趙志龍等人全都拿着兵刃跑了出來，夥計們也都點起燈籠來，並有人拿着個銅盆亂敲。

紀廣傑就掄着寶劍急喊說："沒有事！沒有事！是我跟我妻子，我們上房查看去了，這個笨蛋他沒看清楚就敲鑼！"說着又把那個才爬起來的夥計一腳踹倒，並過去把那個睡眼朦朧地敲着銅盆的夥計也打了兩個耳光。

葛志強一聽是場虛驚，不由得又生氣又慚愧，就連連擺手說："不要吵嚷了！叫外人知道了真要笑話，咱們還保鏢呢？唉！"他便提着昆侖刀唉聲歎氣地壓住了眾人。

可是這時外面又有人咕咚咕咚地亂捶門。原來是剛才敲鑼時，已被街上巡更的人聽見，報告了官廳，那神拿鄧二就帶着許多官人來了。這些官人進來，全都拿着鉤竿子、鐵尺，鄧二高舉着腰刀，高聲問道："賊人在哪裏？"

葛志強倒不禁面紅過耳，只得說"賊人跑了。剛才有人聽見房上有響動，可是我們出來一看，賊人就沒有蹤影了。"神拿鄧二說："這一定是個飛賊，大概也跑不遠，不定是在哪兒藏着了。"於是他命人搬來梯子，親自上房去檢查。但是真如葛志強所說，房上和各處都沒有賊人的蹤影。

鄧二下了房，就向葛志強說："葛六爺你別發愁，今夜我們留幾個人在這裏保護好了。"葛志強說："那倒不必，我們這兒倒有人防夜，人也不算少。只要把賊人圍住，我們一鳴鑼，二哥帶着眾位再來幫幫我們就是了。"神拿鄧二想了一想，就說："那麼就這麼辦，我們回去啦！還是聽你們這邊的鑼，我想那個飛賊大概也不敢再來了。"說着，他又帶着那許多官人走了。亂了這一陣兒，這時才算消停。

紀廣傑氣得早已回到房裏，少時阿鸞也回來了，紀廣傑就憤憤地說："你看這些人多不中用，我真不知道這些年他們是怎麼保的鏢？這麼些個無能的人，怎麼會做買賣走江湖？早先我聽說葛六爺是有名的好漢，現在一看，他這金刀銀鞭鐵霸王，原來也不過如此。要沒有這些人在裏面攪，我早就將江小鶴擒獲了！"

阿鸞由着他說，自己卻一聲不答，臉氣得煞白，她把刀向桌子上一摔，就在靠桌的那把椅子上坐下，一隻胳臂放在桌上，支着頭。

紀廣傑的心裏便又滋生出另外一種憤恨，心說：豈有此理！我幫助他們昆侖派這些人，圖的是什麼？鮑老頭子把孫女嫁給我，簡直跟沒嫁一樣，這是看不起我姓紀的。我姓紀的耽誤了自己的前程，得罪了許多江湖朋友，還在這裏受氣，我算什麼男子漢大丈夫？於是他也把寶劍猛力地向床上一摔，心說：我不管了！明天我就離開關中。江小鶴隨他來，由他鬧，我不管了！可是又一想：這也不行！這樣一來，分明是我被江小鶴給逼走了，連妻子都顧不得要了，那又有多麼丟人！他又偷眼看着阿鸞在燈旁的側影，覺得她梳着那條辮子，更是美麗。雖然她對自己是絲毫無情，可是不知為什麼，自己總是十分捨不得她，心中便十分為難。又想：歸結是鮑老頭子厲害，我中了美人計了！從此我不但要防備江小鶴，還要防備他們昆侖派的人，別對他們拿出真心。

由此，他忽然又想起一件事來。昨天在大散關臨走時，鮑老頭子是交給了自己兩封信，給葛志強的那封信裏，已然附着給江小鶴的信，可是為什麼另外還有一封信？難道兩封信還有什麼不同？於是他找出了那封信，走到燈旁，拆開一看，就見裏面寥寥的幾行字，寫着是：

江小鶴惠鑒：

汝必欲報仇殺我，我只好舍出這條老命。請到洛陽縣山陰谷，我即將這顆鬢髮蒼蒼的頭顱付你，無悔也。

振飛啟

紀廣傑看完，便遞給阿鸞去看，並怕阿鸞不認識字，特地講給她聽。然後紀廣傑便冷笑着，把信扯得粉碎，說道："你看見了，這封信是老爺子叫我到萬不得已時再交給江小鶴的。但無論怎麼不得已，就是江小鶴的劍插在了我的胸上，我也不能把老爺子所藏的地方告訴他。我明知幫助昆侖派對我無益，我更知你對我毫無情意，並且我告訴你實話，江小鶴的武藝實在比我強。可是我既然幫了，我就要幫到底，除非我被江小鶴殺死。這也並非是我愚笨，卻是我要守信義！"說完了，又怕扯碎了的信紙還留下什麼痕跡，他索性放在燈上燒成了灰；然後便不再同阿鸞說話，轉身就躺到床上，手握着寶劍悶悶地睡去。

紀廣傑這一番激昂慷慨的舉動倒真使阿鸞驚訝了，她不但沒有生氣，反倒轉過臉去看紀廣傑。就見這短小精幹、已與自己拜堂成親的名義上的陵路丈夫雖然是臥在床上，但手中還緊緊地握着寶劍，衣服鞋襪也全都沒有脫。假若這時候江小鶴突然前來，他一定會翻身起來舞劍爭鬥，也許他就會死去，但他若是真的死了，豈不很可憐？上一次和李鳳傑爭鬥，若沒有他幫助抵擋，我們昆侖派不定要死傷多少人；這一次又是江小鶴，還不知結果會怎樣，但他還是拼命出力。雖然我對他不好，可是他還為我那可憐的老祖父拼死出力。名義上我是嫁了他，但其實呢？我竟拿他當作仇人。這樣一想，阿鸞不禁感到無限地傷心悲涼，就輕輕地站起來走過去，推了紀廣傑一把，想對他細說衷情。可是忽然又覺得心中一陣奇痛，淚如雨下；她就又坐下了，雙手蒙着臉，哭泣起來。假使這時紀廣傑一勸她，她真會哭倒在紀廣傑的懷裏，可是紀廣傑已經熟睡，並沒有起來勸她。阿鸞擦淨了眼淚，又站起身來，想要替紀廣傑蓋上一領夾被，可是另一種心理又占了上風，她就止住了這動作，直直地站着發呆。

這時，忽聽院中咕咚一聲，仿佛山塌了一般的巨響，阿鸞趕緊抄刀，紀廣傑也翻身持劍推門躥出。此時那院中防夜的夥計卻嚇得不敢再敲鑼了，他把鑼槌子扔下就跑到屋裏去了。紀廣傑見院中橫着一塊巨石，便趕緊喊人點上燈籠，葛志強等人也都驚醒跑來。有的夥計打來燈籠，有的夥計又去敲鑼，就見院當中躺着一塊大石頭，正是鏢店附近的那座上刻"泰山石敢當"的石碑，不知是被什麼人連根拔了起來，扔在這裏。

立時，眾人全都大驚失色，紀廣傑就說："這一定是江小鶴來了。"他隨與楊志瑾等人躥上房去搜查，但四下都沒有江小鶴的蹤影。這時神拿鄧二帶着官人又來到，他們又搬梯子又上房，就更亂了。

鮑阿鸞見江小鶴做出這樣的事情，她並不驚訝，只是心中十分難過，連刀都懶得舉起來，就想進到屋內。忽然，她看了一眼自己屋子的窗上，卻吃了一驚，因為她記得剛才自己跟紀廣傑聽到外面有響聲，跑出來看時，並未將屋中的燈吹滅，可是這時那屋裏卻是黑洞洞的。

此時旁的人都正在慌亂着，紛紛地談論計議，都未注意這件事，可是阿鸞卻覺得十分蹊蹺。她便手挺着刀，慢慢地進到屋裏，到屋中卻又未見什麼可疑之事。她摸着了取火之物，點上燈，隨手又把屋門帶上，卻見屋中無人，她連床底下都翻到了，也沒有看見什麼。

這時紀廣傑也進到屋來，就問說："你找什麼啦？"阿鸞便直起身來，心裏很急，臉上有點兒紅，可是一聲也不語。忽然抬頭一看，見牆上高處貼着一張紙條兒，上面像是寫着字。阿鸞就要跳起來，伸手去取；但紀廣傑的眼快臂長，他早將字條揭下來得到手中。阿鸞趕緊過去就搶，並持刀威嚇着說："你給我看！"紀廣傑卻不肯給她。兩人一搶，就把一張字條給撕毀了，紀廣傑拿着那半張字條就跳出屋去。

阿鸞的手中還剩下一半，她就喘息着，手顫顫地近着燈光去看，就見這半張字條上寫着："阿鸞賢妹，相別十年，時刻思……事已至……我二人須先……明……江……"其餘的字都被紀廣傑搶去了，只留下這破碎不能連貫的二十幾個字。然而鮑阿鸞由此也略略明白了江小鶴的意思，她就不由得淚如雨下，將這殘碎的字紙放在燈上燒了。

此時紀廣傑到了另一間房裏，他找着了燈，把手裏的幾塊碎紙拼湊在一起看，但是他湊不出整句子，大概是："……談談……日清晨灞橋一見……小鶴。"還有一個"念"字，一個"此"字，紀廣傑便想"此""念"一定是指他扔下的那石碑而言，表白他的力氣勇武。於是他微微冷笑，便滅了燈又到了院中，向葛志強等人喊着說："江小鶴一定沒有走遠，你們快拿他去吧！"他卻又進到了阿鸞的屋裏。

只見阿鸞已躺在床上，他便問說："江小鶴趁着院中亂，屋中沒人，便鑽進屋裏來了，並留下了字柬。你把那一半拿來給我看！"阿鸞卻躺着不言語，手中握着刀。紀廣傑不敢近前，便急得頓腳說："這很要緊！這關係到你們昆侖派的勝負，關係到你爺爺的生死，快拿來給我看！這很要緊！"

阿鸞卻氣憤憤地說：“那一半已被我給燒了！”

紀廣傑聽了，竟不由得發怔，遂又笑着說：“你也不必成心跟我犯彆扭，耽誤了事情與我無干，至多了我撒手不管。”

阿鸞抬起頭來瞪着眼說：“你不會這就不管嗎？你不會這就撒了手幹你自己的事情去嗎？”

紀廣傑卻冷笑着說：“我之所以要管，第一就是我剛才所說的信義，第二是因為你我已成為夫婦了。”

阿鸞嘿嘿冷笑着，接着又是一陣傷心，便又躺下身去。

紀廣傑歎了一聲，說：“你也不必如此，你的心如何我雖不知道，但你這樣厭煩我，可真使我萬難忍受。剛才那張字柬雖被撕去了一半，可是小鶴的意思我已明白了，他是約咱們明天到灞橋比武。屆時你也不必去，你就在這裏等着，明天，不到正午，我准能叫江小鶴負傷，准能把他拿獲。好了，別的話咱們也不必說了！”說着，紀廣傑又轉身出房去了。

這裏阿鸞聽了紀廣傑的話，十分驚訝，並且更加傷心了。

紀廣傑到了院中，就把葛志強、趙志龍等人，以及那位神拿鄧二爺全都請到了屋中，他們幾個人便秘密地商談。

紀廣傑就爽直地說：“剛才那江小鶴趁着大亂之際，確實又鑽到了我的房內，留下了一張字柬，然後他才逃跑了。”葛志強和神拿鄧二一聽，全都不勝驚訝。紀廣傑又說：“江小鶴那身飛賊的功夫確實高妙，要想追拿搜捕，確實不容易，只有設計拿他，或是用暗器傷他。我現在手中有幾隻鋼鏢，可惜是買現成的，不是定打的，不大可用，但也能將就着用。倘若江小鶴跟我走個對面，我只要一揚手，便准能將他打傷。我們龍門派所傳的鏢法，雖然我一向不輕易使用，可是只要一使用起來，便是百發百中。剛才江小鶴在我室中留下的那張字柬……”

他才說到這裏，那神拿鄧二就趕緊問：“字柬在哪裏了？”

紀廣傑說：“已被我一怒給扯碎了。上面也沒寫着幾個字，只是說明天清晨，叫我們到灞橋與他見面比武。”

葛志強一聽這話，就不由嚇得面如土色，因為有上次他們與李鳳傑比武的教訓。李鳳傑他們尚且敵不住、捉不着，明天跟江小鶴鬥起來，那更是非輸不可了，紀廣傑的飛鏢也未必能靠得住。明天的灞橋之約，若不去，那一定為人所笑，而且江小鶴還得找來。若是去了呢？可說不定又得死幾個人。若再栽那麼一個跟頭，昆侖派不必叫人去殺，也得自己羞愧死了。

此時那神拿鄧二正與紀廣傑低聲說話，葛志強便也湊過去，聽那神拿鄧二跟紀廣傑談明日怎樣捕捉江小鶴之事。鄧二的武藝雖然不高，可是他的辦案手段真是漂亮，他只略略地說出了一個辦法，就使得紀廣傑和葛志強齊都十分傾服。於是葛志強也不發愁了，他就悄聲向鄧二說：“好了，明天我們就都仰賴着鄧二爺了。這個辦法可千萬別再跟人說了，不怕別人傳給江小鶴，卻怕江小鶴自己偷聽了去。”

紀廣傑卻擺手說：“葛師叔你也不要太過慮，我看江小鶴的能為也不過如此，不會再有什麼神出鬼沒的本領了。現在先請鄧二爺回去，我們這裏再留下幾個人防夜，明天到灞橋再見，一定能活捉住江小鶴！”

神拿鄧二爺說：“不過就是一樣，擒住江小鶴可也問不了什麼大罪名，沒法問他的死罪。”

紀廣傑說：“咱們也不必要置他於死地。只要把他捉住，以飛賊的罪名把他押在獄裏，囚他個四五年，他那身武藝也就消磨完了。然後他再出獄，咱們也就不怕他了。”

葛志強也說：“只要把他在獄中押上四五年就行。練功夫的人禁不住蹲上四五年不動，他出獄再練也不行了，因為那時他的骨頭就都僵硬了。”又談了些話，神拿鄧二就帶着官人走了。

葛志強、紀廣傑等人到了院中，就見那塊大石頭已被夥計們抬走，仍然放回到原處了。葛志強不由心中又是一陣憂慮，暗想：江小鶴這樣大的力氣，有這樣神出鬼沒的本領，就是明天能夠將他捉住，恐怕在監獄中也囚不住他；他若是越獄出來一定更要報仇，那時恐怕誰也活不了了。因此他的眉頭又皺在了一起，他就叫趙志龍、楊志瑾等人小心防守這後半夜。他回到裏院，把他睡覺的那房門關嚴了，並且在裏面鎖上，還頂上了桌子凳子，然後他才躺下。可能是因為驚嚇過甚，又惦記着明天灞橋比武之事，他竟無法再入睡了。

這時外院的紀廣傑又在房上各處巡視了一遍，也回到了室中。就見燈火還微明着，阿鸞和衣握刀躺在床上，像是熟睡了。紀廣傑持着燈到阿鸞的面前照了照，阿鸞那美麗的容貌實在令他銷魂；可是對此佳人卻不能一親芳澤，這實在使他心裏又痛又癢，說不出是一種什麼滋味。他又不敢把燈放在阿鸞面前的時間過長了，恐怕阿鸞醒來又掄刀砍他，他就將燈放在桌子上，站着發了一會兒怔，心說：自己若是極力巴結她，恐怕她會更厭煩我，不如等明天把江小鶴捉住之後，自己便向她表示要走。只要一說要走，阿鸞或許就會把自己攔住，或許就會跟我親愛起來。他順手把門關閉好，吹滅了燈，就也上床去睡，寶劍也放在身邊，並且故意躺在離阿鸞很遠的地方，雖然很希望阿鸞來問他。

睡了不多時候，天光就亮了。紀廣傑開了屋門，一看院中混沌沌的，天陰得很沉，雨像牛毛一般，繁密微細地落着。紀廣傑就趕緊叫夥計們備馬，又跑進裏院去叫。見葛志強正在洗臉，紀廣傑就催促着說：“何必還洗臉，就趕緊走吧！倘若遲了，咱們所佈置的機關一定要洩漏，江小鶴就逃跑了！”葛志強就急急地答應着說：“快，你先叫他們備馬，在外院等我一會兒。”

紀廣傑又跑到外院，就見趙志龍、袁志俠、楊志瑾、陳志俊、金志勇等人全都紮束利便，預備停當。他便回到屋內換了一身青綢褲褂，暗帶飛鏢，持着寶劍出了屋。這時葛志強已提着昆侖刀從裏院走出，他仰面看着天，彷彿老天也在替他發愁。他一狠心，說：“諸位，今天咱們到灞橋去與江小鶴爭鬥，這可跟上回鬥李鳳傑又不同了。鬥李鳳傑，那不過是為給我這利順鏢店掙面子，現在卻是為咱們昆侖派抵擋仇人，給咱們師父剪除這個冤家。今天同去的也沒外人，全是鮑老師父的門徒和孫女婿，咱們見了江小鶴都要豁出命了。或者叫他死傷，或者把他生擒，就是千萬別放他逃走！”

紀廣傑在旁說：“葛師叔你不必多說了，趕快走吧！”當時許多夥計就將馬全都牽到門外，葛志強等人就都出門去了。紀廣傑又回到屋裏，就見阿鸞側身躺在床上，睡得正酣，鋼刀仍在她的身旁放着。紀廣傑就拉了一領被蓋在她身上，隨後他戴上了一頂大草帽，便走出屋去。到了門外，就見葛志強等人都已上了馬，反而催他說：“快着！快着！”紀廣傑就命夥計將鏢店的大門關上，然後他便飛身上馬，連連揮鞭，催馬趕到了最前面。由他領頭，葛志強等人緊緊跟着，馬蹄地響，如同七八條飛龍，衝開了人煙稠密的街市，便出了城，就在這清晨微茫的煙雨之下，直奔灞橋。

## 第十三回　愛恨交纏隨時彈熱淚　峰巒對聳不意遇銀鏢

到了灞橋，幾匹馬全都停住，個個心情緊張，個個都抽出了兵刃，紀廣傑並且時時用手去摸他那幾隻鋼鏢。可是縱目四看，只見楊柳含煙，河面上飄浮着一層迷茫的雨氣，灞橋上除了一兩個打着雨傘提着籃子的人往來行走之外，卻別無所見。

葛志強就說："咱們來得太早了！"

陳志俊卻說："別是江小鶴把咱們騙了吧！"

紀廣傑卻在馬上四下瞭望，連樹上他都細細地察看了，惟恐江小鶴藏在了什麼地方。

金志勇說："咱們先找個地方歇一歇吧，橋東邊有茶館。"於是幾匹馬就過了橋。在橋的東頭有兩家茶飯館，都支搭着席棚，在棚下用磚砌成高矮不同的檯子，那便算是座位。這時雖是清晨，雖然落着雨，可是這兩個茶館買賣都還不錯。有許多挑瓜的、賣菜的、帶着行李趕路的，都在這席棚裏喝茶吃飯，有的還彼此攀談、講着閒話。但紀廣傑明白，這多半是西安府的捕役化裝成的，是專為捉捕江小鶴來的。葛志強恐怕露出形跡來，便向楊志瑾等人說："咱們到鎮上去吧，這裏的人太多。"

幾個人將要到鎮街上去找茶館，卻見又由東邊來了一人，一手打着傘，一手提着個畫眉籠子，似是個舖子裏的掌櫃。走到了臨近，葛志強才看出來，原來正是神拿鄧二。鄧二假意向葛志強等人招呼了一下，然後便走到葛志強的馬前，悄聲說："網都撒好了，並已探出江小鶴是住在東邊的福源店，可是他昨夜竟沒回店，想他回頭一定來。現在五里地內的大小村莊，全部都布下了咱們的人，除非他會飛，不然他絕跑不了！你們在這兒歇着吧，我也在這兒，江小鶴如來，請你們給我使個眼色，我們便下手！"

紀廣傑便說："江小鶴要來，大家也不要慌忙。先叫一兩個人把他攔住，不用跟他動手，只跟他說些廢話。然後我們再從四下包圍，立時叫他……"

正自說話，忽聽一陣鈴鐺的響聲，只見由東邊街道上馳來了一匹黑馬，馬上一個穿青衣戴草帽的高身少年，正是江小鶴。

陳志俊雖有十年未見着小鶴，但是他還認得，立刻拉了葛志強一把，驚慌地說：“江小鶴來了！這便是他！”

當時神拿鄧二趕快躲到一旁，許多人的眼光全都注視在那黑馬上的少年身上。只見江小鶴從容微笑，金鈴聲和鐵劍聲清越驚人。他徑直掠過了紀廣傑、葛志強等人的馬匹，向西走上了橋頭，然後他在馬上一回身，向紀廣傑點點手，微笑着叫道：“到這裏來！”

紀廣傑手中摸着他的飛鏢，一見江小鶴的態度竟是這樣從容不迫，卻又不敢將暗器取出來了，遂囑咐葛志強等人說：“你們千萬要仔細些，不可輕舉妄動，也不可叫官人等驀然上手。江小鶴他精通水性，他若由馬上跳到河裏，我們可就無法捉獲了！”囑咐完了，他便撥馬上了橋頭，向江小鶴說：“朋友，勝敗存亡，今天我們便要分個清楚。你先說明，今天我們要怎樣爭戰，是馬戰還是步戰？”

江小鶴卻似乎有點兒莫名其妙，便問道：“是誰約你們到這裏來跟我爭鬥的？”

紀廣傑憤怒地說：“是你約的！不是你昨夜將字條粘在我房內的嗎？”

江小鶴微笑道：“那我並沒有約你。我來到關中是為尋報舊仇，除了姓鮑的、姓龍的之外，我誰也不找。”

紀廣傑手按着劍柄，氣憤地說：“昨夜那張字條是你寫的不是？約我們清晨來此與你比武，是你寫的不是？”

江小鶴傲然點頭道：“不錯，字條是我寫的，話也是我說的，可是我並沒約你們。”

紀廣傑瞪眼問道：“你約的是誰？”

江小鶴把臉色一綳，道：“我約的卻是鮑振飛的孫女鮑阿鸞，與你們這群不值得一鬥的小輩無干！”

他這話尚未說完，只見紀廣傑鏘地將劍抽了出來，怒向江小鶴的前胸便刺。江小鶴稍微將馬一撥便躲開了。紀廣傑的第二劍又急着刺來，江小鶴便抽出劍來，將對方的劍架住。此時葛志強手握着昆侖刀，後面帶着趙志龍、楊志瑾、袁志俊，都奔上了橋頭，齊掄兵刃向江小鶴逼近。

江小鶴正要與這些人廝殺，忽見由西邊又來了一匹馬，也馳上了橋頭。江小鶴一看，正是鮑阿鸞，他便橫劍護身，說：“先別動手，我約的是她！如今她來了，我們先說幾句話，然後再較量！”於是他便將馬靠近了橋欄，一手橫劍，向阿鸞那邊那邊去望。

只見阿鸞出落得真是一位大姑娘了，她並沒改成婦女裝束，只是把兒時的兩條小辮改為一條長長的髮辮，模樣仿佛比幼小時更美麗，可是沒有那麼天真了。她也沒擦脂粉，只穿着一身雪青色的綢褲褂，杏色的繡花鞋。她騎的是紅馬，鞍旁帶着刀，但已不是馬家鐵舖給她打的那口尺寸短、分量輕的鋼刀了，卻是一口昆侖刀。

江小鶴的目光在阿鸞的身上來回地繞，他便不禁苦笑一聲，道：“鮑姑娘！十年未見面，你還認得我嗎？”

阿鸞這時面色慘白，瞪着兩隻眼睛，眼裏浸滿了淚水，卻流不下來。她渾身都像發抖，話也說不出來。這時的雨似乎又大了，淋着她的頭，淋着她的身子。她那雪青色的衣服已被雨淋濕，頭髮上掛着雨珠，直向臉上流，淚水彷彿也隨着雨水流了下來。

這時葛志強等人已將江小鶴包圍，但是他們一見江小鶴、鮑阿鸞這種情形，他們彷彿都怔住了。

紀廣傑卻趁江小鶴不備，猛地一劍刺去，就聽鐺的一聲，立時又被江小鶴用劍擋住了。

紀廣傑反手又要去刺，阿鸞卻將劍一攔，同時抽出刀來，向紀廣傑等人說："你們誰也不許動手，只叫我殺他！我問他！"

江小鶴也說："對！我們江鮑兩家之事，與別人無干！"

紀廣傑卻憤憤地冷笑道："你可曉得，她已是我的妻子，我們已經拜堂成親。你若侮辱了她，我立時叫你劍下喪命！"

江小鶴又一聲苦笑，眼望着阿鸞說："咱們兩人得找個地方說去。十年來的話太多了，須要詳細說。說過之後，我能報仇便報仇，不能報仇，我叫你們殺了也絕不後悔！"

阿鸞便哭着點頭說："我也正要找你細談一番呢！把話都得說明了，走，咱們過橋往東邊去！"

江小鶴也點頭說："好，我們往東邊去。"又向葛志強等人拱手道："請眾位少待，我同鮑姑娘到東面去談幾句話。"

楊志瑾卻說："鮑姑娘不要同他去，他沒懷着好意！"

葛志強也要帶着眾人跟隨了去，以免阿鸞一人吃虧。紀廣傑卻把眾人攔住，說："不要管他們，讓他們去談吧！"一面又向眾人使眼色。

此時阿鸞撥馬向東去走，葛志強等人讓開了路，江小鶴便也跟着鮑阿鸞走。才下了橋，行走不過十數步，便聽耳後一聲風響，他在馬上趕緊伏身，就覺得一隻鋼鏢從他的頭上飛過。紀廣傑站在橋頭揚手，第二隻鏢又打了過來，江小鶴一伸左手二指，就將飛鏢捏住。紀廣傑催馬近前幾步，第三隻鏢又很準確地打來。江小鶴卻用手中得到的鏢一磕，叮的一聲，那枝飛鏢就被磕落在地。

他專心等着飛鏢，並笑向紀廣傑問道："還有嗎？"這時卻見十幾枝鉤竿子都遞了上來，三枝鉤在馬腳上，一枝就鉤在了江小鶴的右臂上，他趕緊用左手將鉤竿奪了過來。鋼鏢又嗖嗖地打來了兩隻，但都被他躲過去了。但這時馬匹卻已被鉤下，葛志強等人都催馬掄刀奔了過來。

江小鶴此時已然萬分危急，但他手腳伶俐，馬雖跌下，他卻沒有摔下，只是拋開鉤竿子時，他的右臂被撕下了兩條肉去。他忍着疼痛，奮勇揮劍，就與葛志強、紀廣傑、趙志龍、金志勇、袁志俠、楊志瑾，及神拿鄧二所率領的一干官人，爭鬥起來。一霎時，這灞水橋東人馬翻騰，一陣大亂。

此時阿鸞的馬在前，已將走入鎮街，她的心中十分悲痛，正思量着應當向江小鶴說怎樣的話，所以沒料到紀廣傑和神拿鄧二正在暗算江小鶴。忽聽身後一陣大亂，就見江小鶴的馬已栽下，並且他已受了傷，右臂上流着鮮血。阿鸞不禁大驚，趕緊撥馬回去。

此時江小鶴奮勇廝殺，袁志俠和楊志瑾已被他刺倒了，他又跑上了橋，紀廣傑便催馬追將過去。一在馬上，一在馬下，兩口劍交戰到四五回合，江小鶴就一劍將紀廣傑掤下馬去。

江小鶴搶了馬匹，過橋跑到西岸，阿鸞趕緊追過去，在馬上慘淒淒地叫道："小鶴！小鶴！"

江小鶴這時的臉色氣得又紅又紫，他認為剛才是阿鸞與紀廣傑等人合謀暗算自己，便憤憤地用劍砍下了一條柳枝，在煙雨中望着阿鸞，發出一種冷笑，說："好，你們真高明，真毒辣！阿鸞，你這賤婦，你忘了當初你曾答應過給我做妻！十年來，我……"說到這裏，他的心中襲上了一陣悲痛，這種痛比臂上的傷還要疼。

此時西邊又有一大隊騎着馬的官人趕來，橋東的葛志強及神拿鄧二等人也都追奔過來，江小鶴就將手中的柳枝向阿鸞打去，隨後便撥馬順着河岸往南跑去了。阿鸞將柳枝躲過，又催馬去追，口中並叫着："小鶴！小鶴！你回來！"

江小鶴卻連頭也不回，憤憤地縱馬而去。阿鸞追下有一里地，就見江小鶴騎着紀廣傑的那匹馬已經走遠。她只得收住了馬，氣喘吁吁的，雙淚就似這越落越緊的雨絲，滴滴流個不止。

少時葛志強和神拿鄧二便帶着官人趕到，那一隊騎馬的捕役也來了。鄧二就上了馬，率領官人去追。阿鸞卻跺腳哭喊着："就別追啦，江小鶴已受了傷！"

葛志強說："這是衙門的公事，咱們可不能攔着。現在紀姑爺他們都受了傷，咱們趕緊把他們抬回城裏治療去吧！"阿鸞這才懶懶地拭着面上的雨水和眼淚，馳着馬又跟着葛志強走到灞橋。

只見那裏的幾個官人已雇好了兩輛車，把受傷的楊志瑾、袁志俠、紀廣傑都抬到了車上。其中以袁志俠的傷最重，紀廣傑的傷最輕。那兩個受傷的人全都躺着呻吟，紀廣傑卻在車上坐不住，他還要下車。雖然他的左胯之處流着血，將衣服都已染紅，但他仍暴跳如雷，還向旁人要馬匹要寶劍，他要再去追江小鶴。

阿鸞一來到，紀廣傑就冷笑着說："家裏的，你看！我紀廣傑替你們昆侖派受了傷了。這血是紅的，是跟咱們倆拜堂時你穿的那條裙子一個顏色。"又拍着胸脯說："別看今天你丈夫受了傷，但你丈夫是英雄！早晚我要照樣給江小鶴一劍，叫他那傷比我這還得重！"

葛志強一面歎息着，一面勸道："算了，算了，紀姑爺你也不要再生氣了，先回到城裏去歇一會兒。現在鄧二爺率領十多名騎着馬的班頭追下去了，他們一定能把江小鶴捉住。江小鶴現在受的傷也很重，他必然也跑不了多遠！"

阿鸞此時仍然不住垂淚，看到紀廣傑負傷，她反倒覺得紀廣傑很是可憐，而且自己又太對不起他。於是她就收了刀，牽着馬走到紀廣傑的車前，含羞垂淚地勸說："你也不必再生氣了！先回到城裏去吧，你為我們的事吃了苦，我的心裏很難過！"

阿鸞這樣一說，紀廣傑反倒覺得心裏十分痛快，周身都很舒服，連那處傷仿佛都不痛了。他便笑了笑，說："這不算什麼，別說是受了點兒傷，就是將來我為你，為老爺子，為昆侖派的眾朋友，被江小鶴殺死那也沒有什麼，那我也不愧是龍門俠的子孫！"

阿鸞便又抹了抹眼淚。葛志強就吩咐說："走吧！"

當下，葛志強、鮑阿鸞、金志勇、陳志俊、趙志龍等人和官人七八名，有的騎馬，有的步行，就同着這兩輛車，一齊回到長安城去了。

這時雨落得仍緊，四下的田林廬舍都已為雨氣所瀰漫，遠望長安城，也仿佛是在煙霧之中。這次雖然也是大敗而歸，但葛志強卻不像上次鬥李鳳傑那樣掃興、慚愧，因為這次江小鶴也受了傷，而且仰賴着官人們，回頭也許能將江小鶴捉住。只是倘若捉不住他，那可就糟了！今天看江小鶴的劍法和他接鏢時敏捷的手法，不但比李鳳傑高得多，就是紀廣傑到他手中也算不得是英雄好漢了。因此他倒非常欽佩自己的師父。過去十年來，師父時時恐懼這件事會來臨，連自己有時都以為他老人家是過慮，如今一看，實在是值得憂心。鮑師父現在雖然是老當益壯，可是他老人家的武藝和江小鶴相比，也是差得太遠。只是鸞姑娘……

葛志強在馬上回想着剛才阿鸞初見江小鶴時的情景，以及江小鶴用柳枝擲她，她還哭泣着、喊叫着，叫他們別追時的神情，他就不由心中有些疑惑，暗想：這是怎麼一回事？江小鶴小的時候，是在師父家裏收養過些日子，莫非他跟阿鸞在那時候就有什麼曖昧之事發生？那可真奇怪了！因為猜想此事，他倒把別的事情全都忘了。

少時進了城，回到利順鏢店，眾人就先把受傷的三人都抬到了屋內。隨後趙志龍等人又忙着給受傷的敷上刀創藥，派夥計去請來專治跌打損傷的醫生。又有許多本城的鏢行和拳師們，以及葛志強所認識的官私兩方面的朋友，全都來慰問和打聽事情。葛志強又勉強打着精神，應酬了一番；好容易才盼得那些人走了，他這才喘了喘氣，就去看袁志俠和楊志瑾，見他們還都不至於有生命危險。最後他去看紀廣傑，就見紀廣傑躺在床上正跟阿鸞說話，阿鸞還是那麼愁眉不展，兩眼還是淚瑩瑩的。

葛志強就問紀廣傑的傷勢現在覺得如何，紀廣傑立刻坐了起來，用右手拍了拍他那傷處，笑着說："這算什麼？江小鶴若此時再來，我照樣與他拚命！"雖然說着這樣的橫話，可是他的面色發青白，汗珠子像黃豆那麼大，從腦門子上直滾下來。

葛志強就說："你就不必再生氣了，據我想，此時那些官人一定已把江小鶴捉住了。就是他還能夠逃跑，有了今天這事，以後他也成了罪人了，早晚是得就捕。你就好好養着吧！傷癒之後，咱們再商量辦法。"

說時，他又向阿鸞使了個眼色，意思是看紀廣傑的傷勢也不算輕，你應該好生服侍他，不可使他太興奮了。此時阿鸞卻顯得越發愁苦悲傷，葛志強也看出今後的事情難辦，不禁十分發愁。出了這屋子，他就回到房中，與趙志龍、陳志俊等人一起用午飯。

正在吃着飯，那神拿鄧二就來了，他氣喘吁吁的，似乎是才由很遠之處來到，才下馬。葛志強連忙問說："把江小鶴捕獲了沒有？"神拿鄧二擺手說："不行，不行，那傢伙真叫兇！我辦案二十多年，擒過草上飛，捉過雲裏豹，還沒見過這樣滑手的賊人。紀爺的那匹馬本來不算多麼快，可是一到了他的手裏就像飛了似的。我們趕下他三十多里，過了幾遍樹林，過了兩道河，後來也不知怎麼回事，就連他的人帶馬全都沒有影兒啦！那傢伙是從外省來的，難道他的地理比我們還要熟？"

葛志強一聽，心中更加憂慮，發了半天怔，然後說："他這一逃走，可真是後患無窮。"

鄧二說："今天晚上他要來那可好極了，我要是再放他走了，衙門這差使我也就不當了。我先回去歇歇，葛六爺你放心，晚上我帶着人來給你防夜。"葛志強又向鄧二囑咐了一陣兒，鄧二就走了。

這裏，幾個人把飯用完，葛志強就特地把他師弟陳志俊請到院裏自己的屋內，二人秘密談話。葛志強就皺着眉說："師弟，你看見鸞姑娘今天在灞橋見着江小鶴時那種情形了沒有？平常咱們提起江小鶴來，姑娘必要變臉，必要咬牙流淚。按理說，今天他們見了面，應當是仇人見面，分外眼紅。可是今天江小鶴只是笑着，她也只向江小鶴哭，並不立刻抽刀拼命，還要同着江小鶴往橋東，背着咱們說什麼話。這都不說，後來鄧二帶着官人去追江小鶴時，姑娘還哭着要攔，並說什麼江小鶴已受傷了，就別追了！這件事我真有些疑惑，莫非是鸞姑娘的脾氣改了？再不然就是她並非真恨江小鶴，她跟江小鶴早先有什麼私情。可是也不像呀？"

陳志俊也怔着想了半天，就說："這些事我可不敢說，今天我看他們的情形也有點兒怪。江小鶴跟阿鸞年幼的時候，倒是常在一塊兒玩。可是，那時小鶴十四歲，阿鸞才十二歲。"

葛志強一聽，更是疑惑，便歎息着說："一個十四，一個十二，確實還年幼，可也不能說是什麼事都不懂了！"

陳志俊搖頭說："我想不至於有什麼事，師父看得嚴。再說，江小鶴在師父家裏並沒住了多少日子，後來他將龍大師哥刺傷，他就跑了。及至後來江小鶴把閬中俠勾到鎮巴去，我親眼見阿鸞咬牙憤恨，天天罵江小鶴無能。阿鸞與江小鶴絕無什麼私情，現在我瞧她跟紀廣傑小夫婦倆倒是很恩愛的！"

葛志強聽了，心中還是不能怎樣釋開。兩人就又商量了今晚應當怎樣嚴加防備，陳志俊便回到外院去了。

下午雨住了，天可還沒晴。這一天葛志強始終是愁眉不展，天越晚，他的雙眉便皺得越緊。漸漸天色黑了，就仿佛有什麼魔王將要降臨似的，大家全都抖擻着精神，心裏卻又都懷着恐懼，只要聽見哪裏有一點兒響聲，就會有好幾個人握着刀去搜尋。

晚飯後，葛志強又命廚房做了幾樣菜，在屋裏擺上，預備下酒，是為防夜的人用的。他急盼着神拿鄧二帶着那些官人快來，可是直等到二更以後，才有個姓張的捕頭帶着十幾個官人來到。說是鄧二爺今天有點兒傷風，不能來了，叫他們來這兒幫着六爺防備防備；並說官廳裏他們還預備着人，只要聽到這裏的鑼聲一響，立時就能趕到。

葛志強就說："來幾位就行了，今天夜間也未必有事。江小鶴受的傷也不輕，再說他也人困馬乏，大概不能再來了。"

那姓張的人說："若只是江小鶴一個人，並沒有什麼難辦，他要是再把先前那個李鳳傑一勾上，那倒是不好辦了。"

葛志強也笑了，說："江湖也大了，會武藝的人又多，李鳳傑與江小鶴他們必不相識。"

陳志俊在旁就說："這兩個人的武藝都很好，可是全都受了傷，也沒算被他們占去了什麼便宜，咱們昆侖派不丟人。"葛志強就連忙用話說開，不讓陳志俊再往下說。

當時就請那姓張的班頭同十幾個官人都進到這屋裏，由陳志俊、金志勇陪着飲酒談話。葛志強並暗中囑咐廚房別多給他們酒喝，至多了叫他們十幾個人喝二斤。因為怕他們都喝醉了，到時倘或出了事，他們連爬起來都不能，一群醉鬼還怎麼能捉得住江小鶴？

此時，已然到了三更時分，西邊屋裏是燈燭輝煌，雖然人多酒少，幾樣菜都吃淨了，可是大家談得倒很熱鬧。有位官人又從懷裏掏出一個寶盒子，大家就壓起單雙來。院中挑着兩隻大燈籠，用三角架子支着。這種燈籠能開能折，俗稱"氣死風燈"，無論有多麼大的風，也不能把燈吹滅。燈籠旁邊有兩條板凳，坐着四個夥計，支着一面大銅鑼。三個夥計都在打瞌睡，只有那個握着鑼槌子的夥計，兩隻眼還在東張西望，並且時時回頭往房上去瞧，仿佛惟恐有人從房上再扔下來一塊石碑，把他的腦袋打碎。

紀廣傑和阿鸞住的屋子就對着櫃房。紀廣傑這時因為心裏提防着江小鶴，總是不能睡着，而且左胯上的那塊劍傷十分疼痛。當着妻子，他又不願呻吟出來，他只咬着牙，忍着痛，來回翻身。阿鸞靠牆坐着，她沒睡，但是一聲不語，心中悲思婉轉，在暗中又哭了好幾回。

這時屋中的燈雖是熄滅了，可是由窗外映進屋裏的燈光還是很明亮。阿鸞看着躺在床上的紀廣傑，覺得這人十分可憐，為自己的祖父，為昆侖派，實在是不容易。又想在遠處的江小鶴，今天未容自己向他把話說明，他就遭了暗算；若不是他的武藝高強，立時就能在灞橋邊喪了命，或已被擒。他右臂上的鉤傷看來似不太重，然而他的心裏該是多麼怨恨我呀？他折了柳枝向我擲打，那不就是他內心的怨恨的表示嗎？又想起今天他在灞橋上勒馬橫劍，苦笑着對自己說的那幾句話：十年來的話太多了，需要詳細說。可見這十年來他是沒忘了我。他絕沒有想到我會嫁給紀廣傑吧？他更不能體諒我嫁紀廣傑是出於一種不得已吧，更不可能知道我跟紀廣傑雖有夫婦之名，但無夫婦之實……

正想到這裏，忽聽窗外有人緊問道："紀姑爺睡了嗎？"

阿鸞的悲思被打斷，聽出是葛志強的語聲，便答道：“他已然睡了，葛師叔有事嗎？”

葛志強說：“沒有什麼事，我是叫他放下心去，好好歇息。現在櫃房裏有十幾位官人防夜，足無可憂，江小鶴他必不敢再來了。”

阿鸞剛答應了一聲，只聽得紀廣傑哈哈大笑，但他才笑了幾聲，胯上的傷痛得他又不住地吸氣，他便說：“我並沒睡，我料定江小鶴他今晚准得還來，我正等着他見面決一死戰呢！”

窗外的葛志強聽了這話，卻不禁從心裏打了一個冷戰。本來他已疲倦極了，想去睡覺，可是一聽這話，他卻不敢去睡了，就勉強笑着說：“你就放下心吧！今夜絕不至有什麼事。”說畢，他退後了幾步，又往房上看了看。

葛志強進到裏院，裏院也有一隻氣死風燈，有趙志龍帶着一個夥計在此看守。妻子房中和兒子兒媳的房中都還有燈光，可見她們現在都很害怕，都睡不着。葛志強又向各處的房上看了看，又仰臉看了看天，就覺得有點水星兒掉在面上，心想：看來還要下雨，其實雨越大越好，好叫江小鶴不能來。他連氣打了兩個哈欠，便向趙志龍說：“我可真倦啦，我要睡會兒去，少時我就起來跟你換班。”

葛志強開門進了他住的東房，見房中雖無燈燭，但被外面的燈光照得很亮。他隨手關上房門，又打了個哈欠，便坐到床頭脫鞋。才脫下了一隻鞋，忽見床底下伸出來一隻手，手中還拿着明晃晃的劍。葛志強嚇得不由啊呀叫了一聲，要開門去跑，但早已被由床下鑽出來的江小鶴按在了床上。

房裏的葛志強一叫，床又一陣亂響，院中的趙志龍趕緊提刀來到窗下，向房裏急問說：“什麼事？”

葛志強本來身體強壯，膂力過人，可是如今竟像一隻老鼠似的，被那雄貓一般的江小鶴按在了床上。劍刃就貼着他的脖項，他嚇得哪敢哼出一聲？江小鶴又在他耳畔輕輕地警告說：“我不殺你，只要你告訴我，鮑振飛和龍家兄弟們藏在哪裏，我便走開！”

葛志強便驚慌地悄聲說：“我告訴你，你先放了我！”

江小鶴微笑道：“好，我放了你。”於是他放下手，挪開了劍。

葛志強就爬了起來，坐在床上，歎了口氣，說：“江兄弟，咱們無冤無仇，你何必來找我？”江小鶴冷笑道：“怎能說是無冤無仇？十年前在秦嶺道中，若不是被我師父所救，我早就叫你給害死了。但是那些小仇現在我並不計較，我找的只是鮑老頭子和龍家兄弟，你快告訴我！”說着，他又用劍拍了葛志強的腦袋一下。

葛志強說：“龍志騰現在仍在紫陽，龍志起是前些日子從我這裏走的，不知他是往哪裏去了。我師父是往他的一位老朋友的家中躲避去了，他的老朋友很多，我也不知道是誰，是在哪裏。聽阿鸞說，他爺爺是獨自走的，究竟往哪裏去，連她也不知道。”江小鶴又冷笑着。

葛志強又說：“可是，紀廣傑帶來了我師父給你的一封信，現在櫃房中。你要看，我就給你取去！”

江小鶴點頭說:“我要看看他的信上到底寫了些什麼話，我跟你去取。”於是他就把房門開了，讓葛志強在前面走，他提劍在後。

這時院中和房上都已站滿了人，有的拿着鈎竿子，並有預備下飛鏢和弩箭。葛志強就嚇得連腿都邁不開了。江小鶴從後面將他揪住，微笑着說:“不要緊，你不要怕，他們不傷我，我也絕不能傷你。”

葛志強趕緊着急地高聲向眾人說:“你們都不要亂上手！江小鶴這次來，他並沒有歹意，我們只是要說幾句話。”又由懷裏掏出一串鑰匙，扔給了趙志龍，說:“師弟，你把櫃房那大箱子開開，把師父給江小鶴的那封信取來，他要看，快着！”

趙志龍答應了一聲，趕緊到前院取信去了。這裏一些官人和鏢店的夥計團團地把江小鶴圍了個風雨不透。只因為葛志強被江小鶴揪着，使他們投鼠忌器，他們才不敢近前，可是把眼睛全都盯在江小鶴的身上。江小鶴卻一手持劍，一手揪住葛志強，昂然地立着，他從容鎮定，一點兒畏色也沒有。

這時阿鸞也提着刀來到了裏院，但是她並沒有近前。她只是靠着屏風門站立着，心裏想:我爺爺給江小鶴的那封信，言辭可寫得極為淒婉，簡直是向江小鶴乞憐了。老人家無論當初有多大錯處，如今既能這樣可憐地請求，江小鶴就應當受些感動，捐棄前嫌，重新和好。那時自己必要將眾人攔住，不許眾人傷他，自己要把他叫到一個別的地方，跟他敘敘十年來的思念之情。於是她就故意躲起來，不叫江小鶴看見她，她卻借着燈光注意地去看江小鶴。

少時，趙志龍就把那封信取來了。他過去要交給江小鶴，江小鶴卻擺手，說:“我不必自己看，你們唸給我聽好了。”於是他仍執着劍，四下觀看着，防備着別人趁機暗算他。趙志龍就展開了信箋，就着燈光朗讀，旁邊的人也都屏息靜氣地聽着。阿鸞更是一字一句地注意地去聽，就聽她的祖父在信中說:

……十年以前之事，我做過了之後，便已後悔。汝父江志升誘匿民妻，實有取死之處，汝能諒解此情，捐棄前仇，我兩家仍可為友。汝仍必要報仇，那也易辦，請你言明；如不傷我門徒絲毫，那時我即出頭，將一條老命交付與你！

聽到這裏，阿鸞不禁雙淚滾下。她瞪着兩隻淚瑩瑩的眼睛，看那十步之外輝煌燭光照着的江小鶴。只見江小鶴起初還現出些悲戚之色，及至把信聽完，他就憤怒了起來，冷笑了一聲，說:“好個鮑振飛，真是老奸巨猾。現在他又用這封乞慰的信誆騙我，希望我一發慈心，便饒恕了他，然後他再指揮你們這些人來暗算我。你們把我的話去告訴他，無論他是多麼可憐，我也不能饒！當初我父親江志升被他逼得在山裏受了幾天凍餓，後來偷偷回到家裏，抓了幾口冷飯，取了幾兩銀子，慌忙着又去逃命。就說他是個壞人吧，那時已可憐極了，並且他又沒有犯死罪；但是鮑振飛還不肯饒恕，他還追到山中將我的父親殺死了。他當初既不肯饒我的父親，如今怎能求我饒他？”

說到這裏，他的雙眼迸出怒火來，仿佛比燈籠還亮。他又掄起寶劍，說：“這都不說，他殺死了我父江志升之後，並不給我家送個信，我江家的寡母孤兒真是可憐！他，那兇狠的老頭子，有一次還把我騙到麥田裏，要用一把尖刀殺我。雖然當時他因怕人看見，沒殺死我，可是倘若我姨夫馬志賢不勸我們搬到城裏頭，他也早就把我殺了。那二三年，我家分散得多麼可憐，我受了多大的苦！後來他叫我在他家裏住着，故意對我露着笑臉，其實他天天叫我放豬喂馬，並縱容他那個二兒子打我、罵我，這些事我怎麼能夠忘記？現在，與你們這一些人都無關，我只要殺死龍家兄弟和鮑振飛，誰也勸不了，鮑振飛他跪在地上給我磕頭也是不行！”

江小鶴才說到這裏，忽見一個人掄刀奔了過來，向他就砍，他急忙用劍將對方的刀架住。江小鶴一看，原來是阿鸞，就說：“今天白天，在灞橋你幫助紀廣傑暗算我，沒有成功，如今你還有臉來見我？我真沒想到，十年來你竟變成了這麼個人，我真不願再理你了！”

阿鸞心中又悲又氣，但卻說不出一句話來；她流着淚，咬着牙，掄刀向江小鶴就砍。江小鶴將葛志強推開，用劍去戰阿鸞，只兩三個回合，他就將阿鸞手中的昆侖刀踢落。此時四下的人已刀棍齊上，阿鸞就空着手一頭撞了過來，想要叫江小鶴殺死她；江小鶴一面揮動着那隻受了鈎傷的右臂，去抵擋眾人，一面便伸出左臂將阿鸞挾了起來。阿鸞在他的臂下不住地掙扎，並且哭喊；但是江小鶴的那隻臂就仿佛是一個鐵箍似的，緊緊地箍着阿鸞的身子，叫她休想能夠掙扎開。

江小鶴揮劍殺退了幾個人，便飛身上了東房，此時東房上有陳志俊帶領着兩個夥計。陳志俊便掄刀過來，怒問道：“江小鶴，你要把鸞姑娘怎樣了？”江小鶴右手舞劍去迎陳志俊，一兩個回合，他就把陳志俊踢下房去。那兩個夥計一着慌，也全都失足摔下房去。

江小鶴就站在房上，一手挾着阿鸞，一手橫劍向下大喊道：“你們誰敢上房來，誰可就不要命了！”又低着頭向阿鸞說：“阿鸞你不要害怕，我是要帶着你去一個地方，有許多話要向你說。”

阿鸞卻哭喊着，掙扎着，並且用牙咬江小鶴的胳臂，說：“我不能跟你去，現在我跟你沒話可說了！你快放下我，要不然就掐死我！”她使勁咬江小鶴的左臂，但江小鶴卻不覺得痛，反而微微笑着，心裏卻真痛得厲害。他想走，但是腳步似乎又邁不開了。

這時紀廣傑也挺劍闖進院來，見江小鶴把他的妻子搶到房上去了，就掄劍大聲喊罵着，要往房上躥去。只是因為他左胯的傷勢太重，所以躥了幾下，也沒有躥上去。葛志強和趙志龍便把他攔住，齊勸說：“你不要發躁，現在已將江小鶴圍住了，他絕不能逃走了。”紀廣傑就大喊道：“難道就任憑他搶了我的妻子？”

此時房上的江小鶴因為心中難過，臂上也漸漸地沒有了力氣。阿鸞就掙扎得脫了身，又要去奪他的寶劍。江小鶴輕輕地將她推開，隨後轉身就走。

阿鸞才一轉身，對面房上的幾枝弩箭，便嗖嗖地連向江小鶴射來。江小鶴趕緊低頭躲開，伏着身走到後廈，便見幾個官人又都從後廈搭了梯子爬上來，拿着鈎竿子來鈎他。江小鶴不願傷了官人，便躲避着，踏着房瓦，飛一般地走去。

此時各處的房上，甚至於牆頭上，都有鏢店的夥計和官人。這些人的手裏都有傢伙，齊都大聲喊着："捉賊！往東房上去了，追！"但是只要江小鶴一逼過去，一搖晃寶劍，他們便像一堆稀泥似的，嚇得誰也不敢上手了。並有的人一着慌，一失足，不用江小鶴去抬腿踹他，便自己摔下房去了。如此就見江小鶴在房上如履平地似的，竟似毫無阻擋地走了。眾人追到院中，又追到大門外，但是江小鶴的身影早已不見了。

神拿鄧二此時也帶着十幾名官人趕來了，又向各處去搜索。葛志強卻十分灰心，不住歎息着，說："算了！算了！無法捉住他了！"但他也攔不住這些虛張聲勢的人。

紀廣傑認為江小鶴剛才辱了他的妻子，所以他極為憤恨，也不管胯上的傷勢如何，就要奮勇去追，與江小鶴拼命。但趙志龍等人怕他再出什麼舛錯，所以就把他手中的劍奪去了，就像打架似的，在院裏相扭着嚷嚷、吵鬧。

阿鸞卻獨自又提着刀躥上房去追趕江小鶴去了。她越過了七八重院落，腳下踏的已都是別家舖戶的房店。她四下張望，只見夜色混沌，陰雲彌漫，雨又漸漸地落下來了。天際並有雷聲隆隆地響着，閃電一閃一閃的，刺着她的眼。她的眼睛這時還不住地流淚，心中急躁痛恨，暗罵道：江小鶴原來是這樣的壞人！我爺爺在信上那樣求他憐憫，他竟一點兒也不肯鬆手，還一定要去殺我爺爺。他對我也是那樣無情無義，竟當着眾人侮辱我！阿鸞這時就像瘋了似的，雖然不知江小鶴已逃往何處，但她還是不舍，還是要追；並決定，只要追着了江小鶴，自己就非得殺死他才成。

如此又踏過幾家舖戶，下面的院落全都是昏黑的，並沒有人察覺到房上有人；只有幾家院中的狗，像見了她似的，不住地汪汪亂吠。一個狗叫，許多的狗都相應着吠了起來，阿鸞就由一處房上跳下。這裏是一條小巷，黑洞洞的，沒有一點兒燈光，也沒有一個人，大概距離利順鏢店已是很遠了。阿鸞在這裏喘了喘氣，流着淚，站了一會兒。剛要邁步走出這條小巷，驀不防身後有一人將她的雙手握住。阿鸞急叫道："你是誰？"扭頭過去，恰巧天上的閃電突地一亮，身後的人就看得很清楚，原來正是江小鶴。

阿鸞立時也不掙扎了，急急地喘着氣，說："你放開，把我放開！"身後的江小鶴卻仍緊緊地握着她的雙手，並沉痛地說："我不能放開你，我要把話都跟你說明了。告訴你，我十年來受苦、奔波、學藝，為的就是報仇，還為的是你。不想你今日竟這麼沒良心！"

阿鸞就急躁地說："你不肯饒恕我的爺爺，我還能有什麼良心？"說着她痛哭起來。江小鶴聽了這話，心中不由一陣發痛，長歎了一聲，把阿鸞的雙手放下，一轉身，嗖的一聲，又躥上房屋走了。

這裏阿鸞也不再去追江小鶴，她就提着刀，哭泣着走出了小巷。巷外原來就是南大街，此時雨下得更大了，雷聲打得也愈急，閃電亮得也愈猛。及至回到利順鏢店，阿鸞的渾身上下已然盡濕，淚水仍在不住地流。這時鏢店已漸漸消停，可是官人們全都沒走。葛志強和趙志龍都正在着急，如今一見阿鸞平安地回來了，他們才放下了心，就連問說："怎麼樣了？姑娘你沒再趕上江小鶴吧？不知他跑往哪裏去了？"阿鸞只是拭淚，並搖了搖頭。

葛志強就歎息着說："現在咱們也不必再跟他作對了。今天咱們防範得這麼嚴緊，人又這麼多，還是叫他隨便來又隨便走了。他的本領太大，咱們沒辦法。好在今天他已說開了，他不能再來這裏攪鬧，也不傷咱們這裏的人。只是，師父和龍家二位師哥那裏則要特別小心，若被他找去了，他可不能像在這裏這樣地講理了。"

陳志俊說："我想明天咱們就派人到紫陽，趕緊叫龍志騰師哥找個地方去躲避；龍志起倒不要緊，他現在也許到外省去了。然後我們再由阿鸞姑娘領着，急去見師父，聽師父的話；他老人家若是願意拼鬥，咱們就都豁出命去，跟他幹。昆侖派的人若是死就全都死，他只想殺師父跟龍家兄弟，那可不行。如若師父不願鬥，咱們就請師父躲避，我們大家保護着到北京。北京城是天子腳下的地方，難道江小鶴他還敢到那裏橫行？"

葛志強沉思了一會兒，擺手說："不能這麼辦！咱們若是去找師父，江小鶴就許在暗中跟隨着，那倒是給他領了路啦。這事還得慢慢地商量。好在師父現在住的那個地方很是嚴密，就是告訴了江小鶴，他也是找不到。"說着，他又歎息着，然後就勸阿鸞回屋去歇息。

阿鸞提刀回到屋中，見紀廣傑的傷勢仿佛是更重了。他躺在床上不住地呻吟，這痛苦的聲音鑽到阿鸞的耳裏，阿鸞心上就像被刀扎似的。起先她對紀廣傑並不關心，然而現在，她卻覺着紀廣傑的傷就是自己的傷，紀廣傑的疼痛就像是自己的疼痛一樣。阿鸞憤憤地把鋼刀放下，點上了燈。這時候她倒是不哭了，她只是恨，咬牙切齒地恨，恨江小鶴今天侮辱了自己，並恨江小鶴說的那些話。心說：他倒說我沒良心，真真可恨！尤其可恨的是他當年欺負自己，以摘取風箏為要脅，騙自己答應做他的媳婦！那幼年的一件事，竟佔據住了自己的心。十年來，自己時常在暗中傷心，在暗中急躁，為的是什麼？還不是為了他！想不到他竟是這麼一個偏狹毒狠的人！她坐着生了半天的氣，又暗自流了許多眼淚。

此時窗外的雷雨之聲更緊，紀廣傑呻吟得也更慘。阿鸞就趕緊走到床旁，安慰他說："你覺得怎麼樣？傷處痛得很厲害嗎？"紀廣傑忍住呻吟，抬頭看了看阿鸞，便搖搖頭，微微地一笑，說："不要緊，我絕死不了，我這條命還要留着跟江小鶴拼呢。阿鸞，由今天的事我明白了，我看出來你是和江小鶴有情，不然你在灞橋不會一瞧見他就流淚，剛才他也不會把你挾上房去。至於你們是何時有情的，你們打算將來怎樣，我也不管。我紀廣傑也是好漢子，家世也比他江小鶴好，我也不稀罕你做我的妻子；等我的傷好了，我獨自去見老爺子，把話對他說明，然後我就走。我自己去鬥江小鶴，與你家無關。那時就是你再幫助江小鶴打我，或是你們昆侖派都把我看成仇人，我也不怕。

手中有寶劍，飛鏢也一半日就能打成，我不怕誰！”說畢，他歎息了一聲，便不再言語了。

阿鸞被紀廣傑說得又是慚愧，又是傷心，便低着頭流下了幾點眼淚。她本想把自己幼年與江小鶴共同培植的那小小的愛苗說出來，並表示自己的懺悔，可是又覺得，那話是無論對誰也不能說出的。她不怕別人笑話，卻怕那件事將來傳到祖父的耳朵裏，祖父一定要氣死。因為祖父最恨男女的私情，何況自己在小孩子時便懂得了私情，所愛慕的又是一個仇人之子。於是她趕緊向紀廣傑爭辯說：“你這真是胡說！我跟江小鶴有什麼情義？他是我家的仇人！他把我爺爺、我的師叔們逼成這樣，我還能跟他有情義？今天在灞橋我哭，那是氣的。剛才他侮辱我，那可有什麼法子？誰叫我們的本事都不如他。”

紀廣傑卻冷笑道：“不如他？直到如今我還不說軟話。我的劍法和夜行術確實不如他，可是相信我的飛鏢還能置他於死命！可惜我多年沒打鏢了，有些手生，等我的傷好了，再練上幾天，再找江小鶴去試。若再叫他把我的飛鏢接住，我就發誓永遠不走江湖！”

阿鸞哭泣着說：“無論如何你也不能說我與江小鶴有情，你若向旁人說了，我可不能依。”

紀廣傑呻吟了幾聲，又忍住傷痛道：“我也不能向外人去說。可是我得問你，為什麼你嫁了我，卻不同我好？今天我若不是負了傷，你還不跟我說話呢！”

阿鸞卻被問得噎住了，她流着淚，咬着嘴唇，想了一會兒，就憤憤地說：“我不但不跟你好，我跟誰也不好。我母親死了，我爹終年在外保鏢，與我都不大怎樣近，跟我好的只有我爺爺。所以我爺爺他叫我怎樣，我就怎樣，我不能違背他，使他傷心。現在我嫁你，也是因為遵從他的話，其實我是不願意，我終生就是願意跟我爺爺在一起！”

紀廣傑又呻吟了幾聲，冷笑道：“只可惜你爺爺的命運不好，遇見了江小鶴這樣一個仇敵；只要他把你爺爺找到，那老頭子便沒命了。你若想再找別人幫助你們昆侖派，恐怕誰也不能像我這樣替你們出死力！”說完了話，他又挪了挪身子，便微微呻吟着，睡去了。

阿鸞聽了紀廣傑這幾句含譏刺意味的話，又不禁生氣，心中反倒不悲傷了，只是發恨，暗想：我們只靠着人家原是不成，活就活，死就死，還是應當自己去出頭。我爺爺既是早先殺了人，結了仇，如今就是被江小鶴殺死，那也沒的可怨。只要強硬，就是英雄！這樣一面受人逼迫，一面遭人譏笑，算個什麼人？還不如死！於是阿鸞就決定明天起身，自己到洛陽山陰谷去見祖父，請他老人家出頭。祖孫二人生則俱生，要死也就一同死。她把主意決定了，遂就關好了屋門，滅了燈，躺在床上去睡，那口昆侖刀仍然放在她的身邊。

窗外的雨聲和紀廣傑的呻吟之聲，攪得她一夜未睡。到了次日，雨還沒有住，可是落得微了些，與昨天灞橋畔的雨差不多。阿鸞本想趁着鏢店裏的人都尚未醒，自己備上馬冒雨離開長安城；可是見紀廣傑這時才得安睡，他的眉頭緊皺着，仿佛在夢中也不勝疼痛。阿鸞的心中又有些不忍，又有些遲疑，暗想：我雖不跟他好，可是畢竟我已與他結為夫婦，他又是為我家的事受了重傷。如今我不和他商量商量就走，不但太無情義，而且見了爺爺，爺爺也一定生氣，或許立時就命自己回來。心中為難了半天，就想不能即時就走。

這時候，鏢店的夥計和葛志強等人就都起來了。紀廣傑也醒了，他呻吟着向阿鸞說："給我些水喝！"阿鸞便叫來夥計，給泡了茶。她倒了一碗，親自把茶碗送到了紀廣傑的口邊。紀廣傑喝了水，身體覺得舒服一點了，就說："鸞姑娘，昨晚我說錯了話，你可別怪我。江小鶴是你家的仇人，十年前，閬中俠在紫陽、鎮巴大鬧，若不是老爺子將他打走，那時昆侖派的名聲早就完了。我想老爺子的武藝高強，或許不在江小鶴之下；他不敢敵江小鶴，是因為他的氣弱，也因為江小鶴的那個師父當年把老爺子嚇得太厲害了。他以為江小鶴的武藝一定和他師父一樣。其實據我看，老爺子他是太過慮了，他老人家若真正奮勇與江小鶴爭起來，再有咱們二人幫助，我想尚不知鹿死誰手！"停了一下，又說："昨天我說你與江小鶴有情，那是我錯想了，絕沒有那事。江小鶴在十年前曾勾請閬中俠到你家門口，傷了你們昆侖派許多人，無論如何你也不能跟他好。是我說錯了，我因為受了傷，頭暈了，你千萬不要再記着那話了！"

阿鸞聽了這話，面上又不禁發紅，心裏又難受又慚愧。她想起十年前，江小鶴勾來閬中俠和一些人到自己的村前大鬧。閬中俠是川北有名的俠客，而且那時他很年輕，若不是祖父的武藝好，連自己都許被他們殺死。那時自己也十分恨江小鶴，可是不知為什麼，還總是忘不了他，覺得他可恨，卻又可愛可憐！阿鸞便極力矯正着自己的心情，對紀廣傑格外溫和，也不打算今天走了。

待了一會兒，本城的一些鏢行人、拳師和與葛志強平日交情深厚的朋友，因為聽說了昨夜這裏發生的事，全都齊來慰問，一時利順鏢店又熱鬧起來。其中一個就是上次曾幫助葛志強抵擋李鳳傑的那個秦得玉。秦得玉是華州老俠李振俠之婿，現在也開着鏢店，在江湖上也頗有名聲。如今他來到，一看紀廣傑、楊志瑾、袁志俠這三個人的傷勢，就趕緊派了人，冒雨騎着快馬趕到華州，去把他秘制的刀傷藥取來。隨後他又跟葛志強秘密談了些話。據他說，李鳳傑現在河南新安縣，大概又要往西來到關中。

葛志強一聽，便又嚇得變色，眉頭又緊皺起來，暗想：江小鶴還不要緊，他只找我師父和龍家兄弟，不至於傷我的性命。但李鳳傑卻不同了，他的對頭是我，他又在關中吃過虧，這次他若來了，還能夠甘休嗎？紀廣傑現在又受了傷未愈，魯志中也沒在這裏，誰能夠敵他？葛志強急得坐都坐不住了，可是還故意掩飾着向秦得玉說不要緊。等到秦得玉走後，葛志強就急得滿屋中亂轉。他想來想去，覺着自己也得把鏢店拋下逃走。不這樣可不行，李鳳傑若二次到來，不但會比上回厲害，而且比江小鶴還得兇。他着急了一天，卻沒有把這話告訴別人。

到了晚間，秦得玉就把刀創藥給送來了，這種刀創藥雖然比不上江湖馳名的太無禪師的“金剛更生散”，可也頗有奇效，與市場上藥舖裏所賣的不同。葛志強命人給三個受傷的人全都敷上，尤其是紀廣傑胯下的創傷，是他親手給上的藥，足足用了兩包，他恨不得紀廣傑的傷勢立刻就好。又過了十餘日，葛志強日夜焦慮，阿鸞也時時急躁，可是紀廣傑的傷勢卻漸漸好了。紀廣傑的傷本來就不太重，並沒有傷了筋骨；由此也可見江小鶴當初下手傷他時，並不毒辣，不過是因為紀廣傑暗算他，他才稍示報復。紀廣傑不等傷好，就自己出了門，到那西大街德福鐵舖把他定打的那二十枝鋼鏢取了回來，並取來了鏢囊。拿回鏢店後，他就整天練習。

這天晚間，葛志強便跟紀廣傑和阿鸞夫婦商議。他並沒說聞聽李鳳傑又要到關中來的話，只是說：“我這利順鏢店經過李鳳傑和江小鶴的幾番攪鬧，我也無顏再開了。這兩個月，我無心再做買賣，也沒有買賣到門上來找我，可見人家買賣人都知道了詳情，都知道昆侖派的威名不似早先了。連老師父都藏匿在別處不明下落，人家如何肯放心把貨物托咱們給保着？”

阿鸞說：“我覺得我爺爺這樣躲避着也不對。他老人家在那裏的情形，我們一點兒也不知道；萬一他病了，我們連去服侍也不能。再說江小鶴他早晚一定能夠找了去，不如我去勸勸我爺爺，叫他老人家出頭！”

葛志強連忙擺手說：“老師父是出不得頭的，偌大的年歲，倘若真為江小鶴所害，我們這些晚輩還能忝顏人世？他老人家現在所住的那個地方極為嚴密，江小鶴絕不能找去了，老師父的身體又硬朗，也絕不至於生病。”

紀廣傑在旁說：“可是我也覺得不如叫老爺子出頭，我們大家幫助他老人家，索性與江小鶴拼一生死，不然事情永沒個了結。葛師叔你不要緊，你是有錢的人，不保鏢也能吃飯；可是昆侖派的鏢店若都關了門，就有許多人要餓死了。”

阿鸞也說：“鏢店不能關門，三四十年來我爺爺的江山不容易。現在也不是真沒有買賣了。利順鏢店這裏的買賣雖然不行了，可是別處的買賣還都很好；你這裏要一關，叫別人的買賣也不能做了。昆侖派的鏢店，就數長安、漢中、紫陽三處的最大。”

葛志強趕緊改變了態度，冷笑着說：“我也不是想把鏢店關門，也不是就灰了心，我就是想要騰出個閑身子來，專力去對付江小鶴和李鳳傑！”

紀廣傑立刻就問：“怎麼，莫非葛師叔你又聽到了什麼消息？你是不是聽說李鳳傑並沒有死，他又要來找我們？他我可不懼！”

葛志強趕緊擺手說：“不是，不是！沒聽說李鳳傑的下落，他死沒死倒不知道，不過他是不能再到關中來了。只是江小鶴，別看這幾天他的聲跡杳然，可是不定他往哪邊去了。說句不吉利的話，此時龍家兩位師兄都許已然喪了性命。我打算一半日就起程到漢中去。”

阿鸞就問：“葛師叔你要到漢中去做什麼？”

葛志強說：“我要到漢中去找你父親。我們在那裏召集昆侖派的徒眾，並邀請各省的英雄，齊力抵擋江小鶴和李鳳傑！”

葛志強的本意不過是想要隻身避走，而且他所怕的也只是李鳳傑一人，如今這話全是他為維持顏面，臨時編出來的。不料紀廣傑一聽，就立刻奮然而起，拍着桌子說：“好，我也正要去見見我的岳父。他是老爺子的長子，老爺子既不出頭，說不定就得他出頭了。我去幫助他，重新再戰江小鶴，再決個生死存亡！”

阿鸞也說：“好！葛師叔你就快些把這裏的事情安頓好，明天咱們就起身。”葛志強又細想了一想，便也決然點頭答應。

當晚葛志強就命人預備行李，把利順鏢店的事情託付給了趙志龍和陳志俊，並囑咐他們鏢店的招牌雖然不必摘下，但暫時不做生意；無論有什麼人來找尋麻煩都要忍耐，一切事都等他回來再說。隨後他又到了裏院去安置家務。這時他的兒子葛少剛的傷勢已然大愈了，只是左膀子成了殘廢，形容變得很瘦削，精神也極為頹唐，無復早先的傲氣了。葛志強把家務都囑託好了，隨後才去歇息。

到了次日，天氣晴和，很熱。一清早，外面就套好了一輛車，備好了五匹馬。五匹馬是由葛志強、鮑阿鸞和三個鏢店的夥計騎着。紀廣傑因為胯傷尚未完全痊癒，所以騎不得馬，但他上了車就心急，就向那趕車的人說：“出了城你可得快走！務要叫車能趕得上馬，可別叫車把馬壓住！”趕車的人只得點頭答應。

阿鸞這時仍然梳着長辮，穿着一身青綢襖褲，騎着她的那匹胭脂色的紅馬，仍是豪爽美麗。可是在附近住的，有前一兩個月見過姑娘的，卻覺得她的臉色不太好，人也比早先瘦得多了。而且早先她是活潑潑的，現在臉上卻籠罩着一層憂鬱之色。

葛志強又向幾家鄰人託付照應，然後他就上了馬，由三個夥計騎馬在前；這五匹馬和一輛車就出了長安的南門，往西轉北，順着驛路前行。因為有一輛騾車，所以這五匹馬全都不能快走，別人倒不覺得怎樣，唯有紀廣傑心裏最急躁，他憤憤地想：想不到我紀廣傑如今竟連馬都不能騎了！太給我的祖先龍門俠丟人了！他遂由身旁拿起劍鞘來，向那趕車的後腰就一杵，說：“把車停住！我不能坐這破騾車，慢還是其次，顛得我真難受！”說着他就下了車，向前面的一個姓孫行七的夥計說：“孫七！你來坐車吧！把馬讓給我騎！”

葛志強勒住韁，向紀廣傑說：“紀姑爺，你的胯傷還沒有大好，如何就能騎馬？還是上車吧！”

紀廣傑搖頭說：“不行！我不能在車上坐，我一定要騎馬！”說着，他就跑過去把那孫七揪下馬來。孫七只得下了馬，並攙扶着，叫紀廣傑上了馬，並由車上取來寶劍替他掛在鞍旁。紀廣傑就十分得意，向阿鸞笑了笑，遂就揮鞭向前走去。

葛志強卻向阿鸞使了個眼色，並悄聲說：“這不行！他那剛好了的傷，哪禁得住馬鞍子摩擦？咱們只好慢慢地走。”於是這後邊的車馬就故意不急不快地走着。

紀廣傑的馬在前走了有一里多地，他回頭一看，後面的車馬離着他太遠了，他只好把馬收住，回首催促着說："快走！快走！要不然叫車回去吧，留着這輛車有什麼用？倒是個累贅！"葛志強和阿鸞卻不理他，隨他在前面怎樣着急，這四人只是跟着車走。

天氣很熱，走到渭水，過了河，便已到正午。在咸陽城內用過了午飯，又歇息了半天，才再往西去。葛志強這次離開長安外出，除了躲避李鳳傑，並沒有旁的目的。他很明白，即使到了漢中，也不能就想出什麼好辦法，或是請來什麼高人來抵擋江小鶴。所以現在一離開了長安，他就放了心，路上他倒是一點兒也不着急。

阿鸞雖然很願意快些見着她的父親鮑志雲，可是鮑志雲的武藝和所認識的人，她也都知道，絕不能抵擋得住江小鶴。一路上，她只是憂思輾轉，情緒纏綿，心想：江小鶴的武藝是太高強了！什麼人才能敵得過他呢？他緊咬住牙關，不忘仇恨，必要殺死我的爺爺他才甘心，這將來可怎麼辦呢？他太可恨了！我們鮑家也太可憐了！因此阿鸞時時淒然飲泣，既咬牙痛恨，又掛着那一絲割不斷、忘不掉的癡情。她雖然也心急，但卻走不快。

只有紀廣傑最焦躁，雖然行走了還不到五十里，可是他胯下的傷處便已經磨出血來，痛得似刀割一般。但他還咬牙忍痛催馬快走，並時時按着他的劍柄，摸着他的鏢囊，顧盼自雄。見後邊那些車馬不肯快走，他真着急，真生氣！假使沒有阿鸞在內，他一定要大罵出口，或許還會拋下他們，自己獨自去走。他的心裏就像懷着一把烈火，這烈火催着他要和江小鶴去拼一拼，雖然明知道是拼不過，可是必須拼！無論使什麼暗器暗算，他也必須置江小鶴於死地，叫阿鸞看着他是個大英雄。那時阿鸞才能傾心愛他。紀廣傑雖然心雄氣盛，卻禁不住體力有限，走到天黑時才到了武功縣。

這時天際已有月色，他還想趁着月色再往下走，可是此時他的胯傷已劇烈地疼痛起來，他忍不住呻吟了一聲，連馬也不能下了。葛志強趕緊命夥計攙扶他下來，在附近找了一家店房，把紀廣傑攙到屋裏，又敷上了刀創藥。紀廣傑雖然痛得連坐都不能，可是他不甘心躺臥，就靠着牆，依然掙扎着精神談笑自若；喊店家給他做飯、熱酒，並低聲笑着跟阿鸞談話。阿鸞此時也覺得紀廣傑真強硬，真勇敢，真可稱得上是一位英雄。所以她心中雖然有很多的痛苦，可是只要紀廣傑問她什麼話，她必要溫和地回答。

這時葛志強是另睡在一間房裏，那三個夥計全都在大房子裏居住。這店裏住的客人很多，各屋中都有人在談話，並且有人南腔北調地唱着小曲。賣包子的小孩子也走進店裏來喊賣，並有查店的官人拿着皮鞭子在院中跟店家吵鬧，聲音十分雜亂。但是過了二更天，這一切聲音就全都停息了，那些亂吵吵的人也像是僵死了，各屋都發着鼾聲。那些鼾聲攪在一起，呼嚕呼嚕的，就像是起了海潮，又像是在颳風。各房中的燈光全都滅了，可是又都怕熱，都大開着屋門，只有葛志強的屋門閉得很嚴緊。紀廣傑和阿鸞住的屋子，屋門是虛掩着，窗裏的燈光還很明亮。

這時紀廣傑手中揮着一柄羽毛扇，向他的妻子述說自己在河南所做的那些得意的事和他祖父龍門俠當年所做的驚人之事。阿鸞本來不耐煩聽，可是她此時也睡不着，只好由着紀廣傑去說，自己的心裏卻在想別的事。雖然他們仍是形隨心離，可是畢竟與初婚時二人不談一句，動不動就掄刀廝殺，卻又不同了。阿鸞此時的芳心雖漸為紀廣傑所感，但她的心裏卻更是難受，她想：莫非就這樣下去了嗎？自己就終身嫁給紀廣傑了嗎？等到祖父的事情辦完，紀廣傑的傷勢也必痊癒了，自己就得與紀廣傑成為名實相符的夫妻了，像別的夫婦一樣。可是自己幼年時的那一件事，又怎麼能忘掉呢？除非有個人去把江小鶴殺死！她心中如此想着，不由得淚水又在眼泡裏滾動。

紀廣傑就笑着說：“你可以躺下先睡，好好地歇息，明天一早起來我們還要趕路呢！”

阿鸞卻搖着頭說：“我不困！”說話時，她嬌態慵然。

紀廣傑又不禁生了愛憐，便挺起身來，直直地坐好；阿鸞卻又挪了挪地方。

這時忽聽窗外有一聲微微的歎息，就像在阿鸞的耳畔似的；阿鸞立時吃了一驚，趕緊起身開門出屋去看。紀廣傑也掙扎着傷勢，持劍出屋去看。只見天際星稀月朗，院中地下橫躺豎臥的有五六個人，都正睡得香甜；又向各處房上去看，就見屋頂上像鋪着一層嚴霜似的，什麼東西都沒有。晚風陣陣吹起，這風似是由渭河那邊吹來的。紀廣傑就站在阿鸞的身後，悄聲問說：“你是聽見聲音了，還是看見人了？”阿鸞卻搖頭不語，轉身進到屋內，臉色變得煞白。

紀廣傑手扶着門框，向外發着冷笑，他故意大聲地說：“月色這樣明朗，院中還有人睡覺，江小鶴又不是個鬼，如何能來到這裏？”

正說着，忽然看見對面房上有個黑東西，他趕緊從囊內掏出一隻鋼鏢，嗖的一聲打去。只聽見由那房上發出一聲怪叫，那黑東西就中了一鏢，滾下房來。紀廣傑就一瘸一拐地走過去，由地下捉着了那隻受傷的黑貓。

這時有兩個睡在院中的人也被驚醒了，他們都坐起來問說：“什麼事兒？”

紀廣傑說：“沒有什麼事兒，鬧貓。”他把那隻受傷的貓拿到屋裏，讓阿鸞看，並笑着說：“剛才驚動你的，大概就是這東西。”阿鸞見是一隻很大的黑貓，那枝鋼鏢就插在牠的肚子上，但牠還沒有死，還在不住地掙命。紀廣傑就將鏢拔了出來，將這隻貓給放了；然後他洗了洗手，閉好了門，便熄燈睡去，並把寶劍仍然放在身畔。阿鸞又愁思了半晌，便也睡去。

到了次日，在店房中用畢早飯，仍然起身西行。葛志強和那三個夥計全都勸紀廣傑坐車，可是紀廣傑仍然堅持着，他必要騎馬；只是他騎在馬上卻不敢快走了，就與阿鸞並轡而行。他是高興極了，可是阿鸞仍然愁眉不展。

走到天晚才來到大散關，到昆侖鏢店裏便卸車歇馬。此時魯志中正在這裏，江小鶴大鬧灞橋，紀廣傑受了傷的那些事，他早就聽人說過了。如今阿鸞一見魯志中，就趕急問說：“現在我爺爺那裏怎麼樣？”

魯志中只說：“還好。”詳細情形他卻不肯說。直等到招待紀廣傑、阿鸞、葛志強三個人用完了晚飯，魯志中被阿鸞逼問得實在不能不說了，他才說："我告訴你們,你們可別着急。老師父到了山陰谷,就住在了賀鐵松的家裏,那裏倒是很僻靜。可是賀鐵松的年歲是太老了，他比師父還大五六歲，今年已過了八十,整天地唸佛,連眼睛都不常睜開。賀鐵松有兩個兒子,都會武藝,早先都做過鏢頭，現在已回山中務農，可是仍然有鏢行的朋友常來訪他們。他還有幾個孫子，也都二十多歲了，都正在學武藝，來往的朋友更是多。所以我師父覺得，他那裏地雖僻靜，但來往的人太雜，不便久住。在五天之前，他老人家就離開了那裏，一個人騎馬攜刀走了，並且不許我跟隨。"

阿鸞一聽,便急得流下淚來,趕緊問說:"我爺爺他一個人往哪裏去了？"

魯志中悄聲說："他老人家是往南去了，據說是往川省去，他說他在川省還有幾位老友。"

阿鸞說："我可向來沒聽說過我爺爺在川省有朋友，他在川省只有一些仇人，閬中俠……那都是他的仇人！"

紀廣傑說:"據我看,老爺子一定是發了強脾氣,他出頭找江小鶴去了！"

魯志中說："不能，他老人家是由洛陽往南去了，我送他老人家直到金牛峽；他老人家生了氣，不許我跟隨，我才回來。昨天下午你們若來，我還沒有回來呢。"

當下四個人全都默默不語,魯志中和葛志強都緊皺雙眉,阿鸞低着頭,一手支頭，一手拭着眼淚。紀廣傑雙手抱在臂上，瞪着眼，咬着牙，半天，他才冷笑一聲，說："江小鶴真有本事，他竟把鮑昆侖逼得這樣可憐，現在落得個江湖流落，無家可歸！"

葛志強趕緊擺手說："小點兒聲說話！"

阿鸞忽然一拍桌子立起身來，跺着腳哭說："我不能夠再忍了，我要找我爺爺去，我們爺倆去跟江小鶴拼命！"她又轉身向着窗外跺腳痛哭，彷彿江小鶴就在窗外似的，並且大罵，說："江小鶴，你這狠心的人！你來啊！你若要我爺爺的命，不如先來要我的命！"

魯志中、葛志強趕緊上前把阿鸞勸住，說："姑娘別着急，老師父現在身體硬朗,往川省去敢保萬無一失。老師父在江湖上熟,就是叫江小鶴去追,他也追不上！"

阿鸞卻哭着說："我爺爺有三十多年沒到川省去了，他連那裏的路徑都不認得。江小鶴他可在那裏認識很多人，閬中俠就是他們一夥的；只要閬中俠看見了我爺爺，他一定就能把我爺爺困住，然後他再派人去給江小鶴送信，叫江小鶴去殺我爺爺！"

葛志強卻搖頭說："不能，閬中俠絕不能做出那樣的事。十年前老師父雖將他打敗，可是因為不願結仇，他老人家的手下頗為留情。所以閬中俠回到川省，就不再走江湖，對人提起來鮑昆侖，他總是從心中表示敬佩！"

紀廣傑在旁卻說："就是閬中俠再出來與老爺子作對那也不要緊，我還正要會會閬中俠呢！讓他也領略領略我的寶劍和鋼鏢。"

大家勸了半天，才勸得阿鸞不再哭泣暴燥，但她卻不坐下，只是倚窗立着。窗上糊着綠紗，可以看到外面的月色，阿鸞就對着那清朗的月色發怔。葛志強卻時時地注意着姑娘，恐怕姑娘又像上次似的，趁着這月色自己走去。

過了二更，各人回屋去就寢。阿鸞跟紀廣傑仍然住的是上次給他們預備的那間新房。這次紀廣傑可是十分高興，他又拿那天新婚之夕阿鸞拒絕他入房之事，向阿鸞說笑着，可是隨他怎樣說笑，阿鸞只是不理。她緊皺雙眉，衣扣也不解，躺在床上睡去。紀廣傑仰臥在床上，對着那還很鮮豔的雙喜字，又發了半天癡想。只可惜他胯下的傷處仍然很痛，阿鸞今天又特別愁煩，所以他也漸漸掃了興，入了睡眠。

到了次日，不過才五更時，阿鸞就拿着刀及簡單的行李，悄悄地出了屋子，到馬棚下去備馬。這時各房裏的人都還沒有起來。魯志中昨夜因防備阿鸞像上回似的一個人出走，所以一夜也沒有合眼，這時才睡。阿鸞悄悄地備好了馬，掛好了鋼刀，綁好了行李，隨後她就先輕輕地將頂大門的石頭挪開，牽馬出門。一出門她就上了馬，急揮皮鞭，離開了這尚在沉睡之中的大散關。

阿鸞催馬踏着山路往南走去。這時山中瀰漫着雲霧，高峰峻嶺都被雲霧掩沒了，近處的樹木也只隱隱地在眼前搖着個黑影，廬舍更看不見，連山鳥這時還都在林裏棲眠，沒有叫也沒有飛。山路上只有阿鸞和她這一匹馬，除了的清脆有節奏的蹄聲之外，再沒有別的聲音。

可是才走進山裏不到二里，就聽身後有人高聲呼叫道："鸞姑娘！阿鸞！"這喊聲在山中振盪着，十分宏亮，並且還有回音，似是有兩個人在一問一答地叫着她。阿鸞趕緊催馬快走，後面的聲音卻還在不住地叫，並且越來越近。阿鸞又跑了三四里地，轉過了五六個山環，就見迎面有一人騎着馬把她擋住。她剛要由鞍旁抽刀，卻見面前的人正是魯志中。

魯志中喘吁吁地對她說："鸞姑娘，你快回去吧！咱們再商量商量，一定有辦法。你一個人可不能往下走，不要說到川省那裏的路徑你全不熟，這秦嶺你就過不去。山裏的岔路太多，再往下走五六里你就迷惑了，轉來轉去，就許轉一個月你也走不出這座山去。並且山裏還有銀鏢胡立和他的幾個兒子，他們全都是歹人！你要是個男的還好些，你一個年輕的媳婦，如何能一人行走？這卻比不得上次你往長安去的時候。"

阿鸞在這許多師叔之中，所敬畏的就是魯志中。當下她就流下淚來，說："我絕不能再回去！我昨夜聽你說我爺爺是獨自一人走了，我就時刻不安；我要找我爺爺去，誰也不能攔住我，誰也不能再叫我回大散關！"

魯志中歎息了一聲，就說："老師父一人走了，連我也不放心，我也想隨他老人家前往；可是他老人家的脾氣太暴，一定不叫我跟隨。果然姑娘若能趕上他老人家，我想他老人家絕不會向你發怒。不過你也須先回到我那裏，等候幾天，等紀廣傑的胯傷十分好了之後，他能夠騎馬趕路了，那時你們夫婦再走。我也許也隨了你們前去。"

阿鸞卻冷笑說："要等他的傷好了，得到幾時？其實現在他也能騎馬，可是叫他日夜的趕路還不行。魯師叔，你若不放心我一人前去，你現在就隨我一起去，怎樣？"

魯志中想了一想，就說："你看，我現在身邊一文錢也沒有，兵刃又沒帶。你在此等我，我回去把錢和刀取來。"

阿鸞卻說："魯師叔你若一回去，紀廣傑一定也要跟來，只要他一來，我們就無法快走了，再想追上我爺爺可就難了。我現在手裏還有二十幾兩，足夠到漢中之用；只要咱們到了漢中，就什麼都不用愁了。至於刀，不帶也沒甚要緊，這山裏的強盜只有銀鏢胡立，可是聽說近幾年來胡立對咱們也很好，昆侖派的鏢車，他從來不劫。"

魯志中又想了一想，就點頭說："好吧！我就送你到漢中，到了漢中之後再說！"於是阿鸞也有些喜歡了，就催着魯志中說："那麼魯師叔你就在前面快走，咱們兩天兩夜就能夠趕到漢中。在漢中歇一會兒，就往川省去才好。"

當時魯志中就撥馬在前，隨走隨勸慰阿鸞，說："鸞姑娘你也別太心急，咱們一定能在川省見得着老師父，而且他老人家也必無舛錯。我想你父親一定知道他老人家在川省還有什麼朋友。他老人家是個謹慎的人，既是到川省去，就絕不能毫無投奔。"又說："我也想見一見江小鶴。不瞞你說，我其實還救過他的性命。當年江小鶴在你家中刺殺了龍志騰之後，他拐了馬就逃走了；那時老師父極為憤怒，命我們去追殺他。其實在南山我已將江小鶴追上了，那時他的武藝還不行，我本可以捉住他，但我想到我與他的父親也是師兄弟，而且他又是個小孩子，所以我不忍心害他，並且給他指了一條往川北去的山路，放他走了。後來龍志起等人追上來了，我又同着他們追到了川北萬源縣。那時江小鶴正在一家酒樓上，因為他在門前拴着的馬被龍志起認了出來，龍志起就提着刀上樓要去殺江小鶴。那時江小鶴真是危在頃刻之間。幸虧是我先上的樓，我便向他使了個眼色，江小鶴便推開樓窗，跳樓逃走。說起來我算是連救過他兩次性命，我想他若見了我的面，絕不能一點兒情理也不講。所以我也很想見他。"

鮑阿鸞一面摧馬跟着魯志中走去，一面聽了魯志中這些話，不禁心中又被感動。回想起來，當年江小鶴不過是個小孩子，而且父死母嫁，實是可憐。自己的爺爺和龍家兄弟待他可也太殘忍了！因此她對江小鶴的憤恨又漸漸消退。

兩匹馬踏着山路走去，雖然走得並不十分快，可是魯志中的地理極熟，他所走的全是平坦的抄近的路。這時雲霧漸斂，太陽照得山頂像金的一般；山鳥吱吱地叫，撲撲地飛；那些叢生在山上的樹木，由雲霧之中掙扎出來，更顯得蒼翠。微涼的晨風吹拂在臉上，並帶來陣陣山花野草的芳香，令人十分舒適。又走了些時，眼看着就要越過秦嶺了，可是在山中仍沒見着一個人。這時太陽已然升起，阿鸞已走得渾身是汗，背後的衣服都濕透了。魯志中不愧是個"老江湖"，他仍然在前面不慌不忙地走着。阿鸞已有些喘息，就說："魯師叔，我覺得口渴，有地方找點兒水喝嗎？"

魯志中回過頭來，悄聲說："轉過這個山環，那裏就有幾家住戶，在那裏我認識一個姓程的，我們可以到他那裏歇一會兒。我還要叫他到大散關送個信兒,不然我們兩人忽然失蹤,他們一定不放心!”接着又嚴肅地囑咐說:“小心些!這地方不遠就有一座山寨,也是銀鏢胡立手下的人。那山上人很多,而且都挺兇狠,不講江湖義氣。”

阿鸞聽了,心中雖不服氣,可是究竟此時自已是有急事在身,所以不願再惹出什麼無謂的麻煩。她就一聲不響地輕輕揮着鞭子,跟隨魯志中向前走去。

走了不到半里路,還沒轉過這個山環,就聽見後面傳來一陣急促的馬蹄聲。魯志中和阿鸞趕緊回頭去看,就見身後有五匹馬趕來。五匹馬上的人全都是年輕力壯,身穿短衣,馬旁都帶着刀。阿鸞曉得來者必是強盜,就伸手要由鞍下抽刀,卻被魯志中攔住。他悄聲說:“不要冒失!那穿綢子衣裳的就是胡立的兒子。”他撥過馬去,迎上前,向那幾個人招着手,帶笑說:“胡老二,我要借這條路走走,請你給一點兒面子,並請你代問老掌櫃的安好!”

那邊是銀鏢胡立的兒子胡保山,外號叫小楊戩,帶着四名嘍囉。他並不大注意魯志中,卻只管瞧着鮑阿鸞。魯志中一招呼他,他就笑着說:“不要緊,咱們有交情,還說得着什麼借路嗎?”又指指阿鸞,笑着問說:“喂!那姑娘是誰?”

魯志中說:“那不是外人,是我師父的孫女,現在已然嫁給紀廣傑了。”

胡保山說:“啊呀!這就是鮑阿鸞?嘿!”他立時兩眼向阿鸞的背影亂繞,簡直有些迷瞪了。

魯志中便說:“我們還有急事,得趕快走,老二,改日再見!”

那小楊戩胡保山卻向他手下的人一使眼色,那四個嘍囉一放馬,撞了過去,然後將馬一橫,就攔住了山路,不放魯志中和阿鸞過去。

阿鸞氣得臉色發紫,手也按在了刀柄上。魯志中也變了色,但仍忍住氣,就向胡保山問說:“老二,你這是什麼意思?咱們都有交情呀!”

胡保山微笑道:“也沒有別的意思,就是我跟阿鸞是初次見面,我想跟她敘敘交情。請她跟你到我的山上,咱們喝幾杯酒兒!”

魯志中說:“老二,你的好意我們敬謝了,現在我們實在有急事,不能多耽擱。改日我們必到山上拜訪你去,那時再叨擾你!”

小楊戩胡保山一聽,卻變了臉,發出一聲冷笑,說:“老魯,你可別不識抬舉!你是昆侖派的人,按理說不但咱們沒有交情,還有仇。因為你平日的人緣還好,我爸爸才吩咐我對你特別講面子,凡是你的鏢車,便不攔擋。現在我瞧着這娘們有點兒喜歡,請她到山上喝兩杯,又不是叫她陪我……”

他搖頭擺腦地才說到這裏,阿鸞卻已抽出鋼刀,撥馬奔了過去,罵道:“住口,你這混蛋!”

胡保山見刀來了,趕緊一縮頭,同時撥馬要向後退;但阿鸞又向前逼了一步,鋼刀直劈下來,只聽那小楊戩胡保山慘叫了一聲,右胳臂被整整地削了下來,便摔下馬去死了。那四個嘍囉便一齊催馬掄刀奔過來,阿鸞就在馬上施展開了昆侖刀法。三五個來往,又被她砍傷了兩個人,其餘的那兩個就催馬向北逃奔。

魯志中剛才因為手中無兵刃，所以閃在了一邊，這時見胡保山死了，便過來驚惶惶地說：“快走！快走吧！”他下馬拾了一口刀，然後又上了馬，就帶着阿鸞，雙騎如飛，轉過了山環，向南奔去。

這時對面又逢着一道峻嶺，後面有十多匹馬追趕下來。魯志中驚慌地回頭去看，就見身後來的是銀鏢胡立的長子胡保江和他們寨中最兇橫的強盜、二寨主余大彪，並率着十五六名嘍囉。那胡保江的馬尚未趕到臨近，就揚起手嗖嗖地打來了兩隻鋼鏢，但都被魯志中和阿鸞躲開。

魯志中這時又氣又急，便向阿鸞說：“拼吧！隨拼隨走！”於是二人橫刀等待，並都小心提防着暗器。

胡保江率領賊眾飛奔前來，並大聲喊罵着：“魯志中、鮑阿鸞，你們今天都休想活了，給我兄弟抵命吧！”

余大彪也瞪着兇狠的眼睛，挺着長槍說：“現在沒有別的話說，你們就趕緊下馬來受死！”魯志中與阿鸞便一齊奮勇揮刀，催馬迎了過去。立時短刃相接，始而在馬上，後來又都跳到馬下，十幾匹馬全都驚得四處狂奔。這裏十幾個人就在這道峻嶺之下，坷坎不平的山道之上，亂戰起來，只聽得刀槍撞擊之聲響成一片。

那邊的賊人雖眾，但禁不住魯志中與阿鸞的刀法精熟。尤其是阿鸞，心中積壓了多日的憂鬱和怨恨，至此時全都發洩了出來。她就像是瘋狂了似的，揮動着昆侖刀亂殺亂砍，一連砍傷了五六個嘍囉。那余大彪在這秦嶺上跟隨銀鏢胡立十餘年，殺害的人命無數，槍法也極高強，但與阿鸞交手不過十餘合，便被阿鸞一刀劈死。戰了不到一刻鐘，胡保江也被魯志中的鋼刀削去了兩個手指，他便忍着疼痛，帶着殘存的嘍囉一齊跑了。阿鸞雖然仍想追殺，可是此時已沒有了力氣，她喘吁吁的，臉色慘白，魯志中便趕緊拉着她快走。

兩人走上了山嶺，正要找尋馬匹急急逃出秦嶺，忽見銀鏢胡立又率領幾名嘍囉趕到。魯志中就驚慌地說：“這就是銀鏢胡立，他的飛鏢百發百中，咱們快走吧！”

阿鸞忽然想起，銀鏢胡立原是她的仇人，十年前曾用鏢傷過她的父親鮑志雲。當下她便瞪着眼，喘了喘氣，不聽魯志中之勸，反而手挺鋼刀，飛也似的跑下山去，迎着叫道：“哪個是銀鏢胡立？有本事的單打單個，過來交手……”

阿鸞的話尚未說完，就見那長着連鬢鬍子的銀鏢胡立在馬上將右臂一揚，往後一掄，又用左手一拍右肘，立時飛鏢打出。阿鸞向右一躲，就覺得左肋一痛，一隻鏢就斜擦過去。阿鸞一皺眉，胡立的第二隻飛鏢又打到，阿鸞又沒有躲開，鏢正插在右肩上，痛得她把刀也扔了，就用手將鏢拔出。這時胡立等一干強盜亂馬就擁上了山坡，魯志中急忙趕了下來，要拼出死命與眾賊廝殺，但那銀鏢胡立卻已令嘍囉將阿鸞捉住綁了起來。胡立手裏拿着一隻鏢，向魯志中比着姿勢，那張黑臉上現出兇狠之色，鬍子都一根根地扎豎起來。他就向魯志中獰笑着說：“好！十年以來，我跟你們昆侖派極力交好，現在昆侖派的孫女倒殺死了我的兒子！限你趕快走，三天之內，去把鮑家父子叫來。叫他們到山上去見我，他這孫女還許能有活命；如過了三天，我可就把這惡婦的頭顱割下，送到漢中去了！”

魯志中趕緊抱拳說：“胡掌櫃，今天這事真是想不到！姑娘的性情烈，做錯了事；可是無論如何，也請你放了她，因為她是紀廣傑的妻子。”

銀鏢胡立又獰笑着說：“你休要拿紀廣傑來嚇我，我不怕他龍門俠的孫子。現在我不殺這惡婦，也就是給他留下點兒情面；你既說出他來，那可好了，連他也要叫來。紀廣傑、鮑昆侖、鮑志雲，他們三人都得來給我叩頭認罪，並交來一千兩銀子，我才能饒這惡婦的活命。寬你們的限，給你們五天的工夫，五天之後若不來，那就不用再來了！”

魯志中還要說話請求，銀鏢胡立卻用鏢比着他要打，並狠狠地威嚇說：“你還不快走！饒了你的命就算便宜了你，你還要找死嗎？”

魯志中曉得胡立的飛鏢厲害，便不敢抵抗他。這時阿鸞已被賊人用繩綁上了，她還不住地大罵、掙扎；但禁不住賊人眾多，魯志中又無力援助，所以魯志中就眼見着阿鸞被賊人綁在一匹馬上捉走了。魯志中就不住頓腳大哭。

那邊胡立隨走着，隨在馬上扭頭揚手，逼着魯志中快走。魯志中只得往上去走，走過了這道山嶺，他就扔下了刀，坐在地下痛哭。他想：我還有什麼臉去見師父、師哥？師父入了川省，五天之內如何能將他尋回？若是把鮑志雲找來吧，鮑志雲跟銀鏢胡立有過仇恨，他就是肯來，恐怕也無濟於事。

他坐了一會兒，又覺得事情緊急，不可耽延時刻，於是他站在岩上四下張望。就見西邊山角下，有一匹黑馬在那裏吃草，正是自己的那匹，倒尚未被賊人牽走。魯志中遂就提着刀下了山嶺，走了過去，將馬牽到手中。他又想：我只好先回去見葛志強，叫他來解救阿鸞姑娘。因為葛志強近二十年來走鏢經過秦嶺，從沒與銀鏢胡立起過糾紛，請他上山去說和也許能行。於是魯志中就收了刀，上了馬，順着來時的道路向北走去。

## 第十四回　援救皆虛深山遺繡舄　恩仇如昨故里聽清歌

走了不遠，魯志中就遇見了一大幫客人，跟隨兩個保鏢的，都是華州李振俠手下的人。魯志中與他們略略有點兒交情，當下見面就談了幾句閑話。他並沒說出阿鸞已被銀鏢胡立擒去之事，只問了問他們與銀鏢胡立相識不相識。兩個鏢頭都答道："誰和他相識？不過每次遇見他們的人，就送他們五兩銀子，作為買路錢。從李振俠老鏢頭親自走秦嶺保鏢時便留下了這個慣例，我們並不是怕胡立，他的武藝並不高強，只是那百發百中的飛鏢，我們犯不上招惹他。"

魯志中一聽，就斷絕了希望，趕緊與這兩個鏢頭分手，又向北急急行走。還沒走出山口，迎面就來了六匹馬，馬上正是葛志強、紀廣傑和利順鏢店及自己鏢店的夥計各二名。相距還很遠，紀廣傑就焦急地高聲問道："魯師叔，你沒看見鸞姑娘嗎？"

魯志中十分羞慚，催馬過來，皺着眉說："事情真是想不到。鮑姑娘殺回了胡立的兒子，又殺死了佘大彪，現在她被……她被胡立用鏢打傷，擒上山去了！"

紀廣傑不容魯志中把話說完，就由鞍旁抽出寶劍來，高聲喝道："走！咱們找銀鏢胡立去！"說時他催馬就走。

葛志強急忙趕上去，勸阻紀廣傑說："現在你可不能冒失，胡立的鏢是百發百中！"

紀廣傑回首冷笑道："我還怕他的鏢？我這裏也有鏢，我跟他倒要比一比，看是誰的鏢打得准！"紀廣傑因妻子被山賊擒去，這種奇恥大辱令他萬難忍受，所以他不聽人勸，不顧傷疼，急急揮鞭策馬，飛似的向南走去，並在馬上大聲喊道："胡立！狗強盜，你滾下山來與紀大爺鬥一鬥！不然紀大爺可要踏破了你們的賊窟！"

葛志強、魯志中就帶着那四個夥計一齊追來，齊聲勸說："現在咱們還得忍耐點兒！因為咱們的人在他山上。如果把他罵急了，阿鸞姑娘的性命可保不住了！"

紀廣傑聽了這話，也似乎微微有所顧忌，勒住馬，喘了喘氣，又憤然說："依着你們將怎麼辦？我紀廣傑來到關中都是吃了你們昆侖派的虧，不但吃了你們男人的虧，還要吃你們女人的虧。阿鸞嫁了我，什麼事都不依着我，今天早上竟背着我逃走，自己往虎口裏送，這不是有意要侮辱我們龍門俠後代的名聲嗎？"

葛志強聽了這話，也不由得憤怒，魯志中倒勸解說："現在鸞姑娘被捉在山上，咱們怎麼可以自己倒打起來？現在我想硬辦一定不行。只有請葛師兄舍個面子，到山上去見見銀鏢胡立，跟他說些好話，或答應給他些錢，說不定他還能放阿鸞下山！"

葛志強歎了口氣，說："現在還怕什麼丟面子？昆侖派的面子到今日早都喪盡了！見了銀鏢胡立，只要他肯放阿鸞下山，叫我給他叩頭都行！"

紀廣傑說："我也隨你上山，見見胡立去！"

葛志強卻說："你要是同我上山，倒不如你現在就把我殺死。到山上見了胡立，你一定忍不住氣，一定要和他打起來，那時我一定要死在山上。因為我不怕胡立的刀槍，也不怕山上的那些嘍囉，我只顧忌他那飛鏢！"

紀廣傑聽了，便微微一笑，把寶劍鐺地扔在地下，把鏢囊也解下來扔了。他拍拍身上，張着兩隻空手給葛志強看，說："你看，現在我手無寸鐵，胯下又有傷，我還能跟銀鏢胡立打起來嗎？只是因為鮑阿鸞無論好壞，總是我的老婆。我的老婆被山賊擄了去，已夠我無顏的了，我若再不親自跟胡立講理，將來我怎能見得起人！"

葛志強尋思了一下，便點頭說："好，連我也不必帶兵刃。"

魯志中卻向葛志強使眼色，那意思是叫他別帶紀廣傑上山去，但葛志強卻沒看出來，便說："志中，你在這兒等着我們吧，我們去一會兒便回來。"說着，他撥馬帶着紀廣傑就走。

魯志中和四個夥計又趕上前去，說："你們還是帶上點兒兵刃才好！"紀廣傑也向葛志強說："我不帶兵刃，是因為你怕我和胡立打起來，但你卻不妨帶上一把刀。"葛志強勒住馬想了想，卻仍然搖頭說："用不着，一帶了刀，那胡立不容我們說話，他就能用鏢打咱們。"當下他的馬在前，紀廣傑的馬在後，便順着山路，迤邐地走去。

轉過了幾個山環，便看見前面有一座高峰，峰上樹木叢生，煙雲飄浮，並且路徑極窄極陡。葛志強就在馬上回首對紀廣傑說："你看，就是這裏。"又悄聲說："這座山名叫墜鷂峰，鷂子都飛不上去，你就可知是多麼險惡了！胡立占了這座山峰，憑着他的銀鏢，二十多年來就沒有一個人敢惹他，連大隊的官兵都剿滅不了他。"

他一面說一面走，走到半山腰裏，那馬就上不去了。紀廣傑的左胯又疼得厲害，葛志強就說："下馬吧，走到這裏就得牽着馬上山；若騎馬上去，倘或馬一失足，那就太危險了！"於是二人便一同下了馬。紀廣傑下馬的時候，他的懷裏卻叮地響了一聲，原來他還暗藏着兩枝鋼鏢，這聲音葛志強倒沒有聽出來。

二人牽着馬向上又走了不遠，就見路旁的石頭縫裏長着兩棵棗樹，葛志強就說："把馬繫在這裏吧，丟不了。"於是二人就一齊繫馬。

正在這時，就聽高處有人大聲喝道："喂！幹什麼的？"

葛志強抬頭一看，就見有五六個嘍囉站在峰上，手裏都拿着刀，瞪着眼睛。葛志強就向上抱着拳，仰臉說："我是西安府利順鏢店的葛志強，現在同着這位紀廣傑，要拜會你們大掌櫃子胡大爺。我們身邊沒有帶着兵刃，來此全無惡意，煩勞大哥們給我們通報一聲！"幾個嘍囉越發瞪着眼向他們來望，隨後又彼此交談了幾句，就派了一個人往寨裏通報去了。

葛志強回頭向紀廣傑說："我們就在這裏等候吧！"

紀廣傑憤憤地暗中罵了一聲，他因為胯疼，就坐在一塊石頭上。葛志強又囑咐說："紀姑爺，見了胡立，無論他說什麼，你可都要忍氣。不要說他的銀鏢，他山上的嘍囉就有一百多人，我們絕不是對手。如果打起來，不但我們兩人都得死，阿鸞姑娘必然也被殺害！"紀廣傑點了點頭，卻一句話也不說。

待了半天，山峰上又來了一夥人，為首的一個頭目兩手都拿着刀。葛志強認得，這是銀鏢胡立手下很得力的人，紅臉猴子邱二。

葛志強就向上走了幾步，說："邱二哥，許久沒見，你這向好呀？"那紅臉猴子卻橫眉豎目地怒視着下面的二人，一句話也不發。

葛志強鼓着勇氣，向上走了幾步，又抱了抱拳，並且賠笑說："邱二哥，勞煩你們，領我們去見見胡掌櫃。今天想不到，我師姪女鮑阿鸞竟傷了胡家兩兄弟，連余大哥也慘遭不幸。我們現在來此，也不是要給阿鸞求情，就是見見胡掌櫃，我們向他請罪。"他又指了指身後的紀廣傑，說："這位是龍門俠的孫少爺紀廣傑，他是阿鸞的女婿。"

那紅臉猴子撇着嘴說："你們還有臉來見我們掌櫃的？魯志中帶着鮑家那丫頭，把我們二少掌櫃的跟余大爺殺死得好慘呀！放走了魯志中就算是便宜他，你們還敢來找死嗎？鮑家那丫頭，你們想要看也看不見了，她陪着我們哥兒幾個睡了一個早覺，剛才讓我們大卸八塊啦！"

紀廣傑一聽這話，氣得就要往上撲，葛志強急忙把他揪住，勸道："紅臉猴子的話靠不住！銀鏢胡立雖是強盜，但也不至於那麼兇狠，阿鸞絕沒死！"紀廣傑氣得臉色煞煞的白，吁吁地喘氣。

葛志強又向紅臉猴子說："邱老二，你講點兒面子，我姓葛的在寶山下往來了二十多年，我們的交情也非一日了。鮑阿鸞殺死了胡少掌櫃，你們弄死她也與我無干，只是無論如何，我要見見胡掌櫃的。"

後面的紀廣傑就咚地擂了他一拳，說："你趁早兒回去，叫我獨自去見胡立！"

葛志強回身皺眉，向紀廣傑說："到這時你還不忍氣，這可怎麼好！阿鸞一定沒死，我敢作保。銀鏢胡立也怕與我們結仇，他尤其怕我師父。十年前他鏢傷了鮑志雲，就急忙派人向我師父去謝罪。這次他肯把魯志中放走，就可見他仍然是怕我們。不過我們也不應逼他，逼急了他，鸞姑娘可就不能活命了！”

紀廣傑依然憤憤地說：“就是他們不殺阿鸞，可是受了他們侮辱也不行！”

葛志強擺手說：“更不會！銀鏢胡立跟我師父是一個脾氣，他最恨好色之徒。他手下的嘍囉幹什麼壞事都行，只是不許搶劫婦女，不然叫他知曉了，一定被殺。”

紀廣傑聽了這話，才略略放心，消了點兒氣。

此時紅臉猴子邱二已派了嘍囉去通知銀鏢胡立，他仍手握雙刀，帶着十幾個人把守住山路，怒目向下望着。又待了一會兒，就見那銀鏢胡立帶着幾個人在山峰上露了面。

葛志強急忙囑咐紀廣傑千萬要忍耐，他向上趕了幾步，就向胡立抱拳說：“胡大哥！我現在同着紀廣傑前來給你謝罪！”紀廣傑臉上卻帶着怒色，一句話也不說，只隨着葛志強向上走去。

那銀鏢胡立綳着黑臉，豎着大鬍子，瞪着兩隻兇狠但又悲慘的眼睛，向紀廣傑來望。等到葛志強上了山峰，來到了他的臨近，他才說：“葛老六，我跟你沒話說，你回去吧，你別攙在裏面，傷了我們十幾年的交情。叫紀廣傑上來，我倒是久仰他的大名，現在得跟他談談！”

紀廣傑隨着銀鏢胡立到了山峰，頭一句話就說：“鮑阿鸞是我的妻子，她殺死了你的兒子那話另說。現在我先問問你，她死了沒有？”

銀鏢胡立卻盯了紀廣傑一眼，說：“她死了當怎樣？沒死又當怎樣？”

紀廣傑冷笑道：“那自然是兩個說法了！”

銀鏢胡立又把臉沉了沉，說：“紀廣傑，你來到我這裏可不准放肆，別以為你是龍門俠的孫子，我就怕了你！鮑阿鸞今天殺死了我的兒子，殺死了我的幫手余大彪，這種欺侮，我從來沒受過。我若不是因她嫁了你，早就把她處置了！”

紀廣傑一聽這話，就笑了，說：“這就好說了！”說着用手一拍胡立的肩膀。胡立嚇得急忙向後退了幾步，固然他以為龍門俠的孫子必會點穴。

紀廣傑一聽胡立因為畏懼自己，沒敢殺死阿鸞，遂就越發趾高氣揚，傲然着說：“既然如此，你我就交個朋友吧！你把我的妻子平平安安送出，讓我帶她回去，將來我必要酬謝你。現在有個江小鶴，他可快要到秦嶺來了。只要他一來，必要把你們的山寨踏平，你的銀鏢也沒有用。那時我必來幫助你，因為只有我才能夠降服他！”

胡立氣得頓腳說：“你休拿江小鶴來嚇我！我更不怕你紀廣傑。現在鮑阿鸞既到了我的手中，我便絕不能再叫她下山；雖不會讓她立刻便死，可也不能叫她隨便活着。我已把話告訴魯志中了，就是五天之內，喚鮑家父子和你姓紀的，都到我這山上來；你們講完了軟話，跪下給那兩口棺材磕了頭，再送上五千兩銀子、十匹馬，那時我把阿鸞的一隻手割下來，才能放她下山。不然，我可什麼事情都做得出來！”

紀廣傑氣得掄起了拳頭要打，葛志強急忙把他攔住。胡立卻後退了幾步，狂笑着說：“紀廣傑你不要發威！你的老婆現在可在我的手裏。我銀鏢胡立做了一輩子好漢，但到現在，可講不得了，我也許就要糟踐糟踐她！”紀廣傑氣得咚咚頓腳，但又被葛志強抱住，他撲不過去。

葛志強一面攔住紀廣傑，一面向胡立央求道：“胡大哥！你也給我們留點兒情面，何必要跟我們昆侖派和龍門紀家結下這麼大的仇恨？”

胡立聽了這話，態度才改變了一些，便說：“非是我願意同你們結仇，十年來我對你們都很客氣，我跟姓紀的更無仇恨。現在是你們找到我的頭上來了，你們來看看！”說着，他便叫葛志強和紀廣傑隨他向上走。

葛志強就回首悄聲對紀廣傑說：“你千萬要忍耐些！”紀廣傑想了一想，便忍下氣，二人便隨着銀鏢胡立向上走。那紅臉猴子帶着一些嘍囉，全都捧着刀怒視着，擁着他們齊向山上去走。

少時便到了山寨。這山寨裏有一片土房，有三十多間，並有在山上掏成的窯洞，也有二三十間，洞裏面也都住着人。見紀廣傑、葛志強來到這裏，嘍囉們便越聚越眾，足足有一百多人，手裏全有兵刃，層層將他們包圍住。葛志強這時嚇得面色都黃了，紀廣傑也有些恐懼，但表面上仍是很高傲。

銀鏢胡立帶着他們二人走到兩口棺材之前，便不禁墮下淚來，激憤地說：“你們來看！我的兒子胡保山，今年二十五歲了，他已有了妻子。余大彪跟隨我已有十幾年，他的一家人也全在我這裏，如今兩人一朝都死於非命。你們也都是走江湖的，也都不是不講理的人，你們想，鮑阿鸞的手段有多麼兇狠？這件事能隨便完了嗎？”

葛志強便歎息道：“這真是想不到！可是我知道，阿鸞必不是存心傷害他們兩人的性命，這一定是誤傷！”

紀廣傑也道：“既然雙方動刀拼起命來，那就說不定誰傷誰。無辜被殺那算是慘死，那算是深仇；但因拼命而死傷的，可是無的可怨。我紀廣傑的左胯受了江小鶴一劍，傷不算輕，但我並不恨江小鶴。將來我們再見了面，我有本事我刺他，我沒本事他再刺我。你銀鏢胡立盤踞秦嶺二十多年，你們也不是沒傷過人，如今別人傷了你們，你們就覺得悲慘了？”

胡立瞪眼說：“你要這樣說，阿鸞被我擒住了，我就可以殺死她，毫不容情！”

紀廣傑就說：“你若殺死她，我也叫你活不了！”

胡立嘿嘿笑着說：“到這時你們還發橫呀？”他一撇嘴，四下的嘍囉就一齊掄刀撲了上來，但胡立又用眼色把那些人止住。

紀廣傑雖然面色變了，可是還高傲地笑着說：“別用人多來嚇我，你要真想動手，就把話說明白了，我們就鬥一鬥！”

胡立把臉沉了半天，就說：“其實殺你也很容易，只是因為你的胯部已然受了傷，我們就是殺了，也不算是英雄。你們下山去吧！五天之內，你們帶着鮑家父子再來見我，我們再商量。”

紀廣傑喘了口氣，態度也和緩了一些，就說：“你叫我們下山把鮑家父子請來，那也容易，但給這兩口棺材叩頭，那自然是辦不到，可是五千兩銀子准能夠奉送你們。不過現在你得叫我看看我的妻子，我得准知道她現在還活着，我才能走！”

銀鏢胡立想了一想，就點頭說：“好，我領你去看看！”於是胡立在前，許多嘍囉便擁着葛志強、紀廣傑到了窯洞前。

這些窯洞都是在山石上掏成的，有的掏得很深，假若不是也安着窗戶，遠看簡直像個耗子洞。有兩間石洞，都安設着很粗的鐵欄杆，仿佛是監獄似的，裏面比別的洞都黑都陰慘。

紀廣傑向裏去看，就見阿鸞奔到鐵柵欄前，瞪着兩眼說：“你們幹什麼來啦？”她雖然還不至於蓬首垢面，可是從右肩膀直到手腕上，滿是淋漓的血跡。

見她的精神還好，紀廣傑就說：“我是帶着傷、冒着險，特同葛師叔前來救你的！”

阿鸞卻急憤地說：“我不用你們救，隨他們殺死我好了，你們去吧！也別叫我爺爺來！”說時她便垂下淚來。

葛志強說：“鸞姑娘，你就暫且在此忍耐幾日。胡大掌櫃也並無害你之心，五天之內我們一定能夠將你救出。”

紀廣傑也說：“用不着五天，今天明天我就能夠將你救出！”胡立在旁卻不住地冷笑。

紀廣傑這時憤怒極了，便回過頭向胡立說：“我要叫你現在就把我妻子放出來，有什麼話我們以後再商量，我准能叫你過得去。你要這樣欺辱我紀廣傑可不行！”

胡立仍然冷笑着，說：“你說的話也太容易了，放了她，我的兒子和朋友就算是白死了嗎？現在我們什麼說的也沒有，就是限你們五天，把鮑家父子找來；要不然，你就不必上山來了，這鮑阿鸞你也別想見她了。”

他走過來，拍拍鐵欄柵，摸摸柵欄上的大鐵鎖，又冷笑着說：“你看，這座獄洞就是囚一頭豹子，牠也跑不了。你若妄想黑夜上山來救她，那你可是自走死運！”

他說這話時，相距紀廣傑不過二十幾步遠。紀廣傑此時已氣得臉色煞白，驀然便從身上掏出鋼鏢來，一拍手向胡立打去。不想胡立也是久歷江湖的大盜，他早已看出紀廣傑藏有暗器，所以時時防範着。如今見紀廣傑的鏢來到，他趕忙閃身，便將鏢躲開了。

此時旁邊的群盜一齊掄刀向前，葛志強立刻被他們砍倒了。紀廣傑卻奪了一口刀，與眾賊廝殺起來。只是賊人太多了，刀槍齊上，喊聲四起，紀廣傑一人實在無法招架，他便砍傷了幾個嘍囉，衝開了重圍，忍着胯傷，向山下跑去。但是山口也被眾盜擋住，紀廣傑只得又往山上爬去；可是他因為胯傷所累，登攀不便，又兼賊人太多，胡立又手持銀鏢等待着他，所以他只向上爬了十幾步，便被胡立從下面打了一鏢，正打中他那左腿根上。他疼得站立不住，便滾下山來。

眾賊一齊掄刀上前，要將紀廣傑砍為肉醬，但胡立打了一聲呼嘯，眾賊便一齊將手停了。胡立命人將紀廣傑也捆綁上，又摸了摸他的身子，只見衣裳裏還有一隻鏢。他便冷笑着說：“小輩！你也敢跟我使起鏢來？你這叫天師眼前刮旋風，聖人門口賣三字經。”

紀廣傑被捆綁着，依然不服氣地說：“小子，你們就是把我殺了又當怎樣？一二百人一起打我，並且用暗器捉了我，你們便算是英雄了嗎？”

胡立笑着說：“現在你還誇什麼口！你龍門俠的孫子，自以為是江湖無敵的英雄，如今也被我捉住了！”紀廣傑氣得瞪着眼，雖然身子被根很粗的繩子捆綁着，左胯上的新傷舊傷全都鮮血淋漓，但他還掙扎着要起來去撲打胡立，卻被幾個賊按住了。

胡立命幾個賊架着紀廣傑，又到了囚禁阿鸞的那個窯洞前，故意叫阿鸞來看。阿鸞一見紀廣傑也受傷被擒，不禁十分傷心，手把着鐵欄，流着淚說：“你跟他們說，叫他們殺死我們吧！我們到陰間做夫妻去，到陰間我一定跟你好了！”

此時紀廣傑的臉色亦十分淒慘，但他仍然勉強笑着，說：“你何必說這話？殺不殺都由他們去好了！我死而無恨，只恨的是我不能為你們昆侖派殺死江小鶴！”阿鸞一聽這話，更是傷心，便低着頭嗚嗚地痛哭起來。

紀廣傑卻向胡立說：“姓胡的，現在我求你一件事，求你當着我妻子的面先殺了我，不然，你便把我們倆囚在一塊兒。”胡立卻微微冷笑，一聲不語，轉身走開了。

胡立回到他住的房子內，歇了一會兒，這時他的心裏痛快多了，覺得捉拿了鮑阿鸞、紀廣傑二人，便足可以為自己的兒子和余大彪報仇了。這時他手下的嘍囉頭目紅臉猴子邱二和銅錘焦四又來到屋裏，向他請示說：“掌櫃的打算怎麼辦？那紀廣傑是鬧得厲害，我們想，不如先把他結果了。”

胡立卻搖了搖頭，說：“他是龍門俠的孫子，他一定還有不少的師兄弟。我們若殺了他，那個仇可就結大了，將來一定會有比他本領還高的人來找尋我們！”

紅臉猴子說：“我聽說紀廣傑的武藝，在江湖上便是頂高的了，連蜀中龍的弟子李鳳傑都被他給驅出了關中。殺了他，便是再有人來，那也一定敵不過掌櫃的銀鏢。”

胡立卻仍是搖頭說：“先將他囚在另一個窯洞裏，跟那女的離遠着點兒，別傷了他。”

紅臉猴子便瞧着焦四，表示出不贊成的樣子。焦四又問：“那葛志強怎樣發落？他可還沒死。”

銀鏢胡立便說：“將他抬來吧！”

當下紅臉猴子邱二便跟着銅錘焦四一同出了屋。又過了些時，焦四就帶着幾個嘍囉，將葛志強攙扶了來。葛志強此時倒未被捆綁，可是肩上和背上全都受了很重的刀傷，疼得他臉色蒼黃，不停呻吟。胡立喚人扶他在一條板凳上坐下，便說：“葛老六，今天的事兒真對不起你，可是我並沒有傷你之心，這都是紀廣傑惹出來的。他大概跟你上山時便沒懷好意，你是上了他的當了。”

葛志強沉吟着道:“這還講什麼?事情弄到了這地步,我也沒法子。你現在既然還肯跟我講交情,那便請你派幾個人將我送到山下。魯志中現在那裏等着我,把我交給他們,我叫他們送我回長安去養傷,這一切的事我就都不管了!”

胡立點頭道:“好好!你既不管,那便沒有你的事了,將來我跟鮑昆侖鬧到什麼地步,都與你葛老六不相干。”遂吩咐幾個嘍囉預備板子,將葛志強抬下山去交給魯志中。

胡立又帶着幾個嘍囉,在山前山后,以及各處窯洞,全都查視過了,並囑咐手下的人從今天起,不許出山去做買賣,必須日夜嚴守着山寨;又吩咐,對於紀廣傑和鮑阿鸞,不要缺他們的飲食,並給他們的傷處上些刀創藥,千萬別叫他們死了。都吩咐完了,胡立便回到自己的住房之中。

待了一會兒,那幾個把葛志強送下山去的嘍囉就都回來了,並向胡立說:“我們將葛志強交給魯志中了。魯志中說是請掌櫃的多容他們幾天限,他們好去找鮑昆侖。”胡立卻微微冷笑,並沒有作聲,只拂手令嘍囉們出去。

這胡立佔據秦嶺二十多年,因為他的銀鏢百發百中,所以不但各路鏢頭不敢惹他,即使強盜們亦都不敢在此與他爭強。附近共有三座山峰,他是在墜鷂峰;西邊的牛舌嶺,是他的二兒子小楊戩胡保山所佔據的地方;另一座是馬脖子嶺,早先是他的大兒子把守,現在他的大兒子被殺傷了,便由一個名叫白毛虎的強盜,帶着幾十個嘍囉替他把守。

在傍晚的時候,白毛虎亦來到了墜鷂峰,他先到胡保山和余大彪的棺材前哭了一番,然後便進到屋裏去見銀鏢胡立和紅臉猴子邱二、銅錘焦四。

白毛虎說:“魯志中今天獨自一人騎馬往南去了。我們要把他攔了,他說他是去找他師父鮑昆侖。因為是掌櫃的叫他找的,我們便沒攔阻他。現在便是要等着鮑昆侖來到,我們再跟他算帳了!”接着,他又說:“我想鮑昆侖也未必敢來。因為江小鶴將要到鎮巴去找他,為江志升復仇,他已然逃走了,現在也不知去向。”

胡立尋思了半天,便問說:“江小鶴那個人怎麼樣?”

白毛虎說:“聽說那人武藝高超,在紀廣傑、李鳳傑、閬中俠之上,不然如何能使鮑昆侖這樣怕他?”

紅臉猴子邱二便說:“我想我們不如與江小鶴結交,設法派人去找他,把他請上山來做二寨主;至於那紀廣傑,我們亦不用聲張,暗暗地結果了他,省好大的事。那鮑阿鸞是個娘兒們,本事究竟有限,亦不必傷她性命。就把她永遠囚在這裏,由我看守,管保她跑不了。鮑昆侖來,拿點銀兩上山看看他孫女倒行,可是若想帶她下山,那可辦不到。因為我們得留下個押賬,不然將來鮑昆侖一定要設計報仇。”

胡立聽了這些話,卻猶豫不決,因為他心裏盤算着兩件事:一件是江小鶴,不知此人究竟能否來到山上入夥,入了夥之後是否能漸漸喧賓奪主,將自己壓下去;第二件事便是鮑昆侖,因為胡立二十年來雖以他的銀鏢制服了昆侖派的徒眾，可是他對於鮑老拳師仍懷着敬畏之心。他曉得鮑老拳師的武藝出眾，而且老當益壯，假若真將他找上山來，他因捨不得他的孫女，當然要向自己服軟。可是若將他孫女放下山去，以後的事情難可逆料。而且，萬一他要不顧孫女的生死，與自己拼起來，那恐怕比紀廣傑還難糾纏。

四個賊首相談了一會兒，沒有結果，又在一起飲酒。酒後，白毛虎、銅錘焦四、紅臉猴子又分頭到各處巡邏了一番，方才回到各自屋裏去睡。紅臉猴子邱二卻睡不着，他腦裏始終在想着一個女人，那便是殺死他們少寨主和余大彪、今天受傷被擒的鮑阿鸞。本來這座山峰上的女人就很少，胡立的妻子已是個半老婆子了；胡保山和余大彪的媳婦都是從山裏人家強佔來的，也全都醜陋不堪。紅臉猴子今年已二十多歲，做強盜也有七八年了，可是他還沒弄到一個老婆，像阿鸞那樣年輕，那樣天仙般的模樣，他簡直有生以來就沒見過。所以他就想：那小娘兒們，本事那麼高強，手段那麼厲害，她便是甘心願意做我的老婆，我亦得斟酌斟酌。可是，趁着她現在正受傷，正因在洞裏，我得占點兒便宜。

於是他便提着一口刀，走出屋去。這時星月茫然，山風甚緊。紅臉猴子才走了幾步，卻又站定了，原來他想起他並沒有開那獄鎖的鑰匙。這鑰匙向來是用過之後，便由胡立自己收起。那個鎖頭又很特別，既大且沉，旁的鑰匙都不能開。紅臉猴子發了會兒怔，便想明天得設法和胡立要過鑰匙來，今天且去和那小娘兒們訴說訴說情意，使她的心上先有了我。於是他就悄悄地走到了那囚禁阿鸞的獄洞之前。那裏蹲着兩個嘍囉，一見有人來了，便齊都站起身來，手挺着鋼刀，齊問說：“是誰？”紅臉猴子便說：“是我！”那兩個嘍囉聽出來是紅臉猴子的語聲，且借着微茫的月光，看出來他的面貌，齊都說：“邱二爺，我們在這兒蹲着啦，並沒睡！”紅臉猴子說：“我知道你們都沒睡，你們滾開吧！我在這兒把守。”兩個嘍囉便急忙提着刀走開了。

這裏，紅臉猴子走到鐵欄前，就見裏面黑洞洞的，也看不出那美貌的小娘兒們是趴在哪裏養傷了。他遂向裏叫道：“阿鸞！阿鸞！”連叫了幾聲，裏面無人答言。他摸了摸鎖頭，依然很堅固地鎖在那裏，便扒着鐵欄向裏說：“鮑阿鸞！你醒醒！告訴你，我是這裏的三寨主，人稱紅臉猴子邱二。我是個好人，你若肯跟我好，我便能救你的命！”

裏面阿鸞憤憤地罵道：“滾開！”

紅面猴子笑出聲來，說：“告訴你，你別疑心！我是好人，我亦很年輕，你要能依從我，今天晚上我便來會你。過幾天，我准能救你……”

才說到這裏，忽覺背後有個人用雙手卡住了他的脖子。他急得兩腿亂蹬，刀亦撒了手，但卻喊不出一點兒聲音。那後面的人又將他的腦袋向那鐵柵欄上猛力一撞，他立刻便昏暈了過去。

本來鮑阿鸞的左肋和右肩上的鏢傷已很疼痛，而紀廣傑和葛志強為救她在這山上被擒，她更加難過。她並不怕死，只是這陰濕的獄洞裏，地下盡是蜈蚣和大螞蟻，實在使她難挨。剛才那賊人紅臉猴子跟她說的那些話，幾乎要將她氣瘋了！她正想要從地下摸着個什麼東西，打出去，將那沒懷好心的賊人打死，突然就聽到兩三聲怪異的聲音。便見那個紅臉猴子像是死了似的，摔倒在地下，並有一個高大的身影出現於欄外。阿鸞吃了一驚，就見那高大的身影又伸手去弄那鐵鎖，喀的一聲巨響，鐵鎖便掉了下來，隨之獄門亦開了。那人走進獄洞來，阿鸞便驚問道："你是什麼人？"

那人立定了，發着沉重的聲音說："你別怕！我是江小鶴！"

阿鸞聽了是又高興又難過，她心頭亂跳，眼淚紛紛，卻說不出一句話來。

只聽江小鶴又說："阿鸞，你快跟我走！"

阿鸞卻哭着厲聲問說："我跟你到哪裏去？不是因為你，我亦落不到此地！"

江小鶴卻微微歎了一聲，說："這些話現在先別說。你先隨我走，我有個地方安置你，然後我還得趕快回來救你丈夫紀廣傑！"

阿鸞哭泣着，勉強走近了幾步，江小鶴便輕舒猿臂，將阿鸞挾起。阿鸞用雙手緊緊地抱着江小鶴那雄健的後背，還是不住地哭泣，江小鶴便囑咐說："不要哭！若叫那些嘍囉聽見，紀廣傑可是不好救了！"

江小鶴背着阿鸞出了這座獄洞，又將那昏暈垂死的紅臉猴子踢了幾腳，踢得滾進了那獄洞裏。他便一手托着背上的阿鸞，一手攀着山石，很敏捷地爬上山去，竟未被賊人們發覺。

此時，阿鸞伏在江小鶴的身上，仍然垂着淚。見江小鶴的身手矯捷絕倫，又不由淒惻地想起小時，他為自己上樹取風箏時的情景。小時候自己便愛慕江小鶴，如今，江小鶴的武藝更可愛慕了。阿鸞隨着江小鶴越過了山峰，有幾處都是腳踏懸崖，從三四丈高的地方往下去跳。阿鸞是提心吊膽，可是江小鶴卻非常利落。

少時，江小鶴便將阿鸞輕輕地放在一塊平滑的大石頭上，又說："阿鸞你別害怕，等我一等，片時我便將紀廣傑救來！"

阿鸞悲哽着答應了一聲，江小鶴便轉身走去，又像一隻豹子似的跳躍飛騰着，往山峰上去了。這時，那山峰上卻起了一片火光，原來是那紅臉猴子邱二已蘇醒過來了，他便在洞裏喊叫，驚起了眾嘍囉，亦驚起了白毛虎、銅錘焦四和銀鏢胡立。胡立一發現阿鸞被人救出，立時命各頭目率領嘍囉們去搜索，並點起了二三十枝火把。火光輝煌，照得山谷裏如同白晝一般。但是江小鶴站在高處，腳蹬着一塊岩石，他們卻照不到。

江小鶴見腳下的山岩上有許多窯洞，有幾個洞裏還有燈光；嘍囉們都像老鼠似的，從那些洞裏紛紛地跑出來，幫助去搜索、去抓人。江小鶴便趁此時一躍而下。迎頭有三個嘍囉趕過來問："你是誰？"江小鶴一句話也不答，揮劍便砍倒了兩個，活捉了一個，逼問着說："你們將紀廣傑困在哪裏了？快帶我去！"那嘍囉便戰戰兢兢地帶着江小鶴往東面的一座窯洞走去。

這時另有幾個嘍囉看見江小鶴捉了他們的人，就嗤嗤地打了一聲呼嘯，那各方的火光和殺聲便齊向這邊逼來。江小鶴逼着那個嘍囉領他來到了關紀廣傑的窯洞前。這個洞很深，點着一盞昏暗的菜油燈，有四個嘍囉正在看守着。見江小鶴闖進來，他們便掄刀提棍向江小鶴打來。江小鶴揮劍砍傷了兩個，其餘的那兩個，連同那個剛才帶他來的嘍囉，便齊都跑了。江小鶴急忙將手腳全被捆綁着的紀廣傑挾起。紀廣傑這時已看出來人是江小鶴，便說：“姓江的，你拿寶劍將我身上的繩兒割開，我自己能走。”

江小鶴卻無暇回答，便一手挾着他，一手舞劍，闖出了洞門。這時胡立等一百多名賊人已一齊追到，全都大聲呼喊，刀槍亂上。江小鶴的寶劍急抖，擋開了許多兵刃，砍倒了許多嘍囉，然後便躥上了山岩。他自己沒受傷，亦沒使紀廣傑受傷。這時下面嗖嗖幾隻飛鏢打來，被江小鶴躲開或用劍擋落。江小鶴見那個打鏢的人站在火把群中，是個有髯鬚的人，心說：這人一定是胡立了。他便將寶劍插在背後，一條臂挾着紀廣傑，一條臂展開，等待着下面的飛鏢。

這時下面的銀鏢胡立十分急躁，因為江小鶴躥上去的山岩，離平地約有三丈高，是一座孤零零的無路可登的怪石。他們在下面仰面乾望着，卻沒有一個人能夠爬上去。胡立連打了幾鏢都沒有打中，便命嘍囉們一個登着一個的肩膀，往上去爬，而他又準備了一隻鏢。他特別地瞄了半天准，向上一鏢打去，這次的鏢倒是沒掉下來，卻被江小鶴伸手接去了。江小鶴微微一笑，便將得來的鏢打還給胡立，當時胡立的頭頂上就中了一鏢，摔倒在地，就再也沒起來。下面的眾賊一陣慌亂，那將要爬上來的嘍囉，亦被江小鶴殺得滾墮下去。

江小鶴挾着紀廣傑躥聳躍跳，仍然像一個豹兒似的，越過了山峰，來到他剛才放置阿鸞之處。他將紀廣傑平放在地上，也不顧得給他割開綁繩，便先去找阿鸞。然而，當他的目光觸到那塊平坦的大石頭上時，卻大吃一驚！只見石頭依然在那裏，可是阿鸞卻沒有了蹤影。借着淡淡的月光四下看去，只有樹枝隨着山風掠動，卻沒有一個人。江小鶴不禁驚喊道：“阿鸞！阿鸞！”山谷裏只傳來陣陣回音，竟無人應聲。

江小鶴真急了，紀廣傑亦躺在地下着急地說：“你先給我割開繩子！”江小鶴過去，用寶劍將紀廣傑的綁繩割開，又大喊着：“阿鸞！阿鸞！阿鸞！”

紀廣傑掙扎着爬了起來，亦喊了兩聲。見沒有人答應，他就向江小鶴問說：“是怎麼回事？阿鸞剛才是在這裏嗎？”

江小鶴急得頓腳，道：“我先將阿鸞救了出來，把她安放在這裏，喚她等着，我又去救你。時間不久，怎麼她便沒有了？”

紀廣傑一聽，更是着急了，又驚慌地喊道：“阿鸞！阿鸞！我來了！”但是無論怎樣呼喚，仍然沒有人答應。

他便向江小鶴說：“莫非又被山賊擒去了嗎？”

江小鶴搖頭說：“不會，不會，這座山峰四下無路可登，刨出我，誰亦不能夠上來。”

紀廣傑說：“莫非是給豹子叼去了？秦嶺上可是什麼野獸亦有。”

江小鶴聽了，便不禁心中一驚，四下尋找了一番，並沒有什麼野獸留下的痕跡，更沒有血跡。

旁邊紀廣傑見江小鶴急得亂轉，便更是焦躁，就說“我們到下面看看去，也許她覺得這裏不妥，一個人落下山去了？”

江小鶴也焦躁地說：“她一個人亦落不下去。這前面是一片亂石，落在地下亦必死，後面是深澗，澗裏有水！”說到這裏，他忽然想，莫非阿鸞自盡了？當時心中越發憂愁煩惱。

那邊紀廣傑又連喚了幾聲阿鸞，依然沒有人答應，他便慢慢移動腳步，走過來向江小鶴說：“你辦事不成。你要不多管這件閒事，銀鏢胡立亦不敢殺我，我亦會自己脫身，阿鸞她亦不會丟！”

江小鶴憤憤地站着，並不說話。

紀廣傑又問道：“誰喚你上山來救我們的？你怎會曉得我們在山上中了胡立的飛鏢？”

江小鶴就說：“本來你們離開長安的時候，我是在暗中隨着你們來的。因為見你們走路太遲緩，我也不耐煩隨着，便先過了秦嶺。到子午鎮我遇見了舊友鉤刀戚永，我托他給我去打聽點兒事，我就在子午鎮上等着他；可是等了兩天，他還沒將事情給我打聽出來。今天傍晚時，魯志中由那裏經過，我們便見了面。昆侖派中的人雖多半與我有仇，可是魯志中對我有過好處。我們見了面，談了些話，我才知道你和阿鸞全中了鏢傷，被擒了，所以我便急忙來救你們。我因只是一人，得先救完一個才能再救一個，不想阿鸞……唉！”說到這裏，他歎息着，又頓了頓腳。

紀廣傑便冷笑着問道：“你既然與我們有仇，為什麼又來救我們？阿鸞是鮑昆侖的孫女，她現在沒有蹤影了，你為什麼又要着急？”

江小鶴慨然道：“你與我並無仇恨。你雖在各處亂寫捉拿江小鶴，可是因為你在正陽放賑之時，我看出來你亦是一位俠義，我便不忍得害你。不然，你雖是龍門俠之孫，但我若打算害你，實在亦易如反掌。”

紀廣傑又冷笑着問道：“你說真話，你的武藝是從什麼人學來的？我聽人說，你的師父是個瘦老頭子，不知他姓甚名誰？”

江小鶴道：“我亦不曉得我師父姓什麼，這些話我亦沒工夫和你講。現在山下有一匹馬，便是上次在灞橋上我騎了去的那匹白馬，你可以騎着走。你到子午鎮牟家店去，魯志中現在那裏。我再在山裏細尋一下阿鸞。”

紀廣傑一聽這話，卻發怒道：“我的老婆憑什麼要你去找？你姓江的到底對我老婆是懷着什麼心？”

江小鶴道：“因為是我救她出來，她才沒有了，當然要由我去尋。這高山峻嶺、森林深澗，憑你紀廣傑，亦一定是無法去尋。”

紀廣傑依然冷笑道：“那是因為我的胯骨和腿上受了傷。等我的傷養好了，我不但要到這山上尋強盜去復仇，還要再和你較量一番呢！”

江小鶴點頭道：“好，以後隨你與我較量，我一定奉陪。現在我們不能在這裏多待，我先背着你下去；你騎上那匹馬快走，然後我將阿鸞尋到，便將她送到子午鎮。你還不要疑我，我江小鶴是光明磊落的男兒。雖然我與阿鸞是自小伴侶，情意頗好，但她的爺爺是我的仇人，我不能為了自己的私情便舍了殺父大仇。再說她已然嫁給了你，我更不能對一個有夫之婦起什麼非分之心。不信你往後看，我江小鶴若做出一點兒寡廉鮮恥之事，那時你可以到江南九華山去尋我師父，我師父或我師兄一定能來殺我！”

江小鶴這一番慷慨激昂的話，倒把紀廣傑講得啞口無言。紀廣傑又喚了幾聲阿鸞，仍舊沒有人答應。他便淒然地長歎一聲，又向山下去望，只見雲霧茫茫，不知有多深。他只得由江小鶴背着，向低處跑去。江小鶴一路攀樹登石，斬荊跳澗，有幾次紀廣傑看着已十分危險，驚得都要喊出來了，可是江小鶴卻毫不膽怯。他跑在這峭壁懸崖之上，簡直與在平地上沒有什麼分別。紀廣傑心中亦不勝欽佩，心想：江小鶴的武藝太高，我是比不上，我真得向他認輸了。

少時便到了一股山路上，紀廣傑被江小鶴放在地上，他已不能再站起來走路。江小鶴便說：“你在這裏等我一會兒，我將馬牽來！”講畢，他便跑去。

紀廣傑就坐在地下，歎着氣，仰面看着那亂山之中那彈丸一般的朦朧可見的月亮。他又焦急地大喊了幾聲阿鸞，依然是沒有人應聲。少時蹄聲，江小鶴騎着那匹白馬來了。他下了馬，將紀廣傑攙了上去，並指點了往南出山去的路徑，然後由背後抽出寶劍，交到紀廣傑的手裏，說：“也許你跑不出山去便能遇着強盜，給你這口寶劍護身！”

紀廣傑此時被江小鶴感動得一點兒傲氣亦沒有了，他歎息了一聲，道：“江兄，從今日起，我紀廣傑佩服你矣！你若不棄，我亦願與你交為朋友。自此以後，我只給你們兩家解合，絕不再助昆侖派與你作對！”

江小鶴亦歎息道：“那些話以後再講。你先快跑，若到天明，強盜一下了山，你可就不易跑出去了！”

紀廣傑又說：“你在此地再尋找阿鸞，若找着了她，千萬要勸她到子午鎮，到了那裏，我有話對她說。如若尋不着她，亦便算了，生死有命，非人力所能為！”

江小鶴便歎息着答應了一聲。紀廣傑將手中的劍插入鞍旁鞘內，便策馬向南走去。江小鶴孤零零地站在這群山之中，聽得馬蹄聲去遠了，他又呆呆地發了半天怔，便邁開了步，四處去尋找。這時月光愈暗，霧氣更濃，四下什麼東西亦看不見。他邊走邊呼喚着，但是那蕭颯的山風又將他的喊聲攪亂。他實在太疲乏了，便歎息着，向道旁的石頭地上一躺。起先，他還眼望着天空中縹緲的雲、朦朧的月，心裏猜疑着阿鸞失蹤之事，後來便在不知不覺之中沉沉睡去。及至他被山鳥的鳴聲喚醒，天色已亮了。煙雲亦漸散，石上和草上都沾滿露水，江小鶴的身上亦濕了。他覺得很冷，便站起身來，伸伸手腳，然後嗖地跳上了岩石，向嶺上跑去。他又來到昨晚安放阿鸞的那個峰頭上，見那塊大青石依然橫臥在那裏，四邊細細查覓，依然沒有一點兒痕跡。

江小鶴心中很是急躁，站在岩前向下去看，只見澗中的水並不太深，彷彿只是雨水積存的。江小鶴便想：莫非昨晚阿鸞跳到澗中自盡了嗎？可是她為什麼要自盡呢？於是江小鶴驀地跳下山去，在澗水裏游了一會兒，然後手攀着那長了許多苔蘚的岩石爬了上來。忽然望見旁邊的一塊岩石上有一件很鮮豔的東西，江小鶴趕緊跳了過去，揀起那東西一看，原來是一隻女人穿的紅繡鞋。他立時大驚，心中又泛起一陣悲痛，淒然想道：阿鸞一定是墮澗死了！若不是她自盡了，就是有什麼野獸逼得她……

他遂又下了水，那水並不深，才不過沒了他的膝蓋，就用腳試着，打算找到阿鸞的屍身，便打撈出來。可是，他把這道山澗全都走遍了，直走出澗口，也沒有找到任何東西。就見澗外是一座山崖，澗水就從崖上曲折地流了下去。這崖上雖也有沒腳面的水，可是生長着許多樹木，有的樹木上並可看出是經斧頭砍過，彷彿有樵夫能到這裏來。

江小鶴趕緊向四下尋找，只見有一股極陡極狹的道路，可以走下去。他就將那隻紅繡鞋揣在懷裏，攀着路旁的岩石樹木向下去走。不多時便下了這股山路，只見眼前展開了一片平谷，由上面流下來的澗水變成了一條小河流，曲折地又向下面流去了。這裏的石崖上也掏了四五個窯洞，但是沒有窗欞。江小鶴走進窯洞內查看，卻見裏面全杳無人居，只有些山兔，看見人來，就全都鑽到牠們的穴裏了。江小鶴看出這裏早先是有人住過，現在看這樣子，是久已不見人跡了。這時他又想：或者阿鸞並沒死？遂又高聲喊道："阿鸞！阿鸞！"連叫了幾聲，依然沒有人答應，他就又不禁長歎。

他在谷中徘徊了一會兒，便再往下走，隨走隨叫着阿鸞。出了空谷，就見是一道山嶺。越過了山嶺，只見東方的陽光已從高峰的隙處射了過來，正照到了他的臉上。這時有兩個獵戶，一個提着鋼叉，一個拿着弩箭，往嶺上走來。離着很遠，江小鶴就打了個招呼。及至來到臨近，江小鶴便拱手問說："二位看見一位姑娘下山了沒有？"

那兩個獵戶聽了都是一怔，就問說："姑娘？有多大年歲？穿着什麼衣裳？"

江小鶴說："有二十多歲了，她已是個少婦，穿着……大概是青衣裳吧？紅鞋只剩了一隻。"

那兩個獵戶見江小鶴一身的水，兩手的青苔，腳上的兩隻草鞋也都是濕的，便以為他是個瘋子，遂都說："我們沒見過。這山裏不常有女人，清早連男人走路的都很少。"

江小鶴又問："這嶺上都有什麼野獸？"

兩獵戶說："什麼都有！兔子、狐狸、狼、老虎、豹子。"說畢，兩人笑了笑，徑往嶺上去了。

江小鶴站住發了一會兒呆，便想：阿鸞一定是死了！可能是昨夜自己走後便來了猛獸，她手中既無兵刃，當然不能將猛獸驅走，便被猛獸銜了去，並遺落了一隻紅繡鞋！一想到阿鸞可能已被猛獸吃了，他的眼前便好像出現了一堆血肉狼藉的幻影，不禁又悲又恨。他恨不得立時搜遍全嶺，將嶺中的野獸全都殺盡，以為阿鸞報仇。

可是忽然又一想：我也太糊塗了！阿鸞是我的仇家之女，而且她已嫁了別人，本來我此番費力救她，就算是多事。我十年學藝，原是為父報仇，如今我離師下山已有半年了，只惹了些無用的糾紛，尋了些無謂的煩惱，卻沒見着真正的仇人鮑昆侖與龍家兄弟，更未探問出生身的母親和同胞弟弟的生死。這樣，豈不辜負了師父授我武藝的一番苦心，違反了我十年來所懷的志願？於是，他勉強抑制着心中的悲痛和憂慮，下了山嶺，尋着山路，往南走去。

走了半天，他便覺得十分饑餓，渾身乏力。又往下走了一會兒，就見道四旁有幾間窯洞，卻是山中的旅店。江小鶴走進去，叫那店家給自己下了些粗黑的麵條吃了，又把阿鸞的年貌說出，向店家打聽，店家也說沒有看見。江小鶴便忍着心痛，放下了飯錢，往外就走。店家卻又追了出來，說："客人你別往南去了，往南不遠就是馬脖子嶺。"江小鶴問說："怎麼？那嶺上還有老虎嗎？"店家說："倒是沒有老虎，可是有比老虎更厲害的東西。"他遂一拉江小鶴。

江小鶴隨他又進了窯洞，那店家就悄聲說："看你這樣子也是常走路的，難道你不知道馬脖子嶺就是墜鷂峰的分寨？剛才白毛虎帶着幾個嘍囉走了過去，回馬脖子嶺去了。他帶着的那幾個人裏，有我認識的，說他們是由墜鷂峰來，山大王銀鏢胡立昨夜被人用飛鏢打死了。"他更悄聲些說："胡立使了一輩子的銀鏢，他的鏢也不知打死過多少人，如今他也死在鏢上，可見他是遭了報應。不過這麼一來，幾個強盜窩可就亂了，那嘍囉們一定得亂打起來。我們店裏住着的幾個客人，現在聽說了這個信兒，都不敢走了。得過幾天，大概官兵聽說胡立死了，就許來剿匪。要遇見大幫的客人，有保鏢的，你們也可以隨着過去。現在你就先在我們這裏歇下吧，有錢沒錢那都不要緊！"

江小鶴微笑着說："掌櫃的！你的好意我真謝謝你。可是我身邊沒錢，沒有什麼可怕強盜劫的，頂多把我的這條命給了強盜，我想他們要我的命也是沒用。"說畢，他拱手走出店去了。

店家還要叫他回來，卻有旁的客人說："由他去吧！叫他找死去吧！白毛虎那些人現在正急着啦！"江小鶴才走出不遠，身後的話全都聽見了，他只微笑着，放開步向南走去。

他本來極力不再去想阿鸞，可是不知為什麼，心頭總時時泛着悲思，腦裏也時時生出疑慮。更彷彿有一種怒氣壓着他，他恨不得立時遇着幾隻猛虎惡豹，把牠們全都殺死；或者找到個賊窩，殺傷他們幾十個，然後奪得一匹好馬，趕到子午鎮。

他大踏步地走着，轉過了幾個山環，就望見了一脈險惡的山嶺，其勢如馬首高揚。江小鶴知道這一定就是那馬脖子嶺了，銀鏢胡立手下的強盜白毛虎就佔據此地。走到嶺前，江小鶴仰首去看，見那嶺上有一堆人，有十幾個。因為嶺很高，從下頭也看不清那些人的面目，但無疑是賊人了。那群賊人似乎也看見了下面的人，但江小鶴一個孤身，又沒騎馬，沒背着行李，他們便以為是山中的窮人，不值一劫，便沒下山來。江小鶴卻迎着他們向上走去。山上的賊人大驚，一齊打起呼嘯，少時嶺上的強盜就聚得更多了。那白毛虎也持着一杆長槍露了面，不容江小鶴來到臨近，他就怒聲問說："你是幹什麼的？快站住！"

江小鶴仍然向上去走，相距有幾十步遠，他就昂然地說：“你是白毛虎嗎？現在我來跟你們借一匹馬，並勸你們趕快散夥，各自去謀營生。不然不但官人就要來剿你們，早晚我也必要把你們全都滅除，不能允許你們這夥人佔據住這條要道，妨礙客商。”

白毛虎立時怒喝說：“你是什麼東西！敢說這大話？”

江小鶴瞪目說：“我是江小鶴，昨夜那銀鏢胡立就是被我打死的！”旁邊的眾嘍囉一聽，立時就要刀槍齊上，白毛虎卻把他手下的人都攔住，驚訝地仔細打量了江小鶴半天，就微微冷笑着說：“久仰得很！原來昨夜打死胡大掌櫃，救走紀廣傑跟鮑阿鸞的人就是你。好！不怪人說你遇着了奇人，學了一身好武藝。今天你找到這裏來，要借馬，好！我就牽出幾匹來，叫你挑，咱們交個朋友！”說着，他就命人到寨裏去牽馬。

江小鶴見他這樣子，自己的怒氣倒消了，遂又說：“我勸你們還是趕快散夥。”

白毛虎笑了笑，說：“這你放心，現在胡大掌櫃死了，我們在此也站不住腳。可是我們自己離開秦嶺倒行，別人要想來打我們走，我們可不能不一拼。江兄，你我雖初次見面，可是你的來歷我都知道。你是江志升的兒子，你爹被鮑昆侖殺了，你學武藝就是為找鮑昆侖替你父親報仇。我們綠林人都很佩服你，連銀鏢胡立活着的時候，他也盼你來，盼你把鮑昆侖那老傢伙剪除了。可是現在我一看，你原來不行，你武藝雖高，可是行為太差。你不去找鮑昆侖報仇，卻來與我們作對。紀廣傑他是鮑昆侖的狗腿子，阿鸞又是給昆侖派丟人現眼的丫頭，你竟捨命去救他們？你這個人連恩怨都不分，還算什麼英雄？”

江小鶴把眼睛一瞪，便逼上前來喝道：“你竟敢罵我？”

白毛虎嚇得倒退了幾步，卻仍冷笑着說：“你欺負我們算什麼？我們與你遠日無冤，近日無仇，就是你把我們全都殺盡，你也不能拿它去向別人誇口。正經尋你的仇人去吧！殺不了你仇人，卻來殺別人，那真叫江湖人恥笑！”他又拱拱手，說：“你想想是不是？江小鶴，你是個好漢子，你細想一想，鮑昆侖殺了你爹，逼得你娘改嫁……”江小鶴最怕聽這句話，立刻心中就一陣悲痛。

此時嘍囉們已牽來了三匹健馬，白毛虎就請他挑，並說：“別客氣！你要是沒有盤纏也請說話，三百五百的我們都可以奉送。因為我們佩服你，你是個好漢子；若是鮑昆侖來可不行，他就是殺了我們，我們也不能把馬匹給他。”

江小鶴並不答話，隨便接過一匹馬來，騎上就往嶺下跑去。白毛虎在嶺上還率領眾嘍囉，齊聲大喊道：“江小鶴，後會有期！”

江小鶴頭也不回，憤憤地催馬跑去，隨跑隨想，覺着白毛虎真是個很狡猾的賊人。他因自知不敵，不敢與我交手，便激我去殺鮑昆侖。他雖然是希望我與鮑昆侖兩敗俱傷，但他說的那些話卻是很對，十年前鮑振飛對我家的行為實在是太殘忍了。我若不是遇見了我那師父，十年前我縱不死於山中，現在也不知落得什麼樣子。我真不應再去想別的事了，只應當先去出了那口氣！

出了山口，他越發放馬快跑，不多時便到了子午鎮。他急匆匆地先下馬進了牟家店，把魯志中叫出屋來，就問說："紀廣傑來到了沒有？"

魯志中說："今天早晨就來到了，阿鸞有了下落沒有？"

江小鶴搖頭說："她還沒有下落，多半是被什麼野獸給傷害了，我遍尋她無着！"

魯志中就皺着眉說："你進屋來歇會兒好不好？紀廣傑正在睡覺，我把他叫醒，你跟他說！"

江小鶴搖頭說："我也不必跟他說了。他若不死心，就叫他再回秦嶺細尋好了，銀鏢胡立已死，他也無可畏懼了。我目前還有緊急的事，我得趕快走！"說着，他就請魯志中到屋中把他的那口寶劍拿出來，他收了劍，回身牽馬就跑。

魯志中追出來說："小鶴你先別忙，我還有兩句話要跟你說！"

江小鶴站住身，就聽魯志中說："大英雄須要寬宏大量。鮑振飛平生做事是太過分，但他年紀已那麼老了，你饒他那一條老命成不成？"

江小鶴聽了這話，不由得黯然無語。半天，他才說："好！因為魯叔父這兩句話，我決定見了鮑振飛手下留點兒情！"說畢，他便向魯志中一抱拳，轉身牽馬就走。

我遇見了舊友鈎刀戚永，我托他給我去打聽點兒事，我就在子午鎮上等着他；可是等了兩天，他還沒將事情給我打聽出來。今天傍晚時，魯志中由

往南不遠就是另一家店房，江小鶴到裏面一問，那鈎刀戚永已然回來了，江小鶴就進去與他見了面，戚永說："我都打聽出來了，鮑老頭子已往川北，有人在劍閣北邊看見了他。只見他往南去了，可不知他到哪裏去。他只是一個人，騎着馬。龍家兄弟還在紫陽，假意說他們都往別處保鏢去了，其實他們都住在紫陽城裏，藏在誰家可也探不明白。"江小鶴一聽，不禁咬了咬牙，江小鶴向戚永拱手道謝，說了聲再會，便回到房裏，取了昨天存放在這裏的行李。然後他便出門上馬，又往南走去。此時他騎的仍是向白毛虎索來的那匹馬，馬是純黑色的，很矯健。他已決定了路程，就是向南去尋鮑振飛。雖然自己已經答應了魯志中，見了鮑振飛不置他於死地，但到了那時，自己是否能忍得住氣，是否能手下留情，還不敢說一定。

江小鶴催着馬急急地走去，走過漢中府也未停留。越走離鎮巴越近了，他的心裏卻越發悲憤交集。這日在下午二時許，他便到了鎮巴縣城。也許是因為他到過江南，又是才從長安、漢中那些大城池來，所以他覺着家鄉比十年之前更為狹小破陋。他不願引人注目，所以還沒進城內，便下了馬。

江小鶴牽馬一走進城內，便覺得兩腳發沉，胸頭就像壓着個極重的東西；他的五臟都仿佛被刀割着，兩眼也十分酸痛。街上往來的人倒還不少，有幾個是早先的熟人，現在他們都老了，仿佛模樣也都變了。江小鶴與他們走了

個對面，他們也都好像不認識他了。小鶴也不便去招呼他們，同時又想自己也許已改變了模樣。

他感慨萬端，極力抑制着眼淚，又走了不遠，就到了馬家鐵舖的門前，他的眼淚就有些忍不住了。他將馬拴在招牌上，向裏去望，只見裏面黑洞洞的，死沉沉的，聽不見一點叮叮的打鐵之聲，店上也沒有一個人。他有些驚訝，便邁着沉重的腳步進到舖內，悲痛地叫着：“姨夫！姨夫！”有個小徒弟正蹲在那被煙熏黑了的牆根打盹，這小徒弟不過十一二歲，跟他早先在這裏做徒弟時的年紀差不多。當時小徒弟就站了起來，問說：“你買什麼？”小鶴說：“我不買什麼，我找這裏的馬掌櫃的。”那小徒弟就站在院裏的門首，叫道：“掌櫃的，有人找你！”

裏院似乎有人答應了一聲，江小鶴就站立着等候。他向四下去看，就見這舖中的存貨也十分寥寥，牆上只掛着兩三隻鍋，鍋上都落着很厚的塵土，地上放着幾個鋤頭、鏟頭，也像多日沒有人光顧了。江小鶴就曉得馬志賢這幾年一定是生活狀況不佳，他的心中就越發難受。待了一會兒，由裏院出來了一個人，又黃又瘦的，褲子上打着許多補丁。辮子盤在頭上，也積了不少泥土。小鶴幾乎認不出這就是他的姨夫了，看了半天才看出來。他雙目流着熱淚，深深打躬，叫了聲：“姨夫！”馬志賢十分驚訝，直着眼睛問說：“你是小鶴嗎？”小鶴悲聲應道：“我是小鶴，姨夫，咱們十年未見了！”馬志賢喜歡得跳躍起來，拉住小鶴那又粗又大的手，說：“啊呀，你回來啦！好孩子，你真有志氣，我真佩服你！來，咱們到裏院談談吧！”說話時，他似乎又很緊張。

到了裏院，馬志賢就把江小鶴讓到屋內。此時他的妻子李氏正在預備着燒晚飯。李氏也比十年前憔悴蒼老得多了，以前她是個少婦，臉上還擦脂粉，現在她卻是又黃又瘦，簡直是個半老婆子了，衣服也襤褸不堪。她見丈夫領進屋來一個高身材的健壯少年，也十分驚訝。馬志賢就笑着說：“你瞧這是誰？你還認識不認識？”小鶴深深地打了一躬，叫了聲：“姨母”。李氏才明白，但驚訝着問道：“是小鶴嗎？”馬志賢笑着說：“不是他還是誰？你看，真是一條好漢子了！想不到表姊夫也會有這樣好的一個兒子！”說到這裏，他不禁滾下眼淚，面上也現出悲戚之色，連向小鶴說：“坐下！坐下！”

小鶴坐在床上的破席頭上，拭拭淚說：“姨夫近來的景況如何？”

馬志賢擺擺手，歎息着說：“別提啦！這幾年鄉下的收成不好，不是旱就是澇。城裏的買賣也都不好做，我這舖子有兩三日沒升爐子做活了。夥計早就雇不起啦，只有一個徒弟給我看門。我白天在家裏，晚上吃完飯就出城，到鞏家莊鞏舉人家護院，這樣才能有碗粗糧食吃，沒至於挨餓。可是我這幾年又常鬧病，藥錢也花了不少，唉！”

馬志賢深深地歎息了一聲，又探着頭，悄聲問說：“到底你認了誰做師父？現在你從哪兒來？沒見着紀廣傑、鮑老頭、阿鸞他們嗎？”江小鶴點頭說：“都見着了！”隨慷慨淋漓地把自己十年以來之事大略說了一番。

馬志賢聽了，不禁眉飛色舞，伸着大拇指，欽佩地說：“現在江湖上頭一名英雄得數你了！自從你在秦嶺跟那位老先生去了之後，鮑老頭子和昆侖派的人全都時時刻刻提着心，恐怕你學成武藝尋他們來復仇。老頭子所以把阿鸞許配給紀廣傑，也是想借着龍門俠孫子的武藝來抵擋你。”

江小鶴歎息了一聲，就說：“這件事我現在倒不着急，我敢信鮑振飛、龍家兄弟和那個賈志鳴，他們必不能脫逃於我的劍下，我慢慢地辦！”

馬志仇救賢皺了皺眉說：“可是，我勸你也不必辦得太厲害了！”

江小鶴並不回答，只是說：“今天我來，一來是看望姨夫，二來我要見見我母親和我那弟弟小鷺。”說到這裏，他滾下淚來。

馬志賢長歎一聲，轉首向妻子問說：“你前幾天看表姊去，看她怎麼樣？”

李氏皺着眉說：“病還是不見好，咳嗽得更厲害了！小鷺也沒有信兒，董大的買賣也不好，福兒、壽兒都黃瘦極啦！”

馬志賢便歎息着說：“小鶴你別難過！你母親改嫁給董大，也是萬不得已。你父親早先留下的幾畝地、一所房子，也都叫族人霸佔去了，轉賣了。她那時就是守着，也無法受這十年的窮，你也必不能在外安心學藝。”江小鶴點點頭，淒然墜淚。

馬志賢又說：“董大那個絨線舖，前五六年就關閉了。他也不能改行，就搖個撥浪鼓兒，串了胡同做貨郎，倒還將就着能吃飯。你那胞弟小鷺，現在也有十二三歲了吧？前年叫一個山西客帶到河東猗氏縣學買賣去了，聽說是糧行。那客人姓屈，別後去年有人給寫了一封信，以後就再沒有信來。你母親到董家之後，又生了三個孩子，死了一個，還留下兩個，是一男一女。大的叫福娃，是個姑娘，今年也八九歲了。你母親初嫁時還好，後來日子越來越難過，董大的脾氣又壞，她就天天悲傷，得了癆病，病了有兩年多了。你見了一定也不認識她了。上半月她還到我這裏來了，她聽我說你現已學成了武藝，將要回到鎮巴來報仇，她就哭了，她說想要看看你！”

江小鶴聽了馬志賢這一番話，不禁淚落如雨，兩袖盡濕。李氏在旁也哭了，說：“你媽真可憐！你別恨你媽這十幾年來不管你，都是那鮑老頭子害了你們！她雖嫁了董大，可是她還時常夢見你爹。有一次她跟我說，你父親的魂還在南山裏，還沒超生，時常在夢裏尋她，求她給點兒冷飯吃！”聽到這裏，江小鶴忍不住號啕大哭起來。

馬志賢也流着淚，趕緊又擺手說：“那靠不住！人死了哪能十二年還不超生呢？夢是心頭想，因為你媽老忘不了你爹逃命時在家裏抓冷飯吃時的情景，她才常常做夢。”

江小鶴收住了哭聲，止住淚，說：“求姨夫把我娘尋來吧！讓我們母子見一面。”

馬志賢就向他妻子說：“你快去！趁着董大沒在家，叫表姊快來！”李氏立時擦了擦沾着糟糠的兩隻手，趕快就去了。

馬志賢由桌下尋出一把砂酒壺來，說：“小鶴，你等等，我到劉家酒舖賒點兒酒來，咱們喝！”江小鶴趕緊由身邊掏出一錠銀子來，說：“我這裏有錢，姨夫拿去買酒吧！”馬志賢就把銀子接過來，提着酒壺去了。

江小鶴就出了屋，到門外將馬牽到後院裏，行李亦不卸下，只由包裹裏拿出了幾張銀票。這還是十年之前，他在閬中賭博贏來的，因為利通錢莊是大字號，在這裏亦能通用。待了一會兒，馬志賢沽酒回來了，並買來了鹹肉、燒餅，放在床頭，說："小鶴，你喝吧！吃吧！"小鶴點點頭，但因急於想見母親，什麼食物亦不能入口。

馬志賢一面喝酒，一面跟江小鶴談話。待了不多時，窗外就有婦人的哭聲，是李氏把江小鶴的母親黃氏找來了。黃氏一見小鶴，就雙手抱住，哭得幾乎斷了氣，一面咳嗽，一面說："孩子，我想不到還能瞧見你呀！我的兒呀！我對不起你呀！你別再認你這媽了，你就給你爹報仇去吧！鮑老頭子那狠心的老東西把你爹殺的真慘，到現在他的孤魂還在山裏，還常常給我來托夢！你快報仇去吧，殺了鮑老頭子，你爹就能托生啦！你弟弟在河東學買賣，他也是真可憐。他知道自己有個有力氣的哥哥，你報完了仇，趕緊到河東看看他去。我……你就別管啦！我也不算是你媽了。我病得也快死了，今天見了你，我就能放心地死了！"說着，她連連咳嗽，大口地吐痰，急速地喘着氣。

江小鶴簡直不忍心去瞧他母親這副淒慘的樣子，他哭了幾聲，就收住眼淚，慨然說："娘！我現在有五十兩銀票，給娘留作養病。娘還不能死，還得等着將來我跟弟弟孝順娘。至於仇，那是一定要報！"他憤憤地咬着牙，把五十兩銀票交給了馬志賢，然後跪在地下，向他母親，向馬志賢和李氏，每人叩了一個頭，站起身來就往外走。

馬志賢追出屋來，說："小鶴，你忙什麼，跟你母親多說幾句話好不好？"

江小鶴卻搖頭說："不，我不久即回來！"他的臉色發白，緊咬着牙，牽馬往外就走。

馬志賢追出來，又叫着說："小鶴，我還有幾句話要告訴你！"

江小鶴卻上了馬，連頭亦不回，就揮鞭走去。一出南門，他就縱馬飛馳，直奔鮑家村。他此時心中毫無悲痛，只是很急躁，心想：鮑老頭子縱沒在家，他那二兒子絕不能遠避。鮑志霖當年欺我太甚，少時見了他的面，一定要揮劍將他殺死！

馬很快，不覺間就走進了鮑家村。十二年來，這故里亦改了模樣，住戶多半牆頹屋倒，顯出因窮困而難於修葺的樣子。他那故居門前有兩個老年人在談閒話，自己全都不認識。來到鮑家門首，見景氣亦略略與早先不同。門前那塊練武的場子，因多日未經收拾，雨水已經沖壞了三合土，顯得坎坷不平的樣子。早先那個通着豬圈的柴扉，現在已然砌死，牆仿佛也壘得高了，雙門是關閉着。

江小鶴至此就憤恨難忍，胸中的烈火要由口裏冒出來，要燒掉這一片房屋！他跳下馬來，唰地將寶劍抽出，急走向前，用拳頭向門捶了幾下。裏面就有男子的聲音問道："是誰？"

江小鶴回答說："是我！"

裏面又問："你是誰？姓什麼？"

江小鶴昂然答說：“我姓江，快開門！”裏面的人卻不言語了，也不來開門。

江小鶴退了兩步，持劍佇立，少時就見裏面有個人躥上了牆頭。這人有三十四五歲，黃臉膛，身穿白布褲褂，手擎一口昆侖刀，向下面問道：“你是幹什麼來的？”

江小鶴說：“我是江小鶴，快叫鮑振飛來見我！”那牆上的人嚇得臉色一變，便說：“鮑家在這兒沒人，老師父離家已兩個多月了。”

江小鶴就問：“你是幹什麼的？”

那人說：“我叫張志才，是鮑昆侖第十八門徒，他叫我在此看家。”

江小鶴見這人還有些膽氣，遂就說：“好，你既是看家的，那麼便與你無干。你把門開開，我要進去看看。”

張志才卻站在牆上，橫刀冷笑道：“江小鶴你別沒王法！你持着寶劍來找人，就是心懷不善，我若把官人喊來，立時就能把你捉到衙門去。現在我告訴你，快走！有我張志才在這裏，你休想進鮑家的院牆！”

江小鶴聽了這話，立時變臉，持劍就地跳上了牆頭。張志才掄起昆侖刀，狠狠地向江小鶴砍去。江小鶴用劍將對方的刀磕開，進步一腳飛去，只聽咕咚一聲，那張志才就被踢得墜到牆外，刀也撒手扔在了地下。

江小鶴跳到了院裏，就聽北房斜對面那間屋裏有婦人尖聲叫喊，便止住步，大聲喝道：“鮑志霖，滾出來，江小太爺來了！”這時就聽身後一聲風響，江小鶴趕緊翻身掄劍，只聽噹啷一聲，寶劍與昆侖刀就交磕在一起。原來是張志才又從外面跳了進來，於是二人就廝殺起來。

張志才是昆侖派後起之秀，近年來不斷地下苦功夫，武藝已超過了葛志強及龍家兄弟。他展開刀法，上劈下削，狠狠地要置江小鶴於死命。

江小鶴卻不願意殺害他，時時想要再把他踢倒，奪過來鋼刀，所以劍法使得頗有分寸，並不惡毒。只見寒光閃閃，右掠右擋，使張志才的刀法不能得手。可是，交戰五六回合之後，江小鶴就有些不耐煩了。他急揮寶劍，聳身向前，第一劍先壓住了對方的刀，第二劍便斜身抽劍向下猛砍，其勢來得很快。張志才無法躲避，立時右大腿上就受了一劍，血水流出，摔倒在地。江小鶴就說：“這可不怪我，是你自己找苦吃！”

張志才咬着牙還要忍傷撲來，與江小鶴拼命。江小鶴又一腳，將張志才踢得滾出很遠，又順勢揀起張志才的刀拋在了房上。

然後他持劍往鮑志霖住的房中走，並大聲怒喝道：“鮑志霖滾出來！”

那屋中的女人又像被殺似的驚叫起來。江小鶴便站住腳，喘了口氣，向屋中說：“屋中的女人別怕，我不傷你，叫鮑志霖出來就是。鮑志霖，你早先把我江小鶴欺侮成什麼樣子？現在你也有今日，快滾出來！”

裏面的女人哭泣着說：“小鶴！你饒了他吧！”

江小鶴說：“哪能饒？我小時候，他簡直拿我不當人。我不如豬，不如狗，今天我一定要殺他！”說時，咚的一腳，踢開了門，闖進屋裏。

那女人嚇得跑上床去，張着兩隻臂，尖銳地喊叫。床下卻露出一隻腳，穿着緞子鞋，江小鶴一把就把鮑志霖由床下揪了出來。鮑志霖嚇得渾身亂顫，哎呀哎呀亂叫，說：“小鶴爺爺！你饒了我吧！早先我混蛋，我該殺！我再也不敢啦！哎呀哎呀，饒命饒命！”

這時江小鶴的寶劍已狠狠舉起，但他忽然看到，鮑志霖雖然穿的衣裳比早先還講究，可是背部隆起，趴在地下就像個駱駝。對着這樣殘廢無能的人，江小鶴倒不忍得下毒手了，遂就用力踹了他一腳，說：“殺了你！我真怕污了我的劍！”

鮑志霖被踹得摸着屁股不住地叫喚，他的妻子呂氏就跪在床上向江小鶴磕頭，江小鶴便擺手說：“你別怕，我也不願對人太狠。十年前的事你也知道，他們鮑家父子對我太惡了！”

這時院中的張志才雖然受了傷，走不動了，但他還向屋中不住大罵，罵得江小鶴火起，又要出屋。他才來到屋前，就見由牆上又跳進一個人來，原來是馬志賢。

馬志賢滿頭是汗，氣喘吁吁地說：“小鶴你不可太為已甚！殺死你父親的只是鮑振飛，與他全家無干，你不可殺的人太多了！”

江小鶴仍然氣得直喘，說：“當然，我絕不能妄殺無辜。這張志才若不攔擋，以他的刀向我下毒手，我也不願傷他！”

馬志賢就勸張志才別罵了。

馬志賢進到屋內，鮑志霖趴在地下又給他叩頭，央求說：“馬師哥，你給我求求情，求你外甥別殺我。以前是我的錯，我該死，以後我再也不敢了！”

江小鶴提劍冷笑着，說：“我若殺死你這樣的人，豈不羞恥！但你要據實告訴我，當年我父親到底是被哪個下手殺死的？”

鮑志霖說:“那我可說不清。有人說是龍志起，可是龍志起後來又對人說，殺江志升是鮑老師父親自下的手，與他無干。”

旁邊馬志賢道：“我想老師父後來很慈善，他絕不會親自下手殺人！”

江小鶴咬着牙說：“無論如何，我也不能叫他們兩人活命！”說畢又踹了鮑志霖一腳，就憤憤地向外去走。

此時那負傷的張志才坐在院中，猶自向江小鶴冷笑，說：“姓江的，做事也不可太狠。你若殺了我師父，將來也有人替他老人家報仇！”

馬志賢也追出屋來，急急地說：“小鶴你別走，我還有幾句話。你見了我師父，只問問他可以，千萬別……”

江小鶴卻擺手說:“姨夫你別管，不干你事！”說着，他就越過了牆頭，到外面收劍上馬就走。

江小鶴走出了鮑家村便向南飛馳，才行了不遠，忽然聽到一陣歌聲，十分嬌細婉轉。江小鶴收住馬，扭頭四下去看，原來在身後那稻田的小徑上，有幾個女孩子正唱着本地流行的山歌。江小鶴不由呆住了，他在馬上扭過身來，就見一共是五個女孩，衣服都穿得很襤褸，每個人都在臂上掛着一隻小竹籃。在江小鶴看來，就像是這裏也有阿鸞似的，他直直地看着。那五個女孩子已從小徑走上了板橋，她們彼此拉着手笑着、唱着，有的仰着頭，有的低着頭，都像是很得意似的，並沒看見馬上的江小鶴。

江小鶴就下了馬，笑着說了聲:“唱得真好！”那幾個女孩子全都怔住了，都直着眼睛來望着他。

小鶴就笑着，牽馬往近處走去，就有兩個小女孩嚇得提着籃子走了，另外三個小女孩沒動，可也變顏變色。江小鶴卻非常和氣地說:“姑娘們別怕！我是要打聽一點事兒，我也是這村裏的人。”

那三個小女孩就齊聲說：“你不是，我們不認識你。”

江小鶴說：“我本是鮑家村裏的人，可是出外十年了，現在才回來。我打聽打聽，鮑家那個白鬍子老頭兒，就是鮑昆侖，現在他是在家裏住着呢？還是往別處去了？”

這幾個小姑娘一聽說到鮑昆侖，就都似乎很生氣，有一個就說：“誰知道他？我們不認識他！”

其中有一個年歲大一點兒的，就說：“鮑昆侖早就不在家啦，連他孫女也走啦。他不是好人，他孫女倒還好。”

旁邊那兩個就拉了拉說話的那個，不叫她說鮑昆侖不好，仿佛若一批評鮑昆侖，就能立時惹禍似的。

一看這種情景，江小鶴就不由憤憤，暗想：這十年來，鮑昆侖一定仍然很兇，他的那些徒弟們一定還是橫行霸道。又因聽她們說到阿鸞，他心中越發悲痛，向這幾個女孩子微笑着，問說：“鮑昆侖的孫女不就是鮑阿鸞嗎？她怎麼會好？你們能告訴我嗎？”那幾個女孩又湊齊了，拉着手，仿佛很懷疑他似的，都拿小眼睛瞪着他，卻不再回答他一句。

江小鶴就暗暗歎息着四下環顧，仿佛是在尋找什麼東西似的。他覺得自己離鄉十年，不但這裏的人顯着比早先窮了，就連風景也變了。他找了半天，才望見北邊靠近道旁的那棵大柳樹。夕陽之下，那棵原本很繁茂的大樹，枝葉卻十分蕭疏，就仿佛是秋天的樹一般。他牽着馬走到臨近，仔細去看，果然不錯，就是當年自己爬上去給阿鸞取風箏的那棵樹。樹還是那麼高，可是老了，凋零了。尤使他詫異的，就是樹上有許多被砍的痕跡，很清楚，這些痕跡不像是樵夫拿斧頭劈的，倒像是被別人用刀劍砍的，他就吃了一驚。

這時那五個小女孩拉着手排成了一行，靠着邊走，並用眼溜着小鶴，仿佛覺得江小鶴不像是個好人。她們謹慎地提防着，要逃回村裏。江小鶴卻又向她們笑了笑，和顏悅色地說：“你們別怕！我早先也是這村裏的小孩，我叫江小鶴。回去問問你們家裏的人，大概還都能想起我來。”

那幾個女孩一聽江小鶴道出了姓名，忽然都顯得很驚訝，越發注目地看他。她們對他也不怎樣怕了，齊都走了過來，圍住他的馬，仰臉問說：“你是江小鶴嗎？”江小鶴點點頭說：“對啦，我離家十年了，現在才回來。你們的爹多半是小時跟我在一塊兒玩的朋友。”有個女孩子就跳起來說：“村裏的人都知道你。聽說你出外找人學武藝去了，要給你爹報仇，要殺鮑老頭子跟鮑羅鍋。他們都怕你，所以鮑老頭子才跑了。”

江小鶴的心中感慨萬端，又笑着問說："村裏的人是說我好，還是說我壞呢？"

女孩子們一齊說："都說你好！都盼着你快來。鮑老頭子跟他的兒子、徒弟們都太可恨了！盡欺負人！"江小鶴不禁心中又發起義憤，暗想：果然鮑家父子倚勢淩人，受他害的不僅我一家，我真應當將他們全都殺盡，為我鄉里除一大害。因此又想立刻回鮑家村去殺死鮑志霖。

有個小女孩又憤憤地說："頂是那姓龍的黑胖子可恨了！他叫推山虎，鮑老頭子最護着他。他常來，騎着馬胡撞。上年因為買地，他們把陳得才打癱了，還不准聲張。"

另一個女孩愁眉苦臉地說："我爹叫龍二打瘸了腿，後來鮑老頭子問是怎麼瘸的？我爹就說是從驢上摔下來瘸的，都不敢說是姓龍的打的！"

江小鶴氣得臉也白了，發了半天怔，憤憤地說："回家告訴你們的父母，我一定要將鮑老頭子和龍家兄弟殺死，為你們除害。"又指了指那棵柳樹，問說："這樹上是被誰砍的？好好的樹，留着給過路人乘涼不好？為什麼拿刀砍得橫一道豎一道的？"

小女孩們就說："這是鮑老頭子的孫女阿鸞砍的。她天天騎着馬來回跑，走過這棵樹她就砍一刀，有時還砍兩三刀，她恨極了這棵樹！"

江小鶴一聽這話，不由頭上迸起來青筋，心說：啊呀！原來阿鸞一向是恨我呀！不但恨我，她還恨這棵樹，恨我們兒時之事！既這樣，我還想念她做什麼？她在秦嶺是生是死，我正好不必管了。於是他冷笑了一聲，便上了馬，又向那幾個小女孩點點頭，就揮鞭催馬直往南去。那幾個女孩還在後面望着他。

江小鶴越走越遠，心中燃燒着怒火，浸蝕苦液。晚霞發着血色的光芒，照着他轉過山角，向紫陽道上走去。

## 第十五回　鋼鋒敵眾紫陽走豪雄　惡虎傷人川北來強暴

由鎮巴山往紫陽去須穿過巴山，不過七八十里的路程，江小鶴本可以一鼓氣趕到，可是這時天色已太晚了。他又因今日所嘗的悲痛過深，所受的刺激過重，覺得頭昏眼花，五臟都像是要炸裂了。他就想：今天且忍耐着，先找個地方養養精神，明天再往紫陽，結果了龍志騰、龍志起、賈志鳴三人的性命，然後再去找鮑昆侖。於是他就在一處很小的鎮市上，尋了一家店房，牽馬進去。他將馬交給店夥去喂，把行李和寶劍解下來，找了個單間房，進屋歇息。

店夥給他送來了飯菜，並點上燈。江小鶴用過了飯，因為屋中很熱，就解開了胸懷。忽然由懷中掉下來一個東西，就是那天在山澗下揀起的那隻小鞋，他一生氣就給摔在了地下，並罵了聲："阿鸞，沒良心的女人！"他憤憤地坐了一會兒，腦筋又轉了過來，暗想：我是她家的仇人，她又能怎麼辦呢？她對我沒良心，可是我應該恨她嗎？再說……他回想起最近自己與阿鸞已見了三次面，一次是在灞橋，一次是在長安，最末一次是在秦嶺。頂使自己難忘的就是在秦嶺那夜的情景，自己進了窯洞去救她，將她扶起，她就那麼婉轉依從着自己。把她挾到那山崖上，放在大石上後，她似乎還婉轉地哭泣。她哪是個沒良心的人呢？她並沒忘了小時候我們倆好的事情。不過事情逼到這裏，她也是沒法子罷了！這樣一想，他便把對阿鸞的恨意完全消失，自己只是難過。又懷疑阿鸞也許是沒死，沒喪生在猛獸的口中，所以又恨不得立時回秦嶺再去找一找。

他發着愁，呆呆地望着牆上一盞昏暗的燈，不禁垂了幾點淚，便想：沒法子，我跟她並沒有什麼前緣，一定是哪輩子有些孽債。別管她是死是活，我終身不娶就是了！他下了床，由地下拾起那隻小鞋，就着燈細看。只見是紅緞子繡花的，做得很精細，碰巧還許是出於阿鸞的親手。江小鶴不禁又發出一陣愛憐、思慕。轉又一想：這是不對的，大丈夫做事得有決斷！何況阿鸞已嫁給了紀廣傑。即使阿鸞沒死，我也不能將她強佔了；她若真已死了，這隻鞋我得設法交給紀廣傑。於是便把繡鞋放在行李包內，枕着包裹，少時便睡去了。

到了次日，一清早起來，江小鶴精神煥發，胸中的仇恨又湧起。他用了些早飯，收拾好了行李，便去備馬，然後付清店賬，牽馬順着朝陽大道走去。當年他曾隨閬中俠來過紫陽，所以這裏是他的一股熟路。馬行得很快，走了不到三個鐘頭便來到了紫陽。他知道龍家的靖遠鏢店是在城西關，他就先到南關，找了一家店房進去。他吩咐店家先別卸鞍韉，只喂點水就行，說是自己要先去辦點事，隨後就回來。店家答應了，江小鶴就抽出來寶劍，往店外走了。那店家非常注意他，但江小鶴卻從從容容，不像有什麼急事的樣子，離開南關就往西關走去。

少時就來到了靖遠鏢店的門首，只見門前很是熱鬧，停着許多輛車，有不少鏢頭樣子的人在出入。江小鶴提着寶劍便往裏走，就有幾個人將他攔住，說："你是幹什麼的？有什麼事？"江小鶴卻推開眾人闖到了裏面。

這時就見從那櫃房裏走出一人，江小鶴認得，這人是破浪蛟賈志鳴，也是殺害自己父親的仇人之一。十年前閬中俠來此，他曾被閬中俠的寶劍所傷，現在看這樣子，他的傷是早已好了。

當下江小鶴驀然躍步上前，一把將賈志鳴抓住，提劍罵道："姓賈的，你還認得我嗎？"

賈志鳴嚇了一跳，瞪着眼，仔細地把江小鶴看了一番，就說："啊呀！是江小鶴！"此時旁邊的人都已抄起來兵刃。賈志鳴臉嚇得臉色慘白，立刻向眾人擺手。

江小鶴卻揚起寶劍，冷笑着說"隨你們多少人上前，我江小鶴絕不畏懼。晚間我若來，就不算英雄，現在我白天來，隨便你們跟我爭鬥。可是你們得知道，我來找的就是龍志騰、龍志起和賈志鳴，與別人都不相干。我絕不願傷害與我無仇的人。可是你們若不知好歹，敢拿兵器來對我的寶劍，那可就是找死了！"

這些人本來都是昆侖派的徒子徒孫，剛才還不知道這持劍闖進來的是什麼人物，如今一聽原來他就是江小鶴，就齊都不敢近前了，只是用眼睛瞪着他，彷彿要看出這個使他們昆侖派懾服的人物到底有什麼奇秘之處。

賈志鳴的臉上還緩不過顏色，他磕磕絆絆地說："江……爺，你別急，就是你要報仇，也得先講講理。前天我就知道你要來，別人都跑了，可是我不跑，因為我問心無愧。你爹江志升是我師弟，他犯了錯，鮑老師父叫馬志賢來找我們三人，師父的命令，我不敢不依，可是我的心裏真不忍。我們追到北山，就追着了江志升，我敢對天發誓，我連一鞭子也沒有抽他。他死了，我還埋怨龍志起，龍志起還幾乎跟我打起來！"

江小鶴瞪着眼說："殺死我父親，是龍志起下手的嗎？"

賈志鳴說："事情既弄成這樣，我不妨把那真情告訴你。冤有頭，債有主，你別胡亂傷人。那回……"賈志鳴怔了一怔，接着又歎着氣說："那回老師父雖把我們找了去，吩咐我們見着江志升就殺死，可是我真不忍。在南山搜了幾天也沒搜着。有一天晚間忽聽鮑志霖說，江志升偷偷回到家裏，又溜走了。

我們就在幾個村子裏搜，也沒搜着。第二天，老師父又帶着我們三人追到北山，就追到了。老師父可還沒有發話，龍志騰就用鞭子抽你爹；龍志起性子急，他就一刀……”

這時突見那深青色臉、大鬍子的龍志騰手持昆侖刀，帶着一干人進到門裏，他兇狠狠地指着賈志鳴，罵道：“賈志鳴，你喪了良心！你怕江小鶴，到這時你就推乾淨！”

江小鶴將賈志鳴放了手，回身掄劍就去殺龍志騰；龍志騰揮刀與他相拼，旁邊的人也都上了手。

賈志鳴便着急地說“大家別亂攙！江小鶴你到虎鋒川北找龍志起去吧，你爹是他一人殺的，連我師父都沒下手！冤有頭，債有主……”

他還沒嚷說完，就見江小鶴如同一隻困陷於羊群之中的猛虎似的，但由着他橫衝直撞，一霎間，就被他砍倒了幾個。他的寶劍上下翻飛，那龍志騰雖然身體強壯得如一隻熊似的，刀法也很好，但戰了不到十回合，就被江小鶴狠狠地一劍劈倒。

當時一些人就大喊道：“出了人命啦！別放走了兇手！”江小鶴卻殺出了重圍，身子隨劍光闖出門外。

門外街上，這時已十分騷亂，有別家鏢店的人和官人全都來了，一齊拿着兵刃向江小鶴來截殺。江小鶴本可以不費力地就戮倒這些人，然後揚長而去，但他卻不肯多殺傷人。一出鏢店門首，他就跳到了一輛停放着的騾車上，登到車棚的頂上。那些人就把車圍住，用長傢伙向他來扎、砍。江小鶴用劍撥開了那些兵刃，在車棚上一聳身，就從那些人的頭上跳了過去，登上了一家屋頂。

下面有幾個會躥房的也躥上屋來要捉他，但一到臨近，就被江小鶴用劍磕開了兵刃，用腳踹了下去。他一連踹下去了四五個人，只要是被他踹下去的，就爬不起來了。於是江小鶴又像一隻豹子似的躥越着，踏過了許多房屋，回到了南關那家店房。

他跳下房去，就到馬棚下解馬。這裏店家忽見這位客人由房上回來了，就嚇了一跳，說：“哎呀！怎麼回事？”

江小鶴將劍入鞘，牽馬急匆匆向外就走，一到門外就飛身上馬，直往南去。走了不遠，就聽身後蹄聲亂響，原來是有十多匹馬追下來了。江小鶴回首微微一笑，就鞭馬急走，後面那些馬竟追趕不上。

江小鶴往下跑了十餘里，面前就橫着一道小溪。他騎着馬涉過水去；到了對岸，他就下了馬，讓馬在溪邊飲水，他站在溪邊向北去瞧。只見那些匹馬漸漸趕到臨近，其中還有頭戴紅纓帽的官人。於是江小鶴又騎上馬走去。

兩旁是水田，當中是一徑小路，他這匹馬又走下了三四里，便走進了面前那蒼翠無邊的巴山。在山路中又走了多時，出了山口，就是川北地面，這是他十年前的舊遊之地，他在這裏有許多朋友。但早先他來時，不過是個傷了人的亡命小孩子，而今日他卻是個身負奇技的彪形大漢了。於是他昂然地策馬緩緩地走，目的是先到閬中府去探望閬中俠，不過更希望在路上能遇着一兩個熟人，好託付他們打聽鮑昆侖和龍志起的下落。

他取道通江直往西去，每逢行過山路之時，他就將當年閬中俠給他的金鈴掛在馬上。那一般山上的強盜雖然不下山來送酒，也不知他即是江小鶴，但見他身高馬大，氣魄昂然，而且帶劍獨行，就曉得是個有本領的人，不敢下山來劫他。

川北的大地上，這時正是夏末秋初，雖然天氣還很炎熱，可是山上那些蔥蘢的樹木已由綠漸漸變得有些黃了。十年來，自從閬中俠徐麟在鎮巴與鮑昆侖交手失敗後，他便絕跡江湖。川北沒有了什麼武藝高強的人，便像是沒有了管主，各山上的盜賊增多，一般略會武藝的人也在江湖上倚強淩弱。最強橫的就是一個名叫張黑虎的，他住在巴中，早先曾從川南有名的俠客涪州虎高隆學過武藝，後來又在江湖上遇着怪俠鐵杖僧，學過幾天鐵棍；於是他就橫行江湖，結交各山強盜與江湖惡棍，無所不為。因此近六七年，他就成了“川北一霸”。

這時，川北又添了一個惡棍，那就是紫陽三傑之一，推山虎龍志起。這龍志起是鮑昆侖門下行三的弟子，是鮑昆侖的唯一寵徒。他與龍志騰、賈志鳴三個人合資開了一個紫陽靖遠鏢店，二十年來，不但掙了個“紫陽三傑”的名頭，併發了很大的財。他跟他哥哥分了家，獨自在鎮巴、漢中、紫陽各處置了許多產業，已是個富翁了。他除了家中的老婆之外，在別處也有幾個女人；那些女人裏年歲最小的才十六七歲。這些事他瞞得極嚴，只有賈志鳴略略知道，所以他曾拿刀威嚇過賈志鳴，道：“只要你敢把我的那些事告訴師父，我就先要你的命！”因此他與賈志鳴非常的不和。

這回，他被江小鶴所逼，到川北來，光是靖遠鏢店所存的銀子他就帶走了七八百兩。他不想再回紫陽去了，連他的那幾個女人他都不願要了，他要到川北另找新的。但是，他知道想要在川北立足，就須先結交張黑虎，這他並不發愁，他覺得只要拿出錢來就能結交。

龍志起來到川北的時候，比江小鶴早半個多月。他雖是單身，但非常闊綽，騎着黑馬，穿着青色暑涼綢的褲褂，用黑綢子包頭。他本來常長連鬢鬍子，現在卻剃得精光，黑胖的大臉上發着亮光。但有時臉上也籠罩着一層陰沉，那就是他想起江小鶴來了。他常常自己罵着：“江小鶴那狗娘養的！一個癩頭孩子老子倒不怕他，可是師父是真怕他，這有什麼法子？娘的，早知道這樣，十年前在北山裏還多砍江志升幾刀呢！”一路上，他尋花問柳，喝酒賭錢，遇見貌美的婦女他就拿眼去盯，嘴裏胡說八道，簡直兇狂極了。

這天，他走在一個地方，名叫螺螄嶺，山很深，道路非常不好走，迂回宛轉；有時隻行在峭壁之上，下面就是萬尺深的山澗。在路上他遇見了一輛騾車、兩匹馬，因為天熱，那騾車打着車簾。龍志起的馬走在前面，他回頭一看，就看見車裏有兩個婦人，在外首坐的是個四十多歲的婆子，裏首卻是個花容月貌的少婦，穿着粉紅綢子的衣裳，梳着雲髻，耳下垂着兩個金墜子滴溜溜地放光。龍志起就收住馬不走了。

後面押車的是兩個穿官衣的人，都帶着腰刀，穿着快靴，有一個還銜着個旱煙袋。他們彼此說着閒話，沒大注意前面騎馬的這個黑胖子。車中的女人卻叫趕車的放下了紗簾，龍志起兩隻大眼仍然向那紗簾盯着。少時，車將要來到臨近，龍志起就向那兩個官人一一抱拳，說："兩位大哥，我迷了路啦，要往巴中去，從這兒走行嗎？"

那兩個官人的眼睛一齊向龍志起掃了掃，那抽旱煙的年有四十來歲的人，就說："也行，不過繞點兒遠，你是幹什麼的？保鏢的嗎？"

龍志起點了點他那大黑腦袋，皺着眉說："倒霉！娘的！五個人保着鏢，從西安府到成都，走在半路，我就病了。別人都走了，便把我一個人扔在萬源縣一家晦氣店裏，趴了十多天，幸虧他娘的我還沒死。現在我還得追趕他們去，要不將來回家，多丟人，飯碗就丟了！"

那個三十來歲黃瘦的官人就笑着說："你真是時運不濟！今年川北的時令不好，夏天出門的人又容易中暑。我們這回走了百十里路，就瞧見好幾個地方都從店裏往外抬棺材。"

龍志起忙往地下唾了口吐沫，就跟那兩個官人並馬而行，談着閒話。問了一問，他才知道車裏是蓬安縣正堂的家眷，他們倆是縣衙官人，如今是從興安府把官眷接來，送往任上去。這兩個官人像是久走江湖，對於路徑非常的熟，雖然遇着了龍志起這樣相貌兇惡的陌生人，但他們並不驚異，只是盤問龍志起的來歷。

龍志起就說："我是西安府利順鏢店的鏢頭。"

那年紀稍老的官人立刻就說："西安府利順鏢店，那不是金刀銀鞭鐵霸王葛志強開的嗎？老哥你可是昆侖派？"

龍志起一聽，這官人全都知道，倒嚇了一跳，趕緊含糊地答道："不錯，可我不是昆侖派。我要是昆侖派，那可就好了，那幾個傢伙也不至於把我扔下。"

立時那年紀較輕的官人，又請教他貴姓，龍志起脫口就說："我叫江小鶴！"那兩個人倒沒有介意。

三人相談着，又轉過了一道螺螄形的山嶺，前面的那輛車和後面跟着的這兩匹馬就加快地走了，把龍志起給丟在了後面。原來前面的山路極窄，車隻能容一輛通過，馬隻能雙騎並行。兩個官人似乎早看出龍志起的形跡可疑，他們就催着馬快走，因為只要走過這道危險的山路，再走會兒，就可以出山了。

上面是峭壁懸崖，橫生着樹木；下面是煙雲蕩蕩的深澗，連隻飛鳥都沒有。龍志起在這時兇心頓起，催馬地趕上去，說："兩位老哥，等等我，咱們一路走。我不認識路呀！"

那個年輕的押車在前面走了，年老的就敷衍着龍志起，與龍志起並馬而行。他的馬在外首，龍志起的馬在裏首；他這時就非常的驚懼，但又直向龍志起賠笑臉。他拿着他那旱煙袋，裝了一袋煙，交給龍志起，笑着說："老兄，來一袋煙！"

龍志起卻瞪起眼來，驀然用手一推，那官人就一聲驚叫，由馬上墜下山澗去了。那匹馬也驚奔起來，龍志起的這匹馬也隨之驚奔，幾乎也連人帶馬摔下澗去。

龍志起立刻跳下馬，抽刀追上了前面的車，追上了那年輕的官人。那官人也下馬擎出腰刀，罵道："好個強盜，你敢打劫官眷？"

龍志起瞪眼說："哼，官眷？那是咱的女人！"當時兩口刀就鏘鏘地相拼起來。

龍志起雖力猛，可是那官人的武藝也不弱，二人在這險峻狹窄的道上戰了有十餘合，龍志起的左肩膀就挨了一刀。可是他又翻刀去戰，又幾合，他就將這官人也劈下了澗去。他的肩膀流着血，眼看那輛騾車也驚跑遠了。龍志起回來找着了他那匹馬，騎上馬就去追，一面大喊："趕車的，狗娘養的，站住！你不要命啦！"

前面那輛車立時就停住了，趕車的也下來了。龍志起追趕過來，掄刀來向那趕車人的腰上砍了兩刀背，趕車的立時就慘叫起來。龍志起又到車前扯開車簾，車裏的兩個女人都已嚇得慘無人色。龍志起伸着他那大手，把那僕婦揪出來推下車去，又伸手摸了摸躲在車裏那少婦的頭髮，咧嘴獰笑着，說："小嫂子，你歸我啦！"少婦嚇得哭叫起來。

龍志起翻了臉，由馬上爬進車裏，揪住那少婦就狠狠地捶了一拳，罵道："娼婦！你敢聲張？老子是江小鶴，四方聞名的英雄！你這娼婦若順着我，老子錯待不了你；你要敢喊叫 聲，老子就要你的命！"又鑽出車來，把他馬上那大包裹扔在車上，打開，把那幾封銀子碰了碰，說："你瞧瞧！賤婦，老子有銀子！跟老子你受不了苦，想什麼有什麼，比你做正堂太太強得多！"他又下車來，把那跪地求饒的僕婦砍了一刀，遂就提着那趕車的耳朵，把他揪起來，持刀威嚇說："快上車！趕着快走！聽老子的話！你要敢露出一點馬腳來，老子立刻就拿刀殺死你！"趕車的哪敢違背，一面哎喲哎喲地叫着，一面答應。

龍志起把銀兩包裹又拿到馬上，撕了一塊布，把肩頭受傷流血之處堵住，又拿出一件紫色的綢褂穿在身上。他逼着趕車的快走，自已騎馬在後面壓着。車裏的少婦還在嗚嗚地哭，龍志起便拿刀背打着車窗，威脅着說："不准哭！出了山找店房，老子就跟你拜天地。"

他得意地走着，肩膀雖然很疼，但心裏卻是快樂的，暗想：還是到外省來好！在家裏，嫖窯子都怕師父知道，還得提防那狗娘養的江小鶴！他遂就又罵了起來，忘了他剛才曾冒充過江小鶴，又把江小鶴罵個不休；並且扭着他那黑胖的腦袋四下張望，恐怕剛才他做的那件事在高處有人看見。可是這四下群峰交錯，峻嶺綿延，倒是沒看見一個人。

卻見車棚上有一隻箱子，兩份行李，都用繩子綁着，心說：他娘的，今天我還許人財兩得呢！蓬安縣正堂的家眷，箱子裏還沒有幾隻元寶嗎？狗娘養的江小鶴，這也算叫老子發財！沒他逼着，老子也不能來川北。

此時車裏的婦人也不敢哭了，趕車的時時用眼溜着龍志起，一面打着哆嗦，一面趕着車走。龍志起放了心，就將刀入了鞘，可是肩膀的傷處卻十分疼，血不住地流；他就又罵那被他砍下山崖的官人，更罵江小鶴。

車聲轔轔，馬蹄"嘚嘚"，繞過這股螺螄形的山路，路便展寬了。龍志起瞪着眼，又向那趕車的和車裏的婦人威嚇。又走了不遠，就見由對面來了一大隊車輛和人馬。龍志起嚇得變了色，趕緊向那趕車的和車中的婦人說："你們可提防着性命！只要你們敢哼一聲，老子可就先殺了你們，隨後一跑！"

他先勒住了馬，叫那輛車也停住。等前面的車馬將到臨近之時，他才看出，原是一幫鏢車，鏢旗上面寫着"閬中府"。他一驚，心說：這裏邊要有閬中俠那可糟了！他仔細看了看，見幾個鏢頭沒有他認識的人，他遂就做出一副哭喪臉，說："諸位別往前走了。前面有強盜，把我的肩膀砍了一刀，幸虧我們逃得快！"

那邊幾個鏢頭立時都慌得變了色，齊說："有強盜？一共是多少人？"

龍志起說："只是一個，可真兇，他道出字號來，自稱江小鶴。"

對面的鏢頭都直了眼。有個黑臉大鬍子的人，身子比龍志起還胖，彷彿是大鏢頭；他擺擺手，向他的夥計們笑着說："不要緊，江小鶴是咱們的老兄弟，我有十多年沒見他了。他見了咱們，絕不能不讓開路，早先我待他有好處。"說着，這大鬍子的人帶着鏢車走過去了。

龍志起回首再向車上插着的鏢旗去看，才看詳細了，原來是閬中府福立鏢店的，他不由吸了一口涼風，心說：了不得！江小鶴在川北也有名頭！他的熟人多，他的名字可冒充不得！遂又瞪着眼，催着那輛車快走。

少時出了山口，趕車的就戰戰兢兢地問："老爺！把車趕到哪兒去呀？"龍志起此時倒沒有了准主意，眼看山盡路寬，遍地是田林廬舍；兩股大道，哪股道上都有不少的行人。龍志起倒害了怕。他掀開車簾又往裏看了看，看見那坐在那車子裏的少婦還在垂頭啜泣，如同死人一般，他倒覺得沒什麼意思了。剛才在山裏也是自己昏了心，可是要想把少婦扔下，自己白挨一刀，他也不甘心，至少他得找個地方把這個少婦霸佔一夜。

他這時也分不出來方向，就用手向左邊一指，喝道："往那邊去，一直走！"他這一伸胳臂，左肩膀又扎心地疼，他恨得右手揮鞭，向那趕車的抽了兩下，喝道："快點趕着走！敢露出一點馬腳來，龍二太爺立刻要你的腦袋！"那趕車的聽龍志起一會兒自稱是江小鶴，一會兒又罵江小鶴，如今又自稱龍二太爺，他簡直不知龍志起是怎樣的一個強盜，只得聽話趕車。

往南走了三四十里地，龍志起一看眼前有城池，他就大喊一聲，叫車停住。他掄起馬鞭又向那趕車抽去，罵道："你安着什麼心？到城那邊去做甚？你要去報官嗎？"

趕車的嚇得戰戰兢兢，幾乎哭出來，說："老爺！你不是叫我一直走嗎？這股路就一直通江口鎮！"

龍志起又聽見車輪響，回頭一看，後面又有三輛車來了。他就瞪眼咬牙，向車夫說："小聲！小聲！快走！"車夫只得搖着鞭子，趕着車往南走。又走了不遠，就到了前面的江口鎮。這個鎮子真不小，街道繁榮，簡直是一座小城池。才進了街口，龍志起就趕緊找了家店房，叫車趕進門裏。他便一掀車簾，就向裏面說了聲："下來吧！"

車上的少婦此時還淚跡未乾，她低着頭，扭着腰肢，慢慢下了車。龍志起這才看清，這少婦的粉紅襖下配着綠羅裙、紅繡鞋。他不禁心花怒放，肩膀的傷疼也忘了。他笑着，伸手要攙這少婦，少婦卻一摔手。龍志起怕被店家看出形跡，便趕緊躲到一邊。

店家就給找了一間房子，是在裏院，少婦就先進去了。這裏龍志起叫車夫把車上的箱子和行李都搬下來，一件一件都送到屋裏。他自己也用那隻沒受傷的胳臂，提着他的那隻大包裹，拿着刀，也進到屋內。此時那趕車的人正把那隻箱子放在地下，一見龍志起進屋來，他轉身就走。龍志起就盯了那趕車的一眼。

這時那少婦是坐在板床上，流着淚，向龍志起急急地說："你趕快把我送到蓬安縣，我便什麼話也不說。要不然，我喊起來，你被衙門拿住就是死罪！"

龍志起卻咧着大嘴笑了笑，悄聲說："小嫂子，你別嚇唬咱哩！我也早瞧出來啦，你不是什麼好貨。龍二太爺帶了你來是抬舉你，你別不識相，還別以為龍二太爺是強盜。我在家裏有兩三個大買賣，一年賺三四千兩銀子。我置着五頃多田，老婆也有五六個。現在，二太爺是同人嘔了點氣，出來散散心。你這樣兒的，我花錢買一百個也買得起，可那沒意思。今天走在山路上，遇着你，恰好沒有別人，我才知道咱們是有緣。乖乖地從着二太爺，包你享福不盡。你要是還忘不了你那鳥正堂，哼！那就說不得啦，老子的脾氣倒好惹，老子的那口刀可不好惹！"

說着他又笑着，伸手要去摸那少婦的臉，少婦就要喊叫。龍志起立刻把眼一瞪，正要發兇，忽然想起剛才那趕車的形跡可疑，他趕緊走出屋去。跑到外院，一看車還沒有卸下，可是那個趕車的人卻沒有蹤影了。龍志起不禁大吃一驚，暗想：那狗娘養的，莫非是報官去了嗎？於是他驚慌着跑出門去，兩眼東張西望。

站立了半天，忽見那邊的街上亂了起來，幾個戴紅纓帽的人，手中都拿着刀棍，向這邊走來。龍志起立時臉都嚇黃了，抹頭就跑，跑回房裏要去拿刀。一拉房門，一件可怕的事情又把他驚得叫了一聲，原來那少婦將汗巾掛在牆上的一根釘子上上吊了，直挺挺地高懸着，手腳還在掙扎。

龍志起這時什麼也顧不得了，只把大包裹背起來，手提着昆侖刀往外就跑。才跑到外院，還沒顧得去解馬，那十幾名官人已闖了進來。那趕車的人領頭，一見龍志起，就指着說："就是他！"立時官人們撲上來捉他。

龍志起將大包裹扔在地下，掄起昆侖刀向官人就砍，霎時就被他砍傷了兩三個，他的頭上也吃了幾棍。他搖晃着大刀，兇狂地奪門而出，撒腿就跑。後面的官人喊着追拿，龍志起就像一隻狗熊似的瘋奔着，見人就砍。他一直跑出了鎮子還不停步，直跑得他接不上氣了，才一滾身躺倒在路旁的稻草裏。他喝了一口泥水，趕緊又爬出來，瞪着眼去望。因見官人沒有追來，他才喘了喘氣，又憤憤地想：我的銀錢、衣服、馬匹都扔在店裏了，就這麼完了嗎？

不行！他就要提着刀回那鎮上，再掄刀大殺一陣，把東西都搶回來。可是又想：那鎮上太熱鬧，人太多，想必有個大衙門，官兵不少。我要是被他們捉住了，就得殺頭。於是，他連這裏也不敢停留了，就穿繞着田畔、村落走去，有幾條大狗就追着他亂吠。

有在田裏做事的婦女，一看見他渾身泥水，大腦袋上滿是黑泥，瞪着眼提着一口大刀，就都驚得呀呀直叫；就有男子拿着鋤頭要追他。龍志起本想掄起他的大刀殺些個人，可是這時他那肩上的刀傷浸進了水，疼得他五頭直暈，右腳踝也像扭了一下，一瘸一拐的，使他再也沒勇氣。他晃晃蕩蕩，半跑半走，也不知走了多遠。只見前面又是一脈高山。他就爬上山去，找了個僻靜的地方，把刀一摔，身子隨之倒下，罵道："他娘的！這都是江小鶴那狗娘養的害的我！"

他躺在山石上歇了半天，身上又叫大螞蟻咬了幾處，癢得他心裏直發急。他就用雙手去撓，可是，動右手還不要緊，只要一動左手，那肩頭上的傷就徹骨地痛，痛得他哎喲哎喲地不住亂叫。他就想：這時若在家裏，刀傷藥隨便用，還有老婆伺候着，憑這點傷，三五天准好，現在可就許死在這裏！這都是江小鶴害的我！此時，他又恨起他的師父，又罵："那老頭子！當年殺江志升是你的主意；殺死了江志升，你可又養着他的兒子。把他娘的養大了，現在他要報仇，你又怕了，躲起來了，不管我了！"罵了半天，他眼前仿佛又飄蕩着那店房裏上吊的女人，心想她大概是沒死。又想自己的大銀包，更想到那可恨的趕車的，罵道："那狗養的！"於是他又想跑回到鎮上，出了這口氣。可是他又想：那非得會躥房越脊才行！那些本事早先自己雖很在行，可是這些年早不練了，身子享慣了福，現在連個籬笆也跳不過去了。

他想了半天，又氣又惱，這時天色已然昏暗，腹中又覺着餓了。他便想着到哪裏搶些錢，搶些吃的，頂好再搶一匹馬。他遂就慢慢移步下山，高一腳低一腳的，借着星月的微光走去。過了許多村莊，也看見了幾處高牆，高牆裏就是富戶，他卻無法進去偷盜。連那些蓬門小戶都是彼此為鄰，有大狗守夜，沒容他到臨近，狗就吠了起來。近處的狗一叫，遠處的狗也都叫，弄得他也不敢下手，並且還得趕緊躲開。

直走了一夜，將發曉時，他才看見前面又有一座高山，就望着高山走去。山很深，路也很窄，他就先找了個平坦僻靜的地方，睡了個大覺。醒來後，肩膀的傷處似乎不大疼了，他就磨了磨刀，站在一個高處向下看着，打算要劫人。由此，推山虎龍志起就在這山裏做起了強盜。他在山中一連潛伏了三天，所劫的都是些挑瓜的、販菜的。劫上一點錢，他就出去找個小村鎮，買碗飯吃，買壺酒喝，回來又在山裏睡。直到第四天，他才見山路上過來一個書生，帶着個僕人，一共是兩匹馬；馬上帶着包裹，還有書。龍志起便跑下山去，把道路截住。那書生和僕人都是綿羊一樣，一見了這惡鬼似的強盜，就全失了魂，趴在地下央求。龍志起卻向每人戳了一刀，也不管那兩人死沒死，搶了一匹馬就走。將走出山口時，他又下了馬，把那馬背上的幾卷書全部扔了。打開包裹一看，裏面除了兩套衣服，只有十多兩銀子。龍志起又罵了幾聲晦氣，就把自己身上的那又髒又破的衣服脫下，換了一身劫來的衣服。可是這衣服是又瘦又短，箍着他連穿都穿不過來，他只得敞着鈕扣，就這麼穿着一件春羅的大褂，露着骯髒的長着許多黑毛的胸脯。他把刀插在包裹裏，騎上馬又走。他依然不識路徑，依然不明方向，只是回避大城池，專走村鎮。

又走了一天，就糊裏糊塗地來到了一個地方。這時天色已晚了，四面有些發黑，村子倒有，可是沒有鎮店。他走在一股路上，兩旁是水田，當中的道兒很窄。忽然聽得叮鈴鈴一陣鈴聲，龍志起就吃了一驚，心說：哎呀！有鈴鐺響，莫非是閬中俠來了？如果遇着那狗娘養的，我可就沒命了！他勒住馬站了一會兒，兩眼野雞似的前後去看，此時鈴聲就漸漸近了。原來是從後面來了兩頭小驢，一前一後，前邊這驢是灰色的，後面是黑的，兩個騎驢的都是女人。

一見了女人，龍志起可就又站着不走了，他幾乎把腰都扭歪了，直着眼向後去看。等着那兩頭驢來到了臨近，龍志起把馬讓了讓，那兩個騎驢的女人就從他的馬旁擦了過去。他看見前面是個老婆婆，年歲有六七十了，後面卻是一個少婦。這少婦穿着一身青，借着天上的殘霞餘光，還可以看得出來，這少婦仿佛比上了吊的那個婦人還年輕還漂亮。龍志起立時又生了歹意，在這荒涼無人、天又薄暮的時候，他真想立刻就施行強暴。

但見那老婆婆還看了他一眼，那少婦竟連頭都沒有扭。又見這少婦身段極為窈窕，輕快的小驢地走着，鈴鐺亂響，簡直真有幾分像他的師姪女阿鸞。龍志起就挺起胸脯，策着馬，緊跟着那兩頭驢去走，相離不過二十多步。他起先是在後面唱着，唱着極淫穢的小曲，後來他又胡說八道；但前面那老少兩個婦女竟像是沒有聽見似的，並不理他，連頭也不回。龍志起又自己說着：“老子名叫江小鶴，這回到川北來，就是為說個婆娘，倒霉！總是說不着好的！”前面的少婦仍然不回頭，龍志起就催馬向前去趕，可是前面那兩頭小驢也都加快了，鈴聲緊響，跑得很快，他這匹馬竟沒追上。走了不遠，就見前面是一處小村落，有石壘的短牆，矮矮的，只有三四間茅草房。兩頭驢一進了村子，就有一條狗汪汪地叫着，仿佛在歡迎牠的主人。又聽有小孩子的聲音，嚷着：“姐姐，外婆，你們怎麼回來晚了？”那老少兩婦人大概也說了幾句話，龍志起卻沒有聽清楚。他就站在村外，先找了棵樹，將馬繫上，隨手抽出刀來，就提着刀，壓着腳步，慢慢地向村裏走去。

這時村裏已然昏黑，有幾棵樹的樹葉唰啦唰啦地亂響，那兩頭驢和狗都被趕到石牆裏面去了。龍志起走到石牆旁去看，這石牆本來很矮，他在牆外一站，就露出了腦袋。他看了看裏院，只見那幾間房子都有燈光，房裏人語喧雜，並有嬌媚的笑聲。龍志起就想爬過牆去，兩隻手剛搭在石牆下，不料院裏的狗就汪汪地叫起來，同時迎面那間屋中的燈光也忽然滅了。這倒把龍志起嚇了一跳，他立刻一縮頭，還沒等轉身，就聽身後嗖的一聲，一棍子打在他的腰上。他疼得哎呀一聲，趕緊又掄刀回身，就見眼前閃閃蕩蕩的是一個矮子，像是個小孩，掄棍又向他打來。

龍志起氣極了，掄刀向那小孩就砍。小孩躲開了，龍志起又掄刀去逼。

郤見由那石牆上又跳下來一個人，手中使的好像是劍，挾着風聲，向龍志起就刺。龍志起趕緊用刀去磕，只聽噹啷一聲，對方的劍倒是被他磕開了；可是人家反進一步，擰劍向他又刺。龍志起剛要迎着那道寒光用力去擋，郤覺對方的劍勢極快，他的右胳臂一陣疼痛，立時拋刀在地，狂叫了一聲。對方又嗖的一劍，正砍在他的腰上，他又哎喲哎喲地叫了兩聲，就躺在地下了。

那小孩還不住地掄棍，乒乒乓乓地打他的頭，打得龍志起越發地叫喚。那使劍的人這時發了話，原來正是那少婦，龍志起在昏暈中就聽她說："弟弟別打啦，回去吧！"待了一會兒，仿佛那姐弟兩個已經回屋去了，又出來了個男子，拉着龍志起的腿，就像拉死狗似的，把他拉到村外，就不管了。

龍志起痛得已然昏過去，半天方才醒來，只覺得自己是仰臥在地下，眼前是滿天星斗，四周靜靜的，沒有一個人。龍志起覺得臂上、腰上全都十分疼痛，自己又罵自己，說："我真瞎了眼！惹上這麼個刁婦，現在可怎麼辦？一下死在這裏還不要緊，明天要叫官人捉了去，那有多麼冤！"又罵："江小鶴，狗養的！"

他在地下忍痛爬了幾步，忽聽見幾聲馬嘶，才想起來他那匹馬還在樹上繫着呢。他就連爬帶滾，很吃力地找着了那匹馬，身子倚着樹身站立着，用那隻受傷的手把馬解了下來。他一面哎喲哎喲地叫着，一面使力地爬上了馬，跨在馬背上，用那隻好手緊緊揪住韁，就由着馬走去。他這受了傷的身體，在馬上一顛，疼得又要昏過去了，可是他急於逃命，就只得忍耐着。

他一路上哎喲哎喲地直喊，隨着這匹馬也不知走了有多遠的路，就來到一處市鎮上。看這市鎮又很大，房屋也很多，雖然恐怕在這裏犯了案，可是他實在是無法再往下走了。這時街上就有個巡更的人，將梆子敲了三下，龍志起就在馬上喊救命。那打更的人趕緊過來，將他這匹馬攔住，問說："你怎麼啦？"龍志起呻吟着說："我遇了強盜，哎喲！我身上有好幾處傷，救命吧！替我找家店房吧！我連馬也下不來了！"

他在這夜色寂靜的街上這麼一喊叫，當時就有幾個好事的人開了店門，執着燈出來瞧看。龍志起又喊救命，又說是他遇見了強盜，還有個女強盜，一共砍了他三刀。旁人問他是在哪裏遇見的強盜，他郤也說不明地方；遇着別人盤問他的時候，他只是哎喲哎喲地喊叫。

在三更半夜的時候，街上忽然出了這件事，連本地的官人也來了。龍志起一瞧見了官人，就假作痛得不能說話。當下由官人出主意，就把他抬到一家店房內，有好心的人又給他送來刀創藥。於是龍志起就躺在板床上，由着眾人服侍他。有人嘖嘖歎息，說："出門的人，就怕遇見這種事！"又有幾個猜測着那強盜，都說："這附近沒有什麼強人呀？女強盜，更怪！沒聽說哪裏有過女賊呀？"龍志起郤斜臥在床上呻吟，連他那張大胖臉都不敢被人看清，心裏只暗罵道：娘的！你們還嗦什麼？快些滾吧，叫老子歇一會兒吧！

那些人七嘴八舌地談說了半天，方才散去，只把龍志起一個人拋在這屋中。龍志起這才仿佛逃脫了活命，但仍想：這裏一定不安穩。一來市鎮大，人雜；二來，他娘的，離老子作案吃虧的地方也不遠。要叫官人查出來，一定不許自己養傷，就得捉到衙門去。他連夜呻吟、恐懼，可是他那顆兇惡惡的心並不稍微懺悔。氣極了，痛極了，他就暗中大罵江小鶴，咒詛江小鶴，希望江小鶴也受他這樣的重傷。

他在這裏一連住了四五日，僥倖竟沒有人察覺出他是個殺人的強盜。他在店裏除了傷痛和心裏煩惱之外，其餘倒還舒服，於是漸漸地膽也壯了。這天他就叫店家請來一個會文墨的人，代寫了一封信。他躺在板床上，嘴裏說着，叫那人寫。然後他就託付店家說："要遇見往漢中去的，就托人把我這封信交到紫陽靖遠鏢店，叫我的夥計帶着銀子來接我。送信的人到了紫陽，一定酬銀三十兩，這封信上寫得明白。一半月後我的夥計來了，除了店飯賬，我還要多送你們些錢。可是得千萬囑咐那個送信的人，不到紫陽不許他在路上露出這信來，也不許說我在這兒住。因為我有仇人，仇人是個強盜，那強盜若找到了我，我可就活不了。"

過了兩天，店家托了往陝南去的客商，就把龍志起寫的信帶走了。龍志起還在這裏養傷，連屋子也不敢出。行李裏有他搶來的那二十幾兩銀子，又有那匹馬給店家做押賬；店家倒還按時給他送飯到屋裏。可是龍志起是賊人心虛，時時怕有官人來捉他，又怕在小村裏住的那少婦來殺他，尤其怕江小鶴會追到川北來。所以，只要聽見窗外有一點響動之聲，他就心驚肉跳。

這天，他吃過午飯，在床上躺着，心裏很着急，暗想：我來到這裏已有五六天了，傷還不好。這樣天天在房裏趴着，不敢見人，有多麼叫人着急！正在用拳頭捶床、唉聲歎氣時，忽聽窗外有人高聲叫道："志起！"龍志起立時驚得打了個冷戰，以為是什麼人捉他來了，他便要伸手去抄刀；但他什麼也沒抄着，他才想起自己身邊是一件兵刃也沒有了。

此時就聽院中那人正在和店家說話。龍志起就坐起身來，側耳向外去聽，就聽那說話的是老聲老氣的，越聽越耳熟。他就把窗紙戳了一個窟窿，一隻眼湊近那窟窿，向外去看。原來院中有一人牽馬站立，身材高大，銀髯飄灑，正是他的師父鮑振飛。龍志起一看，心中十分喜歡，暗道：師父一來，我就不怕誰了！可是他又害怕，因為想到自己最近做的那幾件事，都是大犯昆侖派的戒條；師父一定是在路上聽說了那件事，才找我來的，要來割下我的腦袋！因此龍志起就戰戰兢兢，不敢做出一點聲兒來。他趕緊躺在板床上，閉着眼，直挺挺地裝睡。

這時老拳師已在院中向店家打聽明白了，知道這房裏住的是個姓龍的，前些日到這裏，因被強盜傷得很重，所以至今仍然躺在床上。老拳師就一拉門進到房內，又叫了聲："志起！"龍志起這時心裏驚得咚咚地直打鼓，他真要滾下床去跪倒，求老師父別殺他。他想說：我雖然搶了個婆娘，也追逐過一個少婦，可是一點便宜沒得着，反倒拋下了一大包銀子，挨了兩刀！他這些話還沒說出來，但聽鮑老拳師又說："志起！你醒醒，我來了！你叫我看看你的傷勢，怎麼樣了？"奇怪的是，這聲音又十分慈祥、溫和，龍志起又覺出他師父不像是來要他命的樣子。他就裝模作樣地呻吟着，微微睜開了他那兩隻賊眼，看了他師父一下，就裝出驚訝的樣子，說："哎呀！師父！"

他要下床行禮，鮑老拳師卻把他攔住，說："你躺着，不要動，我看看你的傷！"龍志起就把他胳臂上、腰上，連肩膀上的傷都叫他師父看了，隨後他就咧着大嘴哭泣着說："師父！咱們昆侖派是完了！叫人家把咱們逼得有家難奔，有親難投。我來到川北本想逃個活命，沒想到，娘的……"他說到這裏，又趕緊改口說："師父！差一點兒，咱們爺兒倆就見不着了！"

鮑老拳師先是歎氣，後來就一聲也不響，彪然的身軀直立着，沉着一張豬肝色的紫臉，那銀鬚都一根一根地直豎起來。如此把面沉了半天，忽然他又一聲冷笑，這聲音極為可怕，嚇得龍志起全身都涼了。只聽鮑老拳師又問說："是什麼樣的強盜能把你傷成這樣？你跟我學藝多年，你還是我門下最出眾的人，為什麼你就這樣無能，任憑別人傷你？你跟我所學的武藝都拋到哪兒去了？"

龍志起卻答不出一句話來，半天他才想起來個主意，心說：在這兒終究不妥，不容我傷好，事情就得鬧穿。到那時，就是官人不來捉我，師父也得要我的命，還是趕快往遠處逃吧！於是他就說："師父！你老人家帶着我往遠處躲躲吧！最好是躲到川南，或者躲到湖北地面去，這裏還是不行！江小鶴他也追來了，我這幾處傷就是給他害的！我受了傷還沒敢聲張，只說是叫強盜給傷的，因為咱們惹不起江小鶴，江小鶴在川北的朋友很多。師父，咱爺倆還是躲遠着點去吧！"

他這話說出，本想他師父的面色一定要驚白了，也許就驚昏過去，然後帶着他就走。卻不料鮑老拳師已與以前不同，聽說了江小鶴，面色就氣得更紫，瞪着兩隻大眼，問說："江小鶴他提到我了沒有？"

龍志起說："他沒提，他只是罵，說只要他找着師父你，就必要把師父……"

鮑老拳師氣得把腳一跺，咚的一聲，就像有根鐵柱子砸在地裏。他握着拳邊捶胸，邊大聲罵道："江小鶴！他真是欺我太甚！我躲到川北，他也跟來，他以為我鮑昆侖真是怕他嗎？我還不老，我不怕他！叫他來！"

龍志起也不知他師父是怎麼回事，趕緊坐起來，說："師父，你老人家別生氣！"

鮑老拳師擺擺手，緩和了一點，但仍喘吁吁地說："志起！你不知道，江小鶴他爹雖是我讓殺死的，可是我待他並不錯。不然，十年前，他住在我家裏時，我不費力便能翦草除根，還能容他活到現在，學成武藝來逼我？"喘了喘氣，又說："只是我那時正想做個善人，不願像年輕時那麼任意而為，所以我便留下了這條禍根，留下了這麼個禍種！現在他逼得我祖孫離散，叫阿鸞草草率率地嫁了紀廣傑，現在還不知他們夫婦是生是死。我偌大的年歲，躲到山陰谷，在賀鐵松家中，受了他那些兒孫許多說不出來的氣。結果我在那裏也停留不住，就一個人漂流到四川來了。你不知道，我走的時候，魯志中還送了我半程，依着他是要隨我前來，好沿路服侍我，被我給怒斥了一番，他才走的。唉！他走後，我真流了一天的眼淚。我一世英雄，偌大年歲，到了這地步，真是太可憐了！”

說到這裏，他忽然又振起了精神，說：“可是我來到川北後，我才知道，我並不老！志起，你看我不老吧？我的刀法也還熟。過金牛峽時，我遇見了三十多名年輕力壯的強盜，他們要打劫我。起先我還跟他們講交情，可是他們不懂，我就氣了，跟他們打了起來。結果我砍傷了他們十多個人，把他們殺得大敗。在巴略關，我又遇見了一夥，有五六十人。為首的是一個年輕男子，手使一杆長槍，身高力大，自稱叫什麼黑金剛。我道出了鮑昆侖的名姓，他們卻笑我是被江小鶴驚怕了的老孬種，我氣急了，四五回合便將那強盜殺死了。然後我殺退了數十名賊人，闖出了重圍，我的身上並沒受一點傷，力氣也還沒使盡。由此我才知道，我鮑昆侖還不老，我的武藝也並不弱！”龍志起見他的師父說得眉飛色舞，傲氣逼人，真像是又倒退了三十年。

鮑老拳師又說：“我知道，這十年來我提心吊膽，所怕的並不是江小鶴，怕的是江小鶴的師父。真正要是江小鶴來找我，我鼓起勇氣跟他對敵起來，真不知結果是鹿死誰手！我應當出頭，我若出了頭，你們也不能再受人欺負。我走到通江縣就想回長安，想回去找江小鶴。可是，忽然遇着了一個往漢中去的客商，我才知道你困在這裏了，便趕緊來看你。現在好了，江小鶴既然已來到川北，我就不必再尋他去了，我等着他，見面決一個生死！”說着又哈哈大笑，向龍志起說：“你放心，好好地養傷。你看你師父，雖然老了，可是也要做出幾件驚人的事情，讓江湖上曉得曉得，昆侖派不是就完了！”

說畢，老拳師便大踏步地走出屋去，並高聲喊着，叫店家給他找個單間，把他的那匹黃色的大馬喂起來。他一隻胳臂挾着個沉重的大包裹，一隻手提着昆侖刀，到了屋內，都扔在床上。隨後就摸摸鬍鬚站着想了一會兒，又傲然地一拍胸脯，走出屋來。他大踏步走出了店房，向鎮上昂然走去，仿佛是一隻老虎似的，有時竟故意地撞人。

走到街上，他就找了一家酒店，進去坐下。他敞開胸脯，大聲要來了酒，就拿着酒壺，大口地飲着，這種豪興已經很久沒有過了。四十年前，鮑昆侖闖江湖時是這樣，那時瞪眼就打架，掄刀就殺人，如今這七十多歲的老拳師又恢復了年輕時的無賴樣子。老拳師就整天在各處找江小鶴，龍志起卻在店房中天天提心吊膽，他並非是怕江小鶴，因為他並沒聽說江小鶴已來到川北。他只是怕自己幹的那幾件壞事被老師父知道。他搶官眷逼死人命、做強盜殺人、爬牆調戲少婦，幾件事都發生在離此不遠之處，只要有一點風聲傳到師父耳裏，那可就糟糕，師父現在又正兇着。因此龍志起便天天向老拳師說，勸老拳師帶着他離開這裏，老拳師卻不理他。

在這裏住了四天，老拳師並沒找着江小鶴的下落。因為他氣盛，在酒店裏跟本鎮上的潑皮還打了兩次架。那些潑皮雖然都是二十來歲，結實、健壯，個個手中有梢子棍，還有的拿着鐵尺，但老拳師只稍一抬腳，他們就趴在地下爬不起來了。梢子棍或鐵尺到了老拳師的手裏，一折便成了兩段，然後老拳師還拍着胸脯道出字號來。本鎮上也有幾家鏢店，鏢店裏的人一聽說十年前打敗了閬中俠的鮑昆侖竟來到了此地，便一齊來拜訪。鮑老拳師見了這些人，倒是頗為客氣，就說：“我有二十年沒到四川來了，現在是因為仇人江小鶴欺我太甚，我已無可容忍，才索性到川省來找他。見了面，我們要決一生死！”

本地的幾個鏢頭卻說：“我們雖知道有江小鶴這麼個人，可是沒聽說現在他到川北來了。”

老拳師卻冷笑着說：“他與閬中俠相識，早晚他會來的，我就在這裏等着他。我有個徒弟推山虎龍志起，就是在螺螄嶺中被他殺傷的，可是傷並不重，再養幾日就可以好了。”於是這幾個鏢頭又到龍志起住的屋內去慰問。龍志起卻把臉靠在枕上，不敢叫人看出他的面貌。這幾個鏢師不過是為向昆侖派表示親近，並未注意龍志起面目，他們沒想到這個躺在床上的人就是附近幾處正在懸賞嚴緝的殺人強盜。

這幾個鏢頭走後，龍志起可還戰慄着，他就向鮑老拳師說：“師父，你沒聽說江小鶴往哪兒去了嗎？”

老拳師搖頭說：“江小鶴是無名小輩，不大有人曉得他。我想找閬中俠去，一來是向閬中俠打聽江小鶴的下落。我還要跟閬中俠說明，這次我要與江小鶴交起手來，叫他不要在裏面幫助姓江的！”

龍志起一聽，就說：“對，對，我想江小鶴現在也必在閬中。師父，咱們明天一早就離開這裏吧？”

老拳師皺着眉說：“可是你現在的傷還未好！”

龍志起立時爬起來，下了床，說：“不要緊啦，我腰上的這處傷就算是好了，肩頭跟胳臂，那都不礙走路。師父，我真不願在這兒住着啦！”

老拳師又看了看龍志起的傷勢，就點頭說：“好！既然你能走路了，明天早晨咱們就動身。好在你也不過是跟隨我，無論是見着江小鶴，或是我與閬中俠再鬥起來，都用不着你上手，你上手也是無用。”

龍志起一聽，不禁十分歡喜，卻又有些皺眉說：“可是，師父！到了閬中，還是你老人家一個人去見閬中俠吧！我要到成都看看峨眉虎李大成去。我可不能見閬中俠，閬中俠他恨我，比江小鶴恨師父還恨得厲害！”

鮑老拳師想了一想，便點點頭，說：“今晚你且好好歇息，明天咱們好趕路！”龍志起答應了。當時鮑老拳師又回到自己的屋內，對着孤燈發了會兒呆，長長歎了口氣，就去睡了。

次日一清早，龍志起就起來了。天還黑着，他就急忙叫店夥喂馬、備馬，一面又去叫師父。鮑老拳師也起來了，到了院中，仰面看了看天上的晨星，伸伸雙臂，然後打了一趟拳腳。龍志起在旁看着，見他師父雖因身體發胖，腰軀不甚便利，可是拳落腳起，處處顯得出來真功夫。龍志起也有些手腳癢癢，心說：我跟師父走，一路上雖有師父保護，可是我若自己沒把兵刃，也不行呀！於是他就走了過去，向他師父說：“師父，我的刀也弄丟了。你看我這衣裳，這麼瘦，這麼短，還不是我的；是在路上有個唸書的人，看着我可憐，他送給我的。我那原來的衣裳，又是血又是泥，早就不成樣子了。我從紫陽出來時，帶着十幾件衣裳，五百多兩銀子，可是都給江小鶴劫了去！”

老拳師不由微微冷笑，說：“江小鶴倒不愧是江志升的兒子，他爹是個淫徒，他就是個盜賊！這全是該叫我們用昆侖刀殺死的東西！”龍志起見他的師父咬着牙，恨恨地說了這後一句話，驚得他的脖子發涼，臉色變黃。

老拳師又點了點說:“咱們先動身，在路上找個好刀舖，再給你買傢伙。你使慣了昆侖刀，旁的傢伙你也不能使了，衣服我們在路上再買。”龍志起連連答應。

此時店夥已把兩匹馬備好，行李都安放在馬上了，老拳師就將店賬全部付清，然後一同牽馬出門。龍志起出了門就不住地東瞧瞧，西看看，心裏直打鼓。又因他在床上趴了多日，連馬都騎不上去了。鮑老拳師倒覺着他這徒弟很是可憐，遂就攙扶了一把，龍志起這才上了馬。

## 第十六回　夜裏追仇昆侖刀染血　莊前鏖戰閬中俠施威

出了市鎮一直往西，打算要先到儀隴縣，過去儀隴縣就是閬中，遠近不過百十來里路。老拳師不想快走，可是龍志起卻十分心急，他不但心急，並且提心吊膽。路上的人很多，龍志起卻不停地東張西望，他的馬也總要超過人去，不和別人同行。

老拳師看了就很生氣，遂喝道：“志起！你忙什麼的？到了閬中又沒有什麼急事，何必要快走？看看這路上的風景豈不好？我現在真是又年輕了，在家住了那些年，弄得我毫無生氣，除了唸佛，就是發愁；咱們那鎮巴的南山、北山，在我眼裏看來都是一天比一天老。現在你看，這秋天的天有多麼清朗，山有多麼青，水有多麼藍！你再看山坡上的那群小綿羊，有多麼好看！這景致簡直跟畫的一般。三四十年前我闖江湖時，常常故意爬到山頂上去睡覺，跳到河裏去洗澡……”這老拳師眉飛色舞地說着，好像他不但是高興，而且有點瘋狂了。

旁邊行路的人見這身材高胖的老頭子，這樣大聲地說話，他們便都非常注意，遂就都過來跟他攀談，並有人裝了一袋煙要給他抽。老拳師卻擺手說：“我不抽煙！我生平沒有近過二色。在我三十多歲時我的老婆就死了，之後我就從未與別的婦人再接近過。煙我是從來不抽，酒也是向來不多飲，所以我的身體很好；到現在我七十多了，可是還跟二十多歲時一樣！”

旁邊的行路人就齊說：“老頭兒你的身體真硬朗，精力真暢旺。不知老頭兒你一向是做什麼買賣？現在要往哪裏去？”

鮑老拳師就笑了笑，說：“不瞞諸位，我就是鎮巴的鮑昆侖，想諸位也都曉得我。現在我帶着我這徒弟龍志起……”老拳師用鞭子一指龍志起，眾行路人的目光也齊都注視在龍志起的臉上。龍志起這時真恨不得鑽到馬屁股裏藏起來。老拳師又從容微笑着，說：“我師徒二人要到閬中去，也沒有什麼要事，不過是去訪問一位朋友！”

鮑老拳師說出了他自己和龍志起的名字，原想這些人一定都很驚訝，至少要奉承自己幾句，說：“哎呀！原來是老拳師，久仰！久仰！”不想那些人除了很注意龍志起的那個大黑腦袋之外，依然是淡淡的，仿佛他們根本沒聽說過“鮑昆侖”是誰。

只有一個小商人模樣的人恭維了一句，說：“這樣說來，你老哥是一位老江湖了？”

又有一個人說：“老頭兒，你是鏢行的嗎？到閬中府是找金甲神焦德春去嗎？”

鮑老拳師聽了不禁生氣，就說：“金甲神焦德春是什麼小輩，也值得我去一訪？”又暗歎道：無怪昆侖派近年常受一般小輩的欺負，我鮑昆侖的名頭簡直快沒什麼人知道了！我那些徒弟也真是可憐，做我的徒弟沒有一點好處，倒跟着我受累！他一時憤怒，就挺起胸膛，傲然地想：非得跟江小鶴鬥一鬥不可！非得把昆侖的名頭掙回來不可！他心裏很是氣憤，在馬上發怔地想着。旁邊的人再跟他攀談，他也都不再怎麼搭理了。

往西又走了有三十多里路，突見由一股岔道上轉過來五六輛車、十餘匹馬。這邊的人就一齊趕緊停住車，收住馬。老拳師不由得詫異，策馬還要往前去走，後面的人卻叫他說：“老頭兒，你別往前走啦！讓讓路吧！”

老拳師說：“這可奇怪！他們是從北邊來，往西去，又沒到這邊來，用得着咱們讓路嗎？”

有個人就騎馬上前來，揪住老拳師的胳臂說：“老頭兒，你這麼大的年歲了，怎麼不知道好歹？你沒看見前面車上，是黑旗子白字？那是巴中張大太爺的車輛，在路上無論是誰，也都得讓避；你要是把馬趕在他們的車前面，那可是尋打！”

鮑老拳師驚訝着說：“川北哪裏又來了個張大太爺，會有這麼大的聲勢？”

龍志起此時心裏似乎很緊張，又很歡喜，就在馬上伸過頭來說：“巴中的張太爺就是張黑虎，他家裏有錢，武藝又是涪州虎和鐵杖僧兩個人傳授出來的。自十年來閬中俠一隱，川北的英雄第一個就得數他了。師父，這個人咱們倒得去交一交，他有勢力，可以幫助咱們對付江小鶴。”

老拳師點頭說：“好，好，現在既然遇見了此人，我倒要看看這張黑虎是個何等人物！”說着他就揮鞭策馬，馬蹄如飛，追趕前面張黑虎那一列車馬去了，龍志起也隨着追了上去。

這後面的一些行路的人全都面色驚變，都不敢再往前走了，就說：“這老頭不要命了，他還禁得住一頓打嗎？”

此時鮑老拳師已催馬趕上了前面的車輛。那隨車的有十餘匹馬，馬上都是二十餘歲的強壯漢子，鞍下都掛着鋼刀。一見鮑老拳師的馬來了，他們就有三匹馬將道路擋住，一齊瞪着眼，怒聲問道：“老雜種你瞎闖什麼？”

老拳師被罵，臉氣得變紫，也瞪眼說：“你們不可開口就罵人！我是往西邊去，有急事！”

那三個漢子齊說：“有急事你也得讓我們的車馬在前面走。別說你，就是巡撫衙門跑飛信的差人，他們的馬也不敢走在我們的前面！”說着三個人就一齊伸臂來推。

他們本想把老拳師給推下馬去，可是不想老拳師的身軀竟像是一塊生鐵，在馬上紋絲不動。老拳師一發怒，將雙臂一掄，反倒把那三個壯年人全都打下馬去。

當時人聲就囂擾起來,前面的車輛都停住了,馬匹就向老拳師包圍上來，馬上的人也全都抽出了鋼刀。龍志起還沒來到臨近，一看他師父闖出了禍，就驚得趕緊撥馬又往回跑。後邊那些行路的人也齊都直着眼向這邊來瞧。

只見鮑老拳師卻依然從容不迫，他由鞍旁抽出了昆侖刀，只一晃，寒光就逼得眾人向後退去。老拳師面如紫肝，瞪着大眼，亂擺着銀髯，高聲說：“朋友們，我先打個招呼。我聽說你們這列車馬是巴中張黑虎率領的。這幾年我雖然沒到川北來，可是也稍稍聽得張黑虎的名聲，現在，就先請張黑虎出來見我！”

這時就見有個年有三十來歲,雄健精悍、黑臉膛的人,穿着一身緞褲褂，禿頂，身材不高，昂然站在一輛大鞍車的車轅上，一拍胸脯，說：“我就是張黑虎！老頭子，你睜大了眼睛看看，我就是張黑虎大太爺！”

鮑老拳師瞪眼一看，就說：“好了，原來你就是張黑虎。我這大年歲了，也不願跟你惹氣，你叫人放開一條路，讓我走！”

那張黑虎一聽，不禁微微一陣冷笑，便說：“你說話倒容易！你是看見了我車上的旗子，你才闖過來的，你是成心跟我惹氣，故意看不起張大太爺，你還把我的幾個弟兄全都推下馬去。現在你又說要走？哼！哪裏有那麼便宜的事？老雜種！先把你的姓名報出來，我倒要聽聽你是哪條路上來的老混子？隨後，張大太爺還要管教管教你這個老頭兒！”

鮑老拳師用刀向車上指着說：“張黑虎你可不要罵人，我說出來姓名你可要站穩了。你到閬中去問問閬中俠徐麟，他曉得我，我姓鮑名叫鮑振飛，五十年來江湖稱我鮑昆侖！”

老拳師道出了姓名，那張黑虎倒是沒有怎樣變色，可是四下包圍老拳師的人卻都向後退了退。

張黑虎就冷笑一聲，說：“這倒是久仰了！原來你就是鮑昆侖，那麼咱們就講些客氣的吧！退後十年，我要聞得你的名姓，倒真許嚇一跳。可是現在，你老哥算是完了，昆侖派叫江小鶴一腳給踢翻了！你老哥大概是在鎮巴待不住了，才跑到這裏來的吧？”

鮑老拳師一聽這話，是既慚愧，又羞憤，就一揮昆侖刀，催馬向車來撲。那張黑虎便嗖地跳下車，由一個人的手中接過一杆鐵棍，掄上來向馬上的老拳師就打。老拳師趕緊撥馬躲開，旁邊的一二十人，有的騎馬，有的在馬下，也一齊掄刀來殺老拳師。

張黑虎高舉着鐵棍，大聲喝道：“你們都退後！要打敗這麼一個倒霉的老頭子，還要大家全都上手嗎？”他喊出了這句話，那些人就立刻全都往後退了退。

這條道路本來很寬，大家一讓開地方，就給當中留出了一大塊空場。

鮑老拳師也下了馬，在他下馬的時候已顯出他太肥胖了，一點也不利便。張黑虎又不禁一聲冷笑，雙手握棍，拿着一個架勢，抬着頭瞧着鮑振飛，就說："來吧！今天我倒要鬥一鬥你鮑昆侖，我勝了你一人，就算勝了你們昆侖派！"

鮑振飛這時的態度倒是極為緩和，臉色也不那麼紫了，他沉着地把衣袖挽了挽，鋼刀忽的一聲，掄了一下，向前一進步。張黑虎見對方來得勢猛，就趕緊抬棍向下去壓昆侖刀，接着又用力一翻棍，雙手舞起棍來，腳步前進，那核桃粗的鐵棍便帶着風向鮑振飛的頭頂上去劈。鮑振飛並不躲閃，只反腕用刀背去迎，立刻鐺的一聲巨響，刀棍就相磕了一下。鮑振飛並不覺得怎樣，依然高擎着那口巨大的昆侖刀，那張黑虎卻趕緊抽回鐵棍，兩隻腕子被震得發麻。

張黑虎不由得退後了兩步，但又怕顯出弱來，就趕緊緩了一口氣，又把鐵棍抖起，依然是由上衝下。老拳師又用刀去迎。但張黑虎卻忽然改變了棍勢，他斜身一躍，棍勢下掠，嗖的一聲向老拳師的兩腿去掃。老拳師趕緊撤步，鋼刀拄地，將張黑虎的棍擋住。張黑虎突然抖棍又跳了起來，狠狠地向老拳師的背後去砸。老拳師一翻身，昆侖刀又將鐵棍擋開。老拳師卻再也不讓步了，就展開了刀法，彪軀隨刀前進，那張黑虎也舞了棍來迎，只見刀光映着日光，棍聲挾着風聲。

二人相戰十餘合，張黑虎招架不住，曳棍就逃。老拳師兩三步便追趕上來，掄起了昆侖刀，只聽吧的一聲，張黑虎立時趴在了地下。老拳師卻趕緊上前把張黑虎抱起。這時張黑虎的手下全都慌了，有的往後退，有的就舞刀過來，但見老拳師彎着兩隻肥大的胳膊抱着張黑虎，他們投鼠忌器，反倒不敢上手了。

老拳師本沒有殺害張黑虎之心，這一刀用的是刀背，並且只用了兩三分的膂力，又砍在張黑虎不要緊之處。他把張黑虎抱了起來，就笑着說："對不住，對不住，我太冒失了！但你雖敗在我手中，我還很欽佩你。說實話，十年前我打敗閬中俠時，就沒用今天這樣大的力氣。"

張黑虎痛得臉色如同一張熬大煙用的裱心紙，黃豆大的汗珠子從腦門上直滾下來。他先擺了擺手，阻止住了他手下的人，然後說："佩服，佩服！可是鮑老拳師你有這麼好的武藝，你為什麼要怕江小鶴呢？"

老拳師怔了一怔，臉上又一陣紅紫，冷笑了一聲，說："那些話慢慢我再告訴你，你先躺下歇息歇息！"他見旁邊有一輛敞棚子的車，便把張黑虎平放在那輛車上，又向一干人都拱了拱手，笑着說："對不住諸位！"

那張黑虎手下的人，雖然都氣憤憤的，可是見鮑老拳師的武藝是太好了，張黑虎又令他們不許動手，他們便也都不敢自討苦吃。他們全都帶着一臉喪氣，過去看他們張大太爺的傷勢。車裏有兩個年輕的婦女也都下了車，過去安慰張黑虎，老拳師便退後幾步。

此時龍志起也精神百倍，催馬跑了過來。老拳師就自己彎腰，由地下揀起來昆侖刀，望着龍志起，得意地笑了笑，隨後慢慢收起刀來，一手牽馬，一手捏着銀髯，向一個趕車的人問道："你們是要往哪裏去？"那趕車的人見老拳師和自己說話，就像看見老虎朝他張嘴似的，不但不敢回答，反倒躲在騾子後面去了。

龍志起便瞪大眼睛說："我師父問你呢！你們是到哪兒去？快說！"

老拳師卻擺手說："不可發橫！"

這時，那張黑虎被兩個少婦攙扶着，坐在了車上，派人來請老拳師過去說話。老拳師就將馬匹交給龍志起，徒手走過去，就向張黑虎帶笑問說："現在傷處覺得怎樣？"

張黑虎搖了搖頭，說："不大要緊。老前輩，咱們今天是不打不成相識，我要跟你交個朋友。"

老拳師一聽，也很是喜歡，就說："我鮑振飛生平本來最愛結交朋友。只要兄弟你不嫌棄，我鮑振飛扳個大，願意做你一個老大哥。"

張黑虎笑了笑，抱着拳說："好，好！今天我們本是要到儀隴縣去。儀隴縣有我的兩個朋友，丈八槍劉傑和花太歲蔣成，我們打算三家的眷口合攏來，往峨眉山去進香。現在咱們兩人相識了，我肩膀上又吃了虧，朝峨眉山的興致我也沒有了。鮑老兄你要在別處沒有什麼急事，何不咱們就往儀隴縣去一趟，我把那兩朋友給你介紹介紹，咱們在一處盤桓幾日，敘一敘交情？"

鮑振飛此時正想在川中交結些豪傑，當下就很歡喜，遂點頭說："這我是求之不得，我還有幾件事要求你幫忙呢！"於是鮑振飛便回身上了馬。

龍志起卻不住地偷眼看伺候張黑虎的那兩個少婦，心說：張黑虎這小子真有福氣。老子現在是倒了楣，這次到川北來，不但人財兩空，受了一身的傷，還有個師父來管轄着我！他娘的江小鶴！

老拳師又叫龍志起過來，向張黑虎等人引見。張黑虎聽了龍志起的名字，雖然也說了一聲久仰，可是看上去並不大注意。他又吩咐他那兩個侍妾各回到車上去，然後一拂手，就令車馬向西走去。

張黑虎手下的那些人，有的就和鮑振飛攀談，有的卻冷冷地撇着嘴、斜着眼，像是不大服氣的樣子。龍志起就覺得心裏不大痛快，偷偷地向鮑老頭說："師父！咱們何必要跟他們一路走？這夥傢伙都是強盜。"

鮑振飛卻微微搖頭，說："你不曉得，我有用意。再說這夥人雖然不是什麼好人，可也絕不是強盜。"

眾人便一同往西走去。後面的那些行路的人，剛才已看見了老拳師的威風，就齊齊地向前仰着臉瞧。因為鮑振飛的身體魁梧，馬又高大，他跟那些人比較起來，真如雞群之鶴、羊群裏的老虎。

往西走了約二十里，就到了儀隴縣城，張黑虎就先命車馬到東鎮成興米行停下。這成興米行就是花太歲蔣成所開的。蔣成在十年前是個光棍地痞，連飯都混不上，他在閬中俠徐麟家中閑住時，簡直就像個僕役。但他很不安分，因與金甲神焦德春的老婆賽嫦娥私通，曾被江小鶴所打。後來江小鶴到徐麟家中求師，徐麟叫他試舉鐵棒，蔣成便趁機對江小鶴施以侮辱。徐麟看不下去，便抽了蔣成一頓鞭子，把他驅走。

蔣成十年來流落江湖，度的是跟盜賊差不多的生活。只因他的相貌還漂亮，所以頗得些女人的垂青，儀隴縣有個富商的老婆愛上了他。那富商終年在外省經營，家中許多的田產、生意都無暇照應，於是蔣成就趁機慢慢地侵佔。早先還有那富商的族人和得力的夥計們與他爭執，可是後來，蔣成就與儀隴縣的丈八槍劉傑拜了盟兄弟。劉傑不僅是個富紳，是個土豪，還是個與張黑虎齊名的好漢。蔣成就借着他的勢力強佔了那富商之婦和一切家產，在此居然結交官府，自稱為“蔣三太爺”了。

當下他見張黑虎來了，雖然車馬很多，可是樣子卻很狼狽，是被兩個人給攙進來的。同來者還有一個身高體大的老頭子，並有一個黑胖臉、相貌猙獰，歪胳膊，斜着腰，衣服上還帶着陳舊血跡的人。蔣成不禁直了眼。

張黑虎就說：“蔣老三，我給你帶來了兩位新朋友。朋友雖然是新交的，可是名字你必然久仰。”遂指着鮑老拳師說：“這位就是鎮巴的鮑昆侖，那位是紫陽的推山虎。”

蔣成一聽，立時驚訝得跳了起來，說：“哎呀！這真是久仰得很了！”於是他命人接過馬去，立時這米行裏就是一陣雜亂。張黑虎的女眷都被讓到裏院，裏院有很寬綽的房屋。馬匹、車輛有的卸在馬棚下，有的被送到附近的店房去。張黑虎帶來的那些人就都跟蔣成養着的打手們出去飲酒玩樂去了。

這裏蔣成將張黑虎、鮑振飛、龍志起幾個人讓進了一大間很敞亮的屋內，有僕人給獻上茶來。張黑虎靠着大椅子半躺半坐，他就帶着笑，把剛才在路上與鮑振飛比武，自己戰敗，然後又交了朋友的事說了。

蔣成十分驚異，就不住地打量鮑振飛。鮑振飛卻極和藹客氣，並向張黑虎、蔣成二人都以老弟相呼。

蔣成就說：“真是不打不成相識。我在十多年前就仰慕鮑老哥的大名，今天你要不跟張二哥打架，張二哥不把你請來，我還無從拜會你呢！現在好了，老哥你們師徒就在舍下多住些日吧，咱們得深交一交！”

鮑振飛說：“只要諸位不棄，我鮑振飛就覺得很榮幸了。”

龍志起見他師父向來都是驕傲自負，如今對這兩個江湖晚輩竟這樣客氣，心裏就很不痛快。他噘着嘴，閉着眼，想着他腦裏所記得的幾個婦人。

此時張黑虎忽然一拍桌子，大聲說：“鮑老哥，我今天見了你面，領教過了，你的昆侖刀足足能敵得過敝師涪州虎的鋼鞭、鐵杖僧的鐵棍。可是前些日子我聽由長安來的人說，你被江小鶴一人逼得無路可走，你手下的五六十個高徒非死即傷。令孫女也是個俠女，她嫁的那個紀廣傑，聽說武藝比閬中俠還高，可是也敵不過江小鶴。難道江小鶴那小子真是三頭六臂七十二隻手，會使翻天印，會祭捆妖繩嗎？”鮑振飛見問，不禁萬感交集，一時回答不出話來。

花太歲蔣成卻在一旁冷笑，說：“江小鶴，在十年前我就認識他，我們就交過手。他的刀法不過是亂掄，有什麼本領？他就是向閬中俠家裏的那三根鐵棍叫爸爸，也是舉不起來。我們兩人還有點兒舊仇呢，早晚見了面，我還要鬥一鬥他！”

鮑老頭卻微皺着眉頭，說：“今日的江小鶴，卻不似早先那個潑皮無賴的小孩子了！雖然到現在我還沒見着他，可是他所拜的那個師父我卻是知道的，只要江小鶴把他師父的武藝學會了一二成，我們就……”說到這裏，鮑振飛不禁沉重地歎了口氣，轉又振奮着精神說：“剛才張老弟問我為什麼怕江小鶴，說真話，我並非怕他，我實在是怕他的師父。他師父是個文弱書生，三四十年前就很老了。那個人的姓名無人知道，但他的武藝卻沒有人不怕。在四十年前，江湖上的英雄只有二人，一是蜀中龍，一是龍門俠。那時我的名頭還提不起來，可是蜀中龍與龍門俠全都在那人的手中吃過大虧。他們平日縱橫江湖，無人能敵，可是一聽見那人來了，他們立刻就像兔子看見了獵犬的影子，急忙着就得逃避！”

張黑虎在旁聽得出神，花太歲蔣成卻笑着說“鮑老哥一定是你弄錯了！江小鶴當年央求閬中俠，要叫閬中俠收他為徒，閬中俠都不肯幹，故意拿那幾根鐵棍難他。人家那麼大本領的老俠客就會收他？別是以訛傳訛，就把你老哥給嚇怕了吧？昨天我還聽說江小鶴確實到了川北，他一路打劫，在螺螄嶺殺死了兩個官人，搶劫了蓬安縣正堂的官眷。那小子真膽大，搶了縣官的太太還敢去住店房，還想去成夫婦，把那官太太逼得懸梁自盡了。”

這時龍志起在旁聽了，不禁胸頭咚咚地打鼓一般。

蔣成又接着說：“店家報了官，官人來到，江小鶴就狼狽而逃，頭上並吃了幾棒。那小子，聽說他現在變得是又黑又胖，並且長了一嘴的鬍鬚！”

龍志起驚得正要跑，卻見鮑振飛用那鐵錘一般的拳頭咚地把桌子擂了一下，就像打了一個雷。

龍志起叫了聲：“哎喲……”

鮑振飛卻用眼瞪着他，說：“志起！”龍志起戰戰兢兢地答應了一聲，鮑振飛又一陣可怕的冷笑。龍志起覺得他師父看出來破綻了，一定是要殺他，慌得他面色發青，兩腿發軟，假如不是坐在椅子上，他一定要癱在地下了。鮑振飛冷笑過之後，又說：“志起，你記得當年江志升所做的那喪心敗德之事嗎？想不到他的兒子江小鶴比他還要貪淫好色，胡作非為。早先我殺過江志升之後便非常後悔，所以明知江小鶴是一條禍根，但是我不忍害他。現在，竟想不到他學好了武藝，不但與我們作對，還任意在江湖上為非作歹。不要說我鮑振飛跟他還有私仇，就是沒有私仇，我也要做一番俠義行為，替世間除去這個強徒淫夫！”龍志起又打了個冷戰，但是他放了心，知道他師父並沒想到那些壞事就是他幹的。

當下鮑振飛又向張黑虎和蔣成深深打躬，說：“我鮑振飛來到此地，雖然是為江小鶴所迫，可是也該離開漢中，與他決一生死了。現在他既是這樣的可恨，他就是不找我來，我也要找他去。但我老了，我這徒弟雖是我最得意的門人，可是你們看他身上的傷勢還未痊癒，那就是前些日他與江小鶴爭鬥吃的虧，憑我們兩人絕不是江小鶴的對手。現在只有求諸位幫助。諸位是川北有名的豪傑，江湖上的俠義，我想一定不能坐視那樣的淫賊在此橫行。諸位如能幫助我剷除了江小鶴，人命官司可由我去打，我們昆侖派的人都算是諸位的師姪，以後漢中、長安各處由着諸位去走。”

鮑振飛的話才說到這裏，蔣成就說：“老大哥你何必這樣客氣！江小鶴是你的仇人，也就是我的仇人，有我們在此處，還能容許他往西邊來嗎？還能許他活着逃往川省嗎？”

張黑虎也興奮地說：“老三，你派人把大哥請來，咱們就商量商量怎樣對付江小鶴！”

花太歲蔣成立時叫了人去請他們的大盟兄丈八槍劉傑，一面又命人做菜備酒。

這裏老拳師就說：“我想咱們這裏的人應當越多越好。江小鶴從他師父學了幾年藝，他一定會些奇技，最好能將涪州虎高老師父請來，並請來鐵杖僧、閬中俠。”

花太歲蔣成卻說：“高老師父現在已經歸隱了，絕不會再管閒事。鐵杖僧聞說現在川省，可是為鬥一個江小鶴請出那麼大本領的人來，又不值得。至於閬中俠徐麟，咱們更不必理他，他也是我們兄弟的仇人。”

鮑振飛說：“聽說閬中俠近十年在家很是安分，不至於得罪諸位吧？”

蔣成說：“他雖然安分，可是他的兒子徐雁雲卻極為可恨，時常與我們兄弟作對！”

鮑振飛又問：“這徐雁雲的武藝如何？”

蔣成說：“不錯，劍法似乎比他父親還好些。徐雁雲有二十來歲，和江小鶴差不多，性情比閬中俠還驕傲。他又娶了個媳婦，是蜀中龍的外孫女，名叫秦小仙，一口寶劍連她的公公都敵不住，常常騎着一頭小黑驢在外頭橫行！”

龍志起聽說閬中俠的兒媳是個騎小黑驢的，便想到前些日子在暮色下小村中所遇的那件事，嚇的臉色都青了。那蔣成和張黑虎一提到了閬中俠翁媳，就像鮑振飛提到江小鶴似的，眼睛睜大，面色發白，又是恨又是怕，也都沉默着不言語了。鮑振飛就坐在旁邊，撚着銀髯沉思。這時院外人聲嘈雜，是那丈八槍劉傑來了。

這劉傑的身材很高，穿的衣服很闊，神態極為傲慢。見了鮑振飛，他不過是微微一點頭，對於龍志起簡直是理都不理。這時僕人們把酒飯都擺了上來，大家紛紛讓座，把劉傑讓到首座，鮑振飛倒坐在次席，竟沒有人來理龍志起。

龍志起覺着無味，就退身出了屋。到了院中，又見一些人全都瞧着他笑，仿佛是笑他那大黑腦袋、連鬢鬍子，笑他又瘦又短的衣裳。龍志起心中很不痛快，就跺了一下腳，邁步走到街上。他還不敢快走，因為一邁大步，胳臂、肩膀、腰部就全都像拿刀剜着那般痛。他覺得街上走路的人也全都注意他，就進了一家酒店。這酒店裏的人很多，就有許多人都大笑着，說：“來了！來了！快看，這就是昆侖派的高徒！”這些人都是張黑虎和蔣成手下的人，都會幾手武藝，都是地痞土惡。他們訕笑着龍志起，龍志起卻以為人家是在恭維他，他就揚眉吐氣地向眾人拱手。

有個人拉了個凳兒請他坐下，就問說：“蔣三爺在那裏請客，炒得好菜，預備得好酒，你為什麼不到那裏去吃呢？”

龍志起卻搖晃着他那大腦袋，撇了撇嘴，說：“誰和他們在一處吃？我師父和他們稱兄道弟，叫我當他們師姪，我他娘的能甘心？我龍志起是鮑振飛的大門徒，今年我也四十多歲了，紫陽靖遠鏢店我也開了十多年，紫陽三傑的名頭我數第二，川北閬中俠也跟我較量過。現在他娘的我在川北倒成了晚輩，誰能忍這口氣？”

那些人齊都哈哈大笑。有一個人就說：“現在還不要緊，你只比張二爺、蔣三爺他們低一輩，若等到涪州虎鐵杖僧一來到，那你可就是孫子了！”

龍志起氣得拿拳捶着桌子，咚咚地用腳跺着地，又自言自語地罵道：“都是那狗娘養的江小鶴，不然誰能到此地受這些氣？”

他們這裏說笑着，龍志起道完了字號又罵江小鶴。旁邊就有個酒客對他們很是注意。這人年有四十上下，也是黑臉膛，但比龍志起的身材高，而且瘦得多。他穿的衣裳非常不講究，但兩眼卻很亮，聽見提到了江小鶴，他就越發注意地去聽。

此時便有個本地人，大概是蔣成手下的夥計，給龍志起斟了一杯酒，說：“朋友，別罵江小鶴，也別怕江小鶴，你先喝了這杯酒，壯壯膽氣。告訴你一件事，江小鶴他絕不敢到儀隴縣來，因為他在螺螄嶺做了賊，劫了安縣正堂的家眷。現在那案子鬧得很大，府裏的公文都到了本縣，我是剛才聽衙門裏馮大爺說的。”

龍志起接過酒杯，一聽這話，驚得手一顫，把酒全都灑了，灑了一個穿青衣裳的人一身。那個人回身就是一掌，罵道：“盲了眼啦！臭膿包！”這人一掌正打在龍志起胳臂的傷處，痛得他一咧嘴，才要發氣打架，忽見旁邊那黑面的酒客，突地站起身來，說：“喂！朋友們，可別混口亂道。江小鶴是我的兄弟，他是堂堂的一個漢子。要說他攔路劫人我還許信，要說他搶劫了什麼縣正堂的家屬，我能替他去打官司，我那老兄弟他絕做不出那樣的事來！”

這裏的人一聽全都驚愕，有兩個人似乎認識他，就過去推他坐下，說：“老伍，沒有什麼事！你和江小鶴十年多沒見了，早先你們也不是有什麼深交，你何必替他打這不平？”

這個被人呼為“老伍”的似乎已有些醉意，他便揚着頭撐着眼睛說：“怎麼沒有深交？江小鶴他和我是患難兄弟！十年前我叫他入綠林，他都不肯幹，現在他就能打劫官眷？這不定是哪個混帳王八狗娘養的作了案，冒充他的名字！”

龍志起一聽這姓伍的罵上了，也就氣上了，因為欺這姓伍的長得瘦弱，他走過去掄拳向那姓伍的就打，姓伍的也跟他互相揪扭起來。龍志起雖然力大，但身上有傷，動轉不靈，兩三下便被姓伍的給揪倒了，咕咚一聲，頭碰在酒甕上，腳卻伸到了椅子下。旁邊的人有的鼓掌大笑，有的就說：“不要緊，爬起來再打！”

此時一些老實的酒客全都溜走了，酒店的掌櫃子站在板凳上，擺着手給他們勸架。龍志起憤憤地罵着，爬起來，一把將那掌櫃揪下了板凳。他舉起板凳來又向那姓伍的打去，姓伍的也舉了一把椅子來相迎；乒乒乓乓，兩件木器相碰相撞，撞得板凳腿、椅子背全都折了。那姓伍的趁勢又由桌上抄了一把酒壺，吧地向龍志起的臉上打去。龍志起要躲沒躲過，酒壺正打在他那張黑胖的臉上，當下鼻子就流出血來。

龍志起簡直像瘋了一般，奔到櫃房，抄上酒店切肉的那把刀，就向姓伍的飛去。不料打錯了，竟打在一個禿頂的人頭上，立時就迸出了血花。這人是跟張黑虎來的，他就由腰上抽出來光亮的匕首，撲向龍志起，罵道："囚兇的，你瞎了眼！"

龍志起趕緊向後去退，同時有旁邊的人上前把這持匕首的人攔住。立時酒店裏更加騷亂，吵架聲、勸解聲，很是嘈雜。那姓伍的人卻跳出了酒店，在外面拍着胸脯，還向店裏的龍志起大罵，說："姓龍的！連你帶鮑昆侖，你們要是好漢子，就在儀隴縣等着。十天之內，我准保把我的兄弟江小鶴找來，到時咱們再較量。你們要是硬漢，就別走，要是膿包就快滾！小子，等着我的！"龍志起也在酒店裏向外大罵。他跳着腳還要撲出去，卻被旁邊的人緊緊揪住了雙臂。揪他的右臂還不大要緊，揪他的左臂他可真受不了，疼得他趕緊求別人將他的胳臂放開。

此時外面那姓伍的已然走了，那個受誤傷的也被別人給攔住了。龍志起就過去給那人作了幾個揖，謝了罪。那人又罵了他幾句，才慢慢收起了匕首。這時酒店裏的囂雜聲音才消停一些了，可是桌椅板凳一切什物卻歪東倒西。

龍志起就坐在一個凳子上吁吁地喘氣，用衣袖擦着鼻血，他就問說："那姓伍的是個什麼人，他真認得江小鶴嗎？你們諸位認得他嗎？"

有人便說："那傢伙名叫黑豹子伍金彪。"

龍志起就撇着嘴說："無名小輩！"

旁邊的人說："可是他在川北也有些小小的名頭。早先他是綠林中人，在箱子山當過大頭目。十年前江小鶴不過是個小孩子，漂流到川北來，混得沒辦法，大概也在箱子山當過幾天嘍囉，因此與黑豹子伍金彪相識。後來箱子山被剿，伍金彪也落了網。他在衙門坐了七年監獄，什麼刑罰都受過了，可是他牙關緊咬，只認是被賊擄去的人，並不承認自己是賊，到底官司被他熬出來了。去年他才出監，便在各處飄蕩，雖然不再為非作歹，可是還常常去訛賭局。因為他是由監獄掙扎出來的人，所以江湖上都敬重他，稱他是好漢，他就衣食不缺。近些日來因為江小鶴的名頭大了，所以他就到處吹牛，說他在十年前怎樣怎樣和江小鶴有過深交，並且說他當年還救過江小鶴的性命。"龍志起一聽，不由得脊梁骨發涼。

旁邊的幾個人又說："老龍，你不要怕，江小鶴來了又當怎樣？第一，有劉大爺、張二爺、蔣三爺和我們兄弟們，足能抵擋他；第二，他來了正好，螺螄嶺案現在犯了，官人正要捉他呢！"

龍志起聽了又打了個冷戰，坐着喘了喘氣就假意憤憤地說："不怕！不在這兒等着江小鶴，我就不是好漢！"遂站起來要走。

酒店掌櫃的卻走過來，說：“大爺，這些東西全都毀了，可怎麼辦呀？”

龍志起瞪眼說：“你們還要叫我賠嗎？那姓伍的跑了，你們把他追回來，要賠也得兩人拿錢！”他正在發橫，忽然由外面進來兩個官人，他立時又驚得顏色改變，趕緊向後退了兩步，並且摸着了凳子，預備抵拒官人。但這兩個官人似乎並不是來捉他的，進屋來隻向那幾個人問了問剛才這裏為什麼打架，又看了看龍志起和那受誤傷的人的傷勢，便走了。

兩個官人走後，龍志起的一顆驚慌的心方才落下，他心想：我現在可惹不得事，一來身上有傷，打不過人；二來萬一螺螄嶺的案犯了，查出來黑胖臉的江小鶴就是我，那我可真吃不住。現在還是趕緊驚嚇驚嚇師父，叫他快些帶着我走吧！於是他便摸出一小塊銀子來，給了酒店掌櫃，算是了結了這件事。

他又向那個禿頭上還在流血的人打了兩躬，說：“大哥！是我的錯！剛才那姓伍的小子把我氣得眼都花了。我抄了刀來本想砍他，沒想到，不知是怎麼一股子勁兒，就砍在大哥你的頭上啦！”

那人的一塊手巾都染紅了，臉上亦是一塊一塊的血跡，他就氣憤地說：“小子你別再嗦了！現在我算認得你們昆侖派了，認得你推山虎龍志起了，原來他娘的是這般膿包、孬種！”龍志起被罵着，不敢還言，便向那些人又拱了拱手，就走出了酒店。他低着頭，忍着氣，暗叫着倒霉，便跑回了花太歲蔣成那米行。

這米行前是三間門面，旁邊是一個貨棧的大門，龍志起就從大門走了進去。一到了院裏，就聽到一陣喝彩之聲，龍志起趕緊抬頭，只見院中圍了一大圈子人，是那劉傑、張黑虎、蔣成等人。老拳師卻站在中央，手舞昆侖刀，舞的正是龍志起學了三年仍沒學會的那“驅星趕月十八式”。只見刀光閃閃，銀髯飄飄，老拳師雖然身胖體重，但手腳仍極為敏捷。旁觀的眾人有的呆呆出神，有的便不禁連聲喝彩。

少時，老拳師收住了刀式，稍稍有些喘氣；旁邊的眾人齊都稱讚。有的說：“老英雄的精神真好，力氣也充實，簡直不亞於二三十歲的小伙子。”有的說：“像剛才老師父耍的這趟刀，我們真是平生沒見過！”

張黑虎坐在張椅子上，不住地伸大拇指頭；花太歲蔣成扭着頭正跟別人說話，臉上也是很驚訝的樣子；連那剛才極為傲慢的劉傑，此時的眼睛全有點兒發直。

老拳師卻提着刀，面現得意之色，說：“我昆侖派的武藝有四路棍、八套刀，另外還有十四手秘訣。我的徒弟雖眾，但我傳授的武藝卻不全，算來學了九成的有魯志中、張志才和我的孫女阿鸞；學了七八成的有葛志強、賈志鳴、龍志起……”說到這裏，忽然他扭頭一看，只見他的高徒龍志起衣服破爛，鼻孔流血，一臉晦氣地站在旁邊。

老拳師不由吃了一驚，別人也都把目光注視在龍志起的身上。鮑振飛便提刀走過去，焦急地問說：“你在外面遇着了什麼事，竟弄得這樣狼狽？”

龍志起就拉了他師父一把，哭喪着臉說：“師父你跟我到那邊去，我有件要緊的事要告訴你老人家。”他打算將鮑振飛拉到別處去談話。

不料老拳師卻勃然大怒，瞪着眼說：“有什麼話你就在這裏說吧，怕誰聽見？”

龍志起皺着眉，便悄聲說：“方才有這裏蔣成手下的幾個人叫着我去飲酒，在酒店裏便遇見了黑豹子伍金彪。那人十分兇橫，知道我是昆侖派的人，他便撲上來打我。我因為身上有傷，便打不過他，鼻子都被他打破了。後來他氣憤憤地走了，臨走時他還說要去找江小鶴。他和江小鶴十年前便是朋友，一塊兒在箱子山做過強盜。他還指出師父的姓名，要咱們師徒在這兒等着他，他說他要找來江小鶴殺死我們！”

老拳師一聽這些話，便不由得一怔，面色立時變了；先是一陣蒼白，後來漸漸地又變為紫沉沉的。

龍志起又哭喪着臉說：“師父，我想咱們還是走吧！江小鶴若來到，他絕不能善罷干休！”

老拳師卻驀然一個大嘴巴，打在龍志起的胖臉上，痛得他直叫。老拳師又踢了他一腳，罵道：“江小鶴他要善罷干休，我還不肯善罷干休呢！他來了，我們刀對劍，老對少，索性拼一個死活。你要怕，你便一個人走，以後休再來叫我師父！”

這時龍志起已被他師父踹得躺在地下，那邊花太歲蔣成等人就都走了過來，扶起了龍志起，又勸慰鮑振飛。鮑振飛喘吁吁的，瞪了半天眼睛，遂就摸了摸銀髯，故作從容地笑着說：“有個黑豹子伍金彪，剛才在街上揚言，說要請來江小鶴鬥我。豈不知我正等着他呢！”又向蔣成說：“蔣老弟，剛才我們吃飯時，你托我明天到閬中去找閬中俠父子，給你報那十年前所受的一口氣，我已經答應了你。現在，姓伍的既是找江小鶴去了，我便得在此等着他，你那件事只好等我和江小鶴分過勝敗生死之後，我再給你辦吧！”

花太歲蔣成說：“我那件事倒不忙。十年前，我在閬中府住着，要不是江小鶴，我也不至於受閬中俠的欺辱。江小鶴也是與我誓不兩立的，他來了，我們一定幫助老哥，絕不能叫他整着身子離開這儀隴縣！”

老拳師便提刀拱手說：“只有仰仗諸位了！”

當下有人就把龍志起攙到旁的屋裏去了。鮑振飛又同劉傑、張黑虎、蔣成一起回到屋中去談話，鮑振飛便懇托那三人到時幫他的忙。那三人除了蔣成之外，倒都不是專要跟江小鶴作對，他們只是想先幫助鮑振飛剷除了江小鶴，然後再利用鮑振飛這口昆侖刀，替他們剷除閬中俠父子。因為只要那徐麟、徐雁雲父子活在世間，張黑虎與劉傑便不能放心地在川北充好漢。三個人便都與鮑振飛稱兄道弟，很是親熱。

那丈八槍劉傑因為剛才見了老鏢頭的刀法，驕傲之氣也漸消，特別要聯絡鮑振飛似的說：“這裏的房屋狹窄，前面又是一個買賣。果然江小鶴來到，攪鬧了買賣倒不要緊，可是這院子跟這門口街上，絕施展不開刀法。鮑老哥到時便難免吃虧。不如搬到我那兒去住，我那兒有很大的莊院。”

鮑振飛也覺得住在蔣成這裏不很好。他倒不是嫌屋房院落窄小，卻是覺得蔣成手下的人太少；如果江小鶴晚上來此，便難以防範。聽了劉傑這話，他就很是喜歡，當日便帶着龍志起到劉傑家中去住了。劉傑的家在縣城的東北，距蔣成這裏三四里路。他家有寬大的莊院，長工、僕役、打手一共有五十多人，鮑振飛看了便很是安心。龍志起來到這裏也很高興，因為他一來到這裏，便見劉家的幾個小丫鬟和年輕的女僕，時常在裏內院之間出入。只可惜龍志起是跟鮑振飛同住在一間屋裏，當着他師父，他連多向窗外看一眼也不敢。

鮑振飛預料江小鶴快來了，他便特別地謹慎小心，他們師徒連屋子也不常出。晚間睡覺時他必將門關得十分嚴密，昆侖刀永遠出鞘，永遠握在手中，並給龍志起也找了一口刀，叫他睡在外首。夜裏師徒兩人輪流着睡覺，若然窗外有了一點聲音，鮑振飛便立時驚醒，提刀下床，側耳向窗外去聽。第一夜便這麼虛擾了四五次。龍志起真受不了，心裏又害怕，又覺着氣惱。白天龍志起就在屋中大睡，鮑振飛卻連眼也不合，時常在院中練刀、打拳、彎腰、壓腿。

到了第二日，張黑虎也帶着他的家眷和手下人搬到這劉家來住了；蔣成也整天在這裏。大家在一處談武，說些江湖的事情，倒是頗為熱鬧。一連過了三四天，鮑振飛在這裏住得很是平安。劉傑、張黑虎天天派人出去打探，除了聽說知府衙門來了兩個班頭，要在這裏等候，捕拿螺螄嶺劫官眷的強盜胖子江小鶴，再也沒有別的消息。

龍志起前兩日是天天不敢出門，除了有時看見劉傑的丫鬟、小老媽，心裏有一點異樣的感覺之外，無論什麼時候他都是提心吊膽。可是過了兩天，竟一點事也沒有發生。鮑振飛給他做的兩套衣裳也做好了，他身上的幾處傷也漸愈，於是，他又十分高興起來，天天與劉傑、張黑虎手下的那些人廝混，賭錢飲酒，到外面去嫖土娼，無所不為，只是瞞着鮑振飛。

鮑振飛在劉家閒居了幾日，那一陣興奮也過去了，便又勾出了許多煩惱，並開始懷念在長安的孫女阿鸞、孫婿紀廣傑，以及那些門徒。於是他就托劉傑給找了一個走過遠路的人。鮑振飛寫了信，拿了盤費，托那人到鎮巴、紫陽、漢中、長安幾個地方去看看。龍志起也托這人給他哥哥龍志騰帶了一封信。他倒沒有什麼旁的事，只是向他哥哥要幾百兩銀子。他心想：只要銀子一送來，我就走，師父想留下我都不行，這樣活着真不痛快！

那個帶信的人去了不到五天，就半路另托人帶回一封信，信上說是：走到通江縣，便遇到了閬中福立鏢店的人，知江小鶴現在此地，與金甲神焦德春同宿於一處旅舍之中，因彼二人頗有舊交。又聞有人曾見過江小鶴，說他的武藝並不如何高強，且現在病於客舍中，若非遇見了焦德春，恐即困死於此地。

鮑振飛看了，精神不禁一陣緊張，心中突然又發生一個兇狠的想頭，就低聲自語道：“我何不趁着江小鶴現在通江店中害病，就飛馬趕去找着他，揮刀將他殺死？他在病中，武藝至少要減少一半，那金甲神焦德春大概也沒有什麼本領保護他。我何不去？何不即時就去？”他說話的時候，旁邊並無別人，他狠狠地咬着牙，並緊握着拳頭，眼睛盯在窗上。

這時天色已然不早了，窗紙都已昏黑，外面鴉鵲亂噪。鮑振飛就想：這時正好！劉傑、張黑虎大概全都沒在家，他們也不能攔阻我；我騎馬趕上一夜，大概也就到了。到了通江見着江小鶴，我就剷除那逼得我昆侖派七零八散的敵人！一下決心，他提着包裹和昆侖刀向外就走。

才到馬圈內，剛要叫人備馬，卻見由大門進來了四匹馬四個人，正是劉傑回來了，帶着兩個僕人；還有一個身穿緞衣，足下蹬着官靴，年有四十多歲的人。劉傑看見鮑振飛提着包裹，就趕緊問說："鮑老哥你要上哪兒去？"鮑振飛見有外人隨了來，倒覺得話不好立時說出，就站着不語。

劉傑等四人下了馬，把馬匹交人牽去了，他就過來向鮑振飛擺擺手，說："別走，別走。"並叫旁人把鮑振飛手中的包裹、利刀都接過去。他指着那個穿官靴的人說："這位是閬中府台衙門的程八爺，一府的錢糧都由他收發，在閬中當差二十多年了，附近幾縣沒有人不認識他的。他又是巴州花拳李連勝的高徒，武藝精通，江湖上聞程八爺的名字，也沒有一個人不欽佩！"

老鏢頭遂拱手說："久仰！久仰！"

那程八爺也拱手笑着說："劉大哥給我吹嘘了一陣，其實兄弟在閬中府台衙門當差倒是真的，江湖上久已不走了。現在我是特地由閬中府來拜訪老哥，不但是想見見威鎮南北的老英雄，還有幾件要緊的事，要跟老哥你商量！"

鮑振飛一聽，倒不由得一怔，劉傑遂往裏院去請。此時龍志起也是才由外面回來，因為喝了許多酒，渾身覺着熱，正站在院中招風涼，忽然看見劉傑跟他的師父同着一個穿官靴的人來了，他就不禁吃了一驚，即退回到屋裏。

劉傑將鮑振飛和那程八讓到客廳中，便吩咐僕人們點燈、做菜、擺酒。莊夜鮑振飛很注意這姓程的官人，不知他為什麼事情要和自己商量。待了一會前裏兒，僕人把幾枝燈燭全都點上，屋內立時亮了。只見那程八由腰帶上摘下一根翡翠嘴的短煙袋，裝了一袋煙葉子抽着，就說："鮑老哥，你可知道閬中俠將來到此地嗎？"

鮑振飛搖頭說："我倒不知道。十年前，江小鶴勾結了他到鎮巴去與我作對；那時閬中俠的聲勢真是了不得，我的幾個徒弟全都被他殺傷。他到了我的家門前還肆意大鬧，我那時雖然氣憤，但又不願與他結仇，所以我與他交手之時，我的昆侖刀就留了些分寸……"

鮑振飛的話才說到這裏，那程八便擺手說："不是。我聽說這次閬中俠要來找你老哥，並非是像上次那樣，要跟你比武；這次他是因為聽說江小鶴來到川北橫行，在螺螄嶺殘傷了官人，劫了蓬安縣的官眷，所以閬中俠極為憤恨。昨天他就對人說，他要來看望老哥。他說他雖多年不走江湖了，可是這次他要來與老哥合力剷除江小鶴。"

鮑振飛一聽這話，倒是極為欣喜，連說："好，好！閬中俠果然前來，那我可又多了一個好幫手。"

程八又說：“他要來當然不能僅是他一人。他的少爺徐雁雲，武藝在他之上；他的兒媳秦小仙，是蜀中龍的外孫女，武藝比他們父子都強。”

鮑振飛便笑道：“連他的兒媳婦也來幫助我，那我可要推辭了。我鮑振飛在江湖上闖蕩了幾十年，不能單刀獨身去置江小鶴於死命，請別人來幫助，已羞得我無地自容了，若再叫個婦人來幫助我，那我就是勝了江小鶴，我幾十年的名氣也都完了！”說到這裏，心中又非常掛念自己的孫女阿鸞，便不禁長吁了一口氣。

程八卻卻搖頭說：“他的兒媳不來，他的兒媳回娘家住去了。那個小娘兒們，過門已經三年了，每次回娘家至少要兩三個月。其實離得並不遠，不過因為那小媳婦兒愛闖蕩，回到娘家她又闖蕩到別處去了。山南海北她都去，也不知她在外邊認得誰，可是閬中俠父子全都不管她。”

鮑振飛說：“若是我可就不行，我的家教最嚴。我有兩個兒子，娶的都是農家女，江湖上那些踏軟繩、賣藝的姑娘都不能進我的家門。我的孫女雖然跟我學過武藝，可是也頗明禮教，現在嫁給了紀廣傑。紀廣傑是龍門俠之孫，大概程兄也曉得此人。”程八吸着旱煙袋點了點頭。鮑振飛又歎道：“不但我治家如此，收徒弟我也首戒姦淫，不然，我也不至結下江小鶴這麼一個死冤家！”

這時僕人已把酒菜擺上。劉傑就讓程八坐首位，鮑振飛坐第二把椅子，第三把椅子空着，留着等張黑虎回來坐。劉傑是在下首作陪，眾人便互相讓着酒。鮑振飛喝下酒去，卻仍覺得心中不安，仍然惦記着去通江縣，趁江小鶴病倒在店房，把他殺死了事。剛才那封信還放在懷中，並未給別人看。

劉傑就問說：“老哥你剛才提着包裹，是要往哪裏去？”鮑振飛只微笑着，並不回答，也不多說話。

席間只有程八能談善飲，他說：“說來我跟江小鶴也是舊仇了。十年前，那時江小鶴不過是個毛頭小伙子，也不知他是從哪兒偷來的錢，穿得很闊，到了閬中就投到金甲神焦大胖子那裏。焦大胖子大概想拿他做孌童，跟他稱兄喚弟，非常討好。有一次在美人巷，哈哈，江小鶴在那時就好女色，胎毛未脫就嫖窯子。我跟他走了個碰頭，就打了起來。後來，我就用了點小小的手段，派人把江小鶴按在街頭一頓毒打；若不是閬中俠多管閒事，把他救走，那小子早就做了異地之鬼，還能夠……”

程八才說到這裏，忽聽外面一聲慘叫，立時屋中的人全都怔了。鮑振飛頭一個站了起來，急忙往屋外走去。這時外面天色已然昏黑，院中也沒有燈。只見一人由鮑振飛住的那屋中驚奔出來，跑了兩三步，便躺在地下亂滾，並哎喲哎喲地直叫，原來卻是龍志起。

鮑振飛氣憤極了，握着拳頭大罵道：“江小鶴你過來！要拼你就和我拼，你何必傷我的徒弟？”這時又見那屋中出來一條黑影，躥上房去便走了。

鮑振飛跑過去也往房上去躥，可是一到房上，便覺得自己的身子不穩，急忙挺腰站住。此時那條黑影早已不知去向，鮑振飛卻又十分驚疑，因為回想剛才自己所見的身影是很瘦小的，並不像紀廣傑所說的高身材，或川北這般人所傳說的黑胖子大腦袋。

房下這時亂了起來，屋裏屋外燈燭輝煌，劉傑正指揮着許多莊丁往各處去搜查。鮑振飛下了房，借着燈光往人叢裏一看，地下躺着的龍志起已然斷了半隻左臂，昏暈過去了，血肉淋漓，十分淒慘。

鮑振飛不禁頓腳長歎莊夜道："我這個徒弟，他跟我受盡了苦了！"遂囑咐旁邊的人說："他還沒蘇醒過來，千萬不要動他！"他便氣憤憤地到屋中取了昆侖刀，奔出門去。

到了莊外，便見也是一片亂雜雜、吵嚷嚷的，幾十個莊丁拿着刀棒，點着火把，在莊前莊後各處搜查。劉傑也手挺着他那丈八槍，氣衝衝地指揮着手下人，大喊說："都搜到了！連草堆裏也搜一搜，別叫賊人藏了起來！"亂了半天，竟沒有人看見賊人的影子。

這時忽見遠遠地有兩盞燈籠奔來了，鮑振飛和劉傑全都不勝驚詫。少時，燈籠來到臨近，才看出原來是衙門裏的六個捕役，全都拿着鉤杆、鐵尺，都是氣喘吁吁的。那捕役頭目姓崔，他認識劉傑，見了面便急急問說："是把江小鶴砍傷捉住了嗎？"又指了指身後的兩個捕役，說："這二位是府裏派來的，前幾天便來到了，專奉命來拿螺螄嶺劫官眷的大盜江小鶴。剛才有個小孩子跑到衙門去嚷嚷，說這裏已把江小鶴捉住了，並把江小鶴給殺傷了，我們這才急忙跑來。"

劉傑聽了這話不禁發怔，他覺着這崔捕頭大概是喝醉了，嘴裏不知所云。鮑振飛卻氣得直跺腳，說："殺傷的原是我的徒弟，他現在都快死了，哪裏是什麼江小鶴？你們進到裏邊看看去！"於是旁的人仍往各處去搜。劉傑發着怔，鮑振飛就生着氣，帶着這六個官人到了院裏。

眾人來到龍志起的身旁，就見龍志起已經蘇醒過來。他仰面躺在血泊裏，不住地呻吟，聲音極其微弱。幾個官人便拿燈籠去照。那兩個由閬中府派來的官人仔細一看，果然是個大腦袋、黑臉、連鬢鬍子的人，分明與他們捕票上所寫的賊人年貌相同。便有官人抬頭問道："他姓什麼？"

鮑振飛回答說："他姓龍。"

這官人說："那便是他了！在螺螄嶺劫官眷的那賊人先前自稱為江小鶴，後來可又跟趕車的人自稱為龍二太爺！"

鮑振飛卻氣得咚的一腳，把這官人踢了一個滾兒，手中的燈籠也拋在地上呼呼地燒着了。他又掄刀要殺這官人，旁邊的劉傑和崔捕頭等人便急忙把他揪住，托住他的胳臂。鮑振飛還高舉着刀跺腳大罵，說："你敢誣賴我徒弟是螺螄嶺劫官眷的強盜？你去打聽打聽，我鮑昆侖的門下有過為非作歹的人沒有？你捉不着江小鶴，要拿我的徒弟去交差領賞？你這是跟江小鶴一樣地欺負我！"劉傑等七八個人死力地拉着鮑振飛，才把昆侖刀奪了過去，又勸鮑振飛回到客廳中去歇息。可是院中還是亂哄哄的，連房上都有人來回地跑。

到了屋中，鮑振飛被劉傑、崔捕頭按坐在椅子上，並有人給他斟了一杯酒。鮑振飛仍然氣得臉膛發紫，鬍鬚亂動，不住地喘息。劉傑便勸說："老哥你不必生氣，我看令徒的傷勢雖重，但不至於死。”

鮑振飛卻擺手說：“死都不算什麼，只是這口氣令人難出！我鮑昆侖的徒弟若是調戲婦女，都要被我置之於死地，哪敢有殺官人劫官眷的道理？何況這龍志起又是我門下最老成的一個徒弟，跟了我二十年，沒犯過一點過錯。早先他也常到川北來保鏢，你們可以打聽打聽去，他除了與閬中俠結過一些小小嫌隙之外，哪曾做過給我昆侖派丟臉之事？”

崔捕頭急忙賠笑道：“這一定是那人弄錯了！但因為捕票上開着的犯人年貌與令徒相似。老鏢頭別生氣，我替他賠罪了！”

這時，那程八吸着旱煙袋，向崔捕頭問說：“剛才是個什麼樣的人到衙門去叫你們的？”

崔捕頭說：“是個十來歲的小孩，他在衙門口裏嚷嚷了半天，等我們一出來，他便走了，我想一定是這裏派去的。”

劉傑發着怔說：“這裏的事情剛發生，我們並沒派人報官，是哪裏來的那麼個孩子？”

鮑振飛在旁也很生氣，便想：連個小孩子都來愚弄我們師徒，我們昆侖派也太受人欺辱了！這也許是因為我近年改過向善的結果，看來江湖人是善不得的；假如我還像年輕時那樣兇暴，恐怕便無人敢欺！

這時院中倒是消停了一些，可是又有一人急匆匆地闖門而入，這人正是張黑虎。今天城內有人宴請他，所以他這時才回來。一進屋來，他便急忙問說：“龍志起是被人殺傷了嗎？兇手是江小鶴不是？沒捉着他，還沒看清他的模樣嗎？”

劉傑說：“誰也沒看見！江小鶴的夜行術真高，他傷了人，卻連個蹤影全都沒啦！”

鮑振飛說：“因為我是先出屋去的，我倒是看見了那賊人。面目我雖沒看清楚，可是我見那身影是很瘦小的，多半便是往衙門裏報信的那個小孩。諸位可知道川北各地有什麼年幼的賊人？”

張黑虎便一跺腳，說：“一定是她們，剛才在東關大街上我遇見她們了。她們姐弟都騎着小驢，出了店房往北走了！”

那程八急忙把煙袋離嘴，直瞪着眼問說：“是秦小仙姐弟嗎？”

張黑虎點點頭說：“不錯，就是閬中俠的兒媳秦小仙和她的娘家弟弟秦小雄。不知龍志起怎麼得罪過她，她才來要龍志起的命！”

程八在旁又問說：“徐雁雲沒有跟着她們嗎？”

張黑虎搖頭說：“沒有跟着，只是她們姐弟二人。大概是姐姐到這裏殺傷了龍志起，她弟弟就到衙門去喊官人，然後她姐弟二人便走了。她們一定是連夜馳回閬中府去了，說不定閬中俠父子就要來跟咱們爭鬥！”

程八連連擺手說：“不能！不能！閬中俠前天還對人說，他對鮑老哥很是尊敬，倒是痛恨江小鶴，因為江小鶴在螺螄嶺作的那案太可恨了！”

張黑虎說：“可是……”說着他望了鮑振飛一眼，便說：“今天我在城裏赴宴，席間有兩個鏢行的人，他們是從東邊來的。他們路過通江縣時遇見焦德春、焦榮了，江小鶴也在那裏。因為焦德春的姪子焦榮在通江闖了禍，焦德春亦被當地的惡霸殺傷，倒在旅店中，所以江小鶴便逗留在那裏了，不能往西來。他們有人看見了江小鶴，見江小鶴面貌雖黑，但是一點也不胖。通江縣曾把他傳到衙中，並叫當時螺螄嶺出事時那個駕車的人辨認了一下，那人卻說江小鶴並不是那劫官眷的強盜。那人還說，那強盜是個黑面大胖子，他雖自稱是江小鶴，可嘴裏又罵江小鶴，並且有時又自稱姓龍。因此……”旁邊的人就都把目光落在了鮑振飛的臉上，張黑虎又說：“因此現在的人都疑惑是龍志起所為，他冒充……”

張黑虎的話還沒說完，只聽咚的一聲，鮑振飛一腳便踢翻了桌子，杯盤全都稀裏嘩啦地滾落在地下。鮑振飛就像是一隻發了怒的老虎，大聲吼道：“哪來的事？我的徒弟豈能劫官眷、殺官人、做強盜？豈能冒充江小鶴之名？”

這時張黑虎、劉傑、程八等人都避到一邊，那個崔捕頭卻放下來一張嚴肅的面孔，說：“鮑老鏢師你可也別發急，事情好證明。蓬安縣的正堂夫人在江口鎮上吊，被店家救了，並沒死。當時那趕車的，現在也在通江。令徒是強盜不是，叫他們一看，便可分明。不過，據我想，令徒還是不要去見官才好，衝着劉大爺、張二爺、程八爺的面子，我們官事也可以私辦，想法叫令徒躲避一下！”

鮑振飛卻握着拳頭說：“我的徒弟沒犯法，憑什麼要躲？只要你們做官的把蓬安縣正堂夫人請來，認清了我的徒弟是當時的強盜，我是由你們把他捕走，殺罰由官，然後自裁。不然，無論是誰，若再誣賴我的門徒，我的刀絕不留情面！”

崔捕頭後退了一步，冷笑着說：“何必要把蓬安縣正堂太太請來？閬中俠的兒媳她們一定知情。不然她與你的徒弟無仇，為什麼今天要來傷你的徒弟？她又派她的弟弟到衙門去請我們，明明說的是大盜江小鶴在此負傷。可見令徒即是那假江小鶴，她們姐弟這番所做的是俠義行為！”

鮑振飛氣得渾身亂顫，鬍鬚飄動，兩眼瞪得比梨還大，冒着憤怒的火光，臉上是紫得怕人。他頓了頓腳，就說：“好！閬中俠的兒媳大概是才走不遠，我去追她回來，問問她為什麼說我的徒弟即是大盜江小鶴！”

張黑虎跟劉傑一聽鮑振飛要去追回閬中俠的兒媳，他們不但不攔，而且內心歡喜。劉傑立刻吩咐僕人去給鮑振飛備馬，程八便告訴他那秦小仙姐弟往閬中去所必走的路徑。鮑振飛憤憤地又回到自己住的房中去取刀。

這時龍志起已被抬回到房中，有兩個人正給他那斷臂的傷處敷刀傷藥。那鮑振飛就像個兇神似的，拿刀比着他徒弟的脖頸，狠狠地說：“等我把閬中俠的兒媳捉回來之後，就可以知道你冤不冤！果真，你要是背着我做了那違反我家戒條之事，那……我就把你剁成肉醬！”龍志起呻吟着，哎喲哎喲地慘叫着，也不知他聽見他師父這些話沒有。鮑振飛便踹開門，提刀，大踏步往外就走。

劉傑家的僕人已把馬備好，鮑振飛連鞭子都不要，就上了馬；他一手提韁，一手用刀柄捶打馬胯，如飛似的往村外走去。順着程八剛才所指點的路徑，由北轉西，那即是往閬中去的大道。此時天黑似墨，西風緊吹，周圍一片死寂，沒有一個行人，只有道旁的人家有些星星點點的燈光，也都非常地淒涼黯淡。

鮑振飛一腔怒氣，渾身的血液奔騰着，洶湧着。坐下的馬愈走愈急，蹄莊夜鐵擊在堅硬的地面上，發出的聲音如連珠炮一般，連續不斷。鮑振飛瞪着兩眼，在黑暗中不住向各處張望，口中並怒喊着："閬中俠的兒媳！狗淫婦！你站住！鮑老爺子有話要問你！"

往下追了也不知有多遠，忽見前面有兩團黑東西把他的馬攔住了。有人用尖細的嗓音叫道："你是誰？"鮑振飛曉得是已經追上了，便立即收住了馬，橫刀說道："我是鮑振飛，我要見見閬中俠的兒媳秦小仙，你們誰是？"話才說完，立見一個騎在一頭小驢上的瘦小身影回答道："我就是！鮑老頭子你追下我來做什麼？剛才我沒殺你，是因見你的年紀太老了，我的心裏不忍！"

鮑振飛狠狠地罵了聲："狗淫婦！"話才說到這裏，只見一道白光逼過來。鮑振飛立刻躲身跳下馬去，這匹馬便驚跑在一邊。那秦小仙也跳下驢來，寶劍嗖的一聲又向鮑振飛砍來。鮑振飛急用刀去迎，只聽鐺的一聲，那秦小仙大概是被震得手腕發疼，立即轉身跑開了。

這時另有一個小孩子走到鮑振飛的背後，掄着木棒就向鮑振飛的頭上打，梆的一聲，打得鮑振飛一暈，他氣憤地回身一刀，只聽一聲慘號，那小孩便扔下棒子躺在了地下。

秦小仙卻又掄劍過來，急得痛哭，說："老狗！你殺死了我兄弟！"寶劍如疾風閃電，呼呼地直向鮑振飛削來，她是要跟鮑振飛拼了命！

鮑振飛這時也是兇神附體，也不管對方是男是女，鋼刀如飛，去迎秦小仙的寶劍。相戰十餘合，就將秦小仙的寶劍打丟了。秦小仙轉身就跑，鮑振飛仍然揮刀去追。追了沒幾步，不防地下臥着一頭驢，把鮑振飛絆了一跤。他趴在地下，兩條腿還搭在驢背上。那頭驢驚得往起一跳，又把鮑振飛弄了個大翻身，幸虧刀還沒出手。費了很大的力，鮑振飛才爬了起來，氣得不住喘氣。

此時秦小仙已逃得不知去向，兩頭小驢也沒有蹤影了。鮑振飛低着頭往各處找了半天，才把被砍翻在地的那個小孩子找着。他拿腳踢了踢，也不見呻吟和動彈，彎着腰伸手又摸，就摸了一手濕的東西。鮑振飛知道，這小孩子已被自己殺死了，不由心中一軟，對這小孩生出一些憐憫之情。但轉又一想，如果自己十年前就殺死了江小鶴，何至如今留下後患？走江湖不狠怎行？遂又憤憤地踢了死屍一腳，嘴裏打了一聲呼哨，把自己的馬叫來，騎馬就走。

在馬上他把衣衫撕下一塊來，擦了擦刀上和手上的血，依然氣憤憤的，催馬就回到劉傑的家中。到了這裏，官人還都沒走，劉傑等人全都瞪着眼瞧着他。鮑振飛並不把手中的昆侖刀放下，只坐在椅子上吁吁地不住喘氣。

程八就問說："老鏢頭，你追着閬中俠的兒媳沒有？"

鮑振飛卻搖着頭，喘了喘才說：“沒追上！路徑我不熟！”

程八、劉傑和張黑虎就彼此互相望着。

鮑振飛喘着氣坐了一會兒，就一聲不發，提着鋼刀回到自己屋內。這時他的屋內已沒有了別人，燈還點得很亮。龍志起臥在床上，滿身血跡，臥在床上不能動，如同死了一般，但還微微地呻吟着。鮑振飛把刀放下，心中不禁一陣難過，便想：我們師徒太可憐了！不但受人的逼迫、傷害，還受別人的侮辱、冤屈。他紛紛地灑了一些老淚，便閉上了屋門，滅了燈，上床睡去。

這一夜，鮑振飛並未安眠，他一連醒了四五次，每次都點上燈察看一番。第一是他總是覺着窗外有動靜，總彷佛江小鶴或秦小仙要來殺害自己似的；第二是恐怕龍志起時時能夠死去。次日天明，鮑振飛醒來，又先察看了龍志起的傷勢。龍志起微微睜開了眼睛，哭着叫了聲：“師父！”鮑振飛不禁心中憫然，便悲憤地說：“徒弟！你放心養傷，將來師父給你報仇、雪冤！”龍志起就又哼哼着。

這時便有人叩打屋門，來的是劉傑用的僕人，這僕人說：“我們大爺有請！”鮑振飛不禁吃了一驚，暗想：天這麼早，劉傑找我又有什麼事？遂跟這僕人到了客廳中，就見劉傑、張黑虎全都在這裏，花太歲蔣成也來了。

劉傑的面色極為陰沉，便向蔣成說：“你替我把話跟鮑老哥說了吧！”

花太歲蔣成的態度卻頗為從容，他笑着說：“鮑老哥，你先沉住點兒氣，聽我說說吧！昨天晚上，你追上了徐雁雲的妻弟秦小雄，並將那孩子殺死在道旁。現在這件案子發了，官人要來捉你！”鮑振飛聽了，頓然吃了一驚，便要回房去取刀，挾了龍志起逃走。

但又見蔣成擺手說：“老哥你別着急！你住在劉大哥這裏，衙門的人絕不好意思來捉你。官事好辦，可是私事真有些不得了。今天或明天，閬中俠前裏父子帶着媳婦一定前來。死者又是蜀中龍的外孫。蜀中龍早已出家做了道士，但聽說現在還健在人世，他要曉得了此事，也一定前來替他的外孫報仇。江小鶴那件事還不要提。我的老哥，我們把你請來原是慕你的名，要跟你交一交。我要跟閬中俠作對，也不過是要和他比武鬥輸贏，並非要跟他結下什麼血海深仇。老哥，現在官事你別着急，有我們兄弟三個給你打點，只是這私事怎麼辦？老哥，我們就聽你一句痛快話了！”

鮑振飛至此時方才明白，這三個人把自己請到這裏來，與自己結交，不過是要利用自己對敵閬中俠。如今真把閬中俠惹着了，他們就害怕起來了。鮑振飛心中生氣，發了會兒怔，便又淡然一笑，用拳頭拍拍胸脯說：“這算什麼！官事、私事都有我鮑振飛一人擔當，絕不能令三位老弟為難受累。現在官人要來鎖我，我便伸着脖子跟他們去。官司我甘心去打，殺人者償命，欠債者還錢！拿我這七八十歲的老頭子，給一個十幾歲的小孩抵命，也值得！官人要不來捉我，我便在這裏住着，絕不躲避。無論是閬中俠、徐雁雲、秦小仙、蜀中龍、江小鶴，或是江小鶴的師父、師祖、師三代，無論是誰來，我有昆侖刀！我有一口刀、一條命！弱者就叫他受我一刀！”說這番話時，鮑振飛斬鐵斷釘，激昂憤慨，像老虎哮叫似的，那劉傑等三人聽了便全都十分滿意。

劉傑的面色立時變為和悅，大聲說：“好了，既然你說了這話，你就真不愧是老江湖、老英雄、老拳師！官司你別發愁，那和沒有是一樣，崔捕頭來了，我一瞪眼他就得退走；閬中俠等人來了，我們也不能眼見你寡不敵眾，一定要盡力幫助你。”

鮑振飛鬥着氣，點頭說：“好，好！我回頭把刀擦擦，等着他們！現在我那徒弟傷勢沉重，哪位知道這裏誰家配着好刀傷藥，求一些來給他治治。倘能給他治好，我師徒今生不忘大德！”

劉傑說：“老哥你不必說客氣話，我這就派人進城去請本地的名醫李一帖。他專治疔毒惡瘡、刀傷跌打。”

鮑振飛點頭說：“只要能叫他得了活命，短隻胳膊，成個殘廢也不要緊。諸事辦完了之後，我還要給他洗一洗冤。我要帶他去見見蓬安縣正堂的家眷，叫她認一認，我這徒弟到底是不是那個在螺螄嶺劫她的強盜！”

劉傑和張黑虎都笑道：“那以後的事情都容易辦，現在只是閬中俠和他的兒子、兒媳要來。今天我已囑咐了我手下的人和張兄弟由巴中帶來的那幾位兄弟，無論是誰也不許離開這裏，都要預備下兵刃。我並派了幾個人往路上打探去了，只要是閬中俠來了，離此十里地，我們總能先知道。”

鮑振飛連連點頭，便回屋去洗面喝茶，然後又看了看龍志起的傷勢，見他似是睡着了，但在夢中仍然不住呻吟。鮑振飛就歎息了一聲，遂又將昆侖刀拿起來，用一塊布去擦拭。看見刀上還存着殷紅的血跡，就想到昨晚殺死的那小孩子，現在一定已驗完屍了。一個使木棒的小孩子究竟與自己有什麼深仇呢？他心中才一軟，便又趕緊發狠，不去想它。

鮑振飛用力地拭擦着鋼刀，把一口大刀擦得發亮，然後把一件舊衣服撕成許多布條，把腰部、腿部的肥肉全都綁得很緊，為的是使自己的身軀靈便些。最後換了一身窄衣裳，便提刀來到客廳中。

劉傑、張黑虎二人正在客廳裏秘密地談話，蔣成大概是走了，那程八昨晚就沒住在劉家。劉、張二人一見鮑振飛走到屋中，他們便不談了。劉傑又命僕人備酒。鮑振飛把刀放在另一張桌上，便過來與他們飲酒，但因心緒緊張，竟不惜擎着大杯去喝。酒喝得差不多了，便又上菜、上飯。

正在吃着飯，忽見有一人跑來。這人是張黑虎手下的人，神色雖不十分驚慌，可是臉上卻帶出來有什麼事的樣子。鮑振飛立時站起身來，要去抄刀。

只見張黑虎的態度倒是頗為鎮定，他問說：“有什麼事嗎？”

這個人說：“黑豹子伍金彪回來了，現在郭家酒舖喝酒。我們問他找着江小鶴沒有？問他這幾天到了一趟哪兒？他都不說，只是搖頭微笑。”

張黑虎把面沉下來，說“你帶着幾個人去，把那小子拉到街上打他一頓，也不用要他的命，只打個半死便行了。”

那個人剛要轉身走，劉傑卻擺手說：“何必，何必！不用理他，只要他不走，過兩天再說。現在這些小事都不用管，先將大事辦完了，小事便都好辦。”

鮑振飛明白他們所說的大事，便是閬中俠要來的事，遂也擺手說："暫且不必理那姓伍的，他既是一個人回來了，可知他必是沒找到江小鶴。江小鶴一時絕不能來，我曉得他現在住的地方。我盼着今天閬中俠父子都能來到，鬥完了他們父子，我當天便去找江小鶴！"那個人便轉身出客廳了。這裏依舊飲酒談話，但各自都心情緊張，鮑振飛尤其坐立不安。

直到傍午時候，忽見回來了一個劉家的傭人。這人滿頭是汗，一身塵土，手裏還提着馬鞭子。一進客廳來，他便驚惶惶地說："閬中俠來了！"

劉傑、張黑虎、鮑振飛全都霍地站起身來，鮑振飛並且抄刀在手。那個報信的人卻將他攔住，說："老鏢頭你別先急。閬中俠他們才到石駝鎮，不能說來便立刻來！"

張黑虎緊張地問："他們一共來了幾個人？"

那報信的人說："來了十幾個人，都騎着馬，帶着兵器。來的是閬中俠、徐雁雲和那秦小仙，其餘都是徐家的莊丁，倒沒請什麼別人幫助。"

劉傑一聽他們父子翁媳全都來到，便驚得面現蒼黃，急急吩咐那報信的人說："你立刻去請蔣二爺，叫他多帶些人來。再到縣衙去找程八爺，他要是沒在衙門，一定便在胭脂巷周婆子那裏，無論如何也要將他找着。叫他多帶幾個官人來，越多越好！快！快！"

鮑振飛卻伸着昆侖刀將屋門攔住，挺着胸，昂然地說："用不着！他們來，是為替昨天死的那個孩子報仇。我是殺那孩子的兇手，只要我一出頭，他們便問不着別人。二位兄弟不要管，我到莊外去等候他們。私事私了，也用不着又去麻煩官人！"說着，鮑振飛就像隻猛虎一般，又像是赴戰場的老將，手提昆侖刀往外便走。

這時劉傑的莊丁和張黑虎由巴中帶來的那些人，因為聽說閬中俠快要來到，便全都驚慌起來。有的要找個地方藏躲，有的又要充好漢，掄刀握棒裝弩箭，預備同閬中俠一家人拼鬥。

鮑振飛提刀出了莊門，卻向眾人擺手，說："諸位別慌！事情是鮑振飛一個人惹出來的，鮑振飛獨自去和他們理論。要打，也在莊外去打，流血也流在莊外；若傷了莊裏的一根草，我姓鮑的就算對不住劉大爺！"說着他便昂然地大踏步往前走去。

離了莊院，出了村口，他便瞪着眼向四下張望。只見新秋的大地上，許多農夫、村女正在田裏忙碌，還有幾頭水牛很閒散地在道旁吃草。迎着莊子那一股寬寬的路徑上，並沒有什麼人往來，鮑振飛便站在這裏等候。雖然人聲雜亂，卻不見閬中俠那些人馬前來。鮑振飛便在道旁找了一塊大石頭坐下，拿刀拄着地，眼睛仍然向前望着，腦裏卻不禁回憶起十年前的舊事。那是在自己的家門，鮑家村前抵擋閬中俠。那時孫女才十來歲，她怕自己敵不住閬中俠，她便喊道："爺爺留神，他要傷你！"現在那孩子跟了紀廣傑，不知怎麼樣了？江小鶴現在已來到了川北，他們可都沒有消息，莫非他們都已在長安死在江小鶴的手裏了嗎？想到這裏，心中又一陣難過。

忽見前面有兩匹馬，一前一後地箭似的向這邊馳來，鮑振飛急忙提刀立起身來，迎上了幾步。兩匹馬很快來到臨近，一看，原來又是劉傑派去的探信的人。鮑振飛向道旁讓了一步，招手問道：“怎麼樣了？閬中俠來到沒有？”馬上的人喘着氣，一齊說：“就快來了！”兩匹馬便由鮑振飛的身旁擦了過去，一齊馳往莊中去了。

這時鮑振飛的胸中就像有一把烈火，噗的一聲焚燒了起來，焚燒着他的全身，他便奮然地邁着大步迎去。才走了不遠，便見這股道的盡頭轉過來十幾匹馬，蹄聲雜亂，塵土飛揚，走得倒不十分快。鮑振飛便手捧鋼刀在道中間昂然一站。對面的馬越來越近，他看清了，那頭一匹馬上的就是閬中俠。閬中俠還是帶着大草帽，穿着一身青綢衣，騎着一匹白馬，馬上掛着的金鈴鐺鐺地響。頃刻之間，他這匹馬就先到了臨近。鮑振飛見閬中俠的面目與十年之前無異，只是腮下生了短短的銀髯。他就抱拳一拱手，說：“徐兄，久違久違！停住馬吧！”

相距鮑振飛只有五步之遠，閬中俠才將馬勒住。他先由鞍旁抽出劍來，然後才沉着臉說：“老強盜，你還有臉面在此等着我？十年來我一直很敬重你，錯認為你是江湖上懂得禮義的一個老人，所以我就再也沒去找尋你。我並且不再問聞江湖之事，心甘情願地把陝南川北的江湖，都送給了你們昆侖派。直到前兩天，我聽說你被江小鶴逼到這裏來，我還非常可憐你，想出頭給你們江、鮑兩家排解冤仇。昨天我的兒媳深夜回到閬中，我才知道了你是那麼可恨。你的徒弟龍志起在川北橫行，在螺螄嶺殺官人、劫官眷，在太極山做強盜劫財，在玉石村調戲我的兒媳，做出種種兇惡卑劣的行為，還着臉冒充江小鶴之名，栽贓誣賴！你姓鮑的不但不將他交官懲辦，你自己也不加責罰，反而袒護你那禽獸不如的徒弟，殺死秦小雄一個不到十五歲的小孩，你算什麼人？你這老匹夫！老強盜！”閬中俠說完這話，便雙目怒瞪，忽地用劍向鮑振飛猛砍，鮑振飛急忙用刀招架。

此時閬中俠身後的那幾匹馬都已來到，蹄聲雜沓，就將鮑振飛圍住莊夜了，那雄健的少年徐雁雲、矯健的俠女秦小仙，都掄劍向鮑振飛來砍。閬中前裏俠帶來的那些莊丁也都抽劍拿刀，來要鮑振飛的死命。鮑振飛只將一口刀上下翻飛，前遮後護，如同在山中掙扎的一個惡鬼，在火海裏翻騰的一個夜叉。

此時就聽閬中俠大喊道：“都躲開！殺這一個老強盜還要許多人都上手嗎？”

這時，那莊裏的劉傑、張黑虎也率領着三四十人，都拿着劍、棒出來了。

鮑老拳師也頓腳大喊：“誰也別來幫助我！”

當時徐雁雲聽了他父親的話，把他的妻子向後拉了一把，他們的馬匹就都向後退了去。劉傑、張黑虎等人也都沒有向前。中間有五丈長一丈多寬的地方，便成了閬中俠與鮑老拳師的決鬥之地。閬中俠也跳下馬來，寶劍舞動着寒光，徑向鮑振飛緊刺，他的武藝確比十年之前更為進步。鮑振飛的一口刀也抖動如閃電，此番他用的刀法，較第一次與閬中俠爭鬥之時加倍的狠毒。只見劍往刀來，身翻腳動，如猛虎對戰，如雙鷹對鬥。各不相讓，都不緩手，一連鬥了二十幾個回合。

那邊張黑虎就推了劉傑一把，說：“鮑老頭子怕要吃虧。他要一敗，閬中俠也不能立刻收兵，他一定還要趁着勇氣鬥鬥咱們！”說時劉傑就一抖槍，指揮他手下的人一齊撲上前去。那邊徐雁雲、秦小仙一看，便也指揮着手下都迎了上來。立時刀槍亂晃，人馬翻騰，怒罵聲、兵器碰擊聲，以及受了傷的慘叫之聲，交雜在一起。四五十人越拼越急，越打越混亂，真如在沙場上決戰一般。

在這時，就見遠遠又來了幾匹馬，馬上的人都揚着皮鞭大聲呼喝。此時閬中俠已刺了鮑老拳師一劍，他自己的左臂也受了一處刀傷，但仍奮力與老拳師決鬥。周圍的人就都散開了，有許多人都喊着：“官人來了！官人來了！”於是兩個行將分出來勝負死活的人，也都收住了他們的刀劍。地下卻躺下了幾個人，其中有兩個是閬中俠帶來的莊丁，三個是劉傑的僕人，還有一個是張黑虎。

張黑虎的頭上受了一劍，趴在血泊裏已然斷了氣。徐雁雲從他妻子的手中接過來一塊綢帕，擦着他劍鋒上染着的鮮血。他的妻子秦小仙手擰着寶劍，還想趁着鮑老拳師提刀喘氣之時，刺他一劍。

這時幾個騎馬的官人就來到了。他們衝開了眾人，打着官腔，呼喝道：“縣老爺來了！”秦小仙這才住手了。立時，這些人齊都往大道那邊去望，就見那邊是來了兩輛大鞍車，車後又有兩個騎馬的官人。半天，車才來到了臨近。先下車的是程八，他穿着官服，足蹬着官靴，戴着官帽，一下車來就跺腳說：“兩家還鬥什麼？這真叫兄弟我作難！”

閬中俠卻微笑說：“老八你不必作難，你叫縣官帶着我們打官司去好了！”

縣官這時也下了車，他穿着官服，低着頭來回地走。他看了看地下躺着的那幾個受傷的人和那已經死了的張黑虎，就伸着那隻戴着玉石扳指的手，指着說：“這是被誰殺死的？”

秦小仙說：“兩方亂打，刀槍無眼。還許是他自己不小心，摔了個筋斗，自己摔死在對方的刀上呢！”知縣的目光由眼鏡裏透過來，就盯了秦小仙一眼，扭過頭去。看見吹着鬍子吁吁氣的鮑老拳師，他就發了官威，瞪着眼睛說：“你這混帳！你就叫鮑崑崙不是？這些事都是由你而起。你的徒弟江小鶴就是四縣嚴拿的強盜，昨夜你又在道旁殺死了小孩，你一定在旁處還負重案，來！先把他鎖起來！”官人剛要抖鎖，鮑老拳師卻又捧起了他那口崑崙刀。知縣趕緊向旁一躲，斥道：“扔下刀！無法無天，你敢抗拒官人嗎？強盜！”

這時劉傑、程八就過去在知縣的面前低聲說了幾句話，知縣微微地點了點頭，面色卻仍然很嚴肅；便吩咐官人，先將鮑崑崙押到莊裏，然後連他那個徒弟一併解往衙門去。鮑老拳師一聽這話，心中十分懷疑，鋼刀仍然不肯釋手。劉傑跟蔣成便過來把他勸走，往莊裏去了。

這裏閬中俠徐麟已收起了寶劍，一看這種情形，不禁微微冷笑。那知縣又看了看他們父子，卻沒問他們一句話。程八就走過來，向閬中俠說：“本縣盧老爺對於這件事很是作難。你是閬中府有名的人物，劉傑又是本地的大紳士，真要是因為械鬥、人命案子，把你們二位全都帶到衙門裏，這件官司可就弄大了，十年八年也許都辦不完。再說你老哥跟劉莊主也是多年的好朋友，死者張黑虎更是咱們自家弟兄，鬧了起來，真叫江湖人恥笑！所以，兄弟我剛才跟縣老爺商量了商量，你們這件事，頂好還是秘密地私了。你老哥帶着少爺、少奶奶，先到城裏公升店住着去。至多三四天，巴中張家的人也就來了，那時兄弟願給你們幾家說和。至於鮑振飛，那應當另案辦理，他是殺死秦少爺的兇犯，他自己也承認了。他那徒弟是懸賞緝拿的假江小鶴，一半日證人就到，是非便可辨清。反正他們師徒現在就算已押禁在劉家，哪個也走不了。”

閬中俠冷笑道：“自然，我們也絕不逃！”

程八說：“你們的事情好辦。張黑虎在械鬥之下死了，指不出來誰是正兇，不過一打起官司來，可就又麻煩了。現在就這樣辦吧，大家給我姓程的一個面子，誰叫我跟幾家都相好，又遇見了這件事呢！我在這裏若眼見朋友們打起官司，將來都弄得坑家敗產，我也沒臉再見人。得啦！老哥，你先請到店房歇會兒去吧！回頭我再去看你。”說完，又笑着拍了拍閬中俠的肩膀。

閬中俠卻依然微微冷笑，說：“我真想不到，丈八槍劉傑在儀隴縣有這麼大的勢力！今天幸虧有他出頭，若光是我跟鮑振飛決鬥，就是不出人命，我們也得跟鮑昆侖一同被捉到衙門裏去。現在就這樣吧！張黑虎的案子另說。但你們若捉鮑昆侖，就得傳我；我不能以閬中府紳士的身份，欺壓他一個飄零在外的老人。好啦！我們現在就往城內公升店聽傳，並聽憑鮑昆侖、劉傑不服氣時，再去找我們爭鬥！”他向程八一拱手，就扳鞍上馬。徐雁雲和秦小仙夫婦也都上了馬。有人便將他們那兩個受傷的人抬起來，放在馬上，十餘匹馬就一齊順着他們來時的路緩緩地走了。

縣官被程八給請到了莊裏，又跟劉傑談了許多的私話，便也走了。此時，在莊外受傷的人已抬進來療治。那張黑虎的屍身就停放在一間屋中，他帶來的兩個侍妾圍着他哭泣。同時，有隨他來的人，就騎着快馬往巴中給他的胞弟送信去了。那廂劉傑和程八又勸鮑老拳師不要出門，並說：“官司好辦。只要劉莊主跟閬中俠的官司打不起來，便也不能叫你一個人到監裏去受苦。”

鮑老拳師長長地歎着氣，自己回到屋中，本想要單身走開，離開這是非之地；若到通江找不着江小鶴，就去長安看自己的孫女去。可是龍志起現在卻受着重傷，並且在身旁還懸着大案。那案子，鮑昆侖絕不相信龍志起會做得出來，絕不相信昆侖派的弟子能劫官眷、能當強盜。所以他又想：叫我打官司去不要緊，但侮辱我昆侖派的名聲可不行。我非得在此等着，要看個水落石出！等螺螄嶺那案的證人前來，叫他們細細看看，我徒弟是不是那個強盜！

老拳師憤憤地在屋中坐着，前胸偏右有一處劍傷，雖然鮮血已浸透了衣裳，但他也不覺得疼痛，並且連刀傷藥也不上。他把鋼刀就扔在床上，也不入鞘，晚間仍然加緊防範，恐怕那秦小仙再來行刺。

第二天老拳師沒有出門，整天在屋中生氣、歎息。龍志起的傷處也彷彿麻木了，不再整天地呻吟。他的眼睛也睜大了，也能說話了，鮑振飛就向他逼問：“螺螄嶺那案子到底是你做的不是？實說！”

龍志起就呻吟着說：“我沒做！我走在螺螄嶺時連一個官眷也沒看見，就看見江小鶴在那裏占山為王。他還把我砍傷了，劫了我的銀錢，還罵了師父！”

老拳師又逼問說：“你也沒調戲過閬中俠的兒媳嗎？”

龍志起哭着說：“我哪敢呢！我跟隨師父二十多年，哪敢犯咱們昆侖派的規矩呢？再說，我這次是被江小鶴逼的，才到川北來，我還有心情去胡鬧嗎？”

老拳師就狠狠地跺腳罵道：“江小鶴！我與你誓不兩立！”當天又沒有什麼事發生。

到了第三天上午，張黑虎的胞弟就從巴中來到。他這兄弟也是練武的人，見了他哥哥的屍身，就頓腳痛哭，說：“哥哥你瞑目吧！我已派人找鐵杖僧去了，一定叫你那師父替你報仇！”對於官司，他倒願意私了，他說：“江湖人死傷由命，誰強誰生，誰弱誰死，何必打那鳥官司？”

這樣，劉傑倒是放了心。他並感到張黑虎一死，他的勢力更孤了，也不願與閬中俠結下這次仇恨。他就請程八向閬中俠去說和。程八進城見了閬中俠，說了半天，到下午他才回來。他說：“閬中俠父子倒也都願意和解。他們對鮑老拳師也很憐憫，不願使年老的人去打人命官司。可是他那兒媳秦小仙卻說，一定要為她的兄弟報仇！婦人的心就是狹窄。”

這時鮑老拳師也在旁邊，他就長長地歎息着，說：“殺死秦小雄，實在是我的過錯！我願意給他的兒媳賠罪。賠了罪，那媳婦若仍然不饒我，我可以伸直了脖子叫她去殺。我這年歲了，我的孫女都跟她的年紀差不多了，死在她的手下，我也無悔！”

程八趕緊說：“不能，不能！秦小雄死了，是老鏢頭誤傷了他。再說她姐姐又傷了你的徒弟，說不上誰應該給誰賠罪。那女人家，她就是不肯服氣，也絕對鬧不到哪兒去。待會兒在東關雅集樓飯莊請客，給你們幾家說和，大家都要看我的面子！”鮑老拳師便歎息着，答應了。

到了晚間，程八就請劉傑和鮑振飛到雅集樓去喝和酒。老拳師換了一件很整齊的衣服，因為防備那秦小仙在路上對他加以殺害，所以又將昆侖刀連鞘都掛在了腰帶上。這時外面的僕人進來說：“馬匹現已全都備好了。”鮑老拳師遂就同着劉傑、程八和張黑虎的兄弟，一同出門，騎上馬，帶着幾個僕人，就往東關雅集樓去了。

那雅集樓雖然不很大，可也是本地惟一的飯莊了。程八訂的酒席是擺在樓上。他們四個人上了樓，卻見閬中俠還沒有來，只有花太歲蔣成是先到了。

鮑老拳師就問說：“程老爺，你今天請的客人還有誰？”

程八說：“沒有外人，只是咱們五位和閬中俠父子。還有衙門裏的文案先生，姓牛，那是給你們疏通官司的人，他又是縣老爺的表弟，所以才請上他。”鮑老拳師遂眾人落了座，自己卻覺得心驚肉跳，心裏很亂。

那蔣成抽着水煙，說：“剛才我來的時候，在飯莊門前又看見黑豹子伍金彪那小子了，他撇着嘴直向我冷笑。”

劉傑擺手說：“暫時不要理他。過幾天，我一定要管教管教那小子！”

程八說：“不值得跟那樣的人動氣，等你們這件事涼一涼再說。不然倘或吹到成都巡撫大人的耳裏，派人一查，由小事就許能翻起大案來。伍金彪那小子絕不會有什麼大本領，他也未必准認得江小鶴，他不過是吹牛！等我臨走的時候，我把他向本縣盧老爺提說幾句，盧老爺就一定有法子抓他，用不着咱們自己惹氣！”

鮑老拳師在旁又歎息了一聲，說：“我為在江湖上來找江小鶴，才到了此地，才與諸位相交。蒙諸位不嫌我老，肯幫我的忙，這種盛情，我真是終生難忘！只可惜諸位如此幫我，我卻對諸位沒有半點好處；不但沒有好處，還因為我，因為我的徒弟，給諸位惹出許多麻煩，並叫張黑虎兄弟因我而慘死！”

劉傑擺手說：“老哥你不要再說了，再說這話，就顯着外道。這回我們雖然跟你受了點兒累，可是我們也跟你交了朋友。將來你老哥回家之後，可以對你那些徒弟提一提；只要以後他們哥們兒到川北來，如遇着什麼困難，在閬中有程八，在這裏有我，我們一定盡力相助。”

鮑振飛感謝地歎息道：“是啊！我還能活上幾年啊？將來我那些徒弟、徒孫，以及我孫女鮑阿鸞、孫婿紀廣傑，他們難免要到川北來，來時自然要求諸位關照。只要此次我能生還故鄉，我必要對我那些徒弟們說，儀隴的劉莊主、閬中府的程老爺，都是你們師父的恩人！”

劉傑、程八齊說：“老鏢頭你太客氣了！”

正在說着，忽聽樓梯一陣響，先上來的是本縣的牛文案，接着是閬中俠徐麟，最後上樓的是徐雁雲。閬中俠丰采煥然，渾身穿着綢緞，並不像是肩頭傷勢尚未痊癒的樣子。他身上並無兵刃，只有他兒子帶着一口寶劍。此時老拳師已站起身來，不知當向閬中俠說什麼話才好。

閬中俠卻已走到他的臨近說：“鮑老拳師，前天咱們鬧的那場事，既有許多朋友給出來說和，我們也不必再提了。秦小雄身死，既是你誤殺的，我們父子都不願再加計較。只有我那兒媳，對她胞弟的慘死還是極為悲痛。我們自然要設法勸她，防備她，可是她也有一身本事，難免我們會防備不周，以後你老拳師就多加小心為是。現在還有一件事，就是剛才我聽牛先生說了，縣衙的崔捕頭……”

那牛文案便攔住了閬中俠，說：“徐大爺，你讓我跟鮑老先生慢慢說！”他就把鮑老拳師請到了一旁。這時一干人的眼睛全都向他們那邊去望。只見那牛文案先向鮑老拳師說聲久仰，然後悄聲說了幾句話。鮑老拳師立時勃然大怒，瞪着眼睛說：“我不信！我那徒弟他絕不會劫官眷、殺官人！”

劉傑趕緊過去拉住老拳師，說：“不要嚷嚷！什麼事？可以慢慢商量！”

牛文案就笑着說：“這位老先生的脾氣太暴躁，我原本也是好意！”

他遂就又低聲對劉傑說：“今天不是螺螄嶺那件案子的證人來了嗎？那證人就是蓬安縣用的人，當時遇盜時是他趕的車。剛才你同這位老先生到這裏來之後，崔捕頭就帶着那證人到了你的莊子，看了看那位姓龍的。據那證莊夜人說，姓龍的確實就是在螺螄嶺劫官眷的那個江小鶴；可是因為那人受傷太重，並沒帶走。這件事可也很好辦！”

老拳師聽到這裏，就又氣憤地拍着桌子，說：“我絕不信！我的徒弟絕沒人敢做那萬惡的事情！”

閬中俠在旁冷笑。劉傑卻不顯得怎樣驚異，他只把老拳師攔住，不叫老拳師暴躁。

那牛文案又從容地低聲說：“可是據那證人說，是千真萬確的了！那證人前幾天在通江縣也與那真江小鶴對質過，他說那真江小鶴卻不是強盜。他與鮑老先生的徒弟無仇，他絕不能混賴。可是那個人也說了，姓龍的現在既是受了這樣的重傷，就是押往府裏去，恐怕不等過堂他也就死了。這件事可以私下通融，不過就是得鮑老先生拿出點兒……”

這文案先生還沒說出拿出點兒什麼來，鮑老拳師已瞪着兇彪彪的眼睛，像獅子一般咆哮着說：“諸位都是好朋友，聽我鮑昆侖發一句誓。我敢以性命作保，我昆侖派絕無半個奸邪之徒！我不許他人誣我的徒弟是強盜。如若有人敢說，無論他是官人是私人，我就要……”

老拳師在此正發威，眾人卻齊都驚異地站起身來，可是眾人驚異的目光並不衝着他，都集中在樓梯扶手那邊。原來此時忽然由樓梯走上來一人，此人年有二十餘歲，身材特別高，但不胖；臉色黑亮，雙目炯炯有神，穿着一身青布衣褲，手中持着一口冷森森的寶劍。他就像一隻鷹似的，拿眼望着那鮑老拳師。

此時程八忽然想起來了，驚恐地叫了一聲：“江小鶴！”嚇得他幾乎滾到了桌子下面。

閬中俠卻離席笑着說：“小鶴老弟！你這時來了很好。請坐下先喝一杯酒，有什麼話都好說！”

江小鶴卻顧不得去理閬中俠，他那仇恨的目光緊盯着鮑老拳師，嘴角迸出一絲冷笑，說：“鮑振飛！今天咱們二人得算總帳了！走！不必去打攪別人，你跟我下樓！”

鮑老拳師剛才那般兇狂之氣至此完全消散，紫殷殷的臉變得煞白，渾身亂顫，鬍鬚直動，驀不防就喊了一聲：“好仇人！”便一躍上前，霍地將昆侖刀向江小鶴的頭頂就砍。江小鶴疾忙用劍去迎，只聽嗆啷一聲巨響，驚得滿室的人都往後退。鮑老拳師也不由得退了數步，因為持刀的那隻腕子被震得生痛。他覺得江小鶴力大驚人，自己四五十年橫行江湖，還沒逢着過這樣力大的對手。鮑老拳師一緩手力，突地又展開了他那昆侖刀的絕技，躍起來，嗖嗖地向江小鶴狠砍。江小鶴用劍去迎，踢翻了桌子，踢開了板凳。二人相戰三四回合，忽聽鐺的一聲，接着又是哎喲一聲慘叫，原來是鮑老拳師的昆侖刀被江小鶴的寶劍磕飛，不料正飛到花太歲的頭上，花太歲蔣成登時傷倒在地。

閬中俠由他兒子手中接過寶劍來攔江小鶴，老拳師便趁勢驚慌地向樓梯走去。不料江小鶴又從後面一腳，正踹在老拳師的腰上，那老拳師的身體就像是塊上百斤的大石頭，咕咚咕咚地就滾下去了。江小鶴隨之一躍而下，閬中俠就在後面叫道:“小鶴！不可在這裏殺人！”江小鶴下樓將老拳師挾起，樓下的夥計就都亂跑亂叫起來。江小鶴卻已挾着老拳師出門上了馬，他將老拳師抱住放在馬上，寶劍貼在老拳師的面上，縱馬飛馳。出了這街道一直往東，在昏黑的夜色之中，走下了約十里地。此時路旁有一人已在那裏等着，見馬來了就打一呼哨，江小鶴便將老拳師扔下馬去。老拳師將要翻身掙扎，那人便舉起一塊石頭，向他的腦後打了一下，隨之很敏捷地用粗繩綁上了老拳師的手腳。江小鶴在馬上又吩咐說：“不要傷他的命！帶他到那裏去，我再去辦件事！”

說時江小鶴撥馬過去，用劍柄敲打馬胯，蹄聲，又像一枝箭似的衝開了黑茫茫的暮色，直往西北去了。

## 第十七回　未剪仇讎荒山逢怪俠　重沾恨蕊寶劍濺桃花

此時老拳師已被石頭打昏了過去，那人就背着他離開大道。走了半天，就到了一座破廟中。這破廟裏沒有僧道，只有幾個乞丐，拿着亂草燃起火來，熱他們討來的那些殘粥剩飯。忽見這人背着老拳師來了，他們就叫着說："伍大爺！把那老傢伙捉來了吧？"

這人便是黑豹子伍金彪，他咕咚一聲把老拳師摔在了院中，呼呼地喘着氣，說："這老傢伙真沉！"

有個乞丐點了一枝柴棍，近前來向老拳師的臉上照了照。只見老拳師已瞪起兩隻兇彪彪的大眼睛，像霹靂似的喊道："你們照什麼？殺死我就是！叫江小鶴來，我臨死也得跟他說幾句話！"他這一喊，幾個乞丐全都嚇得紛紛後退。

伍金彪踹了老拳師一腳，說："鮑振飛！這可不是你發威的地方了。十幾年來，你縱着那幾個徒弟到處橫行，你還護庇着他們。現在，你這老傢伙也該替你那些徒弟遭遭惡報了！"

老拳師雖被綁着手腳，但還不住地掙扎，就像一隻被困的猛獸似的，怒吼道："強盜！你們罵我可以，但不許罵我的徒弟。我的徒弟中除了被我殺死的江志升，沒有一個像你們這樣的壞痞！"

這時破牆外傳來一陣雜沓的馬蹄聲，伍金彪趕緊迎了出去；有個乞丐也跟着跑出去，手裏拿着燃着了的柴棒去照，就見回來的是江小鶴。江小鶴下了馬，另一隻手還牽着一匹馬，他把兩匹馬全都交給了那個乞丐，然後就一手抽出來寶劍，一手提着個油布包裹走了過來。那包裹鼓鼓囊囊的，似乎包着可怕的東西，他就交給了伍金彪，說："這是龍志起的首級，把它藏在我的行李內。我要拿它回鎮巴北山祭我的父親！"

伍金彪接過那個包裹。江小鶴遂進到廟內，叫乞丐點上火把，向老拳師的臉上照着看了看。老拳師這時也睜開了眼睛，他看了看江小鶴，見他雖然長得很高大，可是眉目仍如幼年之時，仍是那麼英俊強健。十年前的舊事，不禁又在鮑振飛的腦中一閃。他見江小鶴目光灼灼，劍光閃閃，就知道自己的死時頃刻之間便要來臨。他顫抖着，喘息着，搖了搖頭說：“我沒什麼話說了，只是我想見見我那兩個兒子和孫女。唉！不見也罷了。你就告訴我吧，他們是否都已死在了你的劍下？”

此時江小鶴已狠狠地舉起劍來，但一聽老鏢頭提到了阿鸞，他的心中又一陣發軟，便彎下腰，咬着牙，用寶劍將老鏢頭身上的綁繩割斷，並扶老鏢頭坐起。老鏢頭倒不禁非常驚訝，問說：“怎麼，江小鶴，你又不殺我了？”

江小鶴憤憤地說：“十年的大仇，我怎能不殺你？想起十年前你在麥田裏懷刀意圖害我，前兩天你在此又殺死了秦小雄，我就不能寬容你這兇狠的老賊！”他喘了口氣，又說：“但我江小鶴也是條漢子。你七十多歲了，又漂流在外，並無親人。我把你殺死在這裏，雖為人間除害，但又顯得我太過殘忍，不知內情的人一定要說我欺淩老弱。現在我要帶你回漢中，把你交給你那些兒子和門徒，然後咱們再決鬥。那時我把你殺死，我才能夠甘心！”

老鏢頭坐在地上怔了半天，然後就沉重地歎了一聲，說：“也好！當初我雖待你很壞，可是……唉！天知道！現在都不用說了。你總也在我家裏吃過幾天飯，只要你容我回到家門看看，我就是死了也甘心！”

江小鶴點頭說：“好！那麼你就起來吧，咱們立時起程！”

可是，老鏢頭並沒有站起來，仍然坐在地下，像全身沒有氣力似的，低頭歎息着，說：“只是有一樣，我有個徒弟龍志起……”江小鶴一聽他說到了龍志起，眼睛便又瞪了起來。

老鏢師卻淒淒地說道：“我那徒弟受我之累，跟我受了諸般苦楚。現在他身受重傷，並且遭了不白之冤。他現住在一個地方，我須先去看看他去，然後我才能跟着你走！”

倫江小鶴憤憤地高舉起寶劍，說：“你休再提龍志起！龍志起被你驕縱，倚仗你的勢力，他做了多少壞事？鎮巴縣的鄉民提到你們師徒，無人不咬牙切齒。龍志起這次來到川北，在螺螄嶺殺官人、劫官眷，在江口鎮逼得婦人懸了梁，他各處橫行，搶殺姦淫，並且冒充我的名字。若不是官方有證人，我早就替他擔當了罪名！若不是在通江縣被朋友的事情所累，我也就早到這裏來了，絕不能容許你們活到現在。我知道龍志起在劉傑的家中，仗着劉傑的惡勢力，官人不敢去拿他。剛才我已經去了，已割下了他的首級！”

老鏢師一聽龍志起已死，立時氣得又像一隻老虎似的跳起，撲向江小鶴掄拳就打。江小鶴卻一伸手就托住了老鏢頭的胳臂，反着一擰，下面用腳一踹，咕咚一聲，又把老鏢頭給踹得臉朝下趴在地下。江小鶴又叫來伍金彪，說：“把繩子接起來，再把他捆上！”於是伍金彪又將剛才割斷的繩子結起。

老鏢師此時竟一點也不掙扎了，只是歎息着，心中很難過地想：我鮑振飛走了一輩子江湖，從未遇見過敵手，如今這江小鶴，確實從他師父那裏學來了真本領。由他去處置我吧，我也不必瞎跟他抵抗了。於是老鏢師就閉口不語了。江小鶴一隻臂就將老鏢頭挾了起來，放在門外的馬上，然後他也上了這匹馬，手提着韁繩，就向伍金彪說：“走吧！你在前面！”當下由伍金彪在前騎馬領路，離開了這座破廟，就認上大路一直往東走去。

因為後面的那匹馬馱負過重，所以跑不很快，兩匹馬在茫茫的黑夜中走了一夜，直走到黎明時，方才走出了六七十里。伍金彪趕緊領着走進了偏路。到天亮時，江小鶴又把老鏢頭的綁繩鬆開，叫老鏢頭一人騎着馬，如此就走得更慢。伍金彪的心裏很不耐煩，他就比着手勢，悄聲向江小鶴說："走到前山裏，把那老頭子結果了就算完啦！這有多麼麻煩！"江小鶴卻搖頭不語。

老拳師雖然聽見他們在後面悄聲說話，並望見前面遠遠有一脈山，形勢非常險惡，心中也有些凜懼，可是依然堅忍着，不言語。伍金彪所領的路都是些幽僻的路徑，白天在荒村中買飯，黑夜尋廟歇息。並且只要天色一晚，伍金彪就拿繩將老拳師綁起，到次日早晨才給松開。老拳師此時也不再像兇猛的老虎，卻像一隻馴順的老羊，連哼一聲也不哼了。因為他曉得哼哼也沒用，江小鶴的武藝太高，伍金彪對路徑又特別熟。走了四五天，他們沒遇見一個官人，沒遇見一輛鏢車，也沒遇見一幫大批的客人。老拳師也無法呼救，只得像個死囚似的，隨着他們走去，心中很是悲痛。他並非悲痛自身命在旦夕，以及幾十年聲勢的頹敗，卻是悲痛徒弟龍志起的慘死和孫女的下落不明。

又走了一日，前面就出現了一脈高山，山路中夾着一座很險要的關隘。老拳師忽然心中發出一陣欣喜，就像是窮途之中得了援救，死裏有了逃生的希望。因為他認得，眼前就是巴略關，出了巴略關過米倉山，就是往漢中去的棧道了。若再往東，就是自己的家鄉鎮巴，這簡直是到了自己的家門口了。這幾天走過許多荒村僻徑、險山惡嶺，伍金彪時常用兇殘的目光盯住自己，並像打架似的悄聲跟江小鶴爭論，可是江小鶴都未將自己殺掉。如今到了這裏，江小鶴就更不能將自己害死了。於是老拳師就在馬上長歎了口氣，回首向馬後跟隨的江小鶴說："怎麼樣呢？現在可快要到咱們的家鄉了，是先回家嗎？"

前面的伍金彪卻掄回來鞭子，向老拳師怒喝道："這些日你都不哼一聲，如今到了巴略關，看見這裏的人多了，你又開口了。你是想跑嗎？"說着吧的一聲，用皮鞭抽了鮑振飛一下，又瞪着眼說："只要你一跑，那我們可就立刻要你的命！老實一點兒，還能叫你多活幾天。你也不用問往哪裏去，反正早晚要把你送到你的墳地裏！"

江小鶴卻在後面擺手，不叫伍金彪抽打鮑振飛，只憤憤地向鮑振飛說："我已向你說過了，你的性命我是絕不能饒！此時你若逃跑，我立時就抽劍要你的性命。你若趁我不備逃走，無論你走到哪裏，我也能將你捉到！現在我為什麼不立時殺你？就是因為你的年歲太老，一人在外，很是孤單；而且你在外所做的歹事，漢中關中的人還都不知道。我須把你的罪惡普告眾人，然後我才能下手。因為我殺死你，不僅是為了報仇，還是為世間除惡！我把你帶回鎮巴，問問鮑家村的三尺童子，叫他們說你該殺不該殺。後我再把你帶到北山，到當年你殺我父親之處，我再下手！"

鮑振飛一聽這話，就不禁面色慘變，秋風吹得他的鬍鬚亂飄。他又長歎一聲，說："江小鶴，你何必這麼狠？你為你的父親報仇，殺了我就是了，何必要給我捏造出許多罪名？就像你殺死我徒弟龍志起，說他本事不如你，該殺就是了，何必又要誣他是螺螄嶺作案的強盜！”

伍金彪回身，又揮鞭向老拳師亂抽，並罵道：“你這老混蛋！到這時還庇護着你那露臉的徒弟。誰不知道你那徒弟是螺螄嶺的正兇？他冒充江小鶴兄弟的名字，他死了你還護着他！”

老拳師咬着牙，瞪着眼說：“我絕不信！這都是恨他的人冤屈他。因為昆侖派走了背運，所以無論什麼壞事都推在我師徒的身上。唉！由你們去誣賴吧！至多我也隨着我那徒弟被你們殺死，可是你們絕不能滅絕我們昆侖派，只要昆侖派留下一個人，那個人就能夠替我報仇！”說完他就把雙目閉上了，靜等着人來殺他。

這時伍金彪又向江小鶴瞪眼，說：“江兄弟，你這人辦事怎麼沒有點痛快！管他是老是少，只要他不是個好東西，就趁早結果了他，有多麼爽快！你這樣留着他，不但是個累贅，還是個後患！”

江小鶴皺着眉呆立了半天，其實對鮑昆侖這樣兇狠昏庸的人，殺了他並不算什麼過錯。而且自己十年刻苦所為的是什麼？不就是為殺死他替父報仇，叫母親消恨麼？自己的心中雖一點也沒有轉意，仇恨也沒有消解，可是不知為了什麼，彷彿那老人的雪白鬍子一根一根都顫動着向自己乞憐，自己這二十來歲的強壯漢子，真真不忍得下手去殺他！

江小鶴正在為難，前面馬上的黑豹子伍金彪又喊着說：“江兄弟！眼前可就是巴略關，那地方是一夫當關，萬夫莫入。咱們非得過那關口不可，倘若在過關時這老傢伙一喊……”江小鶴不待他說完，就擺手說：“那咱們也不怕他！只要過關時他敢喊叫，咱們就先把他立時殺死，然後就走！”

鮑昆侖坐在馬上喘了喘氣，就冷笑着說：“你們放心吧！我既然同你們來到此地，我就沒想逃。官人向我來盤問，我也只說咱們是一同行路的，絕不能說你們想害我的性命。因為我鮑昆侖闖了一輩子江湖，向來是私仇私了，並不驚官。如今我垂死時，要再請官府幫助我，壞了我一輩子的名氣，我不幹。我鮑昆侖現在既落在你們的手裏，那就聽憑你們處置了！旁的話都不必說！”

黑豹子伍金彪聽了老拳師這番強横的話，氣得又要掄鞭抽打。江小鶴卻上前把他攔住，說：“現在已經將到陝南了，這裏處處都有他們昆侖派的人。我非得叫他們昆侖派的人個個心服口服，都知道他們的師父確有取死之道，並非我江小鶴做事太過，然後我才能對他下手。可是這樣一來，必又要有許多紛爭。我自己是什麼也不怕，可是伍大哥你倘若偶一不慎，就難免要跟我受累。不如我們就在這裏分手吧！伍大哥你請回。我帶他到鎮巴把事辦完，我還要回閬中，與閬中俠敘敘故舊，那時我們兄弟再為盤桓，伍大哥你想怎樣？”

黑豹子伍金彪卻不住搖頭，執拗地說：“不行，不行！告訴你，江兄弟！我雖然跟鮑振飛沒仇，可是一聽人提到他們昆侖派，一聽名字裏有個志字的，我就氣不打一處來！現在，除非你立時將這老傢伙結果了，我才能走；不然我也要到鎮巴，到漢中，幫助你多殺幾個昆侖派的人！”

江小鶴見伍金彪不願意與自己分手，便只好說：“那麼就往前走吧！”當下仍由伍金彪的馬在前，老拳師的馬在後，江小鶴在最後監視着鮑振飛，一同緩緩地又往前走。

越走地勢越是坎坷不平，可是往來的行人車馬卻很多，並且有幾起鏢車，都是川北什麼鏢店的。保鏢的人並不認識鮑昆侖和江小鶴，卻都與伍金彪打招呼，伍金彪並與那幾個鏢頭說了幾句江湖上的黑話。江小鶴一句也沒有聽懂。老拳師聽了，起先他很生氣，但後來他便唉聲歎氣，低着頭，一聲不語了。走出了巴略關，伍金彪就用黑話誇讚老拳師，那意思是說：“野種！你這老傢伙不枉在江湖上闖了一輩子，果然有點兒橫勁。比你那些徒弟強得多！”鮑老拳師卻臉色紫沉沉的，向伍金彪兇狠地一笑，並不說話。江小鶴見老拳師此時的神態倒比以前從容鎮定了，心中倒不禁有些懷疑。

越往北走，地勢就越來越高，路徑也越來越窄，仿佛是伍金彪故意給領這樣的路。又走了兩三里地，就見四圍都是山峰，處處怪石嶙峋，荒草遮沒了路徑，原來已走進了米倉山中。

江小鶴就有些生氣，向伍金彪說：“你為什麼要走這裏？”

伍金彪卻下了坐騎，過來拉了拉江小鶴，悄聲說：“剛才你沒聽見我在昆侖巴略關口跟那幾個保鏢的說話嗎？他們告訴我，現在昆侖派的鏢車有十多輛，就在前面不遠，押車的有七八個人，他們只認得其中一個叫魯志中。魯志中那傢伙你必曉得，他是這老頭子最得意的徒弟。其實咱們並不怕他，只是萬一他們人多，把這老頭子搶了去，咱們豈不是白白辛苦了一趟，並且放虎歸山了？”

江小鶴一聽魯志中已來到了附近，就想起當年魯志中的恩義，以及那時鮑振飛對自己的逼迫。他不禁憤怒湧起，真想趁這山中空寂無人之時，結果了老拳師的性命。這時伍金彪又用手比着刀切之狀，說：“叉了他吧！留着這老寶貝還能賣錢嗎？”

江小鶴便咬着牙，狠狠地瞪着老拳師。老拳師此時也看出了他們的神色，便不由面現一陣悲慘，歎道：“完了！完了！”

不想江小鶴並沒下手，他又向伍金彪努努嘴說：“走！”

伍金彪卻老大不耐煩，就說：“江兄弟，我看你這些年武藝是高了，身體也壯了，可是還不如小時候那麼有種。叉了他，咱們馬上加鞭，闖江湖去，多痛快。跟這老屍首窮膩什麼？你既想報仇，可又不敢下手，我要替你下手，你又不許。這還算什麼英雄？簡直像個娘兒們啦！我想這老傢伙都許比你會殺人！”

江小鶴一聽這話，心中就更加生氣，更加傷悲。此時，鮑振飛在馬上卻忽然墜下幾點眼淚，淚水灑在鬍子上，像絲線上掛着的珠子。他回過頭來，悲戚地說：“小鶴，江英雄！我鮑振飛的嘴上向來不服軟，求你一件事行不行？”

江小鶴瞪着眼道：“你說吧！”

鮑振飛就灑淚說：“我的孫女鮑阿鸞你是知道的，她的年歲與你差不多。

當年雪夜之下，你第一次去找我報仇，那時你的武藝還不成，年歲也太小，我本可以殺死你，但我又不忍！在當時，我那孫女就替我生氣，她見我把你放走，還追將出去。就在我門外的雪地上，你們兩人比起武來。那時我看了，十分歡喜，我還稱讚你們兩人是兩位小英雄！”

江小鶴聽了，心中極為難過，但又瞪眼說：“你不要再提舊事向我來乞憐！”

老拳師點頭說：“我並不是向你乞憐，我是叫你想想我那孫女。我雖對你不好，但我那孫女卻與你無仇。她是我最疼愛的，我把武藝都傳授給了她，並把她許配給了紀廣傑。紀廣傑你必也曉得，據他說他在武當山曾與你交過手。他們小夫婦倆成親的第二日，就被我遣走了。我命他們到長安去迎戰你，不知你見了他們夫妻沒有？”

江小鶴點頭說：“見過了！”

鮑振飛又說：“既然見過了，我知道他們夫婦的武藝都不如你，不知他們是否都已死在你的手下了？”

江小鶴面色淒慘，冷笑道：“當初我父親是被你和龍家兄弟殺死的，旁人與我何仇？再說他們又沒做過什麼壞事，就是他們尋我去作對，我也不能動手就殺他們！”

鮑振飛一聽這話，知道自己的孫女尚在人世，就放了心，但心中卻更為悲戚，就哭泣着說：“那麼，江英雄，我求你容許我跟我孫女見上一面，然後你再殺我如何？”

江小鶴呆了半晌，就慨然地點了點頭。旁邊伍金彪就覺得十分奇怪，說：“老江！你是怎麼啦？莫非你還要叫這老傢伙的孫女當你的媳婦嗎？兄弟，你可千萬別上這老傢伙的當！這老傢伙是想要拿他孫女給他贖命。兄弟你要想娶媳婦，江湖上可有的是，要多少有多少！想娶秦小仙那樣的媳婦都容易找去，你可千萬別中他的美人計！再說他的孫女又是個結了婚的，娶了可一定倒霉！”

江小鶴擺了擺手，皺着眉說：“你不要胡說，走吧！”

伍金彪便笑了笑，說：“我說的話你可都要記住了！英雄難過美人關！”他又上了馬在前面走。

鮑振飛悲戚了一陣之後，倒把心穩住了，又抖起了精神。雖然他負傷被辱，像囚犯似的跟江小鶴走了幾百里路，身上的衣服都已破舊泥污得不七成樣子，稀稀的白髮已卷成氈子一般，鬍鬚上也沾了許多煙塵，已成了灰色，但他此時卻極為振奮，催着馬緊緊地跟着伍金彪在山路上走。他心中急於回到鎮巴，找到孫女見上一面。他明知紀廣傑、阿鸞都集在一起，也絕不是江小鶴一人的對手，但生死之事他已無暇顧及了。他只是要對孫女言明：這次自己到川北，除了誤傷了秦小雄之外，並沒做什麼惡事。而一般人所傳的龍志起的種種惡行，那也全靠不住，那全是一般嫉恨昆侖派的人誣賴他。心裏這樣想着，隨伍金彪口中怎樣嘟囔，他也不理。

這時江小鶴雖然步行，但卻沒有落後，只是他永遠是雙眉緊皺，面色沉得像山石一般，一句話也不說。曲折地往下又走了二十多里，並沒遇見一個人，也沒走出山口。這時天色已不早了，山裏已見不着陽光，伍金彪便在前收住了馬，回首叫道：“江兄弟！現在可要走出山口了。出了山口可就是一片平地，離漢中府不過六十來里地。”

江小鶴在後面怒聲說：“誰叫你往漢中去？我在路上說過多少次，說咱們是往鎮巴。”

伍金彪卻笑着說：“老兄，你總還是忘不了回家娶媳婦。既然這樣，咱們可白走了二里多地，還得撥馬回去。後邊有三個岔口，剛才走過時，你沒看見嗎？往西是一股死路；往東，別瞧那路窄，可是越走越覺寬，出了那東出口就是文勝鎮，外號叫瘟神鎮。偏北走八十多里，就是鎮巴！”

江小鶴說：“那麼就往回走，走到瘟神鎮！”

那黑豹子撥過馬來，又笑着說：“瘟神鎮我可不去！十五年前我在那裏遭過瘟。那時我跟孫癩子幫做綠林買賣，在那裏見過一個女老道。唉！可惜現在那女老道至少也有四十歲了。十五年前，她和你這年歲倒相當，你倒可以娶她。”他一面說笑着，一面撥馬往回去走。江小鶴也不理他，只是在心中思索，回到鎮巴後，對這個老拳師怎樣處置。

往回又走了約有二里，果然看見了一股路，剛才江小鶴並沒注意。就見這股山路極窄，只能容一匹馬行走，並且地下石塊重疊，坎坷不平，還有沒脛的高草、溜滑的青苔。成群的野鳥被驚飛起來，撲撲啦啦的，如同被狂風卷起了滿天的砂石。

江小鶴又重問伍金彪，說：“你可准認得這條路？”

伍金彪點頭說：“我准認得！早先我常在山路裏趴着過夜，一點兒不錯，除非這幾年來，山又改了模樣。”他說着便策馬向前走去。

因為路徑難行，馬匹更不能快，走了一陣，在後面步行的江小鶴還一點也不覺疲倦，可是兩匹馬都像是累極了。又走了幾步，老鏢師的馬就打了個前失，雖沒將老鏢師給摔下馬來，可是馬上綁捆着的江小鶴的包裹卻都掉在了地上，包裹也散開了。黑豹子回身揮鞭就向老鏢師抽打，並要拾起劍來就地結果他的性命。江小鶴又擺手把他攔住，自己彎下腰去，草草地將包裹繫好。他將劍取出來，並將馬扶起，就怒聲說：“快走吧！”黑豹子又抽了老鏢師一鞭子，就憤憤地在前走去。

老鏢師小心謹慎地跟着走，又不禁長聲地歎着氣，因為此時他實在是難過極了。第一是想着黑豹子伍金彪這山賊，一路上抽打自己不下七八十鞭，將自己的臉、臂全都抽腫了，就因為有江小鶴隨在後面，自己竟不敢向他還手。第二是為自己傷心。走了一世江湖，稱了一世好漢，昆侖刀自然無敵，而且現年雖老，可是力氣並不弱。但是一遇到了江小鶴，自己竟如鼠見貓、如羊見虎，一點武藝也施展不開，這真叫生冤家、活對頭！第三是因為眼前已快到鎮巴。這副狼狽的樣子回到故鄉，縱使江小鶴還不殺自己，但自己還有什麼臉面見鄉人？這樣想着，他就真不願再活了，想着或是自盡，或是先把伍金彪打死，然後隨江小鶴將自己殺害。

正在猶豫未決之時，忽見前面的伍金彪仰着臉，大聲說："啊哈！這裏有住人家的！"

江小鶴也仰臉去看，只見那天邊的晚霞已變暗了，有一股炊煙散漫在空中。伍金彪就說："天都這麼晚了，難道咱們真要趕到瘟神鎮去過夜嗎？"

江小鶴這時雖不疲倦，但心中十分不痛快，而且也餓了，遂就說："你找一找，只要有住戶，能投宿，咱們就住下。明天一早趕到鎮巴，事便能辦完了。"伍金彪便一面走，一面揚着頭向兩面去看。

走了不遠，就見左邊的山石上有幾層石階，是人工鑿成的。伍金彪遂下了馬，然後把老鏢師也推下馬，就勢抽繩捆上，口裏說："捆上你，還老實些！"老鏢師就躺在地上喘着氣。

江小鶴把手裏提着的包裹和寶劍都放在地下，將兩匹馬繫在道旁的一棵樹上。伍金彪就登着石階走上去了。江小鶴蹲在地上，想要把剛才未繫好的包裹再繫緊，可是他忽然覺察到裏面少了一件東西，就是從秦嶺山澗中拾來的那隻繡鞋。江小鶴便抖開七包裹亂翻，可是連影兒也看不見，他便十分急躁。這時，伍金彪已把那住戶的人叫了出來，就站在山坡上，向江小鶴說："江兄弟！你快把那老傢伙扶上來吧。這位大哥是本山的獵戶，他肯留咱們在此歇住一宵。他家裏有燒好的黃米飯！"

江小鶴說："你下來！把人和包袱都搬上去。我失了一件東西，得回去找找。"

伍金彪就說："不要緊，天晚了，山裏絕沒人來，明天天亮了也好找。"又說："失個十兩八兩銀子，不要它就是了，就作為給山神送了禮。黑摸咕咚的，你還瞎找什麼？"

江小鶴卻不肯甘休，就說："你先歇着去吧！我回去再找找，少時即來。"說着他提着寶劍，又順着來時的路走去。

上面的伍金彪便忍不住哈哈大笑，說："我這兄弟，真是古怪脾氣！也不知他丟了什麼心肝寶貝？"又向那獵戶說："來！大哥你先幫我把那地下躺着的抬上去。這是我們弟兄打來的野物，是一頭白額虎！"

此時江小鶴提着寶劍往西走去，他低着頭彎着腰，瞪着眼睛，在地上細細地找。可是這時天色太黑了，地上的草根石塊又太多，他走出了很遠，腰都酸了，也沒有找到那隻紅繡鞋。他的心中十分急躁，就直起腰來，心中憤憤的，仿佛要找個對頭大戰一陣才能痛快。

他生了半天的氣，忽然又覺得自己太愚蠢了，太優柔寡斷了。他就想：我父親是死在鮑振飛的手內，當我年幼時他有幾次要殺害我。他作惡多端，欺壓鄉里，縱任兇暴的徒弟，並在川省殘殺了未滿十五歲的秦小雄。這樣的老匹夫，理當人人得而誅之，但我卻總不忍下手，我還配稱什麼英雄？阿鸞她對我還有什麼情義？連早先的那棵柳樹她都恨，她都砍，為她那麼一隻紅繡鞋，我卻那麼戀戀不捨，豈有此理！我也太兒女情長，英雄氣短了！因此他決心不再找那隻繡鞋了，就提劍往回走。

又費了半天工夫，才找着了那處石階，找着了那兩匹馬。見包袱還扔在地下，並沒被伍金彪拿上去，江小鶴便心說：伍金彪這個人也太疏忽，大概是只顧到獵戶家去吃黃米飯，什麼事他全都不管了。他的強盜習性也很深，跟他在一起，以後難免要惹出些別的禍事。不如我趁早把鮑老頭子的性命結果了，贈他一些銀兩，就與他分手。江小鶴一面想着，一面蹲在地上把那包裹繫好，然後一手提着包裹，一手提着劍，嗖地一下躥上了山坡。

就見這山坡上有一間窯洞，前面安設着窗子，窗上浮着淡淡的燈光。江小鶴走到窗前，向裏叫道："伍大哥！"裏面卻沒有人應聲。江小鶴便將門拉開，見牆上掛着一隻黑碗，黑碗裏有燈油，燃燒着個紙撚。燈光所及之處，卻令他大吃一驚，只見血光慘黯，屍體縱橫。原來伍金彪和剛才見到的那個獵戶全都死了。靠牆還臥着一個人，頭髮很長。江小鶴急忙走近前，一腳踢開這具屍身，細一看，原來是個婦人，大概是這個獵戶之妻，腦漿已然流出，似被鐵物所擊而死。四下去看，卻再也找不着鮑振飛的影子，只有灶上還咕嘟咕嘟地熬着一鍋黃米飯，溢出來誘人的香味。

江小鶴咚地把腳一頓，罵了聲："好個兇惡的老賊！"他把包裹扔了，手提寶劍，出了窯洞去找。但見天黑如墨，山風淒緊，林水蕭蕭，夜鳴悲啼，四下茫茫，竟無一人蹤影。江小鶴又跳下山坡，見兩匹馬全都沒動，就曉得那鮑昆侖殺死人之後，必然逃得不遠，他便持劍往各處去搜索，比剛才他尋找繡花鞋之時還走得遠，還搜得細。可惜這時天色太黑了，山中崎嶇宛轉的路徑，奇峭的山石和那些茂密的樹木，處處可以隱藏得人，實在令他無法去尋。

江小鶴一面搜找着，一面用寶劍敲擊山石，砰砰地迸着火星。他憤怒地罵道："鮑振飛，你這老狗！趁我沒在，你害死了我的朋友，並殺死了無辜的獵戶。你這老狗，你以為你能逃得了嗎？江太爺若叫你再活三天，就不是好漢。滾出來，別在窟穴裏藏着！"他怒罵了一陣，竟沒聽見有人應聲。他攀樹登石，幾乎把這座山全都搜遍了。到處都是漆黑，到處都是寂靜，竟不能猜出那鮑振飛的臃腫之軀，到底能藏匿在何處？

江小鶴又很自責，暗想：還是怪我！我若不去找那隻紅繡鞋，看守着老狗，他就是想逃也必不敢走。他大概是掙斷了繩索，取了什麼東西，把伍金彪和那獵戶夫婦打死。黑豹子伍金彪雖然做過強盜，但他為我的事而慘死，心中有些悲哀；那獵戶夫妻，他們獨處在這荒山之中，想必極為窮困，如今無辜被那老狗所殺，也太可憐。明着是那老狗殺害了他們，其實也可以說就是我殺了他們；我若不那麼兒女情長，不忍殺那老狗，哪至於又放那老狗做這惡事！

此時山間的晚風越吹越緊，撼得樹木嘩啦嘩啦地響，如同起了潮水一般。江小鶴的心中就像燃燒着一團烈火，他恨極了，也後悔極了！他罵着，搜找着，又過了好半天，就望見下面有一片淡淡的燈光。江小鶴便從高處一躍而下。起先他還以為這是山中的另一住戶，及至跳下來一看，卻見仍是剛才出事的那間窯洞，原來是自己又走回來了。門是敞開着的，因為剛才他出來時就沒有給帶上，黃米飯的香味卻消散了，燈光也愈發淒慘。

江小鶴咬着牙，忍着氣，又走進屋去。低頭細看，地下是一汪汪的鮮血，伍金彪和那獵戶夫婦全都是腦漿迸裂，死的情形極為淒慘。江小鶴站立着，不禁歎息。他蹲下身將自己的包裹拿起來，背在背後，正想要離開這裏，到旁處去搜拿那鮑振飛，忽聽身後有一陣風聲。江小鶴趕緊一閃身，就見在他身後，來了一個高大的和尚。這和尚黑臉巨眼，腮下的鬍子生得如刺蝟一般，手中握着一根有房椽子那般粗、一丈多長的鐵棍。鐵棍發着黑亮的光，如同一條怪蟒。這和尚從江小鶴的身後進來，一棍打在地下。只聽咚的一聲巨響，震得牆上的石屑簌簌落下，屋中的盆碟亂響。江小鶴閃身躲開，同時擺手掄劍，要去削這大和尚的下額。大和尚卻抬起棍來一磕，鐺的一聲響亮，便用棍壓住了江小鶴的寶劍。他發着雷一般的吼聲，說："江小鶴，你以為天下英雄就是你一個嗎？你欺負年老的鮑老鏢頭，你在螺螄嶺打劫官眷，你這強盜，今天俺要捉你了！"

江小鶴便扔下寶劍，兩手握着對方的鐵棍，瞪着眼說："和尚，不准你罵人。我江小鶴是英雄，是好漢！鮑振飛是我家的仇人，在川北我便已捉獲了他，我把他解到這裏來，是我不忍殺他。螺螄嶺那件事，是他的徒弟龍志起冒充我的姓名……"

那大和尚卻哼哼冷笑，兩隻薄扇大的生着黑毛的手緊握着棍，用力去奪。江小鶴也將鐵棍的這一端握得很緊，不容大和尚將棍奪去，同時他又說："我問你是否是鐵杖僧？你若是鐵杖僧，那我就知道你也是江湖上一位俠義。十年前我在閬中俠家中，曾見過你放在他家裏的三根鐵棍，我的好友袁敬元也是你的徒弟。我們不必互相爭雄，不必決什麼生死！"

鐵杖僧仍然盡力地去奪鐵棍，把牙咬得咯咯亂響，狠狠地說："你怕死嗎？你要是怕死，就不該來到江湖稱雄！"

江小鶴也冷笑道："真若講起拼命來，還不知是誰生誰死？只是我久仰你的大名，我願把我與鮑家的是非曲直向你說明，說明白了之後再拼鬥！"

鐵杖僧卻仍然大喊着，這窯洞裏就像是擂着大鼓，響着霹靂，震得江小鶴的耳朵嗡嗡直響。他又用腳踹地，把地下的石頭都踹碎了，並大喊道："俺早知道你兇惡，俺早聽人說了，俺要替江湖除害，打爛你這壞種！"

說時，這莽和尚便使出他那移山之力，身子向後拽着。江小鶴的兩隻手就松了，他一撒手，咕咚一聲，像山倒了似的，那鐵杖僧便摔了個大仰頦。江小鶴急忙由地下抄劍，卻不料鐵杖僧身雖巨大，但腰腿卻極敏捷，他一翻身便從地上爬了起來，低着頭，提棍就出了窯洞。到了外面，他依然大吼着："出來！"又吧的一棍，將窗戶打碎，然後就叮叮噹噹地掄着鐵棍擂那石壁，並吼道："出來！出來！"

江小鶴先把壁上那燈碗當作鏢似的飛了出去，然後提劍一躍而出。到了外面，那鐵杖僧迎面就是一棍。江小鶴不敢以劍去迎，只是閃轉身軀，躲開了鐵棍，再用劍去刺鐵杖僧的腹部。鐺的一聲，鐵杖僧用棍將劍撥開，接着呼的一聲，鐵棍又抖起來，横掃江小鶴的腹部。江小鶴一聳身便躥到了一塊巨石之上。鐵杖僧又從後面舞棍來擊，又是一聲巨響，這一棍正擊在江小鶴站立的那塊石頭上，把石頭擊得粉碎，可是江小鶴卻早已跳到了別處。

鐵杖僧雙手持着鐵棍，喘吁吁的，又大罵道："江小鶴！你跑了嗎？你怕了俺，逃了命，那還算是什麼英雄？快滾過來！"正說着，忽覺耳畔一聲風響，鐵杖僧趕緊彎腰，江小鶴的劍就在他的頭上削了過去。接着江小鶴從後面又是一腳，把鐵杖僧踹得向前一栽。但他趕緊翻身舞棍，吧的一聲，棍又擊在了山石上，打空了，江小鶴又沒有了蹤影。鐵杖僧就拄着棍，喘吁着，憤憤地罵道："飛賊！鼠輩！真給你師父丟名聲！"

連罵了幾句，沒人答言。他便邁着大步，提着鐵棍，往山上去走。才行了幾步，忽覺有人從身後將他的鐵棍揪住。他吃了一驚，將頭一回，劍光又逼了上來。他趕緊彎腰抽身，躲開劍，江小鶴的寶劍卻又斜劈下來。鐵杖僧驀地一抬腳，便踢在了江小鶴的手腕上，把江小鶴的劍也踢飛了。他剛要再掄棍，江小鶴卻在他前胸一腳，把他踢得翻身栽倒，他便連人帶棍咕嚕嚕地滾下山去，手中的鐵棍也撒手了。他將要爬起身來，卻不料江小鶴就如一隻夜間飛行的貓頭鷹，從山坡上一躍而下，把鐵杖僧那牡牛一般的身體按住，乓的一聲向他的頭上打了一拳。鐵仗僧覺得頭一陣昏暈，便想以奇技自救，他掙扎出一隻手來，就向江小鶴的胸間點去。江小鶴早知鐵杖僧會用點穴，趕緊躥身躲開，同時由地上揀起他的那杆鐵棍來，就順着山路向西跑去。

鐵杖僧握着拳頭在後面追趕，江小鶴卻已站在路旁的一塊山石上，正等着他。他一來到臨近，江小鶴就舉棍向他的頭頂擊去。本來鐵杖僧已被江小鶴那一拳打得頭暈，他憤憤地追趕着，並沒留心江小鶴是站在路旁的高處。只可惜這根鐵棍的分量是太重了，江小鶴舉起時未免吃力，落下時也打得不准。鐵杖僧又耳敏手捷，聽到風聲，他的胳臂就已經伸起，托住了鐵棍。如此，這根鐵棍又成了二人角力的東西，一個人握着一端，用力地奪，奪了半天也不分強弱。江小鶴直往山坡上走，卻不料鐵杖僧竟咕咚一聲坐下了，鐵棍便到了他的手中。他立時掄棍，挺身而起，鐺的一棍又擊在了石頭上。江小鶴閃到一旁，一轉身又躥到了鐵杖僧的身後，猛的一腳又將鐵杖僧踹得趴下了。鐵杖僧還要翻身爬起來，但他的頭暈了，力盡了，後腰也像折斷了。他便呼呼地喘息着，雙手仍緊緊握着鐵棍不放。江小鶴便又從側面踢了一腳，就把鐵杖僧連人帶棍踢得滾下了山坡，並有許多石塊隨之滾下。

江小鶴剛要追下山坡，就聽下面哎呀一聲慘叫，震得山谷皆響。這聲音正是鐵杖僧喊出來的，江小鶴倒驚得停住了腳步。他怔了一怔，才又往下走去。下了山坡到了山道上，卻什麼聲音也沒有了，有的只是風聲蕭蕭。地下什麼也看不見，鐵杖僧和那鐵棍都不知滾到哪裏去了。仰面一看，這山道上狹窄的天空上，閃爍着有限的幾點星光。

江小鶴站立了良久，再也沒有別的動靜，心想：鐵杖僧一定是摔死了。這樣強有力而且兇悍狡黠之人，自己離師以來，還沒有見過，可以說是遇到的惟一對手了。搏鬥的結果，雖是自己勝利了，可是兩臂亦發酸，此時若再來這麼一個，恐怕自己就要吃虧了。

他微微地喘息着，向前走了幾步，忽然又覺得方向不大對。剛才的路逕自己還是全都記識着，後來和鐵杖僧決鬥，忽而踏上山坡，忽而又跳下山道，相鬥多時，便把路途走忘了。這狹窄的天空之上，星斗也不全，看不出哪裏是北極，哪裏是北斗。他站在黑茫茫的山路之中，就發了半天呆，無論怎樣，也分不出來路徑和方向。江小鶴心說：這可沒法子了，只好在這裏等到天明了。遂就拿腳試着，找了一塊石頭坐下。他在心裏猜測着：那鐵杖僧一定是早已得到了信息，曉得我押解着鮑昆侖，必要經過這座山，所以他就在此等候。他將鮑昆侖救走了，又將獵戶、伍金彪用鐵棍擊死。今天若不是我，恐怕也要命喪在他的手中。他又憤憤地站起身來，心說：就這麼把鮑振飛放跑了嗎？十年來我為報仇所用的氣力，就全都白費了嗎？這不行！若再捉住他，我絕不能饒他活命！

　　此時忽聽得一陣馬嘯之聲，江小鶴趕緊側耳專心地去聽，就聽到那匹馬在遠處又嘶叫了兩聲。江小鶴聽出了方向，就尋着馬嘶之處，慢慢地找了去。找了半天，他終於把那匹馬找到了，可是卻又令他大吃一驚。因為剛才他曾看見那兩匹馬，那時伍金彪等人已經死了，鮑昆侖也逃走了，可是那兩匹馬依然繫在這棵樹上，現在卻少了一匹。莫不是鐵杖僧從山上滾下去沒有死，他又奪了馬匹逃走了？不像！或者是那匹馬自己掙斷了韁索跑了？更不像！江小鶴悶悶地站着，本想再上山坡，到那窯洞裏待上一會兒，抓些黃米飯吃。但又想到那間窯洞的燈已然滅了，而且遍地是血，倘若沾在自己的衣裳上，明天出了山，走路也不方便。他便在這匹馬旁就地坐下，忍着餓，受着寒風。

　　過了許多時，天色漸漸地淡了，風卻更寒。他身旁的馬也是又渴又饑又冷，便不住地伸頸長嘶。又少時，雜亂的鳥聲就鳴噪起來了，天光已大亮。江小鶴又上了山坡，到那窗框已折斷了的窯洞中去看了看，就見伍金彪和那獵戶夫婦的屍身更為慘不忍睹，流在地上的血也都凝住了。細查他們的致命傷處，確實是被鐵棍所擊，地下也有些石屑和深坑，全是鐵棍的痕跡。江小鶴的心中十分悲憤，出窯洞尋找了半天，卻找不到一塊土地，可以刨個坑將那幾具屍身掩埋，倒是在一塊大石的後面，尋着了昨日被鐵棍擊飛了的那口寶劍。江小鶴就拾起來寶劍，踏着山石，攀着樹木，又在這山中各處搜找，還想要找到鮑老頭子藏匿之處。

　　他走到一個山坡之上，低頭向下望，忽然看到鐵杖僧的屍身仰臥在下面，頭貼在山石上，腳放在亂草間，身旁有一汪黑色的血跡，真如一頭死熊一般。江小鶴很快地跑下了山坡，他對這名震江湖三十年的“怪俠”的屍體倒全無悲憫，只是他太驚訝了，這鐵杖僧卻不是摔死的！在他那粗大的脖項上有一處傷痕，瘀着血，看那樣子是被刀劍等刃物所傷。江小鶴心中暗想：這真是奇怪！昨天我跟他拼鬥時，手中並沒有寶劍，但他滾下山時，確實是慘叫了一聲。莫非是有什麼怪人，正拿着刀劍在山下等着，見他從山上滾下，就趁勢按住了他，將他殺死了？

　　江小鶴又在四處仔細地搜尋，只找着了鐵杖僧的那根沉重的鐵棍，他便給踢到了一旁。又在各處找了半天，走出了很遠。忽然在這蒼黃的草木、黑色的山石之間，看見一件色彩極其鮮豔的東西，原來正是昨天找了半天沒有找着的那隻紅繡鞋。江小鶴現在看見了這個東西，倒不由心中發恨，呆呆地站住，真想不去拾揀了。但心腸漸漸的柔軟，他又想了想，便皺着眉，把身後的包袱解下來，就將繡鞋塞進了包袱裏。

江小鶴一手提着包袱，一手提着寶劍，懊惱着，又找着路徑，到了那繫馬之處。他將包袱繫在馬上，寶劍亦插進包袱，便伸手由樹上去解轠繩。可是他突然又吃了一驚，原來那另一匹馬並不是自己掙斷了轠繩走的，因為樹上還存着一段轠繩，還繫着很安然的一個扣兒，並且明明是用劍或刀切斷的，而是被人騎走了。

江小鶴到此時完全明白了，便曉得昨夜一定還有別人在暗處。那人把鐵杖僧殺死，便割斷了轠繩騎着馬走了。這人可真奇怪，而且武藝必定不弱，看他殺死了鐵杖僧，必是一位俠客。但我與鐵杖僧吃力拼鬥之時，他怎麼又沒幫助我？可見此人與我也沒有什麼交誼。卻不曉得是什麼人？也許是一位神奇的俠士，他見鮑昆侖年老可憐，所以才將他救走，但此人也未免太對我輕見了！

當下江小鶴憤憤地騎着馬向東走去。此時他騎的是伍金彪的那匹馬，他原有的那匹白毛虎贈給他的馬卻已丟失，連龍志起的人頭也給拐走了。現在這匹馬不大雄健，在這坎坷不平、荊棘叢生的山道裏，已連打了兩個前失，方才很吃力地才走上了這股山道。但想要叫牠快走，卻是不能。

此時，朝陽已經升起，眼前展現出一片曠野，秋禾無際。一股小道，蜿蜒如蛇一般，只有幾個稀稀往來的行人。耳邊卻聽得嗡嗡的鐘聲，不太宏亮，彷佛離此很遠的地方有一座廟，廟裏的人此時大概是用早齋了。江小鶴突然心中一動，便想，鐵杖僧莫非有個住處？便是這鳴鐘的廟嗎？他把鮑振飛救走，就安放在那廟裏了吧？他駐馬靜聽那鐘聲，可惜鐘聲所發之處離此太遠了，他無法尋出方向，只得又順着小路催馬去走。

曲折地走了約有十里地，便望見眼前有一片房屋，好像是座市鎮。江小鶴便想：且找個地方把飯吃了，把馬喂了，然後再說。於是他又催馬緊走，少時便到了眼前這座市鎮。朝陽照在市街上，有不少的人挑擔荷籃，來來往往。江小鶴找到一家掛着麵幌子的店門前，就下了馬，把馬繫在門外。他走進店去，便見灶上熱氣騰騰的，掌櫃的正在那裏下麵，旁邊有許多都像是賣力氣的人在等着吃。江小鶴就說："掌櫃的！也給我下一碗！"他遂就找了個板凳兒坐下，打了個哈欠。旁邊就有人問他是從哪裏來，江小鶴就說："才從鎮巴城來。"

這時那掌櫃的已撈出了幾碗麵，都給了那些先來的人，並叫江小鶴暫等一等。江小鶴說："我倒是不忙。只是你們這鎮上哪邊有草料舖？"掌櫃的說："草料舖倒沒有。北邊路東有一家車店，過往的人都到那裏去喂馬。"江小鶴就站起身說："好了，我先把我的馬去喂喂，回來再吃。"

於是他出了店門，解下馬來牽着，向北邊尋到了那家車店。進裏一看，見那院中停了幾輛車，棚下拴着十幾匹騾子和馬。江小鶴便將馬交給了這裏的人，說是自己回頭就來取。他提着包袱和劍又出了車店，見到幾家舖戶的匾額上都寫着"文鎮"什麼的店名，江小鶴便曉得這裏就是黑豹子所說的那"瘟神鎮”了，便想起十年前與他相交之時，不禁心中一陣難過。

他邁步往南走去，打算到那店裏去吃麵。剛走了不到十幾步，就見有個道士在一家店門前化緣，手裏敲着個鐘兒叮叮地響，口中也細細地唸着經兒。驀一看是長袍大袖，頭梳道髻，與一般道士無異，但細一看便知是女的，年有四旬左右。江小鶴不禁想起昨日在山中聽伍金彪說他十五年前曾在瘟神鎮吃過女道士的虧，便不由得又注意地向那女道士看了看，見店裏給了那女道士錢，那女道士便又到另一家店舖前募化去了。

江小鶴心中尋思着，又回到了那賣面的店裏。那掌櫃的便給了他一雙筷子和一碗熱騰騰的湯麵。江小鶴拿筷子挑起麵條，便說：“我生在鎮巴城，離你們這裏不算遠，可是今天我是頭一次來到瘟神鎮。我看你們這裏很特別，連化緣的道士都有娘兒們。”

旁邊便有另一個吃面的人說：“你別混說！那是道姑，都是雲棲嶺九仙觀的。人家不是見着舖戶便化緣，非得是大買賣、闊宅院，人家才化緣呢！”

江小鶴便趕緊問說：“九仙觀在哪裏？”

那人說：“就在西北山嶺上。那是一座大廟，廟裏的道姑有二十多人。”

江小鶴沉思了一會兒，便又問說：“那廟裏只是道姑嗎？沒有和尚嗎？”

那人便說：“胡說！道姑廟哪能許和尚進去？別說和尚，便是你這樣兒的拿着香去，人家也不開山門。非得是官眷，或是真正拜佛燒香的善士，人家才許進廟。”

這人正說着，突然另有個人問道：“掌櫃的！這兩天那大和尚沒來嗎？”

江小鶴吃了一驚，趕緊轉頭去聽，便見那掌櫃的皺着眉，說：“怎麼沒有來？前天是在陳家舖子吃的，昨天大概是在福源店吃的，今天就許輪到我這兒了。我真怕他來，一來怕他那根鐵棍，足有二三百斤沉；二來怕他的飯量，這麵他能夠吃十碗！”

江小鶴就問說：“吃完後，他不給錢嗎？”

掌櫃的說：“他還給什麼錢？這和尚來到這兒快有一個月了，他也住在雲棲嶺上，可不知是那座廟。聽說因為他的飯量太大，那廟裏只能管他一頓飯，早飯他得在各處化。他是惡化，進門來連個問訊都不打，便把鐵棍在門前一放，堵住門，誰敢得罪他？”

江小鶴聽了便極為興奮，心想：鮑振飛必然是昨夜被鐵杖僧救走，藏在什麼廟裏了。那殺死鐵杖僧的，一定是鐵杖僧的一個仇家，昨夜他也在山上潛伏着。趁鐵仗僧在山上澗中跌個半死之時，他便下手報了仇，然後盜了我的馬走了。那人倒許與鮑振飛的逃命無關。看這地方，四周皆山，又是川陝的交界，一定藏着許多怪人。我今天倒要把那座山搜查個清楚。他匆匆地吃了一碗麵，雖然還沒有飽，可是也不耐煩再吃了，便扔下了錢出了店門。他到車店中取了那匹已喂得很有精神的馬，上馬便走。往南出了瘟神鎮，江小鶴順着來時的路徑，一霎時便到了山下。

他在山麓繞了半天，也沒找着一股往上去的路，倒是遠遠的有兩三戶人家，江小鶴便撥馬奔了過去。那裏是一座小村，有婦人在門前推磨子，壯漢在場院打麥，小孩在溪邊牧豬。江小鶴便走到那幾個小孩的面前，問說："你們知不知道，到九仙觀燒香去應走哪條路？"小孩子們都搖頭，說："不知道。"江小鶴便把馬匹繫在樹上，說："小孩，給我看着這匹馬。"他又走到那兩戶人家牆後的場院裏，向那幾個打麥的男子問說："借光，要到雲棲嶺九仙觀去燒香，是由哪邊上山？"那幾個男子都直盯着江小鶴，盯了半天，然後搖頭說："不知道！"江小鶴很是驚疑，又拱手問說："我還打聽個人，諸位住在這座山的附近，可曾看見過一個身材很高的白鬍子老頭兒？還有一個拿着鐵棍的大和尚？"那幾個人又盯了江小鶴一眼，依然說："沒有。"並有一個人笑着說："哪兒來的老頭兒和大和尚？我們這地方僻靜，一年到頭也沒個外鄉人來。"江小鶴怔了一怔，便覺得這幾個人都很為可疑，又走過去問那幾個牧豬的孩子。那幾個孩子都像是被誰囑咐過了，無論江小鶴問他們什麼話，他們總是說："不知道！"江小鶴便微微冷笑着，解下馬來，騎上便走，心說：那鮑振飛若是不在這村子裏藏着，便一定是在那九仙觀裏了，反正他們一定全都知情。今天我若再放走了那老頭子，我江小鶴便不算英雄好漢！

江小鶴策馬到了山麓下，尋了一個幽僻的樹木所在，便將馬繫上。他把包袱解下來搭在背後，手提着寶劍，便向樹林裏走去。雖然這裏只是些嶇峻崎峭的岩石，沒有一點人工鑿出來的道路，可是江小鶴卻攀登跳躍着，毫不費力地爬上了這座山峰。山峰上連樹木都很少，也沒有廟宇，往下一看，卻是一片蒼綠，都是些榆柏松檜，並且好像曾經采樵過。江小鶴便曉得這些樹都有主人，那主人必也離此不遠。他遂又跳躍着往下走去，林中的山鳥被他驚起，都撲撲地向上飛，並重未吱喳地亂叫着。往下又走了四五十步，便看見地下有一級級坎坷不平的路。

江小鶴心中甚喜，暗想：好了，有了路徑我還能尋不到那九仙觀？他便腳下加快。又往下走了不遠，突見地下有一根又長又粗的麻繩，像一條蛇似的盤在石頭上。江小鶴認得，這便是伍金彪用來捆綁鮑昆侖之物，似是被人解開的，並不是用刀割斷的。江小鶴看見了這東西，反倒把腳步放輕了。他手提寶劍，腳下儘量不做出聲音，頭上也小心地躲開樹枝，惟恐驚起飛鳥。他便如同一個獵人要搜尋野獸的巢穴似的，伏着身，迂回地又走下三四十級。就見前面的草木更多，石縫草間還有許多紅色黃色的野花。

他正在向前走着，忽聽得嘩的一聲，草木亂動，群鳥驚飛，有一隻大犄角的梅花鹿向他奔來。江小鶴趕緊跳到旁邊的一塊山石上。就見這頭鹿卻伸着脖子來回地轉頭，像是在尋覓着什麼，後面還跟着兩頭雌鹿。忽然他看見草叢裏還站着一個人，那人白髮亂動，銀髯亂飄，兩隻驚慌的眼睛向四下張望着，彷彿比那兩頭雌鹿還要害怕。江小鶴仔細一看，便傲笑道："鮑振飛！你藏到這裏，便以為我捉不着你了嗎？"說着他跳下了山石，像一隻鷹似的向下撲去。鮑振飛卻如驚弓之鳥，轉身便逃，那兩頭鹿也驚慌地跑走了。江小鶴一步也不放鬆，直追而下。但不遠之處，又有一個轉彎，及至江小鶴轉過來，向前去看，那鮑振飛已然沒有了蹤影。

江小鶴憤憤地大喊道："你還想往哪裏去跑？"他便提劍縱步，又向前追趕。跑了不遠，面前便露出了一抹紅牆，江小鶴因為是站在高處，所以就覺得這所寺院是在他的腳底下似的。他低頭去看，就見這座寺院不小，一共有三層殿，是依山勢蓋成。院裏松柏茂盛，煙雲飄浮，紅牆也刷得很新。那三頭鹿都擠在一起，依着牆角，兩頭雌的臥在地下，一頭長着犄角的還瞪着眼睛不住地向江小鶴看。江小鶴便覺得這裏真是一座洞天福地，自己不可冒失。但無論如何，鮑振飛今天是逃不掉了。

他遂往下去走，尋到了廟門，就見山門緊閉，有一方橫額寫着"敕建九仙觀"。江小鶴心說：這一定就是那座女道士的廟了，可是如何會允許鮑振飛在這裏躲藏呢？他上前輕輕地叩打門環，但敲了幾下，裏面並無人應聲。江小鶴便憤怒了，遂用力急促地敲打，門環亂響，借着山聲，真令人驚心動魄。江小鶴手持寶劍，一面打門，一面氣憤地高聲喊道："開門！開門！"叫了幾聲，裏面仍無人答應，無人開門。江小鶴憤怒極了，便罵道："這裏的道姑一定不是好人，我還跟她們講什麼客氣？"遂一聳身跳上了紅牆。

他手提寶劍向下去看，只見院中岑寂，杳無一人。忽然見裏院的門邊有一個身影，這人往外院走來了，似乎是特為來開門的。這人倒是一個女子，可不是道姑，穿着青衣紅褲，頭梳長辮。她低着頭，一隻手拿着塊帕子掩着臉，一面哭，一面往外走。江小鶴倒不禁吃了一驚，也不敢細看，便趕緊又跳下牆來，站到廟門旁，驚疑地想着：這是怎麼回事？道姑廟裏怎麼又會有俗家的女子？

此時門裏有幾下響聲，山門開了半扇，那女子就走出來了。此時她沒有掩着臉，可以清清楚楚地看到她那瑩然帶淚的一雙俊俏的眼睛和那清瘦美麗、含怨帶恨的面龐。江小鶴一看，倒不禁怔住了，事情真是出乎他的意料，他簡直疑惑自己是在做夢。他直着眼睛向這女子看了半天，才說："阿鸞……你怎會來到這裏？"原來這女子正是在秦嶺失蹤的鮑阿鸞。

阿鸞先前還是悲痛着，但一聽江小鶴這話，她便瞪起眼睛來，說："是你把我逼到這裏的！你有本領，你一定要報仇，但你何必一定要殺我的爺爺？他已是那麼老的人了！你就來殺死我好了！"說時她就奔了過來，伸着雙手將江小鶴提着劍的那隻胳臂揪住。

江小鶴這時心中十分悲痛，胳臂也像是沒有了力氣，便歎息着，擺手說："阿鸞！你不要急燥。既然今天咱們又見了面，那你便平心靜氣地聽我細說，話是太長了！"

阿鸞卻仍是又急又怒，雙手緊揪着江小鶴的胳臂，渾身亂顫，雙淚直流，說："我知道，我都知道！十年來的血海深仇！可是你的志願也不過是想要殺死一個姓鮑的。那好辦，今天我便叫你把姓鮑的殺死；可是，死也只能死一個，不能叫鮑家的全家都給你爹抵命！"說着，她雙手一用力，竟把江小鶴的寶劍奪了過去。

江小鶴大驚，趕緊用左手反扣住了她的手腕，但阿鸞兩手緊緊握住劍柄，仍不肯放鬆。江小鶴便急急問道："阿鸞？你要做什麼？"阿鸞不語，只是哭泣，說："反正我對得起你，也對得起我爺爺，對得起紀廣……"那個"傑"字還沒有說出來，就將身子驀然向劍鋒撞去。

江小鶴疾忙用力奪劍，劍倒是奪到手中了，可是阿鸞的身子也隨之倒下。江小鶴嗆啷將劍抛開，趕緊彎腰用雙手將阿鸞抱起，卻見阿鸞已面色如紙，明眸半閉，急促悲慘地呻吟着，前胸已被劍鋒刺破，流出來一片鮮血，染了青衣，染了紅褲。江小鶴急得跺腳，卻說不出一句話來。

阿鸞呻吟着說："你甘心了吧？這你還不出氣嗎？快來再刺我一劍，別叫我受罪！小鶴，你這狠心的人……我等了你十年！我雖嫁了紀廣傑，可並沒跟他好……十年前我小的時候答應嫁你，我……我並沒忘呀……"江小鶴聽了，不由放聲大哭。

這時廟門的那半扇也開了，鮑老拳師從廟裏走出。此時他已不似剛才那樣畏縮，他面如紫肝，銀髯亂動，怒斥道："江小鶴，你快把我的孫女放下！許你殺她，可不許你抱她。江小鶴，放下她！我再跟你一決雌雄！"

此時阿鸞的胸前仍然在流血，都流在了江小鶴的臂上和手上。她疼得全身抽搐，頭暈目眩，她呻吟着說："爺爺，你也想一想吧！你在四川做的惡事我也都知道，爺爺你也太狠了……我十歲時就愛小鶴，你那時要明白點，大家都不至於有今日。你，你為什麼要逼着我嫁紀廣傑呢！……小鶴！你別鬆手，你就抱着我叫我死吧！"

鮑昆侖剛一聽孫女這話，氣得又咬牙，又瞪眼，但見江小鶴這時抱着阿鸞，也是淚流滿面，他那英俊的相貌和身材確實堪與孫女相配。他暗想：自己把江志升殺得也確實太慘，把他家害得也太慘了！於是他眼裏的兇光也漸漸減退，長歎了一口氣，便說："由你們去吧！我再也不認她是我的孫女了。江小鶴，我知道你的武藝高強，我鮑昆侖絕不是你的對手，你要殺我，現在我絕不還手。可是我告訴你，當年你的父親雖死得甚慘，但他也確有自取之過。他死後身邊搜出來幾兩銀子，我都還給了你家。我曾有幾次都想殺你，想要斬草除根，但我都不忍得，我鮑振飛也並非沒有慈心。現在咱們什麼話也不必說了，我走了，阿鸞是生是死都交給你了，我去尋紀廣傑退婚！"說畢，鮑老拳師就憤恨着，懊喪着，邁開大步向山下走去。

這裏江小鶴也顧不得回答鮑振飛的話，他只是流着淚，望着托在他雙臂上的淒慘嬌豔的阿鸞。阿鸞此時只是呻吟，已不能夠說話了，她兩眼微睜着，瞧着江小鶴，臉上還掛着淚。江小鶴就托着阿鸞走進了廟門。這廟中還是非常清靜，廟門外鬧了半天，彷彿裏面的人全都不知道，就好像這廟裏根本沒有人似的。江小鶴連問了幾聲："有人嗎？有人嗎？"全都無人答應。

直走到第三進院落裏，才見有兩個小道姑在地下揀松子。她們一見到江小鶴這個身材高大的少年男子進了院，雙臂上又托着渾身是血的阿鸞，就都嚇得驚叫着，跑進配殿去了。配殿中走出來一個年歲很大的女道士，一見這種情形，也非常地驚異，就問說："為什麼她受了傷？"

江小鶴說："你們快給尋一個地方，我先把她放下，再對你們細說！"

那老道姑說："她本來是住在外院！"遂就帶着江小鶴，出了這座院子。

到了那第二重院落內，開了東配殿的門，江小鶴就抱着阿鸞走了進去。這東配殿中很黑，外屋供着佛，屋裏有一張木榻，榻上有一床被褥和枕頭。江小鶴求道姑將被掀開，他就把阿鸞平平地放在榻上，墊上枕頭，並拉過被褥給她蓋上。

旁邊老道姑就說："這鮑姑娘是鐵杖僧給送來的，在這裏住了有一個多月了。我們這廟中本來不容留閒人，就因為鐵杖僧與我們的道澄師姑相識，這次他來了，又十分兇狠，威嚇着我們，叫我們收留下她。我們又聽說她是被一個強盜逼得無路可奔，來的時候她的肩膀、腿上又都受了傷，我們出家人是以慈悲為本，不便不收留她。"

江小鶴歎着氣，就指着阿鸞向道姑說："她真可憐！我們是同鄉，從小時我們就在一起，如同兄妹一般。她的祖父卻是個壞人，把她害了！"詳細的話，江小鶴覺得也不能和道姑說。

道姑就說："看她倒不至於死。她的家在哪裏？你趕快想法把她送回家去調養吧！"江小鶴點頭答應着，道姑便轉身出屋去了。

這時阿鸞便微微睜開眼睛，說："你也走吧！"

江小鶴皺眉說："你傷成這樣，我如何能走？無論怎樣，我也得看你的傷勢痊癒了，送你回家，我才能走。"

阿鸞卻哭着說："我不回家，你快走吧！你不要再來，以後我誰也不認識了。我爺爺來，我也不再見他，你愛殺他就殺他吧！"說着，又嗚嗚地痛哭，並痛苦地呻吟。

屋中又黑，血色又刺眼，江小鶴真是胸痛如絞，皺着眉呆立了半天，就想：現在手上又沒有刀創藥，她這傷勢如何能愈？我若出去買藥，她在這裏又無人服侍。猶豫了半天，見阿鸞又微微睜開了眼睛，他就走近榻前，低聲問說："阿鸞，你不口渴嗎？"

阿鸞呻吟着說了聲："不！"

江小鶴就說："那麼你在這裏等候一會兒，我騎着馬趕到瘟神鎮給你買點刀創藥。不用藥，你這傷勢怎能夠好？"阿鸞沒有作聲，又呻吟着把眼閉上了。

江小鶴搖頭暗歎，慢慢地退步走出這屋。站在門首，他又望着阿鸞愁了半天，遂就一跺腳走到院中。他急急地往外走去，見山門仍然閉着，他走出去便把門又帶好。他出了門低頭一看，地下仍存留着許多鮮紅的血跡，心中又是一陣疼痛。再去找剛才丟在地上的那口寶劍，卻沒有了。他也無心去細找，便踏着石級，穿着林木，又向山下走去。有一頭鹿在他前面很悠閒地低着頭吃草，一見他來，又驚慌着跑了。山鳥撲撲地飛到遠處的樹上，鳴着哀婉宛轉的曲子。

走了半天，江小鶴才下了山。他辨明了方向，就沿着山路去尋自己剛才繫在這裏的那匹馬。可是遍尋無着，幸虧包袱是繫在自己的背後，不然也被拐走了。江小鶴往四下看去，只見樹木蕭蕭，鳥聲噪噪，看不見一個人，連剛才去問路的那小村舍也看不到了。江小鶴心裏明白，那馬一定是被鮑昆侖給騎走了，便憤憤地想：好！鮑昆侖！這兩次都叫你死裏逃生，只因我江小鶴的手軟心慈。叫你再活些日，咱們見面時再說吧！他因掛記着山上負傷的阿鸞，便顧不得一切，連走帶跑，不多時就又到了瘟神鎮。

這時已將至正午，瘟神鎮上反倒不似早晨那麼多人了。他又到了早上吃麵的那個店裏，就見麵鍋亦被端下來了，屋內冷冷清清，掌櫃的正坐在灶旁打盹。

江小鶴就高聲叫了一聲："掌櫃的！"那個掌櫃的嚇得打了一個冷戰，才由夢中醒來，睜開眼睛。

江小鶴急急地問說："掌櫃的，你們這裏可有專治跌打損傷的大夫？哪家賣好的刀創藥？因為我有個同伴在山上跌傷了，傷得很重！"

那掌櫃的就說："外科大夫這鎮上可沒有，北邊車店裏倒有個出名的獸醫。你若買藥得往東，小胡同裏有一家藥舖。"

江小鶴趕緊跑出去，找着了那個小胡同，果見一個住戶的牆上畫着膏藥，寫着什麼"祖傳八寶追風丹，秘制金鎖固精丸"，門前也掛着個藥葫蘆。江小鶴走進門去，院中就有個老頭子，問說："買藥嗎？"江小鶴點頭說："買藥，我要買刀創藥。"那老頭子讓他進到一間屋內，屋內滿是些藥瓶子、藥罐子。

江小鶴就說："有什麼刀創藥，快拿出來。"

那老頭子卻說："麵子藥可沒有，倒是有接骨膏。"

江小鶴着急地說："不是骨頭斷了，是……"他用手摸着前胸，說："是這裏受了傷，受傷的並且是個女人。"

那老頭子拉開抽斗，又取出一包藥來。江小鶴一看上面寫的字，卻是治奶瘡的，氣得他真想掄拳打這個老頭子。他就又大聲地說："是治刀傷的！你聽明白了沒有？"

那老頭子說："治刀傷的呀？那最出名的是雲南白藥，得到省城裏去買，這小地方可沒有。我們這裏的人有了傷，都到我這兒買接骨膏，不然就上冰片散。"江小鶴一聽，冰片是涼的，或許敷在傷處能夠止些傷疼，於是他就取出銀子來，買了幾兩冰片散，便趕快又往回跑。

出了瘟神鎮，順了路途，他又急急地向雲棲嶺那邊跑去。他頭上滴着汗，氣喘吁吁地，心中非常悔恨，就想：春天時我為楊先泰求藥到嵩山，太無禪師的"金剛更生散"那是多麼馳名！那時自己氣憤憤地扯了藥方，把幾包藥都丟在了地下，為什麼不多拿他兩包，留到今日？若有那藥，阿鸞的傷還用發愁嗎？因此又想起了李鳳傑來。李鳳傑這時一定已成立了家業了，而自己卻仍在江湖上漂泊。費了很大的力才見了阿鸞，但阿鸞又已被她爺爺逼得嫁了別人。現在，她倒是說出了她確實對我好，可是即使她的傷勢痊癒，我也不能將她做妻呀，否則被紀廣傑聞知了，尋來問我，我又有什麼話可答？而且，殺我父親的鮑昆侖，難道就這樣放了他嗎？兩家的仇恨就這樣算完了嗎？

他懊惱地邊跑邊想着，及至來到山下，已然跑得接不上氣，他就住腳慢慢地行。又費了半天的力，方才尋着了那條隱在叢木亂草之中的石級。江小鶴便挾着藥包，一邊喘着，一邊向上走。走了半天，才又到了九仙觀的重未山門前，就見地下的血跡已經掃除乾淨，可是那口寶劍仍然找不着。

江小鶴推了推山門，見從裏面頂得很嚴，他便一聳身從牆外跳到廟裏，雙足尚未踏到實地，突覺得有一物砸在他左臂上，疼痛難忍，不由得就咕咚一聲坐在了地下，把藥包也撒了手。那東西掉落在地下，吧噠一聲，原來是顆有杏核大的鐵彈丸。江小鶴不由大吃了一驚，腳下一用力，就站起身來，可是左臂卻被擊得已不能抬起。

此時從那北面第一層的正殿之中，又隔着窗簾連珠似的打出來四五個鐵彈丸，全都被江小鶴疾快地躲開了。彈丸就打在了牆上，又掉在地下亂滾。江小鶴怒問道："什麼人？出來見我！"此時北殿的雙門呀的一聲分開了，出來一個身材高大、年有五旬左右的老道姑，穿着道衣，左手提着一隻鐵彈弓，右手提着一口明晃晃的鋼刀。

江小鶴怔了怔，說："道姑，你不要錯認了人。我是剛才由此出去的，才買了藥回來。我有個同鄉的妹子，現受了傷住在你這廟裏。"

那老道姑的相貌就如一隻老狼，又似一隻梟鳥，她一聲獰笑，說："你以為我不認識你江小鶴嗎？你在外面學會了武藝，回到陝南來橫行。你欺辱鮑振飛年老無助，拆散紀廣傑、鮑阿鸞夫婦……"

江小鶴怒聲道："你胡說！"

老道姑卻越發兇狠，咬着牙說："鐵杖僧是我的師弟，他從秦嶺山中將阿鸞救到此地，昨天救了鮑昆侖。當晚並派了他的弟子靜玄，往鎮巴去叫昆侖派的人。我師弟鐵杖僧是一位俠義，卻也被你殺死在山中，你還敢到我這廟中來？"

江小鶴就便冷笑着說："鐵杖僧既是俠義，為什麼昨晚他將山中住的那獵戶夫婦也用鐵棍打死？他若不打死那夫婦，我也絕不能傷害他的性命。"

老道姑卻說："那獵戶本是山中的強盜，有我跟我師弟在這裏，他們便規矩些，便裝作獵人；我們一離開這裏，他們便在山中劫人害人，死並不屈。"

江小鶴說："那麼，這是我弄錯了！可是我跟鮑家的事，一時也講不清，你們只曉得鮑振飛年老可憐，卻不曉得他為人的惡狠。現在我也不願意在這三清淨地來吵鬧，我只是來救治阿鸞；等她的傷好些，我佈施些錢便走！"說着，他便彎腰去拾地下的那包藥。卻不料那道姑又拉開鐵彈弓一彈打來。幸虧江小鶴躲得快，彈丸從耳邊飛過去了，不然他立時便得腦裂身死。

此時江小鶴已忍無可忍，他連藥也不揀了，便嗖地一個箭步躥了過去。那老道姑棄了彈弓，掄刀向他來砍。江小鶴徒手去迎，要奪她的刀。可是老道姑的身手極為靈便，刀法卻更狠毒，是另一路。江小鶴無法奪刀，便躥聳跳躍，躲避着她的刀，並趁空由地下揀起來那隻鐵彈弓。於是這彈弓就成了江小鶴的兵刃，他舞起來，按着劍法，抵擋着老道姑的刀。這老道姑的刀法實在高強，真令江小鶴驚訝，覺得她的武藝在鮑振飛、紀廣傑等人之上，而且力氣似不弱於鐵杖僧。江小鶴此時左臂也不能用力，身體又疲憊，而且心裏掛念着阿鸞的傷勢，實在不願戀戰。但老道姑卻精神矍鑠，一刀緊一刀地逼來。江小鶴至此，便把全身的武藝都施展開了。往來又二十餘合，他就避實就虛，以彈弓把子代替手指，驀然向老道姑的肋下去戳。那老道姑就像突然中了暗器，立時扔刀摔倒在地。江小鶴用的是點穴法，將老道姑點倒在地後，他就再也不管了，忙扔了鐵弓，從地下揀起藥包來就向裏院跑。

老道姑躺在地上叫道：“江小鶴！你除非永遠叫我躺在這裏。只要我能起來，我就不能讓你活命，我就得給我師弟報仇！”

江小鶴卻一聲不語，跑進第二重院落，到了阿鸞住的屋內，就見阿鸞胸前仍是血色模糊，閉眼躺着，如同死了一般。江小鶴眉頭緊皺，喘息着跑到近前，就見阿鸞仍在微微地呼吸，微微地呻吟。他便急忙將藥包打開，取出冰片散，給阿鸞胸前那劍傷之處，多多地灑了一些。然後又將藥包好，注意地看着阿鸞敷藥之後的動靜。

這時，第一次與江小鶴見面的那個老道姑又來了。她向江小鶴打了稽首，說道：“道澄師姑怎麼得罪了施主？她現在外院躺着不能動彈。她說施主你用的是點穴法，你能點便一定會解。她叫我來求施主，只要施主把她解開，她立時就走，絕不再與施主為難了！”

江小鶴回過身來，說：“你們這廟裏怎會有這樣一個師姑？她的手段也重未太為兇狠了。今天若不是我，就是有五六個人，也都得被她的鐵彈弓給打死了。我放了她，她一定還去作惡！”

這老道姑卻說：“她不會再出去作惡，她的彈弓也輕易不打人。她的年歲雖比我輕，可是輩數卻比我大。我們觀中二百年來沒有不守清規的，只是她因為當年出去化緣，遇着了一個會武藝的人，傳授了她一身武藝。她會使刀，會打彈弓，因此她便在廟中待不住。二十年來她時常要到外省去，有時一年半載也不歸。那鐵杖僧就是她的師弟，她們師姐弟時常一同到這裏來。鐵杖僧還有個徒弟，昨天還到這裏來了，今天也不知他們師徒是什麼時候走的。”

江小鶴就問：“昨天晚間，那道澄師姑是在這廟裏沒有出門嗎？”

老道姑搖頭說：“昨天晚間她沒在這廟裏，她是剛才回來的，這次她走了也有十幾天了。她的行蹤無定，突然而來，突然而去，我們也都不敢問她。因為她比我們的輩長，脾氣又壞。再說，這座道觀本來很小，後來都是用她從外面化來的錢才修好的，所以自從我們的師父羽化後，她就做了這個觀中的主人。可是，她住在觀中的時候很少，平日也不焚香拜三清，也不會唸經打坐。她只是養着幾頭鹿，她最喜愛鹿。”

此時，榻上臥着的阿鸞突然呻吟了一聲。江小鶴趕緊轉身，就見阿鸞的傷痛似乎是好了一點，眼睛也睜開了。阿鸞落着淚，顫顫地說：“小鶴！你不可傷道澄師姑跟鐵杖僧，他們都是俠客，我就是被他們救到此地來的！”

江小鶴就點頭說：“一定，我絕不傷他們！”心中非常後悔，昨日與鐵杖僧搏鬥時，自己手下應當放鬆一些。可是又想：昨夜在山中，那用刀殺死鐵杖僧、騎走馬的人，絕不是鮑振飛或這道澄師姑，想必另外還有人，而且是與他們這些人作對的。可真奇怪，這裏是川陝的交界，距鎮巴不足百里，怎麼就會有這麼些怪人？平日真沒聽人說過！

他就向阿鸞說：“那道澄師姑是被我用點穴法點住了，我去把她解救過來，她的行動就能和常人一樣了。只是……唉！你就好生調養你的傷勢吧！等你的傷好了之後，我要把我以往的事情都對你細說。現在的江湖上沒有是非可言，你不要只信一面之詞。道澄和鐵杖僧雖然救了你，可是他們未必俠義。不過你放心，我絕不能殺害他們，何況那袁靜玄也是我十年之前的朋友。我江小鶴做事向來光明磊落，等我將來對你一細說，你就能曉得了！”

說完，江小鶴就轉身出屋，匆匆跑到前院，就見那惡道姑道澄仍然在地上臥着。他便走到近前，說：“我聽說你也是位俠客，才不再與你為難，但我要叫你知道知道我江小鶴的武藝，我並不是專以點穴法取勝！”說時，他就從地上抓起那隻鐵背鋼弦的彈弓。江小鶴的左臂雖已負傷，但左手仍然能夠用力，他就雙手使力一揪，立時崩的一聲，將七八股鋼絲做成的弓弦，一下給揪斷了。然後他又雙手用力去彎那弓身，就將一隻鐵胎弓彎成了一個金鋼圈似的，嗆啷一聲，摔在了地下。他又把那口鋼刀拾起，豎在牆根上用腳去踏，第一腳將刀踏彎了，翻過來再一腳，就將一口鋼刀踏為兩段。然後，他才過來用腳輕輕地踢了踢道澄，踢得道澄在地下滾了兩滾，道澄就覺得身體漸漸靈活，能夠立起身來了。

不料這女道士才一立起，便乘人不備，伸手就向江小鶴的肋下去點，原來她也會使用點穴。江小鶴吧地一推，將她摔出去有兩丈多遠，江小鶴便冷笑道：“你還不服氣嗎？還要向我來使點穴？你這點穴的本領也就如同你的鐵彈弓一般，只能夠欺負小孩子！”道澄二次爬了起來，便用那梟鳥一般的眼睛狠狠地盯着江小鶴，可是她的面色蒼黃，可見是有些膽怯了。

江小鶴又冷笑着向她又逼近了幾步，她便不禁向後去退。直退到山門之旁，她突然一聳身，躥上了牆，就向下冷笑着說：“江小鶴，你敢到武當山上去嗎？”

江小鶴笑着說：“前兩月我才從那裏來，我有什麼不敢去？”

道澄在牆頭上又獰笑一聲，說：“好！我到武當山去等你，年前你務必要去。你若不去，你就是懦夫！”說完就跳到牆外跑了。

江小鶴真是生氣，本想跳過牆去追上那女道士，索性把她打服，可是又實在掛記着裏院的阿鸞。他便憤憤地從地下又拾了那彎圓的弓背，雙手用力，又把它弄直了，就像一杆鐵棒一般。因為此時他已沒有了刀劍，只好用這作為防身的武器。

他提着這個弓背，又進到裏院阿鸞的屋內，就見阿鸞仍然睜着眼睛。江小鶴就說：“我已將那道澄道姑放跑了。你現在覺得怎樣？你若覺得傷勢重，我趕快到旁處去給你買些好的刀創藥，或者請位高明的大夫來。”

阿鸞卻呻吟着說：“你先別走。”說時她又雙淚滾流。

江小鶴忍着心中的悲痛，長歎了口氣，就想要把過去的事，把自己對她的愛，對她祖父的仇，都詳細地道上一番，但見阿鸞又皺着眉急速地呻吟，又把雙目閉上了。江小鶴行近床前，呆呆地向阿鸞望着，用力地握着兩個拳頭，卻覺得越是用力，心中仿佛越疼。他就這麼站了半天，阿鸞只是微微呻吟着，總沒有睜開眼。江小鶴連大聲歎氣都不敢。

屋裏越發黑暗了，阿鸞胸上的血跡全都看不清了。窗外鳥聲亂叫，仿佛有許多潑皮孩子在打架。江小鶴又把冰片散打開，給阿鸞的傷處輕輕地灑了一些。這時身後的門一響，江小鶴趕緊回頭，就見是那老道姑端着一個木盤子走了進來，木盤中沒有別的，只有一小碗黃米飯和兩根筷子。江小鶴接了過來，拿到阿鸞的眼前等了半天，阿鸞才又睜開了眼睛。

江小鶴就問道："這裏有一碗米飯，你想吃嗎？"

阿鸞卻呻吟了兩三聲，淒慘地說："不吃。"

江小鶴拿着這木盤，看了看那碗不夠自己兩三口吃的黃米飯，不住地皺眉。他回身將木盤放在窗台上，然後低聲和那老道姑商量，說："這裏是清淨山林，我本不應當在你們這裏，可是沒有法子。她傷得這麼重，你們又不能夠服侍她，她又不能夠挪動到別處。我姓江名小鶴，你們可以向人去問，我是個光明磊落的漢子，在你們這裏絕不能攪亂你們的清規。只要等她的傷勢稍微好些，我就帶她走，我還要多寫些佈施！"

老道姑聽他說到這裏，就明白了他的意思，遂就說："施主，你要想在我們這兒住，可是不行。我們這裏向來規矩，就是鐵杖僧那樣不講理的人，他來到這裏，亦不能住下，他是住在嶺西永善寺中。這是我們幾百年的清規，絕不能通融。她在這兒，你放心，我可以叫徒弟們常來伺候她。"

江小鶴歎息了一聲，就點了點頭，無話可說。呆了一會兒，他又與這道姑商量說："還有一事，求師姑方便一下。今天我不餓，不吃飯也可以，可是看她這傷勢，至少也得養些日子，十天半月之內我怕是不能離開此山。住處我倒有辦法，我可以到廟外松樹林裏去睡，可是飯食，我想在你們這兒吃，臨走時我如數給飯錢！"

道姑卻說："這也不行，廟中的糧食有限，我們師徒們兩人才能食這麼一小碗，怎能供得了你吃？你就是買來米麵，我們這兒也沒有人給你做！"

江小鶴一聽，不禁生了氣，可是也無法。人家不願意自己在這兒住，在這兒吃飯，自己也不能夠不講理。

道姑又給他出了個主意，說："最好施主你到嶺西永善寺去住，那裏全是些和尚，廟宇也比我們這裏大很多。"江小鶴就問："永善寺離此有多遠？"道姑說："往西過兩重山嶺，有十幾里地。我們也只是聽人說，這裏的人沒有到那邊去過的。"這時窗外又飄來悠揚的鐘聲，這老道姑就趕緊轉身出去用她的齋飯去了。

江小鶴真恨不得將這木盤劈裂，飯碗摔碎。這時阿鸞又在榻上呻吟，說："你先去吧……"

江小鶴憤然站了一會兒，就走過去，對阿鸞說："阿鸞，我對不起你，我們的遭遇太苦了！現在我不但恨你的爺爺，我還恨我那父親！他當初若不做壞事，不犯昆侖派的規矩，他也不至身遭慘死，我們倆也就早已成了親。咳，這都是冤孽，都像是神差鬼使……"

江小鶴說到這裏，見阿鸞已滿面是淚，他的心中便更加難過，又說："現在……唉！什麼事也不要再提了！只要你的傷能痊癒，我就放心了！然後我獨身遠走，不但不再逼你的爺爺，一些故人我也不願再見，我也不願再在江湖上爭強鬥勝。可是在這裏，我覺得你養傷實在不便，這廟中的道姑太可恨。剛才放跑的這道澄，武藝又很好，今天她雖敗在我的手裏，但以後她必不能跟我善罷干休。這座山也太險惡荒僻，什麼人什麼事都許有，所以我不放心。我要是在這裏守着你，不但道姑不供我飯，不許我住，我連為你設法尋藥去都不能！如果你若覺得傷勢可以掙扎呢，我就抱着你下山。山下有兩家住戶，我們可以到那裏去，你再慢慢調養，總比在這裏好！”

阿鸞流了許多淚，呻吟了半天，就斷斷續續地說：“我們倆是冤家！小時候你跑了以後，我雖然恨你，但我也總想你，可是我又說不出來。紀廣傑跟我雖……可是我們並不是夫婦，以後傷好了，我也不再跟他。可是我也忘不了他啦！因為他為我舍過命……”說到此處，她竟嗚嗚痛哭起來，又說：“連我爺爺我也顧不了啦！他，我前天聽鐵杖僧的徒弟說，我爺爺在川北殺死過一個可憐的小孩，他也是太狠……”

阿鸞又哭了一陣，呻吟了幾聲，就說：“你走吧！你也別不放心。我是鐵杖僧救出來的，她們不能把我錯待了，只是她們都恨你，怕你。你走吧！常來看看我就是了。我現在沒力氣說話，倘若我這傷能好，我還有許多的話要向你說。我若死了，你也別忘了我。十年前你在我們家裏受苦，你知道我是多麼心痛！我爺爺時時要殺你，你知道我是多麼擔心！你逃跑後生死不明，我是多麼……”說到這裏，她忽然覺得前胸的傷處一陣奇痛，立刻就緊皺着眉呻吟起來，再也說不出話來。

江小鶴揮着淚，就勸說:“你也不要傷心！你我的心，彼此已全都知道了，以後的事也都好辦，你就放心吧！”

江小鶴忽然看見阿鸞現在穿的是一雙青鞋，不禁想起了包內的那隻紅鞋。他就回想起那夜在秦嶺中，阿鸞墜澗失蹤，當時自己還以為她是被猛虎銜了去，誰知卻是為這鐵杖僧所救！又想：鐵杖僧與道澄不像安分的出家人，但他們卻救過阿鸞的性命。我除了把阿鸞的祖孫、夫婦逼得五零四散，並逼得她自刎，雖未死，卻受了這樣重的傷，我對她究竟有過什麼好處呢？他深深地感到愧恨，便歎了口氣，說：“那麼你就在此歇着，好好休養，我到旁處去尋個宿處！”

阿鸞慘淒淒地哼了一聲，表示她答應了，江小鶴就抄起了那根鐵弓，慢慢地走出屋去，站在簷下發了半天愁。這時烏鴉烏鵲在各處亂噪，天邊已有血色的殘霞，山風蕭蕭地吹來，十分淒冷。江小鶴低着頭往廟外走去，隨走隨歎息，就想：無論如何我也得將阿鸞的傷勢治好。今天太晚了，我不便離開此地，明天我一定要覓些好藥來，給她治好！走到牆前，他一聳身便跳了過去，就見外面樹蔭森密，簡直跟天黑差不多了。

這時，那三頭鹿又迎面跑來了，牠們因為跟小鶴見過兩三次面，似乎有些廝熟了，就像一點也不畏懼了。那隻長犄角的雄鹿，還聳着鼻尖向江小鶴的身上聞了聞，江小鶴就也摸了摸牠的犄角。這隻雄鹿又向前跑去，兩隻雌鹿在後跟着，牠們便跳上了山坡往西邊去了。江小鶴用手中的鐵弓背一拄石頭地，亦跳上了山坡，就見那三隻鹿又拐過了西牆。

江小鶴覺得很奇怪，便跟隨了過去。就見這廟西的牆外，原來有兩間低矮的、沒有視窗的土屋。三隻鹿就進到土屋內，相挨着臥下了，那隻雄鹿還不住地看着他。江小鶴倒不禁笑了，心中的愁煩亦暫時釋去，他心說：這裏倒好！廟中的女道士不許我在廟裏住，但我今天若在鹿棚裏睡一夜，她可管不着我。在這矮屋中足可以避一避山風。於是他就也像鹿似的，低着頭跳進了矮屋內。

江小鶴將那鐵弓背放在地下，從旁邊抓了些乾草，鋪在地上，就坐了下來。歇了一會兒，他又覺得餓了，左臂上亦十分疼痛，幾乎難以抬起來了。這時他才想起，今天還被那道姑打了一個鐵彈子。這道姑真是可恨！她說她到武當山上去等我，想她一定是跟那山上的七大劍仙都有交情，她想要借七大劍仙來制我。但我哪還有閒暇去鬥他們呢？又想起前次紀廣傑在武當山上大鬧，狂傲驕恣；在灞橋，他又安排羅網，險些使我喪命。他雖是阿鸞的丈夫，但阿鸞剛才已說過了，他們是被鮑老頭子給勉強撮合成的。他們有夫婦之名，卻無夫婦之實。既是這樣，我又何必顧忌他？我與阿鸞相識在先，而且始終相好，今天鮑老頭子且已言明不再認她這個孫女，我又何必像這些書生似的，酸溜溜的，不肯和阿鸞親近呢？

這樣一想，他立時又興奮起來，左臂亦不覺得疼了。他從包袱裏掏出來那隻紅繡鞋，就躥出鹿棚，又飛身越過西牆，到了廟中。後院裏有誦經之聲，但是很低微。江小鶴就推開屋門，又進到阿鸞的那間屋內。屋中昏黑極了，連榻上躺着的人全都看不見，就聽見阿鸞的聲音問道："是誰？"

江小鶴忙答應了一聲："是我！"心中暗喜阿鸞的神智倒還清楚。他跑前兩步，就說："阿鸞！現在你雖傷重，但在這裏住着還是太不方便，我們得快想個法子，離開這裏。現在我便下山，到瘟神鎮講好了車輛，明天清晨便來接你。我們可以到閬中府去，在閬中府我有兩位好友，一個是金甲神焦德春，一個是閬中俠徐麟。"阿鸞呻吟着，沒說什麼話。

江小鶴又說："十年來我漂流江湖，學習武藝，我的兩大志願，便是要報父仇和娶你。但是我都沒有辦到！我捉住了你的爺爺，我恨他，可是我見了他那白鬍子，就想起了你小時候拉着他的手，跳着笑着的樣子，我就不忍心殺他。咱們的婚姻也是，你既嫁了紀廣傑，紀廣傑也是一條好漢，我總不願把你由他的手中奪過來！"說到這裏，他摸着阿鸞的手，將那隻紅繡鞋交給了她，又說："這隻鞋是你的。那天你在秦嶺失蹤，我找了半天，卻沒見你的蹤影，只找着了這隻紅鞋。我帶着這隻紅鞋去過紫陽，到過通江縣、儀隴縣，只要看見了這隻鞋，我就心中難過，我就想你。現在我決定主意了！"說到這裏，他的心中異常激昂，就說："龍志起是殺我父親的兇手，他的頭顱已被我割了，我的父仇是已經報了。你爺爺，我可憐他年老，我可以饒他一命，只要他以後不再做惡事，我絕不逼他。紀廣傑既然你不喜歡他，那你就趁早忘了他吧！咱們得按照十年前在柳樹下說的那話，你做我的媳侖婦。

明天咱們就走，一路走，一路再給你治傷。到了閬中府，咱們就拜天地，成夫婦。以後我要自己開鏢店，憑我這身武藝，准保能做川陝第一名的鏢頭！”說到這裏他便笑了笑，就又問道：“你願意不願意？快說，就是這一句話，痛快點！你要說不願意，我也不惱你！”

阿鸞這時也停住了呻吟之聲，她停了半晌，就淒婉地答應了一聲，說：“我願意。”

江小鶴一聽就喜歡得笑了，心中有說不出的痛快，說不出的高興。他又很是後悔，為什麼剛才不把這些話說了呢？剛才要是說好了，此時，都已上路去了。他遂就連聲答應說：“好，好！現在我就往瘟神鎮去講車，因為今晚不講好了，明天就來不及。車上還得叫他們墊上厚褥子，因為你這傷受不得顛。”說畢，江小鶴就出了屋。

他急匆匆地闖進前院的正殿，見十幾個道姑正在誦經。江小鶴就一半請托，一半威嚇，叫她們派人好生去伺候阿鸞。並說明早自己就帶着車來把阿鸞接去，但今晚阿鸞若在這兒出了什麼事，或是少茶缺水，乏人伺候，自己明天可就翻臉，就惟她們是問！囑咐完畢，江小鶴就高高興興地在暮色之中下了山，跑往瘟神鎮去找車輛，並預備一切去了。

## 第十八回　古廟深宵道姑劫豔婦　長途飛騎啞俠會群雄

雲棲嶺上，夜色更濃，蝙蝠撲撲地在院中亂飛。道姑們的晚經也被江小鶴給攪了，觀裏的主持就派了一個年長一些的徒弟，前去伺候阿鸞。此時阿鸞的屋中也沒有燈光，伺候她的這個女道士，就在外屋呂祖神龕旁的蒲團上臥着，仿佛睡了一般。阿鸞在裏屋榻上，只要身子微微一動，前胸的傷處就鑽心地疼痛。雖然她的肉體上是這樣的痛苦、疲憊，可是精神上卻極為興奮，因為江小鶴說明天就要帶她走了，他們就要成為夫婦了。她很歡喜，可是歡喜之餘，卻又有些悲傷。她腦中思緒纏繞，又不禁從頭想起了許多事情。

一個月之前，阿鸞在秦嶺中了胡立的飛鏢，被擒到墜鷂峰，因在獄洞之中。同日，紀廣傑也中鏢被擒。隔着獄洞的鐵欄，阿鸞曾與紀廣傑見了一面。雖然阿鸞向來是非常憎惡紀廣傑，但這時卻已漸漸地回心轉意，她隔着鐵欄，悲痛地對她這患難相隨的夫婿說："叫賊人殺死我們吧！我們到陰間做夫妻去，到陰間我一定要和你好了！"而紀廣傑的激昂慷慨、視死如回歸，越發使阿鸞感激，並且懺悔自己過去對他未免太無情意。

阿鸞在獄洞中，本來以為必死，不料當夜竟為江小鶴所救。江小鶴那強有力的胳臂挾着她，躥崖越澗，身手矯捷絕倫，又使她非常羨愛。江小鶴把她救到那座奇峻的山峰，輕輕地把她放在平滑的大石上，並說："阿鸞別害怕，等我一等，片時我就將紀廣傑救來！"阿鸞聽了不禁感動得落淚，想：江小鶴他太好了！他並非是個心腸狠毒的人。他對我的爺爺雖然惡，可也是因為爺爺當初把事做得太過。他是個剛強男子，當然不能因為愛我，便置父仇於不顧。細想起來，他並沒有什麼對不起我之處，倒是我真真對不起他。當年柳樹下曾應允做他的妻，這雖然可以看作是小孩子的嬉戲，可也實在等於盟了誓。後來我不該心軟，因為可憐我的爺爺，便違背了自己的意志去嫁紀廣傑。待一會兒，江小鶴若將紀廣傑救來，我們三個人就見了面，那我可怎麼辦呢？我還依舊跟紀廣傑去走，叫江小鶴獨自遠去漂泊，永遠為仇，再難見面呢？這樣我一定要傷心死。可是我若拋了紀廣傑跟江小鶴去，不但於禮義不合，而且也顯得我對紀廣傑太為負心。人家為我連次受傷，幾乎還喪掉性命，我不但對人一點恩愛沒有，臨了還拋棄了他，去做仇人的妻子，這我成了什麼人？

阿鸞想到這裏，便覺得萬分悲痛，非常為難。在這高峰微月之下，她突然看見了下面的深澗，於是頓起死念。所以她不等江小鶴將紀廣傑救來，不等自己身臨這兩情相纏、難以割捨的場合，她就將身向崖下一跳。這高崖深有十數丈，墜落必死。但阿鸞畢竟是個精通武藝的人，身手不似平常人那樣呆笨，同時人在墜落時也都似乎有一種自衛的本能，不由得她就自己挺起來了，何況澗中又有二三丈深的水。所以在她墜入水中時，只聽噗嗵一聲，水花濺起來很高，她不由就手足掙扎，口鼻緊閉。在澗水裏浮沉了幾下，她的頭腦並沒昏，只是兩眼閉着。及至她睜開眼睛，就見澗外一線長天，煙雲彌漫，月色朦朧，自己卻臥在一塊巨石之旁，兩腿仍然浸在水中，腳都麻木了，澗水衝激着她的身子，她便本能地將兩腿向外挪了挪，離開了水。她渾身疼痛，嗚咽悲泣着，心說：我求死都這麼難呀！

過了些時，就聽山中迴響着一陣焦急的呼聲，似乎是在喊："阿鸞！阿鸞！"她心中一驚，更是難過，便下決心不言語。又過了些時，山上便漸漸地沒有了喊聲。阿鸞卻又流了許多淚，心想：我在這裏生也無法生，死也無法死，不如我走到別處去。若是一不小心，跌下山去死了，我也無悔。這秦嶺幽僻之處，一定有廟宇，倘若能找到一處尼姑庵，我就到那裏落髮修行，永世也不再與別人見面了！

她忍着傷痛站了起來，扶着山石，涉着澗水，走一走，歇一歇，慢慢地就挪到了另一個地方。這裏是已離開山澗了，可是地下仍然是沒脛的水，她就用腳步探試着，再往下走。不覺就走到了天明，她便來到了一股山路上。這時她渾身是水，足下的繡鞋也丟失了一隻。身上除了肩上的一處鏢傷之外，並有許多摔碰的傷。太陽漸漸升起，山路中除了鳥鳴兔奔之外，尚無行人。可是，阿鸞恐怕江小鶴與紀廣傑找來，或是山中的強盜找來，她就忍着疼痛挪到了一個山溝的僻靜之處。這裏滿是茂密的樹林和莽莽的草叢，阿鸞就側臥在草叢中，默默地流淚。她越想越難過，就想：我還是自盡吧！我怎能在這艱難的人世上再活下去呀？

她的衣服上本來紮着一條青色綢巾，解下來一看，已然濕透，並沾了許多土和雜亂的草，阿鸞就把綢巾解了下來。她仰着臉，找了一株橫生着的棗樹，站起來走到樹前，才一搭綢巾，就被棗樹刺扎了一下手。雖然痛，但她咬牙忍着痛，把綢巾挽了個死扣。阿鸞看看四周，卻又流起淚來，傷心自己這麼年輕就這樣死去，傷心自己空學了一身武藝，竟這樣可憐地慘死，心中一痛便覺得腿軟，她就坐在地上，不由又嗚嗚地哭了起來。

哭了半天，她覺着自己仍然是沒有生路，就又站了起來，毅然引頸就縊。剛要將那綢巾套在頸項上，忽聽高處有人大聲喊道："哦咳！別尋死呀！"阿鸞吃了一驚，趕緊向高處去看。就見山上有個四十歲上下的人，身後背着許多樹枝和雜草，手中拿着一柄斧頭。阿鸞一見有人發現了自己，遂就急急地由樹上解下綢巾來，轉身就走。

這時那樵夫已慢慢地走下山來，在阿鸞身後面叫道："姑娘！你家在哪兒住？年輕的人為什麼要尋短見呢？"

阿鸞便說："你不要管我！"她邁着步，打算躲開這人，再找個僻靜地方去尋死。可是這樵夫三步兩步趕了上來，他從後面一把就拉住了阿鸞的胳膊。阿鸞趕緊奪開，回身說："你不用管我！你去打你的柴吧！我要尋死當然是我有為難的事，你想救我也是救不了！"

樵夫便着急地說："姑娘你別這麼說。我既看見了你，我還能夠眼看着你上吊？救人一命修三世，山神爺有眼睛。我要是見死不救，早晚我打柴時得從山上跌死。有什麼為難的事你跟我說，我能給你想個法子。到底為什麼？是叫爹娘打罵了，還是……跟女婿吵了嘴？"

阿鸞覺着這樵夫像是個好人，便站住了身，用手中的綢巾擦着眼淚，說："你也不用細打聽，我的事說出來，你也給辦不了。唉！我不是被窮所迫，也不是受了誰的打罵，是我……真不願意往下再活了！"說着，她又一陣傷心，低着頭嗚咽着，綢巾再沒有離開眼睛。

那樵夫聽了阿鸞這話，倒不禁發怔，便說"你家在哪兒住？我送你回去，你回到家裏再上吊我便不管了。在這裏，我得替山神爺守山。"

阿鸞拭拭眼淚，死的念頭便漸漸消逝了，遂問說："我的家離此很遠，你不能送我回去，而且我家裏也沒有什麼人。你知道這山裏哪個地方有尼姑庵？你可以把我送去，將來我絕忘不了你的好處！"

那樵夫一聽，便以為阿鸞是個沒有出閣的姑娘，大概是父母給她說了婆家，男方不是太窮，就是小人兒不好，再不就是她父母要逼着她給人做妾，所以她才跑了出來，要尋死，要為尼，不願意回家。他想了一想，便說："尼姑庵倒是有，大士庵，離這兒有十多里呢！得走過三四道嶺。再說我也沒去過，找不着。我的婆娘倒是常往那裏去燒香求子。這樣吧！姑娘你先到我家去，叫我的婆娘領你去，你說好不好？我婆娘她跟廟裏的尼姑們都很熟。"

阿鸞點了點頭，心裏似乎得到些安慰，她便問這樵夫姓什麼。樵夫說"我叫張老實，在山裏住了四五輩兒了。我從小便打柴，哪一年也得救幾個人的命，不是上吊的，便是叫強盜打傷的。因為我這麼行好，山神爺才永遠給我飯吃。別的人不是跌斷過膀子，便是遇見過野獸，我什麼事也沒遇見過。姑娘你到我家去吧！我婆娘大概把飯也燒好了，等吃完了飯，再叫我婆娘帶着你去。"阿鸞答應着，心中非常地感激，便隨着這樵夫張老實向北走去。

走了不遠，曲折地轉過了兩個山環，便到了張老實的家中，原來這張家也是在山下開闊的窯洞裏住。對面山上有一座小廟，張老實就指着告訴阿鸞，說："那就是山神廟。山神爺真靈極了，白天不出來，一到晚間就騎着神虎，帶着靈官出來巡山。"

進到了窯洞內，就見有個三十來歲的婦人正在納鞋底。見他丈夫領着個渾身上下又濕又髒、腳上只穿着一隻鞋的姑娘進來，她就很為詫異。張老實把柴草放到屋內，斧頭放在牆根，說："這個姑娘剛才要尋死，我勸了她半天，她才想開了。可是她還不願回家，要去做尼姑。我想這也是件好事，你就快點做飯，吃完了，快點帶着姑娘到大士庵去吧！”

那婆娘放下了鞋底針線，仍然坐在炕頭上，說：“我怎能帶她去呢？我的腳痛還沒有好，四道山嶺，我怎麼走？你有錢給我雇頂小轎嗎？”

張老實怔了，因為剛才他忘了老婆正在犯腳氣，走不得路，遂就說：“這也不要緊，今天不能去，過兩天再去。”又向阿鸞說：“姑娘你坐下，我婆娘她鬧腳氣，你等她好一點再帶你去。要不然，我到上頭觀裏，去找那裏住着個楊二彪子。他雖是個光身漢，可是人極好心腸，叫他帶着你去也行。”那婆娘說：“楊二彪子昨晚便沒回來。孫黑子由馬頸嶺回來，說是楊二彪子出北山口辦事去啦，兩三天才能回來呢！再說，你既要做好事，為什麼要求人？你將她送了去好不好？”

張老實說“我哪兒認得路？上回你到大士庵去，兩天沒回來。我不放心，我就去找你；從晌午轉到了黑，我也沒找着那座大士庵。”

婆娘就撇着嘴說：“那是你瞎！那麼大的庵，那麼高的旗杆，你都看不見？”她又細細地瞧了瞧阿鸞的模樣，就問說：“你在哪兒住？為什麼你要尋死？你這年歲，這模樣兒，要不願意活着，像我他娘的就更得上吊抹脖子了！”

阿鸞只得編了個謊，說：“我家住紫陽縣，離這裏有幾百里路。我是昨天從此路過，遇着了……山賊。我家裏的人都被山賊殺了，只剩下我一個人，我還怎麼活？”

那婆娘就吃了一驚。張老實卻在旁搖頭說：“山上那夥人鬧得不得了！近來出事越來越多，早先還只劫錢，現在天天出人命。早晚有報應，山神爺有眼睛。”

那婦人忙問阿鸞說：“你姓什麼？你嫁過男人嗎？家裏還有誰？”

阿鸞說：“我姓……江，沒嫁人，我爹是做買賣的！”

婆娘說：“唉！怪可憐的，那麼你在我們這兒住幾天吧！我們這兒吃喝倒還不發愁。兩三天我的腳就能好，我就帶你到大士庵去。那裏的老師父慈悲極了，庵亦很大，香火旺。你去了她們一定能收，做尼姑真比嫁人好！”

阿鸞點點頭，心想自己只好暫時在這裏住着。等過兩天到了庵中，落髮為尼，那時才能解除自己的一切痛苦。她一陣傷心，就不禁又落下幾點眼淚。

那婆娘很親熱地安慰她，說：“別哭！別哭！這也許是你有仙根，菩薩老母故意使你先受些災難，好度化你去進佛門！”

這時張老實就到外邊去捆柴草，並向屋裏說：“你快些燒飯吧！這位姑娘大概也餓了！”

婆娘答應了一聲，就出去拿了些柴草，在屋中一個低矮的土爐裏升起火來。阿鸞便走到近前，抖着衣裳，打算烘烤乾了。婆娘往鍋裏添上水，下了兩把帶着麵子的稻米，又添了些柴，便拿一柄破蒲扇扇火。她低頭看了看阿鸞的腳，便笑着說：“姑娘就是腳大了一點，不然我的鞋你一定能穿。怎麼，那隻鞋是掉在哪兒啦？”

阿鸞說“因為強盜追我，我藏在山澗裏，就弄了一身水，鞋也掉了一隻。”

又說："我的身上還有兩處傷，都是被強盜用矛子扎的，倒不太重，所以我還能忍得住疼！"

婆娘就罵着說："那夥強盜，早晚全都不得好死！"

過了一會兒，婆娘把飯煮好了。外面的張老實也把柴草綁好了，就進來蹲在地下吃飯。這飯雖是很粗糙，而且沒有菜，只是就着一點醃蘿卜，可是阿鸞吃着卻覺得很香。大家把飯吃了，張老實就挑着柴草往別處換米去了。那婆娘又拿起鞋底納着，並跟阿鸞說着話。阿鸞就覺着這婆娘倒也是熱心腸，只是有時說話太村野些。這亦難怪，本來一個山裏樵夫的妻子，她平生連這座山都許沒有出去過，說話怎能夠知道規矩呢？

此時阿鸞倒覺得，在這裏住着，也很為安適。她亦明白，自己早先那暴烈的性情，經過這幾次磨難，已經變了。早先自己是藐視江湖，藐視天下，但現在也沒有那種傲氣了。只希望一兩天婆娘的腳能夠行路了，就請她帶自己去落髮為尼。現在她覺得青燈古佛之旁的那種寂寞生活，仿佛比在江湖上爭強鬥勝、仇讎相報，還要好得多。

少時，張老實扛着一根光杆扁擔回來了，面上紅暈暈的，似乎喝了點酒。他手中提着半包米，還有一小串制錢，進了窯洞就向他婆娘說："今早晨那擔柴，我還怕沒有人要，沒想到一到觀裏就換了半升米，還找了我二百錢。我把錢吃了晚飯。我又遇見小黃三啦！他賭贏了錢，就把上回搶我的錢還給我了，交給你吧！"

他把錢交給他的婆娘，又從懷裏掏出兩塊鍋餅來，一塊給了他的婆娘，一塊給了阿鸞。他就坐在地下說："明天我就歇工，這兩天不打柴啦！這位姑娘就先在這兒住着，過幾天再說！"

婆娘瞪眼說："什麼事呀？你就這樣害怕？"

張老實悄聲說："今天趕會的人都知道了，墜鷂峰出了事。崑崙派的人江小鶴，把胡大掌櫃打死了！"

那婆娘一聽，嚇得眼睛都直了，就說："哎喲！崑崙派的人怎麼這麼厲害呀！"

阿鸞此時便很注意地去聽，就聽張老實說："該死！連楊二彪子、紅臉猴子、白毛虎他們，全都遭不了好報。山神爺有眼睛！"他又擺擺手，說："細情我也不知道，在關王觀我聽人一說，我就趕緊躲開啦！我怕遇見山上的人。等楊二彪子回來，也許知道詳情，你再去問他吧！我只聽說那江小鶴是崑崙派裏最有能耐的，墜鷂峰那麼高，他一聳身就能躥上去。聽說他有神通，會祭法寶，胡立的飛鏢哪兒成？也沒怎麼打，胡立就死了！"

阿鸞見那婆娘嚇得發着呆，仿佛連嘴都不會動了，她的心中不禁一陣歡喜，又撩起了對於江小鶴的愛慕之情。同時又想：這裏距墜鷂峰不遠，

張老實所說的那些賊人倘若曉得了我在這裏，率眾前來，我既受着傷，手中又沒有兵刃，怎能夠將他們打退呢？我尋死不成，若再遭他們的毒手，那也未免太不值得了！因此就想即刻走開。

此時又聽那張老實說："那夥人，沒有了管主，以後不定更要怎麼鬧了！

連我的柴以後都難打了。可是又聽趕會的人說，現在有個比江小鶴還厲害的人，是個和尚。昨天有人在北山口崇福鎮看見了這個和尚，聽說是又高又大，肩膀上扛着一根鐵棍。那鐵棍至少也有三五百斤。關王觀舉大刀賣藝的黃牛費老大都說，像他那樣的大漢子，十個人也舉不起來那根鐵棍。那和尚現正在那鎮上化緣，不定哪天就許進山來。那時山裏便更熱鬧了，十八路反主全都來了！”

阿鸞聽了這些話，不由更是驚異，心說：早先聽爺爺講過，江湖上有個怪俠鐵杖僧，力大無比。雖然爺爺沒與他聚過頭，沒較量過，可是也常常囑咐徒弟們，以後如遇見此人時，應當特別謹慎。張老實現在所說的那怪和尚，一定就是他了。不知他來此是要做什麼？大概絕不是化緣。他也許是要找我爺爺或是江小鶴作對吧？因此阿鸞又很有些憂慮。

張老實說完了，就坐在地下打哈欠。待了一會兒，他就拿了一床破被褥臥在地下，呼嚕呼嚕地睡着了。窯洞裏點上了燈，門窗也關上了，並且用一塊大石頭頂上了門。那婆娘的鍋餅也沒吃完，只不住地發怔，她不像白天那樣地有精神，也不大愛跟阿鸞說話了。阿鸞卻做出鎮定的樣子，就近了那盞青油燈，替婆娘納那隻鞋底。窯洞裏除了地下張老實的鼾聲之外，就是阿鸞手中的嘶嘶拉線之聲。阿鸞的臂傷雖是被鏢打的，並不十分重，可是若一伸臂拉線，也覺得很痛。因此她納上幾針就歇一會兒，就這樣消磨着時間。

待了些時，那婆娘也倒在她的身旁睡了。阿鸞便吹滅了燈，走出了窯洞。四下一看，月光朦朧，煙雲縹緲，她也不辨方向，就順山路急急地走去。走了一會兒，見山路旁有山石可登，她遂就忍着傷痛，謹慎小心地攀樹登石。山石嶙峋，阿鸞便手足並用，她手一使力，胸前就一陣疼痛，但仍咬牙忍痛往上走去。她很費力才爬到了一座峰上，向下去看，就見有幾個火把，照着二三十個人在山路上走着，又聽有幾下呼哨之聲，穿透了雲霄，直沖到耳中。阿鸞覺得在這裏也不妥當，遂就又咬牙忍痛，爬山越嶺。

走了很多時，天色漸漸發白了。阿鸞已筋疲力盡，便坐在一塊石上喘氣歇息，歇了多半天，氣息才覺得鬆弛了一些。此時露水已將她的衣服濕透，浸着傷處，疼痛難受。腳下的那隻鞋已磨破了，另一隻腳上，連襪子都磨穿了，腳踵已流出血來。阿鸞已然寸步難行，她不禁嗚嗚痛哭，心中又勾起了那些新愁舊恨，真想找一棵樹再去尋死。可是，此時手中連那條青綢巾都沒有了。而且又想，死在山中，屍體也難免不為賊人們所發現，倘若被他們發現了，那更顯得我鮑家的孫女是太怯懦無能了！

她在這山峰上歇息着，因為疲倦，她便躺下了。待了一些時，太陽已經升起，照着她的身體很覺得溫暖。這地方因為太高了，所以連飛鳥都很少。她躺了半天，但是不敢睡去。直到身上的衣服都被曬乾了，精神也恢復了，她才站起來，將衣服鞋襪整了一整，心想：昨天聽張老實說，在西邊有一座尼姑庵，不如我還是到那裏去才好。於是她又慢慢地尋找着路徑向山下走去。又走過了一重山嶺，方才到了平地上。這裏所謂平地，也不過是崎嶇坎坷的一條山路。阿鸞看着自己的影子，把方向稍微辨明，就往西走去。

走了半天，已經過了兩個山環，忽聽耳邊又有一陣哨音。起先阿鸞還以為是鷹在天空上飛叫，可是當她抬頭向上一望，卻見眼前山嶺上有十幾個身穿短衣的人，手中都拿着刀棒，向山下跑來。阿鸞趕緊轉身就走，但她的腳下不太利便，所以才跑過一個山環，就聽見身後的喊聲漸近，並且聽得越來越清楚："阿鸞！小婆娘！你還想走嗎？"喊的都是些村野的話。阿鸞氣得索性止住了步，暗想：我手中雖沒有兵刃，但我難道就不敢跟他們拼一拼嗎？遂就彎腰拾起來幾塊碎石。此時賊人們已經追上來了，阿鸞就一石飛去，正打在一個賊人的頭上。那賊人正是紅臉猴子邱二，他的頭又被打破了，往下流了一臉的血，真成了名實相符的紅臉猴子。他大怒，咆哮着，指揮他身後的人，說："殺！殺！不必要活的了！"十幾個賊人便刀棒齊上。

阿鸞此時精神抖起，竟似忘了身上有傷。她先將手中的幾塊石頭亂飛亂打，然後便奪過一口刀來，劈倒了一個賊人。接着她又奪了一杆棒，便刀棒齊掄，隨殺隨往後退。那紅臉猴子等人卻不敢向前緊逼，他們也學着阿鸞，由地下揀起些碎石來向阿鸞亂扔亂打。阿鸞自然身上也中了幾石，但她顧不得疼痛，扔下了棒，只提着一口刀，回身便跑。她這一跑，身後群賊便又都大喊着來追。阿鸞又跑過一個山環，不防腳下被石頭一絆，就跌在了地上。她趕緊忍痛爬起，卻覺得左腿如同斷了似的，竟麻木了，連疼都不覺了，更是不能邁步行走。

危在頃刻，她不禁流下淚來，回身橫刀，見賊人們再有二三十步便要趕到。阿鸞就哭着喊道："我看你們哪個敢上前來？"

邱二卻吩咐他手下的人都站住了，拿袖子擦了擦頭上的血。他不擦倒還好些，這一擦滿面都是血色模糊，連鼻眼都分不出來了。他用刀指着阿鸞，嘿嘿地獰笑着說："小娘們你趁早扔下刀，乖乖地跟我們上山去，給我老爺賠賠罪，我老爺絕錯待不了你！不然的話，立時就叫你的小命兒喪在此地，給我們大掌櫃和余二掌櫃報仇！"

旁邊的人也都說："快聽我們邱二爺的話！你小小年紀，難道真不想享福嫁漢子了嗎？"

阿鸞卻橫刀怒罵，說："你們哪個敢上前，哪個就是找死！"賊人們便都用眼瞧着邱二。

邱二是真捨不得殺死阿鸞，尤其是阿鸞這時衣服破碎，鞋襪丟失，身上有血痕，眼邊有淚珠，更顯得楚楚可憐。他心裏猶豫了一下，便吩咐他手下的人說："還是要活的！"

於是十幾個賊人持棒的在前，拿刀的在後，又一擁向阿鸞撲來。阿鸞雖然腳不能動，但又把鋼刀抖起，可是群賊的木棒已經打了上來。阿鸞的身上又着了兩棒，眼看已經不支。

這時忽見由山上飛下來一個大東西，如同一條黑蛇似的，掉在地下，鏜的一聲巨響，震得山石都碎了。群賊嚇得回身就跑，阿鸞也被震得腿一軟，坐在了地下。此時就有個高大的、長着蓬亂大鬍子的和尚由山上奔了下來。紅臉猴子便叫手下的人都保護住他，持刀向這僧人怒問道："和尚！你是個幹什麼的？”

和尚卻一聲也不語，從地下抄起了那根粗重的大鐵棍，撲過去向那群賊人乒乒乓乓一陣亂打，只聽得棍聲和賊人的慘叫聲。那和尚如同一隻獅子，力大身長，腰腿還特別敏捷。那些賊人一個都沒跑掉，就都東歪西倒地被他給打死了。

此時阿鸞心中也十分恐懼，雖然想着這人就許是江湖上的怪俠鐵杖僧，可是見此人是太兇猛了，不曉得他對自己是懷着什麼心。正在恐懼着，就見身後又跑來了一人，也是個和尚，卻是又瘦又小，年紀二十來歲，到了阿鸞的近前，就要搶奪她手中的刀。阿鸞不知他是懷着什麼心，便把刀一掄，挺身將要站起，卻不料這瘦小的和尚用手指向阿鸞的背後一戳，阿鸞便覺得全身麻木，心中雖然明白，眼睛雖然睜着，可是身體要想動一動卻不能了。

這時，那大和尚扛着鐵棍走了過來，向他的徒弟說了幾句話。因為他的聲音太粗重，而且又不是本地的語言，所以阿鸞也沒有聽明白。當下這瘦小的和尚便把阿鸞背了起來，踏過了地下橫躺豎臥的賊人的屍身，就往西走去。那大和尚在後面跟隨了一程，便扛着鐵棍又上山去了。

這瘦小的和尚背着阿鸞往下繞過了幾個山環，想着師父已經去遠了，便把阿鸞放在地上，施用手法，又把阿鸞救得手腳靈活了。阿鸞曉得自己是受了他的點穴法，同時猜疑着這和尚多半不是好人，所以身體一恢復了，她便立時挺身而起，厲聲問說：“你是什麼人？你要帶着我往哪裏去？”

這瘦小的和尚卻擺手說：“你別疑心！我們知道你是鮑昆侖的孫女，特意來救你的。我那師父是江湖上有名的鐵杖僧。我是南江縣袁家莊的袁敬元，現在出了家了，法名叫作靜玄。我跟江小鶴有點小的交情，今年我們在登封縣也見過。我曉得他的武藝超群，你們昆侖派的人絕不是他的對手。可是這個錯處還是在你！你若當初不嫁紀廣傑，去嫁江小鶴，他也不至於和你們昆侖派這樣為難！

阿鸞聽了這話，又不禁心中難受，臉紅了紅，便說：“你們可知道江小鶴他現在哪裏嗎？”

靜玄搖頭說：“我不知道，我跟江小鶴在登封縣李鳳傑的家門前一別，便再也沒見着他。”

阿鸞聽靜玄提到了李鳳傑，不由心中很是吃驚。靜玄又說：“這兩個月來，我都是隨着我師父，在華山上住了些日。我師父本已久厭江湖，也願意找個地方修修道，教授教授我的武藝。卻不料那時江小鶴大鬧長安，一個人壓倒了昆侖派，打服了紀廣傑，人都爭說江小鶴如今是江湖上第一英雄！我的師父便不服了，他帶着我，帶着他那杆鐵棍就下了華山，想去尋江小鶴見一個高低。可是我們到了長安，便聽說江小鶴早已離去，葛志強同紀廣傑和你，也都往漢中去了，我們便也往南來。

“前兩天到了北山口外崇福鎮，我師父在那裏借化緣打探，命我在山八中各處訪查，想要得到江小鶴的下落。可是因為山路不熟，我在山裏繞了長古一天，始終沒有聽說有人看見江小鶴由此經過。到前天晚間才聽人說，鏢胡立的兒子被你殺死，你又被捉上了山，並有人親眼看見了受傷的葛志強被抬出了北山口。我的師父便很生氣，他恨銀鏢胡立搶劫婦女，便扛着他的鐵棍進山來打算救你。可是那時的天色已太晚了，他在山裏尋了半夜，也沒尋着胡立的山寨。昨天找着山路，又出了山口，卻聽說銀鏢胡立已被江小鶴殺死，你也被江小鶴救走之事。我的師父便更生氣了，他以為江小鶴也是個好色之徒，所以才由賊人手中將你搶走。”

阿鸞聽到這裏，便拭了拭眼淚，說：“江小鶴雖然與我鮑家有仇，但他前夜去山上救我，卻是好意，只是我……”

靜玄說：“我曉得，江小鶴他是一條好漢子，可是我的師父卻必要見他一決雌雄。昨天我又跟隨我師父在山中尋了一天，還是沒見着江小鶴。今天他又帶着我進山來，不料便看見你正為賊人所逼。”

阿鸞流着淚說：“蒙你們救了我的性命，我也知道你們師徒都是有名的俠客。現在賊人既已全都死了，也沒有人再來逼害我了，你找令師去吧！你們同江小鶴再怎樣爭鬥，我也不管，我只求你們無論是遇着了誰，也別說出我往哪裏去了！”說着便轉身，又要往別處去走。

靜玄和尚卻追上幾步來，問說：“你現在是要往哪裏去？”

阿鸞哭泣着說：“你們不用管我往哪裏去！我自有去處。”

靜玄把她攔住，說：“不行！我師父剛才囑咐過我了，要叫我把你送到一個地方。你別看我師父是個粗人，他那根鐵棍不知打死過多少人，可是他卻心慈，行俠仗義，向來救人救到底。”

阿鸞不禁有點發怔，問說：“你們要把我送到什麼地方去？”

靜玄說：“是個好地方。米倉山雲棲嶺有個九仙觀，那是一座道姑庵，觀中的老道姑道澄是我師父的師姐，她的劍法高強，不在江小鶴之下。我師父剛才囑咐我，叫我把你送到那裏去住，順便請道澄來秦嶺，幫助他尋到江小鶴，將江小鶴制服。以後你鮑家沒有了仇人，他就將你送回家去了。”

阿鸞卻搖頭說：“我不回家去！”又急急地問說：“你們為什麼要這樣跟江小鶴作對呢？我不信你們是真要幫助昆侖派，因為我爺爺鮑振飛和鐵杖僧並沒有交情！”

靜玄卻說：“我師父的脾氣很怪，他就是不能讓江湖上有比他本領還強的人。閬中俠、李鳳傑、紀廣傑那些人，他全都看不起，只是聽說江小鶴的武藝是個老書生傳授出來的，便必要與他一決雌雄。那老書生早先還有個啞巴徒弟，那兩人便是我師父的死對頭。三十年來，我師父在他們手下不知吃過多少大虧。鐵杖僧他那麼大的本領，卻只能在川北、陝南闖蕩，連川南跟潼關外都不敢去。現在那老先生又教出了個江小鶴來此橫行。我師父絕不能夠容忍，他打算先殺死江小鶴，然後再尋那老書生和啞巴去報仇！”

阿鸞一聽，倒覺着對江小鶴很是不放心，同時又感慨江湖人彼此仇讎無已，實在是沒個了結，實在令人害怕，所以心中越發灰冷了。她便想：那雲棲嶺九仙觀一定是個很幽靜的所在，並且有個武藝高強的女道士保護着，也不至為歹人所騷擾，自己正好往那山裏修行，以解除這一切煩惱。於是，她便向靜玄說：“到道姑庵裏去修行，我也是很願意，你可以指告我路徑，我自己前去。”

靜玄卻說：“那地方太僻靜，你絕尋不到。道澄道姑又是個脾氣古怪的人，你去了她也不能收容你。現在你可跟隨我走出西山口，我給你雇一輛車，你坐着車走，我在暗中跟隨你，准保一路無事，送你直到雲棲嶺。”

阿鸞見這瘦小的和尚把自己的事情想得這樣周到，不免倒有些疑慮起來，怔怔地不說一句話。那靜玄似乎看出了她的心理，便正色說：“你別疑心，我們出家人是絕沒有胡亂想頭的，我們只是想救你這條命。因為你是個女人家，又負了傷，留在這山中有危險。我知道你都是為你那祖父所累，他不該叫你一個女人家去敵江小鶴。”阿鸞拭淨了淚，便一切都答應了。

阿鸞隨着靜玄和尚走出了山口，到了一處市鎮，靜玄和尚便給她雇了一輛騾車，並給了她二十幾兩銀子，作為路費。然後，他又向趕車的人囑咐了一番，便走了。阿鸞心中十分感激鐵杖僧師徒，可是又想：他這師徒二人，師父是使那沉重的鐵棍，徒弟又會用點穴法，他們若與江小鶴交手鬥起來，江小鶴縱使武藝高強，恐怕也不是他們師徒的對手。因此她又不禁十分擔心。

車行了一日，晚間宿在一家店房裏。阿鸞就拿出銀兩託付店掌櫃的妻子，給她買了一身半新的衣褲和鞋襪。穿上雖然不大合體，但她卻想：到了雲棲嶺我便換上道士的裝束了，這身衣服我還能穿得幾時呢，所以也不在意。

次日又往下走，路徑逶迤，她對路也不太熟，只聽憑趕車的人去走。一連走了兩天半，在大道上就遇見了鐵杖僧同靜玄迎面而來。由他們領着車，穿着山去走，便在一處松林鬱鬱的山嶺下將車停住了。受了幾日路上的顛簸，阿鸞身上的傷痛見嚴重，下了車幾乎連邁步都困難。鐵杖僧便又命靜玄背負着她，上了山，到了那所幽靜得如同天上一般的九仙觀內。此時道澄道姑並沒在觀中，鐵杖僧就將阿鸞交給了觀中的道姑，為她單找出一間房子，叫她居住養傷。鐵杖僧同着靜玄就到這鎮上的一家店中去投宿。過了兩天，道澄道姑就回到了九仙觀內。阿鸞見這個老道姑的相貌很兇，尖嘴圓眼，如同一隻老雕似的。可是她對阿鸞倒是非常之好，囑咐阿鸞在此放心養傷，傷好之後她必收阿鸞作為徒弟。她並且說：“你家的仇人江小鶴現在紫陽縣殺死了龍志騰，逃跑了，大概是往川北去了。你放心吧！早晚我們必要替你昆侖派報仇！”阿鸞聽了，只得點頭答應，心中卻不禁替江小鶴憂慮。

鐵杖僧又到這庵裏來過幾次，那靜玄卻沒有再來。每次鐵杖僧來時，必要與道澄道姑談說江小鶴的事。他們說話總是在外屋那呂祖神龕之旁，阿鸞就在裏屋養傷。久之，鐵杖僧那難懂的口音她也能夠聽懂了，因此便知道那靜玄和尚是被他師父遣往川北，打探江小鶴的事情去了。他曾回來過一兩趟，又走了，所得來的消息就是江小鶴在螺螄嶺打劫官眷、殺傷官人之事。那道澄和鐵杖僧對這些無稽的消息極為相信，他們憤憤的，全都恨不得立時就抓住江小鶴，置他於死地；彷彿有了這些理由，他們更不能容許比他們名頭還高的江小鶴在江湖上行走了。但阿鸞在東屋裏聽了卻是絕不相信，因為江小鶴的人品是自己所深知的，他絕不是那樣狂暴淫兇的人。又聽他們說江小鶴是個黑胖子大腦袋，手使鋼刀，這樣子倒有幾分像自己的師叔龍志起。這些事整日在阿鸞的心中繞着，庵中的環境雖然清靜，她的心境卻不能安寧。

忽然這幾日，阿鸞就沒有見到道澄和鐵杖僧。這時，阿鸞在此已住了近一個月，因為天天躺着休養，傷勢就已漸愈。這天的晚間，鐵杖僧帶着他的徒弟靜玄又來了，同來的還有一個鬚髮如雪的老人，原來正是阿鸞的祖父鮑振飛。阿鸞便哭泣着與祖父相見，並說了自己因為累經慮思，對世上的事已經灰心，情願在此做女道士，不願再回家，也不願再去見紀廣傑的話。她又說："爺爺！你老人家在這山上隱藏幾日，就也找個別的去處，唸佛燒香去吧！我在這裏你放心，過幾日道澄師父一回來，我就更換道衣。從此你老人家也不要來找我，也別把我在這裏的話，對別人去說！"

她涕泣着，這樣說着，但她祖父卻像癡了一般，一聲也不言語。阿鸞見她的祖父衣服已經破爛不堪，鬍鬚亂蓬蓬的，如同一團羊毛氈子，身上也有幾處血跡，當年紫黑色的臉膛現在已變得蒼白，並且臉上橫一條豎一道的，有幾處血痕。阿鸞又傷心地拉着她祖父的手，哭泣着問說："爺爺！你老人家是怎麼啦？在外面遇到了什麼事？現在是從哪裏來呀？"鮑老拳師卻有聲無力地歎了口氣，搖搖頭，一句話也沒說。

此時鐵杖僧先走出屋去了，靜玄就拉了老拳師一把，他們也到了外面。他們三人站在院中談話，阿鸞便側耳向外靜聽。只聽鐵杖僧用粗暴地聲音問說："江小鶴為什麼把你捉住了，卻又不肯殺你？"老拳師歎着氣說："看他那樣子是要帶着我到鎮巴，到當年我殺死他父親的那個地方，他再殺我。也許那樣他才能夠消恨！"又聽鐵杖僧問說："螺螄嶺那案是誰做的？"老拳師卻答道:"我不知道！可是我敢拿我這條老命作保，絕不是龍志起所為！"接着是靜玄的聲音，他問說："秦小雄那孩子當真是被你殺死的嗎？"老拳師長歎了一聲，並未回答。

鐵杖僧卻似挾着些氣，道："俺聽俺徒弟說，你在川北殺死了個十幾歲的孩子，俺想你也不是個英雄漢子。今天，若不是見你被江小鶴他們押着太可憐，俺也就不救你了。你快告訴俺，那江小鶴的武藝比俺鐵杖僧如何？"

鮑老拳師又沉重地歎了口氣，說："江小鶴的武藝確實高強。我鮑振飛一生剛強，但我對他卻不得不認輸。師父你的威名，三十年來我都仰慕，若你遇見了他，可一定也……"

鐵杖僧未等他說完，便狠狠地頓了一下腳，這一腳震得窗門都亂響。他又大聲地吩咐說："靜玄！你去到鎮巴找他的徒弟來，把他接走。"又對老拳師道："俺救了你孫女的性命，看你以後怎樣報答俺們。現在俺再去找江小鶴，明天領你到山下，看看被俺打死的江小鶴的屍首！"說畢，足步咚咚地響，好像就全都走了。

阿鸞在屋中掩面暗泣，過了一會兒，便聽窗外又有人長歎，是她祖父的聲音。她不禁悲痛地說："爺爺！你好狠呀！你在川北做了些什麼事？螺螄嶺的案子一定是龍志起做的，你還袒護着他。江小鶴不殺你，是因為他不忍，你現在還刺激鐵杖僧去殺江小鶴，你好狠呀！我……"她本想說，我的一生，不是也被你給害了嗎？你為什麼當初要逼我去嫁紀廣傑呢？但是這話她並沒有說出來，卻聽窗外她的祖父狠狠地一頓足，便往外院走去了。

阿鸞倒不由收住了淚,心中很是詫異,就想: 我爺爺的脾氣怎麼變了呢？他年輕時是怎樣我雖不知，但是後來他是很善良的呀？現在怎麼走了一趟江湖，受了幾番危難，竟這樣兇殘起來了，莫非他是老糊塗了？老拳師走後，阿鸞又非常不放心，惟恐她爺爺一時心窄，頓萌死念，又怕她爺爺負氣又往山下去了，又去幫助鐵杖僧與江小鶴爭鬥。於是她就走出屋來，在幾個院落中和殿前殿后都走遍了，連鹿圃中都去了，但也不見她爺爺的蹤影。這時，黑夜沉沉，松濤亂響，她便流着淚，回到屋裏，一夜也沒睡着。

這一夜，原來鮑振飛也是在山上徘徊；雖然他曉得鐵杖僧已跟江小鶴去相鬥，但還不知是否是江小鶴的敵手。他也懊悔在川北誤殺小孩的那件事，剛才孫女又隔窗責備了自己，心裏便更加傷心。更想到：鐵杖僧的那個徒弟明日若把張志才、馬志賢叫來，我可有什麼臉面與他們相見呢？即使被他們接下山回到家裏，但只要江小鶴不死，他仍然是不能與我善罷干休的呀！鮑振飛在山中徘徊終夜，後來就在松樹之下睡了。醒來時，天色已然不早了。他由地下揀了幾個松子,剝着吃了,又見有三頭鹿過來嗅他,彷彿是對他很熟。老拳師此時百般無聊，便摸了摸鹿角，又拔了些草喂給鹿吃。他跟這三頭鹿玩了半天，卻不見鐵杖僧回來，也不見靜玄把自己的徒弟們帶來，心中很是疑惑，便想：莫非鐵杖僧與江小鶴爭鬥到現在，尚未決出勝負？或是鐵杖僧敗在了江小鶴的手中，他也無面再回到這裏來了？我那幾個徒弟魯志中、馬志賢、張志才離此並不遠，是不是他們也都不認我為師了，不肯前來接我了？他的心中既憂疑、感歎，又氣憤、恐懼，同時腹中也饑餓了，可是他又不願回到道姑殿中去向孫女乞食。

在此際,江小鶴便來了。老拳師一見江小鶴的身影,便被嚇得魂飛膽碎，慌忙着逃往九仙觀內。到了呂祖殿中，他就顫顫地拉住了孫女阿鸞的手，說："江小鶴追來了！你快救我！"

阿鸞此時悲憤交集，暗想：江小鶴你也太心窄了！我爺爺逃到這山上已然與世無忤，與人無爭，你何必一定要斬盡殺絕呢？於是當江小鶴在外面敲門時，阿鸞便慨然出去。見了江小鶴，她因情愛與怨恨交纏，血淚並死念齊湧，便驀然奪了江小鶴的寶劍想要自殺。幸虧被江小鶴急忙攔住，寶劍方未割了她的咽喉，可是已然劃傷了她的酥胸。此時鮑振飛也從裏面走出，阿鸞負傷流血，直承認她自己與江小鶴從小相愛之事，希望她的祖父有所反悔，卻不料鮑振飛反倒一怒揚長走去。

阿鸞被江小鶴救到廟中，江小鶴又加意地服侍，她便一邊呻吟着，一邊訴說了肺腑之事。江小鶴的話也句句都使她感動。此時忽然那道澄道姑亦回到廟中，並與江小鶴爭鬥起來。江小鶴折了道澄的鋼刀，毀了道澄的鐵彈弓,然後方縱道姑走去。晚間江小鶴又到了阿鸞的榻前,直言將要娶阿鸞為妻，重溫兒時情愛；並言他馬上就下山到瘟神鎮去覓車，明天就來接阿鸞往川北去，待阿鸞將傷養好，即成夫婦。阿鸞被江小鶴那渾厚的語聲、真摯的情感、爽快的言語所動，就像被掠去了靈魂，痛苦也消除了些，就一切全都答應了。江小鶴便歡歡喜喜地走了。

阿鸞臥在榻上，肉體負着傷痛，心靈卻是悲感與喜慰交集。她回想着往事，又猜測着將來，如同枯木似的一顆心忽然又復活了，騰起來愛情的火焰，面前出現了燦爛的希望。她又懺悔地想：當初的事誰也沒有錯，都是我的錯。我心裏既喜歡江小鶴，就該直說出來，不該聽從我爺爺之意嫁紀廣傑。假若那時我不跟昆侖派這些人攪在一塊兒，有點兒決心，一人去找江小鶴，找着了他，就嫁了他，他大概也不至於再逼迫我的爺爺了。咳！當初我怎麼不這樣做呢？

此時江小鶴已走去多時。寺中雖無更鼓，可是那些道姑都已誦經完畢，各自去睡了。惟有松籟如海潮一般地響，夜梟子撲撲地飛，吱吱地叫。服侍阿鸞的那個道姑，大概也已睡熟。阿鸞的傷處還時時地疼痛，心波仍層層地起伏。這時那道澄道姑忽然又回來了。道澄本是鐵杖僧的師姐，她跟鐵杖僧是一樣，身負奇技，行蹤不定，在江湖上雖無淫邪之行，但偷盜及殺人之事卻是免不了的。他們曾做過許多惡事，可也偶然做幾件好事，只是有一樣，他們絕不許江湖上有比他們武藝更高的人存在。當年蜀中龍是巴中、岷水一帶的奇俠，在他壯年時，鐵杖僧與道澄尚未出世。可是一到蜀中龍年老了，他們便去逼迫，逼得蜀中龍不得不往外省出家隱遁。

只是有一個人，就是那位行蹤縹緲、武藝絕倫的老先生，他們師姐弟全都在他的手中吃過大虧，被折服得頭耳貼地。但那位老先生並無殺害他們之心，曾向他們囑戒過，說：“你們雖然橫行江湖，殺過不少的人，但我知道你們也做過一些善舉，所以叫你們的功罪相抵，饒你們的性命。可是以後你們應當各自入山修行，不准再在江湖行走！”這是十二三年前的事了。當時道澄跟鐵杖僧是滿口答應，但二人卻都心中不服，還要設法將來報仇。可是那位老先生的行蹤仍常在秦嶺與峨眉山各處出現，所以這二人不得不斂跡。他們還設法要收徒弟，以作膀臂。鐵杖僧收了個靜玄，又收了個張黑虎，他算是已經有了兩個膀臂。道澄至今還一個也沒有收着，因為她若收徒弟，必須要收女子，而且還須是學過武藝的。川陝兩省，會武藝的女子只有阿鸞和秦小仙，再沒有第三個人。這二人一個是昆侖派老拳師的孫女，一個是閬中俠的兒媳，她們就是跟她學好了武藝，也不能永遠跟隨着她，為她所用。

如今昆侖派勢敗，鮑阿鸞單身負傷，為鐵杖僧救到這觀中。道澄正想收阿鸞為徒，給她做個膀臂，或做個丫鬟，不料江小鶴卻來了。道澄痛恨江小鶴，第一是因為江小鶴是那老先生的徒弟，而昨天江小鶴又將鐵杖僧打死了，因此又有了深仇。今日與江小鶴爭鬥，江小鶴再把她的弓毀刀折，並點了她的穴，使她半天不能動轉，這種奇辱，使她更加痛恨江小鶴。所以她懷恨在心，便沒有走遠，還藏在了松樹之上。看見江小鶴下山去了，她就再回到觀中，進到了阿鸞住的屋裏。

阿鸞聽見了足聲，就呻吟着說：“你怎麼又回來了？你不必雇車去了，我覺得我的傷很重，舊傷也還不好，不能跟你走了。可是，你放心吧！現在我想通了！我不能再改悔。我一定做你的……妻子！”

道澄卻嗤的一聲怪笑，說“前天你還說你要做女道士，現在你又想嫁人，還是拋下了丈夫去改嫁，你這個無恥的蕩女！”說着便將手裏的一個松香摺子一抖，火光烘然而起。

阿鸞看見火光中的那張老雕似的嘴臉，吃了一驚，哭泣着說：“師姑！你不知道我跟江小鶴這十年來的事情！”

道澄卻嗤嗤地笑着，找着了兩根繩子，熄了火折，便過去用繩將阿鸞綁起。她的手很重，用繩在阿鸞的身上狠命地勒着。阿鸞也無力掙扎，便疼得慘叫了一聲，昏暈了過去。那道澄一面繫緊了扣兒，一面狠狠地說：“我帶着你走，叫你去嫁人！你嫁一個，我殺一個，叫你永遠有新女婿！”道澄將阿鸞背在背後，離了觀往山下走。阿鸞在昏暈之中，什麼也不覺得，後來她漸漸地蘇醒了，便覺得渾身疼痛。因為她被綁得很緊，又是背在道澄的身上，道澄只要一邁步，她的身上就像被刀割似的。可是道澄還總不歇息，而且越跑越快，越跑越慌張。

忽然阿鸞聽見身後遠遠有一陣馬蹄之聲，道澄就向道旁一跳，只聽噗一聲，原來她跳在水裏了。水雖不深，可是阿鸞的兩隻腳也浸在水裏了。道澄背着阿鸞藏在一處橋下，併發着狠聲囑咐道：“不准哼哼！”此時就聽得一陣馬蹄之聲，由石橋之上跑過。等到蹄聲去遠，道澄才背着阿鸞出了水，又上了橋，再跑。阿鸞心中就暗暗想道：這一定是小鶴追趕過來了，道澄她是怕江小鶴。因為傷痛加上心痛，她就不禁慘切地呻吟了幾聲。道澄大怒，立時一鬆手將阿鸞摔在地下，並且踹了兩腳。阿鸞慘叫了兩聲，就再次昏了過去。她昏了許多時，及至漸漸醒來，就見自己仍然被道澄背在背上，道澄仍然在向前急急跑着。

此時天光已然發亮，路上尚沒有行人。道澄忽然止住了步，原來是路旁有一匹馬，也沒拴繫着，只是在那裏臥着。道澄把阿鸞放了下來，面上現出驚訝之色，站着發了半天怔。她又四周張望了一番，然後就上前抓住韁繩，將那匹馬揪起。她抱起阿鸞正要上馬，不料由道旁的秋禾裏忽然跑出一個男子。道澄趕緊又扔下了阿鸞，過去與那男子交手，並問道：“你是什麼人？”

那男子也不還言，兩三個照面，就將道澄打倒。道澄將要爬起來，那男子又一腿踢去，將道澄踢得在地上一滾。那男子就趁勢由地上將阿鸞挾起，上馬飛馳而去。此時阿鸞呻吟着，喘息着，問說：“你是什麼人？是江小鶴叫你來救我的嗎？”這男子卻仍然一聲不語。他的胳臂非常有力，但把阿鸞挾得很輕，馬馳如箭，的蹄聲如擊鼓一般，一霎時就跑出了三四十里地，這男子挾着阿鸞的胳臂並沒換一換。

此時天色已然大亮，這男子便下了馬，把阿鸞輕輕放在地上。他由身邊取出個小刀子來，割斷了阿鸞身上的綁繩，並向阿鸞擺擺手，但沒說一句話。阿鸞此時的神智倒還清醒，她見這男子年紀有四十多歲了，身材不高，面目也不怎麼清爽，頭上盤着辮子。身穿一件又破又髒的灰布短夾襖，下面是條短褲，本來是黑色的，可是沾了許多泥土，也跟夾襖的顏色差不多了。他光着兩隻泥足，捆着草鞋，看上去簡直像個鄉村中的窮人，不然就是野店裏燒火的小二。這個人一句話也不說，便讓阿鸞躺在地上歇了一會兒。

因為遠處有車馬來了，這個人就把阿鸞又托起來，放在馬上。阿鸞就如同是個死人一般，側臥在馬上，亦無力再說話，就一任這男子扶着她，慢慢去跑。又跑了幾里地，就聽見了犬吠聲，原來已進到一所大莊院之內。莊裏彷彿有許多人迎了上來，都驚訝着說："這位大爺是怎麼回事？從哪裏背了個娘兒們？"

這個男子只向那些莊丁笑了笑，仍一句話也不說，便把阿鸞托下馬，送到一間土屋裏。這像是個打更的人住的屋子，屋子裏有一舖土炕，炕上放着一份被褥。這人將阿鸞平放在被褥上，就直着眼望着阿鸞，外面許多莊丁也齊都擠進屋來。阿鸞呻吟了兩聲，就問說："我知道你是好人，但這是什麼地方呢？"這個人仍不回答，只伸手指指自己的鼻子，再伸出大拇指。然後又雙臂搖動着，再伸出一個小指。阿鸞不禁十分驚異，旁邊的人齊都哈哈大笑。

有個年長的壯丁便告訴阿鸞說："他是個啞巴，不會說話，也不會聽。他做的手勢只有我們員外能明白。"阿鸞更是驚訝，心說：怎麼來了個啞巴將我救了呢？那啞巴見阿鸞不明白他的手勢，十分着急，又連振着雙臂，彷彿學着鳥飛的樣子，招得一些莊丁全都笑得閉不上嘴。此時已有人報告了他們的員外，這裏的員外便來了。立時屋裏的莊丁們都不敢笑了，就都跑出屋去了。

這位員外是個拄着拐杖的有鬍子的老人，身穿青綢緞衣裳，面貌很和善。啞巴一見了這位員外，他便又直着眼做手勢，又學了飛鳥的樣子，然後指指炕上的阿鸞，再做出打鼓吹喇叭之狀。老員外翻着眼睛想了想，就似乎明白了，笑着點點頭，就指着那啞巴向阿鸞說："他是個啞巴，但他是一位俠客，武藝很好。我名叫顏伯，二十年前我在外做官，曾做過安徽省蕪湖道的道台。這啞俠曾兩次救過我的性命，他實在是一位義俠。最近他到我這裏來找我，按他的手勢來猜，他大概是有個師弟或是兄弟，名字叫什麼鶴或是什麼鷗。他來到陝南就是為訪查那人，我便留他住在這裏。他時常出去，也時常回來。剛才我看他做出敲鼓和吹喇叭的樣子，大概他是告訴我，你就是他那個兄弟的妻子，所以他將你帶到這裏來。我猜的對與不對，請姑娘不要惱我才是！"又問說："我看姑娘的身上有傷，不知是被什麼人欺辱了？姑娘的家住在哪裏呢？"阿鸞此時漸漸明白了，知道這啞巴必是江小鶴的師兄，不禁一陣傷心，就哭了起來。

半天，她才簡略地說了說。因為無力多說話，而且有許多話也不便對這位老員外說，她就爽然承認自己是江小鶴的妻子，因被一個女強盜殺傷搶跑，半途便為這啞巴所救。自己也無家可歸，只願再見江小鶴一面。顏老員外便惋惜着，感歎着，又問阿鸞曉得不曉得江小鶴現在哪裏？阿鸞就呻吟着說："大概他是在雲棲嶺九仙觀裏。"顏老員外對這個地名似長古乎不大熟悉，而且也無法比出姿勢，令啞俠明白，他便也學了學飛的樣子，又伸手向空中抓了抓。啞俠也明白了，知道是叫他把江小鶴找來，他立時點了點頭，高高興興地跑出屋去了。

顏老員外又命人到莊院中，叫出幾個僕婦專在屋中伺候。顏老夫人帶着孫女、兒媳也過來看了這啞俠的弟婦，並囑咐阿鸞在這裏放心地休養。阿鸞心中自然十分感激，不過這時她覺得自己的傷勢較前更重，瞻前想後，不由淚落紛紛。此時啞俠在外院吃了早飯，莊丁們都向他伸大拇指，他也自己拍拍胸脯，表現出高興的樣子。然後，他出屋牽馬，離了村莊，直順着大道向西飛馳而去。這啞俠雖然不會說話，也不認識字，但是在二十年前就跟隨他師父闖過江湖，所以各省的地理，他非常熟悉。哪個山上有幾間廟，哪個地方有幾塊石碑，他都記得清清楚楚。

自江小鶴辭師下山之後，那老先生猶恐江小鶴的武藝未精，或是在江湖做什麼歹事，別人難以制服，所以在第二天，老先生就拿着一根樹枝在地上畫了幾條清晰的路線，命啞俠下山去暗中追隨江小鶴。啞俠與江小鶴做了十幾年的師兄弟，可是他並不知道江小鶴的姓名。只是有一次在山上看見過幾隻仙鶴，江小鶴就指了指他自己，告訴了啞俠，啞俠才曉得他叫仙鶴。下了山，啞俠並不知江小鶴過了江，買了馬，所以他是按着路線用腿去跑。他雖腿快，可也趕不上馬匹，所以前半月方才到了城口縣顏道台的家中。

他向來是最崇拜顏道台的，因為顏道台是一位清官，而且最能明白他的手勢。住了兩日，他便再往鎮巴。鎮巴是他師父在路線上特別指定的地點，所以他一來到這裏，便不跑了。他遍處找尋江小鶴，把鮑家村、米倉山、雲棲嶺各處都尋遍了。雖然沒找着江小鶴，可是卻看見了鐵杖僧和道澄。他原認為這兩人是江湖上的強暴，因為這兩人常在山上山下徘徊，有時還到外省去化緣，有時去得更遠，常常數日不歸。啞俠覺得這其中一定有些事，於是他白天在鎮上的一家小店匿居，晚間便來到雲棲嶺上窺探。後來他發現在那九仙觀內藏着一個俗家婦人，就越發生疑，天天不離開雲棲嶺，想要探出鐵杖僧他們的劣跡，他好下手除惡。

不料在這天，江小鶴便押解着鮑振飛至此。江小鶴回去尋覓東西，鐵杖僧便打死了伍金彪及獵戶夫婦，救跑了鮑昆侖，那些事啞俠全都知道。江小鶴和鐵杖僧毆鬥之時，他也在暗處。他很佩服江小鶴武藝高強，所以當江小鶴把鐵杖僧打下山去之時，他就趁勢將鐵杖僧殺死，然後拐了一匹馬跑了。但他並沒有去遠，將馬上帶着的那龍志起的人頭拋到了山澗裏，馬則藏在山中僻靜之處，他依然在暗中看着江小鶴的一舉一動。江小鶴在山路中拾着繡花鞋，在阿鸞的屋中為阿鸞的傷勢發愁，啞俠也全都偷偷看見了。他就猜着阿鸞一定是江小鶴的媳婦，便在暗中不住地發笑。

可是有一件事卻使他非常地生氣，就是江小鶴用點穴法點倒了道澄，這違背了師父的囑咐，他便想出頭把江小鶴打一頓。但又見那道澄被江小鶴解救之後，出了廟便藏在樹上並沒跑，他就覺得其中一定還有事。啞俠要看看江小鶴能否敵得過那道澄，於是便藏在暗處準備“坐山觀虎鬥”。不料到底是江小鶴疏神，晚間他反而下山去了。道澄便趁江小鶴走後，又返回廟中，將阿鸞搶跑。啞俠立時去追截，不料道澄道姑跑得比他還快，而且對附近的路徑更熟，所以他便沒有截住。他趕緊跑回山中將馬取來，騎馬再追，終於被他施用巧計將阿鸞奪到了手中。本來他想將道澄殺死，可是因為道澄是個女的，所以他亦不屑於下手，就把道澄放了。

如今啞俠把阿鸞在顏道台家中安置好了，便再去找江小鶴，心想：找着了江小鶴，我先打他幾個耳光，揪着他去見師父，叫師父問他為什麼不聽囑咐，濫用點穴法。罰完了他，才能叫他回來見他的媳婦呢！啞俠的騎藝精絕，一口氣兒就跑上了雲棲嶺。到了嶺上一看，見這裏又是車馬又是人，真是十分熱鬧。啞俠覺得詫異，就下了馬，將馬交給了一個人。那人張口問了他幾句話，他一句也沒有聽見，只拍拍自己的馬，又摸了摸那人的腦袋，便直往山上跑去。跑到九仙觀內，見裏面有幾個人正在跟道姑們頓足爭吵。啞俠又攙在裏面，振着雙臂，跳了幾跳，他是想問："仙鶴在什麼地方啦？"原來這幾個人就是馬志賢、魯志中和紀廣傑。這時紀廣傑的傷已養好，幾日前才隨魯志中來到鎮巴。

本來靜玄和尚給鮑家村去送信，叫他們派人往雲棲嶺去接鮑老拳師。可是鮑家自張志才受傷之後，鮑志霖又搬到了他妻子的娘家去躲藏，所以大門緊鎖，裏面竟連一個人也沒有。靜玄去問附近的人，有知道昆侖派人在哪裏居住的沒有，別人卻都搖頭。因此，他就無處去找鮑老拳師的徒弟。

靜玄在鎮巴城內徘徊了一天，晚間到一家酒舖裏吃飯，就遇見了一個帶着寶劍的人在那裏喝酒。向他問了問，才知道這人就是紀廣傑，靜玄便向他說明了來意。紀廣傑聽說了阿鸞的下落，他是又喜又急，於是趕緊帶着靜玄去找馬志賢和魯志中。因為當天已經關城，紀廣傑忍住一夜的急躁，到今日才來到此一看，不料卻"鳳去樓空"，鮑老拳師跟阿鸞全都沒有了蹤影。紀廣傑把道姑尋着去問，道姑也說不出個所以然來，只是跟着他們感到驚異。

紀廣傑跟靜玄又往山中各處搜尋，只發現了伍金彪和獵戶夫婦的屍體，並找着了鐵杖僧的那件兵器和他的殘屍。靜玄和尚在山中對着他師父的殘體哭泣，紀廣傑就回到了九仙觀內。他焦躁地執着寶劍，把觀內的道姑都拘在一起一一審問。

紀廣傑正在怒氣衝衝，但是無論怎樣發威，他也問不出來阿鸞的下落。只聽道姑們說是昨天江小鶴在這裏鬧了一天，打了她們的道澄師姑。今天早晨，江小鶴又來此攪鬧，她們才知道那受傷的女子已失了蹤影，江小鶴是剛鬧完了一陣才走。紀廣傑一聽，急得亂跳腳，忽見一個直眉瞪眼的人雜在人群裏面又蹦又跳，他就氣憤憤地走了過去，向那人就是一腳，那人閃身躲了。

紀廣傑便罵道："哪兒來的小子，敢到這兒來亂攪？"抖劍嗖的一聲劈去。

魯志中、馬志賢齊喊說："紀姑爺不要急躁！"卻只聽咕咚咚幾聲響，那人倒是沒受傷，紀廣傑的寶劍卻被奪過去給扔遠了，肚子上也挨了一腳，就倒在了地下。

魯志中、馬志賢齊都大驚失色。紀廣傑爬起來，也殺了些威風，倒後兩步，又瞪着眼問說："小子！你是幹什麼的？你姓甚名誰，你敢打紀大爺？"那人卻聽不見，只伸伸大姆指，指指他自己；又伸伸小指，飛了一飛。

紀廣傑氣得直冒火，罵道：“小子，你跟我裝個蝴蝶的樣子就算了嗎？”說着奔上來掄拳又打。那人卻躲在一旁，連連擺手，然後又指了指自己，又學學飛，接着又學出個忸忸怩怩的女人樣子。紀廣傑氣得倒笑了，說：“你是個瘋子嗎？”

魯志中趕緊走過來，拉開紀廣傑說：“不要急躁！我看他是個啞巴，他來此一定有事。讓我慢慢猜他的意思。”於是馬志賢也上前來，一起看啞巴的手勢。

啞巴指指旁邊的女道士，又扭一扭，然後作背負之狀。魯志中就略略明白了，說：“這啞巴來此是一番好意，他是告訴咱們，阿鸞是被一個女道士背走了。那女道士一定就是本廟的道澄師姑。”

紀廣傑這才消了點氣，又皺眉向魯志中說：“你想想辦法跟他說說，問道澄把阿鸞背到什麼地方去了？叫他帶咱們去。”於是魯志中也做出手勢，他拍拍啞巴的肩膀，指指門，又做了幾步走路的樣子。

啞巴卻連連擺手搖頭。紀廣傑又憤怒起來，說“我看此人是來成心搗亂，一定是個假啞巴，不然為什麼他連嘴都不張，連啊啊一聲也不會？”

馬志賢卻悄聲囑咐說：“不要性急！我看這人確是啞巴，而且他武藝高強。他與我們素不相識，絕不是故意來和咱們搗亂。”

這時靜玄和尚已回到廟中。他剛在山中把他師父鐵杖僧的殘體用火焚化了，現在眼角裏還有淚水。啞巴原來認識靜玄，當時他就過去一把將靜玄抓住，把靜玄的臉色都嚇白了。馬志賢與魯志中便過去勸解，啞巴卻向靜玄笑了笑，又做了個手勢。

馬志賢就說：“靜玄師父你不要生氣，這人是個啞巴。他剛才來到，施展了幾手武藝，我們看他確實是受過真傳。剛才他做出些手勢，我們猜他那意思是來告訴我們，鮑阿鸞姑娘是被那道澄道姑帶走了。大概江小鶴今天早晨來此不見了阿鸞，他也追下去了。靜玄師父，你可曉得那道澄師姑的去處嗎？”

靜玄臉色蒼白，發了半天怔，才指了指啞巴，說：“這人我曉得，他是江小鶴的師兄。我師父沒死時曾告訴過我，說江小鶴有個啞巴師兄，武藝幾乎與他的師父相當。”這句話一說出來，魯志中等三個人都很驚異，齊用眼去看啞俠。

這時啞俠卻跑到了牆根，用手剜下一塊石灰，就在磚地上畫了一隻似像似不像的仙鶴，然後又畫了幾條像蚯蚓似的路。靜玄大概明白了他的意思，就向魯志中說：“啞俠是向咱們打聽江小鶴現在何處。我知道道澄師姑是往武當山去了，武當山上的七大劍仙全是她的好友。她一定是將鮑姑娘帶往那裏去了，江小鶴必是也找了去了。”

紀廣傑一聽說到了武當山，就不禁又威風振起，說：“武當山那可是我的熟地方。好了！他去找他的師弟，我去找我的妻子，我們兩人就往武當山去走一趟吧！”於是他便拍了拍自己的胸，又指點着啞俠，然後伸個大拇指，表示彼此佩服，從此就交朋友了。他又指了指地上畫的仙鶴，點頭說："我知道江小鶴的去處，我帶你找他去。"紀廣傑遂走過去，由地下揀起寶劍，又向魯志中、馬志賢說："你們也快下山去找老爺子去吧！老爺子前天由此走了卻沒回家，一定是他自覺無顏。可是他一定也走不了多遠。"又向靜玄抱拳說："靜玄師父，咱們後會有期！"

靜玄就託付說："見了道澄道姑，你們千萬跟她好說，不可翻臉。她的性格雖兇暴，不逼她，她也絕不能殺害阿鸞。可是若把她招惱了，那鮑姑娘的性命就難保了。還請你們見着江小鶴，告訴他，我的師父鐵杖僧雖死在他的手中，可是我絕不找他報仇。一來是我跟他舊日有交情，二來是我現在專心要去入山修行，不願管這些江湖上的閒事了。"

紀廣傑連連答應，也顧不得多說話，拉着啞俠的胳臂往外就走。二人一同下了山嶺，便騎上馬。紀廣傑的馬在前，啞俠的馬在後，雙騎如飛，迤邐宛轉，往東走了七八十里路。這時，日色已向西了，啞巴還沒有吃午飯，他餓得就在馬上啊啊地直叫。紀廣傑卻揚鞭向東指着，回身做着手勢說："快走！"仍馬不停蹄地走。

啞俠可氣急了，催馬趕了上去，一把就將紀廣傑揪下馬來。紀廣傑喘着氣罵說："混帳啞巴！紀大爺若不是看你有點本事，能帶着你去往武當山？"啞俠卻指指嘴，又摸了摸肚子。紀廣傑見了這手勢，才明白他的意思，自己的腹中也覺得餓了；他點點頭，喘喘氣，上了馬緩緩地走去。行了不遠，就來到了一座鎮上，紀廣傑在一家酒店前下了馬，啞俠也喜歡得笑了笑。紀廣傑把馬繫在門前的柱子上，先走了進去，啞俠也隨之走進。

紀廣傑心中十分急躁煩惱，就給自己要了酒，給啞俠要了些菜飯。少時，夥計都給送了上來，啞俠就大口地吞飯，紀廣傑只悶悶地飲着酒。此時，他是一粒米也吃不下去，心想：早知江小鶴與阿鸞有私情，我就連他們昆侖派全不幫助。現在落得我人不人鬼不鬼的，身上受了傷，如今才算痊癒。此次到武當還未必找得着阿鸞，即或找到了她，也一定先有一場大戰。大戰之後就算是自己得勝了，老婆還許歸江小鶴，算來真是不值。可是自己就像是被人催着似的，總不能撒手不管。他越想越恨自己，不由長歎了一口氣，捶了一下桌子。

啞俠看到他這發愁的樣子，就笑着指指菜碟，那意思是請他也吃。紀廣傑卻搖了搖頭，啞俠便顯出納悶的樣子，他不明白紀廣傑為什麼這樣煩惱。喝過了幾盅酒後，啞俠的菜飯也吃光了，紀廣傑便向身邊掏錢，啞俠卻搶着會賬。他從身邊掏出個很髒的小布包，裏面卻有幾塊碎銀和一些銅錢，啞俠把一疊錢放在桌上，大概是付酒飯錢有餘。然後他就笑着向紀廣傑指指門外，那意思是說："我們走吧！"紀廣傑倒覺得啞俠很明白交情。

出了酒館，二人又上馬往東走去，又走了三十多里路，方才投店歇下。次日清早又起身，走到午間，才找了地方用飯。啞俠雖然不會說話，可是紀廣傑一切必須得聽他的。啞俠是不急不忙的，但紀廣傑的心裏卻時時像燃燒着一團烈火，只是因為還要借助啞俠的武藝到武當山去鬥七大劍仙，所以也不敢半途把啞俠拋棄。

走了三日，方才到了竹溪縣，此地距武當山尚有百餘里。紀廣傑的馬在前，啞俠的馬在後，正在走近縣城之時，忽聽身後有人高聲叫道："紀廣傑！"紀廣傑吃了一驚，趕緊回頭去看，就見從後面來了兩匹馬，一黑一白。黑馬上是一個二十來歲的大漢，白馬上卻是個年輕的白面書生。

紀廣傑定睛一看，不由冷笑了，說："啊呀！李鳳傑，渭水縣交戰之時，你負傷逃走，原來你還沒死？現在怎樣？你還要跟我較量嗎？"

李鳳傑馬到近前，卻笑着說："江湖人身上受點傷，未必就死，何況我只是肋間受了輕輕一劍。我若是因此便死，你紀廣傑又受傷又中鏢，也早已不能夠活了！"

紀廣傑一聽李鳳傑侮辱自己，立時鏘的一聲，從鞘中抽出長古劍來，怒目看着李鳳傑。李鳳傑卻躲也不躲，只笑着說："何必呢？即使你再刺我一劍，你的名聲也絕壓不過江小鶴去。"

紀廣傑便不住持劍冷笑。忽然啞俠驚叫了一聲，紀廣傑趕緊跳下馬來，只見坐下的馬一聲長嘶，跑了兩步，就躺在地下了。原來是當紀廣傑說話時，跟隨李鳳傑的那個騎黑馬的漢子，早已撥馬到了紀廣傑的身旁。他鞍下掛着一隻錘，二尺多長的把子，甜瓜大小的一個渾圓的鐵錘頭。他悄悄摘了下來，向紀廣傑的後腰就擂。幸虧啞俠一聲驚叫，紀廣傑才算躲開，可是那一錘卻擂在馬背上了。

啞俠張着兩手大笑，紀廣傑便擰劍向馬上的李鳳傑去刺。李鳳傑卻撥馬走開，同時抽劍下馬。那大漢也下了馬，掄着錘，冒冒失失地還要擂紀廣傑。李鳳傑卻怒喝一聲："住手！"把大漢止住。紀廣傑氣得連話也不說，只掄劍向前，向李鳳傑劈來。李鳳傑一手用劍按住了紀廣傑的寶劍，一手連連擺着，說："紀廣傑你聽我說！我並沒想要暗算你，是跟隨我的這個人太粗魯。我並非怕你，是我不願再與你爭鬥了，咱們有本領應當到武當山上去使。現在江小鶴正在武當山獨鬥七大劍仙，咱們應當去幫助他！"

紀廣傑聽了這話，才撤回寶劍，退後兩步。此時有不少往來的人全都停住了，要看他們二人鬥劍。啞俠也在馬上笑着，做着手勢，彷彿是說："你們打吧！叫我看看你們誰的本領大！"

李鳳傑先將劍入鞘，又把跟隨他的那個大漢推到一邊，過來拍拍紀廣傑的肩膀，笑着說："也怪你，你若不先抽出劍來，我這個朋友也不至於要用錘打你。他叫胡二怔，是專保護我的！"紀廣傑便冷笑道："不料你還雇了個保鏢的。"

李鳳傑隨他譏笑，並不還言，只指指那騎着馬的啞俠問道："那人是誰？"紀廣傑說："那人是個啞巴，他是江小鶴的師兄。現在我是要帶着他往武當，去找江小鶴。"李鳳傑便笑着，又拍拍紀廣傑的肩膀，說："原來你也要保鏢？"紀廣傑不禁臉也紅了。

李鳳傑走過去，向啞巴抱了抱拳。啞俠也向李鳳傑拱拱手，然後下了馬，又學了飛的樣式。李鳳傑發着怔，紀廣傑就過來說："他是問你認識江小鶴不認識？”李鳳傑笑了笑，向啞俠點了點頭，啞俠便也笑了。

李鳳傑又轉身向紀廣傑說：“你我到城內找家舖子飲酒，談一談好不好？”紀廣傑卻搖頭說：“我現在急於要同啞俠往武當山，沒時間跟你談天。你若真願意和我交朋友，就請你先賠我一匹馬！”李鳳傑點頭說：“這很容易！”他遂又回身走去，怒聲向胡二怔呵斥了一番，就把胡二怔的那匹馬要了過來，交給紀廣傑，又去把劍鞘解下送過來。紀廣傑倒覺得有點不好意思，遂向李鳳傑問說：“咱們走了，這匹受傷的馬可怎麼處置？我想不如把牠賣了。”李鳳傑卻搖頭說：“不用，這匹馬還能夠治得好。就叫胡二怔在此地等候着我，我們把事辦完，再回來找他。”於是李鳳傑又過去，向胡二怔囑咐了一番，說：“你就在這裏找店住下吧！把那匹馬找獸醫治一治。你就在這竹溪縣等候我，千萬別離開！我到武當山把事辦完就回來找你，你在此可千萬不要惹禍！”胡二怔便一聲一聲地答應着。李鳳傑又給他留下了一些銀錢，遂就向紀廣傑招呼了一聲，說：“咱們走吧！”

紀廣傑便向啞俠打了個手勢，就一同上馬，當時三匹馬蕩起飛塵向東走去。這裏一些看熱鬧的人都笑着圍觀，胡二怔就費力地由地下扶起那匹受傷的馬。

## 第十九回　力撼武當岳一鶴施威　雲漫展旗峰雙俠鬥劍

這時，江小鶴因追尋道澄和被搶走的阿鸞，已來到了武當山。他在附近已打聽明白了，武當山上的“七大劍仙”之首是郁玄清、張玄海、馬玄濤。張玄海有兩個徒弟，是楚劍雄、倪劍超；馬玄濤有一個徒弟，名叫陳劍飛。另外還有個外來的道士，名叫淩雲劍客呂崇岩。這七名道士合稱為“七大劍仙”，不過除了呂崇岩時常行走江湖、結交豪俠，楚劍雄與陳劍飛好勝喜鬥之外，其餘都是謹守清規的全真道士，都輕易不下山。

七大劍仙分住在極峰真武廟、展旗峰遇真宮、五龍峰、紫霄峰等處。他們全都負有自張三豐祖師一派傳流下來的真正內家武藝，故武藝都很高強，而全山道士六百餘名，也全歸他們管轄。他們雖然香火富足，勢力雄厚，可是絕沒有輕視人或欺辱人的舉動。只有一件事，便是無論巨宦名臣、達官武將，以及江湖遊俠、各路的鏢頭，來到了“解劍泉”那地方，就必須解下佩劍。挾刀提槍上山的他們都不管，就是不許帶着寶劍。如若在解劍泉之上，有人敢帶着寶劍行走，他們更不容饒。

江小鶴自從發現阿鸞失蹤，就曉得必是被那道澄劫到此地，他便氣憤填胸，連夜來此。可是來到這裏一打聽，這山上並無一個女道士，而且聽說七大劍仙也絕不容留匪人在山上居住，他就有些躊躇了。後來他就決定了主意，想自己現在身邊也沒有兵刃，那麼不如一直上山去拜訪七大劍仙，恭謹地向他們詢問。假若他們敢保證，說那道姑絕不能搶了一個女子到這裏來，自己就絕不在山上打攪，只好再往別處去尋找了。

他上山的時候是在清晨。這日又是個陰天，整個武當山都籠罩在沉沉的大霧裏，地下又是很厚的霜，山石都變成白色的了。秋風蕭蕭，觸到身上很冷。江小鶴此時穿的是青布單褲，青布短夾襖，赤足穿着一雙草鞋。他一步一步地向山上走去，眼前是一片迷茫，什麼東西也看不見，路也辨別不出，走也不敢急。他沒有遇到一個人，就連一聲鳥叫也聽不見。走了半天，腳下的一雙草鞋便磨破了，他索性解下來扔了；好在他的腳皮很厚實，光着腳走比穿鞋還要便利。

又走了多時，便有嗡嗡的一陣鐘響，穿過雲霧，飄到了江小鶴的耳朵裏。他覺得很是親切，似乎附近就有一座廟宇，便趕緊專心去聽這鐘聲的方向，同時試探着腳步，迎着鐘聲走去。走了不遠，忽然覺出前面是一座懸崖，崖下煙霧茫茫，仿佛是一片大海，什麼東西也看不見。鐘聲就似是由崖下發出來的。此時若想尋找山路慢慢地往下走去，那是絕不可能，江小鶴便站在崖上發愁。鐘聲已然停止了，尚有裊裊的餘音在霧中飄蕩。江小鶴就一狠心，提着氣，身子傾斜着驀然往下一躍。只聽呼喇喇一陣響，江小鶴的身子就落在了一株大松樹上，手腳都被松針刺得很疼。他分開松枝，一聳身就跳到了平地上，原來這裏就是廟中了。

江小鶴才直起腰來，忽見配殿的窗子開了半扇，由窗裏就躥出一隻滿身花斑的豹子來。這豹子脖子上還掛着銅鎖鏈，張牙舞爪地向江小鶴就撲。江小鶴大驚，趕緊飛身爬回了樹上，那豹子便也往樹上去爬。江小鶴又躥到了正殿上，殿上鋪的是生着黑鏽的鐵瓦，豹子也緊跟着撲了上來，牠立起來向江小鶴一撲，江小鶴就迎面掐住了豹子的脖頸。那豹子就像個人似的立着，迎面張着大口，可是頭被托住低不下來，前爪亂抓，後尾亂抽，並發出嗚嗚的急叫聲。江小鶴驀然騰出右手來，以手指向那豹子雪白的胸膛上一戳，豹子就慘號一聲，摔下房去，仰臥在地上如同死了一般。江小鶴趕緊從殿上掀下兩片瓦來，向豹子的頭上用力打去，打得那豹子頭裂眼瞎，氣絕了。

然後，江小鶴便跳下殿來，又一瓦打折了配殿的窗子，他就指着配殿裏大罵道："養豹子的老道，滾出來！"配殿裏卻有人反將那半扇窗子關上了。江小鶴恐怕殿中再藏着什麼猛獸，就不敢貿然闖進去，先從地上拾起來那兩片鐵瓦，然後才往那殿門走去，並大罵着。

殿中便有人回聲問說："你是哪裏來的強盜？敢來擾亂這三清淨地？"

江小鶴一推開門，裏面便有個年輕道士掄劍向他砍來，他趕緊退後兩步。那道士追了出來，又將寶劍向江小鶴前胸猛刺，江小鶴往左邊一躲，避開了，道士又掄劍來逼。江小鶴飛起一塊瓦，正打在道士的胸上，那道士疼得身體一晃動，江小鶴就趁勢把他的寶劍奪在了手中。那道士還要伸手去搶劍，卻被江小鶴一腳踢得坐在了地上。那道士還不服氣，又挺腿站了起來，徒手要奪江小鶴手中的寶劍。江小鶴卻將劍一掄，白光一道，在道士的頭上一晃，那道士趕緊低頭彎腰。

這時，院裏就又走出一個道人，怒斥道："住手！你敢來此攪鬧嗎？"

江小鶴撤回劍來，倒退一步，細細打量。見這個道士相貌不俗，清癯俊逸，年有四十餘歲。江小鶴便說："道士，你們別不講理！我來到山上找人，連寶劍我都沒帶，就是因我知道你們這山中的規矩，可見我是講理。可是你們卻兇狠異常，我才一到廟中，你們就放出豹子來咬我。若不是我江小鶴，別人早就喂了你那隻豹子，這時連屍首全看不見了！"

那清癯的道士一聽江小鶴道出姓名來，面上便帶出驚訝之色，遂說："原來你就是江小鶴，我聽說你也是武當派的傳人，來此更要規矩些，不可衝撞了祖師！"

江小鶴說：“祖師也不能養豹子。你們廟中把豹子當狗一般養着，你們一定都不是好人！”

道士卻說“那豹子是我養的，牠從來未傷過人，是一隻通人性的豹子！”說着，又看了看地下躺着的那隻頭破眼瞎、渾身金錢的死豹子，面上似是露出來一些傷感，又夾着些氣憤。

旁邊那個剛才挨了打的年輕道士，此時就說：“這個人是從崖上跳下來的。我看他不像好人，就把豹子放出去了。”江小鶴卻冷笑着，遂向道士詢問姓名。

那清癯的道士就說：“我叫陳劍飛，他是我的徒弟。”

江小鶴就說：“我知道你就是七大劍仙裏面的一仙。你們七個人裏，刨出那淩雲劍客呂崇岩，全都是好人，我在路上都打聽明白了。現在我的來意就是要找一個人。”

陳劍飛問說：“你要找什麼人？”

江小鶴說：“我找的是九仙觀的道姑道澄。她把我的妻子阿鸞搶到這裏來了！”

陳劍飛立時震怒，斥道：“胡說！武當山是清淨的地方，哪裏有什麼道姑和婦人來？”

江小鶴說：“大概你們是不知情。你這山上廟宇很多，道澄來了，把我的妻子藏在別處，你也是無法知道。你不過是七大劍仙中的小輩，我現在要見郁玄清、張玄海、馬玄濤，你帶着我去吧！我跟他們去要人，與你無干！”

那陳劍飛看了江小鶴一眼，又低頭看了那隻死豹子，便點點頭說：“好！我正在用着齋飯，你等我片時，我就帶你去往遇真宮。”說畢轉身，又進到裏院去了。那剛才挨了打的年輕道士，怒目看了江小鶴一眼，便也進去用齋。

這時，院中除了江小鶴就再也沒有別人，他就先把一片鐵瓦藏在懷中，然後提着寶劍探着身子，把正殿、配殿裏全都查看過了，可是並沒有看見什麼可疑之事，只是道士養豹子的這事，真叫人氣惱。他在院中來回走了一會兒，廟門就被人推開了，進來了五個道士，年紀都不大，似是聽見了鐘聲，前來趕齋。這五個道士一見地下躺着那隻死豹，旁邊又站着個手提寶劍的江小鶴，他們就都驚訝了。有個道士就問說：“你是做什麼的？”

江小鶴卻說：“快催着陳劍飛用齋。用完了齋，叫他快些帶我去到遇真宮。”那幾個道士見江小鶴的態度非常之橫，便不敢多問，一齊進裏院去了。

江小鶴氣憤憤地在這院中又走了幾個來回，就見那陳劍飛帶着兩個小道士由裏院走出。這次他卻頗為客氣，見了江小鶴，先打了個稽首，然後從容地說：“現在我們就帶你上展旗峰。到了那裏，無論你有多大的氣，也不可見了師尊無理，否則連我都有罪。寶劍也應當放下，別說外人，就是我們廟裏的人，也不能帶劍出門。”

江小鶴點頭說：“好！”便噹啷一聲把寶劍扔了。

當時兩個小道士在前行走，陳劍飛陪着江小鶴出廟。此時外面霧氣雖雲力然仍彌漫着，可似乎比方才薄了些，可以隱隱約約地看見眼前的山和樹木，也有小鳥在耳邊嘹亮地叫着。一同向北走着，那陳劍飛就與江小鶴交談，說：“在去年還沒聽說過你的名字，但今年有本山的人到外面去化緣，聽外面的人常說你。據說你是九華山老俠的弟子，不知是真是假，你師父現還健在嗎？”

江小鶴說：“閒話少說。我來到此處，只是找那道澄，只要找着她，便與你們無干，我在此絕不攪鬧。”

陳劍飛說：“我們這山上確實沒有道姑前來。”

江小鶴：“你說的話我不能相信，我非得見了你的師父才行。”那陳劍飛便不再言語了。

這懸崖之下的山路是非常難行，而且越來越難走。再往上去，就是一座山峰，不知有多少丈高，上半截隱在雲霧裏，下半截也如刀削斧鑿一般。上山要走許多的石磴，石磴旁邊掛着很長的鐵鎖鏈，人非揪住鐵鍊不能走上去，簡直如同直上直下一般。兩個小道士先揪着鐵鍊往上走去了，他們因為常走這條路，所以全都走得很輕鬆。

陳劍飛就說：“這是展旗峰，上去就可以到遇真宮，是你在前走，還是我在前走？”

江小鶴笑了笑，說：“你在前吧！”

陳劍飛就揪住鐵鍊向上走去。他走得很慢，並且時時回過頭來囑咐說：“要小心！跌下去可就死了！”

江小鶴才一上去之時，他還是兩手揪着鐵鍊，後來走了有三丈多高，他反倒松了手，他只用赤着的兩隻腳豎着登級，身子幾乎貼着石壁，就如同一隻壁虎似的。

前面的陳劍飛回頭一看，臉上就顯出驚訝之色，說：“你這樣走可不行！”

江小鶴說：“你不要管，你就走你的吧！我若是跌下去，就算是我給你那隻豹子抵了命，鬼魂也絕不找你去！”

才說到這裏，忽然陳劍飛雙手抓着鐵鍊一墜，一隻腳就驀地正踹在江小鶴的頭上。江小鶴的身子站立不住，想揪鐵鍊已來不及，立時就跌了下來。但他的身子早已直挺起來，跌下去仍然是站着，一點也沒有受傷。江小鶴氣憤憤地抬頭去看，見陳劍飛已如猿猴一般，揪着鐵鍊向峰上急急跑去了。江小鶴罵了一聲：“你是想害我！”說時由懷中掏出鐵瓦，使盡平生之力，向上打去。

只聽一聲驚叫，那陳劍飛就整個地摔了下來。上面的兩個小道士回頭一看，便驚叫着，像兩個小猴子似的往峰上跑去了。江小鶴低頭一看，陳劍飛已經跌得半死，頭上流出了許多血，那片鐵瓦也落在離着他的身子不遠之處。

此時山峰上已嗡嗡地響起了緊急的鐘聲，江小鶴就想：現在是講不得理了！七大劍仙被我打傷了一個，他們能夠善罷干休嗎？於是，他就又揀起那片鐵瓦，收在懷裏，然後揪着鐵鍊，連爬帶躥，直如一條飛虎，少時就登上了山峰。

此時只聽得鐘聲越發緊急宏亮，借着山音嗡嗡地響，如洪水滾來，如颶風將至。江小鶴一縱身上了山峰，就見峰上黑壓壓的有三四十名道士，個個都穿着短道衣，挽着袖頭，手中持着寶劍。那劍光在霧中仍發出閃閃光芒，如同無數的銀蛇一般。江小鶴才一踏到峰上的山石，就有三名道士一齊掄着寶劍過來。其中一名蒼髯的道士江小鶴認識，他就叫楚劍雄，早先紀廣傑來此山時，就是被他逼迫得墜下了山崖。聽說此人在七大劍仙中輩數雖低，但武藝卻堪稱第二。

當時楚劍雄首先來到近前，嗖地一抖劍，風吹得他的蒼髯亂飄。他兩眼怒瞪，問道："你就是江小鶴嗎？敢到武當派祖師的地方來攪鬧，竟敢殺死我的師弟？"

江小鶴擺手說："你們別不講理！"話未說完，楚劍雄已一劍劈來。

江小鶴趕緊向右一閃，右邊的劍亦來到，江小鶴又向左去躲，左邊亦有寶劍削來，後面又無路可退，三口寶劍如閃電一般，一齊進逼。江小鶴一聲怒吼，嗖地一縱身，竟由楚劍雄的肩頭之上飛越過去。楚劍雄趕緊回身掄劍，江小鶴卻向那道士群中撲去，眾道士寶劍亂舞，就將江小鶴圍困在當中。

江小鶴抓住一個道士，劈手奪了一口寶劍，然後將劍嗖嗖連抖幾下，如同一朵花似的護住了前後身。他被眾道士圍住，就如同一個賣藝的人在場子裏似的，一拍胸脯，大喊道："誰敢上前誰就死，先聽我說幾句話！我江小鶴先向真武爺爺三豐祖師告個罪，恕我在山上使劍，隨後我就要殺盡了你們這群魔王，替武當清山！"

話剛說到這裏，楚劍雄又掄劍上來，江小鶴便一步一步地退讓。相戰六七回合，江小鶴便看出了楚劍雄劍法的破綻，他驀地探劍急刺，其勢如猛虎出林。楚劍雄趕緊向後急退，反劍去挑，江小鶴卻又一挪身，寶劍趁勢斜劈了下來。楚劍雄急忙以劍去磕，立時鏜的一聲，比那鐘聲還響亮，還驚人。江小鶴又進兩步，劍光忽上忽下，亦劈亦刺。楚劍雄雖然尚能招架，但已顯出是要敗的樣子，旁邊便有四個道士一齊掄劍過來。楚劍雄又翻過手，緩過來向江小鶴進攻。江小鶴一口劍敵住了五口劍，忽前忽後，忽左忽右，又交戰了十餘合。只聽一聲慘叫，江小鶴便劈倒了一個道士。楚劍雄揮手指揮眾道士，一擁向前，寶劍如林，又將江小鶴困在了中心。

江小鶴以劍光遮住四周，且戰且走，眼看走到了一座廟的旁邊，他便飛身跳到了紅牆上。紅牆裏也有幾個道士拿着劍正在等着他，江小鶴就跳下紅牆與這幾個道士廝殺。這時外面的楚劍雄等人也都擁入。江小鶴又隨戰隨走，走到鐘樓旁，他就一縱身由眾道士的頭上飛起，飛到了鐘樓之上。見有個道士正在那裏敲鐘，江小鶴過去一把將他抓住，就給推下了鐘樓。然後他把寶劍插在那已腐朽了的木窗上，雙手一托，摘下了那一二百斤重的大鐵鐘，舉起來向樓下一扔。只聽一聲驚人的巨響，震得樓頂上的瓦都亂響，下面也有慘呼之聲。鐘是生鐵鑄的，扔在地下便碎成幾瓣。然後，江小鶴就將劍又拿起，嗖地一抖，向下面大喊道："誰敢上來？"

此時下面的眾道士都嚇得紛紛後退，有幾個被碎鐘打傷了的，也都被人拉開了。楚劍雄氣得蒼髯都扎豎起來了，他獨自站在樓下，用劍向上指着說："江小鶴你還不下來受死！我拼出了這座宮觀，燒毀這座鐘樓，看你還能飛……"話才說到這裏，江小鶴已掏出鐵瓦來向下打去，吧的一聲，正打在了楚劍雄的頭上。楚劍雄身子一晃，將要倒下，便有幾個人上前把他扶住了。

這時，忽見群道一齊放下寶劍，打起稽首，只見由外面又進來了四個道士，其中有兩個是白鬍子的，一個是黑鬍子的，還有一個年紀在三十上下，沒有鬍鬚。江小鶴就說："好！你們一定全是七大劍仙，還欠一個，你們就全都來吧！"

只見那一個高身材、銀髯飄飄，長得有點像鮑昆侖的道士，用劍向鐘樓上一指，說："江小鶴，你下來，咱們再理論！"

江小鶴卻微笑道："到現在還有什麼理可講？你們的人太多。其實你們就是一齊擁上我也不怕，但他們都是無辜的，我傷了他們於心不忍。現在我來鬥的就是七大劍仙。"

這老道士說："我的名字叫張玄海。"又向旁一指那年歲與他差不多的老道士，說："這是我的師弟馬玄濤。"又指着另外兩個道士說："這是倪劍超和呂崇岩。我們在此專心修行，從不欺凌外人，七大劍仙之名不過是一般江湖人給我們起的，我們並不以那自居。本山五百年來不敢有人來此攪鬧，如今你江小鶴就敢來此横行，攪亂真武爺的靈威？就敢來殺害三清弟子？"

江小鶴卻在上面冷笑道："你們三清弟子就可以養豹子咬人，容許個野道姑把民婦背上山來嗎？"

張玄海發着怔說"這是哪裏的事？江小鶴你下來好了，我們絕不傷你。"

江小鶴手掄寶劍一躍而落，冷笑着說："誰怕你們來傷我？倒盼你們不要自找死傷！"

張玄海就問說："你說我們養着豹子，豹子在哪裏？"

江小鶴說："你到下邊看看去吧！陳劍飛的廟裏就有一隻死豹，若不是我會些武藝，豹子早就把我吃的連骨頭都不剩了！"

張玄海大吃一驚，並且面現怒色。旁邊就過來兩個道士，先向張玄海打稽首，然後就承認說："下觀裏是有一隻豹子，是陳師叔自小養的，並不傷人。"

張玄海的怒色稍稍平息，就說："因為下觀地方太僻，恐怕有匪人前去攪鬧，所以才養了一隻護山的豹子。你不去攪鬧，牠也未必能傷你。你再說搶劫民婦是哪裏的事？是誰家的婦人？"

江小鶴忿然說："就是你們這裏的事，你們這裏有人結識雲棲嶺九仙觀的道澄，她把我的妻子搶到你們這裏來了！"

他這話一說出來，張玄海就回頭去看那呂崇岩。那個三十歲上下、白臉膛的英俊道士就走了過來。他手提寶劍，先向江小鶴打了稽首，然後很平和地說："你必是受了人的誆騙。道澄道姑在去年倒是來過一次，她只到真武廟拜完了便走，所以與我們並不相識。這座山周圍百里，寺觀也很多，後山還有許多村落，你可以到旁處去找，不可來此攪鬧！”

江小鶴想了一想，就說：“好了，那我再到別處去找，若找不到，只好再來向你們打聽，再會！再會！”說着，他轉身就走。

卻不料張玄海一個箭步從後面撲來,用一個左手指向江小鶴的背就戳。

江小鶴翻身掄臂，將張玄海打開，又冷笑說：“這些招數你還想在我的面前施展嗎？”

張玄海又唰地一劍劈下,江小鶴就橫劍架住。張玄海瞪起兩眼,說:“江小鶴，你殺傷了我的師姪，攪鬧了展旗峰，你還能隨便就走開嗎？”

江小鶴也瞪眼說：“你們要怎樣？請說！”張玄海說：“至少你也要跪在地下,向着祖師殿焚香頂禮,然後讓我們把你捆綁起來,抬下山去交官！”

江小鶴呸了一聲，掄劍向張玄海就砍。張玄海舞劍相迎，馬玄濤、倪劍超也一齊撲上來助劍，只有呂崇岩躲在一旁觀看。

江小鶴的一口劍敵住了這四個“劍仙”,雖然他並不畏懼,可是那張玄海、馬玄濤的劍法實在很高強，倪劍超、楚劍雄的功力也不弱。這時外面來的道士也越來越多，算起來已有五六十名，都持着劍。馬玄濤呼喊一聲，眾道士就舞劍齊上。江小鶴以寶劍護身，殺出了條路，就又躥上了鐘樓，然後從鐘樓上往下一跳，跳到了道觀之外。

楚劍雄、倪劍超又率領眾道士追趕出來，江小鶴且退且走，漸漸地又退到了懸崖的盡頭。他便橫劍站住了，點手說：“來！來！”

眾道士個個持劍，如潮水一般地湧來，並有人發出了弩箭。江小鶴用劍撥開了幾枝弩箭，迎上楚劍雄、倪劍超，戰了數合，就把倪劍超一劍劈倒。然後他回身跑了幾步，橫劍狂笑一聲，就將身下躍，如同一片秋葉似的，飄然地跳下了山峰。腳落實地之後，上面還有許多弩箭和石塊打來，江小鶴轉身就跑。

跑下了一道山嶺，他才站住身，就見霧氣全消，四下一看，有幾個樵夫正在遠處伐木。江小鶴喘了喘氣，就手提寶劍走了過去。仔細一看，原來這幾個樵夫也全都挽着道髻。江小鶴就先將寶劍扔在地上，走近前，向這幾個人抱拳問道：“諸位很忙吧？”幾個道士全都停住了斧頭，有個人就向江小鶴打個稽首，問說：“你打聽什麼事？”

江小鶴歎了一聲，說：“我是漢中府的百姓，在家中安分居住。不料有個化緣的道姑，雲棲嶺九仙觀裏的，名叫道澄。她看見了我的妻子，便將我的妻子打傷了背走。我報了官，官人到九仙觀內去查抄，也沒有查抄出來。據他們觀裏的人說，道澄是把我的妻子背到此處來了。”

那幾個道士一聽，都不禁驚異，有個人就說：“道澄我們曉得，她是鐵杖僧的師姐，確實不是個好人。”旁邊的人又都鏜鏜地拿斧頭砍起樹來。

這個道士就向江小鶴說：“道澄以前常往山上來。她不敢上展旗峰、五龍峰、紫霄峰，因為劍仙爺爺不許她去，她來就是在解劍泉跟山后那一帶。昨天我擔柴進城，在大街上還看見了她。”

江小鶴趕緊問說：“她在哪裏？”

道士說："她大概是在城裏，可不知在什麼地方。"

江小鶴就抱拳說："多謝了！"隨後走過去拾起劍來，就一直下了山。這時雲霧雖消，可是太陽還未出來，只見四周峰巒重疊，方向卻辨不清楚，江小鶴只是往下去走。走了些時，就聽見有瀑布之聲，他曉得是將到解劍泉了。

正在走着，忽見迎面山腰上站着一個道士，向下招手說："江施主！這邊有道路，你上來，有幾句話我要對你說！"

江小鶴仰面一看，原來是那七大劍仙中的淩雲劍客呂崇岩，他便一聳身躥上了山腰。

那呂崇岩就笑贊道："好身手！"

江小鶴微笑着走近兩步，就問說："呂道爺，剛才我與他們爭鬥之時，只有你未上前幫助他們，你很夠朋友！"

呂崇岩說："我本來不是他們一家人，旁人硬把我拉在七大劍仙之中，其實我很不高興。"

江小鶴說："聽你也不是本處口音，你為什麼跟他們在一起？"

呂崇岩說："我不但不是他們一家人，我連道士也不是。三年前我因在家中誤殺了人，被官人追捕，才到這裏來。以前我也不會唸經，不會打坐。"

江小鶴問說："你是哪裏人？"

呂崇岩說："我是貴州威寧縣人，與道澄是同鄉。所以你若想找她，應當先來問我，就能省很多的事情。今天你白上了趟展旗峰，反與他們結下仇恨。你雖武藝高強，但是未遇見郁玄清，假使那位老道士一出來，你的性命便保不住了。"

江小鶴冷笑道："你不要抬出他來嚇我，我來此也不是為爭鬥，我也曉得你們雖然驕傲，但還都不是太壞的人。現在你既曉得道澄的去處，你可以告訴我了。只要找着她，她把我的妻子交出來就算完事，我絕不害她的性命。"

呂崇岩說："你害她的性命也與我無干。她與我雖係同鄉，但我認識她，她卻不認識我。我告訴你三個去處：一是貴州威寧縣草海旁，一是衡山上太極觀，一是嶺南……"

江小鶴聽了卻覺得好笑，便說："你真聰明，你想把我支出那麼遠？"

呂崇岩又說："武當山她是不常來，來了她也不能上山。你在這裏絕不能找到她！"

江小鶴點了點頭，說："多謝你，那麼我就先往衡山去找找她。再會！再會！"說着，江小鶴就又跳將下去，回身走了。走出這股山路，迎面遇着一座山峰，他反往峰上去爬，爬到峰上他就向下去看那呂崇岩。只見呂崇岩順着那石壁的道路亦往嶺上走去，越走越遠，漸漸地就看不見了。

這時江小鶴忽然又把山勢辨明了。記得早先紀廣傑來此，曾在解劍泉上與群道交手，並由那座山上摔了下來，如今呂崇岩所往的地方，紅葉滿山，樹木較他處為多，分明就是早先紀廣傑走過的那處地方。於是，江小鶴就聽着遠處的瀑布之聲，尋找着方向走去。走了不遠，果然看見前面是一座懸崖，有水從更高之處流來，沖到崖下，只是這時因當秋令，所以水勢也不似夏天來時那樣猛烈。江小鶴反而往上走去，沿路盡是些酸棗樹，妨礙着路徑，他就揮動寶劍斬荊披莽，向上去走。越過了兩道山嶺，便又看見了一座道觀，記得早先紀廣傑就來這裏鬧過。

江小鶴心中尋思，暗想：今天就已出了幾條人命。我江小鶴若只欺負道士，在這山上亂殺人，傳了出去，必要叫人恥笑。看這樣子，道澄一定是在這裏，但除了呂崇岩之外，別人未必知情，別人只是負氣而已。只要我時時跟隨着呂崇岩，必可以探出來道澄的下落。於是，江小鶴反倒往後退了幾步，找着了一條登山的小路，又往山峰上走。他找了一塊大的岩石，便坐下歇息。由此地往下低頭一看，連那座廟的整個院落全都看得清清楚楚，就見這座廟是兩層殿，卻看不見一個道士。

江小鶴坐在上面，向下看了半天，才見由那後院的西配殿中，走出一個人來。這人長袍大袖，看上去是一個道士，細細看那動作敏捷、昂頭挺胸的樣子，還正是那呂崇岩。江小鶴就心說：果然他是到這裏來了，我倒要看看這個假道士要往哪裏去？看他年輕英俊，說話和氣，其實他一定比那些人都壞。

當下，呂崇岩在下面走，江小鶴就在上面跟隨。呂崇岩走得並不太快，他走了不遠，就又往嶺上去了，漸漸地就與江小鶴走的是一樣高的山路了。江小鶴只得在後面慢慢地走，恐怕被他發現，可是前邊的呂崇岩卻連頭也不回。越走山路越高，越崎嶇，也不曉得走了有多遠，就見上面又是雲霧茫茫，並有一座道觀。這裏連樹木都沒有，鳥聲也聽不見。江小鶴便心中疑惑起來，暗道：莫不是道澄沒在這裏？即或她在這裏，阿鸞那負傷的身體也不能來到這樣高的地方。莫不是淩雲劍客呂崇岩故意誘我前來，他安排着什麼詭計？心中才一疑慮，但又一想：我手中有劍，怕什麼？於是又奮勇向前。

這座道觀比那幾處都大，一共是三層殿。江小鶴來到近前，就見山門緊閉，上面結着蜘蛛網，網上還粘着一隻蜻蜓和各樣帶翅的昆蟲，有個栗子大的蜘蛛正在那裏來回地爬。看這樣子，這座山門似是多日未開，裏邊還不知到底有人沒有。江小鶴用劍柄將山門捶了幾下，裏面無人應聲，他就心說：好個所在！道澄串通了呂崇岩，若背阿鸞到這裏來藏匿，那真是無人能夠找到。他一生氣，便越牆而過，只見院中一點聲音也沒有，正殿和東西配殿的窗門全都破爛不堪，有香煙自其中裊裊地散出。江小鶴一直往裏走去，第二重院落裏也沒有人。直進到第三重院落裏，才見一個道士拿着一柄砍柴的斧頭往外走來。一看見了江小鶴，他的臉上就現出來驚異之狀，站住身說："你是什麼人？"

江小鶴拱拱手說："我姓江，來到這山上有事，我要找呂崇岩跟他商量。剛才我看見他上了山峰來到這裏，我才來找他。"

這道士說："這裏是紫霄峰太玄觀，只有我服侍玄清老方丈在此修行，沒有第三個人能上來。呂崇岩是在五龍峰住，你到那裏找他去吧。再說，你怎麼敢帶劍上山呢？"

江小鶴發怒道："我明明看見他往這裏來了，你卻敢狡賴？我要見郁玄清，他雖是七大劍仙的第一位，我可不怕他，別叫他勾串賊道姑藏匿我的妻子。"說着，一手將這道士推倒在一旁。

他又向裏走了幾步，就見西配殿中掛着杏黃色的布門簾，裏面有人問道："什麼事？"這聲音很是蒼老。

江小鶴急忙走過去，手舉寶劍，一挑門簾。就見裏面有一位老道士，身材不大高，白鬍子卻有二尺多長。一頭的白髮，穿着一件藍布衲袍，相貌非常古怪。江小鶴就提着寶劍進屋，一拱手說："郁道爺，我久仰你的大名，你是七大劍仙的頭一位，你比那些人的道行都高。兄弟名叫江小鶴，是九華山老先生的徒弟。只因我妻子阿鸞被道澄道姑搶走，我已查出，她是跟你們山上的呂崇岩串通，藏在這裏……"

那郁玄清不待江小鶴說完，就面上現出怒色，說："江小鶴，你今天在雲力展旗峰鬧出的事情，我已知道了。這武當山是真武爺得道之地，通征顯化真人三豐祖師至今還活在這裏。"

江小鶴趕緊辯白說："不是我故意來此攪鬧，實在是你們這座山上藏着壞人。我很明白規矩，我今天上山時連寶劍都沒帶，現在的這口劍還是由你們那些徒弟的手中得來的。"說着他便把手中的劍拿給郁玄清看。

郁玄清見那劍柄上纏着杏黃色的帶子，他就點頭說："不錯，這是我山上的寶劍。但你須先把劍放下，然後我才能跟你說話！"

江小鶴點頭說："好！"遂就把寶劍噹啷向地下一拋。

卻不料郁玄清乘其不備，驀然躥向前，用指向江小鶴的肋骨點去。江小鶴萬沒料到老道士會行這手段，就覺得全身發僵，咕咚一聲，摔倒在地。他的頭正撞在窗上，把那朽爛的窗櫺都給撞斷了。

江小鶴便哈哈大笑，說："好！現在我才認得你們武當山的七大劍仙，原是這些卑鄙的鼠輩！"他內心裏急忙運氣，想要自己將穴道解開。

郁玄清卻到裏間拿出兩條很長的草繩，就把他雙臂倒剪，捆了個五花大綁，兩條腿也給綁上了。這時又由外面進來了一個人，正是剛才被江小鶴推倒的那個道士。他就說："祖師爺！這個人力大，草繩怕綁不住他。"

郁玄清說："你再去找繩子，順便叫人來。有我在此看守，他絕不能脫繩逃跑。"那道士答應了一聲，趕緊走了。

這裏江小鶴就咬着牙說："郁玄清，你可要仔細些！我是九華山老先生的弟子，你要是敢惹他，就請你來殺我！"

郁玄清的臉色變了變，又把臉一繃，臉上的皺紋立時全都沒有了。他氣憤憤地說："你休抬出你的師父來嚇我，他來了我也要把他捆綁起來！但我在此修行了六十多年，絕不傷人，等我的徒弟們來了，就把你抬下山去，送交官衙，辦你個攪亂山林，殺死出家人的罪名！"

江小鶴冷笑說："好！由你們去辦吧，只要別叫我再得手。我再得手時，非要踏平了你們這座武當山不可！"他一面口中大罵，一面身上運氣。剛將自己的血脈弄得靈活了些，卻不料又進來了三名道士。剛才去找繩子的那個道士拿來了幾根很粗的麻繩，又將江小鶴的手腳上緊緊地勒上了一道，另外兩個正是張玄海和呂崇岩。

江小鶴就向呂崇岩大罵。呂崇岩卻裝作不聞，只向郁玄清請求說："老師祖！把這人交我去發落吧？免得他在此攪亂老師祖的修行！"

郁玄清卻正色說："他可以在山上殺人，我們出家人卻不可開殺戒。他這人兇悍無理，我們把他制服了便是，你要把他領去作甚？你是想背着我將他殺害了嗎？"呂崇岩趕緊彎下腰，打稽首說："不敢！"

旁邊躺着的江小鶴就說："郁玄清，我看你還很講理，你是個好道士，只要你把我放開了，我就不再同你爭鬥。我只找呂崇岩，跟他去要道澄，要我的妻子。"

呂崇岩嚇得面色改變，連說："可放他不得！這人我知道，他在江湖上無惡不作！"

江小鶴啐了他一口，就說："說我無惡不作？我也不像你，勾串道澄，將受傷的民婦背上山來！"

郁玄清就問："你說這話有憑據嗎？"

江小鶴說："有憑據。在雲棲嶺我曾與道澄結仇，她約定我到武當山來決鬥。我的妻子就是在那座廟裏丟失。那道中的老道姑都承認，說我的妻子是被道澄搶到這裏來了。剛才我問你們山上砍樵的道士，他們曾有人看見道澄昨天在縣城裏。呂崇岩卻要騙我到貴州去，可見他是與道澄串通。我的妻子藏在哪裏，他必定知情。"

郁玄清就瞪着眼睛，向呂崇岩說："從今以後，不許你下山，你在這裏，等候我把事情查清。如果江小鶴說的話屬實，你可要知道我這山上的規矩！"

呂崇岩又深深地躬身，打稽首說："這全是江小鶴混賴！我並不認識什麼道澄，剛才我也未與江小鶴交談，請師祖詳查此事。如若弟子有什麼違反清規之事，願聽師祖爺嚴戒！"

郁玄清點點頭，就向小鶴說："因你性情剽悍，我才把你捆綁起來，但絕不能傷你。你在此等候三天，我便可以把事情查出。如果你說的是真事，我就將你釋放，並當着你的面，我要懲罰呂崇岩。可是，如果你是一派謊言，故意來攪亂呢？"

江小鶴冷笑說："我因一時不慎，已被你用點穴法擒住，殺剮都憑你們。"

郁玄清點頭說："好！三天之內，我必能查明了此事。"遂就叫那服侍他的道士和呂崇岩把江小鶴抬走。

江小鶴被抬到了第二層院落內的東配殿裏。這殿是三間通連的屋子，九當中有神像和香爐燭台等等。呂崇岩和那道士把江小鶴咕咚一聲就拋在地下。這一拋，江小鶴反倒覺得腿靈活了，只是手腳被綁得很緊，自己無法解開。呂崇岩頭亦不回，同着那個道士出殿去了，江小鶴憤憤地又罵了兩聲，外面的呂崇岩亦不言語，喀的一聲便將殿門鎖上了。江小鶴一挺身子竟站了起來，但是兩隻腳因被捆着邁不開，兩臂也倒剪着不能伸手去解，他便咕咚一聲又坐在了地上。看見背後是石頭牆壁，他便利用那石頭棱兒去磨綁繩，直磨到晚間，也沒將繩子磨斷。此時屋中已然昏黑。江小鶴坐在地下歇息了一會兒，心中很是急躁氣憤，暗想：只要我能脫開了綁繩，我必都將他們殺盡！

忽然聽得門上的鎖又響了，門開了，進來了一人，江小鶴便吃了一驚。就見這個人進殿來並不理江小鶴，只過去走到香案前，打起火來，將神前的那盞燈點上，然後插了九炷香在爐裏，跪落就叩首。江小鶴借着神前的燈光細看，原來正是那個找繩子綁捆自己的道士，他就說："喂！朋友，快些把我身上的繩子解開，讓我去找道澄和呂崇岩，便沒有你們的事，不然，你們可留神點性命！"

那道士只專心地向神像叩首，一連叩了九個頭，便吹滅了神前的燈，轉身出殿，又喀的一聲把殿門鎖上，一句話亦沒對江小鶴說。

江小鶴憤憤地又罵了幾聲。忽然在黑暗的屋中，他看見那插在爐裏的九根香火頭兒，一明一暗的，彷佛是一群螢火蟲趴在那裏。他突然想起一個主意來，立時又用力挺腰站起身來。江小鶴的兩足雖被綁在一起，但是他能跳着走，連跳了幾下，就到了香案前。他探着頭，用嘴銜出一枝香來，就用那香頭的微火燒身上的麻繩。還沒燒斷，香就折了，有火的那一截就掉落在地下。他趕緊又銜出一枝來，這回他很是仔細，低着頭，用嘴銜着香，對準了那繩子慢慢去燒。可是草繩雖燒斷了，麻繩因為太粗，太結實，還沒燒斷，於是他又換了一枝香再去燒。一連換了五六枝香，因為把草繩燃着了，冒起許多煙，連他身上的衣服都燒着了，而且胸脯上被點之處仍很疼，脖子也累酸了。

這時忽然鎖頭又一響，殿門開了，又進來了一人。這人呼地一聲抖起了火摺子，露出一張鷹嘴雕眼的臉，一手拿着鋼刀，原來正是道澄。她嘿嘿地一聲獰笑，掄刀向江小鶴就砍。江小鶴此時危在頃刻，但他身上的綁繩已經燒得差不多了，於是他兩臂一用力，喀的一聲，繩子就斷了。他趕緊伸出一隻手將道澄的右腕托住，其時極快，道澄拿火摺子向江小鶴的臉上打來。江小鶴又向前一撲，咕咚一聲，連道澄都壓倒在地。江小鶴一手按着道澄拿刀的那隻胳臂，一手去解自己腳下的綁繩。道澄的左手卻狠狠地摳住了江小鶴的肋骨，五個手指都要摳進肋骨裏了。道澄的衣服很長，火摺子又在旁邊，不料就引着了，呼呼地冒起火來。她大叫一聲，五指更用狠力，並要找江小鶴的穴門。江小鶴卻奪過了她的刀，一挺身而躍起，隨着鋼刀刷的一聲落下，衣上帶着火的道澄便滾出殿去了。江小鶴追出去，就見道澄已躥上房，她身上的火着得更猛了，簡直就像一隻被火燒着了的狐狸。江小鶴追着火光上了房，一刀向火光砍去，只聽哎喲一聲慘叫，道澄就滾到房下去了。

江小鶴剛靠在房上緩了口氣，卻不料身後有個人用東西向他背梁一點，江小鶴大吃一驚，趕緊自己跌下房去在地下一滾。就見房上的正是郁玄清，他手持一根灌鉛的竹竿，跳下來又要點江小鶴的穴門。江小鶴手中的刀並未拋下，他翻身而起，掄刀磕開了竹竿，趁勢進步，以刀狠狠地劈來。郁玄清卻轉身躲開，他抖動着竹竿，專要趁虛點穴。江小鶴鋼刀飛騰，不容他的竹竿近身。又戰了三十餘回合，就見有人聲和火把的光影擁進廟來，江小鶴不敢再戰，就飛身躥上了大殿。郁玄清又從下面趕上來，以竹竿向江小鶴的後背來點。江小鶴回身一刀，只聽喀嚓一聲，竹竿就被削成了兩截。江小鶴再回身狠狠一刀，郁玄清就跳下房去了。江小鶴便躥聳跳躍，離開了這間道觀。向下一看，只見下面有幾處火光，都是往這峰上來的火把，他就躲避着火光去跑。

這時黑夜茫茫，秋風蕭蕭，江小鶴躥過澗去走出了很遠，才將刀放下。他找了個避風的石頭後一躺，喘息着，心說：這一天我是水米未進，山上的道士這麼多，那郁玄清的點穴法又太厲害，怎樣才能得手，才能尋着阿鸞的下落呢？他煩惱了一陣，便因身體太疲乏了，遂沉沉地睡去。

及至被凍醒了，見天色又已發白，沉沉的大霧又將所有山峰給吞食了。他站起身來拾起鋼刀，便站立着發怔，不知往哪裏去才好。暗想：我只與那些道士爭鬥是沒有用的，只能與他們亂殺一陣，卻得不到一點實利。我還是應設法抓住那呂崇岩。如若昨天道澄沒被火燒死，我還是把她尋着才好，從她那裏我才能得到阿鸞的下落。於是他又冒着大霧，提着鋼刀，一步一步地走去。

走了很長時間，越過了幾處山嶺，雲霧反倒越來越濃。忽聽耳邊有一片誦經之聲，似是離得很近。江小鶴心說：誰管他是什麼地方？我且去尋頓飯吃。於是他便尋着經聲跑去。走了不遠，果然就又看見了一處道觀。他一聳身上了牆，見經聲是自大殿之內發出，他心說：我也不必去尋他們！遂就輕輕跳了下去。裏院呼呼地有拉風匣之聲，他尋到了，原來是一間廚房。有個道士正在那裏燒火，火上煮着一鍋熱滾滾的小米粥。江小鶴先把鋼刀輕輕放在牆根，然後做出喘息之狀，進屋去就抱拳說：“道爺！很忙吧？今天的霧可真大！”

燒火的道士吃了一驚，便直眼看着江小鶴，問說：“你是從哪裏來的？”

江小鶴說：“從江南來的！專來朝武當，拜真武爺爺。昨天下午我就上山來了，可是正遇見一些道爺跟一個俗人交戰，嚇得我就趕緊藏了起來，在山洞裏藏了一夜。今天卻又下大霧，我就暗中求菩薩保佑，便尋到了這裏。現在我餓極了！”

道士拿了個粗碗，給他舀了一瓢小米粥，並給了一雙筷子，指指地下放着的木凳，說：“坐下吃！”說畢，他依然去拉風匣。

江小鶴就坐在木凳上大口地喝起粥來。這小米粥雖然熟了，但米粒還很硬，並且沙子亦未淘淨，用牙一咬，便咯崩咯崩地響。可是江小鶴卻吃得很香，吃過了一碗，自己又盛了一碗。一連吃到第四碗上，就聽院中有人驚訝着問說：“這是誰的刀？”

江小鶴吃了一驚，趕緊放下碗筷，站起身來走出了廚房。只見院中有一個四旬上下的道士，彷彿是昨日也曾與自己交過手的。這道士已然把那口刀拿起來了，但一看見江小鶴，他又嚇得連退了幾步。江小鶴卻擺手說：“不要怕！我因為昨日餓了一天，才到你們這裏求些飯吃。現在我已然飽了，謝謝你們！請你們放心，只要你們不逼我太甚，我絕不會攪亂你們，我只是要尋呂崇岩和道澄。”

這道士就向江小鶴打稽首,說“既然江施主你說了這話,我可以告訴你,我們與你作對，也非得已，是這山上有規矩，只要有一處敲起緊急的鐘聲，我們便要趕緊前去救護。其實我們全是專心修行,非不得已,不願與俗人爭擾。昨日之事，一方面是怪你行事太魯莽，一方面也怪楚劍雄氣盛，才惹起了這爭端。你不是昨晚已被玄清老師祖捉住了嗎？”

江小鶴冷笑着說：“他是趁我不備，施用點穴法將我捉住的，但也只能將我捆綁一會兒，過後我自己就將自己解開了。”

道士點了點頭，說：“聽說老師祖也很欽佩你的武藝高強，只是你在本山大鬧,攪了五百年的清規,老師祖卻不能饒恕你。我勸你不如趕緊走開。”

江小鶴說：“叫我走開是很容易，你們須把呂崇岩、道澄交給我，我要拷問他們，問出來我妻子的下落才行！”

這道士又說：“昨天夜裏，老師祖確實見到一人衣服被火燒着，在地下滾滅了火，她就逃走了。老師祖已隱隱看出來是個道姑，所以對你的話已有些相信，聽說現在已經把呂崇岩看守起來了。老師祖辦事是最公正的，你放心吧！你可以暫時下山在縣裏去等候，只要將你妻子的下落問出，老師祖一定會派人去通知你。”

江小鶴卻皺着眉，沉重地歎了口氣，說：“你們辦事太慢，哪曉得我的心急？呂崇岩現被看守在哪裏？我要去見他問問。刀我就放在這裏，我徒手去，你可放心，我絕不會再擾鬧！”

道士就指着南方說：“往南過兩重山嶺便是展旗峰，你往那邊去問問，必可知呂崇岩在哪裏。”

江小鶴點點頭，抱拳說：“再會！”遂就往觀外跑去，他依然是躍牆出了觀，便往嶺南跑去。

這時大霧彌漫，加上江小鶴心中焦躁，他真如被困在蒸籠裏一般。秋風雖寒，但他的身體卻發熱，就脫了個赤背，身上有幾處輕傷還很疼痛。他深一步淺一步地跑着，跑過了幾重山嶺，爬上了幾處山峰，跳躍了幾處懸崖，但竟未能尋到一間廟宇，也沒有看見一個人。此時又瀟瀟地落了一陣涼雨，江小鶴渾身盡濕，霧氣更大，四遭的東西更看不見。他實在不能往下跑了，就尋了一處懸崖之上避風雨的地方，坐在一塊大青石上，等待着霧消雨停。可是一直到了天黑，雨還是沒有停，他便在崖上坐了一夜，沒有吃飯，也沒有睡覺。

到了天明，雨微了，他便站起身去走，地上是雨水潺潺地向下流泄，石頭都很滑。他的兩腳已被凍僵了，身子也很疲倦，但心中仍是很焦躁，就不辨路徑地走去。走了不知有多遠，就覺着越走地勢越低，雨也漸停，霧也漸薄，竟走到了山路盡頭。向下一看，卻是一處山澗，澗裏的樹木葉子已經紅了，並有稀稀的屋宇，全是用茅草蓋的，隔着一層紗一般的薄霧，向下看得還清楚。江小鶴不由驚訝着說：“啊！這裏原來有人家！”便尋着可以踏的石頭跳着往下去走，一霎時就到了澗下。

忽然有兩隻狗向他咬來，江小鶴便一面用手驅着狗，一面叫道：“有人沒有？”

這裏不過三四戶人家，江小鶴連叫了幾聲，就有兩戶的門開了，出來了幾個人。有彎着腰的老太婆，有年輕的小伙子。江小鶴便向一個人抱拳，說：“別驚慌！我是到這山上來尋人的。因為山上的道士阻擋我，我同他們鬥了兩天，在山中也露宿了兩夜。今天我是來打聽打聽，你們這裏的人可看見一個道姑沒有？”

有個小伙子便過來要同他說話，卻被一個老太婆給攔住了，那老太婆驚惶惶地揪住了那個大概是她的兒子的小伙子，連說：“你可別多說話！咱們可不知曉！”

江小鶴走過去，又向那小伙子抱拳，說：“老哥！你別疑惑我，我不是歹人！因為我的妻子被那道姑搶來了。你們全是山中的良民，也知道夫妻分散是多麼悲慘。”

那小伙子便憤憤地指着南邊說：“那惡道姑就住在那姓侯的家中，你找去吧！”

小伙子的話一說出來，旁邊的鄰居齊都大驚失色。那老太婆不禁頓腳大哭，說：“誰叫你說出來？你就惹禍吧！叫那呂道爺知道了，能夠饒你？”

江小鶴擺手說：“你們別怕！”說着便急急奔到那南首的第一家。江小鶴一聳身跳過了石牆，只見草房中走出來一個三十來歲的人，問說：“你找誰？”

江小鶴怒衝衝地說：“我找道澄，道澄就藏在你家，快叫她出來見我！”話未說畢，只見道澄由屋中奔了出來。她披頭散髮，簡直似個女妖，手持一口寶劍，狠狠地向江小鶴砍來。

江小鶴一閃身躲開了劍，展開拳法，要先奪道澄的寶劍。道澄卻極兇猛，她的身上雖有昨晚的火燎傷和刀砍傷，可是她此時竟拼出了性命，寶劍“嗖嗖”地抖，使用的全是毒辣招數。但江小鶴眼快手敏，全都躲開了。十餘回合之後，江小鶴就吧地奪過來寶劍，反劍刺去，並問道：“你把阿鸞藏在哪裏了？”

道澄受了傷，咕咚一聲栽倒，便瞪起梟目喊了聲：“阿鸞被你那啞巴師兄搶去了！”

江小鶴聽了倒大吃一驚，持劍呆呆地發着怔，心說：怪呀？怎麼我那啞師兄又出世了？他驚訝了些時，才低頭看那道澄，只見她直挺挺地躺在地下，已然氣絕了。

旁邊那個三十來歲樵夫模樣的人，嚇得渾身打顫。江小鶴就問說：“這道姑是幾時來到這裏的？”

那人就哆嗦着說：“她以前常來，這回來了倒沒有幾天。她跟山上的呂道爺是親戚，我們都怕呂道爺……”

正說着，忽見這人眼睛直盯着江小鶴的身後，面露出驚慌之狀，江小鶴便微笑着回身將劍一掄。

原來是那淩雲劍客呂崇岩這時已從牆上進來了，他悄悄地正要以劍向江小鶴的背後去刺，江小鶴回身一劍，只聽嗆啷一聲，兩劍便交磕在一起。呂崇岩趕緊翻劍向江小鶴直砍，並叫道：“今天我要不替道澄報仇，我就不姓呂！”

江小鶴用劍去擋，說：“假老道，我正在尋你呢！”當下劍往鋒來，猿躥虎撲，兩道寒光嗖嗖亂抖。

呂崇岩的劍法本不錯，身手也頗為敏捷，但與江小鶴交戰了二十餘回合，他就抵擋不住了，於是虛晃一劍，越過短牆而逃。江小鶴也急忙跳出去，喝道：“假老道！你還能逃命嗎？”呂崇岩卻將劍插在背後，攀樹登岩，如一隻猿猴似的往山上去了，並且回頭向下，衝着江小鶴一聲冷笑。江小鶴便急忙向上去追趕。

呂崇岩才爬上山去，江小鶴又從身後一劍劈來。呂崇岩回身迎了一劍，趕緊向嶺上就走，江小鶴又在後面緊追。來到嶺上，呂崇岩忽然又回身狠狠地用劍來砍。江小鶴以劍掠開，斜進一步，伸左手要去點對方的穴道。呂崇岩卻閃身掠劍，趕緊回身又跑，江小鶴又在後面緊追。二人相距不過十餘步，可是江小鶴因為已經勞累了兩日，腳下又沒穿着鞋，所以一連追過兩道山嶺，也沒追上呂崇岩。

這時煙霧已漸消，峰前並有隱隱的陽光現出。呂崇岩曳劍急奔，越走越高，看他似是要往展旗峰那邊逃去。江小鶴便在後面大聲罵說：“假老九道，我要叫你再走過一重山嶺，我就不姓江！”

呂崇岩卻回首說：“小輩你來！”他急忙又奔，江小鶴更緊緊去追。

此時已到了一山巒隱蔽之處，忽然呂崇岩藏起來了。江小鶴手挺寶劍慢步去搜找，便聽嗡嗡一陣緊急的鐘聲，由四下傳來。江小鶴驚愕得住腳步，心說：一定是有人在高處看見我追趕呂崇岩了，所以又敲鐘召眾，前來救他。江小鶴便不顧什麼埋伏，挺劍前進。

忽見呂崇岩從亂樹之中躥出，又向江小鶴直劈一劍。江小鶴劍如飛蛇，騰步去刺，呂崇岩卻又趕緊跑了，江小鶴又緊追。轉過了這道山巒，前面就是展旗峰。只聽那裏的鐘聲更急，並且有許多道士往那山峰跑去。呂崇岩也向那邊急奔，江小鶴便罵道：“你跑回老家我也要捉住你，我不懼你們的人多！”

他二人一奔一追，直往展旗峰去。可是這時展旗峰上卻有許多人擁下來了，全都手持着寶劍，並且白光閃閃。呂崇岩在前，江小鶴在後，二人先後奔上了山嶺。就見呂崇岩被一群道士圍住了，並有人搶上去奪了他的寶劍。江小鶴追了過去，就有幾個道士迎上來向他打稽首，急急地說：“不要急躁！老祖師正在上面與人比劍，比過之後，必有辦法。”

江小鶴很是詫異，喘了喘氣，便撲向呂崇岩擰劍又刺，卻被幾口寶劍將他的劍攔住。幾個道士都說：“不要急躁！我們祖師一定按照規矩懲辦他！”

這時呂崇岩已被幾個道士揪住了胳臂，他就如同是就捕的犯人，面色蒼白，仰着臉，呼呼地喘氣，連話都說不出來了。

江小鶴還手挺寶劍，怒目瞪着呂崇岩，忽聽高處有人叫道：“江盟兄！

快些上來！”江小鶴一看，就見是個手提寶劍的白面年輕人，原來正是李鳳傑。他既感詫異，又覺歡喜，便提劍上了山。

只見這峰上廟前，眾道士各提寶劍規規矩矩地排列着，當中卻有兩個人正在比劍。這二人的劍法卻不似他們那樣緊急，完全用的是軟功夫，劍舞得很慢，如秋水微波，身軀步驟進得也都很遲緩，似猛獸伺物。但行家用眼一看，便必要驚訝，因為這是真正的功夫，外緩而實急，一動作，一分寸，都是本領，都是非得下幾十年的苦功夫才能練出來的。比劍的人，一個是童顏鶴髮的本山之主，七大劍仙中的第一位郁玄清，另一個便是短褐芒鞋、直眉瞪眼的啞俠。

原來李鳳傑在竹溪縣安頓了胡二怔之後，遂就向紀廣傑招呼了一聲，紀廣傑便向啞俠打了個手勢，三匹馬就浩浩蕩蕩地絕塵飛馳而去。紀廣傑內心總忘不了他的妻子鮑阿鸞，所以他的馬跑得特別快，並不時回頭催促着李鳳傑和啞俠。因為有了啞俠同行，他的膽子就大起來了，他知道有了啞俠這個武藝高強的人，已足以敵住武當山上的七大劍仙了，何況又多加上了一個李鳳傑。不但可以將自己的妻子救出來，而且還可以報上一次到武當山時，被楚劍雄及一群道士逼迫墮崖之仇。因此，他態度軒昂，驕傲地用力揮鞭驅馬，向着東方急馳而去。啞俠和李鳳傑看見紀廣傑這樣興奮，也不示弱，於是三匹快馬就像三條旱龍似的，飛一般地向前跑去。路上行人看見這種情形，都連忙向路旁躲。

三人跑得很快，不到半天又跑下了許多路，到了將近黃昏的時候，已然來到谷城縣了。紀廣傑因為心內焦急，並記掛着未知下落的妻子阿鸞，便不顧天已近晚與腹中饑餓，硬要往武當山闖去。李鳳傑見此情形，急忙策馬前去攔阻。紀廣傑卻狠狠地回身就是一拳，並說：“怎麼，到這兒來了還怕什麼？你若怕死就在這兒等吧，待我辦完了事，再回頭找你好了！”

李鳳傑便說：“我並不害怕什麼。不過現在時候實在不早了，如果貿然闖上山去，恐怕有點不方便。而且咱們現在既然已來到這裏，何必要這樣性急呢？待咱們打聽清楚了，然後再動手，亦未為晚也！”可是紀廣傑還是叫着要上武當山去。

此時啞俠也趕了過來，連連地擺手搖頭，口裏啊啊地叫着。紀廣傑見啞俠也上前相勸，他就不敢妄動，因為他知道，若是沒有啞俠同去，自己貿然一人單獨上山去，一定是敵不過武當山上的七大劍仙。所以他的怒氣也消減了些，只得低着頭無精打彩地跟隨李鳳傑和啞俠回到谷城縣來。

三人在西關找了店房，牽馬進內。這時天色已然不早了，李鳳傑便吩咐店夥開飯。店夥端着飯菜進來，看見他們三人的行李上都帶着寶劍，滿臉風塵，便問說：“客官是要往何處去？”

李鳳傑說：“我們是要上武當山去朝聖。”

那店夥就面露驚詫之色，道：“客官，你們要是沒有急事的話，請勿要雲力這兩天上武當山，因為昨日武當山上正鬧着賊呢！有個不知是從哪裏來的大漢，手裏使着一口寶劍，十分厲害，而且膽量也非常大，竟然與山上的道士鬥了起來。他觸犯了山上的清規，連武當山上的七大劍仙，全都給惹怒了，都一致要捉拿他。可是那個大漢卻很厲害，連七大劍仙也沒奈何他，聽說他把一個名叫陳劍飛的劍仙也給弄傷了。現在山上已然大亂了，若非山上的道士，一概都不許到山上去。”

李鳳傑忙問：“你可知道那大漢叫什麼名字嗎？”

那店夥說：“這個我不知道，聽說是叫什麼鶴。”

李鳳傑就笑說：“謝謝。”那店夥就走了出去。

紀廣傑此時十分着急，他狠狠地用拳頭向桌子上一捶，怒罵道：“他娘的狗道士，他們又要借着人多勢眾去欺負一個人。咱們現在非要立即趕上山去不可，把他娘的道士殺絕了，把那些什麼七劍仙都殺了，才能消我心頭怒氣。”說完他回身抽出寶劍，提着寶劍就要出門，卻被李鳳傑和啞俠兩人拉住。

啞俠從紀廣傑的手裏奪過寶劍來，李鳳傑也趕緊勸慰紀廣傑，說：“紀兄！不必急成這個樣子，萬事要忍耐點兒。如今天已黑下來，咱們道路又不熟，而且那山路又非常難行，如果咱們貿然上去，恐怕是要吃虧的。”

紀廣傑卻豎眉頓足說道：“若是等到明天才上武當山，恐怕江小鶴已然被他們殺死了，我的妻子阿鸞也活不成啦！”

李鳳傑說：“那你可以放心，以江兄弟的高強武藝，雖然孤身一人對敵，那些道士也不會沾了光去。而紀兄的妻子阿鸞，更不會被他們殺害，因為武當山是三清聖地，他們一定不敢放肆。”

當下三人方開始吃飯。晚上就各自上床去睡，預備明天一早就往武當山去鬥那七大劍仙，並且將江小鶴解救出來。

當晚紀廣傑卻沒有好好的入睡，他恨不得馬上天明，上山去尋着江小鶴與阿鸞。這回見了阿鸞，一定要和她說個明白，問明她是否曾與江小鶴有私；倘若她真的承認跟江小鶴有私的話，我紀廣傑可絕不能再受人擺弄，去做那掛名的丈夫了，更不能再理他們兩家的事了。他雖然這樣想着，但一想到阿鸞那俊俏的面龐，不覺又記掛着她的安危。紀廣傑咬了咬牙，又憤憤地想：這可不行！我龍門俠的孫子，可太丟臉了！連自己的妻子也要轉讓別人，我紀廣傑還有面目再在江湖上走嗎？他又自怨自歎地想：我紀廣傑可也太愚蠢了！當初為什麼會被阿鸞的美色所引，中了鮑振飛的美人計呢？想到這裏，他心中又非常難過，長歎了一聲，便迷迷糊糊地睡着了。

當紀廣傑醒來時，啞俠和李鳳傑早已起了床，他便趕緊洗過臉，提着劍走了出去。這時李鳳傑已然吩咐了店家，備好了馬匹，他和啞俠都騎在馬上等着。紀廣傑就趕緊上了馬，說：“咱們走吧！”當下三匹馬，又飛馳往武當山去了。

此時天色雖然已經發亮，但是因為天氣惡劣，烏雲密佈，還下着微微的細雨，趕起路來，便特別難走。三人走了半天，才到了武當山下。這時，因為沒有太陽，近山的一帶都罩着一層很厚的霧氣，眼前只見白茫茫的一片，較遠的地方更是沒有辦法看得出來，而且雨越下越大了。雖然他們三人都冒着雨要往上走，但是雨水沖到山石上面，滑溜溜的，格外難走，坐下的馬匹走三四步就要失蹄。於是三人都下了馬，尋了一處清靜的地方，把馬匹繫在一棵樹上，舍馬步行而上。

此時秋風蕭蕭，微雨滴在臉上使人發寒，他們三人便一步一步地向山上走去。眼前一片霧濛濛的，什麼東西也看不見，路也辨別不清，走也不能過急，恐怕一失足就會跌下山去。此時別說一個人也看不見，就連一聲鳥叫也聽不到，四周靜悄悄的，只能聽到雨水打在石上發出來的淅瀝聲。

李鳳傑與啞巴二人，都不曾來過武當山，道路當然不甚明白，現在只有紀廣傑一人算是較為熟悉一些。紀廣傑依稀記得一些山道，直往"解劍泉"方向走來。又走過了一重山嶺，忽然看見對面的高岩之上，流下來一股瀑布。因為下雨，水也特別多，真如一條白練似的，衝擊在山石上，迸起無數的水珠。水珠和雨點在一起飛舞，遠遠便能聽到嘩嘩的急流水聲。李鳳傑從沒有來過武當山，想不到這以內家武藝馳名的武當山，竟有這樣美好的景致。倘若這時不是要趕着去解救江小鶴的話，他一定要流連不去，並要在這秋雨薄霧飛瀑之下，去賦上一首詩呢。

當下紀廣傑又回過身來，催促着說："咱們趕快上去吧！這就是解劍泉，過了這解劍泉，上面就有道觀廟宇了。"啞巴此時也因為被雨淋得不耐煩，於是他也連跳帶躥，趕緊往上走去。又走了半天，在那煙霧茫茫之中，就見前面有一紅牆從松林之中隱約地露了出來。他們三人便腳下加快。走到近前，就見廟宇不大，尋到山門，紀廣傑就用劍去敲觀門，並高聲大罵說："狗道士，快滾出來！"可是罵了半天，也沒有應聲。

啞俠和李鳳傑此時已跳進觀牆裏。原來觀內靜寂無人，在配殿的階下，卻躺着一隻全身花斑的豹子。李鳳傑嚇了一跳，趕緊擎着寶劍，準備與這豹子廝殺，但等了半天，這隻豹子卻動也沒動，像是睡熟了似的。他再定睛去看，那隻臥在地上的豹子原來已是頭裂眼瞎，是早已被人給殺死了。這時紀廣傑也跳進道廟牆來，他們三人便在這廟裏搜索，希望能夠尋着一個道士，去質問江小鶴和阿鸞的蹤跡。但是這座廟裏竟像是被什麼人攪鬧過似的，勿說是一個道士也尋不到，連貓兒也都驚惶惶地躲開他們。紀廣傑等人在廟內大罵了一陣，卻得不到要領，便狠狠地在廟台上砍了幾劍，又走到外面。

離開了這座道觀，三人又一同向北跑。此時霧氣雖然仍舊瀰漫着，但是似乎是比方才薄了很多，同時雨也停了下來，可以隱隱約約地看見前面的山路和樹木，天邊也發着微光。早先不知躲到哪裏去了的山鳥，又吱吱喳喳地從樹林裏飛了出來。此時的地勢也越走越高，山路亦越是難走。再往上去，就是一座山峰，不知有多少丈高，上半截已隱在雲霧裏，下半截也如刀削斧鑿一般，滿山都是嶙峋怪石。道路越走越是坎坷不平，只要偶一失足，跌下崖去，就連屍首也沒法尋到了，於是三人便小心謹慎地往上走去。

少時就要登上山峰了，卻聽見剛才到過的那個廟裏，咚咚地響起鐘聲來。紀廣傑這時方才明白是廟裏的道士們都在躲避他們，他就狠狠地對李鳳傑說："咱們回到那廟裏，去殺死他們！"

他正要回身跑回去時，峰上又傳來了緊緊的鐘聲。李鳳傑急忙說：“山中的道士大概都知道咱們來了，敲起警鐘來。我們還是趕快趕到峰上去！”

紀廣傑聽了便點點頭，並用手指向上指了指，叫啞俠一齊往峰上去跑。就見峰上人頭擁擠着，有三四十名道士，個個都穿着短道衣。他們剛一踏到峰上的岩石，就有三名道士一齊掄着寶劍跑了過來，其中一名蒼髯的道士，紀廣傑認識，就是那個早先把他逼迫得墮下了山崖去的楚劍雄。

楚劍雄一看見紀廣傑、啞巴和李鳳傑等三人，不禁大吃一驚。他便瞪眼掄劍向紀廣傑怒問說：“紀廣傑！你勾了這夥人來，是做什麼打算？”

紀廣傑嘿嘿地傲笑着，說：“楚劍雄，今天是你們武當山的末日了！你們這些狗道士，可真是罪大惡極了，居然有膽窩藏民婦，包庇強盜，恃眾淩人。現在還不快快扔下寶劍，把紀大爺的妻子阿鸞趕快送出來，否則我的寶劍定不饒你！”

楚劍雄氣得蒼髯亂飛，兩眼怒瞪，說：“住口！姓紀的，你這手下敗將，還敢來鬥我們武當派！江小鶴昨晚也被我們老師祖郁玄清用點穴法給捉拿住了，你這小輩還敢來送死嗎？”

李鳳傑一聽江小鶴被擒，不禁大吃一驚。旁邊的啞巴因為聽不懂他們在說什麼，只能在旁直着眼，及至看見紀廣傑的面色大變，便不禁詫異起來，趕緊過來扯李鳳傑的衣袖，口裏啊啊地連喊帶比着手去問。李鳳傑便用手指指那道士，然後兩手一張，作飛鳥狀，再用手表示被捆綁之態。啞俠看了，立時大怒，就上前朝着楚劍雄抽劍就打。楚劍雄正在與紀廣傑說話，忽然見啞俠撲了上來，他趕緊掄劍去擋，旁邊那兩個道士也都要掄劍上來廝殺。

李鳳傑便高聲地說：“各位請別上手，現在讓咱們講講理！”

這時楚劍雄也跳到一旁，怒問道：“你是誰？”

李鳳傑說：“我就是江南李鳳傑！”說着就用手指了指啞俠，說：“這位就是江小鶴的師兄……”

楚劍雄一聽江小鶴的師兄亦來了，不禁大吃了一驚，便向啞俠打量了一番。他心想：啊呀！那可真了不得，江小鶴我都鬥不過，還能夠鬥江小鶴的師兄嗎？而且曾聽人說過，啞俠跟那九華山老先生學技多年，武藝也和那老先生差不多了。因此心裏也不禁畏懼幾分。

李鳳傑又繼續說：“我們此行是要來幫助江小鶴。你們這座武當山，是三清的聖地，怎麼可以讓強盜混了進來，把民婦藏匿了起來？”

楚劍雄聽了臉上不禁一紅，連忙辯道：“我們這武當山，素來是遵守清規的，但因為山高地僻，或許有匪人潛入其中也未可料。現在我們正在調查這件事，如果確實有這等事情，我們老祖師一定將阿鸞交出，並將匪徒交給你們發落。可是如果你們是一派謊言，故意來攪鬧，我們老祖師也一定不饒你們的。”

紀廣傑在旁聽說，又怒罵道：“你這狗道士還一派胡言！倘若沒有這等事情，我們到這武當山來幹嗎？你可別搬那老鬼師祖來嚇人，你紀大爺是什麼都不怕的，快帶我們見你娘的老祖去吧！”

楚劍雄聽了這番辱罵，本來是要掄劍撲上去砍紀廣傑的，但他又怕那旁邊怒目瞪眼的啞俠。於是他還是強忍着心中的怒火，向紀廣傑等人點點頭說：“好吧！我領你們去見老祖師去，可是你們得要規矩一點！”說着，他又回轉身去，吩咐手下的道士，到展旗峰去通告。當下，楚劍雄便就領着紀廣傑等三人往展旗峰走去。

走了半天，方來到了展旗峰上，此時只見峰上的廟前，已站着許多名穿着整齊的短衣褲的道士，各提着寶劍規規矩矩地排列着。當他們走到廟前的空地上，就見廟裏走出來一個童顏鶴髮的老道士，兩旁的道士立即讓到一旁。啞俠知道這老道士一定就是本山之主了。這老道士身材並不高大，白鬍子卻有二尺多長，一頭的白髮，兩道銀白的長眉底下，一對炯炯有光的眼睛，穿着一件藍布道袍，相貌非常之古怪。他走起路來雖然是那麼老態龍鍾，但啞俠看在眼內便不敢輕敵，趕緊迎了上去。

郁玄清來到三人面前，微微地向他們打稽首，問說：“三位施主到敝山來，有何指教？”

此時啞俠手提着寶劍，亂指亂劃的，並口裏啊啊亂叫。李鳳傑便趕緊迎上郁玄清去，說：“這位就是江小鶴的師兄，他是到寶山來尋江小鶴的。”

郁玄清一聽，亦不禁吃了一驚，遂說：“江小鶴昨天曾在本山大鬧，他說我這山上有匪人，現在我正要追查這件事情。三天之內，我定能查出真情來。如果事情屬實，我當要照規矩去懲辦那暴徒；倘若查出沒有此事，郁玄清可不能讓你們這些人在武當山上提劍稱英雄！”

紀廣傑聽了，瞪着眼睛罵道：“狗老道！你還在瞎說什麼？倘若你們自認是光明磊落的話，便讓我們搜查搜查！我們定不傷你毫髮。如若不然，我紀大爺手中的寶劍，絕不能放過你們，不等三天，你早已到閻王殿裏去了！”

郁玄清一聽這話，氣得銀髯亂飛，憤憤地說：“你們要搜山倒不成問題，只要能鬥得過我手中的寶劍，那我就讓你們去搜，絕不阻攔。”說着，便怒衝衝地從身後的道士手中接過了寶劍。

紀廣傑一怒，就要掄劍撲上前去殺那老道士，但啞俠已然手提着寶劍，迎了出去。於是一個是頂頂有名的內家始祖張三豐的門人，一個是蓋世奇俠九華山老先生的得意弟子，便交起手來。他們雖各提着寶劍擺着架勢，但兩口寶劍卻沒有交碰過，並且兩口劍都舞得很慢。只有明白的人才能看出，他們的一招一式，一動一作，都有毒辣的招數。兩人在場子裏繞了幾個圈子，還分不出勝負來。

這裏紀廣傑可耐不住性子了，便要提劍上前去廝殺，李鳳傑趕緊上前把他攔住。正在此時，便看見峰上的道士們一陣騷動，有些道士便提着寶劍往峰下走去，原來下面又一前一後地走來兩人。當兩人走到臨近時，李鳳傑一看，前面的一個是道士裝扮，而後面的卻赫然是江小鶴。他便高興地高呼道：“江盟兄！快些上來！”於是江小鶴便趕緊來到峰上。啞俠與郁玄清這二人真是勢均力敵，所以江小鶴一上來與李鳳傑握住手，也顧不得寒暄，就先直着眼去看。

此時旁邊卻有一個廝熟的聲音問說“姓江的！我妻子有了下落沒有？”

江小鶴扭頭一看，原是紀廣傑，江小鶴就拱拱手，說：“少時再說，你放心就是！”他又直着眼去看。

就見那兩人的身子、步數都相距得很遠，兩口劍從無交磕之時，但是就覺得他們的劍法全都用得狠毒極了。郁玄清用了幾次“縱步伏地回馬劍”，身軀往左，兩腳前躍，將劍向左上方反挑，其勢極為敏快。但啞俠立即用“連環回馬劍”，將對方的劍擋住，轉勢又雙足騰躍，寶劍翻身反砍，郁玄清也抽劍反挑。二人的寶劍疾飛，身如飛鳥，其變化神速莫測。旁邊看劍的人，除了江小鶴，其餘的眼睛全都顧不過來。但江小鶴此時爭鬥之心已稍減，他覺得老道士郁玄清的劍法確實比自己高出一籌，而啞巴師兄的劍法自己更是比不了。

旁邊的紀廣傑又來推他，說：“看他們比劍作甚？走！你快幫助我找我的妻子去！阿鸞是在秦嶺被你給救丢了的，現在你不能不管！”說着用力把江小鶴一拉。

江小鶴便擺手說：“別忙！阿鸞一定有下落！”紀廣傑卻給了他一拳，憤憤地說：“有下落，你就快告訴我，我自己會去找。找着她我就要問她，她是嫁你還是嫁我？果然若她願意嫁你，我紀廣傑就把她雙手奉送，我龍門俠的嫡孫不會就再找不到女人！”

江小鶴尚未答話，就聽旁邊有許多人都驚叫了一聲，只見那當中的比劍者，已分決出來勝負。郁玄清已被幾個徒弟攙扶住了，左肩上流出來的鮮血，染紅了他霜似的白髯。啞俠卻抽劍微笑着，揮動着兩臂，飛似的跑過來見他的師弟。

此時馬玄濤走過來向李鳳傑說：“既然方才已經言明，只要我們老祖師戰敗，由着你們去搜山，現在就隨你們去搜羅，我們絕不能再攔阻了！”

李鳳傑就轉身向江小鶴詢問意見，江小鶴卻說：“道澄已被我殺死在山后，她曾說阿鸞已為我啞師兄所救。”

李鳳傑說：“怎麼才能向他問明白呢？”江小鶴剛要去做手勢，就見啞俠早又吹喇叭又敲鼓，並且扭扭怩怩地學婦人狀，然後他向西一指，拉着他的師弟就走。

江小鶴便擺擺手，又向那馬玄濤說：“我的妻子已有了下落。”旁邊紀廣傑一聽，便氣憤地看着他。江小鶴又說：“你們可往山后人家裏去看看道澄的屍身！可以問問呂崇岩。你們山上若再容留呂崇岩那樣的人，早晚一定還有人前來攪鬧！”

馬玄濤說：“呂崇岩為本山惹事，老祖師一定要懲辦他！”

江小鶴冷笑道：“好了，那只看你們的天地良心。再會！再會！”

## 第二十回　玉隕花殘淒慘追輿櫬　星移斗轉感慨話江湖

啞俠拉着江小鶴向山下急走，紀廣傑、李鳳傑在後緊緊跟隨。啞俠太急，走得太快，三個人全都跟不上他，紀廣傑氣得大罵啞俠。穿山越嶺，走了多時，方才到了山下。啞俠就去把先前在那棵樹上拴着的三匹馬解了下來，他先把江小鶴推到紀廣傑的那匹馬上，然後自己也跳上馬去就要走。紀廣傑便追奔過去，揪住了江小鶴，說："姓江的！話好說，事情好辦，阿鸞我不要了都成，可是咱們也得先講明了，你們再走！"江小鶴急忙向啞俠擺手，就下了馬。

江小鶴歎了一口氣，剛要說話，李鳳傑卻牽着白馬走過來，向他說："我與紀兄在竹溪縣相遇，我們二人已化敵為友。他也向我說過，鮑阿鸞雖與他拜過堂，但未成親，所以我勸他，如果那女子意屬江兄，紀兄最好讓步！"

紀廣傑說："讓不讓步那也沒什麼，可是，我卻要見見阿鸞，把話都說明白！"

江小鶴說："那麼請借鳳傑的馬匹一用，一同隨着我師兄去！"

李鳳傑便將馬匹交給了紀廣傑，並且向江小鶴說："江盟兄，自春間我們在嵩山下別後，我就成了親，如今拙荊和胡二侄的老太太全住在登封縣城裏。此次我帶着胡二侄走長安，穿秦嶺，過漢中，一來是為尋訪盟兄的蹤跡，二來也是要在各處遊覽遊覽。現在你們三位就見鮑姑娘去吧，我要到竹溪縣會着胡二侄，一同回登封縣去了。江盟兄，望你此去，遇事須要慷慨，不可意氣用事，也不可悲傷過度。紀兄更須以江湖道義為重！"

江小鶴歎了口氣，拱手說："兄弟放心！我江小鶴是光明磊落的漢子，不能做出無恥之事。阿鸞對我雖好，但卻沒有一點兒曖昧。她跟紀兄拜過堂，她至今還是紀兄的妻子，除非是紀兄把她休了！"說到這裏，話雖激昂，但他心中卻很難過。

啞俠又在那邊振着雙臂，啊啊地直催他走。李鳳傑便抱拳說："二位兄台請吧！將來得便請到登封縣弟處，再為聚首長談！"

當下江小鶴和紀廣傑也全都上了馬，向李鳳傑一齊抱拳。啞俠已在前催馬跑了，江小鶴、紀廣傑二人只得催馬緊追，於是三匹馬煙塵滾滾，轉過了武當山直往西去。

啞俠騎馬帶着他們走，一口氣也不停，並且依着啞俠的意思，他還要把紀廣傑打回去。他的意思是說："你跟着幹什麼？你也要看看我師弟的媳婦去嗎？"紀廣傑氣得時時要抽出來寶劍，江小鶴便從中勸阻，說："紀兄！你暫時忍耐些，等到見了阿鸞之面再說。我江小鶴一定能對得起阿鸞！"

紀廣傑煩惱極了，他緊緊地皺着眉，說："阿鸞嫁不嫁我倒不成問題，我只是要找鮑昆侖問問，他既然知道他的孫女兒小時便和你廝混，可為什麼不早對我說明？為什麼又用美人計，誆了我這些日？我替他們走了多少路，冒了多大險，不僅負了傷，還得罪了朋友，我紀廣傑被人隨意愚弄，不是成了個癡子了嗎？"又說："姓江的，把我的老婆給你也行，但是我要問她一句話。在胡立的山寨中她曾說過，她要到陰間與我做夫妻去。我倒要問問她，現在兩人都沒死，夫妻還算不算了？如果她是個忘情背義的女人，那我紀廣傑抖手就走，算是我瞎眼，算是我傻瓜，算是我給祖宗龍門俠泄了氣！"

江小鶴也緊緊地皺着眉，無話可說，覺得事情走到了這一步，着實難辦，既不能割斷女兒私情，又怎肯違背了江湖義氣？他一路思索辦法，心中非常急躁。前面的啞俠更是不耐煩，向後面啊啊地催着江小鶴快走，並搖着馬鞭驅逐紀廣傑，瞪着眼，蠻不講理，仿佛是在說："滾蛋！追隨我們作甚？我師弟的媳婦與你何干？"有幾次紀廣傑都要跟啞俠拼起來，幸是江小鶴從中給勸解開了。

在路上連行了二日多，這天便來到城口縣顏道台的莊中。啞俠高興極了，拉着江小鶴下了馬，又摸了摸江小鶴的腦袋。見紀廣傑也下了馬，啞俠又要過去用腳踹他。紀廣傑就刷地抽出來寶劍，怒目說："啞小子！你欺我太甚！"並在地下畫了個十字，吐了口唾沫，用腳狠狠地頓了頓。這是辱罵啞人的一種表示，啞俠立時大怒，瞪着眼，也要去抽寶劍。江小鶴趕緊揪住了啞俠的胳臂，急得連連擺手，並說："住手！你們還鬧什麼？"啞俠還直眉瞪眼地大聲嚷嚷。

這時莊裏出來了幾個人，有個人就向啞巴喊說："啞巴你可回來啦，你快去瞧瞧吧，我們老員外正盼着你來啦！"又有人向他做手勢，扭了一扭，又翻翻白眼。啞俠見了，立時就怔了，他啊地驚叫了一聲，就往莊裏奔。江小鶴忙隨之進去，紀廣傑也氣憤憤地提了寶劍往莊中走去。

這時顏老員外已來到門前，他手扶着拐杖，面帶愁容，向江小鶴、紀廣傑二人問道："哪位是這位啞俠客的兄弟？"

江小鶴拱手說："我就是他的師弟江小鶴。"

顏老員外又問說："那位鮑姑娘是令正嗎？"江小鶴不明白"令正"二字是個什麼稱呼，只說："鮑姑娘是我的同鄉，她現今是在顏員外這裏養傷嗎？"

老員外歎口氣說："那位姑娘的傷勢太重了，在啞俠走後的第二天晚間，那位姑娘就因傷而死！"

江小鶴一聽，狠狠地把腳一頓，淚如雨下。

身邊的紀廣傑也面容淒慘，咬了咬牙，問道：“老員外，那姑娘死後的屍身掩埋了沒有？”

老員外說：“沒有掩埋，已備棺殮好，三位可以去看看。”

紀廣傑就長歎了一口氣，點頭說：“好，看看去！”當下老員外同着幾個僕人在前，江小鶴、紀廣傑在後，全都低着頭，皺着眉，沉悶不語地慢慢行走。啞俠也在旁邊發着怔，他雖聽不懂，但看他們的表情便明白了。

原來當日啞俠離開了阿鸞，去武當山找江小鶴時，這裏顏老員外便親十自來到阿鸞的屋裏。見阿鸞臉色煞白，雙眉皺着，不住地呻吟，顏老員外便星玉走到阿鸞的榻前，很慈祥地問說：“姑娘！你怎麼了？”

阿鸞微睜開眼睛，看見這個鬚髮如霜、手持拐杖的慈祥老人，覺得真有點像她那個被逼流離的老祖父，心裏不禁一陣難過。半天，她才低聲呻吟着，說：“謝謝你！”

顏老員外說：“我看你的傷勢可不算輕，你怎會弄成這個樣子的？”

阿鸞沒有說什麼，只是說：“我是被個女強盜所傷的，後來幸虧遇着了啞俠，才算把我救了！”

顏老員外不禁歎了一聲，說：“這強盜可也太狠心了！這樣吧，待我找個大夫來給你醫治，相信一定沒有關係！”顏老員外吩咐僕人去找專治刀傷的大夫來，替阿鸞診治。但是，因為阿鸞的傷實在是太重了，且因在雲棲嶺九仙觀時，又被道澄道姑狠命地捆綁，多日來又在道路上顛簸磨擦，傷口已然比前時更大了，而且流的血也太多了。加以日來的憂思積慮，肉體與精神是太過於疲勞了。故此雖然是敷上了刀創藥，不但傷痛不能夠消減，並且還日趨沉重起來。

當夜，阿鸞的疼痛更加劇烈了，並覺着發起了高熱，神志已經有點模糊了起來。僕婦送來的稀飯，她也不願意吃了，只願意自己一個人清靜地躺着。她又不禁胡思亂想起來。想到十年前在鎮巴她與江小鶴那份無邪的情感，及在雲棲嶺九仙觀病榻前，江小鶴要星夜趕到瘟神鎮上去雇車來接她的那份真情，她便忘去了胸前的疼痛。她恨不得啞俠能立刻將江小鶴找來，自己要與他一訴十年來相思之苦，並且要在傷好之後，和江小鶴雙雙遠離這裏，結婚去。

可是阿鸞又覺得這還是不行，因為自己雖然與紀廣傑並沒有感情，但是卻曾同他拜過堂。在名義上，紀廣傑不僅還是自己的丈夫，而且他對昆侖派確是情至義盡，自己難道就能夠忍心背了紀廣傑去嫁江小鶴了嗎？她知道如果她嫁了江小鶴，不但老祖父和父親不能諒許，而且江湖上還會恥笑他們昆侖派，恥笑江小鶴！於是她的心中不禁又難過起來。她越是難過，就越是想不出一個善法來，她不知道自己應該走哪條路，便又痛哭起來。當她抽搐的時候，那傷口便如刀割一般地疼痛起來，阿鸞便咬着牙強忍着。她想設法將一切的愁思驅開，安靜地去歇息，但是始終沒有辦法。阿鸞便在這痛苦、愁慘的折磨之中，度過了此夜。

到了次晨，當顏老員外來到阿鸞的房裏時，阿鸞已經昏昏迷迷的，不省人事了，呻吟的聲音也微弱了。顏老員外看見阿鸞那愁痛可憐的面容，不禁也淌下了老淚來。他走到阿鸞的榻前，喊道：“姑娘！姑娘！你怎麼了？”

可是，這時的鮑阿鸞卻連眼睛也無力睜開了，只聽見她微弱地呻吟着，並低低地喚着：“小鶴！小鶴！”這樣過了半天，便連那一點聲音也沒有了。

顏老員外知道阿鸞已然玉隕冰消，魂歸天國了，便不禁頓足長歎。他對着阿鸞的屍身呆呆地站了半天，也想不出個主意來，後來他便想：現在既然落到這種田地，也是沒有辦法的了，只有將阿鸞殮好，待啞俠和她的丈夫到來時，再行打算吧！於是便吩咐僕人去備了棺材，把阿鸞身上的衣服也換好殮妥，靈柩就停放在一座土房裏，沒敢下葬。

現在，啞俠和江小鶴都回來了，老員外便帶他們來到了院牆的東邊，這裏有兩間土房。只見屋中擺設着一張祭桌，上面有香爐燭台，還供着兩碗冷菜；桌子後面便平放着一口棺材。老員外令僕人把棺材蓋打開，只見阿鸞的屍身臥在棺裏，已換上了一身紅緞繡花的新衣裙，連鞋全是新的，頭也梳得很整齊。她的眼睛微張，眼珠卻凝滯住了，眉毛微蹙着，含着一種愁態，嘴也微微閉着，牙齒卻咬得甚緊。見阿鸞的模樣，還存着小時那美麗的輪廓，江小鶴不禁心痛如絞，兩腿酸痛，再也站立不住。他就咕咚一聲跪在棺前，嗚嗚抽搐着痛哭。

旁邊的幾個僕人都低下了頭，啞俠也不住往下滾着淚。顏老員外拿袖子擦着眼睛，並搖頭歎息着，說：“這位姑娘真可憐！身上的刀傷三四處，胸前那處傷最重。死的那晚，呻吟越來越微，她還微弱地叫着小鶴的名字！”江小鶴一聽這話，便不禁大聲哭號起來。

這半天，紀廣傑的面色雖極難看，可是卻沒有落淚，他只緊緊握着拳，憤憤地瞪着眼，看着別人悲哀、哭泣。良久，忽然他大哭了一聲，說：“姓江的，你這大英雄哭什麼？我紀廣傑至今總算佩服你了！你確不枉是那什麼九華山的老先生授出來的高徒，竟能把昆侖派打得星散，連個二十來歲的女子，也被你給逼凌至死。算是江志升有個好兒子，真能替他報仇，把仇報得真乾淨！真可稱得上痛快淋漓！好！”說完又哈哈大笑。

江小鶴霍地站起身來，回身向紀廣傑嚴辭質問，說：“紀兄！事到如今，你還忍心去譏笑我嗎？”

紀廣傑依然仰着臉大笑着，說：“我譏笑你做什麼？我只是佩服你就是了！阿鸞死前，對我一個字也沒有提，可見她與紀廣傑已毫無恩義了。那麼，她的喪事你就給辦理吧！她在生前，我是像個戲子一般，跟她做了些日名義上的夫妻，如今，該輪到你姓江的做鮑家的鬼女婿了！再會！”紀廣傑狠狠地說完了這幾句話，拱一拱手，就頭也不回，揚長走去了。

這裏，江小鶴拭了拭眼淚，便向他那個啞巴師兄做手勢，並在手心上畫出了路線，叫他往鎮巴去把昆侖派的人找來一兩個。當時啞俠就也趕緊走了。

這時，那口棺材還沒有蓋好，江小鶴還緊緊皺着眉，呆呆看着阿鸞的屍身。半天，顏老員外才命人將棺材蓋好，並請江小鶴到莊內客廳去歇息。顏老員外問到阿鸞因何負傷，及江小鶴與死者的關係，江小鶴就歎息、落淚，把自從他父親遭昆侖派所殺，自己幼年時曾與阿鸞相慕，以及後來的種種事情，全都詳細說了一遍。

顏老員外聽了，既驚詫，且歎息，末了就說："你們這是一場孽緣，是三生造定，合當如此。但江湖俠義，捨己救人卻是對的。似這樣仇讎無已，是永沒個休止的。江君年少有為，也不必過於哀悼，此後只要致力事業，方不枉男兒此生！"江小鶴聽了只是歎息。

在此住了兩日，啞俠就將魯志中找來了。江小鶴一見了魯志中，自覺非常無顏，便深深打了一個躬，叫了聲："魯伯父！"

魯志中也愁容滿面，把阿鸞的死因又向江小鶴詢問了一番，然後便歎息着說："這些事誰也不怪，只能怪兩個人，一個就是鮑老師父，一個就是十年前死的那個你的爹江志升！"

江小鶴低着頭歎氣。魯志中擦着眼淚，就叫他帶來的幾個人去釘棺材，又雇來了專運靈柩的腳夫，用兩頭騾子，中間綁着兩根木杠，就將阿鸞的靈柩在木杠上放好。魯志中便向顏老員外道了謝，並向江小鶴囑咐說："你應當去做你的正事，也不必為此事悲傷了！"魯志中帶着人跟隨運靈柩的騾子走去。

這裏啞俠就打了江小鶴一個耳光，打得江小鶴莫名其妙。他又向東高高的一指，摸摸鬍子，再狠狠地一頓腳，然後揪着江小鶴就走。江小鶴用力站立了腳步，做出手勢，那意思是告訴啞俠說："你先回九華山上，我再回鎮巴去一趟，然後我也即回九華山去見師父，點穴法我是絕不會再濫用了！"

啞俠點點頭，又做出吹喇叭打鼓之狀，再擺擺手，表示是："媳婦死了不要緊，別發愁！"

江小鶴眼見他的師兄騎馬往東，回九華山去了，他就進到莊內去向顏老員外道謝，然後亦即上馬，向西走去。走不到三十里遠，便趕上了阿鸞的靈柩，他在馬上又不禁淚落紛紛。他卻無顏向前與阿鸞的靈柩同走，只在後面暗暗地跟隨。又因為前面的騾子太慢，所以走了三天才回到鎮巴，靈柩已在前走進鮑家村去了。

江小鶴卻無顏走進村去，他勒住馬，就在村南道旁發呆，皺着眉，翹首望着天空，見天上的白雲像結着無數的愁魂。再低頭看，見遍地都是秋草。遠處的山被秋葉染得都成了紅色，小溪裏流着緩緩的水。板橋上有幾個女孩子跑過來，指着他說："騎馬的，早先鮑家的那姑娘也會騎馬。"江小鶴趕忙催馬走了幾步，避開了那幾個惹人傷心的女孩子。可是不料眼前又看見了一株柳樹，樹身上的刀痕宛然，可見當初用刀砍樹的那人，不但心中是恨，其中還壓着一些熱烈的愛情。現在這株樹垂着幾條數得出來的枝葉，頹然地，像一個人低着頭痛哭了。江小鶴頭一陣暈，幾乎摔下馬來，他趕緊定了定神，慢慢策馬繞過了鮑家村，連頭都不忍回。一直進了鎮巴城，到城內也不去見他姨夫馬志賢，只找了一家店房，進去便睡覺。一連躺了兩日，他就像得了大病似的，什麼東西也沒吃。

到了第三日，他心中的悲傷才漸漸減輕，但用過了飯之後，仍覺得周身無力。他勉強打起精神，到馬家鐵舖去見馬志賢。馬志賢一見着他，就說："你回來啦？咳！你跟阿鸞早先既是很和睦，為什麼你們都不早說呢？現在你看，都弄得人死家破，究竟什麼叫冤仇？什麼又叫恩愛？乾脆都是咱們江湖人混蛋，不明事體，自己把自己的事情都弄糟了！"

江小鶴愁眉不展地連連擺手，說："姨夫不要提了！無論什麼都是命定。現在我只要再見我母親一面，我就走了！"

馬志賢驚訝着說："你不知道嗎？"又似乎想起來，說："對了，咱們自那次分手之後，就再沒有見面，你母親死了一個月了。因為她本來是癆病，董大的生意不好，天天跟她吵鬧，罵她是晚嫁的，是妨漢子的老婆。她連氣加想你，又不得休養，就死了。給董大拋下了兩個孩子，也都是癆病鬼！"

江小鶴聽了就又揮了幾點眼淚，遂向馬志賢詢明了他母親墳墓的所在，先回到店房中，又悲痛了一日。到次日，他就決定離開鎮巴這傷心之地，拿出銀錢來，命店家到外面買來許多金銀紙錁子及燒紙，將馬匹備好，那些東西全掛在馬上。他付清店賬，就出了縣城，揮鞭催馬先進了北山，就在山中燒化了一些紙錢，暗中祝道："爹！兒子已將你的殺身大仇報了，也就只能如此。龍志起拿刀子刃了你，我已殺死他了，別的我不能做了！我給你報了仇，可是我已做出許多忍心之事，此生我的志氣也都消了！你瞑目吧！"

然後又撥馬出山，找到他母親的墳地，也燒了些紙，又私祝道："母親，你放心！你死了比活着還好。我現在已能自立了，大仇都報，就是在山西學生意的我那弟弟，我還沒看見他。他比我好，他能安分學商，我卻不能，我此生永遠遁跡深山，連江湖也不願走了！"最後，他又騎馬往南，重來到那株枯柳之下，下了馬，把剩下的燒紙全都堆在柳樹下，取火點着，火光熊熊地一起，紙灰都似蝴蝶一般飄飄地飛起來。他不禁悲哽着，說："阿鸞賢妹！你葬埋的地方必定離此不遠，你的陰魂也許就在我的身旁，可是我們說什麼呢？……我要走了，以後每隔三年我必要來此給你燒些紙，你瞑目吧！江鮑兩家的仇恨完了，你的身體和我的心都傷心而死了！我走了！再會！"天際的愁雲壓得很低，涼雨將墮，四面秋色無邊，風緊淒涼，在村外玩耍的男女孩子都往家中走，嚷嚷着說："要下雨啦！"江小鶴抽出劍來，砍下一塊樹皮帶在身邊，然後即上馬揮鞭，迤邐着向北。

才離開鎮巴不遠，雨就落了下來，他冒着雨，灑着淚，且行且宿，踏過了秦嶺，又來到長安。他也不願進城，只在南關裏一家小飯館用了午飯，打算再往東去。但牽馬未走出南關，忽見迎面有人叫道："江小鶴！"江小鶴吃了一驚，定睛去看，原來是昆侖派的劉志遠，只見他穿着一身白布孝衣。

江小鶴就拱了拱手，劉志遠卻說："江小鶴你是才從鎮巴來嗎？你看鮑家的結局多麼慘！阿鸞的事情我已得了信。現在，我師父又死了，棺材停在城內臥龍寺，昨天開的吊，過兩天又是一口棺材運回鎮巴！"

江小鶴一怔，說："你師父之死卻不干我事，在雲棲嶺我放他走了。"

劉志遠說："不干你事，鮑家落得這樣，全都是我師父自作自受！他對待別的徒弟太狠，對龍家兄弟護庇太深！早先你在鮑家的時候，我師父若是個明白的人，早就該當攔阻他那二兒子，別叫他欺負你，更應當把阿鸞許配你，一做了親，冤仇自然解開了。可是他不，偏偏要跟你為敵，還弄出個紀廣傑來！”

提到了紀廣傑，劉志遠就不由潑口大罵，說：“那是個什麼東西？他叫我們跟隨他出潼關去迎敵你，滿牆壁的那麼去寫捉拿江小鶴，可是你把那五個字寫在他身上，他竟不覺得。後來在武當山他跟你見面，他竟認不出，遭了你一場戲弄，他反恨上了我們。在谷城縣，正陽縣的官人追上了我們，他竟拋下了我們，他跑了。我跟蔣志耀，我們兩人被鎖到正陽縣替他打了兩三個月的竊盜官司。幸虧那古家莊的護院汝州俠楊公久，為人慷慨仗義，他替我們雪了冤，才被釋出監獄。我同蔣志耀商量着，不願再回來纏在你們這些事裏來惹麻煩。

“蔣志耀他會制膏藥，我們兩人沿路打拳賣膏藥。來到了河南盧氏縣，積了幾個錢，我們就合夥在那裏開了一家小小的膏藥舖，這是半月以前的事情了。忽然我那師父鮑昆侖也到盧氏縣，他全身是傷，刀跟馬匹全都沒有了。他說有一個女人在後追着他，要叫他給一個小孩抵命。那時，若不是遇見了我們，他老人家也就連傷帶餓的死在街頭。

“我跟蔣志耀把他請到舖子裏，拿膏藥給他治傷，可是他老人家就瘋了癡了，連飯也不吃，只是哭。有一天，我跟蔣志耀忙着照應買賣，沒有顧到，他老人家就在櫃房的房梁上了吊。我們解下來時，他老人家已經斷氣了！”劉志遠說着，不禁搖頭歎息。

原來那天鮑振飛在雲棲嶺遇着了江小鶴，他便趕緊逃回九仙觀中。後來，他的孫女阿鸞開門迎上江小鶴去，鮑振飛便趕緊拿了昆侖刀，跑到觀門外去，要和孫女跟江小鶴去拼命。不料走到門外一看，原來他的孫女阿鸞與江小鶴是早已有了私情，心中不覺勃然大怒。鮑振飛真想不到，數年來遵從他的孫女此時竟然會抱在仇人的懷裏。他氣得銀髯亂飛，一時竟驀起殺機，正想趁此機會，把江小鶴和自己那叛逆的孫女阿鸞都結果了。可是，此時阿鸞已然滿身鮮血，悲聲飲泣的態度，實覺楚楚可憐，而且，江小鶴也淚流滿臉。他那英俊的身材、相貌確實與自己的孫女般配，並且他長得真像十年前自己殺死的江志升。他又覺得當年做事確實幹得太狠，故此鮑振飛剛才要動的殺機，便馬上消失了！便不禁咬了咬牙，頓足長歎了一聲，掉頭不顧而去。

本來，鮑老拳師是想着要找紀廣傑去，把現在的事情一一告訴了他，既然阿鸞與紀廣傑是毫無感情，現在落到這個地步，便不如乾脆地退了婚吧！以前就算是我鮑振飛一時糊塗，連自己的孫女已與江小鶴有了私情還不知道。就算把事情弄錯了，但是這卻是不得已的事！鮑老拳師想着，便邁開大步，憤憤地往山下走去。可是走了一程，又覺着有點不妥，事情弄到這個地步，我還好意思去見紀廣傑了嗎？

鮑老拳師又長長歎了一聲，憤憤地想着：我鮑昆侖這一輩子可就要完了，這或許就是在我走江湖時惹來的孽果，至有今日淒慘的報應。此後，一切的事情我也不再管了，連江湖也不願走了。現在心裏只有一件事要辦：就是回到鎮巴縣鮑家村裏去看看他殘廢了的二子鮑志霖，因為鮑老拳師知道江小鶴一定曾經到過鎮巴縣找他去，而他那個殘廢了的兒子鮑志霖卻與江小鶴素有舊仇。自己雖然躲開了，但鮑志霖卻依然在鮑家村裏。江小鶴一找不着自己，當然不會放過鮑志霖的。雖然有張志才保護着，但連自己也敵不過江小鶴了，那麼一個是自己的徒弟，一個是已殘廢了的兒子，哪裏能夠敵得住江小鶴呢！鮑老拳師想着，心中不禁又一陣的難過，就邁開了大步，急急往鎮巴縣那邊走去。他又恐怕江小鶴追趕下山來，所以他不敢停留腳步，只順山路急急地走，不知又走了多少路，覺得江小鶴並未在後面追來，心裏漸漸地安定了下來。

鮑老拳師一路走着，到了鮑家村，看到村中住戶多半牆頹屋倒，顯出窮困難於修葺的樣子，不覺又黯然神傷。走到自己的門首，看見景物亦略略與前不同，門前那塊練武的場子，因多日未經收拾，雨水已經沖塌了三合土，露出坎坷不平的樣子，雙門是關閉着。鮑老拳師到了此時，心中已悲痛萬端，連打門的勇氣也沒有了。過了半天，咬緊着牙，終於用拳頭捶了幾下，半天裏面才有男子問道：“是誰？”鮑老拳師回答道：“是我！”裏面又問道：“你是誰？姓什麼？”鮑老拳師答道：“我是鮑振飛！”裏面的人一聽見是鮑老拳師，好像萬分詫異似的，大聲叫道：“啊！原來是師父呀！”

只見大門立時打開，一個三十四五歲的青年，黃臉膛，身穿白布褲褂，手裏拿着一口昆侖刀。一見了鮑老拳師就恭敬地向鮑老掌師行禮，口裏卻說：“師父。你老人家可好嗎？怎麼又回到這裏來啦，可曾遇見江小鶴嗎？江小鶴曾到這兒來攪鬧過。”

鮑老拳師嚇了一跳，忙問道：“志才！怎麼江小鶴來過這裏？”原來出來的那個人就是鮑老拳師門下第十八門徒張志才。前次他和江小鶴交手，給江小鶴刺傷了大腿，現在已然痊癒了。

張志才將鮑老拳師迎進入裏面，就向裏面叫道：“鮑老師父回來了！鮑老師父回來了！”立時裏院走出來幾位婦人，一齊都向鮑老拳師行禮。鮑老拳師見各人無恙，內心稍告安慰。

鮑老拳師一一向他們還禮後，就走入裏面，即忙問道：“鮑志霖現在怎樣啦？”那時睡在床上的鮑志霖，早已聽見鮑老拳師的聲音，見他父親走進來，忙即下床跪拜。鮑老拳師已走近床前來，看見駱駝似的兒子還活着，心裏也覺安慰點。

鮑志霖此時即向鮑老拳師問道：“爹爹！你怎麼會回來了？是否已經將江小鶴殺死了？江小鶴他曾經來過這裏，可把我嚇壞了。”於是鮑志霖就將江小鶴上次來找他的情形，從頭再說了一次。並且說出張志才怎樣拼命護院，卻被江小鶴砍倒，後來馬志賢又趕來勸解，但江小鶴仍向裏院闖。說到江小鶴走進來，將他由床下揪出之時，鮑志霖的面色變得蒼白，毛骨悚然，真是談虎色變。後來鮑志霖又說：“江小鶴發覺不見爹爹你，非常憤恨，立即面現怒容，拿着寶劍想要殺我，後來我向他認過錯，更得馬志賢講情，他才放了我。爹爹，江小鶴的武藝十分厲害，你可曾遇上他嗎？”鮑老拳師不禁長歎了一聲，又說起自己離家之後的事情略略說了一遍。

在鮑家村鮑老拳師不敢多留一刻，他實在無面再見他的門徒，恐怕他的門徒知道他回了鎮巴，都一齊找他來。同時眼前的景物，實在使他傷心。次日清晨，四周靜寂無聲，當時天上尚未發出曙光，仍是灰暗一片，天空有幾顆疏星，綴着稀薄的行雲，鮑老拳師就獨自一個人，靜悄悄地離開了鮑家村。當時，稀微的星光照在鮑老拳師面上，那雪白的鬍子變成了灰色，兩十隻無神的老眼，早已藏着滿滿的淚水。晨風夾着露水吹來，耳裏只聽見自星玉已的腳步聲，雜着遠處傳來的三兩聲雞啼，鮑老拳師懷着創痛的心情，由近而遠地走了。

從此，鮑老拳師就無目標地四處流浪。他不願再回到鎮巴去，也不願意到漢中去，因為在鎮巴和漢中，都有他昆侖派的兒子徒弟。在川北卻有個閬中俠的兒媳秦小仙。鮑老拳師不願意再去見以前所熟悉的人，更怕遇見秦小仙。因為鮑老拳師知道，倘若遇到了秦小仙的話，她一定不會忘記殺弟之仇，必要與他拼命，所以，鮑老拳師便在長安一帶流浪。從此，江湖上的人，就沒有人知道鮑昆侖的蹤跡了，一般認識他的人就認為鮑老拳師是給江小鶴逼死於荒山中了。

有一次，鮑老拳師覺得身上所帶的盤川有限，怕在異鄉淪為餓殍，所以他便來到一個市鎮上，找着一塊比較人多的地方，拉着場子去賣武求錢。這時，一些過往的路人，因看見了這個鬚眉皆白的老頭子，這樣大的年紀，還手裏提着刀要拉場子，所以都動了好奇之心，駐足圍觀起來。這時鮑老拳師就提着昆侖刀，在場子裏走了一趟刀法。只見他手中的刀舞了起來，忽高忽低，忽起忽落，快得令人難辨，那銀髯卻隨着刀勢飛舞，兩旁的觀眾不禁高聲地喝起彩來，說：“老頭子！真好刀法！”鮑老拳師一聽，不覺又恢復了他年輕時的雄心來。他暗暗地想：我鮑昆侖還不曾老，還不見得是不行了，只要手中還有一把昆侖刀，便什麼也不怕了。現在的江湖上，就只江小鶴一人能敵得過我鮑昆侖，別的都要敗在我的刀下。

鮑老拳師一面想着，倒興奮得忘形。正當此時，忽然在人叢的背後，闖進了一頭騾子來，騎在騾子上的，是個一手提着寶劍的婦人。鮑老拳師一見這婦人，就大吃了一驚，原來這個正是川北閬中俠兒子的媳婦，那夜在儀隴縣被自已殺死的那個小孩子的胞姐秦小仙。此時秦小仙已然下了騾子，來到鮑老拳師的跟前，手提寶劍，怒瞪着眼睛，將鮑老拳師攔住，並對鮑老拳師微微冷笑說：“鮑老頭子！想不到在這裏會上你，你快給我弟弟償命來！”說着，揮動手中的寶劍，直向鮑老拳師刺來。鮑老拳師連忙閃開，並趕緊用昆侖刀去架着，面色也變得煞白了。

鮑老拳師知道以前殺死秦小雄是太過分的，而且對於龍志起偽冒充江小鶴的事，他也已然明白過來，所以心中很難過。今天再遇見秦小仙，便知道秦小仙一定不肯放過他，故此鮑老拳師也不再說話，便把手上的昆侖刀施展開來。那時兩旁圍觀的人，更加熱鬧了起來，他們都躲到一旁，遠遠地去看。這裏，一老一婦便刀來劍往地拼起命來，一連戰了二十個回合。鮑老拳師便因為久經憂思顛沛，而且年歲已高，精神氣力便漸漸地低減了下來。但秦小仙此時卻越鬥越勇，因為她深懷已久的殺弟之仇一定要報。又打了十餘回合，眼看鮑老拳師便要不支了，秦小仙趁鮑老拳師的刀法一亂，便趁虛一劍刺在老拳師的左臂上。但老拳師仍然咬牙忍着疼痛，還要拿昆侖刀跟秦小仙拼命去。秦小仙見老拳師已被自己砍了一劍，還要狠命地去砍老拳師。

正當危急之時，忽然兩旁圍觀的路人中，有人高聲叫道："官人來了！官人來了！"於是鮑老拳師和秦小仙就住了手，鮑老拳師就趁此機會，躲在人群中逃跑了。這裏秦小仙也不敢再去追殺老拳師，趕緊騎上騾子，揚長而去了。

從此鮑老拳師便負着傷，挨着餓，到處顛沛流離了。老拳師經過這次挫折，便漸漸覺着無生存的意味了。後來到了盧氏縣，就見着了蔣志耀及劉志遠。鮑老拳師心灰意冷，覺得生存無趣，那天便趁着劉志遠和蔣志耀兩人正在忙做生意的時候，悄悄地在梁上上了吊。

講到這時，劉志遠就無限感慨地搖了搖頭，長歎了一聲，用衣袖去拭那將要淌下來的淚。江小鶴聽了，覺得鮑老拳師死得實在太慘了，心中十分的懺悔。

劉志遠又說："我們把老人家盛殮好了，前天才送到長安來，昨日在臥龍寺開的吊。過兩天葛志強把漢中的人找來，就把他老人家的靈柩送回原籍，然後我還是回到盧氏縣去賣膏藥，這碗江湖飯我灰心啦！餓死我也不再吃啦！小鶴兄弟，你現在是要往哪裏去？阿鸞死了我可以給你提個媒，盧氏縣有個財主的姑娘，正在招女婿，人物要雄壯、乾脆，我勸你也快改行吧！"

江小鶴搖搖頭，又拱拱手，說聲："再會！"就上馬揮鞭走了。一路愁眉不展，風塵滾滾，先往漪氏縣會見了胞弟江小鷺。江小鷺現在已長大了，與江小鶴相比並不兩樣，只是年紀小點而已。他現在已經對營商方面十分明了，彼此相見之下，大家都非常高興，江小鷺時時問及往事。因為江志升被殺時，江小鷺還年幼，及至後來又給賣到漪氏縣來，所以十他想知道這些往事。但是江小鶴總不肯對他的胞弟說明此事，只是勸江小鷺用心做事，努力做人，就能對得起九泉下的父母了，江小鷺倒也聽話。

他別過兄弟，然後改道南下，打算回到九華山去見他的師父。有一天，當江小鶴走到一條道路上，那裏已然很近九華山了，他內心正在高興着，但當他看見了道旁的柳樹，便又勾起愁思來。眼前的柳樹下，就像是有個美麗天真的女孩子，跺着腳嚷着說："小鶴！小鶴！我的風箏掛在樹上啦，我沒法去摘，你上樹去給我取下來吧。"忽然，又像聽到了一陣悲泣的聲音，那樹下的女孩子已然長大了，雲鬢蓬亂，滿身鮮血，叫道："小鶴！你抱着我吧！讓我死在你的懷裏！"江小鶴此時心痛如絞，便想趕緊驅馬走上前去。但一瞥間，則連影子也不見了，只見眼前的弱柳，被風吹得不住搖曳，像是在風前飲泣。江小鶴便不禁滿臉愁慘，無限感慨地在馬上長歎了一聲。他有點悔過，恨自己當時做事太甚，致使阿鸞愛恨交逼，因傷而死在自己的寶劍之下。

江小鶴又不覺淌下了淚來，正想從身內掏出那塊在鮑家村前那柳樹上砍下的樹皮來，忽然，在樹林前面的彎角之處，有一個道士裝扮的人怒沖沖地迎面而來。江小鶴正在詫異之時，只見那人已然從行李中抽出一把明晃晃的寶劍，攔住了江小鶴的去路。走到離此人有幾尺遠時，江小鶴就停住了，在馬上定睛細看，覺得這人很熟稔，像曾在什麼地方見過似的。

正猶豫之間，那道士就微微冷笑說："江小鶴，你還記得我嗎？在武當山的那筆舊債，我們也要清算了。你殺死我的好友道澄道姑，使我受老祖師郁玄清的懲罰，今天非要殺你江小鶴不能消我的仇恨！"言畢，揮動手中寶劍狠狠地向江小鶴劈來。江小鶴跳下馬來，抽出了在馬上的寶劍來，一招一式地迎上去。兩人就在這條道旁大戰起來，各不相讓。

原來此非是別人，就是江小鶴在武當山時所遇見七大劍仙中的呂崇岩。呂崇岩痛恨江小鶴知道他與道澄道姑的關係，并在郁玄清面前說出了他的的秘密。郁玄清與啞俠比武失敗，便答應重懲呂崇岩，怎料呂崇岩已經偷偷逃了出來。他一路上日行夜宿，時時向路人打聽江小鶴的下落，後來，知道江小鶴看了他的胞弟江小鷺，不久就要回九華山來了，於是他就趕程南下，來到九華山附近。他又不敢太近九華山，恐怕遇見啞俠及那位老先生，只得在附近的道旁埋伏着，希望遇上江小鶴。

一天中午，呂崇岩正在山前慢行，忽聽遠處傳來一陣馬蹄聲，不久就看見馬上坐着一位雄赳赳、氣昂昂的黑臉膛青年，定睛看時，不是別個，正是自己要尋的仇人江小鶴。仇人見面分外眼紅，他從身上抽出寶劍來，將江小鶴阻住，並向江小鶴狠狠地連刺幾劍。江小鶴見他的劍法非常厲十害，也不敢輕視，遂將寶劍抽出來，迎將過去，並大聲怒罵："我道是誰，原來是武當山的賊道呂崇岩，我以為你早給老祖師郁玄清殺了，怎麼你又到這裏來？想不到武當山的清規，給你這個所謂三清弟子破壞了，現在還敢在我面前逞兇，待我替三豐道爺管教管教你這野道！"

江小鶴說完了之後，就將手中的寶劍的招數，儘量展開。而呂崇岩也因為痛恨江小鶴，寶劍也招招專向要害處刺來。兩把寶劍上下飛翻，像兩條生龍飛舞一般。江小鶴見得呂崇岩拼命向自己進攻，知道他是存心想將自己置於死地，所以不敢輕視，將自己所學的武藝全都施展開來。苦戰了二十多個回合，仍然未分勝負，只見劍光越來越密，劍招越來越兇險，這時候江小鶴忙將劍招一變，用起自己下山時啞俠教給自己的劍法。只見呂崇岩漸漸不敵，劍法已然紊亂了，便要向後面樹林退去。眼看呂崇岩快要被江小鶴砍倒，忽然間，由大道飛跑來了一個人，一面走，一面大聲叫道："江施主，請手下留人！"

江小鶴一看，見此人身上穿着道袍，年紀在五十過外，原來是武當山上七大劍仙之一的馬玄濤，他連忙住了手走向一邊。只見馬玄濤走到近前，向江小鶴稽了稽首。呂崇岩一見馬玄濤來了，嚇得面色青白，立即向林中逃去。馬玄濤一看見呂崇岩想逃走，忙即向前一縱身，向呂崇岩身後撲去，大怒道："呂崇岩，你休想逃走，今天是你的報應來了，若叫你再逃出，我就不姓馬！"說話間已然趕了上去。只見馬玄濤舉起右手，向着呂崇岩的背後穴道點去，只聽見呂崇岩大叫一聲，就倒在道旁，江小鶴也跟隨趕到。

馬玄濤對江小鶴說：“江施主，真對不起，我是奉着老祖師的命令來捉拿呂崇岩的。因為呂崇岩趁着郁玄清道爺交手時逃下了山來，當我們發覺時，已然不見了他的蹤跡。郁玄清道爺知道了此事十分憤怒，他認為今次武當山發生了這件事，都是由他一個人引起，於是就派了我和張玄海兩人下山，無論怎樣也要捉呂崇岩回去，這樣才能挽回武當山的面子。萬望江施主賞這個面，待我將呂崇岩帶回山去。”

江小鶴聽馬玄濤說了這些話後，自己暗想：也好，自己現在也厭倦江湖，不想再亂殺人，同時還要趕緊回九華山去見自己的師父老先生，現在既有馬玄濤來處理此事，自己也省卻麻煩。於是就向馬玄濤微微笑道：“馬道爺，我本來不想殺他，不過他實在太放肆，所以我才想懲戒他。現在既然馬道爺要將呂崇岩押回武當山去，為着武當山的面子，我也無法阻止，就由你發落好了！”

馬玄濤再向江小鶴稽首，說道：“謝謝，咱們再會！”說完了之後，立即從身上解下一條腰帶來，將呂崇岩縛起，並且將呂崇岩的穴道解開了。這時呂崇岩低頭無語，無精打采，任由馬玄濤擺佈，臨走時還回頭向着江小鶴狠狠地瞪了一眼。江小鶴只是微微笑着，走到他的那匹馬前，將寶劍放回鞘裏，上馬揮鞭向前快跑，趕緊回去見他的師父老先生去了。

一路上風塵僕僕，到處添愁，不久便回到九華山上。他的師父見了他，倒沒說什麼話，只勸他不必下山，只在這裏研習武藝好了。於是，江小鶴就住在山上。他師父有十幾卷講劍術、拳法及點穴的秘訣等所有的武藝本領的書，全都是那九華老先生親自着述的，現在就由江小鶴照着練習；並一一畫出圖來，給啞俠去看。

山上種着幾百株茶樹，每年的收入，足可供給師徒三人的生活。江小鶴終日除了看書、畫圖、打拳、練劍、登山、越澗，便與啞俠共同管理茶樹。每年除了春間採茶販賣之外，絕不下山。

五年之後，老先生病故在山上，江小鶴與啞俠將他們的師父埋葬。江小鶴便下山一次，往山西漪氏縣看了看胞弟，又到鮑家村那株大柳樹下，為阿鸞化了些紙錢。更到閬中去見了見閬中俠，然後順長江東下，仍然回到九華山。從此，他每隔三年必要下山一次，每次必要走這些路。他已不再叫江小鶴，而改名為“江南鶴”。

這時江湖上有名的英雄：在北方是紀廣傑，在豫皖一帶是那當年在正陽古家莊當過護院的汝州俠楊公久，在陝省是魯志中，在川北是徐雁雲，而在江南一帶則以李鳳傑的聲名最大。因李鳳傑本來就是名俠蜀中龍的弟子，劍術僅稍遜於紀廣傑，但是這些年來，他因做安慶府某將軍的幕賓，所住地方距離九華山很近，便也時常上山向盟兄江南鶴討教武藝，因之他的劍法愈精，就索性辭了幕賓的職務，專在江南一帶行俠仗義，濟困扶危。凡江南鶴所看見的不平之事，也都叫他去代打，因此頗有威名。

至於江南鶴在這些人之間，他真如人中之龍、雞群之鶴，自己不屑再與人爭強鬥勝，別人也都不敢惹他，他只是在江湖遨遊，行蹤無定，如同他的師父一般。又十年後，那啞俠有一次下山外出，過了一年還未見歸來。江南鶴便也下山，往各處去找尋他的師兄。深山名岳，長江大湖，尋找了數年之久，總未得到啞俠的下落。此時紀廣傑在北方已然消失聲跡，楊公久是與人爭鬥受了傷，成了殘廢，也隱遁起來。魯志中已經逝世，昆侖派後起的就是魯志中的兒子魯振飛。川北閬中俠之孫、徐雁雲之子徐劍豪，也頗能繼承祖父的威名。此時李鳳傑已卜居於鄱陽湖畔，以耕田讀書為樂。而此時縱橫於江湖之間的卻是那江南鶴的老友，當年袁家莊的袁敬元，即後來的靜玄禪師。

日月交流，江南鶴的武藝愈精愈進，但他絕不輕於使用。並因他幼年顛簸，中年悲悼，所以年才六旬，便已鬢髮如雪，走在江湖上有人認識他，便已呼他為“老俠”。他雖然這麼老，三十年前他那段悲慘的情史早已為世人所忘記，可是他仍然每隔三年，必到鎮巴去燒一些紙錢。這時，鎮巴城池和鄉間道徑都已改變了，那株大柳樹早已枯死，早就被他人當作柴燒了，但江南鶴的懷中永遠帶着一塊古董般的樹皮。他那在山西漪氏縣經商的胞弟已死去，姪子們也已經成人，他還時常前去看望。有時也到鄱陽湖畔李鳳傑的家中，談談舊話，也舞舞劍，或同李鳳傑父子在湖上遊蕩一番。

李鳳傑的妻子陳氏，就是當年在嵩山上為李鳳傑所救的那個采野菜的女子。她嫁了李鳳傑之後，曾生過三胎，都因為隨着丈夫終年漂流江湖，生活辛苦，所以均未養成。直到晚年，才又生下了一個男孩兒，名曰“慕白”。李鳳傑給這孩子起名字的時候，就打算叫他將來學文，不再從事武技，所以自生下此子之後，李鳳傑便絕跡不走江湖。

不料有一年江南大疫，李鳳傑夫婦都染了重病。江南鶴恰巧來到，延醫診治，也無效果。李鳳傑便把兒子托於盟兄，那時李慕白已然八歲了，李鳳傑就說：“盟兄，我夫婦的病恐怕難望痊癒了，遺下此子，我打算交與盟兄撫養。不然，就請盟兄把他送到我胞弟李鳳卿之處，我的胞弟在南宮家鄉務農，還可以稱得小康。”果然，李鳳傑夫婦沒能脫開這場浩劫。江南鶴將他夫婦埋於湖濱之後，自思自己年年在外漂流，攜帶此子不便，於是就將李慕白送到了他叔父家中撫養。那時江南鶴也沒打算叫李慕白將來學武。

及至又過了幾年，這時靜玄禪師也隱居於當塗江心寺。江湖上盜賊蜂起，稍稍會一些拳腳的，便敢恃武淩人。江南鶴雖到處以他的威名鎮服群小，但想到究竟自己的年紀太老了，若不找個傳人，一任這些盜賊亂鬧，不知將要有多少人受害。這一日他又走在秦嶺道中，就見一匹白馬趕來。馬上一人年紀與自己相差不多，可是鬍子刮得很光，短小精悍，仍如壯年，原來正是紀廣傑。

紀廣傑劍擊鐵鐙，馬踏亂石趕過來，就說：“江小鶴，多年沒見，你還活着？還想要較量較量嗎？可惜現在沒有阿鸞叫你我來爭了！”

江南鶴卻拂着白髯，感慨地說：“年輕時的事，你現在還提它做甚？你近幾十年來的景況如何？”

紀廣傑說：“我比你強，我不似你到如今還是個光棍。我已娶了妻子，幾個兒子現在都比你早先打武當山時還大。我給他們置下了田莊，我就不管他們了。我這幾年遨遊天下，到蒙古，走西藏，去過廣東，現在我是才從雲南回來。”

江南鶴說：“現在你是要往哪裏去？是要回家嗎？”

紀廣傑卻瞪眼說：“回家做甚？咱們這樣的人還能在家中當老封翁？我是因幾個兒子、孫子都太無能，承不起龍門派的祖業，所以我想要到江湖上尋找個年輕的徒弟。我要把武藝教給他，要叫他的武藝比你還高。”

江南鶴說：“正好，我有個故人之子，現在南宮，你可以去找他，收他為徒。”

紀廣傑說“誰的兒子？啞俠的兒子我可不教,至今我還恨那個啞東西。”

江南鶴說：“我那啞師兄早已失蹤，不知下落，他比我的年歲大，此時他也許早已不在人世了。我說的這個少年，姓李名慕白，乃是李鳳傑之子，現在他在他的叔父李鳳卿之處寄養。”

紀廣傑發了半天怔，想起了數十年前在長安雙俠爭雄之事，不禁一陣感慨，就笑着點頭說：“好了！只要我收徒弟，必然短不了他。再會！再會！”於是二人互相一拱手，紀廣傑又揚鞭走去，江南鶴仍然時常在江湖飄蕩。

又過了幾年，聞得紀廣傑已病歿於南宮縣，李慕白的武藝已經學成，並且名震京城，於是江南鶴也就往北京去走了幾次。並知當年的楊公久是居京城永定門外，以賣花為業，家中撫養着一個孫子和兩個孫女。

(後續故事見《寶劍金釵》一書)

# 跋 - 尋找父親的足跡 (EPILOGUE)

王宏

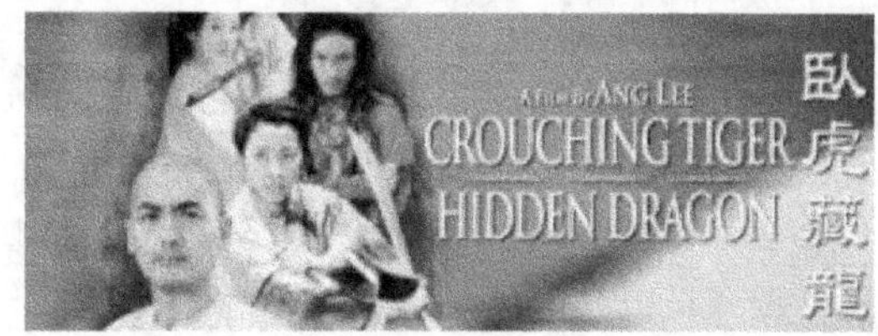


## 一、影壇驚世

2000年，由臺灣著名導演李安執導，根據已故作家王度廬的武俠小說系列「鐵鶴五部」改編，由周潤發、楊紫瓊、章子怡、張震等主演，拍攝了《臥虎藏龍》電影。

該電影大獲成功，獲第 73 屆奧斯卡包括最佳影片在內的 10 項提名，獲 4 項獎（最佳外語片、最佳藝術指導、最佳原創配樂和最佳攝影）。獲 3 項金球獎提名，其中兩項獲獎（最佳導演獎和最佳外語片）。這是華語電影歷史上第一部榮獲奧斯卡金像獎最佳外語片的影片。《臥虎藏龍》電影在西方尤為受到廣泛好評。世界總票房為 2.1 億美元，其中美國為 1.3 億，打破了美國外國語電影票房的歷史記錄。

愛屋及烏，西方對該電影的喜愛甚至擴展到它的名字：Crouching Tiger, Hidden Dragon，以致創造了許多類似的用法，例如

Crouching Confusion, Hidden Hassles
Crouching Manager, Hidden Database
Crouching Impact,Hidden Attribution
Crouching Market,Hidden Value……

對中國的傳統理念和價值觀，特別是對來自於中國民間的俠義精神有所認識。這些自然應該歸功於李安先生的高超導演才能。然而，對於其原著的作者王度廬，國外一無所知，甚至國內也很少有人知道。

## 二、深隱市井

王度廬是我的父親，可是我以前並不十分了解他的過去。小時候，我就知道父親是一個普通的中學老師。不擅交際，朋友不多，家裏的裏裏外外，都是母親一人張羅。父母從來不過節，不慶生。年三十我只好跟別人家的孩子一起放鞭炮，到鄰居家吃年夜餃子。父親是老教師，初一，一大早校長就領着一大幫幹部和老師來拜年，父親基本上是年年被堵被窩，大家也見怪不怪。

父母工作都很努力，晚上父親還要到學校給學生輔導。母親負責學生的舍務，晚間回來更晚，有時甚至不回家住。有一天晚上，我跟着母親去學生宿舍樓，困了就睡在一個職工的床上，半夜被母親喚醒，發現我的兩隻耳朵都被臭蟲咬腫了。晚上常常是我一人在床上躺着，等父母回家。父親從來都是體弱多病，當他走到離家還很遠的地方時，我就會聽到他強烈的咳嗽聲，趕緊去給他開門。

六十年代困難時期，從來都吃食堂的家出現了食品危機，媽媽只好支起爐子，生火做飯。煤柴不夠，媽媽沒辦法，就打開了一個裝滿了書的大木箱，問爸爸："燒不燒？"爸爸答道："燒就燒吧，反正都交代了。"媽媽轉過頭來對我說："這都是你爸過去寫的書，你看不看？"我一瞧，書的顏色都發黃了，封面上的畫也很怪，心想，一定不好看，就搖頭說不看。於是，媽媽就一本一本地，把這些書燒掉炊飯了。

初中時，團支部組織我們去撫順階級教育展覽館參觀學習，當我走到一個展示反動、黃色書籍的櫥窗時，霍然發現裏面有署名王度廬的書，嚇得我趕緊走開，沒對任何人講，把這件事埋在心裏。

文革期間，父親受到了衝擊，遭到大字報揭發，可是缺少"罪證"（都燒了）。學校的紅衛兵對他還是比較客氣的，來抄家也只是翻翻書架，拿走了一個相冊。在批判會上一個學生指着相冊裏的一個照片，問："王老師，你說你在舊社會的日子很窮，可是你們這張全家照都穿得挺好，這是怎麼回事？"父親笑了笑，答道："李老師抱着的那個嬰兒是王宏，他是解放後出生的。"

每天早上，所有人必須到院子裏去跳忠字舞。

我出去一看，這幫老師和家屬，一個個笨手笨腳，跳起來簡直就是群魔亂舞，心裏覺得好笑。母親讓父親也去，他就是不去。逼急了，他就說：“不去，打死我也不去！”母親也沒辦法。父親在家裏對母親從來都是言聽計從，令行禁止，這次居然堅決“反抗”，使我感到很吃驚。

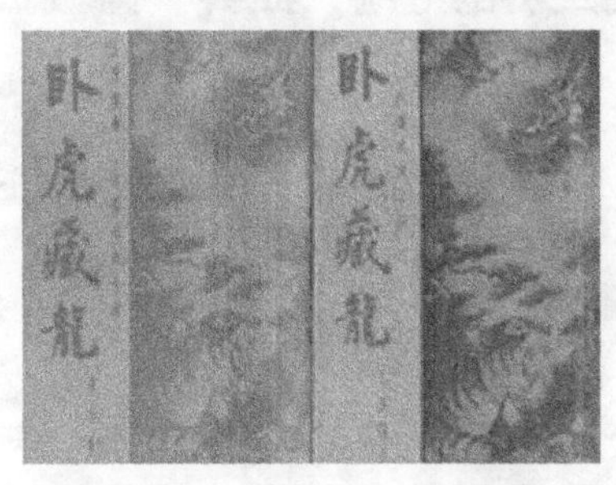

1970 年，母親被下放農村，“走五七道路”，父親被指令退休，作為家屬隨行。當時我已經在農村插隊。學校領導對父母說：現在是照顧你們，派你們到你兒子下鄉的縣裏，以後下放的還指不定要去哪呢。我雖然那時思想很左，決心扎根農村幹革命，可是當我得知父母也要被趕到農村時卻十分不理解。父母已經分別 61 和 54 歲了，而且父親體弱多病。我趕緊往家裏趕，要跟領導理論一番。沒想到一到家，看到家裏的東西已經全都被裝到了卡車上，就準備出發了！一路上，年邁的父母坐在裝滿物品的敞篷卡車上，隨着顛簸的汽車搖晃，痛苦不堪。爸爸半路下車解手時，站了半天也解不出來。媽媽暈車，走一路吐一路，膽汁都吐出來了。那情景，我現在回憶起來都止不住要流淚。

父母去的是一個窮困的小山村，借住在農民的半間屋裏。母親每天要去勞動，父親在家裏常常吃不上飯，生活上遇到了很多困難。唯獨可以慶幸的是，淳樸的農民並沒有歧視他們，並給了他們許多幫助。父親覺得像是躲開了喧囂的亂世，來到了世外桃源。尤其是後來姐姐把孩子送到了他們的身邊，使他們看到了希望，嘗到了天倫之樂。

四年後，“五七戰士”陸續被調回安排工作，而母親卻被動員退休，無緣回城。所幸我當時已經畢業留校，他們便搬到了我這裏。1977 年，父親因帕金森氏綜合症離世。

改革開放以後，海內外學者開始尋找父親王度廬，並研究他的作品。天津藝術研究所張贛生先生多方查詢作者的生平，詢問過不少津京老報人，但一無收穫。臺灣葉洪生先生批校的《近代中國武俠小說名著大係》收入了度廬的“鶴一鐵五部曲”等七部作品。他在文章一開始就說：“王度廬之生平不詳。”

80 年代初，葉洪生先生托小說家宮白羽之子宮以仁先生在大陸尋找王度廬。宮先生根據小說內容，推測王度廬可能是北方人，便與蘇州大學徐斯年教授聯係。徐先生回憶道：

**“我所在的學科決定立項研究通俗文學，這一課題並被列為‘七五’國家社科重點專案。不久，幾位研究通俗文學的朋友相繼來信，說起‘武俠北派四大家’中，寫白羽、李壽明、鄭證因三人的生平，人們多已知曉，惟王度廬，至今不知何許人也，**

問我可有這方面的線索。經過他們的‘強化刺激’，猛然想起母校的王度廬老師。他是我高中同班同學王膺的父親，沒給我們上過課，也從未聽說他寫過武俠小說，但姓名倒一字不差，姑且問問看。很快就收到了母校回信，得知王老師已經逝世，但因此卻找到了王老師的夫人，我們當年的舍務老師李丹荃女士，並且確認了那位四十年代聞名全國的‘俠情小說大師’果然就是王膺的爸爸。正是：踏破鐵鞋無覓處，得來全不費功夫！”

後來徐先生為《王度廬武俠言情小說集》寫的序言，就是以《尋找王度廬老師》為題

母親回憶道：

四十多年前，我和我的丈夫王度廬同在一所中學裏工作，那時，徐斯年是這所學校裏的一個朝氣蓬勃、多才多藝的學生。以後我們多年未見，再見面時他已成了一位學識淵博的學者。我和王度廬共同生活了四十多年。如今，我已是耄耋之年，以後的時間不會太多了，所以我願意將我能憶及的一些往事和想法寫下來，留給熱心的讀者和關注通俗文學及其發展的學人。

從此，母親便帶領姐姐和我，開始艱難地搜集、整理父親的作品，追尋他曾經走過的足跡。

## 三、出身寒門

父親生於 1909 年 9 月，他的青少年時代是在北京的皇城根下度過的。父親原名王葆祥，字霄羽，王度廬其實是他後來的筆名之一。爺爺曾是清宮管理車馬機構裏的一名職員。父親七歲時爺爺不幸病故，遺腹的弟弟葆瑞出生，一家人老的老，小的小，生活困頓。

父親 9 歲那年，姐弟三人又相繼患上傳染病。他昏迷了好幾天，慢慢地又蘇醒活過來了。當他睜開眼時，卻見屋裏全變了樣子，空蕩蕩的少了不少東西，桌子和炕頭上的櫃子也全不見了。奶奶坐在炕邊掉淚，為了給孩子們治病，把家中能賣的東西全都賣了。父親病癒後，由於長期營養不良，身體很不好。

儘管貧窮，奶奶還是支撐着讓父親斷斷續續地上了幾年學，讀完了舊制高等小學。父親十二、三歲時，家裏曾送他到眼鏡舖當學徒。原想這活兒較輕，三年出師，學門手藝，一個月也能掙幾塊錢養家。誰知幹了沒幾天，掌櫃的嫌他身體瘦弱，不會幹活，就打發他回家了。以後又送他去給一個獨身的小軍官當聽差，試工三天，人家嫌他太小，半天生不着一個煤爐，給了幾個銅板，就叫他捲舖蓋了。後來，父親在他寫的小說裏曾經一而再、再而三地寫及城市下層民眾生活的困苦景況和貧民青年求生之難，應該是來自他親身的感受。

父親讀書勤奮，人也聰明。當時有位姓李的小學教師很賞識他，經常借給他書籍，並且教他音律和詩詞格律。

他的學識主要來自於自學。北京大學一院當時離他家很近，所以他有時就到那裏去旁聽。那時的北京大學很開放，外邊的人進去聽課，也無人過問。若有名家來講課，常常是連窗外都站滿了旁聽的人。

父親也常去三座門的北京圖書館看書，一坐就是一天。那時候“鼓樓”那裏還有個民眾圖書閱覽室，可以進去任意翻閱書報雜誌，那裏也是他常去的地方。

父親在十幾歲時就常向報刊投稿，寫些小文章和舊體詩詞。

武俠小說

浮白快（一）

## 四、少年修箴

1924年6月5日，父親在北京《平報》上發表了《座右箴並序》一文，署名“高小生王葆祥”，時年不足15周歲。他寫道：

**人非聖賢，孰能無過？撼心意之常忽，故箴之以自警。吾本小子，將以致德，行之未嫻，故爾常忽，昭昭矣。效先人之法，作自修之箴，以於座右云：**

**孔曰成仁，孟曰取義。惟其義盡，所以仁至。邪之將熾，正心以止；善之將萌，力之以成。公德急公，是心宜充；私欲利私，是心勿滋。合群守分，勤學好問。今也不修，後也為恨。義烈敢勇，愛眾直耿。茲彼二則，人其猛省。遇宜則為，見賢思齊。日則孜孜，夜則休息。食前運動，飯後步走。處恭禮儀，安命耐時。上述之德，人之要持。交友以信，待長以敬。賢者炙之，愚者感動。勿拘小節，見危授命。勿爭小奮，守真持性。思范淹之訓以先憂，三衛武之詩而謹語。樂然後笑，義然後取。盡己之謂忠，推己之謂恕。拳拳服膺之謂慎，己所獨知之謂獨。忠恕慎獨，聖賢之素。力行忠恕，再加慎獨。黽黽上者，難至極處。要哉要哉，要在勿忽。**

接着，他又在平報上發表了《座右銘並敘》。從此，父親用這座右箴和座右銘激勵自己，成為指導自己行為的指南，開始了持續了27年寫作的生涯。

1925年2月1日，父親（15周歲）在《平報》上發表了第一部武俠小說《浮白快》，約二十萬字。

此書開頭有題詞：

**勁梅獨逞歲寒姿，英沾玉碎落池硯。鴻孤天冷無聊趣，呵冰筆寫易水詞。劍光激目奸心悚，翩舞定跡遊俠兒。毫勞一時談千古，傳贊高著史遷遺。**

**少林外派武當門，築歌俠士幾人存。冷劍抽出心驟悚，光斑猶具淚珠痕。惜哉未涉咸陽地，難覓薛家秦客門。德薄姑敗狂遊志，轉向烏毫快談論。**

**大都王葆祥避葧氏自題**

舒翼和貿貿居士在他們所作的序和評注中對《浮白快》讚不絕口，有的地方也許有些過譽，如說《浮白快》堪比《水滸》和《紅樓夢》。但他們盛讚父親對情感描述的真切和深刻應該是恰當的。《浮白快》連載了九個多月，頗受歡迎，隨即被報社印行出版。

《浮白快》完成後，父親便一發不可收拾，接連不斷地發表小說、短文和詩詞。由於大量報紙缺失和有些發表過父親的文字的報刊，如《升報》就根本沒有找到，我們尚無法找到父親全部的作品。至1933年的八年內，我們發現父親在《平報》和《小小日報》上發表了四十餘部小說和一千多篇包括雜文、筆記小說和詩詞的短文。

## 五、長安定情

1933年6月，父親去了西安，在那裏他做過《民意報》的編輯，在“戲劇與電影週刊”上發表了一些文章。他還做過陝西省教育廳編輯室的辦事員，編輯了《陝西謠諺初集》，撰寫了《民間歌謠之研究》。父親在西安工作得並不順利，他既無背景，又不會逢迎，而且物價飛漲，薪金低微。

但這些都算不得什麼，因為父親去西安的目的是追隨與他相愛的人—— 母親，她在早些時候隨父母從北京遷往西安。1935年父親與母親結婚。

根據母親的回憶，她在北京讀中學時，在一個同學家裏認識了做家庭教師的父親，從此彼此相愛。父親曾送給母親兩本書，一本是沈三白的《浮生六記》，另一本是納蘭性德的《納蘭詞》。母親不太喜歡《浮生六記》，卻很喜歡那本詞。《納蘭詞》中既有刻骨銘心的愛情詩，更有蒼涼悲愴的邊塞詩。

父母一起遊逛過許多北京的名勝古跡，北海、景山、中山公園、太廟、十刹海、陶然亭等地都去過，所以在父親的作品裏常會提到這些地方。陶然亭在永定門外，俗稱“南下窪子”，是明清時期文人騷客、落第舉子聚會賞景、飲酒賦詩之處，人稱“城市山林”。他們慕名前去遊覽，跑了許多路，結果大為掃興，看到的只是遍地荒草、成片污塘、一座破亭，和幾間坍屋。然而，父親曉得有關的典故，帶着母親找到了那座著名的“香塚”和“鸚鵡塚”，並去誦讀那香塚石碣上鐫刻的銘文（香塚毀於十年浩劫）。那銘文母親在晚年時仍能背出：

**浩浩愁，茫茫劫。短歌終，明月缺。鬱鬱佳城，中有碧血。碧亦有時盡，血亦有時滅，一縷煙痕無斷絕。是耶非耶？化為蝴蝶。**

後來，當父親撰寫俠情小說《寶劍金釵》時，便把書中的那位身後淒涼的“俠妓”謝翠纖的墓地設置在了此地。

父母在西安居住的時間雖然不長，但是那段經歷對父親後來的創作卻意義不小。西北地方，自然環境嚴峻，民風剽悍，加以窮困，乃多鋌而走險者。母親的父親因猝發心臟病，卒於三原縣。父親從西安前去接靈，途中就曾遭遇綠林強盜，衣物被洗劫一空，他只得返回西安，重新打點，再走一趟。後來父親在《鐵騎銀瓶》中寫韓鐵芳在那一帶被匪幫劫持，應是滲入了那時的切身體驗。

1936年，父母回到了北京，接着在《平報》上連載了武俠小說《黃河遊俠傳》、《燕趙悲歌傳》和《八俠奪珠記》（未完成）。

## 六、開創先河

1937年，父母去青島看望母親的伯父。父親的身體一直不好，青島的氣候很適合他養病，於是他決定“在此住一夏天，陪着闊人們避暑，休養我的身體，恢復我的健康，為預備我的衣食，繼續效力。但是我還需要回去……”

不久，叔叔與幾個北平青年同來青島。小住之後，父母送他們離開青島，去參加抗戰。叔叔是遺腹子，父親對他格外疼愛，甚至在小說裏也寫進了他的小名。母親回憶道：“他們兄弟一向感情很好，分手時不無留戀。最後王度廬慨然說：‘你就放心走吧，我們以後會團聚的，母親的生活，家裏的一切，有我呢。’他把自己的懷錶給了弟弟。”

後來的事情則是始料不及的，7月30日，日寇佔領了北平。1938年1月，青島也被日寇侵佔。父親一家只得滯留青島。父親給自己起了個新的筆名“度廬”，他說“度”就是“渡”，希望能夠度過這一段艱辛的日子。“廬”就是簡陋居室。

1938年6月2日，他在《海濱憶寫》中寫下了這段經歷，署名“度廬”：

> 去年櫻花開的時節，我由北京初次來到青島，目的第一是看望多年未晤的戚友，其次便是因為我過了多年的寫作生活，把身體弄壞，需要覓一個適當的地方休養幾個月。……然而，命運，不久便發生時局的變化。
>
> 把避暑變成了避難，快樂休養變成了憂患戰亡，度了半載多的恐怖生活……自然，在我是僥幸的，然而我的身體卻因為一往的憂患，需要更長時期的休養了，換句話說：我需要更長時期地住在青島了……

“時局的變化”，當然是指“七七”事變和青島淪陷。父親雖然只是個文弱書生，可是愛恨分明、嫉惡如仇，可以想像得出，他的內心有多麼痛苦。但是為了養活家人，為了能在淪陷區不失尊嚴地生活下去，他只能賣文為生。

父親在青島的作品主要為俠情小說和社會言情小說，俠情小說多為清末故事，社會小說則多發生在上世紀二十年代至戰前，而地點多被設置在北京。北京是父親魂牽夢繞的地方，他熟悉那裏的地理環境、民風民俗，而且那裏還有他的母親。他只能在小說中寄託自己的鄉愁，通過小說裏的豪傑行俠仗義、除暴安良，以去心中之塊壘。想起父親在北京時寫的那些痛斥日本帝國主義的雜文，更能理解他此時內心的苦悶。儘管在日本人的鐵蹄下，他的作品仍保持了中國人的尊嚴，……沒有媚骨。

父親在青島寫了《臥虎藏龍》五部系列和《風雨雙龍劍》等二十餘部俠義、俠情小說和《落絮飄香》、《燕市俠伶》等八部社會言情小說，並將其創作成就推向了新的高峰。

臺灣學者葉洪生先生指出：

作者悲憫地將玉嬌龍這種對封建門第觀念視同‘原罪’，並予以無情地揭露、鞭撻，正要世人認清其禍害本質所在。”而其震撼人心的力量，正是借玉嬌龍的悲劇性格和悲劇命運方得以顯示。在揭示人物內心上，作者甚得力於佛洛伊德的心理分析學說，運用較為成功。

張贛生先生曾寫道：

度廬先生是一位極富正義感的作家，這在他的社會言情小說中表現的格外鮮明。《風塵四傑》《香山俠女》中天橋藝人的血淚生活，《落絮飄香》《靈魂之鎖》中純真少女的落入陷阱，都是對黑暗社會的控訴，很能引起讀者的共鳴。度廬先生自幼生活在北京，熟知當地風土民情，常常在小說中對古都風光作動情的描寫，使他的作品更別具一種情趣。

度廬先生是經受過“五四”新文化運動洗禮的人，他內心深處所尊崇的實際上是新文藝小說，因而他本人或許更重視較貼近新文藝風格的言情小說和社會小說創作。但從中國文學史的全域來看，他的武俠言情小說大大超越了前人所達到的水準，而且對後起的港臺武俠小說有及深遠影響的，是他創造了武俠言情小說的完善形態，在這方面，他是開山立派的一代宗師。

## 七、留芳身後

父親是一個窮苦人家的孩子，從十幾歲起就開始寫作，從北京的皇城根一直寫到青島海濱，竟寫了上千萬字。我們不清楚他到底寫了多少，因為至今仍不時有新的作品發現，每每想到體弱多病的父親連續數年同時寫着幾部小說，想到他當時經歷的苦難、內心的苦悶，不禁淚目。

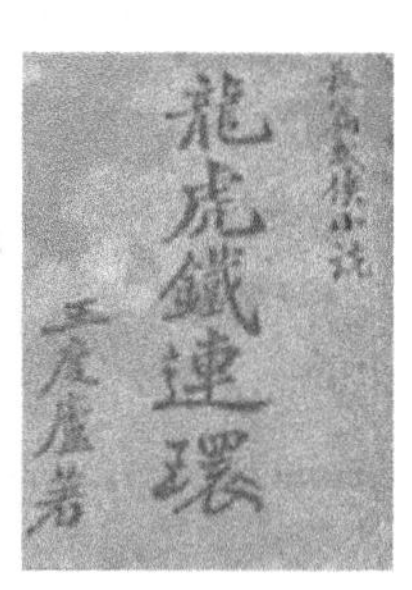

父親生前擱筆從教 27 年，寡言少語，絕口不提以前寫書的事。當別人問起時，他也只是敷衍作答。在長期左的思潮的影響下，我也誤以為父親過去寫的東西肯定不好，也從來沒想去問問父親。只是在改革開放以後，社會上開始“引進”，重新認識和接受我的父親早年的作品，學者、專家們開始研究和評價其文學價值和社會意義，這才使我們開始重新“發現”父親，了解父親，現在真是追悔莫及。

父親到底是如何看待他的作品的？我想父親或許對他的作品有不滿之處，因為那些畢竟是為了養家糊口，不打稿，不修改，一氣呵成，與有的武俠作家反復修改、精雕細琢、屢出新版的作品相比，難免時有粗糙。但細讀父親的作品，不但發現其才華橫溢、妙語連珠，更感受到充滿的激情、正義感、同情與憐憫及嫉惡如仇，是父親傾注全部心血甚至生命寫出的。所以，父親的內心，對他的作品應該又是喜愛的，珍惜的。

父親雖然已經去世幾十年了，但他的作品仍未被遺忘，他寫的故事被一版再版，被拍成了電影，被譯成了多國文字，還被收入了中學語文讀本。根據《臥虎藏龍》拍攝的同名電影對世界的震動遠遠大於其對中國大陸和華人社會的影響，這是一個很獨特的現象。這固然同李安先生的導演有關，但也說明了父親幾十年前的作品所表達的理念得到了西方現代文明的理解和認同。這一現象引起了海外許多學者的研究，及至於對中國的傳統文化和價值觀的興趣和重新認識。

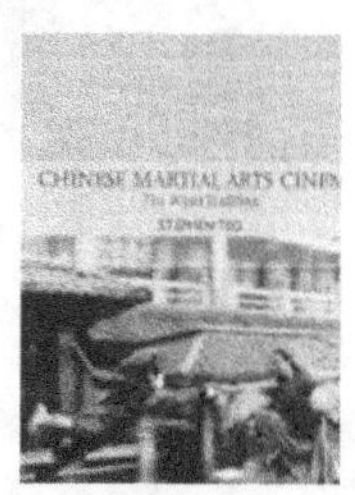


英國曼徹斯特大學 Hubertus M.G.van Malssen 在他以《“俠”的重新定義：王度廬的鶴-鐵系列中的現實與虛構，1938—1944》（Redefining xia: Reality and Fictionin,Wang Dulu’s Crane-Iron Series,1938-1944）為題的博士論文（2013）中指出：過去國外對“俠”(xia) 的定義通常是同暴力和武藝 (wu) 相關。通過對民國史、王度廬生平及他的小說的分析，認識到“俠”的含義是正面的，是一種包括善良，利他，忠誠、正義等特點的美德，這種美德與武藝的強弱無關。而“義”(yi) 即公正、正義，則是俠的一個道德方面的表現。把“俠”理解為歐洲中世紀騎士 (knight) 也是不恰當的。騎士只是男性，屬於特殊的社會階層，騎着馬，手執利劍和長矛到處遊逛，證實自己的勇氣，最後以贏得一個女人的芳心和美好的結局告終。而“俠”，既有男性也有女性，而且男女是平等的。俠士的愛情往往歷經波折並以悲劇告終。俠的道德往往高於盜匪、保鏢、捕頭、軍隊將領和朝廷官員。因此，他認為，對於“俠”，並沒有恰當的英語翻譯，應該引進新的詞彙‘xia’。

T.D. Sang 在《形體，代表性和中國文化所體現的現代性》（Embodied Modernities: Corporeality, Representation, and Chinese Cultures）一書中指出，雖然王度廬在中國文壇被忽視了幾十年，他其實是一個很有抱負的作家，他能在三、四十年代就能將中國的傳統同新思想結合起來。例如，他把中國長期以來就存在的俠女文學與現代的婦女平等、獨立、自主的思想聯係在一起，從而得到了推崇女權主義和人道主義現代文明的共鳴。

2011 年 9 月 14 日，我們在北京的八達嶺陵園為父親母親舉行了落葬儀式。墓地坐落於陵園的仙泰園內，這裏背依青山，松柏常綠，能聽到鳥鳴蟲叫，能遠眺巍巍長城，放眼望去，莽莽蒼蒼，群山峻拔，林木蔥籠。父親母親在外漂泊多年，終於魂歸故土，葉落歸根了，他們將在這裏，在八達嶺的蒼松翠柏之中，被後人長久垂念。想起父親 1930 年所寫的：

**月上樹梢，晚風徐起，我也有些困倦了……**

願他們安息！

已知王度廬著作目錄 (BIBLIOGRAPHY)

| 序號<br>(Order) | 作品名稱<br>(Title) | 始載年份<br>(Publication Year) | 出版社<br>(Publisher) | 筆名<br>(Pen Name) |
|---|---|---|---|---|
| 1 | 浮白快 | 1925 | 平報 | 葆祥 |
| 2 | 夫妻殘殺記 | 1925 | 平報 | 霄羽 |
| 3 | 玻璃島 | 1926 | 平報 | 霄羽 |
| 4 | 血衫記 | 1926 | 平報 | 霄羽 |
| 5 | 草澤英雄傳 | 1926 | 平報 | 霄羽 |
| 6 | 半瓶香水 | 1926 | 小小日報 | 王霄羽 |
| 7 | 黃色粉筆 | 1926 | 小小日報 | 王霄羽 |
| 8 | 紅綾枕 | 1926 | 小小日報 | 王霄羽 |
| 9 | 殘陽碎夢 | 1926 | 小小日報 | 王霄羽 |
| 10 | 青衫劍客 | 1927 | 小小日報 | 王霄羽 |
| 11 | 俠義夫妻 | 1927 | 小小日報 | 王霄羽 |
| 12 | 琪花恨 | 1927 | 小小日報 | 王霄羽 |
| 13 | 孀母孤兒 | 1927 | 小小日報 | 王霄羽 |
| 14 | 風塵雙俠 | 1927 | 平報 | 葆祥 |
| 15 | 飄泊花 | 1927 | 平報 | 葆祥 |
| 16 | 甘肅響馬記 | 1927 | 平報 | 霄羽 |
| 17 | 紅手腕 | 1927 | 平報 | 霄羽 |
| 18 | 護花鈴 | 1927 | 小小日報 | 霄羽 |
| 19 | 怪皮鞋 | 1927 | 平報 | 王霄羽 |
| 20 | 江湖十六奇俠 | 1928 | 平報 | 王霄羽 |
| 21 | 獅子頭 | 1928 | 平報 | 王霄羽 |
| 22 | 蝶魂花骨 | 1928 | 平報 | 王霄羽 |
| 23 | 疑真疑假 | 1928 | 小小日報 | 葆祥 |
| 24 | 女刺客 | 1928 | 平報 | 王霄羽 |
| 25 | 雙鳳隨鴉錄 | 1928 | 小小日報 | 王霄羽 |
| 26 | 紅旗嶺 | 1929 | 平報 | 王霄羽 |
| 27 | 戰地情仇 | 1929 | 平報 | 王霄羽 |
| 28 | 脂粉英雄 | 1929 | 平報 | 王霄羽 |
| 29 | 塵海遊俠 | 1930 | 平報 | 王霄羽 |
| 30 | 自鳴鐘 | 1930 | 平報 | 王霄羽 |

(接上表)

| 31 | 驚人秘柬 | 1930 | 平報 | 王霄羽 |
| --- | --- | --- | --- | --- |
| 32 | 神獒捉鬼 | 1930 | 平報 | 王霄羽 |
| 33 | 空房怪事 | 1930 | 平報 | 王霄羽 |
| 34 | 繡簾垂 | ? | 平報 | 王霄羽 |
| 35 | 玉藕愁絲 | 1930 | 小小日報 | 香波館主 |
| 36 | 煙靄紛紛 | 1930 | 小小日報 | 香波館主 |
| 37 | 聾汉海盜 | 1930 | 小小日報 | 霄羽 |
| 38 | 燕北雙雄 | 1930 | 平報 | 王霄羽 |
| 39 | 深宮奇俠 | 1930 | 平報 | 霄羽 |
| 40 | 胭脂劍 | 1931 | 平報 | 王霄羽 |
| 41 | 舞女啼痕 | 1931 | 平報 | 霄羽 |
| 42 | 北平新鏡 | 1931 | 平報 | 霄羽 |
| 43 | 纏命絲 | 1931 | 小小日報 | 王霄羽 |
| 44 | 觸目驚心 | 1931 | 小小日報 | 王霄羽 |
| 45 | 燕燕鶯鶯 | 1931 | 小小日報 | 香波館主 |
| 46 | 寶劍明珠 | 1931 | 平報 | 王霄羽 |
| 47 | 滄海雙鷹 | 1932 | 平報 | 王霄羽 |
| 48 | 洛水蛟龍 | 1932 | 平報 | 王霄羽 |
| 49 | 湖海龍蛇 | 1932 | 平報 | 霄羽 |
| 50 | 鸞鳳戟 | 1933 | 平報 | 霄羽 |
| 51 | 黃河四俠 | 1933 | 平報 | 霄羽 |
| 52 | 鷂子高三 | 1933 | 平報 | 霄羽 |
| 53 | 紅衣飲劍錄 | 1934 | 平報 | 霄羽 |
| 54 | 黃河遊俠傳 | 1936 | 平報 | 霄羽 |
| 55 | 燕趙悲歌傳 | 1937 | 平報 | 霄羽 |
| 56 | 八俠奪珠記 | 1937 | 平報 | 霄羽 |
| 57 | 河岳遊俠傳 | 1938 | 青島新民報 | 王度廬 |
| 58 | 寶劍金釵記 | 1938 | 青島新民報 | 王度廬 |
| 59 | 落絮飄香 | 1939 | 青島新民報 | 霄羽 |
| 60 | 劍氣珠光錄 | 1939 | 青島新民報 | 王度廬 |
| 61 | 古城新月 | 1940 | 青島新民報 | 霄羽 |
| 62 | 舞鶴鳴鸞記 | 1940 | 青島新民報 | 王度廬 |
| 63 | 風雨雙龍劍 | 1940 | 京報（南京） | 王度廬 |
| 64 | 臥虎藏龍傳 | 1941 | 青島新民報 | 王度廬 |
| 65 | 海上虹霞 | 1941 | 青島新民報 | 霄羽 |
| 66 | 彩鳳銀蛇傳 | 1941 | 京報（南京） | 王度廬 |
| 67 | 虞美人 | 1941 | 青島新民報 | 霄羽 |
| 68 | 纖纖劍 | 1942 | 京報（南京） | 王度廬 |
| 69 | 鐵騎銀瓶傳 | 1942 | 青島大新民報 | 王度廬 |
| 70 | 舞劍飛花錄 | 1943 | 京報（南京） | 王度廬 |

(接上表)

| 71 | 寒梅曲 | 1943 | 青島大新民報 | 霄羽 |
|---|---|---|---|---|
| 72 | 大漠雙鴛譜 | 1944 | 京報（南京） | 王度廬 |
| 73 | 紫電青霜錄 | 1944 | 青島大新民報 | 王度廬 |
| 74 | 春明小俠 | 1944 | 京報（南京） | 王度廬 |
| 75 | 瓊樓雙劍記 | 1945 | 京報（南京） | 王度廬 |
| 76 | 錦繡豪雄傳 | 1945 | 民民民 | 王度廬 |
| 77 | 紫鳳鏢 | 1946 | 青島時報 | 魯雲 |
| 78 | 太平天國情俠傳 | 1947 | 民治報 | 魯雲 |
| 79 | 清末俠客傳 | 1947 | 大中報 | 魯雲 |
| 80 | 晚香玉 | 1947 | 青島時報 | 魯雲 |
| 81 | 雍正與年羹堯 | 1947 | 青島時報 | 魯雲 |
| 82 | 粉墨嬋娟 | 1948 | 青島時報 | 綠蕪 |
| 83 | 風塵四傑 | 1948 | 島聲旬刊 | 佩俠 |
| 84 | 寶刀飛 | 1948 | 青島時報 | 魯雲 |
| 85 | 燕市俠伶 | 1948 | 青島時報 | 綠蕪 |
| 86 | 金剛玉寶劍 | 1948 | 青島公報 聯青晚報 | 王度廬 |
| 87 | 龍虎鐵連環 | 1948 | 軍民晚報 | 王度廬 |
| 88 | 玉佩金刀記 | 1949 | 民治報 | 王度廬 |
| 89 | 香山俠女 | 1949 | 上海勵力出版社 | 王度廬 |
| 90 | 春秋戟 | 1949 | 上海勵力出版社 | 王度廬 |

www.ingramcontent.com/pod-product-compliance
Lightning Source LLC
Chambersburg PA
CBHW081325090726
47907CB00010B/2369

* 9 7 8 1 7 7 7 2 5 2 7 6 2 *